MIRA®

Der Preis dieses Bandes versteht sich einschließlich der gesetzlichen Mehrwertsteuer.

Umwelthinweis:
Dieses Buch wurde auf chlor- und säurefreiem Papier gedruckt.

Magische Winternächte

Nora Roberts
Tödlicher Champagner
Seite 7

Millie Criswell
Zwei unter einer Decke
Seite 171

Lisa Jackson
Der weiße Tod
Seite 293

Ginna Gray
Wer ist der andere, Alissa?
Seite 513

MIRA® TASCHENBUCH
Band 20045
1. Auflage: Dezember 2013

MIRA® TASCHENBÜCHER
erscheinen in der Harlequin Enterprises GmbH,
Valentinskamp 24, 20354 Hamburg
Geschäftsführer: Thomas Beckmann

Titel der nordamerikanischen Originalausgaben:

A Will And A Way

erschienen bei: Silhouette Books, Toronto

The Pregnant Ms. Potter

erschienen bei: Harlequin Books, Toronto

Snowbound

erschienen bei: Silhouette Books, Toronto

Alissa's Miracle

erschienen bei: Silhouette Books, Toronto

Published by arrangement with
HARLEQUIN ENTERPRISES II B.V./S.àr.l.

Konzeption/Reihengestaltung: fredebold & partner GmbH, Köln
Umschlaggestaltung: pecher und soiron, Köln
Redaktion: Maya Gause
Titelabbildung: Thinkstock / Getty Images, München
Satz: GGP Media GmbH, Pößneck
Druck und Bindearbeiten: CPI – Ebner & Spiegel, Ulm
Printed in Germany
Dieses Buch wurde auf FSC®-zertifiziertem Papier gedruckt.
ISBN 978-3-86278-849-1

www.mira-taschenbuch.de

Nora Roberts

Tödlicher Champagner

Roman

Aus dem Amerikanischen von
Christiane Schmidt

MIRA®

1. KAPITEL

Niemand hustete so einfach auf hundertfünfzig Millionen Dollar. Keiner der Anwesenden in der weitläufigen Bibliothek des Herrenhauses Jolley's Folley hätte das gewagt, ausgenommen Pandora. Mit viel Inbrunst und wenig Zurückhaltung hustete und nieste sie in ein zerdrücktes Papiertaschentuch, putzte sich die Nase, lehnte sich zurück und wünschte sich, das Schnupfenmittel würde endlich die versprochene schnelle Erleichterung bringen. Vor allem wünschte sie sich natürlich, sich gar nicht erst diese grässliche Erkältung eingefangen zu haben. Und noch mehr wünschte sie sich an irgendeinen anderen Ort auf dieser Welt.

Sie war umgeben von Dutzenden von Büchern, die sie gelesen, und Hunderten, die sie nicht einmal angesehen hatte, obwohl sie viele, viele Stunden in der Bibliothek verbracht hatte. Der Geruch der ledergebundenen Werke mischte sich mit dem Staub, und beides war Pandora lieber als der erstickende Duft der Lilien, die drei bauchige Vasen füllten.

In einer Ecke des Raumes war ein Schachspiel aus Marmor und Elfenbein aufgebaut, an dem Pandora zahlreiche hitzig umstrittene Partien verloren hatte, Onkel Jolley – Gott segne sein rundliches, unschuldiges Gesicht und seine kurzen, dicken Finger – war beim Spielen ein leidenschaftlicher und geschickter Betrüger gewesen. Pandora wiederum hatte keine Niederlage so einfach eingesteckt. Vielleicht hatte er sie deshalb so gern geschlagen, mit ehrlichen oder unehrlichen Mitteln.

Durch die drei Bogenfenster fiel das Licht matt und düster herein. Es passte zu Pandoras Stimmung und, wie sie fand, auch zu den Vorgängen. Onkel Jolley hätte die Szenerie gefallen.

Wenn Pandora liebte – und sie brachte dieses Gefühl nur einigen Auserwählten in ihrem Leben entgegen –, legte sie alles von sich in diese Liebe. Von Geburt an besaß sie grenzenlose Energien, und sie hatte mit der Zeit eiserne Beharrlichkeit entwickelt. Auf ihre uneingeschränkte, alles umfassende Weise hatte sie Onkel Jolley geliebt und alle seine Schrullen zuerst anerkannt und dann akzeptiert. Er war dreiundneunzig geworden, aber er war nie stumpf oder zerstreut gewesen.

Einen Monat vor seinem Tod waren sie beide angeln gegangen – verbotenerweise, um es genau zu nehmen –, und zwar in dem See des

Nachbarn. Nachdem sie mehr gefangen hatten, als sie essen konnten, hatten sie dem Eigentümer ein halbes Dutzend Forellen, ausgenommen und tiefgekühlt, zurückgeschickt.

Pandora würde Onkel Jolley vermissen, mit seinem rundlichen Cherubsgesicht, seiner hohen, melodiösen Stimme und seinen kleinen Bosheiten. Von seinem drei Meter hohen Porträt in einem extravaganten Rahmen lächelte er auf sie mit demselben leichten Grinsen herunter, mit dem er Millionengeschäfte abgeschlossen oder einem ahnungslosen Vizepräsidenten einen Drink in einem angebohrten Glas in die Hand gedrückt hatte.

Sie vermisste ihn jetzt schon. Niemand in ihrer weitverzweigten, sehr unterschiedlichen Familie verstand und akzeptierte sie mit der gleichen Leichtigkeit. Das war ein Grund mehr gewesen, aus dem sie ihn verehrt hatte.

Von Gram niedergedrückt und von der Erkältung geplagt, lauschte Pandora den monotonen Ausführungen Edmund Fitzhughs über die einleitenden Bestimmungen zu Onkel Jolleys Testament. Maximilian Jolley McVie war nie einer der Schnellsten gewesen. Er hatte stets gesagt, man solle etwas so lange tun, bis der Dampf heraus war. Sein Letzter Wille trug seinen Stil.

Pandora machte sich nicht die Mühe, ihr Desinteresse an den Formalitäten zu verbergen und betrachtete eingehend die anderen Anwesenden in der Bibliothek.

Sie Trauernde zu nennen, wäre einer jener bösen Scherze gewesen, die Onkel Jolley geschätzt hätte.

Da waren Jolleys einziger noch lebender Sohn, Onkel Carlson, und seine Frau. Wie hieß sie doch? Lona ... Mona? Spielte das eine Rolle? Steif aufrecht und hellwach hockten sie in Schwarz nebeneinander und erinnerten Pandora an Krähen auf einem Telefondraht, die darauf warteten, dass ihnen etwas vor die Füße fiel.

Cousine Ginger – süß, hübsch und harmlos, aber auch ziemlich unbedarft. In diesem Monat war ihr Haar Jean-Harlow-blond. Der gute Cousin Biff war da in seinem schwarzen, sündhaft teuren Anzug von Brooks Brothers. Er saß zurückgelehnt, ein Bein über das andere geschlagen, als würde er ein Polomatch betrachten. Pandora war sicher, dass er sich kein Wort entgehen ließ. Seine Frau – war das Laurie? – machte ein steifes, respektvolles Gesicht. Aus Erfahrung wusste Pandora, dass Laurie kein Wort von sich gab, es sei denn als Echo von

Biff. Onkel Jolley hatte sie eine dumme, langweilige Närrin genannt. Obwohl sie Zynismus hasste, musste Pandora ihm zustimmen.

Onkel Monroe wirkte plump und erfolgreich und rauchte eine dicke Zigarre, obwohl seine Schwester Patience mit einem kleinen weißen Taschentuch vor ihrer Nase fächelte. Oder vielleicht gerade deswegen, verbesserte sich Pandora. Onkel Monroe liebte nichts mehr, als seine erfolglose Schwester zu stören.

Cousin Hank sah wie ein muskulöser Macho aus, übertraf darin jedoch kaum seine harte, athletische Frau Meg. Während ihrer Flitterwochen waren sie durch die Appalachen getrampt, und Onkel Jolley hatte sich stets gefragt, ob die beiden Turn- und Lockerungsübungen machten, bevor sie sich liebten.

Bei der Vorstellung musste Pandora lachen, was sie halbherzig mit dem Papiertaschentuch erstickte, ehe sie ihren Blick zu Cousin Michael wandern ließ. Oder war er Cousin zweiten Grades? Sie war mit diesen formellen Dingen nie klargekommen. Seine Mutter war Onkel Jolleys Nichte durch die zweite Heirat von Jolleys Sohn gewesen. Es war eine komplizierte Verwandtschaft, aber schließlich war Michael Donahue auch ein komplizierter Mann.

Sie beide waren nie gut miteinander ausgekommen, obwohl Pandora wusste, dass Onkel Jolley ihn bevorzugt hatte. In Pandoras Augen war jeder ein materialistischer Parasit, der seinen Lebensunterhalt dadurch verdiente, dass er eine dümmliche Fernsehserie schrieb, mit der er die Leute vor dem Flimmerkasten festhielt und sie daran hinderte, etwas Sinnvolles zu tun. Für einen Moment genoss sie die Erinnerung daran, wie sie ihm genau das ins Gesicht gesagt hatte.

Und dann gab es da natürlich noch die Frauen. Wenn ein Mann mit ‚Mädchen des Monats' und Showgirls ausging, bewies er, dass er keinen intellektuellen Anreiz besaß. Pandora lächelte, weil sie ihren Standpunkt bei Michaels letztem Besuch auf Jolley's Folley sehr klar formuliert hatte. Onkel Jolley war vor Lachen beinahe vom Stuhl gefallen.

Ihr Lächeln schwand. Onkel Jolley war nicht mehr. Und wenn sie, wie meistens, ehrlich war, musste sie zugeben, dass von allen Leuten im Raum Michael Donahue den alten Herrn am meisten geschätzt hatte.

Das würde man nicht merken, wenn man ihn so ansieht, dachte sie. Er wirkte desinteressiert und leicht arrogant. Sie bemerkte die festen, grimmigen Linien an seinen Lippen. Pandora hatte stets gefunden, dass an Donahue sein Mund am besten aussah, obwohl er ihr selten zulächelte, es sei denn wütend.

Onkel Jolley hatte Michaels Aussehen gefallen, und er hatte das Pandora auch ganz zu Beginn seiner Kuppelversuche gesagt. Eheanbahnung war eines seiner Hobbys gewesen, das sie ihm jedoch schnell abgewöhnt hatte. Nun, so ganz hatte er nie aufgegeben, aber sie hatte ihn in dieser Hinsicht ignoriert.

Vielleicht weil er selbst klein und rundlich gewesen war, hatte Jolley Michaels hohe, schlanke Gestalt und das schmale, ausdrucksvolle Gesicht gemocht. Pandora hätte er auch gefallen können, wären seine Augen nicht oft abwesend und teilnahmslos gewesen.

Im Moment wirkte Michael wie einer seiner Helden in seiner Actionserie, wie er da lässig an der Wand lehnte und in seinem förmlichen Anzug und mit der Krawatte ein wenig fehl am Platz aussah. Seine dunklen Haare waren nicht besonders ordentlich, als hätte er vergessen, sie nach einem wilden Ritt zu kämmen. Er wirkte gelangweilt und bereit für Action. Jede Art von Action.

Es ist schade, dachte Pandora, dass sie nicht besser miteinander auskamen. Sie hätte gern mit jemandem in Erinnerungen an Onkel Jolley geschwelgt, mit jemandem, der seine Grillen genauso geschätzt hatte wie sie.

Doch solche Gedanken waren sinnlos. Hätten sie sich nebeneinandergesetzt, würden sie einander jetzt schon beißen. Onkel Jolley, der von seinem Porträt auf sie heruntergrinste, wusste das nur zu genau.

Mit einem kleinen Seufzer putzte Pandora sich wieder die Nase und versuchte, Fitzhugh zuzuhören. Es ging gerade um ein Vermächtnis an Wale oder vielleicht auch Walfänger.

Noch eine Stunde in der Art, dachte Michael, und ich gehe die Wände hoch. Wenn er noch einmal das Wort ‚dessenthalben' hören musste … Michael beruhigte sich mit einem tiefen Atemzug. Er blieb hier, so lange es dauern würde, weil er den verrückten alten Mann geliebt hatte. Wenn der letzte Liebesdienst für Jolley war, dass er in einem Raum zusammen mit einer Gruppe menschlicher Geier langatmigen juristischen Ausführungen lauschte, dann tat er es eben. Sobald das hier vorbei war, wollte er sich einen anständigen Schuss Brandy einschenken und ganz für sich auf den alten Mann trinken. Jolley hatte Brandy gemocht.

Als Michael jung und voll Fantasie gewesen war und seine Eltern nichts verstanden hatten, da hatte Onkel Jolley ihm zugehört und ihn in seinen Träumen ermutigt. Bei jedem Besuch auf Jolley's Folley hatte sein Onkel von ihm eine Geschichte verlangt und sich begierig mit leuchtenden Augen zurückgelehnt, während Michael seiner Einfallskraft freien Lauf ließ. Michael hatte nichts davon vergessen.

Nachdem er seinen ersten Emmy Award – den begehrtesten Fernsehpreis der Welt, für ‚Logan's Run' – erhalten hatte, war Michael von Los Angeles in die Catskills geflogen und hatte seinem Onkel die Statue überreicht. Der Emmy war noch in dem Schlafzimmer des alten Mannes, obwohl der alte Mann nicht mehr da war.

Michael lauschte der trockenen, unpersönlichen Stimme des Anwalts und sehnte sich nach einer Zigarette. Erst vor zwei Tagen hatte er das Rauchen aufgegeben. Vor zwei Tagen, vier Stunden und fünfunddreißig Minuten. Ja, er wäre wirklich gern die Wände hochgegangen.

Er bekam keine Luft mit allen diesen Leuten im selben Raum. Jeder Einzelne von ihnen hatte den alten Jolley als verrückt und recht lästig angesehen. Etwas anderes war das mit dem Hundertfünfzig-Millionen-Dollar-Vermögen. Aktien und Beteiligungen waren alles andere als verrückt. Michael hatte mehrere begierige Blicke auf die Einrichtung der Bibliothek aufgefangen. Die schweren, reich verzierten georgianischen Möbel passten sicher nicht zu dem stromlinienförmigen Lebensstil mancher Anwesender, würden aber einen ordentlichen Batzen Bargeld auf die Hand einbringen. Michael wusste, dass der alte Mann jeden protzigen Stuhl und jeden überdimensionalen Tisch in diesem Haus geliebt hatte.

Er bezweifelte, dass einer der Versammelten in den letzten zehn Jahren in dem großen, widerhallenden Haus gewesen war. Pandora ausgenommen, wie er grollend einräumte. Sie mochte lästig sein, aber sie hatte Jolley verehrt.

Im Moment sah sie miserabel aus. Michael hatte sie noch nie zuvor unglücklich gesehen. Wütend, verächtlich, herausfordernd, aber nie unglücklich. Hätte er es nicht besser gewusst, hätte er sich neben sie gesetzt, ihr Trost angeboten und ihre Hand gehalten. Sie hätte ihm dafür möglicherweise seine Hand genau am Gelenk durchgebissen.

Immerhin, ihre unglaublich blauen Augen waren rot und verquollen, fast so rot wie ihr Haar, dachte er, während sein Blick über die wilde lockige Mähne glitt, die ungeordnet und ungezügelt auf ihre Schultern fiel. Sie war so blass, dass die Sommersprossen über ihrer Nase sich deutlich abzeichneten. Normalerweise war ihre elfenbeinfarbene Haut leicht rosig getönt, ob vor Gesundheit oder von ihrem hitzigen Temperament wusste er nicht genau.

Zwischen ihren feierlichen schwarz gekleideten Angehörigen stach sie wie ein Papagei zwischen Krähen heraus. Sie trug ein leuchtend blaues Kleid. Michael fand das gut, obwohl er das nie zu Pandora sagen würde. Sie brauchte kein Schwarz und keine Kreppschleifen und Lilien, um zu trauern. Das begriff er, obwohl er Pandora nicht begriff.

In regelmäßigen Abständen ärgerte sie ihn mit ihren Ansichten über seinen Lebensstil und seine Karriere. Wenn sie zusammenkrachten, dauerte es nicht lange, bis er ihr ebenfalls Kritik an den Kopf warf. Immerhin war sie eine kluge, talentierte Frau, die lieber herumspielte und abscheulichen Schmuck für Boutiquen machte, anstatt sich ihres Hochschulabschlusses in Erziehung zu bedienen.

Sie nannte ihn jedes Mal materialistisch, er nannte sie idealistisch. Sie stufte ihn als Chauvinisten, er stufte sie als Pseudointellektuelle ein. Jolley hatte jeden Streit mit gefalteten Händen kichernd verfolgt. Jetzt, da er nicht mehr war, gab es keine Gelegenheiten für derartige Kämpfe. Seltsamerweise erschien ihm auch das ein Grund mehr, um seinen Onkel zu vermissen.

In Wahrheit hatte Michael nie zu irgendjemandem eine starke familiäre Bindung gefühlt, Jolley ausgenommen. Michael dachte nicht oft an seine Eltern. Sein Vater war mit seiner vierten Frau irgendwo in Europa, und seine Mutter hatte sich mit Ehemann Nummer drei friedvoll in die Gesellschaft von Palm Springs eingefügt. Sie hatten ihren Sohn nie verstanden, der sich dafür entschieden hatte, für etwas so Spießbürgerliches wie das Fernsehen zu arbeiten.

Aber Jolley hatte ihn verstanden und ihm zugestimmt. Und, was noch viel, viel wichtiger für Michael war, er hatte Michaels Arbeit genossen.

Ein Lächeln breitete sich auf Michaels Gesicht aus, als er Fitzhugh das Vermächtnis für die Wale herunterleiern hörte. Das war so typisch Jolley. Etliche ungeduldige Verwandte zischten durch die zusammengebissenen Zähne. Hundertfünfzigtausend Dollar waren ihnen soeben durch die Lappen gegangen. Michael blickte zu dem überlebensgroßen Porträt seines Onkels auf. Du hast immer gesagt, du würdest das letzte Wort behalten, du alter Querkopf. Nur schade, dass du nicht mehr hier bist und darüber lachen kannst.

„Meinem Sohn Carlson …" Murmeln und Flüstern erstarben, als Fitzhugh sich räusperte. Ohne Anteilnahme beobachtete Pandora, wie ihre Verwandten sich anspannten. Wohltätige Institutionen und Dienerschaft waren bedacht worden. Jetzt kamen die großen Brocken an die Reihe. Fitzhugh blickte kurz auf, ehe er fortfuhr. „Meinem Sohn Carlson, dessen ... äh ... Mittelmäßigkeit mir immer ein Rätsel war, hinterlasse ich meine gesamte Sammlung von Zaubertricks, in der Hoffnung, dass er einen Sinn für Lächerlichkeit entwickelt."

Pandora unterdrückte mit ihrem Papiertaschentuch einen erstickten Laut und beobachtete, wie ihr Onkel puterrot wurde. Erster Punkt an Onkel Jolley, dachte sie und stellte sich auf weiteres Vergnügen ein. Vielleicht hatte er alles der Heilsarmee vermacht.

„Meinem Enkel Bradley und meiner angeheirateten Enkelin Lorraine hinterlasse ich meine allerbesten Wünsche. Mehr brauchen sie nicht."

Pandora schluckte und blinzelte gegen die Tränen an, die ihr bei der Erwähnung ihrer Eltern in die Augen stiegen. Sie würde ihre Eltern abends in Sansibar anrufen, damit sie sich über die Wünsche genauso freuen konnten wie sie selbst.

„Meinem Neffen Monroe, der seinen ersten selbst verdienten Dollar aufgehoben hat, hinterlasse ich meinen letzten selbst verdienten Dollar samt Rahmen. Meiner Nichte Patience hinterlasse ich mein Cottage in Key West, allerdings ohne große Hoffnung, dass sie genug Mut und Schwung besitzt, um es zu benutzen."

Monroe kaute auf seiner Zigarre herum, während Patience entsetzt dreinblickte.

„Meinem Großneffen Biff hinterlasse ich meine Streichholzsammlung, in der Hoffnung, dass er endlich die Welt in Brand steckt. Meiner Großnichte Ginger, die hübsche Dinge liebt, hinterlasse ich den Silberspiegel, der angeblich Marie Antoinette gehört hat. Meinem Großneffen Hank hinterlasse ich die Summe von 3.528 Dollar, genug, wie ich meine, damit er sich sein Leben lang mit Weizenkeimen versorgen kann."

Das Murmeln, das bei dem ersten Vermächtnis eingesetzt hatte, hielt an und wuchs. Ärger ging allmählich in Wut über. Nichts hätte Jolley besser gefallen. Pandora machte den Fehler, zu Michael zu sehen. Jetzt wirkte er nicht abwesend, sondern voll Bewunderung. Als sich ihre Blicke trafen, konnte Pandora ihr Lachen nicht mehr zurückhalten und fing sich wütende Blicke ein.

Carlson erhob sich empört. „Mr Fitzhugh, das Testament meines Vaters ist nichts als eine böse Verspottung. Offenbar war er bei der

Abfassung nicht bei Sinnen, und ich bezweifle nicht, dass ein Gericht das Testament verwerfen wird."

„Mr McVie." Wieder räusperte sich Fitzhugh. „Ich verstehe vollkommen Ihre Empfindungen bezüglich dieser Angelegenheit. Dennoch war mein Klient im Vollbesitz seiner geistigen und körperlichen Kräfte, als sein Testament abgefasst wurde. Er mag es zwar entgegen meinem Rat formuliert haben, aber es ist legal und bindend. Es steht Ihnen selbstverständlich frei, einen eigenen Anwalt zu konsultieren. Und nun habe ich noch mehr zu verlesen."

„Gewäsch." Monroe paffte an seiner Zigarre und starrte alle wütend an. „Gewäsch", wiederholte er, während Patience seinen Arm tätschelte und hingebungsvoll zwitscherte.

„Onkel Jolley liebte Gewäsch", sagte Pandora und ballte ihr Taschentuch zusammen. Sie war bereit, es mit allen aufzunehmen, und sie hoffte fast, dass es nötig war. Es hätte sie von ihrer Trauer abgelenkt. „Hätte er sein Geld der Gesellschaft gegen Dummheit hinterlassen wollen, wäre das sein Recht gewesen."

„Immer langsam, meine Liebe." Biff polierte seine Fingernägel am Aufschlag seines Jacketts. Sein goldenes Uhrenarmband schimmerte. „Vielleicht hat dir der alte Narr eine Spule Garn hinterlassen, damit du noch mehr Glaskugeln auffädeln kannst."

„Du hast die Streichhölzer noch nicht, alter Junge." Alle Augen richteten sich auf Michael, als er sich träge aus seiner Ecke heraus zu Wort meldete. „Pass gut auf, was du anzündest."

„Warum lasst ihr ihn denn nicht weiterlesen?", flötete Ginger. Sie war mit ihrem Anteil zufrieden. Marie Antoinette, dachte sie. Man stelle sich vor.

„Die beiden letzten Vermächtnisse sind miteinander verbunden", begann Fitzhugh, bevor es eine neuerliche Störung gab. „Und sie sind etwas unorthodox."

„Das ganze Testament ist unorthodox", stieß Carlson verächtlich hervor, und mehrere Köpfe nickten zustimmend.

Pandora erinnerte sich daran, warum sie Familientreffen stets gemieden hatte. Sie langweilten sie zu Tode. Ganz offen hielt sie ihre Hand an den Mund und gähnte. „Könnten wir den Rest hören, Mr Fitzhugh, bevor sich meine Angehörigen noch mehr bloßstellen?"

Sie glaubte, in den Augen des angestaubt wirkenden Anwalts ein zustimmendes Aufblitzen zu sehen, war jedoch nicht sicher.

„Mr McVie schrieb diesen Abschnitt in seinen eigenen Worten.“ Er unterbrach sich kurz. „Pandora McVie und Michael Donahue“, verlas Fitzhugh. „Den beiden Familienmitgliedern, die mir mit ihren Ansichten des Lebens die meiste Freude bereitet haben, mit ihrem Spaß an einem alten Mann und an alten Scherzen, vermache ich den Rest meines Besitzes, in seiner Gesamtheit, mit allen Guthaben, allen Geschäftsinteressen, allen Aktien, Pfandbriefen und Vermögensbeteiligungen, allem beweglichen und unbeweglichen Besitz, mit all meiner Zuneigung. Zu gleichen Teilen.“

Pandora hörte nicht die Einwände von allen Seiten, als sie wie benommen aufsprang. „Ich kann dieses Geld nicht annehmen!“ Sie eilte zu Fitzhugh. „Ich könnte gar nichts damit anfangen. Das würde nur mein Leben in Unordnung bringen.“ Sie wedelte mit der Hand über die Papiere auf dem Schreibtisch. „Er hätte mich zuerst fragen sollen.“

„Miss McVie…“

Bevor der Anwalt noch mehr sagen konnte, wirbelte sie zu Michael herum. „Du kannst alles haben. Du könntest damit immerhin was anfangen.“

In eisiger Ruhe schob Michael seine Hände in die Taschen. „Vielen Dank für dein Angebot, Cousine, aber bevor du die Bombe zündest, könntest du Mr Fitzhugh zu Ende lesen lassen.“

Sie starrte ihn einen Moment an, fast Nase an Nase mit ihm. Dann holte sie, wie sie das schon vor langer Zeit gelernt hatte, tief Luft und wartete, bis sie sich beruhigte. „Ich will das Geld nicht.“

„Du hast deinen Standpunkt klargemacht.“ Er hob eine Augenbraue in jener zynischen, halb amüsierten Art, mit der er sie stets zur Weißglut brachte. „Du faszinierst die Verwandtschaft mit der kleinen Show, die du hier abziehst.“

Durch nichts hätte sie ihre Selbstkontrolle schneller finden können. Sie hob ihm stolz ihr Kinn entgegen, zischte einmal und gab nach. „Also gut.“ Sie drehte sich um und hielt die Stellung. „Ich entschuldige mich für die Unterbrechung. Bitte lesen Sie zu Ende, Mr Fitzhugh.“

„Ich hinterlasse alles“, fuhr er fort, „zusammen mit meinem Heim und den Dingen und Erinnerungen darin, die mir sehr wichtig sind, Pandora und Michael, weil sie Verständnis und Fürsorge gezeigt haben. Ich hinterlasse es ihnen, obwohl es sie vielleicht ärgert, weil es sonst niemanden in meiner Familie gibt, dem ich etwas für mich Wichtiges hinterlassen kann. Was mir gehörte, gehört jetzt Pandora und Michael, weil ich weiß, dass sie mich in ihrer Erinnerung lebendig erhalten werden. Ich erbitte von jedem der beiden nur eine Kleinigkeit als Gegenleistung."

Michael entspannte sich und lächelte andeutungsweise. „Jetzt kommt der Hammer", murmelte er.

„Nicht später als eine Woche nach Verlesung dieses Dokuments werden Pandora und Michael in mein Haus in den Catskills ziehen, nach Jolley's Folley. Sie werden dort für einen Zeitraum von sechs Monaten leben, wobei keiner von beiden mehr als zwei aufeinanderfolgende Nächte unter einem anderen Dach zubringen darf. Nach Ablauf dieses Zeitraums von sechs Monaten fällt ihnen der Besitz zu, in Gänze und ohne Auflagen, zu gleichen Teilen."

Der Anwalt räusperte sich, während es ansonsten im Raum totenstill war.

„Wenn einer der beiden mit dieser Verfügung nicht einverstanden ist oder die Bedingungen dieser Verfügung innerhalb des Zeitraums von sechs Monaten bricht, fällt der gesamte Besitz zu gleichen Teilen allen meinen übrigen Erben und dem Institut zum Studium fleischfressender Pflanzen zu. Ich segne euch, meine Kinder. Lasst einen alten, toten Mann nicht im Stich."

Eine volle Minute herrschte tiefe Stille.

Dann murmelte Michael: „Der alte Bastard." Pandora hätte daran Anstoß genommen, hätte sie ihm nicht völlig zugestimmt. Weil Michael voraussah, dass die Temperatur in dem Raum anstieg, zog er Pandora mit sich hinaus, den Korridor entlang und in einen jener seltsamen kleinen Salons, die man überall im Haus fand. Unmittelbar bevor er die Tür schloss, ging in der Bibliothek die erste Explosion hoch.

Pandora holte ein frisches Taschentuch hervor, schnäuzte sich und ließ sich auf die Armlehne eines Sessels plumpsen. Sie war zu entgeistert und erschöpft, um sich zu amüsieren. „Na, und jetzt?"

Michael tastete nach einer Zigarette, ehe er sich daran erinnerte, dass er aufgehört hatte. „Jetzt müssen wir einige Entscheidungen treffen."

Pandora schenkte ihm einen jener langen, starren Blicke, die nach ihrer Erfahrung die meisten Männer ins Stottern brachten. Michael saß ihr jedoch bloß gegenüber und starrte zurück. „Ich habe gemeint, was ich gesagt habe. Ich will dieses Geld nicht. Nach Aufteilung und Abzug der Steuern sind das ungefähr fünfzig Millionen pro Kopf. Fünfzig Millionen", wiederholte sie und rollte die Augen. „Lächerlich."

„Das war immer Jolleys Meinung“, sagte Michael und bemerkte die Trauer in ihren Augen.

„Er hat das Geld nur zum Spielen benutzt. Das Problem war, dass er jedes Mal nur noch Geld dazugewonnen hat.“ Pandora konnte nicht still sitzen und ging ans Fenster. „Michael, mit so viel Geld würde ich ersticken.“

„Bargeld ist nicht so schwer, wie du denkst.“

Mit einem abfälligen Lächeln drehte sie sich um und setzte sich auf das Fensterbrett. „Du hättest nichts gegen fünfzig Millionen nach Abzug der Steuern einzuwenden.“

Er hätte liebend gern diesen Ausdruck aus ihrem Gesicht weggewischt. „Ich besitze nicht deine feine Missachtung für Geld, Pandora, vielleicht weil ich ohne Geld aufgewachsen bin.“

Sie zuckte die Schultern. „Dann nimm alles.“

Michael griff nach einem kleinen blauen Glasei und warf es von einer Hand in die andere. Es war kühl und glatt und ein paar tausend Dollar wert. „Das wollte Jolley nicht.“

Schniefend riss sie ihm das Ei aus der Hand. „Er wollte, dass wir heiraten und glücklich zusammenleben bis ans Ende unserer Tage. Ich würde ihm gern den Gefallen tun.“ Sie warf ihm das Ei wieder zu. „Aber ich bin keine derartige Märtyrerin. Und bist du nicht ohnedies mit irgendeiner kleinen blonden Tänzerin verlobt?“

Er legte sorgsam das Ei weg, bevor er dem Drang folgte, es nach Pandora zu werfen. „Für jemanden, der die verwöhnte Nase über das Fernsehen rümpft, zeigst du wenig intellektuelle Geringschätzung für Klatsch und Tratsch.“

„Ich liebe Klatsch und Tratsch“, sagte Pandora so gigantisch übertrieben, dass Michael lachte.

„Also gut, Pandora, stecken wir für einen Moment die Schwerter weg. Ich bin mit niemandem verlobt, aber Heirat ist gar keine Bedingung des Testaments. Wir müssen nur sechs Monate unter demselben Dach leben.“

Während sie ihn betrachtete, fühlte sie Enttäuschung in sich aufkommen. „Du willst also wirklich das Geld?“

Er machte zwei wütende Schritte auf sie zu, bevor er sich zurückhielt. Pandora zuckte nicht einmal mit der Wimper. „Denk, was du willst“, sagte er leise, als wäre es unwichtig. Seltsamerweise ließ es sie schaudern. „Du willst das Geld nicht, gut. Abgesehen davon, willst du denn zusehen, wie dieses Haus an die Verwandtschaft da draußen geht oder an einen Haufen lächerlicher Wissenschaftler, die die Venusfalle untersuchen? Jolley hat dieses Haus und alles darin geliebt, und ich dachte immer, du auch."

„Tue ich auch." Die anderen würden es verkaufen, und das Haus wäre für sie verloren. Alle diese unsinnigen, prunkvollen Räume und die lächerlichen Bogengänge. Jolley mochte nicht mehr unter ihnen sein, aber er hatte das Haus wie eine baumelnde Karotte zurückgelassen, und er hielt nach wie vor den Stock, an dem der Köder hing.

„Er versucht noch immer, unser Leben zu bestimmen."

Michael hob eine Augenbraue. „Überrascht?"

Leise lachend sah Pandora zu ihm. „Nein."

Langsam schritt sie durch den Raum, während die Sonnenstrahlen durch die geschliffenen Glasscheiben fielen und in ihr rotes Haar Hochglanz zauberten. Michael beobachtete sie mit objektiver Bewunderung. Sie müsste großartig auf einer Leinwand aussehen. Das hatte er schon immer gefunden. Ihre Haltung, ihr Hochmut. Die paar Pfunde, die sie optisch durch die Kamera mehr bekommen würde, konnten ihrem zu eckigen, gertenschlanken Körper nicht schaden. Und das brandrote Haar wäre auf der Leinwand zu einem Signalfeuer geworden, wogegen es in der Realität einfach zu stark leuchtete. Er hatte sich oft gefragt, warum sie es nicht etwas unauffälliger färbte.

Im Moment interessierte er sich jedoch nur für ihre Gedanken. Das Geld war ihm verdammt gleichgültig, aber er wollte nicht zusehen, wie alles unter die Geier fiel. Und wenn er Pandora dafür rau anfassen musste, tat er es eben. Und vielleicht würde es ihm sogar Spaß machen.

Millionen! Pandora zuckte zusammen. Über oder unter einem bestimmten Einkommen gab es nichts als Sorgen. Aber auf einem netten, angenehmen Niveau ließ es sich leben, und sie hatte es fast schon gefunden. Wie sie die Sache sah, musste sie wie bei einem Schachspiel ihre Züge überlegen.

Sie hatte nie mit einem Mann zusammengelebt. Ganz bewusst nicht, Pandora wollte sich nur nach sich selbst richten müssen. Es war weniger, dass sie Dinge nicht teilen wollte. Sie wollte Lebensraum nicht teilen. Wenn sie jetzt zustimmte, war das schon die erste Konzession.

Dazu kam die Tatsache, dass Michael attraktiv war, attraktiv genug, um beunruhigend zu wirken, wäre er nicht gleichzeitig so ärgerlich gewesen. Ärgerlich und selbst leicht verärgert, erinnerte sie sich amüsiert. Sie wusste, welche Knöpfe sie drücken musste, um ihn zu irritieren. Hatte sie sich nicht stets damit gebrüstet, dass sie mit ihm umgehen könne? Es war nicht immer einfach gewesen. Dafür war er zu klug, aber das hatte ihre Wortwechsel interessant gemacht. Allerdings waren sie nie länger als eine Woche zusammen gewesen.

Es gab eine klare, unbestreitbare Tatsache: Sie hatte ihren Onkel geliebt. Wie konnte sie mit sich leben, wenn sie ihm einen letzten Wunsch verwehrte? Oder einen letzten Scherz?

Pandora blieb stehen und betrachtete Michael. „Sag mal, Cousin, wie können wir sechs Monate unter einem Dach leben, ohne uns zu schlagen?“

„Gar nicht.“

Michael hatte so schnell geantwortet, dass sie lachte. „Ich glaube, ich würde mich langweilen, falls wir uns nicht schlagen sollten. Ich könnte innerhalb von drei, höchstens vier Tagen einziehen.“

„Sehr gut.“ Als sich seine Schultern entspannten, erkannte er, wie sehr er gefürchtet hatte, sie werde ablehnen. Im Moment wollte er nicht untersuchen, warum ihm das so wichtig war. Er streckte ihr die Hand entgegen. „Abgemacht.“

Pandora neigte den Kopf und schlug ein. „Abgemacht.“ Sie war überrascht, dass sich seine Hand hart und ein wenig schwielig anfühlte, nicht wie erwartet weich und schlaff. Immerhin tippte er bloß auf der Maschine. Vielleicht hielten die nächsten sechs Monate einige Überraschungen bereit.

„Sollen wir es den anderen mitteilen?“, fragte er.

„Sie werden uns umbringen wollen.“

Michael fand ihr Lächeln gleichzeitig reizend und boshaft. „Ich weiß“, bestätigte er. „Versuche, nicht zu sehr zu strahlen.“

Als sie den Salon verließen, hatten sich die Verwandten auf dem Korridor versammelt und taten, was sie gemeinsam am besten konnten: Sie stritten.

„Du würdest deinen Anteil für Möhrensaft verplempern“, sagte Biff verächtlich zu Hank. „Ich wüsste wenigstens etwas mit dem Geld anzufangen.“

„Es auf Pferde zu verwetten“, sagte Monroe und stieß eine alles erstickende Wolke Zigarrenrauch aus. „Investieren. Abzüglich Steuern.“

„Du könntest für dein Geld einen Kurs besuchen, wie man in ganzen Sätzen spricht.“ Carlson zog sich aus dem Rauch zurück und richtete seinen Krawattenknoten. „Ich bin der einzige Sohn des alten Herrn. Es ist meine Aufgabe, seine Unzurechnungsfähigkeit zu beweisen.“

„Onkel Jolley besaß mehr Zurechnungsfähigkeit als ihr alle zusammen.“ Frustriert und angewidert trat Pandora vor. „Er hat jedem von euch genau das hinterlassen, was er euch zukommen lassen wollte.“

Biff zog ein flaches goldenes Zigarettenetui hervor und warf seiner Cousine einen Blick zu. „Sieht so aus, als hätte unsere Pandora ihre Meinung geändert. Nun, du hast dafür gearbeitet, nicht wahr, Darling?“

Michael legte seine Hand auf Pandoras Schulter, bevor sie auf Biff losgehen konnte. „Du möchtest doch dein Profil behalten, Cousin?“

„Das Fernsehen hat dich wohl auf den Geschmack für Gewalt gebracht.“ Biff steckte sich lächelnd seine Zigarette an.

„Also, mir erscheint die ganze Sache fair.“ Hanks Frau schüttelte Pandora und Michael herzhaft die Hand. „Richtet euch hier im Haus einen Fitness-Raum ein. Trainiert ein bisschen. Komm jetzt, Hank.“

Schweigend folgte Hank ihr nach draußen, wobei sich sein Jackett über seinen Schultern spannte.

„Nur Muskeln und kein Hirn“, murmelte Carlson. „Komm, Mona.“ Er warf noch einen wütenden Blick auf Pandora und Michael. „In der Angelegenheit hört ihr noch von mir.“

Pandora schenkte ihm ein reizendes Lächeln. „Gute Heimfahrt, Onkel Carlson.“

„Anfechtung“, brummte Monroe und watschte hinter ihnen her.

Patience winkte mit beiden Händen. „Key West, du gütiger Himmel! Ich war nie südlicher als Palm Beach. Oh lieber Himmel!“

„Ach, Michael.“ Ginger legte ihm die Hand auf den Arm. „Wann, meinst du, kann ich meinen Spiegel haben?“

Michael dankte dem Himmel, dass Jolley nicht verlangt hatte, er solle sechs Monate mit Cousine Ginger verbringen. „Mr Fitzhugh schickt ihn dir bestimmt so bald wie möglich zu.“

„Komm, Ginger, wir nehmen dich zum Flughafen mit.“ Biff warf Pandora noch einen abschätzenden Blick zu. „Würde ich dich nicht besser kennen, müsste ich mir Sorgen machen. Aber du hältst es mit Michael keine sechs Tage aus, geschweige denn sechs Monate.“

„Gib noch nicht das Geld des alten Herrn aus“, warnte Michael.

„Wir schaffen die sechs Monate, und wenn es nur darum geht, euch eins auszuwischen."

„Abwarten." Biff ging kerzengerade hinaus. Seine Frau folgte ihm. Sie hatte die ganze Zeit kein Wort gesagt.

„Biff", fragte Ginger im Hinausgehen. „Was wirst du mit allen diesen Streichhölzern machen?"

„Hinter sich die Brücken verbrennen, hoffe ich", murmelte Pandora. „Sie sind weg. Und wir haben jetzt sechs Monate vor uns. Ich weiß noch nicht, warum du es machst, aber ich nehme es für Onkel Jolley auf mich. Ich kann meine Ausrüstung recht leicht hier unterbringen."

„Und ich kann hier recht leicht schreiben."

Pandora holte eine Rose aus einer Schale. „Sofern man bei diesen unglaubwürdigen Skripts von Schreiben sprechen kann."

„In dem gleichen Maß, in dem man deine aufgefädelten Klimperreifen Kunst nennen kann."

Ihre Wangen bekamen wieder Farbe. „Du könntest Kunst nicht einmal erkennen, würde sie vor dir stehen und dich in die Nase beißen. Mein Schmuck drückt Emotionen aus."

„Und wie viel kostet Lust im Moment?"

„Ich dachte, du wärst mit dem Preis gut vertraut." Pandora fischte ein Taschentuch hervor, nieste hinein und schloss ihre Tasche. „Die meisten Frauen, mit denen du dich triffst, tragen Preisschilder."

Das kleine Wortgefecht amüsierte Michael sichtlich. „Ich dachte, wir sprechen über Arbeit."

„In meinem Beruf wird die Zeit bezahlt, während deiner … deiner wird für Werbeeinschaltungen unterbrochen. Und dann …"

„Ich bitte um Entschuldigung."

Fitzhugh stand in der Tür der Bibliothek und wollte vor dem McVie-Clan beschützt werden und sich bei einem Drink beruhigen. „Darf ich annehmen, dass Sie beide mit den Bedingungen des Testaments einverstanden sind?"

Sechs Monate, dachte Pandora. Es wird ein sehr, sehr langer Winter werden.

Sechs Monate, dachte Michael. Die erste Narzisse, die ich im April finde, werde ich vergolden lassen.

„Sie können die Frist ab Ende der Woche laufen lassen", sagte Michael zu Fitzhugh. „Einverstanden, Cousine?"

Pandora hob ihr Kinn an. „Einverstanden."

2. KAPITEL

Es war eine schöne Fahrt von Manhattan, am Hudson River entlang und in die Catskills hinein. Pandora hatte sie immer genossen, aber jetzt musste sie Manhattan gleich für sechs Monate verlassen. Sicher, sie konnte gelegentlich für ein paar Stunden in die Stadt kommen, aber das war kaum dasselbe wie ein Leben im Mittelpunkt des Geschehens.

Sie war damit aufgewachsen, alles zu genießen und stets das Beste aus ihrer Umgebung zu machen. Ihre Eltern waren Zigeuner im Herzen. Der Wohlstand hatte nur bewirkt, dass sie erster Klasse anstatt in Planwagen reisten. Und an Lagerfeuern hatten sie stets einen Diener, der Feuerholz sammelte, aber der Sinn war derselbe.

Vor ihrem fünfzehnten Lebensjahr hatte Pandora in mehr als dreißig Ländern gelebt. Sie hatte Sushi in Tokio gegessen, die Moore von Cornwall durchstreift und auf türkischen Märkten eingekauft. Privatlehrer hatten sie auf ihren Reisen begleitet. Die unruhige Kindheit hatte ihren Sinn für Stil geprägt und den Wunsch nach einem richtigen Heim erzeugt.

Während es ihren Eltern gefiel, durch die Länder zu ziehen und alles in Wort und Bild festzuhalten, hatte Pandora etwas Wichtiges versäumt. Wo war ihr Zuhause? Dieses Jahr in Mexiko, das nächste in Athen. Ihre Eltern hatten sich mit ihren Büchern und Artikeln über alles Ungewöhnliche einen Namen gemacht, aber Pandora wünschte sich Wurzeln, die sie sich jedoch selbst suchen musste.

Sie hatte sich für New York und in gewisser Weise für Onkel Jolley entschieden.

Jolley McVies allerletzter Scherz, dachte sie, als sie in die lange Zufahrt einbog. Hätte sie doch bloß mehr über Michael gewusst. War es bei ihm das Geld oder Zuneigung zu dem alten Mann, was ihn in die Catskills zog? Seine Serie ‚Logan's Run' war im sehr erfolgreichen vierten Jahr, und er hatte andere lukrative Unternehmungen im Fernsehen laufen. Doch Geld stellte eine Verführung dar, Onkel Carlson hatte mehr davon, als er je ausgeben konnte, und focht dennoch bereits das Testament an.

Das bereitete ihr keine Sorgen. Onkel Jolley hatte stets nur die besten Leute angestellt. Wenn Fitzhugh das Testament erstellt hatte, war es wasserdicht. Sorgen bereitete ihr dagegen Michael Donahue.

Als sie ankam, war sie von der Fahrt und der Erkältung erschöpft. Ihre Ausrüstung war schon am Tag davor hergebracht worden, aber sie hatte immer noch drei Koffer im Wagen. Pandora wollte einen nach dem anderen nehmen, öffnete den Kofferraum und sah zu dem Herrenhaus hinüber.

Onkel Jolley hatte es gebaut, als er vierzig war. Also war das Haus älter als ein halbes Jahrhundert. Es erstreckte sich nach allen Richtungen gleichzeitig. Ohne die Seitenflügel wäre es ein ziemlich nüchternes Herrenhaus im Stil des späten neunzehnten Jahrhunderts gewesen. So aber war es eine verwirrende Vielfalt von Mauern und Ecken, hohen und breiten Gebäudeteilen. Einige Fenster waren lang gestreckt, andere breit, einige vergittert, andere frei.

Die Steine stammten aus seinen Steinbrüchen, das Holz aus seinen Sägewerken, und für den Hausbau hatte er eine Baufirma ins Leben gerufen. ‚McVie Construction Incorporated' war eine der fünf größten Gesellschaften des Landes. Und nun gehörte ihr davon die Hälfte, auch von Baby-Öl, Stahlwerken, Düsentriebwerken und Kuchenmischungen. Pandora biss die Zähne zusammen und hob einen Koffer aus dem Wagen. Worauf hatte sie sich bloß eingelassen!

Michael beobachtete Pandora von einem Fenster im ersten Stock aus. Sie trug eine lange weite Jacke in drei lebhaften Farben. Blau, Gelb und Rosa. Der Wind fing sich in ihrer gelben Hose und ließ sie flattern. Sie wirkte nicht verweint, sondern grimmig entschlossen. Umso besser. Bei dem Begräbnis ihres Onkels hatte er sie trösten wollen, doch zu viel Mitgefühl für eine Frau wie Pandora war tödlich, und das Wissen darum hatte ihn abgehalten.

Er kannte sie von Kindheit an und hatte sie immer für ein verwöhntes Biest gehalten, musste ihr aber zugestehen, dass sie aufrichtiger und ehrlicher als der Rest der Verwandtschaft war.

Eine kurze Zeit hatte er für sie ein gewisses Verlangen verspürt, nur das seichte Verlangen eines Teenagers. Sie hatte schon immer ein faszinierendes Gesicht besessen, aber er zog sanftere Frauen vor, Frauen mit mehr Glanz und Weiblichkeit – und kürzeren Klauen.

Michael verschob das Einrichten seines Arbeitszimmers und ging nach unten.

„Charles, sind meine Sachen gekommen?" Pandora ließ ihre Autofahrerhandschuhe auf einen kleinen runden Tisch in der Halle fallen.

Wegen Charles, dem alten Butler, der ihren Onkel schon vor ihrer Geburt versorgt hatte, freute sie sich über ihr Kommen.

„Alles ist heute Morgen eingetroffen, Miss." Der alte Mann wollte ihren Koffer nehmen, doch sie winkte ab.

„Nein, bemühen Sie sich nicht. Wohin haben Sie die Sachen gebracht?"

„In das Gartenhaus im östlichen Hof, wie Sie es wünschten."

Sie lächelte ihm zu und gab ihm einen Schmatz auf die Wange, und sein eckiges Bulldoggengesicht rötete sich leicht. „Ich wusste, dass ich mich auf Sie verlassen kann. Ich habe Ihnen noch gar nicht gesagt, wie glücklich ich darüber bin, dass Sie und Sweeney bleiben. Das Haus wäre nicht mehr dasselbe, würden Sie nicht Tee servieren und Sweeney Kuchen backen."

Charles drückte seinen Rücken noch gerader durch. „Wir denken gar nicht daran wegzugehen, Miss. Der Herr hätte gewollt, dass wir bleiben."

Er hatte es ihnen aber ermöglicht, indem er jedem von ihnen dreitausend Dollar pro Dienstjahr hinterlassen hatte. Charles war seit dem Bau des Hauses hier, und Sweeney war ungefähr zehn Jahre später gekommen. Das Erbe hätte ausgereicht, dass sie sich zur Ruhe setzten. Pandora lächelte. Manche waren nicht für den Ruhestand geschaffen.

„Charles, ich hätte gern Tee." Sie wusste, dass sie ihn ablenken musste, sonst hätte er darauf bestanden, ihr Gepäck die lange Treppe hinaufzutragen.

„Im großen Salon, Miss?"

„Ausgezeichnet, und wenn Sweeney vielleicht diese kleinen Kuchen ..."

„Sie backt schon den ganzen Vormittag." Seine Schuhe knarrten kaum hörbar, als er in die Küche ging.

Pandora malte sich dicken Zuckerguss aus. „Wie viel kann man in sechs Monaten zunehmen?", murmelte sie.

„Eine gleichmäßige Diät mit Sweeneys Kuchen könnte dir ganz bestimmt nicht schaden", sagte Michael von seinem erhöhten Standpunkt aus. „Männer werden für gewöhnlich mehr vom Körper als von Knochen angezogen."

Pandora wirbelte herum und musste den Kopf in den Nacken legen, um zu Michael aufzublicken. „Ich richte mein Leben nicht danach aus, wie ich Männer anziehe."

„Ich wäre der Letzte, der das behauptet."

Er wirkte sehr zufrieden, fand sie und fühlte den ersten Anflug von Ärger. Und er sah auf lässige und arrogante Art attraktiv aus. Mehrere Meter über ihrem Kopf lehnte er sich an einen Pfosten und blickte auf sie herunter, als wäre er der Herr. Dem wollte sie schnell ein Ende bereiten. Onkel Jolleys Letzter Wille war sehr klar gewesen: zu gleichen Teilen.

„Da du schon einmal hier bist und dich breitgemacht hast, kannst du mir mit meinem restlichen Gepäck helfen."

Er rührte sich nicht von der Stelle. „Ich dachte immer, wir wären uns wenigstens in puncto Feminismus völlig einig."

Pandora blieb an der Tür stehen und warf einen Blick zurück. „Lass gesellschaftspolitische Ansichten beiseite. Wenn du mir nicht hilfst, wird Charles darauf bestehen, sobald er zurückkommt, aber er ist zu alt dafür und zu stolz, als dass man ihm das sagen könnte." Sie ging hinaus und war nicht überrascht, hinter sich Michaels Schritte auf dem Kies zu hören.

Sie sog tief die frische Luft ein. Alles in allem war es ein schöner Tag. „Bist du schon zeitig hier heraufgefahren?"

„Genau genommen bin ich schon gestern Abend spät gekommen."

Pandora drehte sich an dem offenen Kofferraum um. „So wild darauf, das Spiel zu beginnen, Michael?"

Hätte er sich nicht zu einem friedlichen Start entschlossen, hätte er an ihrem Tonfall und ihrem Blick Anstoß genommen. So aber ließ er beides durchgehen. „Ich wollte heute mein Arbeitszimmer einrichten. Ich war fast fertig, als du kamst."

„Arbeit, Arbeit, Arbeit", sagte sie mit einem langen Seufzer. „Du schuftest viele Stunden wie ein Sklave, um pro Woche eine Stunde Verfolgungsjagden und heiße Luft zu produzieren."

Friede war ihm plötzlich doch nicht so wichtig. Als Pandora die Hand nach einem Koffer ausstreckte, packte er sie am Gelenk. „Mein Arbeitsaufwand und meine Ergebnisse gehen dich absolut nichts an."

Sie fand es merkwürdig, wie sehr es ihr gefiel, ihn am Rand der Selbstbeherrschung zu erleben. Alle ihre anderen Verwandten waren so glatt und zivilisiert. Michael hatte sich immer abgehoben und war dadurch interessanter gewesen. Lächelnd hielt sie ihre Hand locker.

„Habe ich angedeutet, dass es mich etwas angeht? Nichts – das versichere ich dir – entspricht weniger den Tatsachen. Bringen wir die

Sachen hinein, damit wir Tee trinken können? Es ist ein wenig kühl hier draußen."

Michael hatte stets grollend bewundert, wie leicht sie in die Rolle der Dame des Hauses schlüpfen konnte. Als Autor schätzte er ein Naturtalent.

Er wusste auch, wie eine Szene am besten anzulegen war. „Tee ist eine großartige Idee." Er hob einen Koffer heraus und überließ ihr den zweiten. „Wir führen einige Regeln ein."

„Tatsächlich?" Pandora nahm den Koffer und ging ins Haus.

Pandoras Zimmer lag im ersten Stock des Ostflügels. Jolley hatte ihr das Einrichten überlassen, und sie hatte sich für Weiß in Weiß mit einigen anregenden Farbakzenten entschieden. Pandora stellte ihren Koffer neben das Bett, bemerkte zufrieden das Feuer in dem kleinen Marmorkamin und warf ihre Jacke über einen Stuhl. Darunter trug sie einen lebhaften blauen Pullover mit einer aufgestickten weißen Taube auf der linken Seite.

„Ich habe immer das Gefühl, als würde ich in das Musterzimmer einer Wohnzeitschrift kommen", bemerkte Michael, als er ihre Koffer absetzte, und für einen Moment verspürte er wieder jenes Verlangen wie damals.

„Du fühlst dich vermutlich in deinem eigenen Zimmer wohler", entgegnete Pandora. „Das ist mehr Wald-und-Wiesen-Stil. Der Tee ist wahrscheinlich schon fertig."

Obwohl sie nebeneinander die Treppe hinuntergingen, sprachen sie nicht miteinander. In dem großen Salon deckte Charles soeben – inmitten nahöstlicher reichhaltiger Ausstattung nach Jolleys Wahl – den Teetisch.

„Sie haben das Feuer angemacht, wie schön." Pandora ging an den Kamin und wärmte ihre Hände. Sie musste sich einen Moment sammeln, denn in ihrem Zimmer hatte sie eine Sekunde lang gedacht, in Michaels Augen etwas zu erkennen, was sie verwirrte. Und sie meinte, das Gleiche empfunden zu haben. „Ich schenke schon ein, Charles. Michael und ich werden vor dem Dinner nichts mehr brauchen."

Sie sah sich beiläufig in dem Zimmer mit den fließenden Drapierungen, den geschwungenen Brokatsofas, den schwellenden Kissen und den Messingurnen um.

„Weißt du, das war immer eines meiner Lieblingszimmer." Sie ging an den Teetisch und füllte die Tassen. „Ich war erst zwölf, als wir die

Türkei besuchten, aber dieses Zimmer erinnert mich lebhaft daran, sogar an die Gerüche auf den Märkten. Zucker?"

„Nein." Michael nahm ihr die Tasse ab, legte eine dicke Scheibe Kuchen auf einen Teller und suchte sich eine Sitzgelegenheit. Er bevorzugte den kleinen Salon nebenan mit seinem übersichtlichen englischen Landhausstil.

Das ist also der Anfang, dachte er, mit dem alten Butler und der dicken Köchin als Zeugen. In sechs Monaten mussten alle ein Dokument unterzeichnen und eidesstattlich erklären, dass die Bedingungen des Testaments erfüllt waren, und das war es dann. Nur die Zeit dazwischen bereitete ihm Sorgen.

„Regel Nummer eins", begann Michael ohne Einleitung. „Wir wohnen beide im Ostflügel, weil das für Charles und Sweeney einfacher ist, aber jeder von uns wird jederzeit den Bereich des anderen respektieren."

„Unter allen Umständen." Pandora schlug die Beine übereinander und nippte an ihrem Tee.

„Wiederum wegen des Personals erscheint es geboten, dass wir zur selben Zeit essen. Und darum werden wir im Interesse des nackten Überlebens berufliche Belange aus unserer Unterhaltung ausklammern."

Pandora lächelte ihm zu und knabberte an ihrem Kuchen. „Da, bitte, bleiben wir streng persönlich."

„Du bist ein ekliges kleines Biest ..."

„Siehst du, wir fangen großartig an. Regel Nummer zwei. Keiner von uns, ganz gleich, wie gelangweilt oder unruhig er oder sie ist, wird den anderen während seiner oder ihrer festgesetzten Arbeitszeiten stören. Ich arbeite für gewöhnlich von zehn bis eins und dann wieder von drei bis sechs."

„Regel Nummer drei. Hat einer von uns Besuch, macht sich der andere rar."

Pandoras Augen zogen sich nur für einen Moment zusammen. „Ach, und ich wollte unbedingt deine Tänzerin kennenlernen. Regel Nummer vier. Das Erdgeschoss ist neutraler Boden und von beiden gleichermaßen zu nutzen, es sei denn, besondere Vereinbarungen wären vorher getroffen worden." Sie tippte mit dem Finger gegen die Armlehne ihres Sessels. „Wenn wir beide fair spielen, sollten wir es schaffen."

„Ich habe keine Schwierigkeiten mit Fair Play. Soweit ich mich erinnere, bist du diejenige, die mogelt."

Ihre Stimme wurde sehr kühl. „Ich weiß nicht, wovon du sprichst."

„Canasta, Poker, Gin."

„Dafür hast du überhaupt keinen Beweis." Sie stand auf und schenkte sich noch eine Tasse Tee ein. „Außerdem sind Kartenspiele etwas ganz anderes. Ärgerst du dich noch wegen der fünfhundert Dollar, die ich von dir gewonnen habe?"

„Ich würde mich nicht ärgern, hättest du sie ehrlich gewonnen."

„Ich habe sie gewonnen", entgegnete Pandora. „Das zählt. Wenn ich betrogen habe und du mich nicht erwischt hast, bedeutet das, ich habe so gut betrogen, dass es wieder legal war."

„Du hattest schon immer eine sehr verdrehte Logik." Michael stand ebenfalls auf und kam auf sie zu. Sie musste seinen Gang bewundern, diesen federnden, leicht wiegenden Gang. „Ganz gleich, was immer wir von jetzt an spielen, du wirst mich nicht mehr betrügen."

Sie lächelte zuversichtlich. „Michael, wir kennen einander zu lang, als dass du mich einschüchtern könntest." Sie hob die Hand, um seine Wange zu tätscheln, und zum zweiten Mal hielt er ihre Hand fest. Zum zweiten Mal fühlte sie auch dieses gefährliche Etwas, das sie vorhin erlebt hatte.

Onkel Jolley war nicht mehr als Puffer zwischen ihnen da. Was immer zwischen ihnen bestand, es hatte einen ganzen langen kalten Winter Zeit, um an die Oberfläche zu kommen.

„Vielleicht lernen wir einander erst jetzt kennen", murmelte Michael.

Pandora glaubte das auch, und es gefiel ihr nicht. Michael wirkte nicht wie jemand, der einen Schlag abwehrte, sondern wie jemand, der ihn zurückgab.

Sie standen einander abschätzend einen Moment gegenüber. Waren sie klug, so würde jeder von ihnen einen Treffer anerkennen und zurückweichen.

Pandora hob stolz ihr Kinn. „Michael, wir steigen ein anderes Mal in den Ring. Im Moment bin ich von der Fahrt ein wenig müde. Wenn du mich entschuldigst?"

„Regel Nummer fünf", sagte er, ohne sie loszulassen. „Wenn einer von uns auf den anderen schießt, wird er verdammt dafür bezahlen müssen." Er ließ ihren Arm los und griff nach seiner Tasse. „Dann bis nachher zum Dinner, liebe Cousine."

Pandora erwachte kurz nach Sonnenaufgang, war sofort voll wach und ausgeruht und platzte vor Energie. Mochte es nun an der Luft in den Bergen oder an den sechs Stunden tiefen Schlafs liegen, sie war jedenfalls bereit und begierig auf Arbeit.

Das Frühstück konnte warten, entschied sie, während sie duschte und zu einer schwarzen Hose eine weit geschnittene sandfarbene Jacke mit aufgesetzten breiten Taschen und einem breiten Gürtel anzog. Sie wollte im Gartenhaus ihre Ausrüstung vorbereiten und sich in die Arbeit stürzen.

Im Haus war es noch still und dunkel. Die Luft im Freien ließ Pandoras Haut prickeln. Sie schlug ihren Jackenkragen hoch und überquerte den Rasen, der unter ihren Füßen durch den Morgenreif knirschte. Sie liebte diese absolute Einsamkeit, diese leichte Luft und den unbeschreiblichen Duft der Berge und des Flusses. Die beste Jahreszeit in den Bergen war ihrer Meinung nach der Winter.

Winter in den Bergen war eine Zeit für die grundlegenden Dinge. Wärme, Essen, Arbeit. Manchmal wünschte Pandora sich nur die grundlegenden Dinge. In New York liebte sie gelegentlich stundenlange Diskussionen, die Herausforderung und das Training für ihren Verstand. Aber …

Es gab Zeiten, in denen sie sich nichts mehr wünschte als einen stillen Sonnenaufgang über der reifüberzogenen Erde und die Aussicht auf ein heißes Getränk an einem lodernden Feuer. Und es gab Zeiten, obwohl sie sich das selten selbst eingestand, in denen sie ihren Kopf an eine Schulter lehnen und eine Hand festhalten wollte.

Sie war so erzogen worden, Unabhängigkeit als Pflicht und nicht als selbst gewählt zu betrachten. Ihre Eltern führten eine absolut ausgeglichene Beziehung – sie waren gleichwertige Partner. Pandora hielt diese Art von Beziehung für eine Seltenheit in einer Welt, in der sich die Waage zu oft nach der einen oder anderen Seite neigte.

Mit achtzehn hatte Pandora beschlossen, sich nie mit weniger als einer vollen Partnerschaft zufriedenzugeben. Mit zwanzig hatte sie entschieden, dass Heirat für sie nichts war. Stattdessen hatte sie all ihre Leidenschaft, ihre Energie und ihren Einfallsreichtum in ihre Arbeit gelegt.

Es hatte sich ausgezahlt. Sie war erfolgreich und hatte mehr erreicht als die meisten anderen Menschen in ihrem ganzen Leben.

Nun öffnete sie die Tür des als Abstellraum dienenden Gartenhauses. Das viereckige Gebäude besaß die Größe eines durchschnittlichen Schuppens und hatte einen Holzboden und getäfelte Wände. Onkel Jolley hatte nichts von einfacher Ausstattung gehalten. Sie drückte den Schalter und ließ das Licht aufflammen.

Nach ihren Anweisungen waren die Kisten und Kartons, die sie vorausgeschickt hatte, an einer Wand aufgereiht worden. Die Wandborde, auf denen Onkel Jolley während seiner kurzen, heftigen Gärtnerphase das Gartenwerkzeug aufgehoben hatte, waren leergeräumt worden. Es gab eine große Doppelspüle aus Edelstahl und ein kleines, mehr als ausreichendes Bad mit Dusche im Hintergrund. Pandora zählte fünf Werkbänke. Licht und Lüftung waren hervorragend.

Es würde nicht lange dauern, das Gartenhaus in eine produktive Arbeitsstätte zu verwandeln. Sie brauchte drei Stunden.

Auf einem Bord standen Behälter mit Kugeln und Tropfen verschiedener Größe – Pechkohle, Amethyst, Gold, poliertes Holz, Koralle, Elfenbein. Sie hatte Tabletts mit Edelsteinen und Halbedelsteinen, mit Smaragdschliff, Brillantschliff, Tropfenform und Scheiben. In New York lagen sie in einem Safe. Hier kam Pandora gar nicht auf die Idee, die Kleinode wegzuschließen. Sie hatte Gold, Silber, Bronze und Kupfer. Es gab massive und hohle Bohrer, Hämmer, Flachzangen, Drahtzangen, Kneifzangen, Feilen und Klemmschrauben. Man hätte meinen können, sie betreibe Tischlerei. Außerdem hatte sie noch Kopier- und Zeichenbretter, Flaschen mit Chemikalien und kilometerweise Garne und Kunststofffasern.

Das in diesen Materialien steckende Geld hatte sie jeden Penny ihrer Erbschaft von ihrer Großmutter gekostet und einen Großteil ihrer Ersparnisse aus ihren Lehrjahren verschlungen, aber das war es wert. Pandora nahm eine Feile und klopfte damit auf ihre Handfläche. Das war es mehr als wert.

Sie stellte nie zwei identische Stücke her. Manchmal waren ihre Arbeiten elegant in ihrer Einfachheit, klassisch im Design. Diese Stücke verkauften sich gut und verschafften ihr etwas künstlerische Freiheit. Dann wieder waren ihre Arbeiten laut und bunt und überzeichnet. Stimmungen leiteten Pandora, nicht Trends. Sehr selten nur nahm sie einen Auftrag mit bestimmten Richtlinien an. Es sei denn, die Richtlinien oder der Klient interessierten sie.

Sie hatte einen Präsidenten abgewiesen, weil ihr seine Ideen zu prosaisch erschienen waren, hatte aber einen Ring auf die Bitte eines frischgebackenen Vaters hin gemacht, weil sein Einfall einzigartig war.

Pandora hatte erfahren, dass die frischgebackene Mutter nie die drei miteinander verflochtenen Goldglieder abnahm. Drei Glieder, eines für jeden der neugeborenen Drillinge.

Im Moment hatte Pandora gerade den Entwurf für eine dreireihige Halskette beendet, die von dem Ehemann einer populären Sängerin mit dem ungewöhnlichen Namen Emerald – Smaragd – in Auftrag gegeben wurde, und das war gleichzeitig Pandoras einzige Richtlinie: Der Mann wollte viele Smaragde, und er würde auch für das Dutzend bezahlen, das sie noch in New York vor ihrer Abreise ausgesucht hatte. Es waren rechteckige Steine, drei Karat pro Stück, von jenem tiefen leuchtenden Grün, das bei Smaragden so geschätzt wurde.

Das war beruflich und, noch wichtiger, künstlerisch ihre große Chance. Wurde die Halskette ein Erfolg, konnte sie sich nicht nur ein paar gute Kritiken in ihre Sammelmappe einkleben, sondern fand vor allem Anerkennung. Dann wäre sie frei gewesen, um noch mehr ohne Kompromisse und nach ihren Vorstellungen zu arbeiten.

Sie musste die Kette so arbeiten, dass sie wie Stahl hielt und wie ein Spinnennetz aussah. Die Steine sollten so an jeder Reihe hängen, als wären sie dorthin getropft.

Die Luft in der Werkstatt wurde von der Heizung und der Arbeitsflamme stickig. Schweiß trat auf Pandoras Haut, aber es störte sie nicht. Sie bemerkte nicht einmal so richtig, wann das Gold zu schmelzen begann. Immer wieder zog sie den feinen Golddraht, glättete ihn langsam und veränderte behutsam die Form, bis er dünn wie Engelshaar war und sie ihn mit den Fingern verdrehen und flechten konnte, um den Entwurf zu verwirklichen, der in ihrem Kopf und auf dem Papier existierte.

Die Zeit verstrich. Endlich war die erste dünne Goldkette unter Pandoras Fingern entstanden.

Sie streckte sich soeben, als sich die Tür öffnete und kühle Luft hereinstrich. Mit vor Hitze und Konzentration glühendem Gesicht starrte sie Michael wütend an.

„Was zum Teufel machst du hier?“

„Ich führe Befehle aus.“ Er hatte die Hände in die Jackentaschen geschoben. „Hier riecht es wie in einem Schmelzofen.“

„Ich arbeite.“ Sie wischte sich mit dem Saum ihrer großen Schürze über die Stirn. „Erinnerst du dich an Regel Nummer drei?“

„Das musst du Sweeney sagen." Er ließ die Tür einen Spalt offen und kam ganz herein. „Sie sagt, es sei schlimm genug, dass du das Frühstück hast ausfallen lassen, aber ohne Mittagessen kommst du nicht davon." Neugierig fuhr er mit dem Finger auf einem Tablett mit glitzernden bunten Steinen herum. „Ich habe Befehl, dich zurückzubringen."

„Ich bin noch nicht fertig."

Er hielt einen winzigen Saphir gegen das Licht. „Ich musste sie zurückhalten, sonst wäre sie höchstpersönlich hierher gestampft. Wenn ich ohne dich zurückkomme, wird sie dich holen, aber ihre Arthritis plagt sie wieder."

Pandora murmelte eine Verwünschung. „Leg das weg", befahl sie und band ihre Schürze ab.

„Einiges von diesem Zeug sieht echt aus", bemerkte er, legte den Saphir zurück und nahm einen Diamanten hoch.

„Einiges von diesem Zeug ist echt." Pandora bückte sich und drehte eine der beiden Heizungen kleiner.

Michael blickte stirnrunzelnd auf sie hinunter. „Wieso hast du die Sachen herumliegen? Sie sollten weggeschlossen sein."

Pandora regelte die zweite Heizung. „Warum?"

„Stell dich nicht dümmer als nötig. Jemand könnte einbrechen."

„Jemand?" Pandora richtete sich auf und lächelte ihm zu. „In der Gegend gibt es nicht viele Jemands. Charles und Sweeney machen bestimmt keinen Ärger, aber vielleicht sollte ich mir deinetwegen Sorgen machen."

Er murmelte etwas und ließ den Diamanten auf das Tablett zurückfallen. „Hätte ich ein paar tausend Dollar herumliegen, wäre ich vorsichtiger."

Normalerweise hätte Pandora zugestimmt, aber sie waren meilenweit von allem und jedem entfernt. „Das ist nur einer der Unterschiede zwischen uns, Michael. Ich glaube nicht, dass du viel Vertrauen in deine Umwelt hast. Das kommt bestimmt daher, dass du so viel über hässliche und unangenehme Dinge schreibst."

„Ich schreibe auch über die menschliche Natur." Er griff nach ihrer Skizze der Smaragdhalskette. Durch ihre Ausgewogenheit hätte sie einen Architekten und durch ihre fließenden Formen einen Künstler begeistert. „Wenn du so gern dieses Klimperzeug machst, warum trägst du selbst nichts?"

„Schmuck stört mich bei der Arbeit. Wenn du über menschliche

Natur schreibst, wieso wird dann jede Woche der Bösewicht gefangen?"

„Weil ich für Menschen schreibe, und Menschen brauchen Helden."

Pandora öffnete schon den Mund, um ihm zu widersprechen, fand aber, dass sie seiner Meinung war, schaltete das Licht aus und ging vor ihm hinaus.

„Sperr wenigstens ab", sagte Michael.

„Ich habe keinen Schlüssel."

„Dann werden wir einen besorgen."

„Wir brauchen keinen."

Er knallte die Tür zu. „Du brauchst einen."

Pandora ging achselzuckend weiter. „Michael, habe ich schon erwähnt, dass du irritierter als sonst bist?"

Er holte ein Bonbon aus seiner Tasche und schob es sich in den Mund. „Habe zu rauchen aufgehört."

Zitronengeschmack. Sie fing den leichten Duft auf. „Ist mir aufgefallen. Wie lange schon?"

„Etwa zwei Wochen. Ich werde langsam verrückt."

Sie lachte mitfühlend, ehe sie sich bei ihm einhakte. „Du wirst es überleben, Darling. Der erste Monat ist der schlimmste."

Er betrachtete sie finster. „Woher willst du das wissen? Du hast nie geraucht."

„Der erste Monat ist bei allem der schlimmste. Du musst nur deine Gedanken ablenken. Mach Gymnastik. Wir joggen nach dem Mittagessen."

„Wir?"

„Und wir können nach dem Abendessen Canasta spielen."

Er schnaufte verächtlich, strich aber die Haare von ihrer Wange zurück. „Du wirst wieder betrügen."

„Siehst du, deine Gedanken sind schon abgelenkt." Lachend blickte sie zu ihm auf. Er wirkte etwas verdrossen, aber an ihm war das attraktiv. Friedliches, gutmütiges und gutes Aussehen hatte sie stets gelangweilt. „Es kann nicht schaden, wenn du eines deiner Laster aufgibst, Michael. Du hast so viele."

„Ich liebe meine Laster", brummte er. So freundlich und entspannt lächelte Pandora ihn selten an. Dann vergaß er jedes Mal, wie viel Ärger sie ihm machte. Und er vergaß, dass er sich eigentlich nicht zu betont bohemienhaften Frauen mit wilden roten Haaren und spitzen

Knochen hingezogen fühlte. „Eine Frau mit deinem Aussehen sollte auch ein paar eigene Laster haben."

Ihr Mund war ernst, aber ihre Augen funkelten mutwillig. „Dafür bin ich zu beschäftigt. Laster verschlingen eine Menge Zeit."

„Aus der geöffneten Büchse der Pandora strömten die Laster."

Sie blieb auf den Stufen des hinteren Eingangs stehen. „Nebst anderem Unheil. Wahrscheinlich bin ich deshalb sehr vorsichtig, bevor ich etwas öffne."

Michael strich mit dem Finger über ihre Wange. „Früher oder später musst du den Deckel lüften."

Sie wich nicht zurück, obwohl sie die leichte Spannung spürte. Pandora hielt nichts von Zurückweichen, sondern glaubte nur an Vorpreschen. „Manche Dinge sollten besser unter Verschluss bleiben."

Michael nickte. Er wollte genauso wenig von seiner Privatsphäre preisgeben wie sie von ihrer. „Manche Schlösser sind nicht so stark, wie sie sein sollten."

Sie standen dicht beisammen, und der Wind strich leicht zwischen ihnen. Pandora fühlte die Sonne im Rücken und die Kälte auf ihrem Gesicht. Ein Schritt näher, und sie würde auf Wärme treffen – auf Hitze. Daran hatte sie nie gezweifelt und hatte es deshalb immer vermieden. Michael machte sich stets alles zunutze, was sich ihm darbot. Und im Moment wäre das zufällig sie gewesen.

Sie atmete langsam und ruhig aus, ehe sie nach dem Türknopf griff. „Es ist besser, wir gehen jetzt, wir sollten Sweeney nicht warten lassen."

3. KAPITEL

Die Straßen sind fast verlassen. Ein Wagen fährt um die Ecke, verschwindet. Es nieselt. Neonlichter spiegeln sich in Pfützen. Dieser Teil der Stadt ist grau, mies. Hinterhöfe, billige Nachtclubs, verbeulte Autos. Die kleine, nett gekleidete Blondine geht schnell. Sie ist nervös, nicht in ihrem Element, aber auch nicht verloren. Großaufnahme, Briefumschlag in ihrer Hand. Feucht vom Regen. Ihre Finger öffnen und schließen sich. Die Reifen eines Autos außerhalb des Bildes quietschen. Sie zuckt zusammen, steht unschlüssig vor dem Club. Das blaue Licht der Reklame blinkt ihr Gesicht an. Sie zögert. Schiebt den Umschlag von einer Hand in die andere. Sie geht hinein. Kamera fährt langsam auf die Straße. Drei Schüsse, das Bild erstarrt.

Es klopfte drei Mal an der Tür von Michaels Arbeitszimmer. Bevor er antworten konnte, wirbelte Pandora herein. „Herzlichen Glückwunsch zum Jubiläum, Darling!"

Michael blickte von seiner Schreibmaschine auf. Fast die ganze Nacht hatte er an seiner Geschichte gearbeitet, die sich jetzt in seinen Gedanken wieder auflöste.

„Zum Teufel, wovon sprichst du?" Er tastete nach der Schale mit Erdnüssen, hatte aber schon alle bis auf zwei gegessen.

„Zwei volle Wochen ohne gebrochene Knochen." Pandora kam auf ihn zu, schnalzte missbilligend mit der Zunge angesichts der Unordnung und entschied sich für die Armlehne eines Sessels, buchstäblich dem einzigen freien Platz. „Und alle haben gesagt, wir würden nicht durchhalten."

Pandora sah frisch aus. Die rote Mähne hatte sie nach hinten gekämmt, die schwarze Trikothose mit dem schwarzen Oberteil, auf dessen neutralem Untergrund bizarre Zackenlinien in allen Farben leuchteten, saß bequem.

Michael dagegen fühlte sich, als wäre er soeben aus einer Höhle gekrochen. Sein T-Shirt war schon vor zwei Jahren an der Schulter eingerissen, aber er zog es immer noch am liebsten an. Vor ein paar Wochen hatte er einer Freundin beim Anstreichen geholfen, und die Farbflecke auf seiner Jeans verrieten ihre Vorliebe für Babyrosa. Seine Augen fühlten sich an, als hätte er mit dem Gesicht nach unten im Sand geschlafen.

Pandora strahlte ihn wie eine begeisterte Kindergarten-Tante an.

„Wir haben eine Regel, dass der Arbeitsbereich des anderen zu respektieren ist", erinnerte er sie.

„Ach, sei doch nicht so grantig. Außerdem hast du mir nie deinen Zeitplan genannt. Soviel ich in der letzten Zeit herausgefunden habe, ist es jetzt für dich noch sehr zeitig am Tag."

„Ich beginne gerade mit der Grundhandlung für eine neue Episode."

„Wirklich?" Pandora ging zu ihm und lehnte sich über seine Schulter. „Hmm", machte sie, obwohl sie sich fragte, wer wen erschossen hatte. „Nun, die Szene dauert wohl nicht gerade lang."

„Warum gehst du nicht mit deinen Murmeln spielen?"

„Das ist nicht nett von dir. Und dabei wollte ich dich einladen, mit mir in die Stadt zu fahren." Sie setzte sich auf die Schreibtischkante und fragte sich, warum sie unbedingt freundlich sein wollte. Vielleicht, weil die Smaragdhalskette fast fertig war und sogar ihren Standard übertraf. Vielleicht, weil sie in den beiden letzten Wochen Michaels Gesellschaft in gewisser Weise genossen hatte. Ein wenig genossen, mahnte sie sich selbst. Kein Grund zum Jubeln.

Misstrauisch zog Michael die Augen zusammen. „Wozu mitfahren?"

„Ich kaufe für Sweeney ein und dachte, du möchtest auch einmal hier heraus."

Er wollte schon. Seit zwei Wochen sah er nur das Haus und die Umgebung. „Für wie lange?"

„Ach, zwei oder drei Stunden." Sie zuckte die Schultern.

Er geriet in Versuchung. Freizeit und Szenenwechsel. Aber das Blatt in seiner Schreibmaschine war noch immer halb leer. „Geht nicht. Ich muss das noch ausarbeiten."

„Na gut." Pandora stand auf und war überrascht, wie enttäuscht sie war. „Überanstrenge deine Finger nicht."

Michael wollte gerade eine entsprechende Antwort von sich geben, aber er überlegte es sich wegen der leeren Schale mit Nüssen. „Pandora, könntest du mir ein paar Pfund Pistazien mitbringen?"

Sie blickte auf die leere Schale und hätte beinahe gelächelt. Wenn er weiter so viel knabberte, verlor er bald sein schlankes und rankes Aussehen. „Könnte ich."

„Und eine New York Times."

Sie runzelte die Stirn. „Möchtest du mir vielleicht eine Liste machen?"

„Sei so nett, ja? Wenn Sweeney das nächste Mal etwas braucht, fahre ich."

Sie dachte einen Moment darüber nach. „Na gut, Nüsse und Neuigkeiten."

„Und ein paar Kugelschreiber!", rief er ihr nach.

Sie knallte die Tür hinter sich zu.

Erst nach zwei Stunden wollte Michael sich eine Tasse Kaffee gönnen. Die Geschichte voll Windungen und Drehungen ging gut voran. Er schrieb gern für das Fernsehen. Es gefiel ihm, dass seine Geschichten jede Woche Millionen von Menschen erreichten, die sich eine Stunde mit den Personen verbunden fühlten, die er geschaffen hatte.

Die Wahrheit war, dass Michael diesen Logan mochte – Logans vorsichtigen Heldenmut, seinen Humor und seine Fehler. Michael hatte Logan menschlich und fehlbar zögernd angelegt, weil er davon überzeugt war, dass die besten Helden genauso waren.

Einschaltquoten und Fanpost bewiesen, dass er ins Schwarze getroffen hatte. Seine Arbeit für Logan hatte ihm Anerkennung bei den Kritikern und Preise eingetragen, genau wie der Einakter, den er für die Bühne geschrieben hatte. Aber das Bühnenstück hatte höchstens ein paar tausend Menschen erreicht, die meisten von ihnen New Yorker. ‚Logan's Run' erreichte dagegen die vierköpfige Familie in Des Moines, die Stahlarbeiter in Chicago und die College-Studenten in Boston. Woche für Woche.

Er schaltete die Schreibmaschine aus, und das Summen erstarb. Er hatte gewusst, dass er in Jolley's Folley arbeiten konnte, aber er hatte nie erwartet, dass es ihm so leicht fallen würde. Genau genommen hatte er nicht erwartet, dass er mit Pandora so gut auskommen würde.

Sicher, sie kämpften miteinander, aber sie zerrissen sich nicht gegenseitig. Ihm gefielen die Abende, an denen er mit Pandora Karten spielte, selbst wenn es ihm nur darum ging, sie beim Mogeln zu erwischen. Bisher hatte er sie noch nicht erwischt.

Und dann war da noch diese seltsame Anziehungskraft, die nicht im Skript gestanden hatte. Manchmal wollte er ihren allzu scharfzüngigen Mund auf angenehmere Weise als sonst verschließen. Nur interessehalber, um herauszufinden, wie das war, sagte er sich. Er wollte herausfinden, wie Pandora reagierte, wenn er sie an sich zog und küsste, bis sie in seinen Armen ganz schwach wurde.

Auflachend trat er an das Fenster. Schwach werden? Pandora? Frauen wie sie wurden nie schwach. Vielleicht konnte er seine Neugierde befriedigen, würde sich dafür aber einen Faustschlag einhandeln. Aber vielleicht war es das sogar wert.

Sie blieb nicht ganz unbeteiligt. Das hatte er deutlich gefühlt. Und sie umkreisten beide diesen Punkt seit zwei Wochen. Oder vielleicht seit zwanzig Jahren.

Noch nie hatte er bei einer anderen Frau exakt die Gefühle gehabt, die er bei Pandora McVie verspürte: Unbehagen, Herausforderung, Ärger. Im Gegenteil, in Gesellschaft von Frauen fühlte er sich fast immer wohl. Er mochte sie – ihre Weiblichkeit, ihre besonderen Stärken und Schwächen, ihren Stil. Vielleicht war er deshalb in Beziehungen stets so erfolgreich, obwohl er sie bewusst nur auf kurze Zeit anlegte.

Wenn er eine Frau umwarb, war er nicht nur am Endergebnis interessiert. Sicher, er interessierte sich für Pandora, aber er wäre nie auf die Idee gekommen, sie zu umwerben. Überraschenderweise hatte er ein oder zwei Mal an eine Verführung gedacht.

Verführen war natürlich etwas ganz anderes als umwerben. Allerdings wusste er nicht, ob der Versuch bei Pandora das Risiko lohnte.

Wenn er ihr ein Dinner bei Kerzenlicht oder einen Spaziergang im Mondschein bot – oder eine Nacht voll wilder Leidenschaft –, würde sie dies mit einer ihrer sarkastischen Bemerkungen versehen. Das wiederum würde ihm eine Bissigkeit entlocken, und das Karussell hätte sich erneut zu drehen begonnen.

Michaels Gedanken stockten, als er von seinem Fenster aus bemerkte, wie sich die Tür des Gartenhauses, in dem Pandora arbeitete, öffnete. Merkwürdig, er hatte nicht gedacht, dass sie schon zurück sein könnte.

Er wollte sich schon mit einem Schulterzucken abwenden, als er eine Gestalt herauskommen sah, vermummt mit Mantel und Hut. Aber er wusste sofort, dass das nicht Pandora war. Pandora bewegte sich anmutig und selbstvergessen. Diese Person dort ging rasch und ängstlich. Ohne lange zu überlegen, jagte Michael aus dem Zimmer und die Treppe hinunter.

Am Fuß der Treppe prallte er fast mit Charles zusammen. „Ist Pandora schon zurück?“, fragte er.

„Nein, Sir. Sie meinte …“

Doch Michael durchquerte die Halle. Im Freien traf ihn der kalte Wind voll und erinnerte ihn daran, dass er sich keinen Mantel angezogen hatte.

Während er auf das Gartenhaus zulief, wurde sein Gesicht von dem scharfen Wind kalt, nur seine Muskeln erwärmten sich. Niemand war auf dem Grundstück zu sehen. Nicht überraschend, denn die Wälder rückten dicht an die Grenze heran, und es gab etliche bequeme Wege.

Irgendein Jugendlicher, der sich hier herumtrieb? Pandora hatte Glück, wenn er nicht die Hälfte ihrer hübschen Steine mitgenommen hatte. Es würde ihr recht geschehen.

Michael änderte seine Meinung, sobald er ihre Werkstatt betrat und einen ersten Blick auf das sich ihm bietende Chaos geworfen hatte.

Behälter waren umgekippt, sodass Gemmen und Steine und Perlen überall verstreut herumlagen. Garne und Fäden waren entrollt und von Wand zu Wand gespannt und miteinander verknotet. Einige musste Michael zerreißen, um eintreten zu können. Gold- und Silberdraht war zerknüllt und zerschnitten. Werkzeuge lagen überall auf dem Boden.

Michael bückte sich und hob einen Smaragd auf. Falls das ein Dieb gewesen war, hatte er sich reichlich seltsam angestellt.

„Oh nein!“ Pandora stand in der Tür, ließ ihre Tasche fallen und konnte nur noch starren.

Michael drehte sich zu ihr um und sah ihr leichenblasses Gesicht. Er murmelte eine Verwünschung und wünschte sich, wenigstens einen Moment Zeit gehabt zu haben, um sie vorbereiten zu können. „Schon gut“, sagte er und streckte die Hand aus, um ihren Arm zu ergreifen.

Pandora stieß ihn beiseite und drängte sich in die Werkstatt. Perlen rollten und sprangen vor ihren Füßen her. Einen Augenblick überwogen Unglaube und Schock. Dann ergriff sie eine unbändige Wut. „Wie konntest du nur?“ Als sie sich zu Michael drehte, war sie nicht mehr blass, sondern Zornesröte war ihr in die Wangen gestiegen, und ihre Augen funkelten wie der Smaragd in seiner Hand.

Weil Michael nicht damit rechnete, hatte er beinahe die ganze Wucht des ersten Schlages abbekommen. Er spürte den Luftzug, als ihre Faust an seinem Gesicht vorbeitraf. Er fing ihren Arm ab, bevor sie es noch einmal versuchen konnte. „Einen Moment“, setzte er an, aber Pandora warf sich buchstäblich auf ihn, dass sie beide gegen die Wand fielen. Was immer noch auf den Borden geblieben war, stürzte zu Boden. Es kostete ein paar Sekunden und etliche Beulen auf beiden Seiten, ehe Michael ihre Arme nach hinten biegen und sie festhalten konnte.

„Hör auf!“ Er drückte sie gegen die Wand, bis sie außer sich vor Erbitterung zu ihm aufstarrte. „Du hast Grund, so aus der Fassung zu geraten, aber du erreichst nichts, wenn du mich umbringst.“

„Ich wusste, dass du gemein sein kannst“, stieß sie zwischen zusammengebissenen Zähnen hervor. „Aber ich hätte nie gedacht, dass du so dreckig sein kannst.“

„Zum Teufel, glaub, was du willst“, fuhr er sie an, aber er fühlte, wie sie unter der Anstrengung, sich zu beherrschen, zitterte. „Pandora“, fügte er sanfter hinzu. „Das war ich nicht. Sieh mich an! Warum sollte ich?“

Weil sie weinen wollte, waren ihre Stimme und ihre Augen hart. „Sag du es mir doch!“

Geduld war keine seiner Stärken, aber er versuchte es noch einmal. „Pandora, hör doch! Ich bin kurz vor dir hier hereingekommen. Ich habe von meinem Fenster aus jemanden aus deiner Werkstatt herauskommen sehen.“

Sie würde sich erniedrigen. Sie war den Tränen nahe und hasste das Gefühl. Es war besser, Michael zu hassen. „Lass mich los!“

Vielleicht wurde er mit ihrer Wut besser fertig als mit ihrer Verzweiflung. Vorsichtig ließ Michael ihre Arme los und trat zurück. „Ich habe diese Person vor höchstens zehn Minuten gesehen. Wahrscheinlich ist der Betreffende durch die Wälder auf und davon.“

Pandora versuchte zu denken. „Du kannst gehen“, sagte sie mit tödlicher Ruhe. „Ich muss aufräumen und eine Bestandsaufnahme machen.“

Bitterkeit stieg in Michael hoch, als sie ihn so beiläufig wegschickte, aber dann erinnerte er sich an seine Reaktion beim Betreten der Werkstatt, und er schluckte die Bitterkeit hinunter. „Wenn du willst, rufe ich die Polizei, aber ich weiß nicht, ob etwas gestohlen wurde.“ Er öffnete seine Faust und zeigte Pandora den Smaragd. „Ich kann mir nicht vorstellen, dass ein Dieb so etwas Kostbares zurücklässt.“

Pandora nahm ihm rasch den Stein aus der Hand und ging mit klopfendem Herzen an ihren Werktisch. Da lagen die Überreste der Halskette, an der sie zwei Wochen lang gearbeitet hatte. Die zarten Girlanden waren zerrissen, die Smaragde überall verstreut. Pandora sammelte die Teile ein und unterdrückte den Wunsch zu schreien.

„Du warst damit fast fertig, nicht wahr?“, fragte Michael. Er stellte sich vor, wie er sich fühlen würde, falls jemand mit einer Schere sein Skript zerschnitten hätte.

Pandora ließ die Teile auf den Tisch zurückfallen. „Lass mich allein." Sie kauerte sich auf den Boden und begann, Steine und Perlen einzusammeln.

„Pandora." Als sie ihn ignorierte, packte Michael sie an den Schultern und schüttelte sie. „Verdammt, Pandora, ich will dir helfen."

Sie warf ihm einen langen, kalten Blick zu. „Du hast genug getan, Michael. Lass mich jetzt allein."

„Na gut, fein." Er ließ sie los und stürmte hinaus. Auf halbem Weg zum Haus blieb er stehen, fluchte und wünschte sich sehnlichst eine Zigarette.

Pandora hatte kein Recht, ihn zu beschuldigen. Schlimmer noch: Sie hatte kein Recht, ihn so zu behandeln, dass er sich verantwortlich fühlte.

Er wäre beinahe weiter auf das Haus zugegangen, als ihm einfiel, wie geschockt und elend sie in der Tür der Werkstatt ausgesehen hatte. Er nannte sich einen Narren und kehrte um.

Als Michael die Tür wieder öffnete, herrschte unverändert das Chaos. Pandora saß mitten auf dem Fußboden neben ihrer Arbeitsbank und weinte leise.

Er geriet in die typisch männliche Panik bei der Sicht von Frauentränen, zur gleichen Zeit fand er es höchst verwunderlich, dass Pandora sie vergoss. Wortlos ging er zu ihr und legte seine Arme um sie.

Sie verkrampfte sich, aber damit hatte er gerechnet. „Ich habe dir gesagt, du sollst weggehen."

„Ja. Aber warum sollte ich auf dich hören?" Er strich ihr über das Haar.

Pandora wollte sich an ihn lehnen und stundenlang weinen. „Ich will dich nicht hier haben."

„Ich weiß. Tu einfach so, als wäre ich ein anderer." Er zog sie an seine Brust.

„Ich weine jetzt nur aus Wut." Schniefend presste sie ihr Gesicht an sein Hemd.

„Sicher." Er drückte einen Kuss auf ihren Kopf. „Nur zu, ärgere dich noch eine Weile. Ich bin daran gewöhnt."

Sie sagte sich, dass das nur vom Kummer kam, warum sie sich so geschwächt fühlte, aber sie entspannte sich in seinen Armen. Die Tränen strömten ihr über die Wangen. Wenn sie weinte, dann weinte sie aus ganzem Herzen. Als es vorüber war, war sie erledigt.

Nachdem ihre Tränen getrocknet waren, kuschelte sie sich an Michael. Er gab ihr Sicherheit, über die sie jetzt nicht nachdenken wollte. Sie fühlte sich beschämt. Sie war gemein zu ihm gewesen. Er war zurückgekommen und hatte sie in die Arme genommen. Wer hätte gedacht, dass er so geduldig sein könnte und so liebevoll? Pandora seufzte tief und hielt die Augen geschlossen.

„Es tut mir leid, Michael."

Sie war so weich. Er ließ seine Wange über ihr Haar streichen. „Ist schon okay."

„Nein, ich meine es ernst." Als sie den Kopf drehte, glitten ihre Lippen über seine Wange. Es überraschte sie beide. Solche Berührungen waren Freunden vorbehalten … oder Liebenden. „Ich konnte vorhin nicht mehr denken. Ich …" Sie unterbrach sich, war von seinen Augen fasziniert. War das nicht seltsam, wie klein die Welt werden konnte, wenn man jemandem in die Augen sah? „Ich muss das alles erst verarbeiten."

„Ja, das müssen wir beide." Er ließ seinen Finger über ihre Wange gleiten. Sie war weich und sanft, mehr als er je angenommen hätte.

Es war so leicht für sie, sich an seine Schulter zu lehnen. „Ich kann nicht denken."

„Nein?" Ihre Lippen waren nur noch Zentimeter von den seinen entfernt – zu nahe, um sie zu ignorieren, zu weit, um sie zu kosten. „Dann denken wir eben beide einen Moment lang nicht nach."

Als seine Lippen ihren Mund berührten, zog Pandora sich nicht zurück, sondern akzeptierte es mit der gleichen Neugierde, die ihn bewegte. Es war keine Explosion, auch kein Schock, sondern für sie beide ein Test, einer, von dem sie beide gewusst hatten, dass es früher oder später dazu kommen musste.

Pandora fühlte sich warm an, und bei aller Süße hatte sie Würze. Michael kannte sie nun schon so lange, dass er das eigentlich hätte wissen müssen. Weich. Ja, sie war weich, aber nicht nachgiebig. Vielleicht hätte er Nachgiebigkeit zu einfach gefunden. Als er seine Zunge in ihren Mund schob, kam ihm ihre Zunge aufreizend und spielerisch entgegen. Sie brachte ihn dazu, mehr zu wollen, viel mehr. Er vergrub die Finger in ihr Haar. Michael war so geheimnisvoll und verwegen, wie sie das immer erwartet hatte. Seine Hände waren fest, und sein Mund verstand zu geben. Manchmal hatte sie sich vorgestellt, wie das wäre, ihm so zu begegnen, aber sie hatte diese Gedanken stets verdrängt. Michael Donahue war gefährlich, ganz einfach weil er Michael Donahue war. Seit sie Kinder waren, hatte er sie abwechselnd angezogen und abgestoßen. Es war mehr, als es irgendeinem anderen Mann länger als eine Woche gelungen wäre.

Während sie jetzt seinen Mund erforschte, verstand sie den Grund. Michael war für sie anders. Sie fühlte sich in seinen Armen nicht ganz sicher und auch nicht ganz beherrscht. Bisher hatte Pandora bei der Begegnung mit einem Mann stets darauf geachtet, dass sie beides war. Das Kratzen seiner unrasierten Wange störte sie nicht. Es wirkte erregend. Der harte Fußboden störte genauso wenig wie die kalte Luft, die durch die noch immer offene Tür hereinströmte.

Pandora fühlte sich ruhig und wohlig. Der leichte Druck seiner Zähne an ihrer Lippe gab ihr das Gefühl, als ob sie gerade Neuland betreten hätte. Sie war in immer neuen unbekannten Gebieten aufgewachsen, und dennoch hatte sie nie etwas erlebt, das so einmalig, exotisch oder so beruhigend war.

Sie wollte weitermachen und wusste, dass sie aufhören musste.

Zur gleichen Zeit zogen sie sich zurück.

„Nun ja." Pandora rang um Fassung, während sie die Hände im Schoss faltete. Sei lässig, befahl sie sich, sei locker. Sie durfte nichts sagen, weswegen er sie auslachen konnte. „Das war wohl bereits seit einer Weile fällig."

Michael fühlte sich, als ob er soeben ohne Wagen über eine Achterbahn gerast wäre. „Vermutlich." Er betrachtete sie einen Moment neugierig und ein bisschen entnervt. Als er sah, dass sie die Finger ineinander verschlang, fühlte er eine kleine Befriedigung. „Es war nicht ganz so, wie ich erwartet habe."

„Die Dinge sind meistens nicht so." Zu viele Überraschungen für einen Tag, fand Pandora und stand ein wenig schwankend auf. Sie beging den Fehler, um sich zu sehen und wäre beinahe wieder zu Boden gesunken.

„Pandora ..."

„Nein, keine Sorge." Sie schüttelte den Kopf, als er aufstand. „Ich breche nicht wieder zusammen. Du hast wohl wegen des Schlüssels recht gehabt. Ich sollte dir dankbar sein, dass du nicht gesagt hast: Ich habe es dir ja gleich gesagt."

„Vielleicht hättest du es zu hören bekommen, wenn es gepasst hätte." Michael las die verstreuten Smaragde auf. „Ich bin kein Experte, Cousine, aber ich würde behaupten, die sind ein paar tausend Dollar wert."

„Ja, und?" Sie runzelte die Stirn, als sie allmählich begriff. „Kein Dieb hätte sie liegen gelassen."

„Schätze, du wirst feststellen, dass nichts fehlt. Wer immer das gemacht hat, wollte nur verwüsten."

Pandora stieß die Luft verächtlich aus und setzte sich auf den Tisch. „Du glaubst, dass es jemand von der Familie war."

„Sie dachten, dass wir es nicht schaffen. Nun haben wir die ersten beiden Wochen geschafft, und das könnte einen von ihnen nervös gemacht haben. Was war deine erste Reaktion, als du das alles hier gesehen hast?"

Sie fuhr sich mit den Fingern durch die Haare. „Dass du es getan hast. Genau so, wie unsere liebe Verwandtschaft es von mir erwartete. Verdammt, ich hasse es, dass ich so leicht auszumachen bin."

„Du hast sie überlistet, sobald du wieder klar denken konntest."

„Biff", entschied Pandora nachdrücklich. „So ein gemeiner Trick wäre genau sein Stil."

„Ich würde nur auf Biff tippen, wenn dir ein paar Steine fehlten. Er könnte niemals der Versuchung widerstehen, ein paar Glitzersteine einzustecken, die er zu Geld machen könnte."

„Das stimmt." Onkel Carlson ... Nein, das wäre nicht sein Stil gewesen. Viel zu ungehobelt. Ginger wäre von dem Glitzern so fasziniert gewesen, dass sie die Steine nur gestreichelt hätte. „Nun, es ist wahrscheinlich unwichtig, wer es war. Sie haben mich bei meiner Arbeit um zwei Wochen zurückgeworfen." Wieder hob sie Teile der Goldkette auf. „Sie wird nie so werden wie vorher. Nichts gelingt beim zweiten Mal genauso."

„Manchmal wird es besser."

Kopfschüttelnd ging Pandora zu der Heizung. Wenn Michael ihr jetzt noch mehr Mitgefühl schenkte, würde sie sich selbst nicht mehr trauen. „Wie auch immer, ich muss sofort anfangen. Sag Sweeney, dass ich es nicht zum Lunch schaffe."

„Ich helfe dir beim Aufräumen."

„Nein." Sie wandte sich ihm wieder zu, als er die Stirn runzelte. „Nein, wirklich, Michael, vielen Dank, aber ich muss mich beschäftigen. Allein."

Es gefiel ihm nicht, aber er verstand es. „Also gut. Wir sehen uns zum Dinner."

„Michael." Er blieb in der Tür stehen. „Vielleicht hatte Onkel Jolley recht."

„Inwiefern?"

„Du könntest zum Ausgleich ein oder zwei Vorzüge haben."

Er lächelte ihr strahlend zu. „Onkel Jolley hatte immer recht, Cousine. Deshalb hält er ja auch jetzt noch die Fäden in der Hand."

Pandora wartete, bis sich die Tür schloss. Onkel Jolley hielt tatsächlich noch immer die Fäden in der Hand. „Aber du wirst mich nicht verkuppeln", murmelte sie. „Ich bleibe frei und ungebunden. Hoffentlich geht das in deinen Dickschädel hinein."

Sie war nicht abergläubisch, doch Pandora meinte fast, das hohe, abgehackte Lachen ihres Onkels zu hören.

4. KAPITEL

Da Pandora nach einer genauen Überprüfung feststellte, dass nichts fehlte, verzichtete sie darauf, die Polizei zu verständigen. Dass der Einbruch während ihrer Fahrt in die Stadt verübt worden war, brachte sie auf eine Idee. „Ich möchte gern wissen, ob die Saundersons im Winter in ihrem Haus sind."

„Die Nachbarn mit dem See." Michael hatte ebenfalls schon daran gedacht, dass man von ihrem Grundstück aus Jolley's Folley mit einem guten Fernglas beobachten konnte. „Sie sind oft in Europa, nicht wahr?"

„Ja." Pandora stocherte in ihrem Hühnerfrikassee herum. „Er hat mit Hotels zu tun, und sie wohnen mal hier und mal da für ein paar Wochen."

„Vermieten sie in der Zeit ihr Haus?"

„Nicht dass ich wüsste. Ich glaube, sie halten immer ein oder zwei Angestellte im Haus, selbst wenn sie verreist sind. Jetzt fällt mir ein, dass sie vor ein paar Monaten daheim waren." Pandora lächelte bei der Erinnerung. „Onkel Jolley und ich gingen angeln, und Saunderson hätte uns beinahe geschnappt. Wären wir nicht auf allen vieren zu der Hütte zurück ..." Sie brach ab, als sich der Gedanke formte.

„Hütte." Michael nahm das Stichwort auf. „Ich hatte sie ganz vergessen. Jolley benutzte sie in seiner Ernähre-dich-von-dem-Land-Phase."

Pandora zuckte die Schultern. „Letztlich hat er mehr Bohnen aus der Dose als Wild gegessen. So viel zu der Ernährung von den Reichtümern des Landes. Jedenfalls haben wir eine Menge Forellen gefangen. Die, die wir nicht verbraucht hatten, schickten wir an Saunderson. Er hat uns nie ein Dankschreiben zurückgeschickt."

„Schlechte Manieren."

„Nun, ich habe gehört, dass seine Großmutter ein Bar-Mädchen aus Chelsea war. Noch Wein?"

„Nein, danke." Michael wollte einen klaren Kopf für den Plan behalten, der allmählich Formen annahm. „Aber nimm dir ruhig."

Pandora stellte die Flasche weg und lächelte ihm süß zu. „Nein, ich bin ein wenig müde."

„Dazu hast du allen Grund." Es passte ihm großartig, wenn er sie zeitig zu Bett schicken konnte. „Du musst dich richtig ausschlafen."

„Du hast bestimmt recht.“ Beide waren zu sehr mit ihren eigenen Schachzügen beschäftigt, um zu bemerken, wie unglaublich höflich die Unterhaltung geworden war. „Ich nehme heute Abend keinen Kaffee und bade stattdessen ausgiebig.“ Pandora zwang sich zu einem kleinen Gähnen. „Wie steht es mit dir? Willst du noch so spät arbeiten?“

„Nein. Nein, ich fange lieber morgen früh zeitig an.“

„Nun dann.“ Lächelnd stand Pandora auf. Sie wollte eine Stunde warten, bevor sie loszog. „Ich gehe nach oben. Gute Nacht, Michael.“

„Gute Nacht.“ Er beschloss zu verschwinden, sobald sie das Licht in ihrem Zimmer löschte.

Pandora blieb in ihrem verdunkelten Zimmer genau fünfzehn Minuten sitzen und lauschte. Sie musste nur unbemerkt ins Freie gelangen. Alles andere war dann einfach. Sie öffnete ihre Tür einen Spalt und lauschte mit angehaltenem Atem. Kein Laut. Jetzt oder nie, dachte sie und schlüpfte in ihren Mantel. In die tiefen Taschen schob sie eine Taschenlampe, zwei Streichholzbriefchen und eine kleine Dose Haarspray als Ersatz für einen Schlagstock, falls sie auf Schwierigkeiten treffen sollte. Sie schob sich auf den Korridor hinaus und schlich die Treppe hinunter.

Ein Abenteuer, dachte sie und fühlte angespannte Erregung. Seit Onkel Jolleys Tod hatte sie keines mehr erlebt. Sie schlüpfte durch einen der Nebeneingänge ins Freie und warf einen Blick zu Michaels Fenster, ehe sie zu den Wäldern eilte.

Unter den Bäumen reichte das Licht der Sterne nicht aus. Sie holte die Taschenlampe hervor und leuchtete den Pfad aus. Sie ließ sich Zeit, damit das Abenteuer länger dauerte, lauschte und ließ ihre Fantasie spielen.

Die Nacht war voll von Geräuschen. Von Zeit zu Zeit raschelte es in den Wäldern. Ein Fuchs? Ein Waschbär? Oder ein Bär, der sich noch nicht zum Winterschlaf zurückgezogen hatte? Pandora liebte es, nicht ganz sicher zu sein.

Der Weg gabelte sich, und Pandora wandte sich nach links. Es war nicht mehr weit bis zu der Hütte. Einmal blieb sie stehen, als sie vor sich etwas hörte, das für einen Fuchs entschieden zu laut war. Einen Moment kamen ihr unangenehme Gedanken an Bären und Wildkatzen. Fantasien waren eine Sache, die Wirklichkeit eine andere. Doch dann war da gar nichts. Kopfschüttelnd ging Pandora weiter.

Was sollte sie machen, wenn sie entdeckte, dass die Hütte nicht bloß staubig und verlassen war? Wenn sie tatsächlich einen ihrer lieben, ergebenen Verwandten vorfand, der dort seine Zelte aufgeschlagen hatte? Onkel Carlson, der das Wall Street Journal am Kamin las? Tante Patience, die mit einem Staubtuch über den naturbelassenen Holztisch fächelte? Der Gedanke war beinahe lachhaft. Nur beinahe, bis Pandora ihre Werkstatt wieder einfiel.

Wer immer auch da war, er würde ihr Rede und Antwort stehen müssen.

Und dann war Pandora auch schon an der Hütte, die so aussah, wie sie aussehen sollte – verlassen, einsam und unheimlich. Sie hielt den Strahl ihrer Taschenlampe tief, während sie ganz langsam die Veranda betrat, und sie hätte um ein Haar aufgeschrien, als unter ihrem Gewicht die schmale Holztreppe knarrte. Sie presste eine Hand gegen ihr Herz, bis es nicht mehr so gegen ihre Rippen hämmerte. Dann griff sie langsam und ruhig nach dem Türknopf und drehte ihn.

Ächzend schwang die Tür auf. Pandora zuckte bei dem Laut zusammen, zählte im Geist zehn Sekunden und tat den nächsten Schritt. Sie ließ den Lichtstrahl in schneller Folge hin und her wandern und trat gleichzeitig ein …

Als sich der Arm um ihren Hals schlang, ließ sie die Taschenlampe laut klappernd fallen. Noch während sie Luft zum Schreien holte, fasste sie in die Tasche nach dem Haarspray, wirbelte herum – und stand von Angesicht zu Angesicht vor Michael. Seine Faust fuhr dicht an ihrem und ihre Spraydose sprühte dicht an seinem Gesicht vorbei.

„Verdammt!“ Michael ließ seinen Arm sinken. „Was machst du hier?“

„Was machst du hier?“, entgegnete sie heftig. „Und wie kommst du dazu, mich so zu packen? Du hättest meine Taschenlampe zerbrechen können.“

„Ich habe fast deine Nase gebrochen.“

Pandora warf mit einer Kopfbewegung ihr Haar zurück und hob ihre Lampe vom Boden. Sie wollte nicht, dass er sah, wie sehr ihre Hände zitterten. „Also, ich meine, du solltest dich erst davon überzeugen, wen du in den Würgegriff nimmst.“

„Du bist mir gefolgt.“

Sie maß ihn mit einem kühlen und zugleich auch amüsierten Blick. Das tat ihr richtig gut, denn immerhin hatte sich ihr Magen noch nicht beruhigt. „Bilde dir bloß nichts ein. Ich wollte nur wissen, ob sich hier draußen etwas abspielt, und ich wollte nicht, dass du dich einmischst."

„Einmischen?" Er richtete den Strahl seiner eigenen Taschenlampe direkt auf ihr Gesicht, sodass sie abwehrend die Hand hob. „Und was hättest du getan, wenn sich hier etwas abgespielt hätte?"

Pandora dachte daran, wie leicht Michael sie überrumpelt hatte. Doch sie hob ihr Kinn nur noch eine Spur höher. „Ich kann auf mich selbst aufpassen."

„Aber sicher." Er sah auf die Dose in ihrer Hand. „Was hast du denn da?"

Pandora wurde sich erst jetzt bewusst, was sie umfasst hielt, und musste ein Lachen unterdrücken. Oh, welchen Spaß Onkel Jolley an der absurden Situation gehabt hätte! „Haarspray", erklärte sie. „Genau zwischen die Augen."

Er fluchte, dann lachte er. Eine so unlogische Szene hätte er nicht einmal schreiben können. „Ich muss wohl noch froh sein, dass du nicht auf mich abgedrückt hast."

„Ich gucke, bevor ich zuschlage." Pandora schob die Dose zurück in ihre Manteltasche. „Nun, wenn wir schon einmal hier sind, können wir uns auch umsehen."

„Genau das habe ich getan, als ich dein katzenhaftes Anschleichen hörte." Er ignorierte ihr Naserümpfen. „Sieht so aus, als hätte sich hier jemand häuslich niedergelassen." Um seine Behauptung zu beweisen, richtete Michael das Licht auf den Kamin. Halb verbrannte Scheite glosten noch.

„Sieh mal an." Pandora durchstreifte mit ihrer eigenen Taschenlampe die Hütte. „Vielleicht ein Vagabund."

Michael nickte. „Vielleicht."

„Aber nicht wahrscheinlich. Glaubst du, dass der Betreffende wiederkommen wird?"

„Schwer zu sagen. Vielleicht meint er, schon genug Schaden angerichtet zu haben."

Pandora ließ sich auf die Pritsche fallen und stützte das Kinn in die Hände. „Ich habe gehofft, jemanden zu fangen."

„Und dann? Wolltest du ihn mit umweltfreundlichem Haarspray einnebeln?"

Sie starrte ihn böse an. „Ich nehme an, du hast einen besseren Plan gehabt."

„Ich hätte es den Leuten vermutlich ein wenig ungemütlicher machen können."

„Blaue Augen und gebrochene Nasen." Sie gab einen ungeduldigen Laut von sich. „Wirklich, Michael, du solltest nicht nur an deine Fäuste denken."

„Vermutlich wolltest du mit dem betreffenden Mitglied unserer reizenden Familie über das nette Spielchen ‚Finden und Vernichten' in deiner Werkstatt vernünftig diskutieren."

Sie wollte ihn gerade anfahren, aber dann hielt sie sich doch zurück und lächelte nur. Es war jenes träge, boshafte Lächeln, das Michael immer wieder bewundern musste. „Nein", räumte sie ein. „Vernunft stand nicht auf meiner Liste. Sieht allerdings so aus, als hätten wir beide unsere Chance zu brutaler Gewalt verpasst. Nun, du schreibst die Kriminalgeschichten. Sollten wir nicht, wie es so üblich ist, nach Spuren suchen?"

Er lächelte dünn. „Ich habe nicht daran gedacht, mein Vergrößerungsglas mitzubringen."

„Du kannst beinahe amüsant sein, wenn du dich anstrengst." Pandora stand auf und leuchtete mit ihrer Taschenlampe herum. „Vielleicht hat der Betreffende etwas fallen lassen."

„Ein Namensschild?"

„Irgendetwas", murmelte Pandora, ließ sich auf die Knie nieder und blickte unter die Pritsche. „Aha!"

„Was ist es?" Michael war bei ihr, bevor sie sich wieder aufrichtete.

„Ein Schuh." Sie kam sich ein wenig albern und sentimental vor. „Es ist nichts. Er gehörte Onkel Jolley."

Weil sie ein wenig verloren aussah und verletzbarer wirkte, als er erwartet hatte, bot Michael ihr den einzigen Trost an, den er zu bieten hatte. „Ich vermisse ihn auch."

Sie kauerte einen Moment mit dem Schuh in ihrem Schoß auf dem Boden. „Weißt du, manchmal kann ich ihn fast fühlen, als wäre er nur im nächsten Raum, um plötzlich aufzutauchen und über den unglaublichen Streich zu lachen, den er uns gespielt hat."

Mit einem kurzen Auflachen rieb Michael mit der Hand über ihren Rücken. „Ich weiß, was du meinst."

Pandora betrachtete ihn abschätzend. „Vielleicht tust du es", murmelte sie. Sie setzte den Schuh auf der Liege ab. „Ich schaue mal in den Schrank."

„Lass es mich wissen, wenn du Kekse findest.“ Er begegnete ihrem Blick mit einem Schulterzucken. „Im Anfangsstadium des Nichtrauchens benötigt man eine Menge oraler Befriedigung.“

„Du solltest es mit Kaugummi versuchen.“ Pandora öffnete einen Schrank und leuchtete über Dosen und Gläser hinweg. Sie fand Erdnussbutter und russischen Kaviar, zwei von Jolleys Lieblingshappen. Sie erblickte die Taco-Soße und den Frucht-Cocktail und erinnerte sich daran, dass ihr dreiundneunzigjähriger Onkel den Appetit eines Teenagers besessen hatte. Endlich fasste sie in den Schrank und holte eine Dose hervor.

„Aha!“

„Schon wieder?“

„Thunfisch“, verkündete Pandora und wedelte mit der Dose vor seiner Nase.

„Stimmt. Ist auch Mayonnaise da?“

„Sei nicht begriffsstutzig, Michael. Onkel Jolley hasste Thunfisch.“

Michael wollte eine spöttische Bemerkung machen, stockte aber. „Tatsächlich“, sagte er langsam. „Und er hat nie etwas aufbewahrt, das er nicht mochte.“

„Genau.“

„Gratuliere, Sherlock. Also, welcher der Verdächtigen besitzt eine Vorliebe für Fisch in Dosen?“

„Du bist doch bloß eifersüchtig, weil ich einen Hinweis gefunden habe und du nicht.“

„Es ist nur ein Hinweis.“ Michael ärgerte sich tatsächlich ein wenig, weil er von einem Amateur ausgestochen worden war. „Vielleicht kannst du etwas damit anfangen.“

Er verweigert mir jede wirkliche Anerkennung, dachte sie. Aber auch jede, für meine Geschicklichkeit, meine Intelligenz und ganz und gar für meine Weiblichkeit. Ihre Stimme klang scharf, als sie ihm vorwarf: „Wenn du so pessimistisch bist, warum bist du dann überhaupt hierhergekommen?“

„Ich habe gehofft, jemanden zu finden.“ Michael leuchtete ständig von einer Wand zur anderen. „Wir haben nur bewiesen, dass jemand hier gewesen ist.“

Pandora ließ voll Widerwillen die Dose Thunfisch fallen. „Verlorene Zeit.“

„Du hättest mir nicht folgen sollen.“

„Ich bin dir nicht gefolgt." Sie richtete ihre Lampe zurück auf ihn. In der Dunkelheit wirkte er zu männlich, zu gefährlich. Sie wünschte sich – wenn auch flüchtig –, dass sie so blendend gewachsen und so überwältigend gekleidet wäre, dass es ihn auf die Knie zwingen würde. „So wie ich das einschätze, bist du mir gefolgt."

„Aha, verstehe. Darum war ich ja auch vor dir hier."

„Das gehört nicht zur Sache. Warum hast du mir nicht gesagt, dass du dich auf den Weg hierher machen wolltest?"

„Aus demselben Grund, aus dem du mir nichts gesagt hast. Ich vertraue dir nicht, Cousine. Und du vertraust mir nicht."

„Wenigstens stimmen wir in einem Punkt überein." Pandora wollte an ihm vorbei, aber er hielt sie am Arm fest. Eisig blickte sie zuerst auf seine Hand, dann in sein Gesicht. „Du solltest dir diese Unsitte abgewöhnen, Michael."

„Es ist einfacher, dich zu berühren, als ich gedacht habe, Pandora."

„Sei nicht zu sicher, Michael." Sie wich einen Schritt zurück. Es ist kein Rückzug, sagte sie sich. Es geschieht aus rein taktischen Gründen. Doch er bewegte sich mit ihr.

„Manche Frauen haben Schwierigkeiten mit körperlicher Anziehung."

Der in ihren Augen aufflammende Zorn gefiel ihm genauso wie die Leidenschaft, die er an diesem Nachmittag kurz hatte aufflackern sehen. „Dein Ego zeigt sich wieder, Michael. Dieses dominierende Gehabe mag vielleicht ganz gut bei deinen ‚Mädchen des Monats' wirken, aber …"

„Mein Sexualleben hat dich schon immer seltsam fasziniert." Michael lächelte zufrieden über ihren frustrierten Gesichtsausdruck.

„Es ist die gleiche Faszination, die das Sexualleben gewisser niedriger Säugetiere auf einen ausübt." Er machte sie wütend, dass ihr Herz raste. Und nicht vor Zorn. Sie war zu ehrlich mit sich selbst, um so zu tun, als wäre es Zorn. Sie war hierhergekommen, um ein Abenteuer zu suchen, und sie hatte eines gefunden. „Es wird spät", sagte sie im Tonfall einer Lehrerin zu einem ungezogenen Schüler. „Wenn du mich jetzt entschuldigst."

„Ich habe nie nach deinem Sexualleben gefragt." Als Pandora noch einen Schritt zurückwich, drängte er sie in eine Ecke. Sie ließ die Hand in ihre Tasche mit der Dose Haarspray gleiten. „Lass mich raten. Du ziehst Männer vor, die über Sex mehr philosophieren als ihn zu praktizieren."

„Du aufgeblasener, arroganter ..."

Michael verschloss ihren Mund, wie er sich das schon ausgemalt hatte, nämlich mit seinem Mund.

Diesmal war der Kuss kein Vorfühlen, sondern er war wild, heiß und geradezu verzweifelt. Was immer sie auch fühlte, wollte sie erst später überdenken. Jetzt akzeptierte sie einfach die Erfahrung. Sein Mund war warm und fest, und er küsste sie mit dem gleichen anmaßenden männlichen Selbstvertrauen, das sie bei jeder anderen Gelegenheit wütend gemacht hätte. Jetzt kam sie ihm auf gleiche Weise entgegen.

Michael war stark und hartnäckig. Zum ersten Mal fand Pandora sich Körper an Körper mit einem Mann, der sie nicht sanft behandelte. Er forderte, erwartete und gab uneingeschränkte physische Empfindungen. Pandora brauchte über den Kuss nicht nachzudenken. Sie brauchte überhaupt nicht zu denken.

Er hatte erwartet, dass sie zurückwich und nach ihm schlagen würde. Ihre sofortige und volle Reaktion ließ ihn schwindeln. Seit Jahren hatte ihn schon kein Kuss mehr schwindelig gemacht.

Wenn sie wüsste, wie rasch sie ihn geschafft hatte, würde sie sich darüber hämisch freuen. Er dachte nicht weiter darüber nach. Er dachte an gar nichts. Ohne einen Moment zu überlegen, gab er sich ganz seinen Sinnen hin.

In der Hütte war es kalt und dunkel, und der Wind heulte, aber keiner von beiden bemerkte es, nicht einmal, als sie sich endlich voneinander lösten.

Michael war sich seiner nicht sicher. Aber wenigstens hatte er die Befriedigung, dass Pandora sich offenbar auch ihrer nicht sicher war. Sie sah so aus, wie er sich fühlte – benommen, aus dem Gleichgewicht gebracht und unfähig, ihm den nächsten Schlag zu versetzen. Er brauchte sein Gleichgewicht und grinste sie an.

„Wolltest du nicht etwas sagen?"

Sie wollte ihn schlagen. Und sie wollte ihn wieder küssen, bis ihm das Grinsen verging. Er hatte erwartet, sie werde ihm möglicherweise wie jede andere Frau zu Füßen sinken. Er hatte erwartet, sie werde seufzen und lächeln und sich ihm überlassen, damit er wieder einen Sieg verbuchen konnte. Stattdessen fauchte sie ihn an: „Idiot!"

„Ich liebe es, wenn du dich kurz und bündig ausdrückst."

„Regel Nummer sechs", erklärte Pandora und warf ihm einen mörderischen Blick zu. „Keine körperlichen Kontakte."

„Keine körperlichen Kontakte“, stimmte Michael zu, als sie zur Tür stürmte. „Es sei denn, beide Parteien haben ihren Spaß daran.“

Sie knallte die Tür zu und ließ ihn grinsend zurück.

In der nächsten Zeit trafen Pandora und Michael kurz zu den Mahlzeiten zusammen und ließen einander ansonsten in Ruhe. Das hatte nichts mit Höflichkeit oder Absicht zu tun. Es kam einfach daher, dass jeder zu beschäftigt war, um dem anderen in die Quere zu kommen.

Unabhängig voneinander fühlte jedoch jeder eine tiefe Befriedigung, als der erste Monat vorbei war. Einer geschafft, fünf noch zu schaffen.

Als sie in ihren zweiten Monat gingen, musste Michael für einen Tag nach New York fahren, um sich persönlich um ein Problem mit einem Skript zu kümmern. Er machte sich fuchsteufelswild und über Dummköpfe fluchend auf den Weg. Pandora freute sich maßlos darauf, in seiner Abwesenheit nicht ständig auf der Hut sein und Folley mit niemandem teilen zu müssen. Sie konnte machen, was sie wollte, ohne dass ihr jemand über die Schulter sah oder eine bissige Bemerkung machte. Es war wunderbar.

Es endete damit, dass sie in ihrem Abendessen herumstocherte und durch die schweren Vorhänge nach Michaels Wagen Ausschau hielt. Es hat nichts damit zu tun, dass ich ihn vermisste, versicherte sie sich. Es liegt bloß daran, dass ich mich daran gewöhnt habe, mit jemandem das Haus zu teilen.

War das nicht einer der Gründe, aus denen sie nie zuvor mit jemandem zusammengelebt hatte? Sie wollte jede Art von Abhängigkeit vermeiden. Und Abhängigkeit stellte sich auf ganz natürliche Weise ein, wenn man im selben Haus lebte, sogar wenn es sich um eine zweibeinige Schlange handelte.

Und so wartete sie und hielt Ausschau. Lange nachdem Charles und Sweeney zu Bett gegangen waren, wartete sie noch immer und hielt Ausschau. Sie war nicht besorgt und schon gar nicht einsam. Nur ruhelos. Sie sagte sich selbst, dass sie nicht zu Bett gehe, weil sie nicht müde sei. Sie schlenderte im Erdgeschoss umher und betrat Onkel Jolleys Aufenthaltsraum. Spielzimmer wäre eine passendere Bezeichnung gewesen. Die Einrichtung war eine Kreuzung zwischen Video-Studio und Disco-Bar mit den entsprechenden Geräten allerhöchster Qualität und den niedrigen Sofas.

Sie schaltete den Fernseher mit dem riesigen 150-Zentimeter-Bildschirm ein und spielte daran herum, bis eine Show lief. Sie hatte nicht die Absicht, sich etwas anzusehen. Sie brauchte nur die Gesellschaft.

An den beiden Flipper-Tischen versuchte sie eine Stunde lang, die hohen Punktzahlen zu schlagen, die Jolley vorgegeben hatte. Auch eines seiner Vermächtnisse. Dann gab es ein nahezu raumfüllendes Video-Spiel, das einen Angriff auf den Planeten Zarbo simulierte. Angesichts ihrer ungeschickten Verteidigungsstrategie flog der Planet drei Mal in die Luft, bevor sie sich der nächsten Attraktion zuwandte. Es gab ein Computerschachspiel, aber ihre Gedanken waren zu träge. Zuletzt streckte sie sich vor dem Fernseher aus. Nur, um sich auszuruhen, nicht, um zuzusehen.

Sekunden später verfolgte sie die Ausstrahlung einer Krimiserie. Reifen kreischten und Kugeln zischten. Den Kopf auf die Arme gestützt, ein Bein über die Rückenlehne gehängt, entspannte sie sich und ließ sich von dem Kriminalfilm unterhalten.

Als Michael in die Tür trat, bemerkte Pandora ihn nicht. Er hatte einen hässlichen Tag hinter sich und war auf der Rückfahrt in dichten Verkehr geraten. Er hatte mit dem Gedanken gespielt, über Nacht in der Stadt zu bleiben, das einzig Sinnvolle. Und ein Dutzend schwacher Entschuldigungen gefunden, warum er zurückfahren musste, anstatt die Einladung der Produktionsassistentin anzunehmen – einer hübsch gebauten Brünetten mit großen braunen Augen.

Er hatte geplant, sich in den ersten Stock zu schleppen, in sein Bett zu fallen und bis Mittag zu schlafen, aber er hatte die Lichter gesehen und den Spektakel gehört. Und da war sie nun, Pandora, die selbst ernannte Kritikerin des Bildschirms, auf das Sofa hingegossen und um ein Uhr nachts von einer Serienwiederholung hingerissen. Sie sah verdächtigerweise ganz so aus, als würde sie Vergnügen daran finden.

Keine schlechte Show, fand Michael, als er die Serie erkannte. In seiner Anfangszeit hatte er sogar ein paar Skripts dafür geschrieben. Die Hauptperson besaß hintersinnige Schlauheit und eine zerstreute Art, die den Schuldigen dazu verleitete, genügend Informationen preiszugeben, damit es am Ende der Show zu einer Verhaftung reichte.

Michael beobachtete, wie Pandora behaglich ihre Haltung auf der

Couch veränderte. Er wartete bis zu der nächsten Unterbrechung für die Werbung. „Nein, wie tief die Mächtigen doch gefallen sind."

Sie wäre tatsächlich beinahe gefallen, als sie sich herumrollte, um zur Tür zu sehen. Finster dreinblickend setzte sie sich auf und suchte hastig nach einer plausiblen Entschuldigung. „Ich konnte nicht schlafen", sagte sie, was absolut stimmte. Natürlich unterließ sie es hinzuzufügen, dass es daher kam, weil er nicht zu Hause gewesen war. „Vermutlich ist Fernsehen für die an Schlaflosigkeit Leidenden gemacht. Valium für den Verstand."

Michael war müde, todmüde, aber er war wirklich froh, dass sie sich treu geblieben war. Er ging zu ihr hinüber, ließ sich neben ihr auf das Sofa fallen und legte seine Füße auf einen aus einem Holzblock geschnittenen Tisch. „Wer ist der Täter?", fragte er und seufzte. Es war schön, zu Hause zu sein.

„Der gierige Geschäftspartner." Pandora war zu froh, Michael wieder bei sich zu haben, um verlegen zu werden. „Die Lösung zu finden ist wirklich nicht schwer."

„Diese Serie legt nicht das Hauptgewicht darauf, wer der Täter ist, sondern darauf, wie der Held den Täter dazu bringt, sich selbst zu verraten."

Sie tat so, als würde es sie nicht interessieren, setzte sich aber so, dass sie den Bildschirm bequem sehen konnte. „So, wie ist es denn in New York gelaufen?"

„Es ging." Michael schüttelte die Schuhe von den Füßen. „Nach stundenlangem Hickhack steht das Skript."

Er sah erschöpft aus. Wirklich erschöpft, fand sie. „Ich verstehe nicht, wieso sich so viele Leute für eine alberne Stunde die Woche verausgaben."

Er öffnete ein Auge, um sie anzustarren. „Das ist die amerikanische Lebensart."

„Worüber regt man sich denn so auf? Es gibt ein Verbrechen. Die Guten jagen die Bösen und fangen sie vor dem Nachspann. Ist doch wirklich einfach."

„Ich kann dir gar nicht genug dafür danken, dass du diesen Punkt geklärt hast. Bei der nächsten Produktionskonferenz werde ich ihn zur Sprache bringen."

„Wirklich, Michael, ich meine, alles sollte ziemlich glatt laufen, vor allem, da du schon jahrelang mit dieser Geschichte auf Sendung gehst."

„Schon mal was von Egoismus und Paranoia gehört?"
Sie lächelte schwach. „Gelegentlich."
„Gut, dann multipliziere das mit künstlerischer Sprunghaftigkeit, den Einschaltquoten und einem eskalierenden Budget. Vergiss nicht einen guten Schuss leitender Angestellter der Fernsehanstalt dazuzufügen. Nichts läuft seit vier Jahren glatt. Wenn ‚Logan' noch einmal vier Jahre durchhält, wird noch immer nichts glatt laufen. Das ist Showbusiness."
Pandora zuckte die Schultern. „Eine ziemlich idiotische Art, sich seinen Lebensunterhalt zu verdienen."
„Und ob", stimmte Michael zu und war im nächsten Moment tief und fest eingeschlafen.
Pandora ließ ihn zwanzig Minuten schlafen, während sie zusah, wie der listige, ungeschickte Polizist dem gierigen Geschäftspartner die Schlinge um den Hals legte. Zufrieden, dass die Gerechtigkeit gesiegt hatte, schaltete Pandora den Apparat aus und ließ die Lichter schwach erleuchtet.
Sie konnte den schlafenden Michael hier lassen. Im Moment wirkte er äußerst zufrieden. Sie dachte darüber nach, während sie zu ihm ging und ihm die Haare aus der Stirn strich. Aber er würde möglicherweise mit steifem Genick aufwachen. Besser wäre es, sie schaffte ihn ins Bett, entschied sie und rüttelte ihn an der Schulter.
„Michael."
„Mmm?"
„Lass uns zu Bett gehen."
„Dachte schon, du würdest nie darum bitten", murmelte er und tastete nach ihr.
Amüsiert starrte sie ihn eine Weile an, bevor sie ihn umso kräftiger rüttelte. „Nimm dir nicht zu viel vor, Cousin. Komm! Ich helfe dir die Treppe hinauf."
„Der Regisseur ist ein absoluter Idiot", murmelte er, als sie ihn auf die Beine zog.
„Aber sicher ist er das. Und jetzt setz einen Fuß vor den anderen. Ja, so geht es. Ab mit uns!" Einen Arm um seine Taille geschlungen, führte sie ihn aus dem Raum.
„Er hat ständig an meinem Skript herumgemeckert."
„Nein, so was! Jetzt kommen die Stufen."
„Er wollte unbedingt mehr durchschlagende Gefühle im zweiten

Akt. Der Teufel soll ihn holen“, murmelte Michael, während er sich die Treppe hinaufschleppte. „Was der schon von durchschlagenden Gefühlen versteht.“

„Ganz offenbar ein geistiger Zwerg.“ Atemlos steuerte sie ihn zu seinem Zimmer. Er war schwerer, als er wirkte. „Und da sind wir nun, endlich daheim.“ Sie schob ihn erleichtert auf das Bett. „Siehst du, ist das nicht gemütlich?“ Sie ließ ihn vollständig bekleidet und breitete eine Decke über ihn.

„Ziehst du mir nicht die Hose aus?“

Sie tätschelte seinen Kopf. „Bilde dir bloß keine Schwachheiten ein.“

„Spaßverderberin.“

„Wenn ich dir so spät nachts beim Ausziehen helfe, bekomme ich möglicherweise Albträume.“

„Du weißt, dass du verrückt nach mir bist.“ Das Bett fühlte sich himmlisch an. Er hätte sich für eine ganze Woche darin vergraben können.

„Du bist schon im Delirium, Michael. Ich lasse dir von Charles am Morgen warmen Tee und Honig bringen.“

„Nicht, wenn du am Leben bleiben willst.“ Er raffte sich dazu auf, die Augen zu öffnen und sie anzulächeln. „Warum kriechst du nicht neben mir unter die Decke? Mit ein wenig Ermunterung könnte ich dir das Erlebnis deines Daseins verschaffen.“

Pandora beugte sich über ihn, tiefer und tiefer, bis ihr Mund dicht über dem seinen schwebte. Ihrer beider Atem mischte sich vertraulich. Ihr Haar fiel nach vorn und strich über seine Wangen. „Von wegen!“, flüsterte sie.

Michael zuckte die Schultern, gähnte und rollte sich auf die Seite. „Dann eben nicht.“

In der Dunkelheit blieb Pandora noch einen Moment stehen mit den Händen in die Hüften gestützt. Er hätte wenigstens so tun können, als wäre er beleidigt.

Das Kinn hochgereckt, ging sie hinaus und sorgte dafür, dass die Tür hinter ihr krachend zufiel.

5. KAPITEL

Stück für Stück vollendete Pandora unter größten Anstrengungen die Smaragd-Halskette. Als sie fertig war, fand sie ihre Arbeit auch nach eingehender Betrachtung perfekt. Diese Beurteilung freute sie umso mehr, als sie selbst ihre schärfste Kritikerin war. Pandora fühlte sich nicht mit jedem ihrer Stücke verbunden oder auch nur vom kreativen Standpunkt her befriedigt. Dafür war sie sich selbst gegenüber bei Weitem zu anspruchsvoll. Bei der Halskette traf jedoch beides zu.

Sie untersuchte die Kette mit dem Vergrößerungsglas bei gnadenlos scharfem Licht, überprüfte die Filigranarbeit Millimeter für Millimeter und fand keine Fehler. Sie hatte die Kette aus ihrer Fantasie heraus geboren und mit ihren Fähigkeiten erschaffen. Mit einem gewissen Bedauern legte sie die Kette in eine mit Samt ausgeschlagene Schatulle. Sie gehörte ihr nicht mehr.

Nachdem nun die Kette abgeschlossen war, sah Pandora sich ohne Inspiration in ihrer Werkstatt um. Sie hatte so viel in dieses kleine Stück hineingelegt, ihre ganze Konzentration, ihre Emotionen und ihre Tüchtigkeit, dass sie keinen einzigen Plan für ein nächstes Projekt entworfen hatte. Von dem Wunsch zu arbeiten getrieben, griff sie nach ihrem Skizzenblock und begann zu zeichnen.

Vielleicht Ohrringe, überlegte sie. Etwas Auffälliges und Klotziges und reich Verziertes. Sie wollte eine Abwechslung nach der feinen, eleganten Arbeit, der sie so viel Zeit gewidmet hatte. Kreise und Dreiecke, überlegte sie. Geometrisch und supermodern, nicht romantisch wie die Halskette.

Keine Romantik, dachte sie und warf kräftige, klare Linien auf das Papier. Sie hatte an einem romantischen Stück gearbeitet. Vielleicht hatte sie sich deshalb beinahe zum Narren bei Michael gemacht. Ihre Gefühle waren mit ihrer Arbeit verbunden, und ihre Arbeit war leicht und feminin und romantisch gewesen. Das ergibt Sinn, stellte sie befriedigt fest. Jetzt, da sie an etwas Starkem, Energischem und Arrogantem arbeitete, sollte sich das Problem von selbst lösen.

Eigentlich sollte es gar kein Problem geben. Mit zusammengebissenen Zähnen schlug sie das Blatt um und begann von vorne. Ihre Gefühle für Michael waren stets klar gewesen. Abneigung. Wenn man gegen jemanden Abneigung verspürte und von ihm angezogen wurde, ging einem das gegen den Strich.

Es handelte sich gar nicht um wirkliche Anziehung. Es war mehr eine Art von verdrehter … Neugierde. Ja, Neugierde. Das Wort stellte Pandora völlig zufrieden. Es war nur natürlich, dass sie neugierig auf die Sexualität eines Mannes gewesen war, den sie von Kindheit an kannte. Ebenfalls natürlich war es, neugierig darauf zu sein, was Michael Donahue an sich hatte, um diese ‚Spielgefährtinnen des Monats', wie eine bestimmte Männerillustrierte sie nannte, anzuziehen. Sie hatte es herausgefunden: Michael besaß die Fähigkeit, einer Frau das Gefühl zu geben, ganz Frau zu sein – ganz engagiert und nur allzu willig. Das war ihr zuvor noch nie passiert, und sie suchte so etwas auch nicht. So wie Pandora es sah, war das eine Kunstfertigkeit, die Michael wie jeder geschickte Handwerker einsetzte. Sie konnte ihm daraus zwar kaum einen Vorwurf machen, dachte aber gar nicht daran, sich der Herde anzuschließen. Hätte er gewusst oder auch nur geahnt, dass sie genauso reagieren würde wie vermutlich Dutzende andere Frauen, wäre er einen Monat lang vor Zufriedenheit strahlend herumgelaufen. Hätte er erraten, dass sie manchmal – aber nur für einen Augenblick – wünschte, er möge ihr die gleiche Aufmerksamkeit entgegenbringen wie jenem Dutzend Frauen, hätte er doppelt so lang gestrahlt. Dieses Vergnügen wollte sie ihm auf jeden Fall nicht verschaffen.

Individualität war ein Teil von ihr. Selbst wenn es möglich gewesen wäre, hätte sie nicht wie eine seiner Frauen sein wollen. Nachdem nun ihre Neugierde befriedigt war, wollten sie die nächsten fünf Monate überstehen können ohne weitere … Komplikationen.

Dass sie Michael als menschliches Wesen einigermaßen akzeptabel und als Gefährten fast erträglich fand, sollte sich dabei nicht störend auswirken. Falls es überhaupt eine Rolle spielte, würde der Winter dadurch nur etwas schneller vorübergehen.

Entgeistert ertappte sie sich dabei, dass sie soeben die letzten Striche an einer Skizze von Michaels Gesicht machte. Wenn auch etwas flüchtig, hatte sie doch die Arroganz um seine Augen und die Sinnlichkeit um seinen Mund gut eingefangen. Merkwürdig fand sie, dass er – so wie sie ihn gezeichnet hatte – recht intelligent wirkte. Sie riss das Blatt aus dem Skizzenblock, zerknüllte es und warf es in den Papierkorb. Ihr waren die Gedanken davongelaufen, das war alles. Pandora griff wieder nach ihrem Bleistift, legte ihn weg und holte die Skizze aus dem Korb. Trotz allem blieb ein Kunstwerk stets ein Kunstwerk, sagte sie sich, während sie Michaels Gesicht glättete.

Michael hatte mit seiner Arbeit nicht viel Glück. Er saß an seinem Schreibtisch und tippte fünf Minuten lang wie irre. Dann starrte er fünfzehn Minuten lang ins Leere. Das sah ihm gar nicht ähnlich. Wenn er arbeitete, arbeitete er gleichmäßig, routiniert und durchgehend, bis eine Szene stand.

Er lehnte sich auf seinem Stuhl zurück, griff nach einem Kugelschreiber und ließ seine Finger von einem Ende zum anderen gleiten. Was Krankheitsstatistiken auch zu beweisen trachteten, er hätte das Rauchen niemals aufgeben sollen. Deshalb war er so gereizt. Rastlos stieß er sich vom Schreibtisch ab, ging hinüber ans Fenster und starrte auf Pandoras Werkstatt hinunter. Das Gebäude wirkte heiter unter einer leichten Schneeschicht.

Das war es, was ihn so gereizt machte.

Pandora war nicht so, wie er es erwartet hatte. Sie war weicher, süßer. Wärmer. Es machte Spaß, mit ihr zu sprechen, ganz gleich ob sie stritt und schnippisch war und ihn an den Rand eines Wutausbruchs trieb oder ob sie entspannt und kameradschaftlich war. Mit Pandora gab es nur selten eine seichte Unterhaltung. Sie hielt Michaels Verstand beschäftigt, und wenn es nur darum ging, ihre nächste Bissigkeit abzuwehren.

Es fiel ihm nicht leicht, zuzugeben, dass er ihre Gesellschaft genoss, aber ihre gemeinsamen Wochen auf Folley waren wirklich schnell vergangen. Nein, es fiel ihm nicht leicht, das zuzugeben, aber er hatte die interessante Einladung seiner Produktionsassistentin ausgeschlagen, weil … Michael gestand sich mit einem tiefen Seufzer ein, dass er die Einladung ausgeschlagen hatte, weil er nicht die Nacht mit einer Frau verbringen wollte, wenn seine Gedanken bei einer anderen Frau waren.

Aber wie sollte er mit dieser ungewollten und unerwarteten Zuneigung für eine Frau fertig werden, die lieber Boxhandschuhe angezogen hätte, um mit ihm ein paar Runden zu kämpfen, als mit ihm im Mondschein spazieren zu gehen?

Romantische Frauen hatten ihn stets gereizt, weil er, ohne sich dessen zu schämen, selbst ein Romantiker war. Er liebte Kerzenschein, leise Musik und lange, einsame Spaziergänge. Michael machte Frauen ganz altmodisch den Hof, weil ihm das Altmodische zusagte. Das war kein Widerspruch zu der Tatsache, dass er schon seit seiner College-Zeit ein unerschütterlicher Feminist war. Romantik und sozialpolitische Ansichten lagen Welten auseinander. Es bereitete ihm keine Schwierigkeiten, einerseits für gleiche Bezahlung bei gleicher Arbeit einzutreten und andererseits einer Frau eine Droschkenfahrt durch den Park anzubieten.

Aber er wusste auch, dass Pandora, falls er ihr ein Dutzend weißer Rosen schickte, sich über die Dornen beschweren würde.

Er wollte sie. Michael war zu sehr ein Sinnenmensch, um sich in dieser Hinsicht etwas vorzumachen. Wenn er etwas wollte, arbeitete er auf zwei Arten darauf hin. Zuerst wählte er die beste Annäherungsmethode und tat dann in vorsichtigen Manövern einen Schritt nach dem anderen. Wenn das nicht klappte, ließ er die Vorsicht beiseite und packte mit beiden Händen zu. Auf die eine wie auf die andere Art hatte er bisher stets den gleichen Erfolg gehabt.

Wie er die Lage einschätzte, reagierte Pandora nicht auf Kosen unter Rosen, aber auch nicht, wenn er sie sich im Sturmangriff über die Schulter werfen würde. Bei Pandora musste er vielleicht von seinen beiden üblichen Annäherungsmethoden absehen und sich etwas Neues einfallen lassen.

Eine interessante Herausforderung, fand Michael und lächelte träge. Nichts liebte er mehr, als Handlungsfäden auszulegen und neu zu verknüpfen und überraschende Wendungen einzubauen. Hatte er nicht schon immer gemeint, Pandora gebe eine faszinierende Gestalt in einem Drehbuch ab? Also wollte er wie an ein Drehbuch herangehen.

Held und Heldin unter einem Dach, begann er. Zueinander hingezogen, aber noch zögernd. Held ist intelligent und charmant. Besitzt ungeheure Willenskraft. Hat er nicht das Rauchen aufgegeben – vor genau fünf Wochen, drei Tagen und vierzehn Stunden? Heldin ist dickköpfig und eigenwillig, verwechselt oft Arroganz mit Unabhängigkeit. Held durchbricht schrittweise ihre spröde Schale zu beider Zufriedenheit.

Michael lehnte sich grinsend auf seinem Stuhl zurück. Er konnte genauso gut ein Bühnenstück daraus machen. Einen großen Teil der Handlung musste er zwar erfinden, aber das Grundthema hatte er schon. Höchst zufrieden und begierig auf die Anfangsszene stürzte Michael sich wieder auf die Arbeit.

Zwei Stunden flotter Arbeit waren wie im Flug vergangen, als es an die Tür klopfte. Er antwortete mit einem unwilligen Knurren.

„Ich bitte um Pardon, Mr Donahue.“ Charles stand in der Tür, ein wenig außer Atem vom Treppensteigen.

Michael knurrte noch einmal und tippte den Absatz zu Ende. „Ja, Charles?“

„Ein Telegramm für Sie, Sir.“

„Telegramm?“ Stirnrunzelnd schwang er auf seinem Stuhl herum. Wenn es in New York, so wie letzte Woche, ein Problem gab, wäre das Telefon der schnellste Weg gewesen, um es zu lösen. „Danke.“ Er nahm das Telegramm, klopfte damit aber nur gegen seine Handfläche. „Ist Pandora noch in ihrer Werkstatt?“

„Ja, Sir.“ Charles war dankbar für die Verschnaufpause. „Sweeney macht sich ein wenig Sorgen, weil Miss McVie das Mittagessen hat ausfallen lassen. Sweeney möchte das Abendessen in einer Stunde servieren. Ich hoffe, das ist Ihnen recht.“

Michael hütete sich, Sweeney in die Quere zu kommen. „Ich werde unten sein.“

„Danke, Sir, und wenn ich das sagen darf, ich genieße Ihre Fernsehserie ganz ungemein. Die letzte Folge war besonders aufregend.“

„Das hör ich gern, Charles.“

„Mr McVie hatte es sich zur Gewohnheit gemacht, sich jede Woche Ihre Serie in meiner Gegenwart anzusehen. Er hat nie eine Folge ausgelassen.“

„Ohne Onkel Jolley hätte es wahrscheinlich nie ‚Logan's Run‘ gegeben“, überlegte Michael laut. „Er fehlt mir.“

„Uns allen. Das Haus ist so ruhig. Aber ich …“ Charles errötete ein wenig bei der Vorstellung, er könne seine Grenzen überschreiten.

„Sprich es aus, Charles.“

„Ich möchte gern, dass Sie wissen, dass wir beide, Sweeney und ich, sehr glücklich sind, bei Ihnen im Dienst zu bleiben, bei Ihnen und Miss McVie. Wir waren froh, dass Mr McVie das Haus Ihnen hinterlassen hat. Die anderen …“ Er straffte sich und fuhr fort: „Sie wären nicht würdig gewesen, Sir. Sweeney und ich, wir hatten davon gesprochen, unseren Dienst aufzukündigen, falls Mr McVie bestimmt hätte, dass Folley einem seiner anderen Erben zufallen sollte.“ Charles faltete seine knochigen Hände. „Haben Sie vor dem Dinner noch einen Wunsch, Sir?“

„Nein, Charles, danke."
Michael lehnte sich zurück und öffnete das Telegramm.

Mutter schwer erkrankt. Ärzte ohne Hoffnung. Komm sofort nach Palm Springs. L. J. Keyser.

Michael starrte eine volle Minute auf das Telegramm. Das war unmöglich! Seine Mutter war nie krank. Krankheit hielt sie für eine Art sozialen Fehlverhaltens. Er fühlte zuerst Unglauben, dann Schock und griff hastig nach dem Telefon.

Als Pandora fünfzehn Minuten später an seinem Zimmer vorbeiging, sah sie, wie er Kleidung in eine Tasche warf. Sie hob eine Augenbraue, lehnte sich gegen den Türrahmen und räusperte sich. „Du verreist?"

„Palm Springs." Er warf sein Rasierzeug zu den anderen Sachen.

„Wirklich?" Jetzt verschränkte sie die Arme. „Suchst du ein sonnigeres Klima?"

„Es geht um meine Mutter. Ihr Mann hat mir ein Telegramm geschickt."

Sofort gab Pandora ihre kühle, spöttische Pose auf und kam in das Zimmer. „Ist sie krank?"

„Das Telegramm hört sich nicht gut an."

„Oh, Michael, das tut mir leid. Kann ich etwas tun? Den Flughafen anrufen?"

„Das habe ich schon getan. Meine Maschine geht in zwei Stunden. Ich muss zwar ein halbes Dutzend Mal umsteigen, aber eine bessere Verbindung habe ich nicht gefunden."

Sie fühlte sich hilflos und sah ihm zu, wie er den Reißverschluss zuzog. „Ich fahre dich zum Flughafen, wenn du willst."

„Nein. Ich dank dir aber." Als er sich zu ihr umdrehte, erkannte er an ihrem Gesicht, dass sie sich sorgte. „Pandora, ich werde die halbe Nacht unterwegs sein, um überhaupt hinzukommen. Und dann weiß ich nicht …" Er brach ab, weil er sich nicht vorstellen konnte, dass seine Mutter ernsthaft krank sein könnte. „Ich schaffe es vielleicht nicht rechtzeitig wieder zurück – nicht innerhalb von achtundvierzig Stunden."

Sie schüttelte den Kopf. „Ich möchte nicht, dass du dir darüber den Kopf zerbrichst. Ich rufe Fitzhugh an und erkläre es ihm. Vielleicht kann er etwas unternehmen. Immerhin handelt es sich um einen Notfall. Und wenn nicht, dann eben nicht."

Womöglich entzog er ihr mit seinem Wegbleiben Millionen von Dollar und das Heim, das sie liebte. Michael ging zu ihr und legte ihr die Hände auf die Schultern. Sie war so schlank. Er hatte es vergessen, wie stark eine schwache Frau sein konnte. „Es tut mir leid, Pandora. Gäbe es eine andere Möglichkeit ..."

„Michael, ich habe dir doch gesagt, dass ich das Geld nicht wollte. Und ich habe es so gemeint. Und jetzt geh, sonst versäumst du dein Flugzeug." Sie wartete, bis er seine Tasche aufgenommen hatte, und begleitete ihn auf den Korridor. „Ruf mich an, wenn du Gelegenheit hast, und lass mich wissen, wie es deiner Mutter geht."

Er nickte, stellte seine Tasche an der Treppe ab und zog Pandora heftig an sich. Sein Kuss war fest und lang und voll von kaum eingedämmtem Feuer. Dann schob er sie genauso abrupt von sich. „Bis später."

„Ja." Pandora schluckte. „Bis später."

Sie rührte sich nicht von der Stelle, bis die Haustür ins Schloss fiel.

Pandora hatte viel Zeit, um über den Kuss nachzudenken, während des einsamen Dinners, während der Stunden, in denen sie an dem munteren Feuer im Salon zu lesen versuchte. In diesem einen Kuss hatte sie mehr Leidenschaft gefunden als in allen ihren sorgfältig aufgebauten Beziehungen.

Sie fühlte sich einsam. Nach wenig mehr als einem Monat hatte sie sich so an Michaels Gesellschaft gewöhnt, dass sie darauf angewiesen war. Wann würde sie ihn wohl wiedersehen?

Falls die Bedingungen des Testaments gebrochen wurden, gab es für sie beide keinen Grund mehr, zusammenzubleiben. Dann besaßen sie nicht einmal das Recht, auf Folley zu bleiben. Sie würden nach New York zurückkehren müssen, wo sie einander wegen der unterschiedlichen Lebensweise nie zu sehen bekämen. Erst jetzt erkannte Pandora, wie wenig sie das wollte.

Sie wollte Folley nicht verlieren, und sie wollte Michael nicht verlieren ... Seine Gesellschaft, korrigierte Pandora sich hastig.

Seufzend schloss Pandora das Buch und entschied, lieber zeitig schlafen zu gehen, als vergeblich zu spekulieren. Gerade als sie die Lampe ausschalten wollte, erlosch das Licht. Nur noch das Kaminfeuer leuchtete.

Sie tippte auf eine ausgebrannte Glühlampe, aber auch die Halle lag im Dunkeln. Vergeblich betätigte Pandora den Schalter.

Stromausfall, dachte sie, zögerte jedoch, weiter in die Dunkelheit zu treten. Es gab kein Unwetter. Auf Folley fiel der Strom regelmäßig bei Schneefall und Gewittern aus, aber die zusätzliche Lichtmaschine nahm dann innerhalb von Sekunden die Arbeit auf. Pandora wartete, doch das Haus blieb im Dunkeln.

Während sie dastand und darauf wartete, dass das Licht wieder anging, wurde ihr bewusst, wie dunkel Dunkelheit sein konnte. Sie wollte schon in den Salon zurückkehren, um eine Kerze zu holen, als ihr einfiel, dass auch die Heizung des Hauses vom Strom abhängig war. Wenn sie nichts unternahm, würde das Haus bald nicht nur sehr dunkel, sondern auch sehr kalt werden. Bei zwei Leuten über siebzig konnte sie das nicht zulassen.

Verärgert zündete Pandora drei Kerzen in einem silbernen Halter an. Es hatte keinen Sinn, Charles im Schlaf zu stören und ihn in den Keller zu zerren. Möglicherweise handelte es sich nur um eine kaputte Hauptsicherung. Die Kerzen vor sich haltend, schlug Pandora durch die verschlungenen Korridore den Weg zum Keller ein.

Es machte ihr gar nichts aus, in der Dunkelheit in den Keller hinunterzugehen. Das redete sie sich jedenfalls ein, als sie die Hand an die Klinke der Tür legte. Schließlich war er nur ein weiterer Raum im Haus, in dem die Überreste einiger von Onkel Jolleys abgelegten Hobbys lagerten. Der Sicherungskasten befand sich da unten. Sie hatte ihn gesehen, als sie ihrem Onkel geholfen hatte, mehrere Kartons mit Fotoausrüstung hinunterzuschaffen, nachdem er die Idee aufgegeben hatte, Porträtfotograf zu werden.

Sie wollte die schadhafte Sicherung suchen und austauschen. Sobald es wieder Strom und Wärme gab, wollte sie ein heißes Bad nehmen und danach ins Bett gehen.

Pandora holte tief Luft, ehe sie die Tür öffnete.

Die Stufen knarrten, was zu erwarten war. Und sie waren so hoch und so schmal wie die Stufen in jedem Keller, der etwas auf sich hielt. Das Licht ihrer Kerzen ließ die Schatten über Kisten und Kartons, die ihr Onkel da unten verstaut hatte, tanzen. Sie musste Michael dazu bringen, alles durchzuforsten. An irgendeinem hellen Nachmittag. Sie summte nervös vor sich hin, als sie die unterste Stufe erreichte.

Pandora hielt die Kerzen hoch und inspizierte den Fußboden, soweit das Licht reichte. Mäuse hatten eine Vorliebe für dunkle, feuchte Keller, aber Pandora hatte keine Vorliebe für Mäuse. Als nichts über den Boden huschte, umrundete sie zwei große Kisten und ging auf den Sicherungskasten zu.

Da stand das Trainingsfahrrad mit Motorantrieb, das nach Onkel Jolleys Ansicht allen Spaß am Gesundbleiben nahm. Auf einem deckenhohen Regal waren alte Flaschen aufgereiht. Onkel Jolley war einmal von einem Glasbläser fasziniert gewesen, der Zehndollarflaschen hergestellt hatte. Und endlich entdeckte sie mit einem erleichterten Seufzer den Sicherungskasten. Sie stellte den Kerzenhalter auf eine Kiste, öffnete die Metalltür und starrte in den Kasten. Da drinnen gab es nicht eine einzige Sicherung.

„Was soll das denn, zum Teufel?“, murmelte Pandora. Als sie näher trat, stieß sie mit dem Fuß gegen etwas, das scheppernd über den Betonboden rollte. Sie zuckte zusammen und unterdrückte einen Schrei und den Wunsch davonzurennen. Mit angehaltenem Atem griff sie nach dem Kerzenhalter und kauerte sich hin. Zu ihren Füßen verstreut lagen ein Dutzend Sicherungen. Sie nahm eine in die Hand. Dieser Keller mochte über einen gewissen Bestand an Mäusen verfügen, aber keine von ihnen war geschickt genug, um die Sicherungen herauszudrehen.

Sie fühlte einen leichten Schauder, den sie jedoch ignorierte, während sie die Sicherungen einsammelte. Tricks, sagte sie sich. Nur alberne Tricks. Ärgerlich, aber nicht so vernichtend wie jener Trick in ihrer Werkstatt. Es war nicht einmal ein besonders kluger Trick, weil das Einschrauben von Sicherungen genauso einfach war wie das Herausdrehen.

Pandora arbeitete schnell und versuchte, nicht über ihre Schulter zu sehen. Wer immer in den Keller eingedrungen war, um seine Spielchen zu spielen, hatte nur ihre Zeit verschwendet, sonst nichts.

Als sie fertig war, ging sie zu der Treppe und rannte hinauf, obwohl sie sich dafür hasste. Aber ihr erleichterter Seufzer war verfrüht.

Die Tür war fest verschlossen.

Sekundenlang weigerte Pandora sich, es zu glauben. Sie drehte an dem Knopf und drückte, schob und drehte wieder. Danach spürte sie nur noch die Angst, die Angst, alleine in der Dunkelheit eingeschlossen zu sein. Pandora hämmerte gegen die Tür, schrie, flehte und brach schluchzend auf der obersten Stufe zusammen. Niemand konnte sie hören. Charles und Sweeney schliefen am anderen Ende des Hauses.

Fünf Minuten überließ sie sich Angst und Selbstmitleid. Sie war allein, ganz allein, eingeschlossen in einem dunklen Keller, in dem sie vor dem Morgen niemand hören würde. Es war schon kühl und wurde immer kälter. Bald würden ihre Kerzen ausgehen. Dann hatte sie überhaupt kein Licht. Das war das Schlimmste, das Allerschlimmste, kein Licht zu haben.

Licht, dachte sie und schimpfte sich selbst eine Närrin, während sie die Tränen wegwischte. Hatte sie nicht soeben die Sicherungen in Ordnung gebracht? Pandora raffte sich auf und schlug mit der Hand auf den Schalter. Nichts passierte. Sie drängte einen Aufschrei zurück und hob die Kerzen hoch. Die Fassung über der Treppe war leer.

Der Eindringling hatte daran gedacht, die Glühlampe herauszudrehen. Also war es doch ein schlauer Trick. Sie schluckte die neu aufgekommene Panik hinunter und versuchte nachzudenken. Die wollten, dass sie die Beherrschung verlor, und diesen Gefallen würde sie ihnen nicht tun. Wehe, wenn sie herausfand, wer von ihren lieben Familienangehörigen mit ihr diese hässlichen Spiele spielte …

Das kommt später, sagte sich Pandora. Jetzt musste sie einen Ausweg finden. Sie zwang sich, die Stufen wieder hinunterzusteigen.

Der Keller war doppelt so groß wie ihr Apartment in New York, ohne Zwischenwände und jene Verzierungen, die Onkel Jolley so gemocht hatte. Er war bloß dunkel und etwas feucht, mit Betonboden und widerhallenden Steinwänden. Pandora wollte jetzt nicht an Spinnen denken oder an alles andere, was in den Ecken sonst noch so herumhuschen mochte.

Es gab keine Türen. Immerhin befand sie sich unter der Erde. Wie in einem Grab. Diese Vorstellung besänftigte nicht gerade ihre Nerven, sodass sie sich auf andere Dinge konzentrierte. Sie musste nachdenken – und so tun, als wären ihre Handflächen nicht feucht.

Sie ging an einem Stapel Kisten vorbei und schrie auf, als sie sich in dichten Spinnweben verfing. Mehr angewidert als ängstlich fegte sie sie beiseite. Sie machte sich nicht gern lächerlich, auch dann nicht, wenn es niemand sah. Dafür musste jemand bezahlen! nahm sie sich wieder vor.

Dann sah sie das Fenster, eineinhalb Meter über ihrem Kopf und winzig. Obwohl es kaum mehr als ein Oberlicht war, brach Pandora vor Erleichterung beinahe zusammen. Sie stellte die Kerzen auf ein Wandbrett und begann, Kisten übereinanderzustapeln. Ihre Muskeln verkrampften sich, und ihr Rücken protestierte, aber sie stemmte die Kisten hoch und baute sie an der Wand auf. Bei dem ersten Splitter im Finger fluchte sie. Nach dem dritten hörte sie zu zählen auf.

Atemlos und schweißgebadet lehnte sie sich gegen ihre provisorische Leiter. Jetzt brauchte sie nur noch hinaufzuklettern. In einer Hand die Kerzen, zog sie sich mit der anderen Hand hoch. Die Lichter schwankten. Die Kisten knackten und wippten ein wenig. Wenn sie stürzte, würde sie mit gebrochenen Knochen bis zum Morgen liegen bleiben müssen. Sie zog sich höher hinauf und weigerte sich, überhaupt noch an etwas zu denken.

Sie erreichte das Fenster, aber der kleine Riegel war verrostet und saß fest. Fluchend und betend stellte sie die Kerzen auf die unter ihr schwankende Kiste und versuchte es mit beiden Händen. Der Riegel gab ein wenig nach und saß erneut fest. Hätte sie doch bloß daran gedacht, ein Werkzeug mit heraufzunehmen! Sie überlegte, ob sie hinunterklettern sollte, machte aber den Fehler, hinter sich zu blicken. Von hier oben wirkte der Kistenstapel noch wackeliger.

Pandora wandte sich wieder dem Fenster zu und zog mit aller Kraft am Riegel. Metall kreischte auf Metall, als der Riegel nachgab, und die Kisten schwankten unter der Bewegung. Pandora sah, wie der Kerzenleuchter zu kippen begann, und versuchte, ihn zu packen. Außer Reichweite, kippte der Leuchter und krachte auf den Betonboden, wo die winzigen Flammen erloschen. Pandora kippte beinahe hinterher, konnte dann aber doch das Gleichgewicht irgendwie halten. Sie fand sich in drei Metern Höhe über dem Fußboden in völliger Dunkelheit wieder.

Ich werde nicht abstürzen, versprach sie sich, als sie das kleine Fensterbrett mit beiden Händen packte. Sie tastete um sich, zog das Fenster auf und begann, sich hindurchzuschieben. Beim ersten kalten Luftstoß geriet sie fast in Verzückung.

Nachdem sie die Schultern durch die Öffnung gezwängt hatte, gönnte sie sich eine Atempause und erlaubte ihren Augen, sich dem Sternenlicht anzupassen. Irgendwo in den Wäldern schrie ein Nachtvogel zwei Mal. Pandora hatte noch nie etwas so Schönes gehört.

Sie packte den Strunk eines Rhododendron und zog sich bis zu den Hüften heraus. Als sie hinter sich das Krachen der Kisten hörte, presste sie ihre Wange gegen das kalte Gras. Zoll für Zoll wand sie sich ins Freie. Endlich lag sie flach auf dem Rücken und blickte zu den Sternen empor. Durchgefroren, zerschlagen und erschöpft lag sie da und beschränkte sich auf bloßes Atmen. Als sie wieder dazu imstande war, zog Pandora sich hoch und machte sich auf den Weg zu den östlichen Terrassentüren.

Sie wollte Rache, aber zuerst wollte sie ein Bad.

Nach drei Zwischenlandungen und zweimaligem Umsteigen traf Michael in Palm Springs ein. Soweit er das erkennen konnte, hatte sich an diesem Ort nichts verändert. Er hatte die exklusive kleine Gemeinde stets nur zögernd betreten. Nun, da seine Mutter krank war, wurde er von Schuldgefühlen geplagt.

Er sah sie selten. Sicher, sie war genauso wenig daran interessiert gewesen, ihn zu sehen, wie umgekehrt er Wert darauf gelegt hatte, sie zu besuchen. Dennoch war sie immer noch seine Mutter. Seit dem Tag seiner Geburt hatten sie auf verschiedener Wellenlänge gelegen, aber sie hatte für ihn gesorgt. Das heißt, sie hatte zumindest Leute angestellt, die für ihn gesorgt hatten.

Mit seiner Reisetasche brauchte er nicht am Gepäckband zu warten, nahm ein Taxi und nannte die Adresse seiner Mutter. Hätte er vernünftig überlegt, hätte er vorher angerufen und festgestellt, in welchem Krankenhaus sie lag.

Falls der Mann seiner Mutter nicht da war, konnte ihm jemand vom Personal Auskunft geben. Vielleicht war es gar nicht so schlimm, wie es durch das Telegramm wirkte. Seine Mutter war noch jung. Dann fiel ihm ein, dass er nicht die geringste Ahnung hatte, wie alt seine Mutter war. Er bezweifelte, dass sein Vater das wusste und ganz sicher nicht ihr gegenwärtiger Ehemann. Bei anderer Gelegenheit hätte Michael das vielleicht komisch gefunden.

Ungeduldig sah er aus dem Seitenfenster des Taxis, das an den Toren und Säuleneingängen der Elite vorbeiglitt. Sein Beruf hatte ihn lange in Kalifornien festgehalten, aber er zog Los Angeles Palm Springs vor. Dort gab es wenigstens etwas Action, etwas Bewegung, etwas Schärfe. Dennoch mochte er New York am liebsten. Das Tempo dieser Stadt passte am besten zu ihm.

Das Taxi schwang sich die halbkreisförmige Einfahrt unter schwankenden Palmen zu dem hohen weißen Haus hinauf, das Michaels Mutter für sich ausgesucht hatte. Michael erinnerte sich an einen Lilienteich im Park mit Goldfischen von der Größe von Tümmlern. Seine Mutter hatte sich geweigert, sie Karpfen zu nennen.

„Warten Sie", sagte er zu dem Fahrer und lief zwei Treppen zu der Haustür hinauf. Ein neuer Butler öffnete. Seine Mutter pflegte das Personal zu wechseln, bevor es, wie sie sich ausdrückte, zu familiär wurde. „Ich bin Michael Donahue, Mrs Keysers Sohn."

Der Butler sah zu dem wartenden Taxi, dann wieder auf Michaels Pullover und sein unrasiertes Gesicht. „Guten Abend, Sir. Werden Sie erwartet?"

„Wo ist meine Mutter? Ich möchte direkt zum Krankenhaus fahren."

„Ihre Mutter ist heute Abend nicht hier, Mr Donahue. Wenn Sie warten wollen, sehe ich nach, ob Mr Keyser zu sprechen ist."

Geziertes Benehmen hatte Michael noch nie leiden können. Er trat einfach ein. „Ich weiß, dass Mutter nicht hier ist, aber ich möchte sie noch heute besuchen. Wie heißt das Krankenhaus?"

Der Butler neigte höflich den Kopf. „Welches Krankenhaus, Mr Donahue?"

„Jackson, woher kommt dieses Taxi?" Lawrence Keyser kam in einem altrosa Smokingjackett die Treppe herunter. In der einen Hand hielt er eine dicke Zigarre, in der anderen einen Kognacschwenker.

„Also wirklich, Lawrence", setzte Michael mit aufsteigendem Zorn an. „Du siehst ja recht gemütlich aus. Wo ist meine Mutter?"

„Nun, nun, das ist ja … Matthew."

„Ich heiße Michael."

„Michael, natürlich. Jackson, bezahlen Sie Mr … ah, Mr Donavans Taxi."

„Nein, danke, Jackson." Bei anderer Gelegenheit hätte Michael sich über die Namensprobleme seines Stiefvaters amüsiert. „Ich fahre damit gleich zum Krankenhaus. Ich möchte euch ja nicht ausnutzen."

„Aber, aber, ist doch selbstverständlich." Groß, rundlich und teilweise kahl schenkte Keyser ihm ein freundliches breites Lächeln. „Veronica wird sich freuen, dich zu sehen, obwohl wir nicht wussten, dass du kommst. Wie lange bleibst du in der Stadt?"

„So lange ich gebraucht werde. Ich bin sofort losgefahren, als ich das Telegramm erhielt. Du hast den Namen des Krankenhauses nicht erwähnt." Etwas schärfer fügte Michael hinzu: „Da du daheim bist und es dir gut gehen lässt, nehme ich an, dass sich der Zustand meiner Mutter gebessert hat."

„Zustand?" Keyser lachte jovial. „Also, ich weiß nicht, was sie zu diesem Ausdruck sagen würde, aber du kannst sie selbst fragen."

„Das möchte ich auch. Wo ist sie?"

„Sie spielt bei den Bradleys Bridge. In ungefähr einer Stunde kommt sie nach Hause. Wie wäre es mit einem Brandy?"

„Sie spielt Bridge?" Michael trat näher und packte seinen überraschten Stiefvater an den Aufschlägen. „Was zum Teufel soll das heißen?"

„Ich kann das Spiel auch nicht ausstehen", meinte Keyser verwirrt. „Aber Veronica mag es."

Michael ging plötzlich ein Licht auf. „Du hast mir gar kein Telegramm wegen meiner Mutter geschickt?"

„Ein Telegramm?" Keyser tätschelte Michaels Arm und hoffte, dass Jackson in der Nähe blieb. „Ich brauche dir doch wegen einer Bridge-Partie kein Telegramm zu schicken, Junge."

„Mutter ist nicht krank?"

„Gesund wie ein Pferd, obwohl ich das in ihrer Gegenwart nicht so ausdrücken darf."

Michael wirbelte fluchend herum. „Dafür wird jemand bezahlen", stieß er hervor.

„Wohin willst du?"

„Zurück nach New York!", rief Michael über die Schulter zurück, als er die Stufen hinunterlief.

Erleichtert verzichtete Keyser darauf, gegen den raschen Aufbruch zu protestieren. „Soll ich deiner Mutter etwas ausrichten?"

„Ja." Michael blieb neben dem Taxi stehen. „Sag ihr, dass ich mich freue, dass es ihr gut geht. Und dass ich hoffe, sie gewinnt."

6. KAPITEL

Pandora schlief tief und fest, als sie morgens um sieben Uhr geweckt wurde, weil Michael sich auf das Bett fallen ließ. Die Matratze federte regelrecht. Er kuschelte seinen Kopf neben ihr in das Kissen, schloss die Augen.

„Dreckskerl", murmelte sie grollend.

Pandora setzte sich auf, erinnerte sich daran, dass sie nackt war und griff nach der Bettdecke. „Michael! Du solltest in Kalifornien sein. Was machst du in meinem Bett?"

„Ich nehme zum ersten Mal seit vierundzwanzig Stunden die horizontale Lage ein."

„Gut, aber mach das in deinem eigenen Bett", ordnete sie an, ehe sie die Linien von Anspannung und Müdigkeit in seinem Gesicht sah. „Deine Mutter!" Pandora ergriff seine Hand. „Oh, Michael, ist deine Mutter …"

„Sie spielt Bridge." Er rieb sich mit der anderen Hand über das Gesicht. Es fühlte sich rau an. „Ich bin quer über den Kontinent gehüpft, einmal in einer Konservenbüchse mit Propellern, nur um herauszufinden, dass Mutter Sherry schlürft und die Karten ihrer Partner sticht."

„Dann geht es ihr also besser?"

„Es ist ihr immer besser gegangen. Das Telegramm war ein Schwindel." Er gähnte und streckte sich. „Himmel, was für eine Nacht!"

„Du meinst …" Pandora zerrte mit finsterem Blick an der Bettdecke. „Also diese Ratten!"

„Oh ja! Ich habe mir ein paar Methoden für Rache ausgedacht, als ich in Cleveland auf Anschluss warten musste. Unser Freund, der durch deine Werkstatt getobt ist, hat wohl gemeint, jetzt sei ich an der Reihe. Jetzt ist ihm jeder von uns etwas schuldig."

„Ich schulde ihm doppelt." Pandora lehnte sich gegen das Kopfteil, die Decke unter die Arme geschoben. Ihr Haar fiel über ihre nackten Schultern. „Als du letzte Nacht deiner Ente hinterhergejagt bist, wurde ich in den Keller gesperrt."

Michaels Aufmerksamkeit wurde von der dünnen Decke, die sie kaum verhüllte, abgelenkt. „Eingesperrt? Wie?"

Pandora schlug die Füße an den Fesseln übereinander und schilderte, was geschehen war.

„Über Kisten geklettert? Zu dem winzigen Fenster? Das liegt fast drei Meter hoch."

„Ja, das habe ich bemerkt."

Michael betrachtete sie finster. Sein Zorn über die schlaflose Nacht verdoppelte sich. „Du hättest dir den Hals brechen können."

„Ich habe ihn mir nicht gebrochen. Ich habe mir nur eine meiner Lieblingshosen zerrissen, beide Knie aufgekratzt und meine Schulter geprellt."

Michael unterdrückte seine Wut. Er wollte sie erst freisetzen, wenn die Zeit gekommen war. „Es hätte schlimmer sein können", sagte er leichthin und stellte sich vor, was er mit demjenigen machen würde, der Pandora eingesperrt hatte.

„Es war schlimmer", fuhr Pandora ihn an. Sie fühlte sich beleidigt. „Während du in zehntausend Metern Höhe Scotch geschlürft hast, war ich in einem kalten, feuchten Keller mit Mäusen und Spinnen eingesperrt."

„Wir sollten uns überlegen, ob wir nicht die Polizei rufen."

„Und dann? Wir können nichts beweisen. Wir wissen doch nicht einmal, wem wir nichts beweisen können."

„Neue Regel", verkündete Michael. „Von jetzt an bleiben wir zusammen. Keiner von uns verlässt über Nacht das Haus ohne den anderen, zumindest so lange, bis wir herausfinden, wer von unseren lieben Verwandten das Spiel spielt."

Pandora wollte protestieren, erinnerte sich jedoch daran, wie verängstigt sie gewesen war, und was noch schlimmer war, wie einsam sie sich gefühlt hatte. „Einverstanden. Also, diesmal tippe ich auf Onkel Carlson. Er kennt das Haus jedenfalls besser als irgendjemand von den anderen. Er hat hier gewohnt."

„Er kann es genauso gut gewesen sein wie jeder andere." Michael starrte zur Zimmerdecke hinauf. „Ich muss es wissen. Biff war einmal im Sommer sechs Wochen hier, als wir noch Kinder waren."

„Das stimmt." Pandora blickte ebenfalls finster zur Zimmerdecke. „Das hatte ich vergessen. Er hat das Haus gehasst."

„Er hat nie einen Funken Humor besessen."

„Wie wahr! Vor allem konnte er dich nicht ausstehen, Michael."

„Wahrscheinlich weil ich ihm ein blaues Auge geschlagen habe."

Pandora hob die Augenbrauen. „Das sieht dir ähnlich." Doch die Vorstellung von Biff mit einem Veilchen hatte etwas Anziehendes an sich. Deshalb fügte sie lächelnd hinzu: „Warum hast du es getan? Du hast mir nie davon erzählt."

„Erinnerst du dich an die Frösche in deinem Schrank?"

Pandora schniefte. „Aber sicher! Es war ziemlich unreif von dir."

„Nicht von mir, sondern von Biff."

„Biff?" Erstaunt wandte sie sich zu ihm. „Soll das heißen, dass dieses kleine Scheusal die Frösche in meine Unterwäsche gesteckt hat?" Der nächste Gedanke kam, ein überraschend erfreulicher. „Und dafür hast du ihm einen Faustschlag verpasst?"

„Keinen harten."

„Warum hast du dich nicht gewehrt, als ich dich beschuldigt habe?"

„Es war befriedigender, Biff eine zu verpassen. Jedenfalls kennt er das Haus gut genug. Und ich könnte mir denken, dass die meisten aus unserem glücklichen Clan wenigstens einmal für ein paar Tage hier gewohnt haben. Es ist nicht so schwer, einen Sicherungskasten im Keller zu finden. Denk es doch zu Ende, Pandora! Sie sind zu sechst, zu siebent, wenn man die wohltätige Stiftung mitzählt. Teile hundertfünfzig Millionen durch sieben, und das ergibt jede Menge Motive. Jeder von ihnen hat einen Grund, sich zu wünschen, dass wir die Bedingungen des Testaments brechen. Und meiner Meinung nach ist sich keiner von ihnen zu fein dafür, etwas Druck auf uns auszuüben."

„Noch ein Grund, warum mir das Geld nicht zugesagt hat", meinte sie. „Michael, sie haben nur verwüstet und Ärger bereitet, aber, verdammt noch mal, ich möchte es ihnen zurückzahlen."

„Die Rückzahlung erfolgt in weniger als fünf Monaten." Ohne nachzudenken, legte Michael den Arm um ihre Schultern. Ohne nachzudenken, drückte Pandora sich an ihn. Ein feiner Duft strömte von ihrer Haut aus. „Kannst du dir Carlsons Gesicht vorstellen, wenn das Testament in Kraft tritt und er nichts als einen Zauberstab und einen Zylinder bekommt?"

Michaels Schulter fühlte sich fester an, als Pandora erwartet hatte.

„Und Biff mit drei Kisten voller Streichholzschachteln." Sie lachte leise und zufrieden. „Onkel Jolley lacht tatsächlich immer noch zuletzt."

„Und in ein paar Monaten wir mit ihm."

„Das steht fest. Und du liegst mit den Schuhen auf meiner Decke."

„Tut mir leid." Mit zwei knappen Bewegungen streifte er sie ab.

„Das habe ich eigentlich nicht gemeint. Willst du dich jetzt nicht in dein eigenes Zimmer verziehen?“

„Eigentlich nicht. Dein Bett ist hübscher. Schläfst du immer nackt?“

„Nein.“

„Dann lacht mir ja endlich das Glück.“ Er drückte seine Lippen auf eine Abschürfung an ihrer Schulter. „Tut es weh?“

„Ein wenig.“

„Arme kleine Pandora. Und ich dachte immer, du wärst dickhäutig.“

„Bin ich …“

„Weich“, unterbrach er sie und ließ seine Finger über ihren Arm streichen. „Sehr weich. Hast du noch mehr Verletzungen?“ Er ließ seine Lippen über ihren Hals gleiten und fühlte ihr kurzes Schaudern.

„Keine, die man sieht.“

„Ich bin ein sehr aufmerksamer Beobachter.“ Michael rollte sich herum und presste seinen Körper enger an den ihren, während er auf sie hinunterblickte. Er war müde. Ja, er war müde und mehr als nur ein wenig erschlagen von der Reise, aber er hatte nicht vergessen, dass er Pandora wollte. Und selbst wenn er es vergessen hätte, so hätten ihr nachgiebiger Körper und ihr vom Schlaf rosiges und weiches Gesicht seine Erinnerung beflügelt. „Warum sehe ich nicht selbst nach deinen Verletzungen?“ Seine Finger glitten an den Rand der Decke auf ihren Brüsten.

Pandora holte tief Luft, sie war von der kleinsten Berührung unglaublich erregt. Sie durfte es sich nicht anmerken lassen … Oder? Sie konnte nicht die Hände nach etwas ausstrecken, das nur eine Illusion war. Michael war nicht beständig. Er war nicht wirklich. Er war jetzt mit ihr zusammen, weil sie hier war und keine sonst. Warum wurde es so schwer, sich das ins Gedächtnis zurückzurufen?

Sein Gesicht war so nahe, dass es ihr Blickfeld ausfüllte. Sie sah die kleinen Dinge, die sie all die Jahre nicht hatte bemerken wollen, den dünnen grauen Ring, der seine Iris einfasste, die gerade, fast aristokratische Linie seiner Nase, die sanfte, ausdrucksvolle Form seines Mundes.

„Michael …“

Dass sie zögerte, ehe sie nach seiner Hand griff, gefiel ihm und entnervte ihn. Sie war nicht so kühl und beherrscht, wie sie immer geschienen hatte. Und weil das so war, könnte er die spröde Schale durchdringen und ihr unter die Haut gehen. Doch womöglich wäre es dann nicht so leicht zurückzuweichen.

Sei praktisch, sagte sie sich. Sei realistisch. „Michael, wir müssen noch fast fünf Monate überstehen."

„Guter Standpunkt." Er brauchte ihre Wärme. Er brauchte sie als Frau. Vielleicht war es an der Zeit, die Folgen zu riskieren. Er senkte den Kopf und knabberte an ihrem Mund. „Warum Zeit verschwenden?"

Sie erlaubte es sich, ihn zu genießen. Nur für einen Moment, versprach sie sich. Bloß für einen kurzen Moment. Er fühlte sich warm an, und seine Hände waren angenehm. Die Nacht war lang und kalt und Angst einflößend gewesen. So sehr sie es auch hasste, das zuzugeben, aber sie brauchte ihn. Jetzt, da das Sonnenlicht durch die winzigen Quadrate der Fensterscheiben hell und grell auf ihr Bett fiel, war Michael ihr nahe, sicher und tröstend.

Ihre Lippen öffneten sich unter seinen Lippen.

Michael war ohne Plan in Pandoras Zimmer gekommen. Es hatte ihn einfach zu ihr gezogen. Er hatte neben ihr liegen und mit ihr sprechen wollen. Nicht Leidenschaft hatte ihn geleitet. Nicht Verlangen ihn getrieben. Es hatte nur den ursprünglichen Wunsch gegeben, daheim zu sein, daheim mit ihr. Und jetzt wollte er nichts mehr, als zu bleiben, wo er war, Pandora zu umarmen und sich langsam zu erhitzen.

Sie empfand keine entfesselte Leidenschaft. Es war eine Leidenschaft, die sich angenehm erhitzt – wie ein Gebräu, das schon den ganzen Tag siedete, während Gewürze zugefügt wurden. Kosten, noch einmal kosten, und der Geschmack veränderte sich, wurde reichhaltiger und intensiver.

Sie wollte dem Verlangen nachgeben, doch dann würde sich alles ändern, und es war eine Veränderung, die sie nicht voraussehen oder klar erkennen, sondern nur herbeisehnen konnte. Und darum widerstand sie ihm und sich selbst und dem, was sich zwischen ihnen abspielen konnte.

„Michael ..." Dennoch hielt sie ihre Finger in sein Haar vergraben – nur noch eine winzige Weile. „Das ist nicht besonders klug."

Er küsste ihre sich schließenden Augen. Das hatte bisher noch niemand getan. „Das ist das Klügste, was jeder von uns seit Jahren getan hat."

Pandora wollte zustimmen, aber nur fast. „Michael, die Dinge sind schon kompliziert genug. Wenn wir uns lieben und es unerfreulich ausläuft, wie könnten wir es hier dann noch zusammen aushalten? Wir sind Onkel Jolley gegenüber eine Verpflichtung eingegangen."

„Das Testament hat verdammt wenig mit uns beiden hier in diesem Bett zu tun."

Wie hatte sie vergessen können, wie intensiv sein Blick wurde, wenn er etwas wollte? Wieso hatte sie nie bemerkt, wie attraktiv ihn das machte? Sie musste jetzt ihren Standpunkt behaupten, sonst ging sie unter. „Das Testament hat sehr viel zu tun mit dir und mir in diesem Haus. Wenn wir miteinander ins Bett gehen und sich unsere Beziehung verändert, müssen wir mit allen Problemen und Komplikationen fertig werden, die damit verbunden sind."

„Zähl einige auf."

„Versuche nicht, amüsant zu sein, Michael."

„Ich wollte dich nicht zum Lachen bringen." Es gefiel ihm, wie sie gegen das Kissen gelehnt saß – ihr Haar ausgebreitet wie ein Wildfeuer, die etwas erhitzten Wangen, ihr Mund zu einem leichten Schmollen zusammengezogen. Seltsam, dass er sie nie zuvor so gesehen hatte. Ohne Zweifel würde er sie von jetzt an oft so vor sich sehen. „Ich will dich, Pandora. Daran ist nichts amüsant."

Nein, darüber konnte sie nicht mit einem Lachen oder einem Schulterzucken hinweggehen, nicht während sein Atem über ihre Haut strich und sie kraftlos machte. Er meinte es nicht so. Er konnte es gar nicht so meinen. Aber sie wollte es glauben. Wenn sie es nicht mit einem Lachen abtun konnte, musste sie eine Abwehr dagegen aufbauen. „Bevor man sich auf eine Liebesaffäre einlässt, muss man genau darüber nachdenken. Falls wir darüber diskutieren …"

„Ich will nicht darüber diskutieren." Er presste seine Lippen auf ihren Mund, bis ihr Körper nachgiebig wurde. „Wir machen keine Fusion zweier Kapitalgesellschaften, Pandora, wir machen Liebe."

„Genau das ist der Punkt." Sie drängte eine Lawine von Verlangen zurück. Sei praktisch! Das war ihre Hauptregel. „Wir sind Geschäftspartner. Schlimmer noch, wir sind miteinander verwandte Geschäftspartner, zumindest noch während der nächsten Monate. Wenn wir das jetzt verändern, könnte …"

„Wenn", unterbrach er sie. „Könnte! Brauchst du immer für alles Garantien?"

Sie zog die Augenbrauen zusammen, als Ärger ihr Verlangen zu verdrängen drohte. „Es ist eine Frage des gesunden Menschenverstandes, eine Angelegenheit von allen Seiten zu betrachten."

„Vermutlich lässt du einen möglichen Liebhaber zuerst ein Antragsformular für einen Eignungstest ausfüllen."

Ihre Stimme wurde eisig. In einer gewissen verdrehten Weise hatte er die Wahrheit getroffen. „Werde nicht grob, Michael."

Bis an die äußerste Grenze getrieben, starrte er gereizt auf sie hinunter. „Ich bin lieber plump, als deine Art von gesundem Menschenverstand zu haben."

„Ich finde, du hattest noch nie irgendeine Art von gesundem Menschenverstand", gab sie zurück. „Wie sonst wäre es möglich, dass jede vollbusige kleine Blondine, der du zugeblinzelt hast, sofort in den Mittelpunkt öffentlichen Interesses gerückt ist? Du besitzt nicht einmal genug Anstand zur Diskretion."

„Das reicht!" Michael zog sie in sitzende Position hoch. Jetzt gab es keine Spur von sanfter Nachgiebigkeit. Sie begegnete seinem Blick mit Feuer in den Augen. „Vergiss nicht die Brünetten und die Rothaarigen."

Pandora hatte sie nicht vergessen. Sie versprach sich selbst, sie nie zu vergessen. „Ich möchte nicht darüber diskutieren."

„Du hast das Thema angeschnitten, und wir bringen es jetzt zu Ende. Ich bin mit Frauen ins Bett gegangen. Leg mich dafür meinetwegen in Ketten. Und es hat mir sogar Spaß gemacht."

Sie warf mit einer heftigen Kopfbewegung ihr Haar über die Schultern zurück. „Dessen bin ich sicher."

„Und ich habe niemals mit einer Frau vorher darüber Erörterungen anstellen müssen. Es gibt nämlich Frauen, die Romantik und gegenseitigen Genuss dem vorziehen."

„Romantik?" Sie zog ihre Brauen hoch. „Ich hatte dafür stets ein anderes Wort."

„Du würdest Romantik nicht einmal erkennen, wenn sie dir auf den Kopf fallen würde. Hältst du es für diskret, wenn man eine Geliebte hat und so tut, als hätte man keine? Wenn man unsterbliche Treue für eine Person vortäuscht, während man nach einer anderen Ausschau hält? Was du Diskretion nennst, nenne ich Heuchelei. Ich schäme mich nicht für eine einzige Frau, die ich gekannt habe, im Bett oder außerhalb."

„Es interessiert mich nicht, wofür du dich schämst oder nicht schämst. Ich werde nicht dein nächster Genuss sein. Heb dir deine Leidenschaft für deine Tänzerinnen und Starlets und Ballett-Mädchen auf."

„Du bist ein ebenso großer Snob wie der Rest der Familie."

Das saß. Ihre Schultern strafften sich. „Das ist nicht wahr. Ich habe lediglich keine Lust, mich in eine lange Schlange einzureihen."

„Du schmeichelst mir, Cousine."

„Dafür gibt es auch eine andere Bezeichnung."

„Überlege dir das gut." Michael schüttelte sie härter, als er wollte. „Ich bin nie mit einer Frau ins Bett gegangen, die ich nicht gemocht und respektiert habe." Bevor er ausrastete und mehr tat, als Pandora zu schütteln, stand er auf und ging zur Tür, während sie mitten im Bett saß, die Decke an sich gepresst hielt und ihn wütend anblitzte.

„Es sieht aus, als würdest du leicht respektieren."

Er drehte sich um, um sie zu betrachten. „Nein", sagte er langsam. „Aber ich verlange nicht, dass die Leute dafür durch Reifen springen."

Kalter Krieg mochte nicht so anstrengend sein wie eine heiße Schlacht, aber mit den richtigen Teilnehmern konnte er genauso zerstörerisch wirken. Tagelang umkreisten Pandora und Michael einander. Machte einer eine sarkastische Bemerkung, griff der andere in sein Arsenal und antwortete mit gleichem Sarkasmus. Keiner von beiden gab das Zeichen zum Frontalangriff. Stattdessen stichelten und hackten sie aufeinander herum, während die Diener die Augen verdrehten und auf das erste Blutvergießen warteten.

„Dummheit", stellte Sweeney fest, während sie den Teig für zwei Apple Pies ausrollte. „Glatte Dummheit." Sie war eine untersetzte Frau mit einem roten Gesicht, so rundlich wie Charles dünn war. In ihrer pragmatischen, schnurgeraden Art hatte sie zwei Ehemänner geheiratet und begraben und sich danach durch das Leben geschlagen, indem sie für andere kochte. Ihre Küche war immer hübsch und ordentlich und duftete nach dem sündig reichhaltigen Essen, das sie vorbereitete. „Verwöhnte Kinder", sagte sie zu Charles. „Genau das sind sie. Verwöhnte Kinder, denen man eine um die Ohren geben müsste."

„Sie müssen noch mehr als vier Monate durchhalten." Charles saß am Küchentisch. „Sie werden es nie schaffen."

„Ha!" Sweeney knallte das Nudelholz auf einen frischen Teigballen. „Sie werden es schaffen. Sie sind zu dickköpfig, um es nicht zu schaffen. Aber das genügt nicht."

„Der Herr wollte, dass sie das Haus bekommen. Und solange sie es haben, werden wir es nicht verlieren."

„Was werden wir zwei denn in diesem riesigen leeren Haus machen, wenn die beiden zurück in die Stadt ziehen? Jetzt, da der Herr tot ist, wie oft wird denn einer von ihnen zu Besuch herkommen?" Sweeney legte den ausgerollten Boden in eine Form und drückte geschickt den Rand fest. „Der Herr wollte, dass sie das Haus bekommen, wohl wahr. Und er wollte, dass sie einander bekommen. Das Haus verlangt nach einer Familie. Und wir müssen dafür sorgen, dass es eine Familie bekommt."

„Du hast die beiden nicht beim Frühstück gehört." Charles schlürfte seinen Tee und sah zu, wie Sweeney die feuchte Apfelmischung in die Teigschale füllte.

„Darauf kommt es gar nicht an. Ich habe gesehen, wie sie einander betrachten, wenn sie denken, dass der andere es nicht bemerkt. Sie brauchen bloß einen Anstoß." Mit raschen, sparsamen Bewegungen füllte sie die zweite Form. „Und wir werden ihnen diesen Anstoß geben."

Charles streckte seine Beine aus. „Wir sind schon zu alt, um jungen Leuten Anstoß zu geben."

Sweeney schnaubte, als sie sich umdrehte. Sie stemmte ihre dicken Hände in die Hüften. „Dass wir alt sind, reicht doch schon. Du hast dich in der letzten Zeit elend gefühlt."

„Nein. Um die Wahrheit zu sagen, ich habe mich diese Woche viel besser gefühlt."

„Du hast dich elend gefühlt", wiederholte Sweeney mit einem finsteren Blick. „Sieh mal an, da kommt unsere Pandora zum Mittagessen. Du befolgst jetzt meine Anweisungen. Mach ein gequältes Gesicht."

Der Schnee war über Nacht in großen, dicken Flocken gekommen. Im Gehen wirbelte Pandora ihn auf. Sie war mit sich selbst sehr zufrieden. Ihre Arbeit hätte nicht besser laufen können. Die Ohrringe, die sie endlich fertiggestellt hatte, waren einmalig, so einmalig, dass sie eine Halskette als Ergänzung entworfen hatte, auffällig und groß, in geometrischen Formen, aus Kupfer und Gold. Nicht jede Frau konnte so etwas tragen, aber wenn es eine konnte, würde sie Aufsehen erregen.

Als sie die Küchentür öffnete, war sie hungrig wie ein Wolf und in allerbester Stimmung.

„... wenn du dich in ein oder zwei Tagen besser fühlst", sagte Sweeney gerade energisch und drehte sich überrascht zu Pandora um. „Oh, ich habe gar nicht bemerkt, wie die Zeit vergeht. Schon Zeit zum Mittagessen und ich mache erst die Pies fertig."

„Apfel-Pies?" Strahlend trat Pandora näher, aber Sweeney stellte befriedigt fest, dass Pandora bereits Charles besorgt musterte. „Ist noch etwas von der Füllung übrig?", fragte sie und steckte ihre Finger in die Schüssel. Sweeney klopfte ihr kräftig auf die Hand.

„Sie haben mit diesen Fingern gearbeitet. Waschen Sie sich an der Spüle, und dann bekommen Sie Ihr Mittagessen, sobald ich es schaffe."

Gehorsam drehte Pandora das Wasser auf und fragte leise: „Fühlt Charles sich nicht wohl?"

„Die Bronchitis macht ihm zu schaffen. Das kalte Wetter ist schlimm. Dabei ist es schon schlimm genug, alt zu sein." Sweeney presste die Hand in ihr Kreuz, als hätte sie Schmerzen. „Wir werden beide schon ein wenig langsam. Hier ziept es, und da tut es weh." Sweeney seufzte und schielte zu Pandora. „Das gehört halt zum Altwerden."

„Unsinn." Nachdenklich schrubbte Pandora ihre Hände. Sie hätte Charles genauer beobachten sollen. „Sie wollen ganz einfach zu viel tun."

„Wo doch die Weihnachtsfeiertage vor der Tür stehen ..." Sweeneys Stimme erstarb, während sie sich mit der Oberflächenverzierung eines Pies beschäftigte. „Nun ja, das Haus zu schmücken macht ja eine Menge Arbeit, aber es ist schon eine Belohnung an sich. Heute Nachmittag werden Charles und ich die Kartons mit dem Schmuck vom Dachboden holen."

„Reden Sie keinen Unsinn." Pandora stellte das Wasser ab und griff nach dem Handtuch. „Ich hole den Schmuck herunter."

„Nein, nein, lieber Himmel, Miss! Es sind zu viele Kartons, und die meisten sind viel zu schwer für eine kleine Lady wie Sie. Es ist unsere Aufgabe, uns darum zu kümmern. Stimmt es nicht, Charles?"

Bei der Vorstellung, die Treppen zum Dachboden ein halbes Dutzend Mal hinaufzuklettern, seufzte Charles. Ein Blick von Sweeney ließ ihn stocken. „Machen Sie sich keine Gedanken, Miss McVie. Sweeney und ich, wir werden uns darum kümmern."

„Das werden Sie ganz bestimmt nicht." Pandora hängte das Handtuch zurück auf den Haken. „Michael und ich werden heute Nachmittag alles herunterholen, basta. Und jetzt sage ich ihm, dass er zum Essen kommen soll."

Sweeney wartete, bis sich die Tür hinter Pandora geschlossen hatte, ehe sie grinste.

Oben im ersten Stock klopfte Pandora zweimal an die Tür von Michaels Arbeitszimmer, bevor sie eintrat. Er tippte weiter. Pandora unterdrückte ihren Stolz, ging zu seinem Schreibtisch und verschränkte die Arme. „Ich muss mit dir sprechen."

„Komm später wieder. Ich bin beschäftigt."

Zorn stieg in ihr hoch. Sie erinnerte sich jedoch an Sweeneys müde Stimme und schluckte ihn hinunter. „Es ist wichtig." Sie biss zwar die Zähne zusammen, sprach das Wort dann aber doch aus. „Bitte."

Überrascht brach Michael mitten im Wort ab. „Was? Hat einer von der Familie wieder ein Spiel gespielt?"

„Nein, das ist es nicht. Michael, wir beide müssen diesmal das Haus für Weihnachten ausschmücken."

Er starrte sie einen Moment an, murmelte eine Verwünschung und wandte sich wieder seiner Schreibmaschine zu. „Bei mir ist gerade ein zwölfjähriger Junge gekidnappt worden und soll für ein Lösegeld von einer Million freigelassen werden. Das ist wichtig."

„Michael, würdest du für einen Moment das Reich deiner Fantasie verlassen und dich um die Wirklichkeit kümmern?" Ehe sie sich zurückhalten konnte, hatte sie ihm schon das Blatt aus der Schreibmaschine gerissen. Er fuhr halb aus seinem Stuhl hoch. „Es geht um Sweeney und Charles."

Das hielt ihn davor zurück, rabiater zu werden, als ihr nur das Blatt wieder aus der Hand zu reißen. „Was ist mit ihnen?"

„Charles hat mit seiner Bronchitis zu tun, und Sweeney geht es auch nicht gut."

„Sollen wir einen Arzt holen?"

„Nein, das würde die beiden nur peinlich berühren. Aber wir sollten dafür sorgen, dass sie sich nicht überarbeiten. Und wenn wir nicht wollen, dass sie sich auf den Dachboden schleppen und nachher das Haus schmücken, müssen wir es machen."

„Bis Weihnachten sind es noch drei Wochen", wandte Michael ein.

„Ich weiß zufällig, wann Weihnachten ist, aber die beiden sind alt und haben das Haus immer einen Tag nach Thanksgiving geschmückt. Das ist Tradition."

„Schon gut, schon gut." Michael saß in der Falle und stand auf. „Dann fangen wir damit an."

„Gleich nach dem Mittagessen." Zufrieden, ihren Kopf durchgesetzt zu haben, verließ Pandora das Zimmer.

Eine Dreiviertelstunde später stießen sie und Michael die Tür zum Dachboden auf. Wie alles auf Folley, war der Speicher riesig. „Ich hatte ganz vergessen, wie herrlich es hier oben ist!" Pandora vergaß sich, packte Michael an der Hand und zog ihn hinein. „Sieh dir diesen Tisch an. Ist er nicht grässlich?"

Das war er. Alt und mit Girlanden und Cupido-Figuren verziert.

„Und da ist der Vogelkäfig aus Zahnstochern. Onkel Jolley hat sechs Monate daran gearbeitet, aber dann hatte er nicht das Herz, einen Vogel einzusperren."

„Glück für den Vogel", murmelte Michael. „Gamaschen", sagte er und zog ein Paar aus einem Karton. „Kannst du ihn dir darin vorstellen?"

„Und dieser Hut." Pandora fand einen riesigen kreisrunden Strohhut mit getrockneten Blumen auf der Krempe. „Er gehörte Tante Katie. Ich hätte sie gern kennengelernt. Mein Vater sagte, sie sei genauso wunderbar wie Onkel Jolley gewesen."

Michael sah Pandora zu, wie sie die Krempe über die Augen herunterdrückte. „Wenn das ihr Hut war, glaube ich es gern." Er fand eine schwarze Melone und setzte sie sich schief auf den Kopf.

„Perfekt." Pandora lachte zum ersten Mal seit Tagen völlig unverkrampft. „Jetzt brauchst du nur noch einen Vatermörder und einen Spazierstock. Sieh mal!" Sie zog ihn vor einen halb blinden Spiegel, in dem sie sich zusammen betrachteten.

„Ein elegantes Paar", fand Michael, obwohl sich sein Pullover an den Hüften ausbeulte und Pandora Staub auf der Nase hatte. „Der Hut steht dir gut, vor allem bei deinem langen Haar. Ich habe es immer lang an dir gemocht, obwohl du ganz zauberhaft verloren mit deinen viel zu großen Augen ausgesehen hast, als sie es dir ganz kurz abgeschnitten hatten."

„Ich war damals fünfzehn."

„Und du warst gerade von den Kanarischen Inseln mit den längsten und braunsten Beinen zurückgekommen, die ich je in meinem Leben gesehen habe. Ich hätte beinahe in meine Teetasse gebissen, als du in den Salon kamst."

„Du hast damals am College studiert, und du hattest ein Cheerleader-Mädchen an deinem Arm hängen."

Michael grinste. „Du hattest die schöneren Beine."

Pandora tat, als würde sie das wenig interessieren. „Überrascht mich, dass du es bemerkt hast und dich erinnern kannst."

„Ich habe dir schon gesagt, dass ich ein guter Beobachter bin."

Sie nickte bloß. Manchmal war es besser, behutsam über gefährliches Terrain hinwegzugehen. „Ach, du lieber Himmel!", rief sie aus, als sie die Kartons mit dem Schmuck entdeckte, zwanzig, vielleicht fünfundzwanzig.

Michael schob die Hände in die Hosentaschen. „Vielleicht sollten wir eine Umzugsfirma anrufen."

Pandora stieß den Atem aus. „Roll die Ärmel hoch."

Mal trug jeder zwei oder drei Kartons, dann wieder mussten sie zusammen einen einzigen schleppen. Und irgendwann hörten sie zu streiten auf, weil es zu viel Mühe machte.

Schmutzig und verschwitzt setzten sie endlich die letzte Schachtel im Wohnzimmer ab. Ohne auf ihre staubige Hose zu achten, ließ Pandora sich in den nächsten Sessel fallen. „Wird das nicht ein Riesenspaß, wenn wir nach Neujahr alles wieder hinaufschleppen?"

„Hätten wir uns nicht mit einem Weihnachtsmann aus Plastik begnügen können?"

„Es wird sich lohnen." Sie sammelte ihre restliche Energie und kniete sich auf den Fußboden, um den ersten Karton zu öffnen. „Fangen wir an."

Sie stürzten sich mit Feuereifer auf die Arbeit, öffneten Schachteln, breiteten Girlanden aus und testeten Glühlampen. Sie zankten sich freundschaftlich, was wo am besten aussah und wie die Lichter an den Fenstern am besten angebracht wurden. Als sie mit dem Wohnzimmer, der Eingangshalle und dem Treppenhaus fertig waren, sah Pandora sich lange um.

Die weißen und silbernen Girlanden schlangen sich am Geländer herunter, geschmückt mit roten Glocken, üppigen grünen Bändern und winzigen Lichtern, die nur noch auf den Abend warteten.

„Sieht gut aus", fand sie. „Wirklich gut. Natürlich werden Sweeney und Charles den Dienstbotentrakt selbst schmücken wollen, und der ganze Karton hier ist für das Speisezimmer, aber das ist schon einmal ein wunderbarer Anfang."

„Ein Anfang?" Michael setzte sich auf die Treppe. „Cousine, wir nehmen an keinem Wettbewerb teil."

„Wenn schon, denn schon. Jetzt könnten wir uns nach einem Baum umsehen."

„Willst du jetzt in die Stadt fahren?"

„Natürlich nicht." Pandora holte bereits die Mäntel aus dem Dielenschrank. „Wir gehen hinaus in den Wald und graben einen Baum aus."

„Wir?"

„Sicher. Ich hasse es, wenn die Leute Bäume abschneiden und sie nach Neujahr wegwerfen. In den Wäldern hier gibt es eine Menge hübscher kleiner Tannen. Wir graben eine aus und pflanzen sie nach den Feiertagen wieder ein."

Pandora und Michael holten zwei Schaufeln aus dem Werkzeugschuppen und stapften nebeneinander durch den knöcheltiefen Schnee.

„Es ist herrlich", sagte Pandora. „So abgeschieden. Weißt du, manchmal möchte ich lieber hier draußen leben und Besuche in der Stadt machen als umgekehrt."

Er hatte schon den gleichen Gedanken gehabt, war aber überrascht, ihn von ihr zu hören. „Ich dachte, du liebst die gleißenden Lichter und den Trubel."

„Tue ich, aber das hier gefällt mir auch. Wie wäre der Baum? Nein, zu schief." Sie ging weiter. „Wäre es nicht schön, hierher nach Hause kommen zu können? Hier ist einer."

„Zu groß. Du musst aber doch nicht den ganzen langen Weg in die Catskills fahren, um ‚Heim und Herd' zu spielen."

Pandora hob bloß eine Augenbraue. „Nein, allerdings nicht. Dieser hier sieht gut aus." Sie blieb stehen und betrachtete lange einen anderthalb Meter hohen Baum, während hinter ihr Michael sich bemühte, den Mund zu halten. „Der hat genau die richtige Größe für das Wohnzimmer."

„Fein." Michael rammte seine Schaufel in den Erdboden. „Dann pack mit an."

Als er sich vorbeugte, um zu graben, schleuderte Pandora ihm eine Schaufel Schnee ins Gesicht. „Oh, tut mir leid." Sie lächelte und tat ganz unschuldig. „Ich kann wohl nicht mehr richtig zielen."

Michael ließ es durchgehen, vielleicht weil er den Schachzug anerkannte und sich wünschte, selbst auf die Idee gekommen zu sein.

Fünfzehn Minuten später hatten sie ein Loch von ausreichender Größe ausgehoben.

„Jetzt müssen wir den Baum nur noch zum Haus zurücktragen und …" Michael unterbrach sich. „Verdammt, wir brauchen etwas, in das wir die erdigen Wurzeln einwickeln. Im Schuppen habe ich Jutesäcke gesehen."

Sie starrten einander an, ohne mit der Wimper zu zucken.

„Also gut", gab er schließlich nach. „Ich gehe noch einmal zurück, und dafür wischst du dann Nadeln und Erde auf, die wir auf dem Fußboden verstreuen."

„Abgemacht."

Zufrieden wandte Pandora sich ab, als ein Schneeball sie am Hinterkopf traf. „Oh, tut mir leid." Michael lächelte nett. „Ich kann wohl nicht mehr richtig zielen." Pfeifend schlenderte er zurück zu dem Schuppen.

Pandora wartete, bis er außer Sichtweite war, dann legte sie sich zufrieden lächelnd einen Vorrat an Schneebällen an. Bei seiner Rückkehr sollte Michael keine Chance haben.

Sie hatte bereits genug Schneebälle, als sie hinter sich ein Geräusch hörte. Mit einem Schneeball wirbelte sie herum. Doch da war niemand. Sie wartete. Hatte sie nicht zwischen den Bäumen eine Bewegung gesehen? Es hätte Michael ähnlich gesehen, sie zu umgehen und sich anzuschleichen. Dann hörte sie Schnee von den Zweigen zu Boden fallen.

„Michael, sei nicht feige!" Sie nahm einen zweiten Ball in ihre linke Hand.

„Deckst du deine Flanke?", fragte Michael, und plötzlich saß sie im Schnee, und er lachte auf sie hinunter und ließ den Jutesack in ihren Schoß fallen.

„Aber, warst du nicht …?" Sie verstummte und sah hinter sich. „Hast du einen Bogen gemacht?"

„Nein, aber wenn ich mir diese Schneebälle ansehe, hätte ich es lieber tun sollen. Willst du Krieg spielen?"

„Das ist bloß ein Verteidigungssystem", behauptete sie und sah wieder über ihre Schulter. „Ich dachte, ich hätte jemanden da drüben gehört."

„Da drüben war ich sicher nicht. Ich bin direkt zu dem Schuppen und wieder zurückgegangen.“ Er streckte die Hand aus und zog Pandora auf die Beine.

„Vielleicht bin ich nur ein wenig nervös“, meinte sie, als sie Hand in Hand tiefer in den Wald eindrangen. „Es kann ein Kaninchen gewesen sein.“

„Ein Kaninchen mit großen Füßen“, murmelte er und deutete auf die Spuren im Schnee. „Kaninchen tragen keine Stiefel.“

„Dann haben wir also noch immer Gesellschaft, und ich glaubte, sie hätten endlich aufgegeben.“ Sie schlug einen beiläufigen Ton an, fühlte sich jedoch nicht wohl in ihrer Haut.

Michaels Antwort wurde durch einen anspringenden Motor unterbrochen. Sie rannten los, aber als sie die Stelle erreichten, an welcher der Wagen geparkt hatte, fanden sie nur noch Reifenspuren.

„Ich lasse mich nicht gern ausspionieren.“ Frustriert starrte er auf den Pfad, der zu der Hauptstraße führte. „Ich spiele nicht die nächsten Monate Katz und Maus.“

„Was sollen wir machen?“

Michael lächelte, während er die Spuren betrachtete. „Wir lassen durch Fitzhugh verbreiten, dass wir Ärger hatten und deshalb Jolleys Gewehre hervorgeholt haben.“

„Michael! Diese Leute mögen uns stören, aber sie sind noch immer unsere Familie.“ Pandora musterte ihn unsicher. „Du würdest doch nicht ernsthaft auf jemanden schießen?“

„Ich würde eher auf Familienmitglieder als auf Fremde schießen“, entgegnete er und zuckte die Schultern. „Sie lieben vor allem ihre eigene Haut. Bestimmt zögert jeder von ihnen, bevor er weiter herumspielt, wenn er weiß, dass er sich dafür eine Ladung Schrot an sehr gewissen Körperteilen einfängt.“

„Ich mag das nicht. Waffen bedeuten Ärger, sogar die bloße Drohung mit ihnen.“

„Hast du eine bessere Idee?“

„Kaufen wir doch einen Hund, Michael, einen wirklich großen, gefährlichen Hund.“

„Großartig. Wir könnten ihn frei laufen lassen, damit er seine Zähne in einen unserer Lieblingsverwandten schlägt. Das wird ihnen viel besser gefallen als Schrot.“

„Er muss ja nicht so gefährlich sein.“

„Schließen wir einen Kompromiss und machen wir beides."

„Michael ..."

„Wir rufen Fitzhugh an."

„Und befolgen seinen Rat", ergänzte Pandora.

„Sicher, wenn er mir gefällt."

Pandora wollte widersprechen, musste aber lachen. Das Ganze war genauso albern wie die Handlung seiner Fernsehserie. „Hört sich sehr vernünftig an", fand sie und hakte sich bei ihm unter. „Aber bringen wir zuerst den Baum ins Haus."

7. KAPITEL

„Ich weiß, dass es Weihnachtsabend ist, Darla." Michael griff nach seiner Kaffeetasse, fand sie leer und nahm die Kanne von der Warmhalteplatte. Bodensatz. Er unterdrückte einen Seufzer. Das Problem auf Folley war, dass man jedes Mal, wenn die Kanne leer war, eine halbe Meile weit in die Küche traben musste. „Ich weiß, dass es eine großartige Party wird, aber ich kann nicht weg."

Das stimmte nicht ganz, räumte Michael für sich ein, während er Darlas weitschweifigen Ausführungen über eine Feier in Manhattan lauschte. Er hätte sich einen Tag freinehmen können, aber er wollte nicht weg.

„Du musst allen an meiner Stelle frohe Weihnachten wünschen. Nein, ich lebe gern auf dem Land, Darla. Merkwürdig? Ja, vielleicht." Er musste lachen. Darla, eine Tänzerin der Spitzenklasse, konnte sich nicht vorstellen, dass es außerhalb der Insel Manhattan Leben gab. „Vielleicht zu Neujahr, wenn ich es schaffe. Okay, Baby, ja, ciao!"

Erleichtert legte Michael auf. Darla war amüsant, aber er war nicht daran gewöhnt, dass sich eine Frau an ihn klammerte, besonders nicht, wenn er sich mit ihr nur gelegentlich getroffen hatte. Darla wurde von seinem Einfluss auf bestimmte Besetzungsagenten genauso angezogen wie von ihm persönlich. Er hielt ihr das nicht vor. Nach den Feiertagen wollte er sogar ein paar Anrufe machen und sehen, was er für sie tun konnte.

Von der Tür her beobachtete Pandora, wie Michael sich den Nacken rieb. Darla, wiederholte sie in Gedanken. Frauen, die seinem Geschmack entsprachen, hießen wohl Darla oder Robin und Candy. Schick, elegant, gewandt und am besten auch noch hohlköpfig.

„Popularität kann ja so anstrengend sein, nicht wahr, Darling?"

Michael drehte sich um und warf ihr einen langen Blick zu. „Lauschen ist ja so ungezogen, nicht wahr, Darling?"

Sie zuckte die Schultern. „Du hättest die Tür zumachen können, wenn du ungestört sein wolltest."

„Um hier ungestört zu sein, müsste man die Türen zunageln."

Pandora betrachtete ihn hoheitsvoll wie eine Königin. „Deine Telefongespräche sind für mich absolut uninteressant. Ich bin nur heraufgekommen, um Charles einen Gefallen zu tun. Für dich ist ein Paket gekommen."

„Danke.“ Er amüsierte sich über ihren Ton. Wie er Pandora kannte, hatte sie sich kein Wort vorhin entgehen lassen. „Ich dachte, jetzt wären deine geheiligten Arbeitsstunden.“

„Man kann sich seine Arbeit so gut einteilen, dass man während der Feiertage frei hat. Nein, lass uns nicht aufeinander losgehen“, bat sie rasch, ehe er antworten konnte. „Immerhin ist es fast schon Weihnachten, und wir hatten drei Wochen vor den Spaßvögeln unserer Familie Ruhe. Waffenstillstand“, bot sie mit einem Lächeln an, von dem Michael nicht wusste, ob er ihm vertrauen durfte. „Oder einen Aufschub, wenn du willst.“

„Warum?“

„Sagen wir mal, ich werde zu Weihnachten sentimental. Außerdem bin ich erleichtert, dass wir weder einen großen bösen Hund noch Schrot kaufen mussten.“

„Im Moment wenigstens.“ Michael war nicht ganz zufrieden. „Fitzhughs Absicht, die Polizei zu informieren, zeigt vielleicht die erhoffte Wirkung. Möglich ist auch, dass unsere lieben Verwandten ihrerseits Ferien machen. Wie auch immer, entspannen kann ich mich jedenfalls nicht.“

„Du möchtest lieber jemandem die Nase brechen, als eine friedliche Lösung zu finden“, begann Pandora und winkte ab. „Schon gut, ich werde jedenfalls die Feiertage genießen und keinen Gedanken an unsere liebe Familie verschwenden.“ Sie unterbrach sich einen Moment und spielte mit ihrer Halskette aus Gold und Amethyst. „Ich nehme an, Darla war enttäuscht.“

„Sie wird es überstehen.“

Pandora drehte nervös an der Kette. „Michael, du weißt, dass du nicht hierbleiben musst. Ich werde mir schon zu helfen wissen, wenn du nach New York einen Abstecher machen möchtest.“

„Regel Nummer sechs“, erinnerte er sie. „Wir bleiben zusammen. Außerdem hast du selbst ein halbes Dutzend Einladungen ausgeschlagen.“

„Das war meine Entscheidung. Du sollst dich nicht verpflichtet fühlen …“

„Das ist meine Entscheidung“, unterbrach Michael sie. „Oder bist du plötzlich der Ansicht, ich sei selbstlos und ritterlich?“

„Sicher nicht“, entgegnete sie, aber sie lächelte dabei. „Ich nehme eher an, dass du zu faul zum Fahren bist.“

Er schüttelte den Kopf. „Sieht dir ähnlich."

Pandora blieb zögernd im Türrahmen stehen, bis er fragend die Augenbrauen hochzog. „Michael, wirst du vollends unausstehlich, wenn ich dir sage, dass ich froh bin, dass du bleibst?"

Er betrachtete sie in ihrem kniekurzen dunkelgrünen Kleid mit den kleinen weißen Punkten, das zu dem roten Haar einen tollen Kontrast bildete. „Könnte sein, dass ich unausstehlich werde."

„Dann sage ich es dir nicht." Ohne ein weiteres Wort verschwand sie auf dem Korridor.

Was für eine widersprüchliche Frau, dachte Michael. Er wurde allmählich verrückt nach ihr. Und ‚verrückt' war das richtige Wort. Er konnte sich kaum zwei Menschen vorstellen, die weniger zu friedlicher Koexistenz und Harmonie bereit waren, und doch ... Anstatt sich wieder seiner Arbeit zu widmen, stand er auf und folgte Pandora nach unten.

Er fand sie im Wohnzimmer, wo sie die Geschenke unter dem Baum ordnete. „Wie viele hast du geschüttelt, um herauszufinden, was darin ist?"

„Alle", sagte sie leichthin, drehte sich aber nicht um, damit er nicht sah, wie sehr sie sich darüber freute, dass er ihr gefolgt war. „Übrigens habe ich noch kein Geschenk von dir für mich entdeckt."

Michael strahlte sie an. „Wer sagt, dass du etwas von mir bekommst?"

„Das wäre aber schrecklich roh und gefühllos von dir."

„Allerdings!" Er kniete sich nieder, um die Geschenke zu betrachten. „Wer ist Boris?" Er zog eine kleine Schachtel in Silberpapier mit weißen Bändern hervor.

„Ein russischer Cellist. Er bewundert meine ... Goldglieder."

„Kann ich mir vorstellen. Und Roger?"

„Roger Madison."

Für einen Moment blieb ihm der Mund offen stehen. „Der Roger Madison von den Yankees?"

„Stimmt. Vielleicht hast du die silberne Kette an seinem rechten Handgelenk bemerkt? Ich habe sie für ihn gemacht. Seither ist er der beste Baseballspieler." Sie hob eine Schachtel in Blau und Gold hoch und schüttelte sie leicht. „Er ist äußerst großzügig."

„Verstehe." Michael betrachtete die Kartons sehr nachdenklich. „Für dich scheinen nur wenige Geschenke von Frauen zu stammen."

„Wirklich?“ Pandora sah sich ihrerseits um. „Dafür scheinst du das auszugleichen. Chi-Chi?“, fragte sie und griff nach einer Schachtel mit einer rosa Schleife.

„Eine Meeresbiologin“, antwortete Michael vergnügt.

„Faszinierend. Und Madge ist vermutlich Bibliothekarin.“

„Wirtschaftsanwältin“, korrigierte er sanft.

„Hmm. Also, wer immer das geschickt hat, ist vermutlich sehr schüchtern.“ Sie griff nach einer Magnumflasche Champagner mit einem glitzernden roten Band. Auf der Karte stand: ‚Schöne Feiertage, Michael‘, sonst nichts.

Michael betrachtete anerkennend das Etikett. „Manche Leute möchten nicht mit ihrer Großzügigkeit protzen.“

„Wie ist das mit dir?“ Sie legte den Kopf schief. „Immerhin ist es eine Magnumflasche. Teilst du sie?“

„Mit wem?“

„Ich dachte mir schon, dass du gierig bist.“ Sie griff nach einem Päckchen mit ihrem Namen. „Als Rache esse ich diese Schachtel mit importierten Pralinen ganz allein auf.“

Michael betrachtete das Päckchen. „Woher weißt du, dass es Pralinen sind?“

Sie lächelte. „Henri schenkt mir immer Pralinen.“

„Importierte?“

„Schweizer.“

Michael streckte die Hand aus. „Zu gleichen Teilen.“

Pandora war einverstanden. „Ich kühle den Champagner ein.“

Stunden später funkelten die Sterne über der verschneiten Landschaft, im Kamin prasselte ein Feuer, und Pandora entzündete die Kerzen. Genau wie Michael vermisste sie keine der hektischen, lauten Partys, die in New York stattfanden. Sie war, wo sie sein wollte. Innerhalb weniger Wochen hatte Pandora erkannt, dass sie gar nicht so sehr an dem Tempo der Stadt hing, wie sie immer angenommen hatte. Folley war ihr Zuhause. War das nicht immer schon so gewesen? Nein, sie dachte nicht mehr daran, im Frühling nach Manhattan zurückzukehren. Aber wie würde es sein, auf Folley allein zu leben?

Michael würde kaum bleiben. Sie ärgerte sich darüber, dass es ihr tatsächlich leidtat, trat an den Kamin und stocherte gedankenverloren in der Glut herum.

Als hinter ihr ein Tumult losbrach, drehte sie sich ungläubig um. Ein kleiner weißer Hund mit übergroßen Pfoten tappte in den Raum, rutschte und schlitterte über den kostbaren Aubusson-Teppich und knallte unsanft gegen den Tisch. Wie verrückt bellend, überkugelte er sich zweimal, kam auf die Beine, dann stürzte er sich auf Pandora, sprang an ihr mit heraushängender Zunge hoch. Begeistert ging Pandora in die Hocke. Der Welpe sprang auf ihren Schoß und leckte ihr Gesicht.

„Wo kommst du denn her?" Lachend wehrte sich Pandora, so gut sie konnte, und fand eine Karte an der roten Schleife um den Hals des Welpen.

Mein Name ist Bruno. Ich bin ein gemeingefährlicher, hässlicher Hund und suche ein Frauchen, das ich verteidigen kann.

„Bruno?" Noch immer lachend kraulte Pandora seine unbeschreiblich langen Ohren. „Wie gemeingefährlich bist du denn?", fragte sie, als er ihr Kinn leckte.

„Er greift mit Vorliebe unzufriedene Verwandte an", verkündete Michael, während er einen Servierwagen mit einem Sektkübel hereinrollte. „Und er ist auf alle dressiert, die Anzüge von Brooks Brothers tragen."

„Und echt italienische Luxusschuhe."

„Das kommt als Nächstes an die Reihe."

Tief bewegt wandte sie sich wieder dem Welpen zu. „Er ist eigentlich gar nicht hässlich", murmelte sie.

„Sie haben mir versprochen, dass er es noch wird."

„Sie?" Pandora drückte ihr Gesicht in das Fell des Hundes. „Wo hast du ihn her?"

„Tierheim." Michael entfernte die Goldfolie von der Champagnerflasche. „Als wir letzte Woche in die Stadt zum Einkaufen fuhren und ich dich im Supermarkt allein gelassen habe."

„Und ich dachte, du hättest dir irgendwo Pornomagazine gekauft."

„Mein Ruf eilt mir voraus", sagte er halb zu sich selbst. „Jedenfalls bin ich ins Tierheim gefahren und zwischen den Zwingern durchgegangen. Bruno hat einen anderen Hund in den … also, in eine empfindliche Körpergegend gebissen, um als Erster ans Gitter zu kommen. Dann hat er mich absolut ohne jede Würde angegrinst. Da wusste ich, dass er derjenige ist, welcher."

Der Korken schoss mit einem Knall aus der Flasche, und Champagner tropfte auf den Fußboden. Bruno krabbelte aus Pandoras Schoß und leckte gierig die Tropfen auf. „Seine Manieren lassen vielleicht etwas zu wünschen übrig", stellte Pandora fest. „Aber sein Geschmack ist erstklassig." Sie stand auf und wartete, bis Michael zwei Gläser gefüllt hatte. „Das war wirklich eine hübsche Idee."

Lächelnd reichte Michael ihr ein Glas. „Gern geschehen."

„Es ist für mich leichter, wenn du grob und unerträglich bist."

„Ich tue mein Bestes." Er stieß mit ihr an.

„Wenn du reizend bist, fällt es mir schwerer, mich vor Dummheiten zurückzuhalten."

Er wollte schon trinken, stockte aber. „Welche Dummheiten?"

„Solche Dummheiten." Pandora stellte ihr Glas ab, nahm Michael sein Glas aus der Hand und stellte es ebenfalls auf den Tisch. Während sie ihn ansah, und nur ihn, schlang sie die Arme um seinen Nacken und presste ganz langsam ihren Mund auf seine Lippen.

Seine Lippen waren wie erwartet warm. Er legte seine Hände auf ihre Schultern und ließ sie dort ohne Druck liegen. Vielleicht hatten sie beide begriffen, dass Pandora sich durch Druck nicht festhalten ließ. Wenn sie sich hingab, dann aus eigenem Antrieb und nicht durch Verführung oder auf Verlangen. Es war also Pandora, die näherkam, Pandora, die ihren Körper an den seinen drückte und Intimität ohne Unterwerfung anbot.

Michael wollte und suchte keine Unterwerfung, obwohl er sie oft fand. Er suchte keine ebenbürtige Stärke, aber doch eine gewisse Kraft. Bei Pandora fand er sie, obwohl er nie daran gedacht hatte, diese Kraft bei ihr zu suchen.

Ihr Duft umwehte ihn und verstärkte die Emotionen, die der Geschmack ihres Kusses auslöste. Unter seinen Händen fühlte ihr Körper sich weich an. Es war jene Weichheit, die Frauen für sich auszunutzen verstehen, die aber auch ausgenutzt werden kann. Bei Pandora erwartete er keines von beidem, sondern nur, dass sie da war. Einfach dadurch, dass sie da war, nahm sie ihn gefangen.

Sie wehrte sich nicht gegen seine Berührung, als seine Hände zu ihren Hüften hinunterglitten und wieder höher wanderten. Er hatte das schon vorher getan, wenn auch nur in Träumen, gegen die sie sich gewehrt hatte. Wenn jetzt der Zeitpunkt gekommen war, um auf Abwehr zu verzichten, wollte sie verzichten. Wenn jetzt der Zeitpunkt für Genießen gekommen war, wollte sie genießen. Fragen wollte sie später stellen. Vielleicht war dies die Nacht ohne Fragen.

Sie zog sich ein Stück zurück, aber nur, um ihn anzulächeln. „Weißt du, wenn ich dich küsse, sehe ich in dir nicht den Cousin."

„Wirklich?" Er knabberte an ihren Lippen. Sie hatte einen unglaublich verlockenden Mund, voll und sanft geschwungen. „Was siehst du denn in mir?"

Sie zog eine Augenbraue hoch. „Das habe ich noch nicht herausgefunden."

„Dann sollten wir daran arbeiten." Er wollte sie wieder an sich ziehen, aber sie widerstand ihm.

„Nachdem du die Tradition gebrochen und mir mein Weihnachtsgeschenk ein paar Stunden zu früh gegeben hast, mache ich dasselbe." Pandora ging zu dem Baum, bückte sich und fand die flache, rechteckige Schachtel. „Fröhliche Weihnachten, Michael."

Er setzte sich auf die Armlehne eines Sessels, um das Geschenk zu öffnen. Pandora griff unterdessen nach ihrem Champagnerglas, nippte und wartete ein wenig nervös auf seine Reaktion. Es ist doch nur eine kleine Aufmerksamkeit, sagte sie sich, während sie mit dem Stiel ihres Glases spielte. Als er das Papier aufriss und dann nichts sagte, zuckte sie die Schultern. „Es ist nicht so einfallsreich wie ein Wachhund."

Michael starrte auf die Bleistiftzeichnung, die ihren Onkel darstellte, und hatte keine Ahnung, was er sagen sollte. Den Rahmen hatte Pandora selbst gemacht, das erkannte er. Er war aus Silber und so reich verziert, wie Onkel Jolley das geliebt hatte. Doch es war die Skizze, die ihm die Sprache verschlug.

Sie hatte Jolley so gezeichnet, wie Michael sich am besten an ihn erinnern konnte, im Stehen, leicht vorgeneigt. Sein spärlich dünnes Haar war zerzaust. Seine Wangen waren zu einem weiten, offenen Lächeln in die Breite gezogen. Das Bild war mit Liebe, Talent und Humor gezeichnet, drei Qualitäten, die Jolley besessen und bewundert hatte. Als Michael aufblickte, drehte Pandora noch immer den Stiel des Glases in ihren Händen.

Sie ist doch tatsächlich nervös, erkannte er. Nie hätte er erwartet, dass sie, was ihre Arbeit anging, anders als geradezu arrogant zuversichtlich und von sich selbst überzeugt war. Die Geheimnisse, die er aufdeckte, waren für ihn genauso beunruhigend wie für Pandora. Ein

Mann wurde für gewöhnlich von einer Frau angezogen, bei der er unerwartete schwache Stellen fand. Wenn er aber von Pandora angezogen wurde, wie sollte er sich wieder zurückziehen?

„Pandora, niemand hat mir jemals etwas geschenkt, das mir mehr bedeutet hätte."

Die Falte über seiner Nasenwurzel verschwand, als ihr Lächeln aufblühte. Die alberne Freude, die sie empfand, war schwer zu verbergen. „Wirklich?"

Er streckte ihr die Hand entgegen. „Wirklich." Michael blickte wieder auf die Zeichnung und lächelte. „Das ist ganz er."

„So habe ich ihn in Erinnerung." Sie verschlang ihre Finger mit seinen. Pandora konnte sich einreden, dass Jolley und nur er sie beide verband. Und sie konnte es beinahe glauben. „Ich dachte, du könntest dich vielleicht auch, so wie ich ihn eingefangen habe, an ihn erinnern. Der Rahmen ist ein wenig protzig."

„Und passend." Michael betrachtete ihn etwas genauer, den matten Glanz und die tief eingeritzten Girlanden und Linien. Man hätte den Rahmen in ein Antiquitätengeschäft stellen und als Erbstück ausgeben können. „Ich wusste gar nicht, dass du so etwas machst."

„Ab und zu. Die Boutique, für die ich arbeite, hat ein paar Rahmen ausgestellt."

„Passt gar nicht in die Kategorie Armbänder und Halsketten", sagte er nachdenklich.

„Ach nein?" Sie hob das Kinn. „Ich hatte überlegt, ob ich dir ein breites goldenes Halsband mit Strasssteinen machen soll, nur um dich zu ärgern."

„Ich hätte mich geärgert."

„Dann vielleicht im nächsten Jahr. Ich werde eine ganze Kollektion für dich entwerfen. Oder vielleicht mache ich ein Halsband für Bruno." Sie sah sich um. „Wo steckt er denn?"

„Wahrscheinlich hinter dem Baum und kaut an den Geschenken. Während seines kurzen Aufenthalts in der Garage hat er ein Paar Golfschuhe aufgefressen."

„Dem werden wir einen Riegel vorschieben", erklärte Pandora und machte sich auf die Suche.

„Weißt du, Pandora, ich hatte keine Ahnung, dass du so zeichnen kannst." Michael betrachtete noch einmal das Bild. „Warum malst du nicht?"

„Warum schreibst du nicht den großen amerikanischen Roman?"

„Weil mir das, was ich tue, Freude macht."

„Genau." Da sie hinter dem Baum keine Spur des Welpen fand, suchte Pandora unter den Möbeln. „Obwohl zahlreiche Maler … Michael!"

Er stellte sein unberührtes Champagnerglas wieder weg und lief zu dem Diwan, neben dem sie kniete. „Was ist?", fragte er. Dann sah er es selbst. Mit geschlossenen Augen und flach und schwer atmend, lag der Welpe halb unter dem Diwan. Als Pandora ihn berührte, winselte Bruno und versuchte aufzustehen.

„Michael, er ist krank! Wir müssen ihn zu einem Tierarzt bringen."

„Wir wären nicht vor Mitternacht in der Stadt. Am Weihnachtsabend finden wir um Mitternacht keinen Tierarzt." Michael legte sachte seine Hand an Brunos Bauch und hörte ihn stöhnen. „Vielleicht bekomme ich jemanden ans Telefon."

„Meinst du, er hat etwas gefressen?"

„Sweeney hat sein Futter wie eine Mutter überwacht." Aufs Stichwort zuckte Bruno zusammen, krümmte und streckte sich und übergab sich. Von der Anstrengung erschöpft, legte er sich auf die Seite und döste auf der Stelle unruhig ein. „Etwas, das er getrunken hat", murmelte Michael.

Pandora streichelte den Hund zärtlich und beruhigend. „Von diesen paar Tropfen Champagner kann ihm nicht schlecht geworden sein." Weil der Hund schon schlief und wieder normal atmete, entspannte sie sich ein wenig. „Charles wird sich nicht freuen, dass Bruno auf den Teppich gebrochen hat. Vielleicht sollte ich …" Sie stockte, als Michael sie am Arm packte.

„Wie viel Champagner hast du getrunken?"

„Ich habe nur genippt. Warum bist …" Sie stockte wieder und starrte ihn groß an. „Der Champagner! Meinst du, dass damit etwas nicht stimmt?"

„Ich bin ein Idiot, dass ich bei einem anonymen Geschenk nicht misstrauisch wurde!" Er hielt ihr Kinn fest. „Nur genippt? Bist du sicher? Wie fühlst du dich?"

Pandora bekam eine Gänsehaut, blieb aber ganz ruhig. „Es geht mir gut. Sieh mal, mein Glas ist noch ganz voll. Glaubst du, der Champagner ist vergiftet?"

„Wir werden es herausfinden."

Sie schüttelte den Kopf. „Aber, Michael, die Flasche war verschlossen. Wie hätte man etwas hineinmischen sollen?"

„In der ersten Saison von ‚Logan' habe ich einen solchen Trick ausgearbeitet." Er erinnerte sich daran, wie er seine Theorie getestet hatte, indem er Lebensmittelfarbe in eine Flasche Dom Perignon injizierte. „Der Killer vergiftete Champagner, indem er Zyankali mit einer Injektionsspritze durch den Korken schoss."

„Fantasie", behauptete Pandora und unterdrückte einen Schauder. „Bloße Fantasie."

„Bis zum Beweis des Gegenteils gehen wir davon aus, dass es so ist. Ich bringe den Rest der Flasche nach New York in die Sanfield Laboratories."

Zitternd holte Pandora Luft. „Nun gut, wir werden uns wahrscheinlich besser fühlen, wenn wir Bescheid wissen. Kennst du jemanden, der dort arbeitet?"

„Sanfield gehört uns." Er blickte auf den schlafenden Hund hinunter. „Das heißt, das Labor wird uns in ein paar Monaten gehören."

„Michael." Pandora konnte kaum an die Möglichkeit glauben, die er andeutete. „Wenn der Champagner vergiftet war, ist das kein Spiel mehr."

Er stellte sich die Folgen vor, wenn sie nicht vom Trinken abgelenkt worden wären. „Nein, das wäre kein Spiel mehr."

Pandora stand auf. „Das ergibt keinen Sinn. Etwas Derartiges traue ich keinem Familienmitglied zu. Wir reagieren übertrieben darauf. Bruno hat sich vielleicht zu doll aufgeregt oder sich etwas im Tierheim geholt."

„Ich habe ihn für die Impfungen zum Tierarzt bringen lassen, bevor er gestern hergebracht wurde." Michaels Stimme klang ruhig, aber in seinen Augen flackerte Zorn. „Es ging ihm gut, Pandora, bis er etwas von dem verschütteten Champagner aufgeleckt hat."

Pandora hob Bruno hoch, der sich winselnd gegen ihre Brust drückte. „Ich gebe ihm etwas Warmes zu trinken, und dann nehme ich ihn mit nach oben. Heute Nacht behalte ich ihn im Auge."

„In Ordnung." Michael stand neben dem Kamin und kämpfte gegen eine Mischung aus Enttäuschung und Wut an.

Lange nach Mitternacht sah Michael nach Pandora. Sie hatte in einer Ecke eine schwache Lampe brennen lassen. Draußen fiel der Schnee in großen Flocken. Pandora lag in dem breiten Bett, die Decke bis unter das Kinn gezogen. Das Feuer war fast erloschen. Auf dem Kaminvorleger schnarchte der Welpe. Pandora hatte ihn zugedeckt und in einer flachen Schale Tee neben ihn gestellt.

Michael kauerte sich neben dem Hund nieder. „Armer Kerl“, murmelte er. Als er ihn streichelte, bewegte sich Bruno, winselte und entspannte sich wieder.

„Ich glaube, es geht ihm besser.“

Michael drehte sich um und sah, wie sich das Licht in Pandoras Augen spiegelte. Ihr Haar war zerzaust, ihre Haut schimmerte blass. Sie sah schön und begehrenswert aus. „Er muss sich gesund schlafen. Das Feuer braucht ein Holzscheit.“ Und Michael brauchte Beschäftigung, um sich abzulenken. Er machte sich am Kamin zu schaffen.

„Danke. Kannst du nicht schlafen?“

„Nein.“

„Ich auch nicht.“ Pandora saß eine Weile schweigend in ihrem Bett, Michael auf dem Vorleger. Das Feuer knisterte und knackte, fraß sich gierig über das frische Scheit und ließ Schatten tanzen. Endlich zog Pandora die Knie an die Brust. „Michael, ich habe Angst.“

Er wusste, wie schwer ihr das Geständnis fiel. „Wir können weggehen“, sagte er leichthin. „Wir können morgen nach New York fahren, alles hier vergessen und die Feiertage genießen.“

„Willst du das?“, fragte sie.

Er dachte an Jolley, dann an Pandora. Jeder Muskel in seinem Körper spannte sich an. „Sicher.“

„Für jemanden, der vom Geschichtenerfinden lebt, bist du ein erbärmlicher Lügner.“ Sie wartete, bis er sich zu ihr drehte. „Du willst nicht weggehen, sondern alle unsere Verwandten zusammentreiben und verhauen.“

„Kannst du dir vorstellen, wie ich Tante Patience verhaue?“

„Na ja, es gibt ein paar Ausnahmen“, schränkte Pandora ein. „Aber du willst auf keinen Fall aufgeben.“

Er stand auf. „Na gut, so viel zu mir. Aber du wolltest von Anfang an nicht mitmachen. Ich habe dich dazu überredet und fühle mich verantwortlich.“

Zum ersten Mal seit Stunden fühlte sie ihren Humor zurückkehren. „Ich verletze nur ungern dein Selbstbewusstsein, Michael, aber du hast mich zu gar nichts überredet. Ich bin für mich ganz allein verantwortlich, und ich will nicht aufgeben. Komm, setz dich!", befahl sie ungeduldig.

Er kam zu ihr und setzte sich auf das Bett. „Besser so?"

Sie betrachtete ihn lange. „Ja, ich habe Angst, und ich möchte mich wehren, aber ich weiß nicht wie."

„Der beste Weg ist hierbleiben." Er griff nach ihrer Hand. Sie war kühl und weich. „Und vielleicht sollten wir etwas psychologische Kriegsführung anwenden."

„Was zum Beispiel?"

„Wie wäre es, wenn ich jedem unserer Verwandten eine hübsche Flasche Champagner schickte?"

Sie begann träge zu lächeln. „Eine Magnum."

„Natürlich. Ich würde gerne sehen, wie sie reagieren."

„Das wäre ganz schön hässlich von uns, wie?"

„Mmh."

„Vielleicht habe ich bisher deinen Einfallsreichtum nicht richtig eingeschätzt." Sie stockte, als er ihre Haare um seine Finger wickelte. „Wir sollten jetzt ein wenig schlafen."

„Sollten wir." Seine Finger strichen über ihre Schultern.

„Ich bin nicht sehr müde."

„Wir könnten Canasta spielen", schlug er vor.

„Könnten wir." Sie hielt ihn nicht auf, als er die dünnen Träger ihres Nachthemdes von ihren Schultern schob. „Wir könnten auch die Partie zu Ende führen, die wir unten begonnen haben."

Er drückte seine Lippen auf ihre Hand. „Man sollte immer beenden, was man begonnen hat. Soweit ich mich erinnere, waren wir … hier." Er senkte seinen Mund auf ihre Lippen.

Seufzend schlang sie die Arme um seinen Nacken. „Das könnte stimmen."

Gemeinsam sanken sie eng umschlungen auf das Bett. Vielleicht, weil sie einander so gut kannten, vielleicht, weil sie schon ein ganzes Leben darauf warteten, bewegten sie sich langsam. Das Verlangen war im Moment angenehm und leicht durch eine Berührung zu stillen.

Leidenschaft stieg in Michael hoch und befreite sich in einem Seufzer. Er musste Pandora Zentimeter für Zentimeter mit seinen Fingerspitzen und Lippen erkunden. Er hatte zu lange gewartet und sich zu lange gesehnt, um irgendetwas zu versäumen, das sie einander geben konnten.

Sie war großzügiger, als er gedacht hatte, weniger befangen und viel offener. Sie wollte nicht gedrängt werden, und sie tat auch nicht so, als hätte sie Überredung nötig. Pandora ließ ihre Hände mit gleicher Neugierde über ihn streichen. Sanft legte sie ihren Mund auf seinen. Als er seine Lippen von den ihren zurückzog, waren ihre Augen auf ihn gerichtet, von Verlangen verschleiert und dunkel vor Belustigung. Sie waren endlich zusammen. Michael barg sein Gesicht in ihrem Haar. Wir werden uns lieben, dachte er, und dieser Gedanke stimmte ihn genauso freudig.

Pandoras Hände waren ruhig, als sie Michael das Sweatshirt über den Kopf zog, auch ruhig, als sie seine Brust streichelte. Ihr Puls dagegen war nicht ruhig. Sie war dem hier aus dem Wege gegangen, hatte es vermieden. Jetzt akzeptierte sie es, obwohl sie wusste, dass sie die Folgen noch nicht überblicken konnte.

Das Feuer knisterte, das weiche Licht leuchtete.

Ihre Haut glitt bei jeder Bewegung über seine Haut. Jede Bewegung verlockte zu mehr. Michaels Herz begann zu hämmern, als er mit den Lippen sich tiefer wagte. Mit weit geöffnetem Mund küsste und erforschte er ihren Körper auf eine Weise, die er sich bisher nur hatte vorstellen können. Ihr wunderbar erregender Duft war überall, schwach in dem Bogen ihrer Taille, stärker an der weichen Unterseite ihrer Brüste. Michael sog ihn ein, bis sich alles in seinem Kopf drehte.

Er fühlte den Moment, in dem ihr träges Genießen machtvoller wurde. Als ihr Atem stockte und in ein Stöhnen überging, glitt er mit den Lippen noch tiefer. Sie erreichten einen Punkt, an dem Michael nicht mehr klar wusste, was sie miteinander machten, nur dass sich ihr Verlangen zur verzweifelten Sehnsucht steigerte.

Seine Haut war feucht. Pandora kostete die Feuchtigkeit und verlangte nach mehr. Das war also Leidenschaft. Das war der bebende, verzehrende Hunger, nach dem sich Männer und Frauen sehnten. Pandora hatte ihn nie gewollt. Das sagte sie sich selbst, während ihr Körper erschauerte. Genuss und Schmerz mischten sich, Begehren und Ängste gingen ineinander über. Ihre Gedanken wurden wie ihr Körper von Empfindungen überflutet, von Hitze und Helligkeit, Ekstase und Entsetzen. Die Verletzbarkeit überwältigte sie, obwohl sich ihr Körper hart anspannte und ihre Hände sich festklammerten. Niemand hatte jemals so mühelos ihre Abwehr beiseite gefegt und sie genommen. Genommen und wieder genommen.

Atemlos und verzweifelt presste Pandora ihren Mund wieder auf seinen Mund. Michael hatte diese Raserei für sich und für sie gewollt. Jetzt fühlte er die wilde Kraft, die von Pandora ausging. Es gab keine Gedanken mehr, keine Logik. Mit seinem ganzen Gewicht legte er sich auf sie und genoss ihr stoßweises Atmen.

Sie umschlang ihn mit Beinen und Armen. Als er in sie drang, betrachteten sie beide das Erstaunen in dem Gesicht des anderen.

Nicht so ... so war es noch nie gewesen. Sie hatten beide heimgefunden. Aber ‚heim', das entdeckten sie, war nicht immer ein Ort des Friedens.

Es herrschte Stille, betäubte, seltsame Stille. Pandora und Michael lagen eng umschlungen auf den Decken, als das Holzscheit auseinanderbrach und ein Funkenregen sich gegen den Kaminschirm ergoss. Sie kannten einander gut, zu gut, um jetzt darüber zu sprechen, was geschehen war. Also lagen sie stumm da, während ihre Haut abkühlte und ihr Puls sich beruhigte. Michael drehte sich ein wenig, um die Decke über sie beide zu ziehen.

„Fröhliche Weihnachten", murmelte er.

Mit einem Laut, der gleichzeitig ein Seufzer und ein Lachen war, streckte Pandora sich neben ihm aus.

8. KAPITEL

Pandora und Michael verließen Folley im frühen Morgenlicht nach dem Weihnachtsfeiertag. Die Sonne ließ den Schnee etwas schmelzen, und der beißende Wind formte Eiszapfen an Zweigen und Dachrinnen. Es war eine Postkartenidylle.

Bruno ging es auch schon wieder gut.

Nach einem kurzen Gefecht hatten sie entschieden, dass Pandora die Strecke in die Stadt hin- und Michael zurückfahren sollte. Er schob seinen Sitz ganz nach hinten und streckte die Beine aus, und sie steuerte den Wagen behutsam die vereiste Bergstraße hinunter. Beide schwiegen, bis sie den Highway erreichten.

„Michael, was haben wir eigentlich von einer Analyse?“, fragte Pandora ihn leise. „Wir wissen dann noch immer nicht, wer von ihnen es getan hat.“

„Das ist dann der nächste Schritt.“ Er warf ihr einen Blick zu. „Wir können sie alle zu Neujahr auf Folley einladen und sie abwechselnd auf der Folter befragen.“

„Du machst dich über mich lustig.“

„Ehrlich, ich habe schon an etwas in dieser Art gedacht, wenn auch nicht ganz so hart. Die Zeit ist nur noch nicht reif.“ Er beobachtete, wie sie die Finger am Lenkrad abwechselnd streckte und verkrampfte. „Pandora, warum sagst du mir nicht, was dich wirklich bedrückt?“

„Es ist nichts.“ Alles bedrückte sie. Seit vierundzwanzig Stunden konnte sie nicht mehr klar denken.

„Nichts?“

„Nur die Vorstellung, dass mich jemand umbringen will. Ist das nicht genug?“

Er hörte die Schärfe unter dem Spott. „Hast du dich deshalb gestern den ganzen Tag in deinem Zimmer versteckt?“

„Ich habe mich nicht versteckt.“ Sie brachte genug Stolz auf, um spröde und abweisend zu klingen. „Ich habe mich um Bruno gekümmert. Und ich war müde.“

„Du hast kaum etwas von dieser riesigen Gans gegessen, mit der Sweeney sich so viel Mühe gemacht hat.“

„Ich mag Gans nicht besonders.“

„Ich habe dich schon einmal bei einem Weihnachtsessen erlebt“, verbesserte er sie. „Du hast wie ein Scheunendrescher reingehauen.“

„Wie galant von dir, das herauszuheben. Sagen wir, ich war nicht in Stimmung."

„Wie ist es dir eigentlich gelungen, dir selbst so schnell einzureden, dass dir das Erlebnis zwischen uns nicht gefallen hat?" Michael fühlte sich verletzt, aber das hieß nicht, dass er es zeigen musste. Seine Stimme klang, genau wie ihre, kühl und hart.

„Das habe ich nicht getan. Das ist absurd." Nicht gefallen? Sie hatte an nichts anderes denken können, nichts anderes fühlen können. Und es erschreckte sie zu Tode. „Wir haben bloß miteinander geschlafen." Sie tat es mit einem Achselzucken ab. „Damit haben wir wohl beide früher oder später gerechnet."

Genau das hatte er sich so oft vorgesagt, dass er es nicht mehr zählen konnte. Er hatte allerdings aufgehört, daran zu glauben. „Und das war es?"

„Was sonst?" Sie durfte nicht länger zulassen, dass ihr gesunder Menschenverstand von einer Anziehung ausgeschaltet wurde, die nirgendwo hinführen konnte. „Michael, es ist sinnlos, das Geschehene überzubewerten."

„Wie sollen wir es denn bewerten?"

Im Wagen war es stickig. Pandora schaltete die Heizung aus und konzentrierte sich auf die Straße. „Wir sind zwei erwachsene Menschen …", begann sie, musste aber zweimal schlucken.

„Und?"

„Verdammt, Michael, ich muss es dir doch nicht erklären!"

„Doch, das musst du."

„Wir sind zwei erwachsene Menschen", wiederholte sie. „Wir haben das Verlangen von normalen Erwachsenen. Wir haben miteinander geschlafen und dieses Verlangen befriedigt."

„Wie praktisch."

„Ich bin praktisch." Ganz plötzlich wollte Pandora weinen. „Viel zu praktisch, als mir wegen eines Mannes Illusionen zu machen, der seine Frauen am liebsten in Sechserpacks hat. Zu praktisch, um mich gefühlsmäßig mit einem Mann einzulassen, mit dem ich eine Nacht verbracht habe. Und zu praktisch, um den Austausch von Lust romantisch zu betrachten."

„Halt an!"

„Nein!"

„Fahr an den Straßenrand, Pandora, oder ich mache es."

Zähneknirschend zog sie den Wagen an die Seite. Michael drehte den Zündschlüssel, packte Pandora an den Aufschlägen ihres Mantels und zog sie halb auf seinen Sitz. Ehe sie sich losreißen konnte, verschloss er ihren Mund mit seinen Lippen.

Hitze, Ärger, Leidenschaft schienen zu einer einzigen Emotion zu verschmelzen. Michael hielt sie gepackt, während Autos vorbeizischten und die Fenster erzittern ließen. Pandora machte ihn wütend, sie erregte ihn, sie verletzte ihn. In Michaels Augen war das für einen Mann zu viel, was er von dieser Frau einstecken musste. So abrupt, wie er sie gepackt hatte, ließ er sie auch wieder los.

Atemlos rutschte Pandora wieder auf ihren Sitz zurück, drehte wütend den Schlüssel herum und ließ den Motor aufheulen. „Idiot!"

„Ja." Er lehnte sich zurück, als Pandora auf den Highway hinausschwenkte. „Endlich stimmen wir in einem Punkt überein."

Pandora und Michael sprachen erst wieder miteinander, als sie die Halle eines Bürohauses in Manhattan betraten.

„Woher kennst du das Labor?", fragte Pandora knapp.

„Ich habe in Jolleys Unterlagen nachgesehen. Dieses Gebäude hat ihm gehört. Alle zweiundsiebzig Stockwerke."

Wieder wurde Pandora vor Augen geführt, wie kompliziert der Besitz war. „Was soll ich mit zweiundsiebzig Stockwerken mitten in Manhattan machen?"

Michael nannte ihre Namen dem Wächter an den Aufzügen, und sie konnten ohne Verzögerung in den vierzigsten Stock hinauffahren.

„Es gibt Leute, die sich um alles kümmern, und Anwälte und Manager kümmern sich wieder um diese Leute. Wenn du dir Sorgen machst, Pandora, denk an Jolley. Er hat seine Geschäfte als Hobby betrachtet und seinen Spaß gehabt."

Pandora beobachtete die Zahlen über der Tür. „Ein Hobby?"

„Jeder sollte ein Hobby haben."

„Tennis ist ein Hobby", murmelte sie.

„Der Trick dabei ist, dass der Ball in Bewegung bleibt. Jolley hat ihn in unseren Hof geworfen, Pandora."

Sie verschränkte die Arme. „Ich bin noch nicht bereit, dafür dankbar zu sein."

„Betrachte es auf folgende Weise." Michael legte seine Hand auf ihre Schulter und drückte sie leicht. „Du musst nicht wissen, wie ein

Auto gebaut wird, um eines zu besitzen. Du musst nur gleichmäßig fahren und den Schildern folgen. Hätte Jolley nicht gedacht, dass wir den Schildern folgen können, hätte er uns nicht den Zündschlüssel gegeben."

Es half tatsächlich, die Dinge so zu betrachten, doch Pandora wurde ohnedies gleich darauf abgelenkt, als sie mit dem Leiter des Labors sprachen, einem gewissen Mr Lockworth.

„Selbstverständlich führe ich die Analyse durch, und zwar persönlich", erklärte er bereitwillig. „Es gibt hier einen Coffeeshop für die Angestellten. Sie können dort auf mich warten."

Wenig später gaben sie ihre Bestellung auf und nippten am Kaffee, während sie auf das Essen warteten.

Anderthalb Stunden später kam Lockworth mit einem Computerausdruck an den Tisch. „Ich dachte, Sie wollten eine Kopie." Er setzte sich und bestellte per Handzeichen einen Kaffee.

Pandora betrachtete die endlosen chemischen Bezeichnungen auf dem Papier mit gerunzelter Stirn. Sie konnte damit nichts anfangen, aber sie bezweifelte, dass Trichlorethanol oder eines der anderen mehrsilbigen Wörter etwas mit französischem Champagner zu tun hatte. „Was bedeutet das?"

„Das habe ich mich auch gefragt." Lockworth holte ein Päckchen Zigaretten aus seiner Tasche. Michael betrachtete es einen Moment voll Verlangen. „Ich habe mich gefragt, warum jemand Schädlingsbekämpfungsmittel dem Jahrgangschampagner beifügt."

„Dann war er also vergiftet", stellte Michael fest.

„Ja, obwohl nicht genug Gift in dem Champagner war, um mehr als ein oder zwei Tage schwerste Übelkeit zu verursachen."

Sie bedankten und verabschiedeten sich.

„Nun", begann Pandora, als sie wieder allein waren. „Was kommt jetzt?"

„Ein kleiner Besuch in einer Weinhandlung. Wir müssen ein paar Geschenke kaufen."

Sie ließen gleich von dem Geschäft eine Flasche von exakt derselben Marke an jeden der möglichen Erben schicken. Michael schrieb auf die beiliegenden Karten lediglich: Eine nette Geste sollte mit einer ebenso netten belohnt werden.

„Eine teure Geste", stellte Pandora fest, als sie in die Kälte hinaustraten.

„Betrachte es als Investition“, riet Michael.

Es ging ihr weniger um das Geld, als um das plötzliche Gefühl totaler Sinnlosigkeit. „Was wird es überhaupt nutzen?“

„Einige Flaschen werden erstaunt betrachtet und dann genossen werden – bis auf eine“, erklärte Michael genussvoll. „Eine wird sich in eine Botschaft, sogar in eine Drohung verwandeln.“

„Eine leere Drohung“, erwiderte Pandora. „Wir werden die Reaktion nicht mitbekommen können.“

„Du denkst wie ein Amateur.“

Michael hatte die Straße schon halb überquert, als Pandora ihn am Arm packte. „Was soll das denn heißen?“

„Wenn ein Amateur einen Scherz macht, will er unbedingt bei den Auswirkungen dabei sein.“

Pandora ignorierte die Leute, die an ihnen vorbeifluteten, und rührte sich nicht von der Stelle. „Seit wann ist das Vergiften mit Schädlingsbekämpfungsmitteln ein Scherz?“

„Die Rache richtet sich nach den gleichen Prinzipien.“

„Oh, verstehe! Und du bist darin Experte.“

Die Ampel wechselte. Autos fuhren auf die beiden los, Hupen gellten. Mit zusammengebissenen Zähnen packte Michael Pandora am Arm und zog sie auf den Bürgersteig. „Mir genügt es zu wissen, dass jemand die Flasche sehr nervös in Empfang nehmen wird. Jemand wird sie bekommen und wissen, dass wir mit gleicher Münze heimzahlen. Dein Problem ist, dass du deinen Gefühlen nicht lange genug freien Lauf lässt, um Rache zu genießen.“

„Lass meine Gefühle in Ruhe.“

„Genau das habe ich vor“, sagte er gleichmütig und ging weiter.

Mit drei langen Schritten holte Pandora ihn ein. Ihr Gesicht war von dem Wind zart gerötet. „Du ärgerst dich nicht über den vergifteten Champagner oder über unterschiedliche Ansichten über Rache. Du ärgerst dich, weil ich unsere Beziehung mit praktischen Ausdrücken umrissen habe.“

Michael starrte sie an, während er überlegte, ob er ihre Worte lustig finden sollte oder ob er ihr böse sein sollte. „Okay“, sagte er schließlich nur. Seine Geduld wurde wahrhaftig auf eine harte Probe gestellt. Als ihn Pandora wieder am Arm packte, drehte er sich erneut um. „Willst du das jetzt hier ausfechten?“

„Ich lass es nicht zu, dass du mir das Gefühl gibst, der Situation nicht gewachsen zu sein, und nur, weil ich eher Schluss gemacht habe, ehe du die Gelegenheit dazu hattest."

„Ehe ich Gelegenheit dazu hatte?" Er packte sie am Mantel. Wegen der hohen Stiefelabsätze konnte sie ihm direkt in die Augen sehen. Zu einem anderen Zeitpunkt und an einem anderen Ort hätte er sie wunderbar gefunden. „Ich hatte kaum die Gelegenheit, mich von der Abfuhr zu erholen, die ich von dir erhalten habe. Ich wollte dich. Verdammt, ich will dich noch immer. Nur der Himmel allein weiß, warum."

„Nun, ich will dich auch, und mir gefällt das auch nicht."

„Somit sitzen wir beide in derselben Klemme."

„Und was werden wir dagegen unternehmen?"

Michael sah sie an und entdeckte den Ärger in ihrem Gesicht, aber auch Verwirrung. Einer von ihnen musste den ersten Schritt machen. Er fand, dass die Reihe an ihm war. Er ergriff Pandora an der Hand und zog sie über die Straße.

„Wohin gehen wir?"

„Ins Plaza."

„Das Plaza Hotel? Warum?"

„Wir nehmen uns ein Zimmer, legen die Kette vor die Tür und lieben uns vierundzwanzig Stunden lang. Danach werden wir entscheiden, wie wir weitermachen."

Es gab Gelegenheiten, entschied Pandora, wo man sich am besten mitreißen ließ. „Wir haben kein Gepäck."

„Tja, mein Ruf geht dabei zum Teufel."

Mit einem leisen Lachen betrat Pandora an Michaels Seite die elegante Hotelhalle.

Ihre Haut prickelte warm, und ihre Nerven waren gespannt. Es ist nur ein Impuls, sagte sie sich. Sie wusste sehr gut, dass man keine wichtigen Entscheidungen impulsiv treffen durfte. Michael konnte alles verändern. Das hatte sie nie zugeben wollen, hatte es aber seit Jahren gewusst. Als sie sich zurückziehen wollte, hielt er ihren Arm im festen Griff.

„Feigling", murmelte er.

Michael hätte nichts sagen können, das besser dazu geeignet gewesen wäre, Pandora voranzutreiben.

„Guten Tag." Michael lächelte der Angestellten an der Rezeption zu. Pandora fragte sich vorübergehend, ob sein Lächeln auch so charmant ausgefallen wäre, hätte es sich um einen männlichen Angestellten gehandelt. „Unsere Zimmer."

„Haben Sie eine Reservierung?"

„Donahue. Michael Donahue."

Die Angestellte tippte etwas und betrachtete ihren Computerbildschirm. „Tut mir leid, aber hier ist für den Sechsundzwanzigsten nichts unter Donahue eingetragen."

„Das war Katie", sagte Michael mit einem ungeduldigen Seufzer und warf Pandora einen langen leidenden Blick zu. „Ich hätte sie nie mit der Reservierung betrauen dürfen."

Pandora nahm seinen Gedankensprung auf und tätschelte seine Hand. „Du wirst sie entlassen müssen, Michael. Ich weiß, sie arbeitet seit vierzig Jahren für deine Familie, aber wenn jemand die siebzig überschreitet ..." Sie unterbrach sich und spielte Michael den Ball zu.

„Das werden wir entscheiden, wenn wir heimkommen." Er wandte sich wieder an die Angestellte. „Offenbar hat es zwischen meiner Sekretärin und dem Hotel Missverständnisse gegeben. Wir sind nur über Nacht in der Stadt. Ist etwas frei?"

Die Angestellte wandte sich wieder ihrem Computer zu. Wie sie wusste, brausten die meisten Leute auf, wenn es Missverständnisse bei der Reservierung gegeben hatte. Michaels ruhige Frage machte ihn ihr sympathisch. „Sie müssen verstehen, dass wir Probleme wegen der Festtage haben." Sie drückte noch mehr Knöpfe und Tasten, sie wollte wirklich helfen. „Wir haben tatsächlich eine Suite frei."

„Fein." Michael füllte das Anmeldeformular aus. Mit dem Schlüssel in der Hand lächelte er der Angestellten zu. „Ich weiß Ihre Mühe zu schätzen." Dem wartenden Pagen drückte er einen Geldschein in die Hand. „Wir kümmern uns selbst um alles, danke."

Der Angestellte blickte auf den Zwanziger in seiner Hand und bemerkte das Fehlen von Gepäck. „Ja, Sir!"

„Er denkt, dass wir eine unerlaubte Affäre miteinander haben", murmelte Pandora, als sie den Aufzug bestiegen.

„Haben wir auch." Noch bevor sich die Türen ganz geschlossen hatten, zog Michael Pandora in einem Kuss an sich, der zwölf Stockwerke über dauerte. „Wir kennen uns nicht", erklärte er, als sie auf den Korridor traten. „Wir haben uns eben erst kennengelernt. Wir besitzen keine gemeinsamen Kindheitserinnerungen oder gehören derselben Familie an." Er schob den Schlüssel in das Schloss. „Wir scheren uns den Teufel, womit der andere sein Geld verdient, und wir haben keine vorgefassten Meinungen voneinander."

„Soll das die Situation vereinfachen?"

Michael zog sie in den Raum. „Das werden wir herausfinden."

Er ließ Pandora keine Chance zum Nachdenken oder Diskutieren. Kaum war die Tür hinter ihnen geschlossen, da hatte er Pandora auch schon in die Arme geschlossen. Er löschte alle Fragen aus. Er ließ ihr keine Wahl. Ausnahmsweise ließ sie das zu. In wilder, verlangender Leidenschaft fanden sie zueinander. Jeder kämpfte darum, noch mehr von dem anderen zu bekommen, schneller zu berühren und eiliger zu besitzen. Sie vergaßen, was sie wussten, was sie dachten und schwelgten nur noch in Gefühlen.

Die Mäntel, noch kalt von dem Wind, wurden abgestreift und fielen auf den Boden, Pullover und Hemden folgten. Unmittelbar hinter der Tür glitten Pandora und Michael auf den Teppich.

„Verdammter Winter", murmelte Michael, während er mit ihren Stiefeln kämpfte.

Lachend kämpfte Pandora mit den seinen und stöhnte auf, als er seine Lippen auf ihre Brüste drückte.

Es war ein Wettrennen, halb Kampf, halb Liebe. Keiner gönnte dem anderen eine Atempause. Sobald sie aus ihrer Kleidung geschlüpft waren, trieben sie einander voran, ließen ihre Hände tasten und ihre Lippen erregen. Nichts war von der verträumten Vertrautheit da wie beim ersten Mal. Dies hier war neu. Die Finger, die über Pandoras Haut glitten, hatte sie noch nie zuvor gefühlt. Die Lippen, diese heißen Lippen, hatte sie nie zuvor geschmeckt.

Pandoras Herz hatte nie so schnell geschlagen. Sie war sich dessen sicher. In ihrem Körper hatte nie ein solch schmerzliches Verlangen pulsiert. Bisher hatte sie es nie gewollt. Jetzt wollte sie noch mehr, wollte sie alles. Sie wollte Michael. Sie rollte sich herum, um schnelle, hungrige Küsse auf seinem Gesicht, seinem Hals und seiner Brust verteilen zu können … Überall.

Michaels Sinne waren ganz auf Pandora gerichtet, auf jeden Teil von ihr, den er berühren, schmecken oder riechen konnte. Sie war so wild, wie er sich das nie hatte vorstellen können. Sie war so fordernd, wie ein Mann sich das nur wünschen konnte. Sein Körper schien sie zu faszinieren, sie widmete sich ihm, bis er halb von Sinnen war. Dann packte Michael sie.

Pandora hatte nicht gewusst, dass ein Mann so viel geben konnte. Von Empfindungen erschüttert, wand sie sich unter ihm. Heiß und bereit bot sie sich ihm an. Aber er war noch lange nicht fertig. Mit den Lippen zog er auf ihren Schenkeln eine Spur bis zu der Hitze, bis sie sich ihm entgegenbog. Er hielt Pandora hilflos in Leidenschaft gefangen. Hilflos.

Sie schauderte. Sie hatte nie gewusst, was es bedeutete, für einen anderen wirklich verwundbar zu sein. Er hätte alles von ihr nehmen, alles verlangen können, und sie hätte nicht ablehnen können. Aber er verlangte nicht, er gab.

Sie wurde von einer Welle nach der anderen hochgetrieben, wurde zwischen Höhen und Tiefen herumgewirbelt und genoss den rasenden Wechsel. Während das Licht des Nachmittags durch die Fenster hereinströmte, war Pandora in Dunkelheit gefangen, ohne sich zu wünschen, sehen zu können. Lass mich fühlen. Mehr. Noch einmal. Unaufhörlich.

Und dann war er in ihr, mit ihr vereinigt, verschmolzen. Sie fand, dass da noch mehr war. Unglaublich viel mehr.

Pandora und Michael blieben auf ihren verstreuten Kleidern liegen. Ganz langsam kehrten ihre Gedanken vage in die Wirklichkeit zurück. Sie konnte die pastellfarbenen Wände sehen und das Sonnenlicht. Sie konnte die Hitze ihrer Körper spüren, Michaels Haar, das über ihre Wange strich, seinen noch jagenden Herzschlag an ihrer Brust.

Es geschieht so schnell, dachte sie. Oder hatte es Stunden gedauert? Sie war nur sicher, dass sie nie etwas Derartiges erlebt hatte. Sie hatte es sich nie zugestanden. Seltsame Dinge konnten mit einer Frau geschehen, die ihre Leidenschaften freisetzte. Andere Dinge konnten sich einschleichen, ehe sie sich wieder verschloss. Zuneigung. Verständnis. Sogar Liebe.

Sie ertappte sich dabei, dass sie Michaels Haar streichelte, und ließ ihre Hand auf den Teppich fallen. Sie durfte Liebe nicht in ihr Leben einlassen, nicht einmal für eine kurze Zeit. Liebe nahm und gab, und sie nahm und gab nicht immer im gleichen Maße. Michael war kein Mann, den eine Frau lieben konnte, die praktisch dachte, schon gar keine, die weise dachte. So viel erkannte sie. Michael würde sich niemals an die Spielregeln halten.

Sie würde seine Geliebte sein, ihn aber nicht lieben. Es hatte keinen

Sinn, so zu tun, als könnten sie die nächsten drei Monate miteinander platonisch leben, aber Pandora wollte nicht ihr Herz riskieren. Einen Moment lang glaubte Pandora zu fühlen, wie es brach, nur ein klein wenig. Unsinn, sagte sie sich. Ihr Herz war stark und ungebrochen. Was sie und Michael gemeinsam hatten, war ein sehr grundlegendes, sehr unkompliziertes Arrangement.

‚Arrangement', fand sie, klang viel praktischer als ‚Romanze'.

Dennoch seufzte sie leise und etwas wehmütig.

„Alles ausgeknobelt?" Michael veränderte ein wenig seine Haltung, gerade genug, um seine Lippen über ihren Hals streichen zu lassen.

„Wie meinst du das?"

„Hast du die Richtlinien für unsere Beziehung ausgeknobelt?" Er hob den Kopf und blickte auf sie hinunter. Obwohl er nicht lächelte, hatte Pandora das Gefühl, er amüsiere sich.

„Ich weiß nicht, wovon du sprichst."

„Ich höre doch fast, wie es hinter deiner Stirn arbeitet, Pandora. Ich kann beinahe sehen, was in deinem Kopf abläuft."

Es ärgerte sie, dass er es vielleicht tatsächlich konnte. „Ich denke, wir haben uns gerade erst kennengelernt?"

„Ich besitze übersinnliche Gaben. Du denkst ..." Er verstummte, um an ihren Lippen zu knabbern. „Du denkst, dass es einen Weg geben müsste, um unsere ... Beziehung auf einem praktischen Niveau zu halten. Du überlegst, wie du gefühlsmäßig Distanz halten kannst, wenn wir miteinander schlafen. Du hast beschlossen, dass ein Arrangement zwischen uns nicht von Romantik geprägt sein darf."

„Na gut!" Er sorgte dafür, dass sie sich albern vorkam. Dann streichelte er über ihre Hüfte und sorgte dafür, dass sie erbebte. „Wenn du schon so schlau bist, musst du einsehen, dass ich nur gesunden Menschenverstand angewandt habe."

„Ich mag es lieber, wenn deine Haut heiß wird und du überhaupt keinen Verstand mehr hast. Aber ...", er küsste sie, ehe sie antworten konnte, „... wir können nicht all die Zeit im Bett bleiben. Ich glaube nicht an praktische Affären, Pandora. Und ich glaube nicht an gefühlsmäßige Distanz zwischen Liebenden."

„Auf diesem Gebiet hast du eine Menge Erfahrung gesammelt."

„Das stimmt." Michael setzte sich auf und zog sie mit sich. „Und ich sage dir so viel: Du kannst deine Gefühle einmauern. Du kannst das, was zwischen uns besteht, mit jeder praktischen Bezeichnung benennen. Du kannst die Nase rümpfen über Dinner bei Kerzenlicht und leise Musik. Das wird überhaupt nichts ändern." Er packte sie am Haar und zog ihren Kopf zurück. „Ich werde an dich herankommen, Cousine. Ich werde so sehr an dich herankommen, dass du an nichts und niemand anderen mehr denken kannst als an mich. Wenn du mitten in der Nacht aufwachst, und ich bin nicht da, wirst du dir wünschen, ich wäre da. Und jedes Mal, wenn ich dich berühre, wirst du mich begehren."

Ein Schauder überfiel Pandora. Klarer als je zuvor wusste sie, dass Michael recht hatte. Und sie wusste, oder vielleicht wussten es auch sie beide, dass sie bis zuletzt dagegen ankämpfen musste. „Du bist arrogant, egozentrisch und einfältig."

„Wie wahr, wie wahr. Und du bist dickköpfig, eigensinnig und launisch. Im Moment können wir nur in einer Hinsicht sicher sein, nämlich dass einer von uns beiden gewinnen wird."

Sie saßen auf ihren verstreuten Kleidern und betrachteten einander.

„Noch ein Spiel?", murmelte Pandora.

„Vielleicht. Vielleicht ist es nur ein Spiel." Er stand auf und hob sie auf seine Arme.

„Michael, ich muss nicht getragen werden."

„Doch, du musst."

Er ging durch die Suite zu dem Schlafzimmer. Pandora setzte zur Gegenwehr an, gab jedoch nach. Wenigstens dieses eine Mal, entschied sie und entspannte sich in seinen Armen.

9. KAPITEL

Januar war der Monat der eisigen Winde, des wirbelnden Schnees und des grauen Himmels. Die Tage waren kurz und produktiv, die Nächte lang und entspannend. Seit dem Zwischenfall mit dem Champagner war es ein ruhiger, ereignisloser Winter.

Ereignislos, dachte Pandora, ist nicht der richtige Ausdruck. Mit raschen, sorgfältigen Bewegungen feilte sie die Kanten eines dicken Kupferarmbandes. Es war ganz sicher nicht so, als wäre nichts geschehen. Es hatte keine Schwierigkeiten von außerhalb gegeben, aber Schwierigkeiten gehörten, wie sie immer schon gewusst hatte, ganz entschieden zu Michael Donahues größten Talenten.

Was wollte er bloß damit erreichen, wenn er einen Veilchenstrauß auf ihr Kopfkissen legte? Man brauchte bestimmt einen Zauberstab, um im Januar diese kleinen blauen Blumen hervorzuzaubern. Als sie ihn fragte, lächelte er bloß und meinte, Veilchen hätten keine Dornen. Was für eine Antwort war das denn bloß?

Pandora untersuchte mit dem Vergrößerungsglas den Verschluss des Armbandes. Sie war zufrieden, wie gut er sich in das Muster einfügte.

Oder dann war sie einmal aus dem Bad gekommen und hatte ihr Schlafzimmer von einem Dutzend Kerzen erleuchtet vorgefunden. Auf ihre Frage nach einem Stromausfall hatte Michael bloß gelacht und sie ins Bett gezogen.

Er brachte es fertig und griff während des Dinners nach ihrer Hand oder flüsterte ihr kurz vor Morgengrauen zärtliche Worte ins Ohr. Einmal war er unaufgefordert zu ihr unter die Dusche gekommen und hatte ihren Protest dadurch erstickt, dass er jeden Zentimeter ihres Körpers eingeseift und gewaschen hatte.

Sie hatte recht gehabt. Michael Donahue hielt sich nicht an Spielregeln. Und er hatte recht gehabt. Er kam an sie heran.

Pandora löste das Armband aus dem Schraubstock und begann, es geistesabwesend zu polieren. In den beiden letzten Wochen hatte sie ein halbes Dutzend anderer Armbänder gemacht, breite Armbänder mit derben Gliedern, einige mit auffälligen Steinen, andere mit Gravur. Sie passten zu ihrer Stimmung – wagemutig, eigenwillig und ein wenig leichtfertig. Sie hatte gelernt, ihren Instinkten zu vertrauen, und ihre

Instinkte sagten ihr, dass sich diese Armbänder schneller verkaufen ließen, als sie herzustellen waren, und genauso schnell kopiert werden konnten.

Die Imitationen störten sie nicht. Von jedem Typ gab es nur ein Stück, das echt Pandora McVie war. Kopien konnten leicht als solche erkannt werden, weil ihnen das Besondere fehlte, diese Individualität des Genies.

Zufrieden drehte sie das Armband in ihrer Hand. Niemand würde eine ihrer Arbeiten für eine Imitation halten. Ihre Kunst veränderte sich vielleicht von Stück zu Stück, aber sie log nie.

Pandora blickte auf das Armband hinunter und seufzte. Nein, ihre Kunst log nie, aber wie war das mit ihr? Waren ihre Empfindungen so echt wie ihre Schmuckstücke?

Ein Gefühl konnte imitiert werden. Eine Empfindung konnte trügerisch sein. Wie oft hatte sie in den letzten Wochen etwas vorgetäuscht? Nicht vorgetäuscht, etwas zu fühlen, sondern vorgetäuscht, nichts zu fühlen? Pandora war eine Frau, die sich stets etwas auf ihre Ehrlichkeit eingebildet hatte. Wahrheit und Unabhängigkeit gingen nach Pandoras Wertvorstellungen Hand in Hand. Aber sie hatte immer und immer wieder sich selbst belogen – die schlimmste Form von Betrug.

Der Zeitpunkt, damit aufzuhören, war gekommen. Der Zeitpunkt, sich ihren wahren Gefühlen zu stellen, wenn auch nur in der Abgeschiedenheit ihres eigenen Herzens und ihres Verstandes.

Wie lange liebte sie Michael schon? Während sich die Frage in ihren Gedanken formte, musste sie aufstehen und in ihrer Werkstatt herumgehen. Wochen? Monate? Jahre? Sie konnte es nicht beantworten, weil sie sich nicht sicher war. Aber sie war sicher, dass sie ihn liebte. Wenn sie liebte, dann grenzenlos. Vielleicht war das ihr größtes Problem. Kam es nicht einer Art von Selbstmord gleich, Michael grenzenlos zu lieben?

Besser, sie sah den Tatsachen ins Gesicht. Kein Problem wurde gelöst, wenn man nicht vorher die Tatsachen erkannte und sie danach untersuchte. Ganz gleich, wie sehr sie sich dadurch zum Narren machte, sie liebte Michael. Sie liebte ihn mehr als ihr recht war. Pandora wischte die beschlagene Fensterscheibe blank und blickte nachdenklich auf den Schnee hinaus. Seltsam, sie hatte wirklich geglaubt, sie würde sich besser fühlen, sobald sie die Tatsachen akzeptierte. Sie fühlte sich aber nicht besser.

Welche Möglichkeiten hatte sie? Sie konnte es Michael sagen. Und er wird selbstzufrieden strahlen, dachte Pandora mit einem finsteren Stirnrunzeln, ehe er sich an seine nächste Eroberung macht. Sie war ganz bestimmt nicht so dumm, zu glauben, er sei an einer lang dauernden Beziehung interessiert. Ich bin natürlich auch nicht daran interessiert, dachte sie und begann, ihr Werkzeug geräuschvoll aufzuräumen.

Eine andere Möglichkeit war, davonzulaufen. Was ihre Verwandten mit ihrer ganzen Bösartigkeit nicht erreicht hatten, konnte ihrem Herzen gelingen. Doch dann wäre sie nicht nur ein Feigling, sondern auch ein Verräter gewesen. Nein, sie konnte und wollte Onkel Jolley nicht im Stich lassen. Sie konnte nicht fliehen. Und somit blieb ihr nur eine Möglichkeit: Sie musste so weitermachen wie bisher. Sie musste bei Michael bleiben, mit Michael schlafen, alles mit Michael teilen – alles, ausgenommen ihr Herz. Sie musste die zwei Monate, die ihnen noch verblieben, hinnehmen und sich darauf vorbereiten, ohne Bedauern wegzugehen.

Michael war an sie herangekommen, das musste Pandora zugeben. Er war an Tiefen in ihr herangekommen, die kein Mann vor ihm berührt hatte. Sie liebte ihn dafür. Sie hasste ihn dafür.

Ihre Stimmung war so aufgewühlt wie ihre Gedanken, als sie die Werkstatt verschloss und quer über den Rasen stapfte.

„Da kommt sie." Mit einem neuen, fertig ausgearbeiteten Plan im Kopf wandte Sweeney sich von dem Küchenfenster ab und gab Charles ein Zeichen.

„Das kann niemals funktionieren."

„Natürlich wird es funktionieren. Wir werden diese beiden Kinder zu ihrem eigenen Vorteil zusammenbringen. Zwei Menschen, die sich so viel zanken wie die beiden, müssen heiraten."

„Wir mischen uns in Dinge ein, die uns nichts angehen."

„Was für ein Unsinn!" Sweeney nahm ihren Platz am Küchentisch ein. „Wer sollte sich denn sonst einmischen, wenn nicht wir? Wer wird sich denn mit diesem riesigen leeren Haus herumschlagen, sobald die beiden in die Stadt zurückkehren, wenn nicht wir? Nimm jetzt das Tuch und fächle mir Luft zu! Beug dich etwas über mich und mach ein aufgeregtes Gesicht."

„Ich bin zu aufgeregt", murmelte Charles und griff nach dem Tuch.

Als Pandora die Küche betrat, sah sie Sweeney nach hinten gekippt auf einem Stuhl hängen, die Augen geschlossen. Charles stand über sie gebeugt und fächelte ihr mit einem Trockentuch Luft zu.

„Um Himmels willen, was ist los? Charles, ist sie ohnmächtig geworden?“ Bevor er antworten konnte, stürmte Pandora schon durch den Raum. „Rufen Sie Michael“, befahl sie. „Rasch, rufen Sie Michael!“ Sie schob Charles weg und kauerte sich nieder. „Sweeney, ich bin es, Pandora. Haben Sie Schmerzen?“

Sweeney konnte kaum einen zufriedenen Seufzer unterdrücken, als sie die Lider flatternd hob. Sie hoffte nur, blass auszusehen. „Ach, kleine Miss, machen Sie sich keine Sorgen. Nur einer von meinen Anfällen, sonst nichts. Manchmal fängt mein Herz zu hämmern an, dass ich es hier oben im Hals spüre.“

„Ich rufe einen Arzt.“

„Nicht nötig.“ Sweeneys Stimme klang dünn und matt. „Ich war vor ein paar Monaten beim Doktor, und er hat gesagt, dass ich gelegentlich mit so was rechnen muss.“

„Das glaube ich nicht“, sagte Pandora heftig. „Sie arbeiten einfach zu viel, und das hört auf.“

Sweeney verspürte ein klein wenig Schuldgefühle, als sie die Sorge in Pandoras Gesicht bemerkte. „Na, na, nicht übertreiben.“

„Was ist los?“ Michael stürmte in die Küche. „Sweeney?“ Er kniete neben ihr nieder und ergriff ihre andere Hand.

„Nun seht euch mal diese ganze Aufregung an.“ Im Geist machte Sweeney einen Luftsprung. „Es ist doch nur einer meiner kleinen Anfälle. Nur ein wenig ärgerlich, sonst nichts.“ Sie warf Charles einen scharfen Blick zu, als er hereinkam. Hoffentlich war ihr Blick scharf genug, damit er sich an sein Stichwort erinnerte.

„Und du weißt, was der Doktor gesagt hat“, warf Charles ein.

„Also wirklich, Charles …!“

„Du sollst zwei oder drei Tage im Bett bleiben.“

Sweeney freute sich, dass er seinen Text behalten hatte, und schnaufte verächtlich. „Alles Quatsch! In ein paar Minuten bin ich wieder wie neu. Ich muss das Dinner kochen.“

„Sie werden überhaupt nichts kochen.“ Sweeney fand es einfach meisterlich, wie Michael sie auf seine Arme hob. „Und nun ab ins Bett mit Ihnen.“

„Und wer wird sich um alles kümmern?“, fragte Sweeney. „Ich lasse nicht zu, dass Charles seine Bakterien in meiner Küche verbreitet.“

Michael war mit Sweeney fast schon aus dem Raum, als Charles sich an den nächsten Schritt erinnerte. Er hustete, sah sich um Verzeihung bittend um und hustete erneut.

„Nun höre man sich das mal an!“ Befriedigt lehnte Sweeney ihren Kopf an Michaels Schulter. „Ich gehe nicht ins Bett, während er meine Küche verseucht.“

„Wie lange haben Sie diesen Husten schon?“, fragte Pandora. Als Charles etwas Unverständliches murmelte, stand sie auf. „Das reicht! Sie beide legen sich ins Bett! Michael und ich werden uns um alles kümmern.“ Sie nahm Charles am Arm und führte ihn in den Dienstbotentrakt. „Ab ins Bett und keine Widerrede! Ich mache für Sie beide Tee. Michael, du hilfst Charles. Ich kümmere mich um Sweeney.“

Innerhalb einer halben Stunde hatte Sweeney die beiden, wo sie sie haben wollte. Zusammen.

„Also, die zwei sind versorgt, und Fieber haben sie auch keines.“ Pandora goss sich zufrieden eine Tasse Tee ein. „Wahrscheinlich brauchen sie nur ein paar Tage Ruhe und etwas Fürsorge. Tee?“

Michael verzog das Gesicht und schaltete die Kaffeemaschine ein. „Da die Ärzte keine Hausbesuche mehr machen, sind die zwei hier im Bett besser aufgehoben, als wenn wir sie in die Stadt zum Arzt bringen. Wir können abwechselnd nach ihnen schauen.“

„Mmh.“ Pandora öffnete den Kühlschrank und betrachtete den Inhalt. „Wie steht es mit den Mahlzeiten? Kannst du kochen?“

„Sicher.“ Michael klapperte mit Tassen im Schrank. „Schlecht, aber ich kann kochen. Hackbraten ist meine Spezialität.“ Als das auf keine Begeisterung stieß, wandte er den Kopf. „Und du?“

„Kochen?“ Pandora lüftete hoffnungsvoll den Deckel eines Plastikbehälters. „Ich kann ein Steak grillen und Rühreier machen. Alles andere ist riskant.“

„Was wäre das Leben ohne Risiko.“ Michael half ihr dabei, den Kühlschrank zu durchforsten. „Hier ist Apfelmus.“

„Das ist kaum eine Mahlzeit.“

„Für mich schon.“ Er nahm es heraus und holte einen Löffel. Pandora beobachtete ihn, als er sich an den Tisch setzte und zu essen begann. „Willst du etwas?“

Sie wollte aus Prinzip ablehnen, entschied aber, sich selbst nicht zu schaden. Sie ging an den Schrank und fand eine Schale. „Was ist mit unseren Bettlägerigen?", fragte sie, während sie sich etwas Mus einfüllte.

„Suppe", sagte Michael zwischen zwei Löffeln. „Nichts ist besser als heiße Suppe, obwohl ich sie zuerst eine Weile ruhen lassen würde."

Mit einem zustimmenden Nicken setzte Pandora sich ihm gegenüber. „Michael ..." Sie überlegte schon seit Tagen, wie sie dieses Thema anschneiden konnte. „Ich habe nachgedacht. In zwei Monaten tritt das Testament endgültig in Kraft. Fitzhugh hat uns letzte Woche geschrieben, dass die Anwälte Onkel Carlson geraten haben, die Anfechtung fallen zu lassen."

„Ja, und?"

„Das Haus und alles andere wird zur Hälfte dir, zur Hälfte mir gehören."

„Das stimmt."

Sie nahm einen Löffel von dem Mus und stellte die Schale weg. „Worüber lächelst du?"

„Du bist hübsch anzusehen. Ich finde es nett, hier in der Küche ruhig mit dir zu sitzen und dich anzusehen."

Genau das, ganz genau das war es, was ihr das Gefühl verlieh, unbeschwert und sorglos zu sein. Sie starrte Michael einen Moment an und senkte ihren Blick auf ihre Schale. „Ich wünschte, du würdest so etwas nicht sagen."

„Nein, das wünschst du dir nicht. Du hast also nachgedacht", gab er ihr das Stichwort.

„Ja." Sie gewann Zeit, indem sie noch einen Löffel Mus nahm. „Das Haus wird uns beiden gehören, aber wir werden dann nicht mehr hier zusammenwohnen. Sweeney und Charles werden hier allein sein. Darüber mache ich mir schon seit einer Weile Gedanken. Und jetzt nach diesem Zwischenfall sorge ich mich noch mehr. Sie können hier nicht allein bleiben."

„Ich glaube, du hast recht. Vorschläge?"

„Ich habe schon früher überlegt, ob ich zeitweise hier wohnen sollte." Sie hatte keinen Appetit mehr und widmete sich wieder ihrem Tee. „Ich glaube, ich werde ganz hierher ziehen."

Er hörte eine Spur von Nervosität in ihrer Stimme. „Wegen Charles und Sweeney?"

„Nur teilweise." Sie nahm einen Schluck Tee, stellte die Tasse ab und spielte wieder mit ihrem Mus herum. Sie war nicht daran gewöhnt, ihre

Entscheidungen mit jemandem zu diskutieren. Obwohl es ihr schwergefallen war, hatte Pandora sich schon zu der Einsicht durchgerungen, dass sie dazu verpflichtet war. Mehr noch, sie hatte erkannt, dass sie mit Michael sprechen musste, um wenigstens auf diesem Gebiet so ehrlich zu sein, wie sie auf anderen Gebieten nicht sein konnte. „Ich habe Folley immer als mein Heim empfunden, aber es war mir nicht klar, wie sehr es mein Heim ist. Ich brauche es für mich selbst. Weißt du, ich hatte nie ein Zuhause.“ Sie hob ihren Blick und traf auf seinen Blick. „Nur hier.“

Zu sagen, ihre Worte überraschten ihn, wäre eine glatte Untertreibung gewesen. Sein ganzes Leben lang hatte er sie als verwöhntes Schoßkind gesehen, als goldenes Mädchen mit allen Vorteilen. „Aber deine Eltern …“

„Sind wunderbar“, sagte Pandora hastig. „Ich liebe sie, und ich würde nichts an ihnen ändern wollen, aber … Wir hatten nie eine Küche wie diese, ein Heim, in das man Tag für Tag zurückkommen konnte und das sich nicht veränderte. Es hört sich albern an.“ Sie rutschte rastlos hin und her. „Du verstehst das nicht.“

„Vielleicht doch.“ Er hielt ihre Hand fest, bevor sie aufstehen konnte. „Vielleicht will ich verstehen.“

„Ich möchte ein Heim“, sagte sie schlicht. „Folley ist für mich ein Heim. Ich möchte hier bleiben, nachdem die Frist abgelaufen ist.“

Er hielt ihre Hand fest. „Warum sagst du mir das, Pandora?“

Gründe. Zu viele Gründe. Sie wählte den einzigen aus, den sie nennen konnte, ohne sich zu gefährden. „In zwei Monaten wird dir das Haus genauso gehören wie mir. Den Bedingungen des Testaments entsprechend …“

Er fluchte und ließ ihre Hand los, stand auf, schob seine Hände in die Gesäßtaschen seiner Jeans und ging an das Fenster. Einen Moment, nur einen Moment lang hatte er gedacht, sie sei bereit, ihm mehr zu geben. Himmel, er hatte lange genug gewartet. Es war etwas in ihrer Stimme gewesen, etwas Sanftes und Gebendes. Aber vielleicht hatte er es sich nur eingebildet, weil er es hören wollte. Bedingungen des Testaments! Es sah ihr ähnlich, an nichts anderes zu denken.

„Was willst du?“, fragte er. „Meine Erlaubnis?“

Verstört blieb Pandora am Tisch sitzen. „Ich möchte, dass du verstehst und zustimmst.“

„Fein.“

„Sei nicht so kurz angebunden. Du beabsichtigst schließlich nicht, das Haus ständig zu nutzen."

„Ich habe noch keine Pläne gemacht", murmelte er. „Vielleicht wird es allmählich Zeit, es zu tun."

„Ich wollte dich nicht verärgern."

Michael drehte sich langsam um und lächelte. „Nein, bestimmt nicht. Wenn du mich bewusst ärgerst, gibt es nie einen Zweifel."

Sie stand auf und strich gedankenlos über ihren rostroten, in mehreren Lagen fallenden Rock und die schimmernde Seidenjacke in derselben Farbe mit den kleinen weißen Punkten. Michael musste seine Bewunderung unterdrücken.

Irgendetwas stimmte hier nicht, das fühlte sie, aber sie kam nicht dahinter. Also tastete sie sich voran. „Würde es dir denn so viel ausmachen, wenn ich hier lebte?"

Es überraschte ihn, als sie zu ihm kam und ihm die Hand reichte. Solche Gesten machte Pandora nicht oft und schon gar nicht beiläufig. „Nein, warum auch?"

„Das Haus wird dir zur Hälfte gehören."

„Wir können eine Linie in der Mitte ziehen."

„Das wäre unhandlich", wehrte sie ab. „Ich könnte dich auszahlen."

„Nein."

Er sagte es so heftig, dass sie die Augenbrauen verwundert hochzog. „Es war nur ein Angebot."

„Vergiss es!" Er wandte sich ab, um etwas für eine Suppe zu suchen.

Pandora beobachtete einen Moment seinen Rücken, die Anspannung seiner Muskeln. „Michael." Seufzend schlang sie ihre Arme um seine Taille. Sie fühlte, wie er sich verkrampfte, begriff aber nicht, dass er es aus Überraschung tat. „Ich scheine immer das Falsche zu sagen. Vielleicht ist es für mich leichter, wenn wir uns anfahren, als wenn ich versuche, rücksichtsvoll zu sein."

„Vielleicht ergeht es uns beiden so." Er drehte sich um und nahm ihr Gesicht in beide Hände. Einen Moment lang wirkten sie wie Freunde, wie Liebende. „Pandora …" Konnte er ihr sagen, wie unmöglich es ihm erschien, sie zu verlassen oder sich vorzustellen, sie könne ihn verlassen? Würde sie es verstehen, dass er mit ihr leben wollte, mit ihr zusammen sein wollte? Wie sollte sie es aufnehmen, dass er sie schon seit Jahren liebte, wenn er selbst erst jetzt diese Tatsache akzeptieren konnte? Er gab ihr bloß einen Kuss auf die Stirn. „Machen wir die Suppe."

Pandora und Michael konnten nicht ohne Reibereien zusammenarbeiten, aber innerhalb der nächsten Tage fanden sie heraus, dass sie zusammenarbeiten konnten. Sie kochten, spülten und wischten Staub, während die Angestellten im Bett blieben oder eingemummelt auf Sofas saßen und Tee tranken.

Sicher, es gab Momente, in denen es Sweeney in den Fingern juckte, wieder an ihre Arbeit zu gehen, oder in denen Charles unter Gewissensbissen litt, aber die beiden waren überzeugt, ihre Pflicht zu tun. Und sie fühlten sich bestätigt, wenn Lachen durch das Haus hallte.

Michael war noch nie in seinem Leben so zufrieden gewesen. Er spielte tatsächlich Familie, etwas wofür er bisher weder Zeit noch Interesse aufgebracht hatte. Er schrieb oft stundenlang, in seinem Arbeitszimmer eingeschlossen und in Handlungsabläufe und Charaktere und Fantasien verstrickt. Doch dann konnte er ausbrechen, und die Wirklichkeit stellte sich als Geruchsmischung aus Essenszubereitung und Möbelpolitur dar. Er hatte ein Heim und eine Frau, und er war entschlossen, beides zu behalten.

Am späten Nachmittag machte er stets Feuer im Kamin im großen Salon. Nach dem Dinner tranken sie dort noch Kaffee, manchmal ganz ruhig, manchmal während einer heiß umkämpften Partie Rommé. Das war ein sehr durchschnittlicher Tagesablauf, wie Michael sich eingestand – sofern man Pandora außer Acht ließ.

Er zündete gerade das Feuerholz an, als Bruno in den Raum jagte und einen Tisch umstieß. Nippes flog.

„Wir müssen dich in eine Benimmschule schicken“, erklärte Michael, während er aufstand und sich um das Chaos kümmerte. Obwohl er erst seit einem Monat hier war, hatte sich Brunos Größe verdoppelt. Zweifellos wuchs er allmählich in seine Pfoten hinein. Nachdem Michael den Tisch wieder aufgerichtet hatte, sah er den Hund wedelnd unter das Sofa kriechen. „Was hast du da?“

Zusätzlich zu seiner Größe hatte Bruno sich bereits den Ruf eines geschickten Diebes erworben. Erst am Vortag hatten sie eine ganze Reihe Schweinekoteletts eingebüßt. „Na gut, du Teufel, wenn das jetzt das Huhn für heute Abend ist, kommst du in die Garage in Einzelhaft.“

Michael ließ sich auf alle viere nieder und sah unter die Couch. Es war kein Huhn, an dem der Hund nagte, sondern Michaels Schuh.

„Verdammt!“ Michael packte zu, doch der Hund wich außer Reichweite zurück und kaute munter drauflos. „Dieser Schuh ist fünf Mal so viel wert wie du, du zu groß geratenes Scheusal! Gib her!" Michael presste sich flach auf den Boden und kroch halb unter das Sofa. Bruno zog den Schuh lediglich ein Stück zurück und freute sich über das Spiel.

„Nein, wie reizend." Pandora betrat den Salon und betrachtete Michael von den Hüften abwärts. Er besaß in der Tat einige hervorstechende Qualitäten. „Spielst du mit dem Hund, Michael, oder wischst du unter dem Sofa Staub?"

„Ich mache einen Bettvorleger aus ihm!"

„Nein, so was, wir klingen heute Abend aber ein wenig gereizt. Bruno, komm her, Baby!" Den Schuh wie eine Trophäe in der Schnauze, wand Bruno sich unter der Couch hervor und tappte zu Pandora. „Hast du das hier gesucht?" Sie hielt den Schuh hoch und kraulte Bruno mit der anderen Hand. „Wie klug von dir, Bruno das Apportieren beizubringen."

Michael zog sich hoch und riss ihr den nassen und von Bissspuren verunstalteten Schuh aus der Hand. „Das ist schon der zweite Schuh, den er ruiniert hat. Und er hatte nicht einmal die Höflichkeit, beide von demselben Paar zu nehmen."

Sie betrachtete die Überreste von cremefarbenem italienischem Leder. „Du trägst ohnedies immer nur Tennisschuhe oder Stiefel."

Michael klopfte mit dem Schuh gegen seine Handfläche. Mit heraushängender Zunge grinste Bruno zu ihm auf. „Hundeschule!"

„Michael, wir können unser Kind doch nicht wegschicken." Pandora tätschelte seine Wange. „Das ist nur eine Phase."

„Diese Phase hat mich zwei Paar Schuhe gekostet und mein Dinner, und wir haben den Pullover nie wiedergefunden, den er weggeschleppt hat."

„Du solltest deine Kleider nicht einfach auf den Boden fallen lassen", meinte Pandora leichthin. „Dieser Pullover war ohnedies schon schäbig. Bruno hat ihn sicher für einen Putzlappen gehalten."

„Er zerreißt nie etwas von dir."

Pandora lächelte. „Nein, tut er nicht. Reizend, nicht wahr?"

Michael betrachtete sie eingehend. „Worüber bist du eigentlich so glücklich?"

„Ich habe heute Nachmittag einen Anruf bekommen."

Michael sah die Erregung in ihren Augen und entschied, dass die Angelegenheit mit dem Schuh warten konnte. „Und?"

„Von Jacob Morrison."

„Dem Produzenten?“

„Dem Produzenten.“ Sie hatte sich Selbstbeherrschung auferlegt, aber sie drohte dennoch vor Freude und Stolz zu platzen. „Er macht einen neuen Film mit Jessica Wainwright in der Hauptrolle.“

Jessica Wainwright, dachte Michael, Grande Dame von Film und Theater. Exzentrisch und brillant. Ihre Karriere erstreckte sich über zwei Generationen. „Sie hat sich zurückgezogen. Die Wainwright hat seit fünf Jahren keinen Film mehr gemacht.“

„Aber diesen macht sie. Billy Mitchell führt Regie.“

Michael neigte den Kopf auf die Seite, während er Pandora musterte. Sie erinnerte ihn an die Geschichte von der Katze und dem Kanarienvogel. „Klingt, als würden sie alle großen alten Namen ausgraben.“

„Sie spielt eine halb verrückte, zurückgezogen lebende Gräfin, die durch einen Besuch ihrer Enkelin in die Wirklichkeit zurückgeholt wird. Cass Barkley soll die Enkelin spielen.“

„Klingt oscarverdächtig. Erzählst du mir jetzt, warum Morrison dich angerufen hat?“

„Die Wainwright bewundert meine Arbeit. Sie möchte, dass ich alle ihre Juwelen für den Film entwerfe. Alle!“ Nach einem vergeblichen Versuch, berufsmäßig zu klingen, lachte Pandora auf und wirbelte rasch um ihre eigene Achse. „Morrison sagte, er habe sie nur zum Mitmachen überreden können, indem er ihr das Beste versprach. Sie will mich!“

Michael bekam Pandora zu fassen und zog sie zu sich heran. Bruno jagte bellend durch den Raum und brachte die Tische zum Schwanken. „Wir feiern“, verkündete Michael. „Champagner zum Hühnchen.“

Pandora klammerte sich an ihn. „Ich komme mir wie eine Närrin vor.“

„Warum?“

„Also, ich habe immer gedacht, ich würde … also … über der Anbetung von Stars stehen, ich wäre ein Profi. Während ich mit Morrison gesprochen habe, sagte ich mir, dass es eine großartige Chance für meine Karriere sei und eine wunderbare Möglichkeit, mich auszudrücken. Dann habe ich aufgelegt, und ich konnte nur noch an Jessica Wainwright denken! Eine Morrison-Produktion! Ich habe mich genauso albern gefühlt wie jeder überschäumende Fan.“

„Was beweist, dass du nicht halb so ein Snob bist, wie du es selbst von dir annimmst.“ Michael schnitt ihre Antwort mit einem Kuss ab. „Ich bin stolz auf dich“, murmelte er.

Das warf sie aus dem Gleichgewicht. Ihre ganze Freude über den Auftrag schrumpfte im Vergleich zu diesem einen Satz. Niemand außer Jolley war je stolz auf sie gewesen. Ihre Eltern liebten sie, tätschelten ihr den Kopf und sagten, sie solle machen, was sie nur wolle. Stolz war eine wertvolle Ergänzung von Zuneigung. „Wirklich?"

Überrascht zog Michael sie wieder an sich und küsste sie. „Natürlich bin ich das."

„Aber du hast nie viel von meiner Arbeit gehalten."

„Das stimmt nicht. Ich habe nie verstanden, warum Leute sich mit Spangen und Armbändern schmücken, oder warum du zufrieden warst, nur auf einem so kleinen Sektor zu arbeiten. Aber was bloß deine Arbeit angeht, bin ich nicht blind, Pandora. Manche dieser Sachen sind schön, andere sind außergewöhnlich, wieder andere unglaublich. Aber alles ist einfallsreich und sehr gekonnt gemacht."

„Also wirklich!" Sie seufzte tief auf. „Diesen Tag streiche ich im Kalender rot an. Ich war überzeugt, dass du glaubst, ich spiele mit Murmeln, weil ich einer wirklichen Arbeit ausweichen möchte. Das hast du sogar einmal ausgesprochen."

Michael grinste. „Nur um dich wütend zu machen. Du siehst sagenhaft aus, wenn du wütend bist."

Pandora dachte einen Moment darüber nach, ehe sie aufseufzte. „Ich glaube, jetzt ist der beste Zeitpunkt, um es dir zu sagen."

Er spannte sich an, zwang sich jedoch zu einem ruhigen Ton. „Um mir was zu sagen?"

„Ich sehe mir die Verleihung der Emmy Awards jedes Mal an, wenn du nominiert bist."

Seine Spannung löste sich in einem Lachen. In jedem ihrer Worte schwangen Schuldgefühle mit. „Wie bitte?"

„Jedes Mal", wiederholte Pandora und wunderte sich, wie heiß sich ihre Wangen anfühlten. „Es hat mir gut getan, wenn du gewonnen hast. Und …" Sie musste sich räuspern. „Ich habe mir auch ein paar Folgen von ‚Logan's Run' angesehen."

Michael fragte sich, ob sie wusste, dass sie wie bei der Beichte eines schrecklichen Vergehens klang. „Warum?"

„Onkel Jolley hat immer davon geschwärmt, und ich habe sogar auf Partys davon gehört. Also wollte ich es mir selbst ansehen. Das war natürlich nur intellektuelles Interesse."

„Natürlich. Und?"

Sie zuckte die Schultern. „In seiner Art …“

Michael unterbrach sie, indem er an ihrem Ohr zog. „Manche Leute sagen nur unter der Folter die Wahrheit.“

„Ja, schon gut!“ Lachend versuchte sie, sich zu befreien. „Es ist gut!“, rief Pandora, als er sie festhielt. „Es hat mir gefallen.“

„Warum?“

„Michael, das tut weh!“

„Wir haben Methoden, um Sie zum Sprechen zu bringen, Lady.“

„Es hat mir gefallen, weil die Charaktere echt sind, und die Handlung ist intelligent. Und …“ Jetzt musste sie hart schlucken: „Es hat Stil.“

Als er ihr Ohr losließ, um sie herzhaft zu küssen, schob sie ihn hartherzig von sich.

„Michael, wenn du das jemandem erzählst, streite ich es ab.“

„Es wird unser kleines Geheimnis bleiben.“ Er küsste sie noch einmal, diesmal nicht so spielerisch.

Pandora gewöhnte sich allmählich daran, gegen Michael zu sinken und mit ihm zu verschmelzen. Als sein Herz schneller zu schlagen begann, fühlte sie ihren eigenen Puls darauf reagieren. Sie fühlte Michaels unterdrücktes Stöhnen auf ihrer Zunge. Und sie sah das Verlangen in seinen Augen.

Sie presste ihren Mund auf seine Lippen und überließ sich ihrem eigenen Hunger. Es würde Folgen haben, aber hatte Pandora sie nicht schon akzeptiert? Es würde zu Schmerz führen, aber hatte sie sich nicht schon dagegen gewappnet? Sie konnte nicht aufhalten, was vielleicht in den vor ihr liegenden Wochen geschah, aber sie konnte lenken und steuern, was in dieser Nacht und vielleicht auch morgen geschah. Das musste genügen. Alles, was sie fühlte, wollte, fürchtete, floss in diesen Kuss ein.

Um Michael herum drehte sich alles. Pandora war oft leidenschaftlich, auch wild. Sie war oft fordernd, auch unglaublich erotisch. Aber er hatte nie solch pure Emotionen von ihr gefühlt. Sanftheit lag unter der Stärke, eine Bitte unter dem Drängen. Er zog sie sanfter als gewöhnlich an sich und ließ sie nehmen, was sie wollte.

Sie neigte den Kopf einladend und lockend nach hinten. Sein Griff verstärkte sich. Seine Finger schoben sich in ihr Haar und verloren sich in dessen reicher Fülle. Das Verlangen schoss durch seinen Körper, und er spannte sich an, als Pandora so unerwartet nachgiebig war. Sie hatte sich nie unterworfen, und bis zu diesem Moment hatte Michael nicht gewusst, wie erregend es sein konnte, wenn sie es tat. Ohne über den Zeitpunkt oder den Ort nachzudenken, sanken sie auf das Sofa.

Weil sie nachgiebig war, war er zart. Weil er zart war, war sie geduldig. Auf eine bisher nie erfahrene Art liebten sie einander ohne Eile, ohne Feuersturm, ohne Wirbelwind. Sie schenkten sich gegenseitig vollkommen. Eine Berührung, ein Geschmack, ein gemurmelter Wunsch, eine geflüsterte Antwort. Das Kaminfeuer prasselte sanft, während sich vor den Fenstern die Nacht hinabsenkte. Finger und Lippen lernten die Macht langsamer Erregung kennen. Obwohl sie schon seit Wochen ein Paar waren, brachten sie zum ersten Mal Liebe zur Leidenschaft.

Der Raum war still, das Licht schwach. Auch wenn Pandora nie Romantik gesucht hatte, fand sie diese Romantik nun in Michaels Armen. Sie kamen einander näher, und es war angenehm. Sie tauchten tiefer ineinander ein, und es geschah gelassen. Als sie miteinander verschmolzen, fühlte Pandora, wie ihre scharf gezogene Trennlinie der Unabhängigkeit brach, um Michael einzulassen. Aber die erwartete Schwäche folgte nicht, sondern nur Zufriedenheit.

Sie lagen noch immer eng umschlungen und halb dösend, als das Telefon klingelte. Ärgerlich murmelnd griff Michael nach dem Telefon auf dem Tisch hinter ihm und hob ab.

„Hallo."

„Michael Donahue, bitte."

„Ja, hier ist Michael."

„Michael, hier spricht Penny."

Er rieb sich die Augen und versuchte, ein Gesicht mit dem Namen zu verbinden. Penny, die kleine Blondine aus dem Apartment neben dem seinen. Wollte Model werden. Er erinnerte sich dunkel daran, dass er ihr die Nummer auf Folley gegeben hatte, falls eine wichtige Sendung in sein Apartment geliefert wurde. „Hi!" Er beobachtete, wie sich Pandoras Lider flatternd hoben.

„Michael, ich störe Sie nur ungern, aber ich muss anrufen. Ich habe schon die Polizei verständigt. Sie ist unterwegs."

„Polizei?" Er stemmte sich halb in sitzende Stellung hoch. „Was ist los?"

„Bei Ihnen ist eingebrochen worden."

„Was?“ Er setzte sich kerzengerade auf und stieß Pandora um ein Haar auf den Fußboden. „Wann?“

„Ich weiß es nicht. Ich bin vor ein paar Minuten nach Hause gekommen und habe bemerkt, dass Ihre Tür nicht ganz geschlossen war. Ich dachte, Sie wären vielleicht zurückgekommen. Also habe ich geklopft. Wie auch immer, ich habe die Tür dabei ein Stück aufgedrückt. Die Wohnung ist durchwühlt worden. Ich bin sofort in mein Apartment gelaufen und habe die Polizei angerufen. Sie haben mich gebeten, Kontakt mit Ihnen aufzunehmen. Und ich sollte nicht mehr in Ihr Apartment gehen.“

„Danke.“ Dutzende Fragen schossen ihm durch den Kopf, die niemand beantworten konnte. „Ich werde versuchen, ob ich es noch heute Abend bis New York schaffe.“

„Okay. Hey, Michael, es tut mir wirklich leid.“

„Ja, bis später.“

„Michael?“ Pandora packte seine Hand, sobald er aufgelegt hatte.

„In meine Wohnung ist eingebrochen worden.“

„Oh nein!“ Sie hatte gewusst, dass der Friede nicht von Dauer sein konnte. „Glaubst du, es war …“

„Ich weiß es nicht.“ Er fuhr sich durch die Haare. „Vielleicht. Oder vielleicht war es jemand, der bemerkt hat, dass seit einer Weile niemand mehr da ist.“

Sie fühlte seinen Ärger, konnte ihn aber nicht besänftigen. „Du musst hinfahren.“

Er nickte und ergriff ihre Hand. „Komm mit mir.“

„Michael, einer von uns muss hier bei Sweeney und Charles bleiben.“

„Ich lasse dich nicht allein.“

„Du musst hinfahren“, wiederholte sie. „Wenn es jemand von der Familie war, findest du vielleicht einen Beweis. Auf jeden Fall musst du dich darum kümmern. Ich komme schon zurecht.“

„Genau wie letztes Mal, als ich nicht hier war.“

Pandora zog eine Augenbraue hoch. „Ich bin nicht unfähig, Michael.“

„Aber du wirst allein sein.“

„Ich habe Bruno. Sieh mich nicht so an“, verlangte sie. „Er ist vielleicht nicht gerade wild, aber er kann sehr gut bellen. Ich werde alle Fenster und Türen verschließen.“

Er schüttelte den Kopf. „Reicht nicht."

„Also gut, wir rufen die örtliche Polizei an. Sie hat von Fitzhugh einen Bericht über die Zwischenfälle erhalten. Wir erklären, dass ich über Nacht allein sein werde, und bitten darum, dass sie ein Auge auf das Haus werfen."

„Schon besser." Dennoch stand Michael auf und ging unruhig auf und ab. „Wenn das eine Falle ist ..."

„Dann sind wir diesmal darauf vorbereitet."

Er zögerte, dachte es noch einmal durch, nickte. „Ich rufe die Polizei an."

10. KAPITEL

Pandora legte hinter Michael den schweren Riegel vor die Vordertür. Gemeinsam hatten sie alle Türen und Fenster überprüft. Pandora war sicher in dem Haus eingeschlossen.

Um sich zu beschäftigen, ging sie in die Küche. Das Huhn hatten sie gemeinsam zubereiten wollen. Nun musste sie es allein versuchen und holte dafür eines von Sweeneys Kochbüchern hervor, während Barbara Streisand im Radio einen Broadway-Song brachte.

Pandora hatte schon zwei Arbeitsflächen vollgeräumt, und ihre Hände waren dick bemehlt, als das Telefon klingelte. Sie benutzte ein Trockentuch, um den Hörer von dem Apparat in der Küche zu nehmen.

„Hallo."

„Pandora McVie?"

„Ja."

„Hören Sie gut zu."

„Können Sie lauter sprechen?", rief sie. „Ich kann Sie nicht sehr gut hören."

„Ich muss Sie warnen, und es ist nur wenig Zeit. Sie sind in Gefahr. Sie sind nicht sicher in diesem Haus, nicht allein."

Das Kochbuch entglitt ihren Händen und fiel auf den Fußboden. „Was? Wer spricht da?"

„Hören Sie nur zu! Sie sind allein, weil das so arrangiert wurde. Heute Nacht wird jemand versuchen, bei Ihnen einzubrechen."

„Wer?" Sie entdeckte in der Stimme keine Bösartigkeit, nur Nervosität. Sie war fast sicher, dass ein Mann am Telefon war, was aber bei dem heiseren Flüstern schwer herauszuhören war. „Wenn Sie versuchen, mir Angst einzujagen ..."

„Ich will Sie warnen. Als ich herausfand ..." Die Stimme zögerte. „Ihr hättet den Champagner nicht schicken sollen. Ich mag es nicht, was vor sich geht, aber ich werde es nicht aufhalten. Niemandem sollte etwas passieren, verstehen Sie? Aber ich habe Angst davor, was als Nächstes passieren könnte."

Pandora fühlte Furcht in sich aufsteigen. Außerhalb der Küchenfenster war es pechschwarz. Sie war allein in dem Haus mit zwei alten, kranken Angestellten. „Sagen Sie mir, wer Sie sind! Helfen Sie mir, dieser Sache ein Ende zu machen!"

„Ich riskiere schon alles mit dieser Warnung. Sie verstehen mich nicht. Verschwinden Sie bloß aus diesem Haus!“

Das ist ein Trick, sagte Pandora sich, ein Trick, damit ich das Haus verlasse. Sie straffte ihre Schultern, aber ihr Blick glitt von einem Fenster zum anderen. „Ich verlasse das Haus nicht. Wenn Sie helfen wollen, sagen Sie mir, vor wem ich mich fürchten sollte.“

„Verschwinden Sie bloß“, wiederholte die Stimme, bevor die Leitung tot war.

Pandora hielt den stummen Hörer noch eine Weile in der Hand. Das Öl in der Pfanne hatte zu brutzeln begonnen, das Radio gab Broadway-Musik von sich. Pandora beobachtete die Fenster, lauschte und legte auf. Es ist ein Trick, sagte sie sich. Sie wollte sich nicht von einer bebenden Stimme verscheuchen lassen.

Außerdem hatte Michael schon die Polizei gerufen. Beim ersten Anzeichen von Ärger brauchte sie nur zum Telefon zu greifen.

Ihre Hände waren nicht ganz ruhig, als sie sich wieder mit Feuereifer auf das Kochen stürzte. Sie fand, dass ein kleines Glas Wein zur Arbeit eine ausgezeichnete Idee war. Sie schenkte sich gerade ein, als Bruno in die Küche raste und um ihre Beine tänzelte.

„Bruno.“ Pandora kauerte sich hin und drückte den Hund an sich. Er fühlte sich warm und fest an. „Bin ich froh, dass du hier bist“, murmelte sie. Und einen Moment lang erlaubte sie sich, Michael verzweifelt herbeizusehnen.

Bruno leckte ihr Gesicht, machte ein paar tapsige Sprünge zu dem Küchenschrank und jagte dann zur Tür, sprang dagegen und bellte.

„Jetzt?“, fragte Pandora. „Vermutlich kannst du nicht bis zum Morgen warten.“

Bruno jagte zu Pandora zurück, umkreiste sie und jagte wieder zur Tür. Nach dem dritten Mal gab sie nach. Der Anruf war nur ein Trick, noch dazu ein plumper. Außerdem könnte es nicht schaden, sich draußen umzusehen.

Sobald sie die Tür öffnete, stürzte Bruno hinaus und purzelte in den Schnee. Er schnüffelte eifrig herum, während Pandora frierend in der offenen Tür stand und ihre Augen anstrengte, um in der Dunkelheit etwas zu erkennen. Musik und Kochgerüche drangen ins Freie.

Da war nichts. Sie schlang die Arme gegen die Kälte um sich und fand, dass sie auch gar nichts erwartet hatte. Es schneite nicht mehr. Die Sterne schienen hell. In den Wäldern war es still. Es war eine ganz normale Nacht auf dem Land. Pandora sog tief die Winterluft ein und wollte den Hund zurückrufen, als sie beide gleichzeitig die Bewegung am Waldrand sahen.

Nur schattenhaft löste sich eine menschliche Gestalt von den Bäumen. Ehe Pandora reagieren konnte, begann Bruno zu bellen und durch den Schnee zu jagen.

„Nein, Bruno! Komm zurück!“ Ohne nachzudenken, griff Pandora nach einem alten Mantel, der neben der Tür hing, und warf ihn sich über. Dann packte sie aber doch eine schwere gusseiserne Stielpfanne, bevor sie ihrem Hund nachlief. „Bruno!“

Er verfolgte bereits am Waldrand die Spur. Pandora hastete hinter ihm her. Wer immer das Haus beobachtet hatte, war bei dem Anblick des tapsigen, überdimensionalen Welpen davongelaufen. Vor einem Feigling hatte Pandora keine Angst. Mit genauso viel Begeisterung wie Bruno sprintete Pandora in den Wald. Sie war außer Atem, als sie stehen blieb, um sich umzusehen und zu lauschen. Einen Moment geschah gar nichts, dann hörte sie zu ihrer Rechten wildes Bellen und das Geräusch von Schlägen.

„Bruno, fass!“, schrie sie und rannte in die Richtung, aus der das Chaos kam. Schnee fiel von den Zweigen und glitt kalt und nass über ihren Nacken. Das Bellen wurde wilder, und in ihrer Eile stürzte Pandora über einen gefällten Baum. Sie spuckte Schnee und richtete sich fluchend auf die Knie auf. Bruno jagte aus dem Wald, rannte sie um und blieb über ihr stehen.

„Doch nicht mich!“ Auf dem Rücken liegend, stemmte sich Pandora gegen den Hund. „Verdammt, Bruno, wenn du nicht …“ Sie brach ab, als der Hund sich knurrend duckte. Pandora blickte auf und sah den Schatten zwischen den Bäumen auftauchen. Sie vergaß, dass sie zu stolz war, um sich vor einem Feigling zu fürchten.

Trotz ihrer von der Kälte tauben Hände packte sie die Pfanne am Stiel, richtete sich auf und schob sich an den nächsten Baum heran. Sie bemühte sich, lautlos zu atmen, und bereitete sich auf den Angriff vor. Verwandter oder Fremder, sie würde sich verteidigen, auch wenn ihre Knie zitterten. Bruno spannte sich und schnellte vorwärts. Im selben Moment hob Pandora die Pfanne hoch.

„Was, zum Teufel, ist hier los?“

„Michael!“ Die Pfanne landete mit einem Platsch im Schnee, als Pandora Brunos Beispiel folgte und vorwärts schnellte. Vor Erleichterung außer sich, bedeckte sie Michaels Gesicht mit Küssen. „Oh, Michael, ich bin ja so froh, dass du das bist!"

„Ja, und wie froh du ausgesehen hast, als du mit dieser Pfanne zum Schlag ausgeholt hast. Ist dir das Haarspray ausgegangen?"

„Ich hatte gerade die Pfanne zur Hand." Abrupt zog sie sich zurück und blitzte ihn an. „Verdammt, Michael, du hast mich zu Tode erschreckt. Du solltest schon auf halbem Weg nach New York sein und nicht hier durch die Wälder schleichen."

„Und du solltest im Haus eingeschlossen sein."

„Das wäre ich auch, hättest du dich nicht durch die Wälder geschlichen. Warum?"

Lässig wischte er ihr den Schnee vom Gesicht. „Ich war schon zehn Meilen gefahren, aber ich wurde dieses schlechte Gefühl nicht los. Es war mir alles irgendwie zu glatt. Also habe ich an einer Tankstelle angehalten und meine Nachbarin angerufen."

„Und was ist mit deinem Apartment?"

„Ich habe mit der Polizei gesprochen und eine Liste der wertvollen Sachen durchgegeben. In ein oder zwei Tagen fahren wir beide nach New York." Er durfte nicht daran denken, was hätte passieren können, sonst hätte er Pandora geschüttelt. „Ich konnte dich nicht allein lassen."

„Allmählich beginne ich, an deine Ritterlichkeit zu glauben." Sie küsste ihn. „Das erklärt, warum du nicht in New York bist. Aber was hast du im Wald gemacht?"

„Nur so eine Ahnung." Er bückte sich, hob die Pfanne auf. Ein Schlag damit, und er wäre bis neun zu Boden gegangen und ausgezählt worden.

„Wenn du das nächste Mal eine Ahnung hast, steh nicht am Waldrand herum und starre zum Haus."

„Das habe ich nicht getan." Michael ergriff ihren Arm und ging zum Haus zurück. Er wollte Pandora hinter verschlossenen Türen haben.

„Ich habe dich gesehen."

„Ich weiß nicht, wen du gesehen hast." Ärgerlich blickte Michael auf den Hund hinunter. „Aber wenn du den Hund nicht ins Freie gelassen hättest, wüssten wir es jetzt beide. Ich wollte mich erst einmal draußen umsehen, ehe ich ins Haus kam, und ich fand Fußspuren. Ich bin ihnen gefolgt." Noch immer angespannt warf er einen Blick über die Schulter zurück. „Ich habe mich an die Person, wer immer es auch war, herangeschlichen, als Bruno seinen Angriff startete. Ich fing an, hinterherzujagen.“ Er fluchte und klopfte mit der Hand gegen die Bratpfanne. „Ich habe ihn fast eingeholt, als mir dieser Köter zwischen die Beine lief und ich mit dem Gesicht voran im Schnee landete. Im gleichen Augenblick hast du dem Hund etwas zugerufen. Nun, der Unbekannte hatte genug Zeit zu verschwinden.“

Pandora murmelte eine Verwünschung und versetzte dem Schnee einen Tritt. „Hättest du mich verständigt, hätten wir zusammenarbeiten können.“

„Ich wusste ja nicht, was hier vor sich ging, bevor es passiert war. Jedenfalls solltest du hinter verschlossenen Türen im Haus sein.“

„Der Hund musste ins Freie“, murmelte Pandora. „Und dann war da noch dieser Anruf. Jemand warnte mich.“

„Wer?“

„Ich weiß es nicht. Könnte die Stimme eines Mannes gewesen sein – aber ich bin nicht sicher.“

Michaels Griff an ihrem Arm verstärkte sich. „Hat dieser Mann dich bedroht?“

„Nein, nein, es war nicht wie eine Drohung. Wer immer das war, er wusste über alles Bescheid und war darüber nicht gerade glücklich. So viel war klar. Er … oder sie sagte, jemand werde versuchen, auf Folley einzubrechen, und ich solle verschwinden.“

„Und daraufhin bist du mit einer Bratpfanne in den Wald gelaufen. Pandora!“ Diesmal schüttelte er sie. „Warum hast du nicht die Polizei angerufen?“

„Weil ich es wieder für einen Trick gehalten habe, und das machte mich wütend.“ Sie sah Michael trotzig an. „Ja, zuerst hatte ich Angst, aber dann hat es mich einfach geärgert. Ich mag Einschüchterung nicht. Als ich jemanden am Waldrand sah, wollte ich einfach zurückschlagen.“

„Bewundernswert“, sagte er und hielt sie an den Schultern fest. „Unbeschreiblich dumm.“

„Du hast das Gleiche getan.“

„Das war nicht das Gleiche. Du hast Verstand, du hast Stil, und ich gestehe dir sogar Mut zu. Aber, Cousine, du bist kein Schwergewicht. Wenn du nun mit dieser Person im Wald zusammengestoßen wärst und der Betreffende grob geworden wäre?“

„Ich kann auch grob werden“, murmelte Pandora.

„Sehr schön." Mit einer schnellen Bewegung hakte er einen Fuß hinter ihre Füße und schickte sie, Po voran, in den Schnee. Sie hatte nicht einmal die Chance, sich zu beschweren, als er schon über ihr stand und die Bratpfanne schwang. Bruno hielt es für ein wunderbares Spiel und sprang auf Pandora. „Ich wäre vielleicht morgen zurückgekommen und hätte dich halb im Schnee vergraben gefunden", rief Michael. Ehe sie etwas sagen konnte, zog er sie wieder auf die Füße. „Das riskiere ich nicht."

„Du hast mich lediglich überrascht", erklärte sie.

„Halt den Mund!" Er packte sie wieder an den Schultern, und diesmal war sein Griff nicht sanft. „Du bist für mich zu wichtig, Pandora. Ich gehe kein Risiko mehr ein. Wir rufen jetzt die Polizei. Und wir werden ihnen alles erzählen."

„Und was können sie schon machen?"

„Das werden wir erfahren."

Sie seufzte tief auf und lehnte sich gegen Michael. Die Jagd mochte aufregend gewesen sein, aber ihre Knie mussten doch irgendwann zu zittern aufhören. „Okay, vielleicht hast du recht. Wir sind über den Anfang noch nicht herausgekommen."

„Wenn wir die Polizei rufen, geben wir ja nicht auf. Wir ändern nur die Taktik. Wäre ich heute Nacht nicht zurückgekommen, Pandora, und hätte der Hund niemanden verscheucht, wärst du allein gewesen." Er ergriff ihre Hände, drückte sie an seine Lippen und wärmte sie. „Ich lasse nicht zu, dass dir etwas zustößt."

Von der Freude, die seine Worte in ihr auslösten, verwirrt, versuchte sie, ihm ihre Hände zu entziehen. „Ich kann auf mich selbst aufpassen, Michael."

Er lächelte, ließ sie jedoch nicht los. „Vielleicht, aber du wirst keine Gelegenheit mehr haben, das zu beweisen. Gehen wir zurück. Ich bin hungrig."

„Typisch", meinte sie, um die Stimmung zu entkrampfen. „Du denkst nur an deinen Magen und … Oh, Himmel! Das Huhn!" Pandora riss sich los und jagte in weiten Sätzen auf das Haus zu.

„So hungrig bin ich auch wieder nicht!", rief er, holte sie ein, hielt sie fest und hob sie auf seine Arme. „Es gibt sogar wichtigere und dringendere Bedürfnisse als Essen."

„Michael!" Sie wehrte sich lachend. „Wenn du mich nicht herunterlässt, gibt es bald keine Küche mehr, in der wir essen können."

„Dann essen wir woanders."
„Ich habe die Pfanne auf der Herdplatte vergessen. Vielleicht ist von dem Huhn nichts mehr übrig als verkohlte Knochen."
„Es gibt immer noch Suppe." Damit stieß er die Küchentür auf.

Anstelle verkohlter Überreste fanden Pandora und Michael einen Teller voll mit knusprig gebräunten Hühnchenteilen vor. Sweeney hatte schon alles aufgeräumt und die schmutzigen Pfannen in der Spüle eingeweicht.
„Sweeney." Von Michaels Armen aus überblickte Pandora die Küche. „Wieso sind Sie nicht im Bett? Was machen Sie hier?"
„Meine Arbeit", antwortete Sweeney knapp, warf ihnen aber einen langen Blick aus den Augenwinkeln zu. Soweit es sie anging, funktionierte ihr Plan ausgezeichnet. Sie glaubte, dass Pandora und Michael frische Luft hatten schnappen wollen, während das Essen auf dem Herd stand, und dass sie – typisch junge Leute – die Zeit vergessen hatten.
„Sie sollten im Bett sein", erinnerte Pandora sie.
„Quatsch! Ich war lange genug im Bett." Die Tage der Untätigkeit waren grässlich gewesen, sie hatte es im Bett kaum noch ausgehalten. Ihre Strategie hatte sich allerdings gelohnt, wenn sie Pandora in Michaels Armen sah. „Ich fühle mich frisch wie ein Fisch im Wasser. Waschen Sie sich die Hände für das Abendessen!"
Michael und Pandora betrachteten sie kritisch. Sweeneys Wangen waren rosig und rundlich, ihre Augen hell. Sie eilte genau wie früher geschäftig in der Küche umher.
„Wir wollen aber, dass Sie es noch ruhig angehen", erklärte Michael. „Keine schweren Arbeiten."
„Das stimmt. Michael und ich werden spülen." Pandora sah, wie er ein wenig die Stirn runzelte, und tätschelte ihm die Schulter. „Wir machen das gern."
Michael und Pandora bestanden darauf, dass sie alle vier in der Küche aßen. Charles, der neben Sweeney saß, war nicht sicher, wie heftig und wie oft er husten sollte. Er entschied sich für einen Mittelweg und räusperte sich von Zeit zu Zeit.
Ohne sich abzusprechen, behielten Pandora und Michael die Geschichte von den Anschlägen für sich. Beide fanden, dass es für die alten Leute zu aufregend wäre und ihrer Erholung schaden könnte.
Es war schon fast neun Uhr, als Pandora die beiden endlich wieder

zu Bett gebracht und aufgeräumt hatte und zu Michael in den Wohnraum kam.

„Erledigt?“

Sie nickte und schenkte sich einen Brandy ein. „Es war ein wenig wie Kinder ins Bett schicken, aber ich habe einen Film mit Cary Grant im Fernsehen gefunden, der sie interessiert. Am liebsten würde ich ihn mir selbst ansehen.“

„Ein anderes Mal.“ Michael nahm einen Schluck aus ihrem Schwenker. „Ich habe die Polizei angerufen. Sie werden bald hier sein.“

„Es stört mich noch immer, dass wir Außenstehende hineinziehen. Dein Logan erledigt auch immer alles selbst“, setzte sie lächelnd hinzu.

„Irgendjemand hat mir doch irgendwann einmal gesagt, dass das alles nur Fantasien sind.“ Er schenkte sich ebenfalls einen Brandy ein und trank ihr zu. „Ich bin dahintergekommen, dass ich dich nicht gern mitten in einer Drehbuchhandlung wiederfinden würde. Der Ausgang könnte nämlich ziemlich gefährlich sein.“

Pandora ging über seine Erklärung mit einem Achselzucken hinweg. „Du scheinst Beschützerinstinkte für weibliche Wesen zu entwickeln, Michael. Das sieht dir nicht ähnlich.“

„Vielleicht nicht, aber es ist etwas anderes, wenn dieses weibliche Wesen mir gehört.“

Pandora drehte sich mit hochgezogenen Augenbrauen zu ihm um. Es war lächerlich, bei einer so dummen und besitzergreifenden Bezeichnung Freude zu empfinden.

„Dir gehört?“

„Mir.“ Er legte die Hand in ihren Nacken. „Bereitet dir das Schwierigkeiten?“

Das Herz hämmerte ihr bis zum Hals herauf, bis sie endlich schlucken konnte. Vielleicht meinte er es ehrlich ... jetzt. In ein paar Monaten kehrte er in seine eigene Welt zu seinen eigenen Leuten zurück, und dann würde sie nur noch seine etwas ärgerliche Cousine sein. Aber jetzt – nur jetzt – meinte er es vielleicht so. „Ich bin mir nicht sicher.“

„Denk darüber nach“, riet er ihr, bevor er seine Lippen auf ihren Mund senkte. „Wir kommen noch darauf zurück.“

Er ließ sie verwirrt zurück und ging an die Tür, als es klingelte.

Als Michael mit einem kleinen, rundlichen, kahlköpfigen Mann wiederkam, saß sie gelassen in einem Lehnstuhl neben dem Kamin. „Lieutenant Randall, Pandora McVie.“

Sie bot dem Lieutenant Kaffee an, was er dankend annahm.

„Mr Donahue hat mich informiert“, erklärte der Lieutenant, als sie zurückkam. „Sie hatten wohl ein paar Belästigungen.“

Pandora lächelte über den Ausdruck. „Einige.“

„Ich möchte Sie nicht belehren.“ Er sah sie beide ernst an. „Aber Sie hätten die Polizei nach dem ersten Vorfall verständigen sollen.“

„Wir hofften, durch Ignorieren eine Wiederholung zu verhindern.“ Pandora griff nach ihrer Kaffeetasse. „Wir haben uns getäuscht.“

„Ich muss den Champagner mitnehmen.“ Wieder sah der Lieutenant sie beide missbilligend an. „Obwohl Sie ihn schon haben analysieren lassen, wollen wir ihn doch in unserem eigenen Labor untersuchen.“

„Ich hole die Flasche.“ Michael stand auf und ließ sie beide allein.

„Miss McVie, stimmen Sie Mr Donahue zu, dass diese Vorfälle zusammenhängen und dass einer Ihrer Verwandten dafür verantwortlich ist?“

„Absolut.“

„Haben Sie Grund für einen bestimmten Verdacht?“

Pandora dachte noch einmal darüber nach. „Nein. Sehen Sie, wir halten als Familie nicht eng zusammen. Die Wahrheit ist, dass ich niemanden von der Familie genauer kenne.“

„Ausgenommen Mr Donahue.“

„Das stimmt. Michael und ich haben oft unseren Onkel besucht und uns bei der Gelegenheit hier auf Folley getroffen. Keiner der anderen kam oft hierher.“

„Der Champagner, Lieutenant.“ Michael brachte die Flasche herein. „Und der Bericht der Sanfield Laboratories.“

Randall überflog den Auszug und schob das Blatt in den Karton, in dem die Flasche steckte. „Fitzhugh, der Anwalt Ihres Onkels, hat schon vor Wochen Zwischenfälle gemeldet. Danach haben wir die Gegend durch einen Streifenwagen überwachen lassen. Jetzt haben Sie bestimmt nichts dagegen, dass einer unserer Männer einmal am Tag das Gelände inspiziert.“

„Das wäre mir sogar sehr recht“, stimmte Michael zu.

Randall sah sich um. „Haben Sie nie an eine Alarmanlage gedacht?“

„Nein.“

„Überlegen Sie sich das noch einmal“, riet der Lieutenant, stand auf und verabschiedete sich.

„Wir sind soeben gescholten worden", murmelte Pandora.

Michael überlegte, ob er in ‚Logan's Run' noch einen grantigen Polizisten unterbringen könnte. „Sieht so aus."

„Weißt du, Michael, ich habe über die Einschaltung der Polizei in unsere Angelegenheit zwei Theorien."

„Welche?"

„Entweder wir beschwichtigen die Dinge damit oder wir wühlen sie auf."

„Darauf kannst du Wetten abschließen."

„Du rechnest mit dem Aufwühlen."

„Ich war heute Abend der Auflösung schon so nahe." Er ließ den Kaffee stehen und goss sich einen weiteren Brandy ein. „Ich hatte sie fast schon zwischen den Fingern." Er blickte plötzlich rücksichtslos drein. „Ich kämpfe lieber auf offenem Gelände von Angesicht zu Angesicht."

„Wir sollten die Sache wie ein Schachspiel und nicht wie ein Boxmatch betrachten."

Sie kam zu ihm, um ihm die Arme um die Schultern zu legen und ihre Wange an seinen Nacken zu pressen. Es war eine Geste, die ihn immer wieder von Neuem überraschte. Als er seinen Kopf gegen ihr Haar lehnte, fragte er sich, wann er aufgehört hatte, daran zu denken, dass Pandora nicht seinem schon lange bestehenden Bild der idealen Frau entsprach. Ihr Haar war zu rot, ihr Körper zu schlank, ihre Zunge zu scharf. Michael schmiegte sich an Pandora und fand, dass sie beide sehr gut zusammenpassten.

„Ich hatte nie genug Geduld für Schach."

„Dann überlassen wir die Sache einfach der Polizei." Sie hielt ihn fester. Der Wunsch, zu beschützen, wuchs genauso schnell wie der Wunsch, beschützt zu werden. „Ich habe darüber nachgedacht, was heute Abend da draußen hätte passieren können. Ich will nicht, dass dir etwas zustößt, Michael."

Er legte zwei Finger unter ihr Kinn und hob ihren Kopf an. „Warum nicht?"

„Weil …" Sie blickte in seine Augen und fühlte ihr Herz schmelzen. Aber sie war kein Narr. Sie würde ihren Stolz nicht aufs Spiel setzen. „Weil ich dann das Geschirr allein spülen müsste."

Er lächelte. Nein, er hatte nicht besonders viel Geduld, aber er konnte welche aufbringen, wenn es die Umstände erforderten. Er hauchte einen Kuss auf ihre Lippen. Früher oder später würde er mehr aus ihr herausbekommen. Und dann musste er entscheiden, was er damit machen wollte. „Gibt es noch einen Grund?"

Pandora suchte nach einer weiteren harmlosen Antwort. „Wenn du verletzt wirst, kannst du nicht arbeiten, und ich muss mich mit deiner schlechten Laune herumschlagen."

„Ich dachte, das tust du schon."

„Ich habe bereits Schlimmeres erlebt."

Er küsste ihre Augenlider in seiner trägen, sinnlichen Art, bis sie sich schlossen. „Versuch es noch einmal."

„Gern." Sie öffnete die Augen und betrachtete ihn mit einem angespannten und abwehrenden Blick. „Schafft dir das Probleme?"

„Nein." Sein Kuss war diesmal nicht sanft und geduldig. Innerhalb weniger Momente hatte er Pandora so weit, dass sie nachgiebig wurde. „Das einzige Problem war, dir dieses Geständnis zu entlocken."

„Immerhin sind wir miteinander verwandt und ..."

Lachend knabberte er an ihrem Ohrläppchen. „Versuche nicht auszuweichen."

Entrüstet stemmte sie sich gegen ihn. „Ich weiche nie aus."

„Es sei denn, du kannst es mit Vernunft erklären. Denk immer daran." Michael brachte sie erneut dazu, sich an ihn zu schmiegen. „Die verwandtschaftliche Verbindung ist sehr entfernt." Ihre Lippen trafen sich in einem heftigen, drängenden Kuss, lösten sich dann wieder voneinander. „Diese Verbindung ist es nicht."

„Ich weiß nicht, was du von mir willst", wisperte sie.

„Du bist doch sonst so schnell."

„Mach keine Scherze, Michael."

„Das ist kein Scherz." Er schob sie von sich und hielt sie an den Schultern fest. „Nein, Pandora, ich werde es dir nicht auseinanderklauben. Ich werde es dir nicht leicht machen. Du musst bereit sein zuzugeben, dass wir beide dasselbe wollen. Und du wirst bereit sein."

„Wie arrogant", warnte sie.

„Zuversichtlich", verbesserte er sie. Das musste er schon sein, sonst würde er bettelnd vor ihr auf den Knien liegen. Irgendwann wird der Zeitpunkt kommen, schwor er sich, an dem sie den letzten Rest von Zurückhaltung aufgibt. „Ich will dich."

Ein Schauder lief über ihr Rückgrat. „Ich weiß."

„Ja." Er verschränkte seine Finger mit den ihren. „Das weißt du."

11. KAPITEL

Der Winter tobte sich im Februar aus. Es kam so weit, dass Pandora sich den Weg vom Haus zu ihrer Werkstatt freischaufeln musste. Sie war dankbar für die körperliche Arbeit. Der Winter war eine lange und ruhige Zeit, in der man zu viel nachdenken konnte.

Indem sie diese Zeit ausnutzte, kam Pandora zu einigen unbequemen Einsichten. Ihr Leben, wie sie es bisher gekannt und geführt hatte, würde nie wieder dasselbe sein. Was ihre Kunst betraf, so fühlte sie, dass die Monate voll konzentrierter Anstrengung mit einzelnen aufregenden Momenten ihre Fähigkeiten sogar noch gesteigert hatten. In Wahrheit benutzte sie ihre Arbeit oft, um sich von den Dingen abzulenken, die mit ihr und um sie herum geschahen. Und wenn das nicht klappte, benutzte sie die Dinge, die mit ihr und um sie herum geschahen, in ihrer Arbeit.

Die plötzliche ungeschminkte Erkenntnis, dass ihre Gesundheit und sogar ihr Leben gefährdet gewesen waren, ließ sie einen Schritt von ihrem gewohnten praktischen Standpunkt abrücken. Sie lernte dadurch, Kleinigkeiten zu schätzen, die sie bisher als gegeben hingenommen hatte: das Erwachen in einem warmen Bett, den fallenden Schnee, das knisternde Kaminfeuer. Sie lernte, dass jeder Augenblick im Leben wichtig war.

Sie überlegte schon, ob sie für einen Tag nach New York fahren und einpacken sollte, was für sie wichtig war. Mit dem Packen würde sie gleichzeitig Entscheidungen treffen. Was sie behielt und was nicht, würde in gewisser Weise reflektieren, welche Veränderungen sie für sich selbst akzeptiert hatte.

Die Mietverträge für ihr Apartment und für ihre Werkstatt über der Boutique standen zur Erneuerung an. Pandora wollte beide auslaufen lassen. Sie zog die Gesellschaft der alten Diener ihres Onkels und die Verantwortung für die beiden dem Alleinleben vor. Obwohl sie früher fest entschlossen gewesen war, nur für sich selbst und ihre Kunst verantwortlich zu sein, traf Pandora ihre Wahl ohne Zögern. Obwohl sie in der Stadt gelebt hatte, hatte sie sich inmitten des hektischen Lebens und der Menschenmengen isoliert. Damit sollte Schluss sein.

Mit all dem war Michael verwoben.

In wenigen Wochen würde ihre Gemeinsamkeit enden. Der lange, miteinander verbrachte Winter würde zu einer Erinnerung werden, an die man in späteren Wintern denken konnte. Während sie sich auf ein neues und verändertes Leben vorbereitete, schwor sich Pandora, nichts zu bereuen. Aber sie konnte nicht verhindern, dass sich Wünsche in ihr regten.

Die Polizei war gekommen, und mit ihrer Ankunft waren noch mehr Fragen aufgetaucht. Alles in Pandoras Werkstatt musste nach Einbruch der Dunkelheit gut unter Verschluss gehalten werden. Und es gab keine einsamen Waldspaziergänge mehr. Es war zu einem abendlichen Ritual geworden, durch Folley zu gehen und Türen und Fenster zu kontrollieren, um die sich früher niemand gekümmert hatte. Oft sah Pandora auf ihrem Weg von der Werkstatt zu dem Haus Michael an seinem Fenster stehen und sie beobachten. Es hätte bei ihr sanfte, angenehme Gefühle erzeugen sollen, aber sie wusste, dass er darauf wartete, dass etwas geschah. Sie wusste auch, dass er wollte, dass etwas geschah. Die Untätigkeit bedrückte ihn.

Sie begriffen beide, wie gut es war, dass das Grundstück überwacht wurde, aber sie empfanden es gleichzeitig als Einmischung in ihre Privatsphäre.

Die Ermittlungen der Polizei hatten kein befriedigendes Ergebnis gebracht. Jeder ihrer Verwandten hatte ein Alibi für einen oder mehrere Zwischenfälle. Die Untersuchung hatte zwiespältige Auswirkungen. Seit die Polizei eingeschaltet worden war, hatte sich nichts mehr ereignet. Es hatte keine anonymen Anrufe, Schatten im Wald oder fingierte Telegramme gegeben. Andererseits waren, wie Pandora ebenfalls vorausgesagt hatte, die Dinge aufgerührt worden. Sie hatte einen wütenden Anruf von Carlson erhalten, der behauptete, sie wollten durch die Ermittlungen seine Anfechtungsklage unterminieren.

Gleich darauf war ein ziemlich wirrer Brief von Ginger gekommen, in dem sie sich in die Idee verrannte, auf Folley spuke es. Michael hatte am Telefon ein zweiminütiges Gespräch mit Morgan, der etwas von Familienangelegenheiten, Überreaktion und Gewäsch von sich gab.

Biff hatte in seinem üblichen Stil ein kurzes Telegramm geschickt:

Räuber und Gendarm? Was spielt ihr zwei miteinander?

Von Frank hörten sie nichts.

Das Polizeilabor bestätigte die erste Untersuchung des Champagners. Lieutenant Randall führte die Ermittlung in seiner genauen, ruhigen Art weiter. Und Michael und Pandora waren genau dort, wo sie schon vor Wochen gewesen waren: Sie warteten.

Michael wusste nicht, wie Pandora das alles aushielt. Während er den schmalen Weg, den sie ausgeschaufelt hatte, entlangging, fragte er sich, wie sie so ruhig bleiben konnte, während ihn das Ganze rasend machte. Bereits nach wenigen Tagen untätigen Abwartens hatte er erkannt, dass es schlimmer war, wenn gar nichts geschah. Darauf zu warten, dass ein anderer den nächsten Schritt tat, war die nervenzermürbendste Art der Folter. Bevor er Pandora nicht in Sicherheit wusste, konnte er sich nicht entspannen. Bevor er seine Hände nicht jemandem um den Hals legen konnte, würde er nicht zufrieden sein. Er war in Untätigkeit wie in einer Falle gefangen. Vor Pandoras Werkstatt blieb er stehen und blickte sich um.

Das Haus wirkte groß und märchenhaft mit den tropfenden Eiszapfen, die von Dachrinnen, Abflussrohren und Fensterläden hingen. Es gehörte in ein stimmungsvolles, geheimnisvolles Gruselbuch. Ein Märchen von der grimmigen Art. Vielleicht würde er eines Tages selbst eine Geschichte um dieses Haus spinnen, aber im Moment war es einfach sein Heim.

Die Hände in die Taschen geschoben, beobachtete er den aus den Kaminen aufsteigenden Rauch. Das Haus mochte albern sein, aber er hatte es stets geliebt. Je länger er darin lebte, desto sicherer wurde er, dass es so vorbestimmt war. Er hatte nicht die geringste Ahnung, wie Pandora seine Entscheidung aufnehmen würde, nach Ablauf der Frist hierzubleiben.

Das letzte Skript für diese Saison war fertig. Nur noch diese Folge sollte gedreht werden, bevor die Show in die Sommerpause ging. Er könnte, wie er das schon öfter getan hatte, Anfang des Frühlings ein paar Wochen an einem heißen, lauten Strand verbringen. Er könnte angeln, sich entspannen und seine Freude daran haben, Frauen in winzigen Bikinis zu beobachten. Michael wusste, dass er in diesem Jahr nicht wegfahren würde.

In den letzten Tagen hatte er mit dem Gedanken gespielt, das Drehbuch für einen Spielfilm zu schreiben. Er hatte schon früher daran gedacht, aber es war immer etwas dazwischengekommen. Er wusste, dass er das Drehbuch hier schreiben könnte. Er könnte es perfekt ausarbeiten, während Pandora in seiner Nähe ihre Kunst ausübte und seine Arbeit kritisierte, sodass es ihn nur bestärken würde, es noch besser zu machen. Aber er wartete noch, wartete darauf, dass etwas geschah, wartete darauf, dass er herausfand, wer sie beide durch Einschüchterung vertreiben wollte. Und am meisten wartete er auf Pandora. Solange sie ihm nicht freiwillig ihr volles Vertrauen und ihr Herz schenkte, musste er warten.

Seine Hände ballten sich zu Fäusten und öffneten sich wieder. Er wollte und musste jetzt endlich handeln.

Michael versuchte, die Tür zu öffnen und war zufrieden, dass Pandora sie vereinbarungsgemäß verschlossen hielt. „Pandora?" Sie öffnete, einen Bohrer in ihrer Hand. Nach einem Blick in ihr erhitztes Gesicht und auf ihr zerzaustes Haar hob Michael die Arme. „Ich bin unbewaffnet."

„Und ich bin beschäftigt." Aber ihre Lippen lächelten andeutungsweise, und in ihren Augen leuchtete Freude.

„Ich weiß, dass ich in deiner festgesetzten Arbeitszeit störe, aber ich habe eine gute Entschuldigung."

„Du lässt die Kälte herein", beschwerte sie sich. Früher hätte sie ihm, ohne zu zögern, die Tür vor der Nase zugeknallt. Jetzt schloss sie die Tür hinter ihm.

„Hier drinnen ist es auch nicht viel wärmer."

„Das ist angenehm, wenn ich arbeite, und genau das tue ich."

„Gib Sweeney die Schuld. Sie schickt mich zum Einkaufen und besteht darauf, dass ich dich mitnehme." Er imitierte Sweeneys Tonfall: „Das Mädchen vergräbt sich in dieser Werkstatt. Sie braucht mehr Sonne."

„Ich bekomme genug Sonne", entgegnete Pandora, aber eine Fahrt in die nächste Stadt sagte ihr zu. Es konnte nicht schaden, mit dem Juwelier in dem kleinen Einkaufs-Center zu sprechen. Ihre Arbeit sollte über die großen Städte hinaus bekannt werden. „Ich finde, wir sollten ihr den Gefallen tun, aber ich möchte das hier erst zu Ende machen."

„Ich habe es nicht eilig."

„Gut. Also in einer halben Stunde."

Sie tauschte den Bohrer gegen eine Lötlampe. Weil sie hinter sich die Tür nicht schließen hörte, drehte sie sich um und sah, wie Michael ihre Werkzeuge betrachtete.

„Michael", sagte sie mit deutlicher Ungeduld.

„Mach nur und lass dir Zeit."

„Hast du nichts zu tun?"

„Überhaupt nichts", antwortete er fröhlich.
„Keine kleine Szene mit Verfolgungsjagd?"
„Nein. Außerdem habe ich dir noch nie bei der Arbeit zugesehen."
„Zuschauer stören mich."
„Erweitere deinen Horizont, Liebes. Tu so, als wäre ich ein Lehrjunge."
„So sehr kann ich meinen Horizont gar nicht erweitern."
Er deutete unverdrossen auf ihre Werkbank. „Was ist das für ein Ding?"
„Dieses Ding", erwiderte sie angespannt, „ist ein Anhänger mit Wasserfalleffekt, aus Messingdraht und Silberstückchen, die ich von einem Armband übrig hatte."
„Du verschwendest nichts", murmelte er. „Praktisch wie immer. Was kommt als Nächstes?"
Mit einem tiefen Seufzer entschied Pandora, dass es einfacher war, mitzuspielen, als ihn hinauszuwerfen. „Ich habe gerade die gebogenen Drähte aufeinander abgestimmt. Ich habe verschiedene Dicken und Längen benutzt, um einen frei fließenden Effekt zu erzielen. Die Silberstückchen habe ich zu länglichen Tropfen geschnitten und gefeilt. Jetzt löte ich sie an die Enden der Drähte."
Sie regulierte die Flamme und rutschte ein Stück zur Seite, damit Michael zusehen konnte. Nachdem sie neben jeden Draht ein Stückchen Lötmetall gelegt hatte, erhitzte sie es mit der Lampe, bis das Metall schmolz. Geduldig und geschickt wiederholte sie den Vorgang, bis alle zwölf Tropfen befestigt waren.
„Sieht recht einfach aus", meinte er.
„Ein fünfjähriges Kind könnte das."
Er hörte den Spott in ihrer Stimme und lachte, während er ihre Hände ergriff. „Du willst ein Lob hören? Vor ein paar Minuten habe ich hier einen Haufen Metall gesehen. Jetzt sehe ich ein bezauberndes Muster, schön und exotisch."
„Es soll exotisch sein", erwiderte Pandora. „Jessica Wainwright wird es in ihrem Film tragen. Es soll das Geschenk eines ehemaligen Liebhabers sein. Die Gräfin behauptet, er sei ein türkischer Prinz gewesen."
Michael betrachtete erneut das Halsband. „Sehr passend."
„Es wird an miteinander verschlungenen Messing- und Silberdrähten hängen. Der tiefste Tropfen soll fast ihre Taille erreichen." Zufrie-

den hielt Pandora ihre Skizze hoch. „Jessica Wainwright hat sich sehr klar ausgedrückt. Sie will nichts Durchschnittliches, nicht einmal etwas Klassisches. Alles, was sie trägt, soll das Geheimnisvolle der Rolle unterstreichen."

Pandora legte die Skizze weg und ordnete ihr Werkzeug. Nach der Rückkehr aus der Stadt wollte sie das Halsband beenden und dann, wenn noch Zeit blieb, mit dem nächsten Stück beginnen. Die vergoldete Pfauenbrosche mit dem fein ziselierten, zehn Zentimeter messenden Rad würde gut und gern zwei Wochen verschlingen.

„Dieses Ding eignet sich als Mordwaffe", meinte Michael und griff nach einem Polierstahl, um die geschwungene Stahlspitze zu betrachten. „In einer meiner Geschichten."

„Lass mein Werkzeug aus deinen Geschichten heraus." Pandora nahm ihm den Polierstahl aus der Hand und legte ihn weg. „Lädst du mich in der Stadt zum Lunch ein?" Sie band ihre Schürze ab und griff nach ihrem Mantel.

„Ich wollte dich dasselbe fragen."

„Ich habe zuerst gefragt." Sie verschloss die Werkstatt und genoss die Kälte. „Der Schnee fängt zu schmelzen an."

„In ein paar Wochen werden die fünf Dutzend Blumenzwiebeln anfangen zu blühen, die Jolley gepflanzt hat."

„Narzissen", murmelte Pandora. Es schien nicht möglich, wenn man die Luft fühlte und die Schneehaufen sah, aber der Frühling stand unmittelbar bevor. „Der Winter ist mir nicht so lang erschienen."

„Nein, mir auch nicht." Michael legte seinen Arm um ihre Schultern. „Ich hätte nie gedacht, dass sechs Monate so schnell vergehen würden. Ich habe darauf getippt, dass in der Zeit einer von uns einen Mordversuch unternehmen würde."

Lachend passte sich Pandora seinen Schritten an. „Wir haben noch einen Monat vor uns."

„Jetzt müssen wir uns gut benehmen", erinnerte er sie. „Lieutenant Randall behält uns im Auge."

„Wir haben unsere Chance verpasst." Sie drehte sich und schlang ihre Arme um seinen Nacken. „Manchmal hätte ich dir gern eins mit einem stumpfen Gegenstand verpasst."

„Danke, gleichfalls." Er beugte den Kopf zu ihr hinunter. Ihre Lippen waren kühl und weich.

„Nun sieh dir das an!" Kichernd winkte Sweeney Charles zu sich heran. „Ich habe dir gesagt, dass es funktioniert. In ein paar Wochen backe ich eine Hochzeitstorte."

Als Charles neben Sweeney an das Fenster trat, bückte sich Pandora gerade und warf Michael eine Handvoll Schnee ins Gesicht. „Du sollst das Fell des Bären nicht verteilen, bevor du ihn nicht erlegt hast", murmelte er.

Um der Rache zu entgehen, rannte Pandora zu der Garage und duckte sich einen Sekundenbruchteil, bevor Schnee gegen das Tor knallte. „Du kannst noch immer nicht richtig zielen, Cousin!" Sie stemmte das Tor hoch, jagte in die Garage und sprang in Michaels Wagen. Zufrieden lehnte sie sich auf dem Sitz zurück. Michael würde ganz sicher nicht das makellose Innere seines Autos mit einem Schneeball ruinieren.

Michael öffnete die Wagentür, glitt auf den Nebensitz und ließ eine Handvoll Schnee auf ihren Kopf fallen. Sie protestierte immer noch lautstark, als er den Motor anließ.

„Im Nahkampf bin ich besser", stellte er fest.

Pandora wischte sich den Schnee aus dem Gesicht. Es fiel ihr schwer, empört über Michaels Aktion zu sein, weil sie ihr eigentlich doch gefiel.

„Man sollte doch wirklich meinen, dass ein Mann, der einen so protzigen Wagen fährt, nicht so leichtfertig damit umgeht."

„Der Wagen ist nur protzig, wenn man ihn als Statussymbol kauft."

„Und das hast du natürlich nicht getan."

„Ich habe ihn gekauft, weil er so irrsinnig wenig Benzin verbraucht." Als sie verächtlich schnaufte, wandte er sich mit einem breiten Lachen zu ihr. „Und weil er toll aussieht, wenn eine Rothaarige drinnen sitzt."

„Oder eine Blondine oder eine Brünette."

„Rothaarige", verbesserte er Pandora und wickelte sich eine rote Haarsträhne um seine Finger. „Ich habe eine Vorliebe entdeckt."

Pandora hätte nicht lächeln sollen, aber sie tat es. Sie lächelte noch immer, als sie die lange, kurvenreiche Straße hinunterfuhren. „Wir können uns nicht über die Räumdienste beklagen", sagte sie leichthin. „Bis auf zwei Wochen im letzten Monat war die Straße meistens frei." Sie betrachtete die Schneehaufen, die von den Pflügen neben der Straße aufgeworfen worden waren.

„Wirklich schade, dass sie nicht auch unsere Zufahrt räumen."

„Du weißt doch, Michael, wie viel Spaß du gehabt hast, mit diesem kleinen Traktor-Schneepflug zu fahren. Onkel Jolley hat immer gesagt, dass er sich dabei wie ein raubeiniger Macho vorkommt."

„Ja, und zwar so sehr, dass er damit wie ein Verrückter im Hof herumgerast ist."

An der ersten Kurve trat Michael auf die Bremse. Pandora beugte sich vor und spielte an der Stereoanlage herum. „Die meisten Leute stellen sich so einen Luxusapparat in ihren Salon."

„Ich habe keinen Salon", erwiderte er.

„Du hast auch keine Stereoanlage mehr, die du hineinstellen kannst", erinnerte sie ihn. „Oder einen Fernseher."

Er zuckte die Schultern, dachte nach, was aus seinem Apartment gestohlen worden war. „Die Versicherung wird dafür aufkommen."

„Die Polizei behandelt es wie einen normalen Einbruch." Sie stellte einen anderen Sender ein. „Könnte es auch gewesen sein."

„Oder es könnte ein Ablenkungsmanöver gewesen sein. Ich wünschte, wir ..." Er stockte, als sie sich der nächsten Kurve näherten. Er hatte wieder auf die Bremse getreten, aber diesmal drückte er das Pedal wirkungslos bis zum Anschlag durch.

„Michael, wenn du mich mit deinen Fahrkünsten beeindrucken willst, so klappt das nicht." Instinktiv packte Pandora den Haltegriff, als der Wagen durch die Kurve jagte.

Während Michael mit einer Hand an dem Lenkrad kurbelte, zog er mit der anderen die Handbremse. Doch der Wagen raste unvermindert weiter die Straße hinunter. Er packte das Lenkrad mit beiden Händen und zwang den Wagen durch die nächste Kurve. „Keine Bremsen!", rief er und warf einen Blick auf den Tacho. Die Nadel hing über hundert Stundenkilometern.

Pandoras Knöchel wurden weiß an dem Haltegriff. „Das schaffen wir nie bis ganz nach unten!"

„Nein." Die Reifen kreischten in der nächsten Kurve. Kies spritzte auf. Metall kreischte, als die Stoßstange die Leitplanke streifte.

Pandora starrte auf die gewundene Straße vor ihnen. Das Bild verschwamm vor ihren Augen und klärte sich wieder. Ein Schild vor einer S-Kurve gebot eine Geschwindigkeit von fünfzig Stundenkilometern. Michael nahm die Kurve mit hundertzwanzig.

Pandora schloss die Augen. Als sie sie wieder aufriss und die Schneewehe direkt vor ihnen sah, schrie sie auf. Michael riss den Wagen in letzter Sekunde herum. Schnee spritzte himmelwärts, während der Wagen an der Wehe entlangschlitterte.

Michael starrte angespannt auf die Straße vor ihnen und versuchte, jede Kurve vorauszuahnen. Schweiß lief ihm über die Stirn. Er kannte die Straße, und gerade das jagte ihm Angst ein. Weniger als fünf Kilometer vor ihnen wurde sie noch abschüssiger. Bei hoher Geschwindigkeit musste der Wagen direkt durch die Leitplanke rammen und auf den Felsen unterhalb zerschellen. Das Spiel, das Jolley begonnen hatte, würde ein jähes, gewalttätiges Ende finden.

Michael drängte seine Angst zurück. „Wir haben nur eine Chance. Wir müssen in die Straße einbiegen, die zu dem alten Gasthaus führt. Sie kommt gleich hinter dieser Kurve." Er konnte nicht von der Straße weg zu Pandora sehen. Seine Finger umspannten das Lenkrad. „Halt dich fest!"

Sie würde sterben. Nur dieser Gedanke blieb, sonst fühlte sie sich wie betäubt. Sie hörte die Reifen kreischen, als Michael das Lenkrad herumriss. Der Wagen neigte sich, kippte fast auf die Seite. Bäume flogen vorbei, als der Wagen auf den glitschigen Rand der Autostraße glitt.

Für einen Moment schienen die Reifen auf dem Schotter unter dem Schnee zu greifen. Aber die Kurve war zu scharf, die Geschwindigkeit zu hoch. Außer Kontrolle wirbelte der Wagen auf die Bäume zu.

„Ich liebe dich", flüsterte Pandora und fasste nach Michael, bevor die Welt um sie herum schwarz wurde …

Michael kam langsam zu sich. Er hatte Schmerzen und wusste eine Weile nicht, weshalb. Da war ein Geräusch. Mühsam wandte er den Kopf. Als er die Augen öffnete, sah Michael einen Jungen mit weit aufgerissenen Augen und schwarzen Haaren durch die Seitenfenster starren.

„Mister, hey, Mister! Alles in Ordnung?"

Benommen stieß Michael die Tür auf. „Hol Hilfe", brachte er hervor und kämpfte gegen eine neuerliche Ohnmacht. Er holte in gierigen Atemzügen tief Luft, um seinen Kopf zu klären, während der Junge durch den Wald davonrannte. „Pandora!" Angst durchbrach den Nebel. Er beugte sich über sie.

Mit zitternden Fingern suchte er ihren Puls an ihrem Hals und fand ihn. Blut floss aus einer Wunde an ihrer Stirn über ihr Gesicht und auf seine Hände. Mit Hilfe des Verbandskastens im Handschuhfach stoppte er die Blutung. Er tastete Pandora ab, ob sie sich etwas gebrochen hatte, als sie stöhnte. Michael musste sich dazu zwingen, sie nicht an sich zu ziehen und sie festzuhalten.

„Ganz ruhig", murmelte er, als sie sich bewegte. „Bleib ruhig." Als sie die Augen öffnete, bemerkte er, dass sie glasig ins Leere starrten. „Alles in Ordnung." Sanft umfasste er ihr Gesicht mit beiden Händen und redete beruhigend auf sie ein. Allmählich belebten sich ihre Augen, und sie tastete nach seiner Hand.

„Die Bremsen ..."

Er lehnte seine Wange kurz an die ihre. „Wir haben es geschafft."

Verwirrt sah sie sich um. Der tiefe Schnee hatte den Wagen abgebremst, ehe er gegen einen Baum geprallt war. Tränen traten ihr in die Augen, als sie die Hand an sein Gesicht legte, wie er es gerade getan hatte. „Geht es dir gut?"

„Einfach großartig." Sein Handgelenk pochte, und sein Kopf schmerzte unglaublich, aber er lebte. Als Pandora sich wieder bewegte, hielt er sie fest. „Nein, bleib still sitzen. Ich weiß nicht, wie schlimm du verletzt bist. Da war vorhin ein Junge. Er holt Hilfe."

„Es ist nur mein Kopf." Sie wollte seine Hand ergreifen und sah das Blut. „Mein Gott, du blutest! Wo?"

„Das ist nicht von mir, sondern von deinem Kopf. Du hast vielleicht eine Gehirnerschütterung."

Sie tastete nach dem Verband. Die Wunde schmerzte, aber wenn sie Schmerzen fühlte, war sie wenigstens am Leben. „Ich dachte, ich wäre tot." Sie schloss die Augen. Tränen lösten sich von ihren Wimpern und liefen die Wangen hinunter. „Ich dachte, wir beide wären tot."

„Wir kommen wieder in Ordnung." Sie hörten die Sirene auf der Bergstraße heulen. Michael schwieg, bis Pandora die Augen wieder öffnete. „Du weißt, was geschehen ist?"

Ihr Kopf schmerzte, aber sie konnte klar denken. „Mordversuch."

Michael nickte und wandte sich nicht um, als der Krankenwagen in die vereiste Nebenstraße einbog. „Ich habe lange genug gewartet, Pandora. Meine Geduld ist am Ende."

Lieutenant Randall fand Michael in der Notaufnahme des Krankenhauses. Er nahm seinen Schal ab, öffnete seinen Mantel und setzte sich auf die harte Holzbank. „Schlimm?", fragte er mit einem Blick auf die Bandage an Michaels Handgelenk.

„Nur eine Verstauchung, ein paar Schnittwunden und Prellungen und verdammte Kopfschmerzen. Und mein Wagen sieht wie ein Akkordeon aus."
„Wir werden ihn untersuchen. Sollen wir auf etwas achten?"
„Bremsen."
„Wann haben Sie den Wagen zuletzt benutzt?" Randall hielt sein Notizbuch in der Hand.
„Vor zehn bis vierzehn Tagen." Michael rieb sich matt die Schläfen.
„Wo haben Sie den Wagen gewöhnlich stehen?"
„In der Garage."
„Verschlossen?"
„Die Garage?" Michaels Blick war auf den Gang gerichtet, auf dem Pandora weggebracht worden war. „Nein. Mein Onkel hat vor Jahren eine Fernbedienung einbauen lassen. Hat nie funktioniert, wenn man nicht gleichzeitig den Fernseher eingeschaltet hat. Er hat sie wieder ausgebaut und das Schloss nicht ersetzt. Pandoras Wagen steht auch da", fiel ihm plötzlich ein. „Wenn …"
„Wir überprüfen das", erklärte Randall. „Miss McVie war bei Ihnen?"
„Ja, Miss McVie ist jetzt beim Arzt." Das erste Mal seit Wochen sehnte Michael sich nach einer Zigarette. „Lieutenant, glauben Sie mir, ich finde heraus, wer das war, und dann …"
„Sagen Sie nichts zu mir, das ich später gegen Sie verwenden könnte", warnte Randall. „Lassen Sie mich meinen Job machen, Mr Donahue."
Michael sah ihm klar und entschlossen ins Gesicht. „Jemand spielt tödliche Spiele mit jemandem, der mir wichtig ist. Würden Sie an meiner Stelle Däumchen drehen und abwarten?"
Randall lächelte knapp. „Wissen Sie, Mr Donahue, ich versäume nie Ihre Serie. Ganz toll! Manche dieser Ereignisse hier klingen, als wären sie aus Ihrer Serie."
„Als wären sie aus meiner Serie", wiederholte Michael langsam.
„Das Problem ist, dass die Dinge im wirklichen Leben nie so wie im Fernsehen laufen. Aber ich sehe es mir wirklich gern an. Hier kommt Ihre Lady."
Michael sprang auf und eilte ihr entgegen.
„Es geht mir gut", sagte Pandora, bevor er fragen konnte.
„Nicht so ganz." Hinter ihr stand ein junger Arzt in einem weißen Mantel. „Miss McVie hat eine Gehirnerschütterung."

„Er hat meinen Kopf mit ein paar Stichen zusammengeflickt und will mich als Gefangene behalten.“ Sie schenkte dem Arzt ein reizendes Lächeln und hakte sich bei Michael unter. „Fahren wir nach Hause.“

„Einen Moment.“ Michael wandte sich an den Arzt. „Sie wollen sie im Krankenhaus behalten?“

„Michael ...“

„Sei still!“

„Jeder mit einer Gehirnerschütterung sollte unter ärztlicher Aufsicht bleiben. Miss McVie sollte über Nacht hier bleiben.“

„Ich bleibe nicht wegen einer Beule am Kopf im Krankenhaus. Guten Tag, Lieutenant.“

„Miss McVie.“

Sie hob ihr Kinn hoch und sah den Arzt wieder an. „Also, Doktor ...“

„Barnhouse.“

„Doktor Barnhouse. Ich werde Ihren Rat teilweise befolgen. Ruhe, kein Stress. Beim ersten Anzeichen von Übelkeit oder Schwindel stehe ich vor Ihrer Tür. Ich kann Ihnen versichern, dass ich mit Argusaugen überwacht werde, nachdem Sie Michael davon überzeugt haben, dass ich invalide bin.“

Alles andere als zufrieden, wandte sich der Arzt direkt an Michael. „Ich kann Miss McVie natürlich nicht zum Bleiben zwingen.“

Michael zog die Augenbrauen hoch. „Wenn Sie denken, ich könnte das, müssen Sie noch eine Menge über Frauen lernen.“

Resigniert wandte Barnhouse sich wieder an Pandora. „Ich will Sie in spätestens einer Woche wiedersehen. Sie müssen vierundzwanzig Stunden ruhen, das bedeutet: liegen.“

„Ja, Doktor, danke.“

„In einer Woche“, wiederholte er, ehe er wegging.

„Wüsste ich es nicht besser“, meinte Michael, „würde ich sagen, er wollte dich nur dabehalten, um dich anzusehen.“

„Natürlich. Ich sehe ja auch fabelhaft aus, wenn Blut über mein Gesicht rinnt und ich ein Loch im Kopf habe.“

„Das dachte ich mir.“ Michael gab ihr einen Kuss auf die Wange, betrachtete dabei aber vor allem die Wunde. Sechs Stiche direkt am Haaransatz festigten seine Entschlossenheit. „Wir fahren nach Hause, damit ich dich verwöhnen kann.“

„Ich werde Sie fahren.“ Randall deutete zur Tür. „Und wenn ich schon da bin, kann ich mich gleich umsehen.“

Sweeney gluckte wie eine Mutterhenne über Pandora, die sich fünf Minuten nach ihrer Rückkehr bereits im Bett unter einer Daunendecke wiederfand und mit Suppe und süßem Tee aufgepäppelt wurde.

Um sich die Zeit zu vertreiben, machte Pandora Skizzen jener Leute, die zu ihrer Familie gehörten und aus deren Mitte heraus einer nach ihrem Leben getrachtet hatte.

Als Michael das Zimmer betrat, lagen die Skizzen nebeneinander auf der Bettdecke. „Eine Galerie der Schurken."

Er kam direkt aus der Garage, in der er und Randall die noch feuchte Bremsflüssigkeit gefunden hatten. Nicht die ganze, dachte er. Wer immer sich an den Bremsen zu schaffen gemacht hatte, hatte genug Flüssigkeit zurückgelassen, damit sich der Wagen auf den ersten Kilometern normal verhielt. Unter Pandoras Wagen hatten sie eine ähnliche Pfütze gefunden, und ihre Bremsschläuche waren angesägt. Doch das wollte er vorerst für sich behalten.

„Was siehst du hier?", fragte sie.

„Dass du ein gewaltiges Talent besitzt und malen solltest."

„Ich meine die Gesichter. Ich finde nichts, das mich darauf hinweisen könnte, wer von ihnen zu einem Mord fähig wäre."

„Jedermann ist zu einem Mord fähig", versicherte Michael. „Nur das Motiv und die Umstände müssen zu der Persönlichkeit passen." Er deutete auf die Skizzen. „Einer von ihnen hat es versucht. Tante Patience mit ihrem runden kleinen Gesicht und den kurzsichtigen Augen?"

„Du kannst doch nicht ernsthaft glauben ..."

„Sie ist Morgan ergeben, geradezu auf eine besessene Weise ergeben. Sie hat nie geheiratet. Warum? Weil sie sich immer um ihn gekümmert hat."

Er griff nach der nächsten Skizze.

„Oder hier, Morgan selbst, derb, grob, dickköpfig. Er hat Jolley für verrückt und für einen Nichtsnutz gehalten."

„Das haben sie alle getan", warf Pandora ein.

„Genau. Carlson, nüchtern, humorlos und Jolleys einziger noch lebender Sohn."

„Er hat versucht, das Testament anzufechten."

„Ja", bestätigte Michael. „Aber er wusste besser als alle anderen, wie schlau sein Vater war. Warum sollte er nicht versuchen, auf einfachere Weise an Geld zu kommen? Biff ..." Michael lachte, als er die

Zeichnung betrachtete. Pandora hatte Biff genau so getroffen, wie er war. In sich selbst vertieft.

„Ich kann mir nicht vorstellen, dass er sich die Hände schmutzig macht“, sagte Pandora.

„Für eine Scheibe von hundertfünfzig Millionen? Ich kann es mir vorstellen. Die hübsche kleine Ginger. Man fragt sich, ob sie wirklich so hübsch und harmlos sein kann, wie sie aussieht. Und Hank.“ Pandora hatte ihn mit angespannter Armmuskulatur gezeichnet. „Was meinst du, Pandora? Ich kenne Hank einfach nicht gut genug, um über ihn in dieser Sache eine Meinung zu haben. Würde er sich mit ein paar Tausendern zufriedengeben, wenn er Millionen haben könnte?“

„Ich weiß es nicht, das ist es ja gerade.“ Pandora schob die Zeichnungen hin und her. „Selbst wenn ich sie alle vor mir aufgereiht sehe, weiß ich es nicht.“

„Alle aufgereiht“, murmelte Michael. „Vielleicht ist das die Lösung. Ich glaube, wir sollten endlich ein nettes Familienfest veranstalten.“

„Du willst sie doch nicht wirklich alle hierher einladen? Sie würden gar nicht kommen.“

„Oh doch, sie werden kommen.“ Er plante schon voraus. „Nur eine kleine Andeutung, dass es hier mit uns nicht gut läuft, und sie werden sofort darauf anspringen, um uns den letzten Stoß zu geben. Du hast in einer Woche einen Termin beim Arzt. Wenn er dich für gesund erklärt, beginnen wir unser eigenes Spiel.“

„Was für ein Spiel?“

„In einer Woche“, wiederholte er und nahm ihr Gesicht in seine Hände. Es war schmal und wurde von der Haarmähne und den klaren Augen dominiert. Nicht klassisch schön, aber apart. Er hatte lange gebraucht, um sich das einzugestehen. „Du bist ein wenig blass.“

„Ich bin immer blass, wenn ich eine Gehirnerschütterung habe. Wirst du mich verwöhnen?“

„Und ob!“ Er zog sie an sich. „Mein Gott, ich dachte schon, ich hätte dich verloren.“

Die Spur von Verzweiflung in seiner Stimme drängte Pandora dazu, ihn zu beruhigen. „Es wäre mit uns beiden aus gewesen, hättest du den Wagen nicht so gut beherrscht. Ich dachte nicht, dass wir lebend davonkommen würden.“

„Aber wir sind davongekommen.“ Er zog sich ein wenig zurück, um sie genauer anzusehen. „Und jetzt sprechen wir darüber, was du zu mir unmittelbar vor dem Aufprall gesagt hast."

„Habe ich nicht geschrien?"

„Nein."

„Falls ich deinen Fahrstil kritisiert habe, möchte ich mich entschuldigen."

Er verstärkte den Griff an ihrem Kinn. „Du hast gesagt, dass du mich liebst." Er sah, wie sie in ehrlicher Überraschung die Luft anhielt. So mancher Mann wäre beleidigt gewesen. Michael konnte sich glücklich schätzen, dass er genug Humor besaß. „Rein technisch gesehen könnte es ein Geständnis auf dem Totenbett gewesen sein."

Hatte sie wirklich? „Ich war hysterisch", setzte sie an und wollte sich zurückziehen.

„Für mich hat es sich gar nicht hysterisch angehört."

„Michael, du hast Doktor Barnhouse gehört. Ich muss Stress vermeiden. Wenn du mir helfen willst, so bring mir Tee."

„Ich kenne ein besseres Mittel, um Muskeln und Nerven zu besänftigen." Er drückte Pandora in die Kissen und streckte sich neben ihr aus. Sanft ließ er seine Lippen über ihre Wangen gleiten. „Ich möchte es noch einmal von dir hören. Hier und jetzt."

„Michael."

„Nein, bleib liegen." Seine Hände brachten sie sanft und liebevoll zur Ruhe. „Ich muss dich berühren, nur einfach berühren. Zum Ausruhen hast du noch sehr viel Zeit."

Michael war so freundlich, so geduldig, hielt sie in seiner Armbeuge und streichelte sie, bis sie erleichtert seufzte.

„Ich werde mich um dich kümmern", murmelte er. „Und wenn du gesund bist, werden wir uns umeinander kümmern."

„Morgen bin ich wieder gesund." Ihre Stimme klang jedoch träge und schläfrig.

„Sicher." Er wollte sie noch einen Tag und eine Nacht im Bett festhalten, und wenn er sie notfalls anketten musste. „Du hast es noch nicht wieder gesagt. Liebst du mich, Pandora?"

Sie war so erschöpft, dass sie gegen nichts mehr ankämpfen konnte. „Und wenn?" Sie schaffte es, den Kopf zurückzulegen, um ihn noch einmal anzusehen. Seine Finger massierten leicht ihre Schläfen und vertrieben sogar den dumpfen Schmerz. „Leute verlieben und entlieben sich ständig."

„Leute." Er senkte seinen Kopf, bis seine Lippen gerade über ihre Lippen streichen konnten. „Aber nicht Pandora. Das ärgert dich, nicht wahr?"

Sie wollte ihn wütend anstarren, schloss jedoch stattdessen die Augen. „Ja. Ich tue mein Bestes, um die Situation rückgängig zu machen."

Für den Moment war Michael zufrieden und zog sie dichter an sich. Pandora liebte ihn. Er hatte noch genug Zeit, um sie dazu zu bringen, diesen Zustand zu mögen. „Lass mich wissen, wie du vorankommst", sagte er und lullte sie in den Schlaf.

12. KAPITEL

Michael betrachtete grimmig die dunklen Flecken auf dem Garagenboden. Das Ansägen der Bremsschläuche war ein beliebter alter Trick in Filmen, den er selbst schon angewandt hatte, genau wie den anonym zugeschickten Champagner und das falsche Telegramm. Erst in der letzten Saison von ‚Logan's Run' war die Heldin einer der Folgen in einen Keller gesperrt worden. Auch ein klassischer Trick.

Alles konnte aus seinen Skripts stammen. Randall hatte scherzhaft darauf hingewiesen, aber es war längst kein Scherz mehr.

Michael war entschlossen, den nächsten Schritt selbst zu machen, und dafür wollte er auf die klassischen Detektivromane zurückgreifen. Er ging in das Haus, um per Telefon seine Inszenierung vorzubereiten.

Er war soeben mit dem letzten Anruf fertig, als Pandora ihm auf dem Korridor entgegenkam. „Michael, du musst etwas wegen Sweeney unternehmen."

Michael lehnte sich gegen das Geländer und betrachtete sie. Pandora sah wunderbar aus, ausgeruht, gesund und verärgert. „Ist es nicht Zeit für deinen Mittagsschlaf?"

„Genau davon spreche ich." Ihr Ärger verstärkte sich und gefiel ihm immer besser. „Ich brauche keinen Mittagsschlaf. Seit dem Unfall ist mehr als eine Woche vergangen." Sie löste ein Lederband aus ihren Haaren und fuhr sich mit den Fingern hindurch. „Der Arzt sagte, ich sei in Ordnung."

„Hat er nicht gesagt, du hättest einen Schädel aus Stein?"

Sie zog die Augen zu schmalen Schlitzen zusammen. „Er war irritiert, weil ich ohne ihn perfekt gesund wurde. Ich bin geheilt, aber wenn Sweeney weiter nörgelt und mich bemuttert, bekomme ich einen Rückfall."

„Und was soll ich tun?"

„Sie wird auf dich hören. Aus einem unerfindlichen Grund hält sie dich für unfehlbar. Mr Donahue dies, Mr Donahue das. In der letzten Woche habe ich ständig gehört, wie charmant, gut aussehend und stark du bist. Ein Wunder, dass ich mich überhaupt erholt habe."

Er lächelte, aber er erkannte auch, dass Sweeneys Schmeicheleien seine Fortschritte zerstören konnten. „Die Frau hat eine gute Beobachtungsgabe. Trotzdem werde ich etwas unternehmen, weil ich dir erstens nie etwas abschlagen könnte, und zweitens weil Sweeney mich wegen meines Handgelenks verrückt gemacht hat."

Pandora neigte den Kopf zur Seite. „Und was wirst du unternehmen?"

„Sweeney wird in den nächsten Tagen zu beschäftigt sein, um sich um uns zu kümmern. Die Dinnerparty wird sie ablenken."

„Welche Dinnerparty?"

„Die Dinnerparty, die wir nächste Woche für alle unsere Verwandten geben werden."

Pandora blickte auf das Telefon. „Was hast du unternommen?"

„Ich habe nur meine Inszenierung vorbereitet, Cousine. Sweeney soll das beste Porzellan hervorholen, obwohl ich glaube, dass wir keine Zeit haben werden, es zu benutzen."

„Michael, wir werden nicht einfach Verwandte einladen. Einer von ihnen hat versucht, uns umzubringen."

„Und er hat versagt." Er legte seine Hand unter ihr Kinn. „Meinst du nicht, Pandora, dass er es immer wieder versuchen wird? Die Polizei kann das Grundstück nicht unbegrenzt überwachen. Und ich bin nicht bereit, die Vergangenheit ruhen zu lassen." Sein Blick richtete sich auf die feine Narbe an ihrer Stirn. Der Arzt hatte versichert, sie werde verschwinden, aber Michaels Erinnerung würde das niemals tun. „Wir bringen es auf meine Weise in Ordnung."

„Mir gefällt das nicht."

„Pandora." Er lächelte sie strahlend an. „Vertrau mir!"

Die Tatsache, dass sie ihm vertraute, machte sie nur noch nervöser. Seufzend ergriff sie seine Hand. „Lass uns Sweeney darauf vorbereiten, dass sie die Raubtiere füttern muss."

Bis zu dem Moment, in dem der erste Wagen eintraf, war Pandora sicher, dass niemand kommen würde. Sie hatte mit Michael seinen Plan besprochen, ihn abgelehnt, ihn bewundert und zuletzt akzeptiert. Bloßes Theater, dachte sie, aber sie hatte genug von Jolley in sich, um sich auf dieses Theater zu freuen, vor allem, da sie eine der Hauptpersonen war.

Für ihre Rolle wählte sie ein schulterfreies, knöchellanges Kleid aus schwarzer Jerseyseide. Dazu trug sie einen breiten Halsreifen aus gehämmertem Silber und Ohrringe, die fast bis zu den Schultern reichten. Wenn Michael sich ein Drama wünschte, wollte sie sich nicht widersetzen.

Als Michael sie oben auf der Treppe entdeckte, war er sprachlos. Hatte er sich tatsächlich all die Jahre selbst eingeredet, sie sei nicht schön? Wie sie in diesem Moment da oben stand, selbstsicher, herausfordernd und amüsiert, ließ sie jede Frau, die er je gekannt hatte, verblassen. Und wenn er ihr das sagte, würde sie es ihm kein bisschen glauben. Also nickte er bloß anerkennend.

„Perfekt“, murmelte er, während sie die Treppe herunterkam. In seinem dunklen Anzug sah Michael unbesiegbar und rücksichtslos aus. „Die weltgewandte Heldin.“ Er ergriff ihre Hand. „Kühl und erotisch. Hitchcock hätte dich zum Star gemacht.“

„Lieber nicht. Denk daran, was mit Grace Kelly passiert ist.“

Er lachte. „Nervös?“

„Nicht so sehr, wie ich es erwartet habe. Wenn es nicht funktioniert ...“

„Dann sind wir nicht schlechter dran als jetzt. Du weißt, was du tun musst.“

„Wir haben es oft genug geprobt, Michael. Ich habe jetzt noch die blauen Flecke.“

Er beugte sich vor und küsste ihre bloße Schulter. „Ich habe dich immer für ein Naturtalent gehalten. Wenn das vorüber ist, müssen wir beide eine ganz persönliche Inszenierung zu Ende bringen. Nein, zieh dich nicht zurück“, mahnte er, als sie es versuchte. „Es ist zu spät für einen Rückzug.“ Sie standen so dicht beisammen, dass sich ihre Lippen fast berührten. „Es ist schon lange zu spät dafür.“

Ihre bisher unterdrückte Nervosität kehrte zurück, hatte aber nichts mit den geplanten Tricks zu tun. „Du wirst dramatisch.“

Er nickte und spielte mit ihren Haaren. „Mein Sinn fürs Drama und deine praktische Ader, eine interessante Kombination.“

„Eine unbequeme Kombination.“

„Wenn das Leben zu einfach ist, verschläft man es“, erwiderte Michael. „Das hört sich so an, als wäre unser erster Gast eingetroffen“, murmelte er, als sie einen Wagen hörten. Er küsste sie flüchtig. „Hals- und Beinbruch.“

Sie zog die Nase kraus. „Genau das befürchte ich.“

Innerhalb der nächsten halben Stunde versammelten sich alle, die vor einigen Monaten bei der Verlesung des Testaments in der Bibliothek anwesend gewesen waren, Fitzhugh ausgenommen. Jolley strahlte von seinem Bild in der Bibliothek auf die Leute herunter.

Pandora blickte von Zeit zu Zeit zu ihm hinauf und wartete darauf, dass er ihr zublinzelte.

Um den Leuten das Schauspiel zu bieten, um dessentwegen sie hergekommen waren, zankten sich Michael und Pandora über alles, was ihnen gerade einfiel. Der erste Akt hatte begonnen.

Carlson stand mit seiner Frau neben einem Buchregal, gereizt und ungeduldig, und sah Pandora finster entgegen.

„Onkel Carlson, ich bin so froh, dass du es geschafft hast. Wir sehen uns viel zu selten."

„Versuch nicht, mich mit Worten weich zu machen." Er ließ den Scotch in seinem Glas kreisen, ohne zu trinken. „Wenn du mich von der Anfechtung des absurden Testaments abbringen willst, täuschst du dich."

„Ich denke gar nicht daran. Fitzhugh sagt, dass du keine Chance hast." Sie lächelte strahlend. „Aber das Testament ist absurd, da stimme ich dir zu, besonders nach all diesen Monaten mit Michael im selben Haus. Ich sage dir, Onkel Carlson, ich habe manchmal ernsthaft daran gedacht, das Handtuch zu werfen. Er hat alles getan, um die sechs Monate unerträglich zu machen. Einmal hat er vorgetäuscht, seine Mutter sei krank, und er müsse nach Kalifornien fliegen. Prompt wurde ich im Keller eingesperrt. Kindische Spiele." Sie warf einen Blick voll Abneigung zu Michael. Aus den Augenwinkeln sah sie Carlson hastig und nervös trinken. „Nun, es ist fast überstanden. Ich bin so froh, dass wir jetzt ein wenig feiern können. Michael wird endlich eine Flasche Champagner öffnen, die er seit Weihnachten aufbewahrt."

Carlsons Frau ließ ihr Glas auf den Teppich fallen.

„Ach, du lieber Himmel", sagte Pandora. „Willst du einen neuen Drink?"

„Nein, nicht nötig." Carlson nahm seine Frau am Arm. „Entschuldige."

Während sie sich entfernten, fühlte Pandora einen kurzen Schauder der Erregung. Also, es war Carlson gewesen.

„Ich habe vor sechs Monaten das Rauchen aufgegeben", sagte Michael zu Hank und seiner Frau.

„Du wirst es nie bereuen", stellte Hank gesundheitsbewusst fest. „Jeder ist für seinen eigenen Körper verantwortlich."

„Darüber habe ich in letzter Zeit oft nachgedacht", sagte Michael trocken. „Aber das Zusammenleben mit Pandora hat es mir nicht leicht gemacht. Sie ließ mir ein gefälschtes Telegramm schicken, damit ich denken sollte, meine Mutter sei krank." Er warf Pandora einen finsteren Blick zu.

„Dann hast du also sechs Monate nicht geraucht." Meg lenkte das Gespräch wieder auf Michaels Gesundheit.

„Ein Wunder bei dieser Frau, aber es ist fast vorbei." Er lächelte Hank zu. „Zum Dinner gibt es Champagner statt Karottensaft. Seit Weihnachten bewahre ich diese Flasche für eine passende Gelegenheit auf."

Hanks Finger an seinem Glas Mineralwasser wurden weiß, und aus Megs Gesicht wich die Farbe. „Wir ..." Hank sah hilflos zu Meg. „Wir trinken nicht."

„Champagner hat nichts mit Trinken zu tun", sagte Michael freundschaftlich. „Das hat mit Feiern zu tun. Entschuldigt." Er ging an die Bar und wartete auf Pandora. „Es war Hank."

„Nein." Sie goss sich Wermut nach. „Es war Carlson." Ihrer Rolle entsprechend, sah sie ihn dabei wütend an. „Du bist unerträglich langweilig."

Er hob sein Glas. „Und du bist ein Snob. Ich zähle schon die Tage."

Mit einer wütenden Drehung, dass ihr der Rock um die Beine wehte, verließ sie Michael und ging zu Ginger. „Ich verstehe nicht, wie ich es fertigbringe, mich bei diesem Mann zu beherrschen."

Ginger betrachtete ihr Gesicht in einem hübschen silbernen Taschenspiegel. „Ich habe ihn immer irgendwie niedlich gefunden."

„Du musst nicht mit ihm leben. Er hat meine Werkstatt verwüstet und behauptet, ein Vagabund habe es getan."

Ginger puderte ihre Nase. „Mir hätte er so etwas nicht angetan. Darum sagte ich auch zu ..." Sie stockte und setzte mit einem dünnen Lächeln hinzu: „Hübsche Ohrringe hast du da."

Michael hörte sich Morgans Meinung über die Börse an. Bei erster Gelegenheit fiel er ihm ins Wort. „Wenn alles vorbei ist, hole ich mir bei dir Rat. Ich möchte mich um Jolleys Chemiewerke kümmern. Man kann viel Geld machen mit Dünger und – Schädlingsbekämpfungsmitteln." Er sah, wie Patience nervös mit ihren Händen spielte und unter Morgans mahnendem Blick damit aufhörte.

„Software", sagte Morgan knapp.

Pandora versuchte ihr Glück bei Biff. „Du siehst gut aus."

„Und du siehst blass aus, Cousine."

„Die sechs Monate mit Michael! Ich weiß nicht, was Onkel Jolley an ihm fand. Michael mag seltsame Scherze. Er hat mich in den Keller gesperrt. Eines Abends hat er mich sogar mit verstellter Stimme angerufen und behauptet, jemand wolle mich töten."

Biff hörte zu grinsen auf und sah sie verwirrt an. „Seltsam."

„Na ja, es ist fast vorbei. Übrigens, hast du dich über den Champagner gefreut, den ich dir geschickt habe? Mir ist die Idee gekommen, weil jemand Michael eine Flasche zu Weihnachten gesandt hat. Er will sie heute Abend endlich aufmachen. Entschuldige, ich muss mich um das Dinner kümmern."

In der Küche fand sie Sweeney bei den letzten Vorbereitungen. „Sweeney, es wird Zeit, den Strom abzuschalten."

„Ich weiß, ich weiß, ich habe nur den Schinken fertig gemacht."

Sweeney hatte den Auftrag, auf Pandoras Zeichen in den Keller zu gehen und den Strom für genau eine Minute abzuschalten. Die Köchin wischte sich die Hände an der Schürze ab und ging zur Kellertür. Pandora holte tief Luft und kehrte in die Bibliothek zurück.

Michael stand neben dem Schreibtisch, als sie eintrat.

„Dinner in zehn Minuten", verkündete sie, überprüfte den Raum und nahm den vorgesehenen Platz ein.

Michael nahm das Stichwort auf. „Ihr alle fragt euch, warum ihr heute Abend hier seid." Er hob sein Glas und blickte jedem Einzelnen kurz ins Gesicht. „Einer von euch ist ein Mörder."

Prompt erlosch das Licht, und ein Tumult brach los. Gläser zersprangen, Frauen schrien, ein Tisch kippte um. Als die Lichter wieder angingen, erstarrten alle.

Pandora lag halb unter dem Schreibtisch, mit dem Gesicht nach unten. Neben ihr lag ein blutbefleckter Brieföffner. Sofort kniete Michael neben ihr und nahm sie auf die Arme, bevor jemand reagieren konnte. Schweigend trug er sie aus dem Raum. Minuten später kehrte er allein zurück. Sein Gesichtsausdruck war hart und erbarmungslos.

„Ein Mörder", wiederholte er. „Sie ist tot."

„Was heißt, sie ist tot?" Carlson drängte sich nach vorne. „Was ist das für ein Spiel? Wir wollen sie sehen."

Michael stellte sich ihm in den Weg. „Niemand verlässt den Raum, bis die Polizei hier ist."

„Polizei?" Blass und zitternd blickte Carlson sich um. „Wir wollen keine Polizei. Wir müssen das untereinander abmachen. Sie ist nur in Ohnmacht gefallen."

„Hier ist ihr Blut.“ Michael deutete auf den blutbefleckten Brieföffner.

„Nein!“ Meg schob die anderen beiseite. „Niemand sollte verletzt werden. Nur erschreckt. So sollte es nicht enden! Hank!“ Sie vergrub ihr Gesicht an der Brust ihres Mannes.

„Wir wollten nur ein paar Tricks abziehen“, murmelte er.

„Mord ist kein Trick“, warf Michael ihm vor.

„Wir wollten niemals ...“ Er sah Michael schockiert an. „Nicht Mord“, stieß er hervor und drückte Meg fest an sich.

„Du wolltest auch keinen Champagner trinken, nicht wahr, Hank?“

„Da wollte ich aufhören.“ Meg schluchzte. „Ich habe Pandora sogar angerufen und sie gewarnt. Ich habe es von Anfang an für falsch gehalten, aber wir brauchten das Geld. Unser Sportstudio hatte alles verschlungen. Wir wollten euch zwei gegeneinander aufhetzen, aber mehr nicht. Hank und ich warteten in der Hütte im Wald. Dann ging er in Pandoras Werkstatt und hat alles verwüstet. Sie sollte denken, du seist es gewesen ...“

Zwei Tränen liefen ihr über die Wangen. „Es war alles so dumm ... und so aufregend.“

Michael sah seine hübsche Cousine an. „Du hast mitgemacht?“

„Ich habe eigentlich nichts gemacht, aber als Tante Patience es mir erklärt hat ...“

„Patience?“

„Morgan hat einen Anteil an dem Vermögen verdient.“ Die alte Frau rang die Hände. „Wir wollten einen von euch vertreiben.“

„Telegramm.“ Morgan paffte nervös an seiner Zigarre. „Nicht Mord.“ Er wandte sich an Carlson. „Deine Idee.“

„Lächerlich!“ Carlson trocknete seine Stirn mit einem weißen Taschentuch. „Die Anwälte konnten nichts machen. Ich habe nur meine Rechte geschützt.“

„Mit Mord“, warf Michael ein.

„Unsinn! Der Plan war, dich aus dem Haus zu locken. Ich habe sie in den Keller gesperrt. Bei dem Champagner hatte ich Bedenken, aber das war auch nicht tödlich.“

„Das war Biffs Idee“, sagte Meg.

Biff zuckte die Schultern. „Jeder hier im Raum hatte seine Finger in der Sache.“

Michael trat an ihn heran. „Da ist noch die Sache mit meinem Wagen.“

Biff zuckte noch einmal die Schultern, aber Michael sah die Schweißperlen oberhalb seiner Lippen. „Jeder war beteiligt. Du wirst jedenfalls nicht meine Fingerabdrücke auf dem Brieföffner finden."

„Wenn jemand einen Mordversuch begangen hat", sagte Michael ruhig, „kann man ihm den zweiten leichter nachweisen."

„Du kannst nichts beweisen. Jeder von uns könnte die Bremsschläuche deines Wagens angesägt haben. Du kannst nicht beweisen, dass ich es war."

„Nicht nötig." Blitzartig setzte Michael ihm die Faust auf die Kinnspitze. Doch bevor der Schwankende zu Boden stürzte, hatte er ihn beim Kragen gepackt. „Ich habe kein Wort von angesägten Bremsschläuchen gesagt."

Biff fühlte, wie die Falle sich schloss, und schlug blindlings um sich. Noch ehe Michael einen nächsten Faustschlag landen konnte, stolperte Biff und zog ihn mit sich zu Boden. Eine Tiffanylampe barst in einem Farbenregen. Schockiert wichen die anderen zurück.

„Michael, das reicht." Mit zerzausten Haaren und zerdrücktem Kleid betrat Pandora den Raum. „Wir haben Besuch."

Schwer atmend zog er Biff auf die Beine. Sein Handgelenk schmerzte, aber er sah es als ein Vergnügen an.

Charles wirkte in seinem besten Anzug sehr würdevoll, als er die Türen der Bibliothek öffnete. Hinter ihm stand Lieutenant Randall.

„Dinner ist serviert", verkündete Charles.

Zwei Stunden später feierten Pandora und Michael zu zweit mit Bruno in der Bibliothek. „Ich dachte nie, dass es klappen würde", sagte sie zwischen zwei Bissen Schinken. „Lieutenant Randall war auch nicht erfreut über unsere Komödie."

„Du warst großartig." Michael beugte sich zu ihr und gab ihr einen Kuss. „Ein Star."

„Der Brieföffner mit dem Theaterblut war gut, aber wenn sie alle zusammengehalten hätten …"

„Wir wussten schon, dass einer weich geworden war. Meg hat also angerufen und dich gewarnt."

„Ich habe eigentlich vor, in ihr Sportstudio zu investieren."

„Wäre nicht schlecht", stimmte Michael zu.

„Was wird jetzt geschehen?"

„Ach, Carlson wird genau wie die anderen gut davonkommen, Biff ausgenommen. Der wird wohl eine Weile keine Anzüge von Brooks Brothers, sondern Gefängniskluft tragen."

„Du hast ihm noch ein blaues Auge geschlagen", meinte Pandora.

„Und zwar mit Begeisterung." Michael trank grinsend einen Schluck Wein.

„Noch zwei Wochen, dann ist es vorüber."

„Nein." Er ergriff ihre Hand. „Dann fängt es an. Wie lang?"

Pandora kämpfte um Selbstbeherrschung. „Wie lang was?"

„Wie lang liebst du mich schon?"

Sie zuckte zusammen. „Ich schmeichle doch nicht deinem Ego!"

„Na gut, dann fange ich an. Ich habe mich in dich verliebt, als du von den Kanarischen Inseln zurückkamst und in den Salon tratst. Du hattest Beine, die bis zur Taille reichten, und hast auf mich herabgesehen. Ich war nie wieder derselbe."

„Ich habe genug von Spielen, Michael", sagte sie steif.

„Ich auch." Er fuhr mit einem Finger über ihre Wange. „Du hast gesagt, dass du mich liebst, Pandora."

„Unter Druck."

„Dann muss ich dich unter Druck halten, weil ich dich nicht aufgeben werde. Warum heiraten wir nicht genau hier?"

Sie erstarrte. „Was?"

„Genau hier in der Bibliothek." Er blickte um sich, ignorierte aber die umgestürzten Tische und das zerbrochene Porzellan. „Wäre doch hübsch."

„Ich weiß nicht, wovon du sprichst. Wenn du erst einmal zu deinen vollbusigen Starlets und blonden Tänzerinnen …"

„Welche blonden Tänzerinnen? Ich kann blonde Tänzerinnen nicht ausstehen."

„Michael, darüber kann ich keine Scherze machen."

„Du kaufst ein hübsches weißes Kleid, vielleicht einen Schleier. Ein Schleier wird dir gut stehen. Dann besorgen wir uns einen Standesbeamten und viele Blumen und feiern eine sehr traditionelle Hochzeit. Danach lassen wir uns auf Folley häuslich nieder, und jeder geht seiner Karriere nach. In einem, spätestens zwei Jahren sorgen wir dafür, dass Charles und Sweeney ein Baby bemuttern können. Siehst du?" Er drückte einen Kuss auf ihr Ohr.

„Das Leben ist aber kein Skript", widersprach sie.

„Ich bin verrückt nach dir, Pandora. Sieh mich an! Als Künstlerin müsstest du unter die Oberfläche sehen können, und das müsste dir leicht fallen, weil du immer gesagt hast, ich sei seicht."

„Ich habe mich getäuscht." Sie wollte ihm glauben. Ihr Herz tat es bereits. „Michael, wenn das ein Spiel ist, bringe ich dich eigenhändig um."

„Keine Spiele mehr. Ich liebe dich, so einfach ist das."

„Einfach", murmelte sie und wunderte sich, dass sie überhaupt reden konnte. „Du willst heiraten?"

„Zusammenzuleben wäre zu einfach."

Er zog sie mit sich auf das Sofa, drängte sie zurück in die Kissen, und als sich ihre Lippen berührten, drückten sich alle seine Gedanken und Gefühle in diesem Kuss aus. Pandora wurde sanft und nachgiebig, was sie selten tat und was er selten verlangte. Sie schlang ihre Arme um ihn.

Vielleicht war wirklich alles so einfach.

„Ich liebe dich, Michael."

„Wir werden heiraten."

„Es sieht ganz so aus."

Seine Augen blickten eindringlich, als er sie ansah. „Ich werde dir das Leben schwer machen, Pandora. Und zwar zahle ich dir damit die Tatsache heim, dass du die aufreizendste ... ich meine, die ärgerlichste Frau sein wirst, die man sich überhaupt vorstellen kann. Verstehen wir einander auch in dieser Hinsicht?"

Ihr Lächeln blühte förmlich auf. „Ich glaube, das haben wir schon immer getan."

Michael drückte einen Kuss auf ihre Stirn, dann auf ihre Nasenspitze und auf ihre Lippen. „Er hat uns beide immer verstanden."

Sie folgte seinem Blick zu Jolleys Porträt. „Der verrückte alte Kerl hat uns doch tatsächlich da, wo er uns haben wollte. Ich glaube, er hat jetzt gut lachen." Sie rieb ihre Wange an Michaels Wange. „Ich wünschte mir nur, er wäre hier und könnte uns sehen, wenn wir heiraten."

Michael zog eine Augenbraue hoch. „Wer sagt, dass er nicht hier sein wird?"

Er stand auf, zog sie auf die Beine und griff nach den beiden Gläsern. „Auf Maximilian Jolley McVie."

„Auf Onkel Jolley." Pandora ließ ihr Glas gegen Michaels Glas klingen. „Auf uns." Sie nahm einen kräftigen Schluck und seufzte. „Himmel, es stehen uns verdammt turbulente Ehejahre bevor!"

– ENDE –

Millie Criswell

Zwei unter einer Decke

Roman

Aus dem Amerikanischen von
Ingrid Bulka

MIRA®

1. KAPITEL

Maddy Potter konnte sich beim besten Willen nicht vorstellen, dass es noch schlimmer kommen könnte.

Im zweiten Monat schwanger, vom Vater des Kindes im Stich gelassen, und jetzt war sie auch noch mit ihrem Leihwagen im Graben gelandet. Kein Wunder bei diesem Schneesturm. Das Schlimmste an der Sache war, dass sie hier irgendwo im Niemandsland von Colorado kaum damit rechnen konnte, dass ihr jemand zu Hilfe kam. Mit einem solchen Unwetter hatte sie nie im Leben gerechnet. Man sah wirklich die Hand vor Augen nicht. Dabei hatten sie im Wetterbericht nur ein starkes Schneegestöber angesagt.

„Es ist der reine Wahnsinn, bei diesem Wetter zu fahren, junge Dame“, hatte der Autovermieter sie vor nicht einmal zwei Stunden gewarnt. „Suchen Sie sich ein gemütliches Hotelzimmer in der Nähe des Flughafens und vergessen Sie die Fahrt. Das ist das Vernünftigste, was Sie tun können.“

Aber wann war ich jemals vernünftig? fragte sie sich selbst. Bestimmt nicht an jenem Abend, als sie David Lassiters hartnäckigem Drängen nachgegeben hatte und mit ihm ins Bett gegangen war. Sie hatte sich geschmeichelt gefühlt, weil ein reifer, erfolgreicher Mann sich für sie interessierte. Immerhin hatte sie darauf bestanden, dass er ein Kondom benutzte. Sie hatte allerdings nicht damit gerechnet, dass das verfluchte Ding im entscheidenden Moment reißen könnte. Ihr Pech!

Seufzend legte Maddy sich die Hand auf den Bauch. Es würde nicht mehr lange dauern, bis sie zum ersten Mal das Leben spürte, das in ihr heranwuchs – Davids Kind. Aber David Lassiter war ihr Chef bei Lassiter, Owen und Cumberland, der drittgrößten Werbeagentur in New York, und nicht ihr Freund, geschweige denn ihr Verlobter. Er hatte von vornherein keinen Hehl daraus gemacht, dass er keinerlei Verwicklungen wünschte. Und eine Ehefrau schon gar nicht.

Aber Maddy wollte auch gar keinen Mann. Sie war sehr gut allein zurechtgekommen. Ein Mann würde alles nur verkomplizieren, würde sie womöglich nach der Heirat als sein Eigentum betrachten – und davor fürchtete sie sich am meisten.

Trotz allem hatte sie so viel Fairness besessen, dass sie Lassiter über die Schwangerschaft informierte. Ohne auch nur eine Sekunde zu zögern, hatte er sein Scheckheft gezückt und ihr einen ansehnlichen Betrag angeboten. Damit konnte sie seiner Ansicht nach problemlos eine Abtreibung vornehmen lassen.

„Gefühlloser Bastard“, schimpfte sie vor sich hin, während sie an seinen selbstgefälligen Gesichtsausdruck dachte. Wenn er nicht auch noch die Unverschämtheit besessen hätte, ihr mit der Kündigung zu drohen, falls sie sich seinem Wunsch nicht beugte, hätte sie bestimmt nicht so kopflos gehandelt und wäre zwei Wochen vor Weihnachten einfach abgehauen, um in den Armen ihrer Schwester Trost zu suchen. Mary Beth war der einzige Mensch, auf den sie wirklich zählen konnte. Leider lebte sie in Colorado.

Jetzt steckte Maddy im Schnee fest, und auf der Windschutzscheibe lag der Schnee so dicht, dass sie kaum etwas erkennen konnte. Sie wusste nur, dass sie in Colorado Springs auf den Highway 24 gefahren war. Da die Auffahrt in Denver's Stapleton wegen der Schneeverwehungen gesperrt war, hatte sie eine Stunde später eine falsche Abfahrt genommen, war in dieser Einöde gelandet und hatte die Gewalt über den Wagen verloren.

Die Autovermieter würden sicher nicht begeistert sein – vorausgesetzt, sie würde sie jemals wieder sehen. Daran hatte sie im Augenblick erhebliche Zweifel.

Maddy griff nach der Handtasche und tastete nach ihrem Handy. Hoffentlich war der Akku noch nicht leer. Wenn sie jetzt ihre Schwester erreichte, wäre sie so gut wie gerettet. Mary Beth würde sofort ihren Mann losschicken. Und Lyle würde wissen, was zu tun war. Davon war sie überzeugt.

Ein Glück, der Akku war noch zu gebrauchen. Hastig wählte sie die Nummer der Randolphs. Es dauerte nur Sekunden, bis es am anderen Ende der Leitung klingelte, und sie erleichtert aufatmete.

Ihre Erleichterung hielt allerdings nur so lange an, bis sich eine unbekannte weibliche Stimme meldete. „Der von Ihnen gewählte Anschluss ist im Augenblick leider nicht erreichbar, bitte unterbrechen Sie die Verbindung und wählen Sie noch einmal.“

Maddy befolgte die Anweisung, doch nach einigen weiteren Versuchen gab die Batterie schließlich ihren Geist auf. Verzweifelt warf sie das nutzlose Handy auf den Rücksitz. Sie gehörte nicht zu den Frauen, die bei jeder Kleinigkeit in Tränen ausbrechen. Nein, sie war eher ein Kämpfertyp. Aber allmählich wurde ihr mulmig. Was sollte sie bloß tun? Nun kam auch noch der Hunger hinzu, weil sie nach einem hastig eingenommenen Frühstück nichts mehr gegessen hatte. Es war kaum auszuhalten. Kurz vor Weihnachten saß sie einsam und verlassen in dieser ungastlichen Gegend – hungrig und verfroren und hatte keine Ahnung, wie es weitergehen sollte.

Sie wusste nicht, wie lange sie da gesessen hatte, auf jeden Fall näherte sich ihr Stimmungsbarometer verdächtig dem Nullpunkt, als vor ihr in einiger Entfernung zwei Scheinwerfer zu erkennen waren.

Durch den dichten Schnee auf der Windschutzscheibe drang das Licht nur gedämpft zu ihr durch, aber bald hörte sie auch das Motorengeräusch eines näherkommenden Wagens.

„Hallo!", hörte sie eine Männerstimme rufen, kurz nachdem das Geräusch verstummt war. „Ist da jemand?"

Sie hämmerte mit den Fäusten gegen die Scheibe auf der Fahrerseite. „Ja! Ich bin hier! Bitte helfen Sie mir." Das Herz klopfte ihr vor Aufregung bis zum Hals. Sie versuchte die Tür zu öffnen, aber der Schnee lag so hoch, dass es unmöglich war.

„Warten Sie einen Augenblick. Ich komme von der anderen Seite und versuche die Tür zu öffnen."

Unter lautem Fluchen gelang es ihm einige Minuten später endlich.

Maddy atmete erleichtert auf. „Danke", sagte sie leise und blinzelte, um die aufkommenden Tränen zurückzuhalten. Erst jetzt nahm sie den Mann, der sie gerettet hatte, richtig wahr. Er war groß, hatte blaue Augen und war über und über mit Schnee bedeckt. Sie konnte sich nicht erinnern, sich jemals mehr über irgendetwas oder irgendjemanden gefreut zu haben.

Pete Taggart half ihr kopfschüttelnd aus dem Wagen. Es war kaum zu glauben, sie trug hohe Pumps, einen dunkelblauen Hosenanzug mit winzigen goldenen Knöpfen und einen Regenmantel, der wahrscheinlich nicht einmal gefüttert war.

Ein typisches Mädchen aus der Stadt. Er verzog verächtlich den Mund.

„Mit diesen Schuhen schaffen Sie es niemals bis zu meinem Wagen. Legen Sie mir die Arme um den Hals, dann werde ich Sie tragen."

„Das ist nicht nötig", erwiderte sie, und ihre Zähne klapperten vor Kälte. „Ich schaffe das schon."

„Verflucht, natürlich ist es nötig. Sonst hätte ich es wohl kaum gesagt. Seien Sie nicht so stur und tun Sie, was ich Ihnen gesagt habe. Sonst erfrieren wir hier beide."

Da ihr der Schnee beinahe bis zu den Knien reichte, streckte sie ihrem Retter ohne weiteren Protest die Arme entgegen. Während er sie mühelos hochhob, bereitete ihm der Weg durch den Schnee doch erhebliche Schwierigkeiten. Stellenweise lag er mehr als einen halben Meter hoch, und es dauerte einige Minuten, bis sie beide endlich in seinem Lieferwagen saßen. „Sie haben Glück gehabt, dass ich heute Nachmittag hier vorbeigekommen bin. Sie hätten erfrieren können. Diese Straße ist eine Privatstraße. Hier fährt kaum jemand entlang. Außerdem sieht Ihr Auto auch nicht gerade so aus, als wäre es bald wieder einsatzfähig."

„Danke", brachte sie trotz der klappernden Zähne endlich mühsam hervor. „Ich hatte nicht die Absicht, privates Gelände zu betreten. Ich wollte nach Leadville zu meiner Schwester und bin wohl vom Weg abgekommen." Sie hielt beide Hände vor die Heizung. Die warme Luft ließ ihre eiskalten Hände kribbeln. Es fühlte sich an wie tausend Nadelstiche.

Pete Taggart pfiff durch die Zähne. „Leadville ist meilenweit von hier entfernt und liegt außerdem in der entgegengesetzten Richtung. Sie befinden sich hier auf dem Land der Taggarts. Übrigens, ich bin Pete Taggart, und mir gehört diese Rinderranch hier."

„Ich habe keine Ahnung, wie ich hierhergekommen bin."

„Bei diesem Schnee kann man leicht die Orientierung verlieren. Ein Glück, dass ich noch nach meinem Bullen Henry sehen musste. Sonst hätte ich mich bei diesem Wetter niemals so weit vors Haus gewagt."

Maddy gefiel es, dass er seinen Tieren Namen gab. Vielleicht war er ja doch nicht so hart, wie es zunächst den Anschein gehabt hatte. Sie zwang sich zu einem Lächeln. „Ich heiße Madeline Potter. Aber die meisten Menschen nennen mich Maddy."

Sein Blick war starr auf die Straße gerichtet. „Was haben Sie sich eigentlich dabei gedacht, bei so einem Wetter mit dem Wagen loszufahren? Das war ziemlich unvernünftig. Aber Frauen und Vernunft …"

„Wie bitte?" Maddy hoffte, dass sie sich verhört hatte.

„Sie haben mich schon richtig verstanden. Die meisten Frauen sind unvernünftig, wenn es um praktische Dinge geht. Es kann doch beispielsweise nicht so schwer sein, sich wettergemäß anzuziehen.“ Wieder bedachte er ihre Schuhe mit einem verächtlichen Blick. „Sie scheinen ganz eindeutig zu diesen Frauen zu gehören.“

Maddy kochte vor Wut. Immerhin taute sie auf diese Weise zumindest von innen auf. „Ich arbeite für eine angesehene New Yorker Werbeagentur. Ganz so dumm, wie Sie meinen, kann ich also nicht sein. Außerdem habe ich einen Studienabschluss mit Auszeichnung.“ Sie hätte ihm am liebsten auch noch erzählt, dass sie zeitweise drei verschiedene Jobs hatte, um ihr Studium überhaupt finanzieren zu können, und dass sie jahrelang auf jedes Vergnügen verzichtet hatte, um Karriere zu machen. Aber Cowboy-Pete würde das wahrscheinlich sowieso nicht begreifen.

„Was Sie nicht sagen. Hat man Ihnen an der Uni auch beigebracht, bei Schneesturm Auto zu fahren und dabei sein Leben aufs Spiel zu setzen?“

„Man hat mir beigebracht, selbstständig zu sein und mich in einer reinen Männerwelt zu behaupten. Und das ist mir bisher mit Erfolg gelungen. Man hat mir aber auch beigebracht, dass es frauenfeindliche Chauvinisten gibt. Solche wie Sie, Mr Taggart.“

„Oh, ich habe durchaus nichts gegen Frauen, Miss Potter“, erwiderte er zynisch. „Zumindest nicht gegen die Sanften und Hingebungsvollen.“

Maddy schluckte. „Mr Taggart, Sie sind ein ... ein ... Ach, ist ja auch egal“, unterbrach sie sich selbst mitten im Satz. Sie wollte nicht aussprechen, dass sie ihn für einen ungebildeten Neandertaler hielt, weil sie befürchtete, er würde sie kurzerhand im Schnee aussetzen. Also behielt sie ihre wenig schmeichelhafte Ansicht vorsichtshalber für sich.

Pete grinste, als er bemerkte, dass ihre Wangen vor Wut gerötet waren. „Wahrscheinlich haben Sie recht, Madam. Aber wenn ich nach draußen gehe, weiß ich zumindest, ob es regnet oder schneit. Und bei so einem Wetter bleibt man besser zu Haus. Wenn Sie es an der Uni nicht gelernt haben, dann doch sicher von Ihrem Vater?“

„Ich gebe ja zu, dass es dumm von mir war, bei diesem Wetter zu meiner Schwester fahren zu wollen. Aber es war mir ungeheuer wichtig. Ich konnte doch nicht damit rechnen, dass ich mich verfahre, und dass mein Wagen in den Graben rutscht.“ Maddy holte tief Luft und zwang sich, ganz ruhig bis zehn zu zählen. „Und was meinen Vater betrifft, Mr Taggart, so hat er seinen preisgekrönten Schweinen weitaus mehr Aufmerksamkeit entgegengebracht als meiner Schwester und mir. Wir wurden von unserer Mutter allein erzogen."

Maddys Mutter war früh gestorben – nach Ansicht der Ärzte an einem Herzfehler. Doch Maddy hatte eine ganz andere Theorie. Sie war der festen Überzeugung, dass Andrew Potters Gleichgültigkeit, seine Eigenliebe und sein mangelndes Interesse an allem, was um ihn herum geschah, zumindest einer der Gründe war, die schuld an dem frühen Tod der Mutter waren.

Der Schmerz in Maddys Stimme war unüberhörbar. Deshalb wechselte Pete schnell das Thema. Die junge Frau hatte offensichtlich Probleme mit ihrem Vater, und er hatte nicht das geringste Interesse, Näheres darüber zu erfahren.

„Wir sind gleich da. Nach einem heißen Bad und einer warmen Mahlzeit fühlen Sie sich gleich wieder besser."

Ein heißes Bad? War dieser Mann denn völlig verrückt geworden? Sie hatte keineswegs die Absicht, im Haus eines Fremden ihre Kleidung auszuziehen. Es war schon allein deshalb unmöglich, weil ihr Koffer immer noch im Kofferraum des Leihwagens lag. Daran hatte sie vorhin überhaupt nicht mehr gedacht. „Ich weiß Ihr Angebot zu schätzen, Mr Taggart, aber wenn Sie nichts dagegen haben, möchte ich nur kurz Ihr Telefon benutzen. Ich werde Sie nicht lange belästigen."

„Das wird wohl nicht möglich sein, Madam", sagte er, und Maddy bekam plötzlich Angst. Ihr wurde bewusst, dass sie keine Ahnung hatte, mit wem sie es hier zu tun hatte. Dieser Mann konnte ein Krimineller sein, ein Vergewaltiger oder ein sadistischer Mörder ... Allerdings erinnerte er sie eher an den typischen Marlboro-Mann. Er wirkte unhöflich und arrogant.

„Sämtliche Telefonleitungen sind abgeschnitten, und wir haben keinen Strom mehr. Dieser Zustand kann unter Umständen Wochen anhalten, und bis morgen früh soll es noch einmal so viel Schnee geben. Ich glaube also kaum, dass Sie in nächster Zeit von hier wegkommen."

„Aber ... aber all meine Sachen sind noch im Auto", sagte sie bestürzt. „Und meine Schwester erwartet mich doch." Letzteres entsprach nicht ganz der Wahrheit. Es war in ihrer augenblicklichen Situation eher eine Vorsichtsmaßnahme. Denn sie hatte darauf verzichtet, Mary Beth anzurufen. Für eine Diskussion am Telefon war die Angelegenheit viel zu wichtig und zu persönlich.

„Hätten Sie den Koffer nicht vorhin erwähnen können, als wir noch am Auto waren?“, fragte Pete gereizt. „Es wird eine Weile dauern, bis wir den Wagen abschleppen können.“ Vielleicht Wochen, dachte er bei sich. Willis Helmsleys Abschleppservice ließ nämlich zu wünschen übrig.

Maddy schenkte Pete Taggart wieder ihre Aufmerksamkeit. „Ich habe vorhin nur ans Überleben gedacht, Mr Taggart. Tut mir leid, wenn ich Ihnen Unannehmlichkeiten bereitet habe.“

„Es ist nicht so, dass ich nichts zum Anziehen habe, Miss Potter. Wir werden schon etwas für Sie finden.“ Er hatte Bethanys ganze Garderobe in Kisten auf dem Dachboden verstaut, aber die würde er niemals dieser fremden Frau anbieten.

Auch nach vier Jahren waren seine Erinnerungen an Bethany immer noch schmerzhaft. Und der Ärger nagte nach wie vor an ihm. Er empfand ihn wie eine offene Wunde, die nicht heilen wollte. Pete war sich nicht einmal sicher, ob er das überhaupt wollte. Sein Ärger gab ihm immerhin das Gefühl, am Leben zu sein. Und er sorgte dafür, dass er niemals vergaß, wie stur, egoistisch und dumm Frauen sein konnten.

Das vierstöckige Haus, das im viktorianischen Stil erbaut war, wirkte inmitten der unberührten weißen Pracht beinahe farbenfroh. Die Hauswände waren in mattem Gelb gehalten, während die Fensterläden dunkelgrün waren. Rundherum zog sich eine zimtfarbene Zierleiste, die an Pfefferkuchen erinnerte. Ein solches Haus hätte sie bei einem Mann wie Pete Taggart nicht vermutet. Sie konnte ihn sich eher in einer primitiven Holzhütte – oder noch eher in einer Höhle – vorstellen.

„Wie aus einem Märchen“, sagte sie hingerissen, als sie die großzügige Veranda betraten, die um das ganze Haus führte. Es musste ein Traum sein, in diesem Haus zu leben. Aber wie die Dinge lagen, würde Maddy sich wohl bis in alle Ewigkeit mit ihrer supermodernen, aber praktischen Wohnung in einem Hochhaus in Manhattan zufriedengeben müssen.

„Freut mich, dass es Ihnen gefällt. Das Haus ist seit Generationen im Besitz der Taggarts. Meine Urgroßmutter hat es bauen lassen, und sie hat darauf bestanden, dass immer ein Taggart darin wohnen sollte.“

„Dann hat sie ja Glück gehabt, dass es in Ihrer Familie genügend männliche Nachfahren gegeben hat.“

Pete lachte. Natürlich war ihr auf den ersten Blick aufgefallen, dass er gut aussah. Das dunkle Haar, die strahlend blauen Augen und das markante Gesicht. Aber durch dieses Lachen, das sich auch in seinen Augen widerspiegelte, wirkte er viel entspannter und ausgesprochen anziehend.

„Das war keine Frage des Glücks. So hat man es mir zumindest erzählt. Meine Urgroßmutter Maggie war eine entschlossene Frau. Sie erwartete einfach, dass einer ihrer Söhne ihr einen Enkel schenken würde."

„Schwer zu glauben, dass Sie so frauenfeindlich sind, wo Sie doch eine unglaubliche Persönlichkeit unter Ihren Vorfahren hatten. Ich glaube nicht, dass Ihre Urgroßmutter eine solche Haltung tolerieren würde." Er erwiderte nichts, doch das Lächeln war verschwunden. Offensichtlich war sie zu weit gegangen.

Na großartig! Maddy schlug sich die Hand vor den Mund. Sie würde wohl niemals lernen, ihre Meinung für sich zu behalten. Manchmal war es vielleicht von Vorteil. Andererseits bezahlten ihre Kunden viel Geld dafür, ihre Meinung zu hören. Ihre Werbeideen waren ausgesprochen gefragt.

In kürzester Zeit hatte sie bei Lassiter, Owens und Cumberland Karriere gemacht. Zumindest bis jetzt. Ihre Schwangerschaft setzte all dem ein abruptes Ende. Aber darüber würde sie später in Ruhe nachdenken.

Pete schleppte Maddy wie einen Sack Kartoffeln ins Haus. Mitten im Flur stellte er sie wieder auf ihre eigenen Füße, als sie auch schon von einem bellenden schwanzwedelnden Etwas begrüßt wurden.

Maddy bückte sich lächelnd, um den Hund zu kraulen. Aus Dankbarkeit leckte er ihre Hände.

„Fühlen Sie sich bitte ganz wie zu Hause. Das Gästezimmer befindet sich in der ersten Etage gleich links, wenn Sie die Treppe hochkommen. Direkt nebenan liegt das Badezimmer. An der Tür müsste ein Bademantel hängen, falls Sie ein heißes Bad nehmen möchten. Ich muss noch einmal kurz weg, um nach den Tieren zu sehen. Es dauert aber nicht lange." Pete pfiff nach dem Hund. „Komm, Rufus, lass uns gehen." Rufus folgte ihm widerwillig. Er war ihm anzusehen, dass er lieber im Warmen geblieben wäre.

Maddy nickte nur. „Danke", murmelte sie, doch da war Pete schon im Schneegestöber verschwunden. Sie zog die Schuhe aus und bewegte die eiskalten Zehen. Sie spürte kaum die harten Holzdielen, über die sie lief, um ein Zimmer nach dem anderen zu inspizieren. Das große Wohnzimmer im vorderen Teil des Hauses war mit antiken Möbeln ausgestattet. An der hellen Blumentapete hingen Familienfotos der Taggarts. Es sah beinahe aus wie eine Ahnengalerie. Ihr Blick fiel auf ein altes Bild, das zwei gut aussehende Männer zeigte, die einander so ähnlich waren, dass sie Brüder sein mussten.

Nachdem sie Petes Einladung, das Badezimmer zu benutzen, gefolgt war, ging sie wieder nach unten und betrat die Küche. Es war alles da, was sie zum Teekochen benötigte, deshalb nahm sie ihren Gastgeber beim Wort und tat so, als wäre sie zu Hause. Sie setzte einen Kessel mit Wasser auf.

Obwohl ein großer Ofen, der mit Holz gefeuert wurde, eine heimelige Wärme verbreitete, fror Maddy immer noch. Während sie darauf wartete, dass das Wasser kochte, ließ sie sich auf einem der schweren rustikalen Holzstühle nieder. Der große Tisch sah so aus, als hätte er schon einige Generationen überdauert. Er war mit tiefen Kratzern und Kerben regelrecht übersät.

Darüber hinaus war die Küche mit sämtlichen modernen Geräten ausgestattet, die man sich nur wünschen konnte, und doch hatte sie den Charme des Altherkömmlichen nicht verloren.

Der Kessel pfiff, und nachdem Maddy in einer Kupferdose auf der Anrichte die Teebeutel entdeckt hatte, bereitete sie eine Kanne Tee zu. „Himmlisch", sagte sie beim Anblick der dampfenden Flüssigkeit, trank vorsichtig einen Schluck und spürte sofort, wie die Wärme sich im ganzen Körper ausbreitete.

Die Hintertür schlug zu, und kurze Zeit darauf trat Pete Taggart in die Küche. Rufus folgte ihm auf den Fersen, legte sich ganz selbstverständlich auf einen Teppich dicht am Ofen und schlief ein.

Pete hatte seine Jacke und seine Stiefel ausgezogen, aber auch die Hose war voller Schnee. Unter dem feuchten Stoff zeichneten sich seine muskulösen Oberschenkel deutlich ab. Maddy ertappte sich selbst dabei, dass sie ihn anstarrte, und wandte vorsichtshalber den Blick ab. „Ich hoffe, Sie haben nichts dagegen, dass ich mir eine Kanne Tee gekocht habe", sagte sie hastig, um auf andere Gedanken zu kommen. Petes Gesicht war dunkelrot vor Kälte.

„Ich habe überhaupt nichts dagegen, wenn für mich auch eine Tasse abfällt." Er blies sich in die Hände, um sie zu wärmen.

Maddy schenkte eine weitere Tasse ein und stellte sie vor ihn auf den Tisch. „Ein Glück, dass Sie beim Kochen nicht auf Strom angewiesen sind. Sonst würden wir ganz schön in der Klemme sitzen."

„Das gilt leider nur für den Herd. Die anderen Geräte benötigen Strom. In gewisser Hinsicht sitzen wir also schon in der Klemme. Glücklicherweise gibt es im Haus aber genügend Petroleumlampen. Und das Holz für die Kamine wird auch ausreichen."

„Anscheinend sind Sie an solche Situationen gewöhnt."

Pete zuckte die Achseln. Er versuchte den Blick von ihrem weichen goldbraunen Haar abzuwenden, welches das fein geschnittene Gesicht sanft umrahmte. Auch das lebendige Funkeln in ihren grünen Augen verwirrte ihn. „Es bleibt mir wohl nichts anderes übrig. Ich lebe immerhin schon seit sechsunddreißig Jahren so. Trotzdem werde ich morgen nach dem Generator sehen. Wenn er funktioniert, ist vieles einfacher."

„Gibt es hier in der Nähe eine Stadt? Bei dem Schneesturm vorhin war es unmöglich, etwas zu erkennen. Ich muss den Wagen reparieren lassen."

„Die nächste Stadt heißt Sweetheart. Sie liegt etwa zwölf Meilen westlich von hier. Wenn Sie aber Einkaufspassagen oder Kinos suchen, sind Sie dort völlig fehl am Platze. Dann müssten Sie schon nach Colorado Springs oder Canyon City fahren. Und was Ihr Auto angeht ... selbst wenn Willis es aus dem Graben ziehen könnte, so ist noch längst nicht sicher, dass er die nötigen Ersatzteile für die Reparatur parat hat. Er müsste sie in Denver bestellen, und das kann dauern. Außerdem hasst Willis es, bei dieser Kälte zu arbeiten."

Maddy war verzweifelt. „Aber ich brauche mein Auto. Ich muss ..."

„Sie müssen erst einmal abwarten, bis das Wetter besser wird. Es gibt Dinge, die wir einfach nicht ändern können. Damit müssen Sie sich nun einmal abfinden."

„Aber ich möchte Ihnen nicht zur Last fallen, Mr Taggart. Gibt es denn wenigstens ein Hotel oder ein Gasthaus in der Nähe?"

Pete nickte. „In Sweetheart gibt es beides – Flannery's Motel und das Sweetheart Inn." Maddy atmete erleichtert auf, doch er war noch nicht fertig. „Aber in der Weihnachtszeit sind sie völlig ausgebucht. Sie haben keine Chance, ein Zimmer zu bekommen. Sie werden wohl mit mir vorlieb nehmen müssen – zumindest vorübergehend."

„Aber das ist doch ..."

„Sweetheart ist nicht New York, Miss Potter. Ich denke, das werden Sie schon bald selbst herausfinden."

Maddy lächelte. „Ich denke, das wird nicht nötig sein. Ich kann es mir sehr gut vorstellen, weil ich in einem kleinen Dorf in Iowa aufgewachsen bin." Dass sie das Leben dort gehasst hatte, behielt sie lieber für sich. Sie war von zu Hause weggezogen, sobald sie achtzehn war. Ihr Vater hatte es wahrscheinlich nicht einmal bemerkt. Ihre Mutter war schon lange tot, und Mary Beth hatte ihren Highschool-Freund Lyle Randolph geheiratet. Es gab also nichts mehr, was sie dort gehalten hätte, denn Andrew Potters einzige Leidenschaft waren seine Schweine.

Maddys Vater lebte immer noch allein auf der kleinen Farm. Mary Beth hatte noch gelegentlich Kontakt mit ihm, während Maddy seit Jahren kein Wort mehr mit ihm gewechselt hatte. Sie hatten sich nichts zu sagen.

„Wenn man aus Iowa kommt, muss New York der reinste Kulturschock sein", lenkte Pete ihre Aufmerksamkeit wieder auf sich.

„Zuerst schon. Aber ich habe mich schnell eingewöhnt. Diese Großstadt hat einen eigenen Herzschlag. Überall pulsiert das Leben. Es war eine ganz neue Erfahrung. Man fühlt sich niemals allein." Zwar einsam, aber niemals allein.

„Ich war einmal dort, mit meiner …" Beinahe hätte er *Frau* gesagt, doch im letzten Moment hielt er inne. Er wollte nicht mit Fremden über Bethany reden. Eigentlich wollte er mit niemandem über sie reden. Wenn Maddy sein vorübergehendes Zögern bemerkt hatte, dann ließ sie es sich zumindest nicht anmerken. „Mir hat es dort nicht gefallen", fuhr er schließlich fort.

Maddy nahm noch einen Schluck Tee. „Ich schätze, es ist nicht jedermanns Sache. Dort ist es niemals so ruhig wie hier. Wie halten Sie das nur aus? Ich glaube, ohne Autolärm und Polizeialarm kann ich gar nicht mehr schlafen."

Pete sah sie forschend an. Irgendetwas schien ihn zu beunruhigen. Plötzlich schob er seinen Stuhl zurück und stand auf. „Wenn Sie ausgetrunken haben, zeige ich Ihnen Ihr Zimmer. Sie haben einen eigenen Kamin, es sollte also warm genug sein."

„Es tut mir leid, dass ich Ihnen solche Umstände mache, Mr Taggart. Es ist sehr freundlich von Ihnen, dass Sie mich aufnehmen."

„Das würde jeder hier tun. Wir schicken niemanden weg, der in einer Notlage ist. Sie brauchen sich nicht zu entschuldigen. Und bitte sagen Sie Pete zu mir. Schließlich werden wir für unbestimmte Zeit zusammenleben müssen."

Die Vorstellung, mit ihm zusammenleben zu müssen, machte sie nervös, dennoch nickte sie zustimmend und ging hinter ihm die Treppe hinauf. In diesem Moment wünschte sie sich nichts sehnlicher, als die Strümpfe auszuziehen und die Füße in heißem Wasser zu baden. „Darf ich fragen, wo Ihr Zimmer ist?"

„Direkt neben Ihrem", entgegnete er mit einem jungenhaften Grinsen. „Aber Sie brauchen keine Angst zu haben. Ich habe mich ganz gut unter Kontrolle."

Maddy wurde rot bis in die Haarwurzeln. „Das sollte nicht heißen, dass …"

„Wenn Sie irgendetwas brauchen, rufen Sie mich. Und falls Sie Hunger haben, bedienen Sie sich bitte selbst. Auf der Veranda hinterm Haus ist eine Kühlbox. Darin finden Sie alles, was man für ein Sandwich braucht."

Mit diesen Worten drehte Pete sich um und ging wieder hinunter. Maddy starrte ihm hinterher. Wie sollte sie es mit diesem Mann länger als einen Tag in einem Haus aushalten, wenn es ihm schon gelang, sie mit einem einzigen Satz aus der Fassung zu bringen? So viel hatte sie zumindest verstanden. Es konnte lange dauern, bis sie dieses Haus wieder verlassen konnte.

2. KAPITEL

Bekleidet mit einem grünweißen Fußballtrikot der Highschool und dicken wollenen Socken, die Pete ihr gestern Abend noch gegeben hatte, machte Maddy sich auf den Weg ins Badezimmer. Sie hatte Pete gleich angesehen, dass er sich nur ungern von seinen Sachen trennte.

Das Feuer im Kamin war schon vor Stunden ausgegangen, und die Eisblumen am Fenster kündigten einen weiteren Wintertag voller Schnee und Eis an.

Wie lange würde sie wohl hier bleiben müssen? Nicht, dass sie Pete Taggart nicht ausgesprochen dankbar war. Seine Gastfreundschaft war wirklich einzigartig, aber sie musste unbedingt zu ihrer Schwester. Sie brauchte dringend jemanden, der ihr dabei half, den Scherbenhaufen, den sie selbst aus ihrem Leben gemacht hatte, wieder zusammenzufügen. Hoffentlich konnte Mary Beth ihr helfen.

In Gedanken versunken, öffnete sie die Badezimmertür. Als sie Pete Taggart halb nackt vor dem Waschbecken stehen sah, schrie sie vor Schreck auf. „Was machen Sie denn hier?"

„Au! Verdammt!", fluchte er, den Rasierer in der Hand. Er wandte den Blick vom Spiegel ab und sah Maddy vorwurfsvoll an. „Wofür würden Sie es denn halten?", fragte er und drückte ärgerlich ein Kleenextuch auf den blutenden Schnitt am Kinn. „Vielleicht könnten Sie ja das nächste Mal anklopfen, anstatt hier hereinzuplatzen."

Maddy starrte ihn mit offenem Mund an. Sein muskulöser Oberkörper glich dem eines griechischen Adonis. Sein Brusthaar war noch feucht vom Duschen, und das Handtuch, das er lässig um die Hüften geschlungen hatte, saß so tief, dass sie nicht viel Fantasie brauchte, um sich vorzustellen, was sich darunter verbarg.

„Ich … ich dachte, das wäre mein Bad", stotterte sie verlegen.

„Dann habe ich mich wahrscheinlich nicht klar genug ausgedrückt. Es ist *unser* Bad. Beide Schlafzimmer schließen daran an. Sie können es jederzeit benutzen, wenn ich nicht gerade darin bin."

Maddy versuchte sich von seinem Anblick loszureißen, aber es gelang ihr nicht. „Sie hätten mir wirklich sagen können, dass wir uns das Bad teilen müssen. Das ist ja wohl das Mindeste, was man von einem zivilisierten Menschen erwarten kann."

„Ich habe keine Ahnung, wie sich ein zivilisierter Mensch benimmt,

Miss Potter. Ich bin nie einer gewesen", gab er zurück und grinste dabei so sexy, dass es Maddy heiß und kalt wurde.

„Sie können einen wirklich zur Raserei bringen", sagte sie, während sie die Arme hob, um das viel zu große Trikot, das ihr über Nacht von der Schulter gerutscht war, zurechtzurücken. Pete sog scharf die Luft ein.

„An Ihrer Stelle würde ich die Arme nicht so hoch recken. Sie könnten auf diese Weise mehr enthüllen, als Sie beabsichtigen", warnte er, obwohl er den Anblick sichtlich genoss. Immerhin hatte er jahrelang keine hübsche Frau mehr in seinem Badezimmer oder Schlafzimmer gehabt.

Außer sich stürzte Maddy aus dem Zimmer und knallte die Tür hinter sich zu. Doch Petes Lachen hörte sie auch durch die geschlossene Tür. Wutentbrannt betrachtete sie sich in einem Spiegel in ihrem Zimmer und hob versuchsweise die Arme hoch. Das Trikot rutschte so weit nach oben, dass es den Blick auf ihre Oberschenkel freigab. Sie schnappte regelrecht nach Luft.

„Um Himmels willen!" Wieso hatte sie das nicht vorher bemerkt? Was würde Pete Taggart jetzt von ihr denken?

Nur gut, dass Maddy nicht wusste, was Pete Taggart dachte. Pete verfluchte sich selbst, aber die spärlich bekleidete Maddy hatte sein Blut in Wallung gebracht. Diese Frau war attraktiv, eigensinnig und intelligent – auch wenn er es ihr gegenüber niemals zugeben würde. Und diese Eigenschaften waren einfach eine gefährliche Kombination.

Er hatte den Frauen vor vier Jahren abgeschworen, und er brauchte diese Versuchung keineswegs. Dadurch wurde nur alles noch viel komplizierter, als es ohnehin war. Sein selbst gewähltes Zölibat – über das seine jüngeren Brüder nur allzu gern witzelten – machte ihm sowieso seit einiger Zeit zu schaffen. Und eine halb nackte, außergewöhnlich anziehende Frau in seinem Badezimmer erleichterte die Angelegenheit auch nicht gerade. Dabei spielte es nicht die geringste Rolle, ob sie die Absicht gehabt hatte, ihre unübersehbaren Reize zur Schau zu stellen oder nicht. Was er gesehen hatte, gefiel ihm ausgesprochen gut, und er konnte nicht anders, als darauf zu reagieren.

In seinem alten Fußballtrikot und mit ihren zerzausten Haaren wirkte sie sehr erotisch. „Verflucht!" Pete klopfte mit der Handfläche gegen den defekten Generator.

„Warum?“, fragte er sich selbst. Warum musste ihm das ausgerechnet jetzt passieren? Genau in dem Moment, wo er allmählich wieder zu sich selbst fand.

Vier Jahre. Vier Jahre war es her, seit er Bethany und ihr gemeinsames ungeborenes Kind verloren hatte – und der Schmerz darüber war noch so frisch, als wäre es gestern gewesen.

„Tut mir leid, Pete“, hatte ihn Dr. Reynolds im Krankenhaus empfangen. „Bethany hat den Unfall nicht überlebt.“

„Und das Baby?“

Der alte Mann hatte nur den Kopf geschüttelt und ihn mitleidig angesehen. „Sie sind beide tot. Es tut mir sehr leid, mein Junge.“

Wenn er nicht mit Bethany gestritten hätte, wenn er nicht von ihr verlangt hätte, auf den Job bei dem Radiosender zu verzichten, wäre sie sicher nicht so kopflos in das schreckliche Unwetter hinausgestürmt.

Wenn, wenn, wenn. Viel zu viele Wenns – und sie führten zu nichts. Sie brachten ihn nicht weiter. Er hatte seine Frau und sein Kind verloren – für immer.

Pete wusste sehr wohl, dass er zum Teil für ihren schrecklichen Tod mitverantwortlich war. Aber die Hauptschuld lag seiner Ansicht nach bei Bethany. Sie war immer stur gewesen. Nichts in der Welt hätte sie davon abhalten können, nach ihrer Heirat arbeiten zu gehen. Es reichte ihr einfach nicht, nur die Frau eines Farmers zu sein. Leider hatte sie es ihm erst nach der Hochzeit erzählt. Sie wollte alles – Familie und Karriere.

Nach dem peinlichen Zwischenfall im Badezimmer dauerte es einige Zeit, bis Maddy endlich den Mut fand, ihr Zimmer zu verlassen und nach unten zu gehen. Aber sie hatte Hunger. Zögernd betrat sie die Küche. Von Pete war keine Spur zu sehen. Ob er wohl schon gefrühstückt hatte? Da sie es nicht wusste, beschloss sie, ein ausgiebiges Frühstück zuzubereiten.

Eier, Käse und Schinken fand sie in der Kühltasche hinten auf der Veranda. Ebenfalls eine Packung Orangensaft. „Wir sind gerettet, Rufus“, sagte sie zu dem Hund, der wieder einmal faul auf dem Teppich lag. Als er seinen Namen hörte, öffnete er schläfrig ein Auge, um gleich darauf weiterzuschnarchen.

In der Thermoskanne war noch heißer Kaffee. Maddy schenkte sich eine Tasse ein, bevor sie mit dem Rührei anfing. Zuerst ließ sie den Schinken in der Pfanne aus und suchte nach den Gewürzen.

Maddy war vielleicht eine Niete im Kartenlesen und Autofahren, aber sie war eine exzellente Köchin. Und das würde sie diesem besserwisserischen und frauenfeindlichen Rancher jetzt beweisen.

„Hm! Das riecht ja wundervoll", sagte Pete, als er eine Viertelstunde später die Küche betrat. Als er bemerkte, dass Maddy sich die alte Küchenschürze seiner Mutter umgebunden hatte, musste er unwillkürlich lächeln. Sie sah darin bei Weitem nicht so sexy aus wie in seinem Fußballtrikot, aber irgendwie wurde ihm bei ihrem Anblick warm ums Herz. Sie trug jetzt wieder den Hosenanzug von gestern, hatte aber auf die Pumps verzichtet und sich stattdessen für die dicken Wollsocken entschieden, die er ihr gestern geliehen hatte.

„Ich habe Frühstück für uns beide gemacht, weil ich nicht wusste, ob Sie schon gegessen haben. Ich hoffe, Sie haben nichts dagegen."

„Nicht das Geringste. Hoffentlich schmeckt es so gut, wie es duftet."

„Ich kann wesentlich besser kochen als Auto fahren, Mr Taggart."

„Pete", erinnerte er sie.

„Nur wenn Sie mich Maddy nennen."

Pete Taggart schenkte sich eine Tasse Kaffee ein und trank. „Meinetwegen."

„Waren Sie draußen, um die Tiere zu füttern?"

Er schüttelte den Kopf. „Nein, ich habe nach dem Generator gesehen."

Während Maddy immer noch mit den Rühreiern beschäftigt war, setzte Pete sich an den Tisch und füllte die Gläser mit Saft. „Das ist seit langer Zeit mein erstes vernünftiges Frühstück."

„Meins auch", gab Maddy zu. „Ich esse morgens immer nur ein Käsebrötchen – und zwar auf dem Weg zur Arbeit. Zum Kochen habe ich nie Zeit. Außerdem macht es für eine Person keinen Spaß."

Pete wippte mit dem Stuhl. „Dann sind Sie also nicht verheiratet?"

Maddy schüttelte den Kopf. „Nein. Und Sie?"

„Ich war verheiratet", entgegnete er ohne eine weitere Erklärung, und Maddy fragte sich, was wohl aus seiner Frau geworden war.

Sie stellte die Eier auf den Tisch und setzte sich Pete gegenüber an den Tisch. Die Vertraulichkeit der Situation war ihr in jeder Sekunde bewusst. „Ich bin Ihnen sehr dankbar für Ihre Gastfreundschaft, Pete.

Ich weiß nicht, was aus mir geworden wäre, wenn Sie nicht zufällig vorbeigekommen wären."

„Wahrscheinlich wären Sie erfroren." Das Lächeln in seinen Augen milderte die ursprüngliche Bedeutung seiner Worte.

„Ich würde mich gern erkenntlich zeigen. Damit ich Ihnen nicht allzu sehr zur Last falle, könnte ich mich beispielsweise um den Haushalt kümmern und Ihnen mit den Tieren helfen. Außerdem würde ich gern meinen Anteil an Lebensmitteln bezahlen. Ich habe zwar nicht viel Bargeld dabei, aber ich kann Ihnen einen Scheck geben."

„Ich brauche weder Ihr Geld noch brauche ich Ihre Hilfe bei den Tieren. Danke für das Angebot. Aber wenn Sie das Kochen übernehmen würden, wäre ich Ihnen ausgesprochen dankbar. Ich hasse es zu kochen."

„Ich ..." Maddy wurde plötzlich kreidebleich und hielt sich die Hand vor den Mund.

„Was ist los?" Pete sah sie besorgt an. „Ist Ihnen schlecht?"

Sie nickte, sprang hastig auf und rannte ins Badezimmer. Alles, was sie zum Frühstück zu sich genommen hatte, kam wieder hoch. Sie kniete immer noch vor der Toilette und würgte, als Pete hinter ihr zur Tür hereinkam. Er reichte ihr einen feuchten Waschlappen.

„Haben Sie Grippe?"

Sie wischte sich mit dem Lappen über den Mund und erhob sich vom Fußboden. „Ich wünschte, es wäre so einfach", erwiderte sie, während sie ihn mit Tränen in den Augen anschaute.

„Eine Lebensmittelallergie? Das hat ja heutzutage beinahe jeder Zweite. Meine Mutter war zum Beispiel allergisch gegen Eier."

Maddy wusste, dass es keinen Sinn hatte, ihn anzulügen. Schließlich würden sie noch einige Zeit hier in diesem Haus zusammenleben. „Ich bin schwanger."

„Schwanger!" Jetzt wich die Farbe aus Petes Gesicht. Er versuchte die aufsteigende Panik zu verbergen, indem er Ärger vorschob. „Sie sind schwanger und fahren bei Schneesturm mit dem Auto? Nicht gerade eine Heldentat, finden Sie nicht?" Er wandte sich ab und ging leise vor sich hin fluchend wieder in die Küche zurück.

Maddy folgte ihm. „Entschuldigen Sie bitte, dass ich Sie nicht vorgewarnt habe. Aber diese Übelkeit hatte ich heute zum ersten Mal. Bis jetzt ging es mir ausgezeichnet."

Pete umklammerte die Anrichte und starrte aus dem Fenster, ohne auch nur zu bemerken, dass es schon wieder schneite. Erst als er seine Gefühle wieder unter Kontrolle hatte, drehte er sich zu ihr um und sah ihr ins Gesicht. „Ich dachte, Sie wären nicht verheiratet."

Jetzt kehrte die Farbe in die bleichen Wangen zurück. „Das bin ich auch nicht. Heutzutage ist das nicht mehr Voraussetzung."

„Weiß Ihr Freund davon?"

„David ist nicht mein Freund. Er ist mein Chef. Und er weiß es. Er erwartet, dass ich das Kind abtreiben lasse. Und bevor ich mein ‚kleines Problem' nicht gelöst habe, soll ich mich in der Firma nicht mehr sehen lassen."

„Sie müssen entweder sinnlos betrunken oder bis über beide Ohren verliebt gewesen sein, wenn Sie mit so einem Kerl ins Bett gegangen sind."

„Ich war weder das eine noch das andere. Sie haben eine Möglichkeit ausgelassen – *dumm*. ‚Dumm' trifft es wohl eher."

„Sehr weit sind Sie noch nicht", bemerkte er mit einem Blick auf ihren flachen Bauch. Es war noch nichts zu sehen. Pete wusste, dass es nicht mehr lange dauern würde. Bald würde dort, wo sie jetzt flach wie ein Brett war, eine leichte Wölbung zu sehen sein, ihre Brüste würden voller werden, die Haut rosig glänzen. Er konnte sich so gut daran erinnern.

„In der achten Woche. Tut mir leid, Pete, dass ich Sie jetzt auch noch damit belaste. Nach allem, was Sie schon für mich getan haben. Aber machen Sie sich keine Sorgen. Dieses Kind ist ganz allein mein Problem. Und ich werde schon damit fertig werden."

„Deshalb wollten Sie also zur Ihrer Schwester nach Leadville, ja? Um mit ihr über Ihr ‚kleines Problem' zu reden."

Maddy seufzte. „Mary Beth ist die einzige Angehörige, die ich habe. Meinen Vater habe ich jahrelang nicht mehr gesehen. Ich … ich muss mit ihr reden. Nur sie kann mir im Augenblick weiterhelfen – sie weiß ganz sicher, was jetzt zu tun ist." Maddy wollte umarmt und getröstet werden, und sie wusste, dass sie in dieser Hinsicht bei Mary Beth an der richtigen Adresse war. Außerdem gehörte ihre Schwester zu den Menschen, die auch in den verzwicktesten Situationen in der Lage waren, einen kühlen Kopf zu behalten.

„Das hört sich ja ganz so an, als hätten Sie sich bereits gegen eine Abtreibung entschieden."

„Das würde ich nie im Leben übers Herz bringen."

Maddy sah so unglücklich aus, dass Pete ihr den Arm um die Schulter legte und sie zu ihrem Stuhl zurückführte. Er war nicht der Typ, der einen Menschen trat, der sowieso schon am Boden lag. Und Maddy war am Ende, das sah sogar ein Blinder.

„Setzen Sie sich hin. Ich hole Ihnen ein Glas Milch. Die bekommt Ihnen sicher besser als Saft. Ich mache Ihnen auch eine Scheibe Toast fertig."

„Der Toaster funktioniert doch nicht."

„Ich bin ein alter Pfadfinder. Ich kann jederzeit improvisieren." Und das tat er. Er hielt das Toastbrot über das offene Feuer der Gasflamme und drehte es zu allen Seiten, bis es goldbraun war.

„Danke ...", stammelte Maddy. Seine freundliche Besorgtheit war schwerer zu ertragen als seine schroffe Art. Sie kämpfte nur mit Mühe gegen die Tränen an. Aber sie ahnte, dass Pete Taggart nicht der Mann war, der etwas mit weinenden Frauen anzufangen wusste.

Pete stellte Milch und Toast vor sie auf den Tisch und setzte sich neben sie. „Essen Sie. Sie werden sehen, gleicht geht es Ihnen besser."

„Ich glaube, ich sollte besser von hier verschwinden. Ich ..."

„Nein! Ich kann es nicht ertragen, noch einen ..." Der Schmerz in seinen Augen brachte sie zum Schweigen. „Haben Sie schon nach draußen geguckt?", wechselte er abrupt das Thema. „Es schneit immer noch wie verrückt. Sie werden nirgendwohin gehen, Maddy. Einige Zeit werden Sie es noch hier mit mir aushalten müssen. Gewöhnen Sie sich besser an die Idee."

„Mein Koffer, das Auto ..." Sie hatte sich noch nie im Leben so hilflos gefühlt. Aber immerhin war sie nicht allein. Und dafür war sie dankbar.

„Ich werde eines von den Pferden satteln und versuchen, ob ich Ihren Koffer holen kann. Das Auto muss wohl so lange liegen bleiben, bis Willis es abschleppen kann. Machen Sie sich keine Sorgen. Im Augenblick würde nicht einmal ein Schneepflug bis zu der Stelle vordringen können."

„Sie müssen mich nicht aufheitern." Maddy zwang sich zu einem Lächeln.

Er zwickte ihr in die Nasenspitze und erwiderte ihr Lächeln. „Das würde mir im Traum nicht einfallen, Miss Potter."

Das wird ja immer besser, dachte Maddy, nachdem er aus dem Haus war. Jetzt war sie nicht nur schwanger und unverheiratet, sondern ihr war auch noch übel, und sie steckte zu allem Überfluss in dieser verflucht einsamen Gegend. Außerdem war sie zwei Wochen vor Weihnachten gezwungen, diesen arroganten Rancher zu ertragen, der ihr das Leben gerettet hatte. Aber das Verrückteste war, dass sie anfing, ihn zu mögen.

„Ich glaube nicht, dass *Ymir* ein Wort ist. Kann es sein, dass Sie es gerade erfunden haben, um mich an der Nase herumzuführen?"

Maddy trug eine bequeme Jeans und ihren weichen Kaschmirpullover. Mit einiger Mühe war es Pete inzwischen gelungen, ihr Gepäck aus dem völlig eingeschneiten Wagen zu holen. Sie lag flach auf dem Bauch vor dem warmen Kamin und sah Pete entschlossen in die Augen. Zwischen ihnen befand sich ein riesiges Scrabble-Spielbrett. „Natürlich ist das ein Wort. Es wird zwar nicht allzu oft gebraucht, aber deshalb ist es trotzdem ein richtiges Wort."

Pete schüttelte ungläubig den Kopf. „Das kann ich nicht so einfach hinnehmen", entgegnete er und griff nach dem Wörterbuch, das sie für alle Fälle bereitgelegt hatten.

Maddy lächelte selbstbewusst. „Tun Sie sich keinen Zwang an. Aber wenn ich recht hatte, bekomme ich so viele Extrapunkte, dass Sie keine Chance mehr haben, mich einzuholen."

Pete studierte das Wörterbuch, während sie den Kopf in die Hand stützte und wie gebannt dem Schauspiel der Flammen zusah.

Es war Petes Vorschlag gewesen, Scrabble zu spielen. Und es hatte ihr Spaß gemacht, ihn zu besiegen. Außerdem war es das erste Mal, dass sie im Licht einer Petroleumlampe und am offenen Kaminfeuer gespielt hatte, da der Generator immer noch nicht funktionierte. Aber das verlieh der Sache erst einen ganz besonderen Reiz.

„Sie haben gewonnen", gab er endlich zu. „Ich kann es immer noch nicht glauben, aber hier steht es schwarz auf weiß. *Ymir* ist in der nordischen Mythologie der Urriese, aus dessen Körper die Welt erschaffen wurde." Mit diesen Worten knallte er das Wörterbuch zu. „Wie wär's dann jetzt mit einem Kartenspiel?", schlug er vor. „Wir könnten zum Beispiel Strip-Poker spielen. Darin bin ich bedeutend besser."

Maddy lachte fröhlich, als er ihr verschmitzt zuzwinkerte. Und das tat ihr gut, denn sie hatte schon lange nicht mehr gelacht. „Vielleicht ein anderes Mal. Ich habe viel zu viel gegessen. Zum Strippen bin ich viel zu träge."

„Ihre Roastbeefsandwiches waren aber auch wirklich unwiderstehlich.“

„Nicht zu vergessen die Hühnersuppe. Im Aufwärmen von Fertiggerichten bin ich einfach unschlagbar.“

„Und was machen wir jetzt? Es ist noch zu früh, um ins Bett zu gehen.“ Obwohl er zugeben musste, dass es zweifellos bedeutend anregender sein würde, mit Maddy Potter ins Bett zu gehen, als sich mit Brettspielen zu vergnügen. Anregend schon, aber mit Sicherheit nicht besonders klug.

Maddy blickte zu der alten Standuhr, die in einer Ecke des Zimmers stand und deren gleichmäßiges Ticken so beruhigend auf sie gewirkt hatte. „Acht Uhr“, stellte sie fest. „Das ist selbst für mich zu früh.“ Sie überlegte einen Augenblick. „Haben Sie Marshmallows im Haus? Ich liebe gebratene Marshmallows und dazu heißen Kakao.“

„Warten Sie hier.“ Pete stand sofort auf. Er war froh über ihre Anregung. Eine kleine Ablenkung war im Augenblick genau das Richtige, da es ihm immer schwerer fiel, sich auf etwas anderes zu konzentrieren als auf die wachsende Erregung, die Maddy durch ihre bloße Anwesenheit in ihm hervorrief. „Ich habe etwas viel Besseres.“ Ein paar Minuten später kam er zurück. Auf einem alten Holztablett balancierte er Schokolade, eine Tüte Marshmallows und einige Cracker. „Kakao habe ich leider nicht, aber dafür alles, was man für einen Marshmallowspieß braucht.“

„Fantastisch!“, rief sie und klatschte begeistert in die Hände. „Ich habe seit meiner Kindheit keine mehr gegessen.“

Pete schob den Funkenschutz ein wenig zur Seite und reichte Maddy einen langen eisernen Grillspieß. „Meine Mutter hatte eine Schwäche für Marshmallowspieße. Deshalb hat sie meinen Vater beauftragt, passende Spieße herzustellen. Es waren ihre Marshmallowspieße.“ Bei der Erinnerung an seine Mutter lächelte er traurig. Sie war vor drei Jahren an Brustkrebs gestorben. Erst Bethany, dann seine Mutter. Alle Frauen, die in seinem Leben eine Rolle gespielt hatten, waren tot.

Schweigend saßen Pete und Maddy Schulter an Schulter vor dem offenen Feuer und drehten andächtig ihre Spieße. „Die schmecken wirklich unglaublich.“ Maddy stöhnte genüsslich, als sie herzhaft in ihren ersten gegrillten Marshmallow biss.

Mit dem lustigen Pferdeschwanz und dem zufriedenen Lächeln

wirkte sie eher wie ein ausgelassener Teenager, als wie eine Frau von neunundzwanzig Jahren, die ein Kind erwartete.

Als ihr ein wenig von der geschmolzenen Schokolade aufs Kinn tropfte, wischte Pete es vorsichtig mit dem Finger ab.

Seine Berührung reichte aus, um Maddys Herz höher schlagen zu lassen. Dieser Mann hatte eine derart erotische Ausstrahlung, dass ihr heiß und kalt wurde. „Sind Sie schon lange Rancher?“, fragte sie, nur um auf andere Gedanken zu kommen.

„Mein Leben lang. Ich wollte nie etwas anderes sein. Ich liebe dieses Leben. Es kam mir sehr entgegen, dass meine beiden Brüder sich zu etwas anderem berufen fühlten. John ist Tierarzt, und Mark ist Chefkoch. Ihm gehört das ‚Sweetheart Inn‘, das Gasthaus, von dem ich Ihnen gesagt habe, dass es kein freies Zimmer mehr hat.“

„Ein Chefkoch. Ich stelle es mir ziemlich praktisch vor, immer einen Chefkoch in der Nähe zu haben.“

„Mein Bruder ist geschieden. Wenn Sie möchten, mache ich Sie mit ihm bekannt.“

„Nein, vielen Dank!“ Seine Direktheit irritierte sie. „Ich habe erst einmal von Männern die Nase voll. Außerdem glaube ich kaum, dass es einen Mann gibt, der scharf darauf wäre, sich mit einer schwangeren Frau einzulassen.“

„Da irren Sie sich aber gewaltig. In dieser Stadt gibt es nicht viele Frauen zur Auswahl. Ich wüsste eigentlich nur unsere Bibliothekarin, Ella Grady. Sie ist noch Junggesellin. Aber ich kann mir beim besten Willen nicht vorstellen, dass sich das jemals ändern wird. Immerhin ist sie schon vierundsechzig.“

Maddy lächelte. „Und was ist mit Ihnen? Sind Sie auch geschieden? Ich erinnere mich, dass Sie sagten, Sie wären verheiratet gewesen.“

Pete zögerte. Es sah aus, als könnte er sich nicht entschließen, überhaupt zu antworten. „Verwitwet. Seit vier Jahren.“

Der Schmerz in seinen Augen ließ keinen Zweifel daran, dass er immer noch trauerte. Unwillkürlich berührte Maddy seine Hand. „Tut mir leid. Ich wollte nicht neugierig sein.“

Pete zuckte die Achseln. „Die Zeit heilt alle Wunden. Sagt man das nicht?“ Nur schade, dass es nicht die Wahrheit war.

Sie lächelte wehmütig. „Die Zeit heilt keine Wunden. Ich fürchte, sie lässt sie sogar tiefer werden.“

„Aber eine Frau, die ein Kind erwartet, sieht doch wundervollen

Zeiten entgegen“, erinnerte er sie. „Nur noch sieben Monate, und Sie halten einen Sohn oder eine Tochter im Arm.“

„Genau diese Vorstellung macht mir Angst. Ich habe keine Ahnung, wie es ist, Mutter zu sein, ein Kind großzuziehen. Und wie soll ich arbeiten und mich gleichzeitig um mein Kind kümmern? Wie man sich als alleinerziehende Mutter durchschlägt, hat man uns auf dem College leider nicht beigebracht. Mein Leben lang muss ich jetzt die Verantwortung für einen Menschen tragen. Und ich bin nicht sicher, ob ich dazu in der Lage sein werde.“

„Sie haben doch Ihre Schwester. Ich bin sicher, dass sie Ihnen helfen wird.“

„Mary Beth und Lyle wünschen sich schon seit Jahren verzweifelt ein Kind, und sie wird nicht schwanger. Ich weiß nicht, wie sie unter diesen Umständen auf meine Schwangerschaft reagieren wird. Es wäre schrecklich, wenn unser Verhältnis darunter leiden würde.“

„Haben Sie schon einmal daran gedacht, das Kind bei Ihrer Schwester aufwachsen zu lassen? Dann wären mit einem Schlag alle Probleme vom Tisch. Sie könnten arbeiten, und Ihre Schwester hätte endlich das lang ersehnte Kind.“

Maddy strich sich über den Bauch. In ihren Augen bemerkte Pete eine Weichheit, die vorher nicht da gewesen war. „Ich habe darüber nachgedacht. Aber es ist mein Kind. Niemand anders soll es bekommen. Auch nicht meine Schwester. Ich weiß genau, dass sie eine perfekte Mutter wäre, und Lyle ist wirklich ein wundervoller Mann. Das Baby könnte es gar nicht besser haben. Aber …“ Sie schüttelte den Kopf. „Es ist mein Baby. Ich erwarte nicht, dass Sie mich verstehen.“

„Ich verstehe Sie sogar sehr gut. Bethany war im sechsten Monat, als sie starb. Ich habe nicht nur meine Frau verloren, sondern auch meinen Sohn. Ich weiß, was es bedeutet, einen Menschen zu verlieren. Glauben Sie mir, ich verstehe Sie besser, als Sie sich vorstellen können.“ Pete stand still auf, nickte ihr zu und verließ das Zimmer.

3. KAPITEL

Maddy ließ sich zufrieden in das weiche Daunenkissen am Kopfende ihres Bettes sinken. Sie seufzte verträumt und legte den Liebesroman, den sie gerade ohne Pause durchgelesen hatte, neben sich auf den Nachttisch. Ein Glück, dass Petes Mutter offensichtlich eine Schwäche für diese Art von Literatur gehabt hatte, denn neben dem herrlich bequemen Bett stand ein großer Weidenkorb, der genug Lesestoff für die nächsten Wochen enthielt.

Maddy hätte niemals für möglich gehalten, dass sie sich für Liebesromane interessieren könnte. Bisher hatte sie Krimis und Science-Fiction bevorzugt. Aber seit sie vor drei Stunden angefangen hatte, diese rührende Lovestory zu lesen, konnte sie nicht mehr aufhören.

Schade, dass es im wirklichen Leben nicht so romantisch wie in diesen Romanen zuging. Dort liebte der Held die Heldin mehr als das eigene Leben und heiratete sie zum Schluss. Er würde niemals von ihr verlangen, zu verschwinden oder eine Abtreibung vornehmen zu lassen. Allerdings war David Lassiter auch nicht gerade das, was man unter einem Helden verstand.

Pete Taggart trug schon eher die Züge eines Helden. Immerhin hatte er ihr das Leben gerettet.

Bei dem Gedanken musste Maddy lächeln. Außerdem hatte sie ein schlechtes Gewissen, weil er die meiste Zeit des Tages im kalten Keller zubrachte, um den Generator wieder in Gang zu bringen, während sie faul in ihrem Zimmer herumlag und Liebesromane las. Trotzdem genoss sie es. Es war einfach herrlich, sich zu entspannen, herumzusitzen und nichts zu tun.

Das Feuer knisterte leise im Kamin, und Maddy strich gedankenverloren über die wundervolle alte Patchworkdecke auf ihrem Bett. Sie war zweifellos handgearbeitet. Viele verschiedene Muster und Farben waren sorgfältig zusammengestellt worden, und alle enthielten sie zwei ineinander verschlungene Ringe, die eindeutig Eheringe symbolisieren sollten. Die Decke war garantiert wertvoll. Sie wollte Pete später fragen, wo er sie gekauft hatte.

Vielleicht würde sie sich auch eine solche Decke für ihr eigenes Bett in New York kaufen. Obwohl sie zweifellos viel besser auf dieses schwere Bett in dem alten Farmhaus passte. Verglichen mit ihrem eigenen weiß gestrichenen Schlafzimmer, das ihr im Nachhinein selbst nicht mehr gefiel, weil es so kalt und steril wirkte, war dieses Zimmer urgemütlich. Sie hatte gedacht, dass die weißen Wände in ihrer Wohnung hervorragend mit dem weißen Teppichboden harmonieren würden. Im Nachhinein musste sie zugeben, dass sie nicht besonders kreativ gewesen war. Schon gar nicht für eine Frau, die mit ihrer Kreativität Geld verdiente.

Beim Anblick der winzigen gelben Osterblumen, die die Wände schmückten, musste sie lächeln. In einem solchen Raum konnte man nur fröhlich sein. Es war, als ob den ganzen Tag die Sonne schien. Das Bett, die Frisierkommode und der Nachttisch waren ebenfalls gelb lackiert und von einem zarten Efeumuster durchzogen. Selbst wenn man so viele Probleme hatte wie sie, fühlte man sich auf einmal heiter.

„Das haben Sie großartig gemacht, Mrs Taggart", sagte sie, während sie wieder und wieder über die Decke strich und sich fragte, wem dieses Lob gebührte, Petes verstorbener Frau oder seiner Mutter.

Plötzlich flackerte in der Nachttischlampe die Glühbirne auf. Maddy sprang aus dem Bett. Endlich war es Pete gelungen, den Generator zu reparieren. Sie hatten Strom.

Vor Freude rannte sie die Treppe hinunter. „Sie haben es geschafft!", rief sie begeistert, als sie die Küche betrat. Er stand mit dem Rücken gegen die Anrichte gelehnt und lächelte selbstgefällig. Dabei sah er so unglaublich sexy aus! Ohne nachzudenken, hätte sie sich beinahe in seine Arme geworfen, doch im letzten Moment konnte sie sich zurückhalten.

Glücklicherweise hatte er es nicht bemerkt. Er war noch viel zu sehr mit seiner Heldentat beschäftigt. „Der Generator läuft. Aber es war knapp. Wir sollten nicht zu tief atmen, sonst könnte er wieder ausfallen. Immerhin haben wir noch genug Gas, um ihn ein paar Tage am Laufen zu halten."

„Ich kann es noch gar nicht glauben. Jetzt kann ich mir endlich die Haare machen und Plätzchen backen. Sie mögen doch Plätzchen, oder nicht?"

„Ich …" Ein seltsamer Ausdruck lag auf Petes Gesicht. Nach Bethanys Tod hatte er nie mehr Weihnachten gefeiert.

Er war so enttäuscht und ärgerlich gewesen. Aber wenn er jetzt zurückdachte, musste er sich eingestehen, dass Enttäuschung und Wut ihm nichts eingebracht hatten. Sie hatten ihm Bethany und das Baby nicht zurückgebracht, sondern nur dazu geführt, dass er einsam und verbittert geworden war.

Vielleicht war es jetzt an der Zeit, die Dinge noch einmal zu überdenken. Sein Bruder John hatte ihm oft genug dazu geraten. „*Langsam aber sicher bringst du uns alle auf die Palme, großer Bruder. Komm endlich wieder zu dir. Leb dein Leben, oder bring dich um. Ich habe keine Lust mehr, dich so dahinvegetieren zu sehen.*“ John war nicht der Typ, der jedes Wort auf die Goldwaage legte. Er sagte einfach geradeheraus, was er dachte.

Jetzt stand Weihnachten vor der Tür. Es war nur noch eine Woche bis zu der alljährlichen Weihnachtsparty in Marks Gasthaus. Pete wusste, dass seine Brüder glücklich sein würden, ihn wieder unter den Lebenden zu begrüßen.

Letztlich war es aber der erwartungsvolle Glanz in Maddys Augen, der sein Herz berührte. Diese Frau hatte im Augenblick so viele Probleme, dass es beinahe seine Pflicht war, sie gut zu behandeln und ihr eine Freude zu machen.

„Mögen Sie Weihnachtsbäume?“, fragte er, bevor er es sich anders überlegen konnte.

„Weihnachtsbäume?“ Sie sah ihn erstaunt an. Doch dann lächelte sie. „Ich liebe Weihnachtsbäume. Sie riechen so gut. Leider habe ich seit Jahren keinen echten Baum mehr gehabt. Und letztes Jahr bin ich nicht einmal dazu gekommen, einen Plastikbaum aufzustellen. Wir hatten entsetzlich viel Arbeit.“ Mit einem Mal wurde Maddy bewusst, dass sie jedes Weihnachtsfest verpasst hatte, seit sie bei Lassiter arbeitete. Für David Lassiter, Frank Owens und Larry Cumberland war Weihnachten ein Tag wie jeder andere – ein Tag, an dem man Geld verdienen musste. Heute bereute sie, dass sie sich hatte einwickeln lassen.

„Als ich noch zu Hause wohnte, hatten wir jedes Jahr einen richtigen Weihnachtsbaum. Und meine Mutter hat immer Unmengen von Popcorn gemacht. Mary Beth und ich haben den Baum damit geschmückt. Warum fragen Sie?“

Pete steckte die Hände in die Hosentaschen. „Ich habe nach einer Beschäftigung für morgen gesucht. Ich könnte das Pferd vor den Schlitten spannen und …“

„Schlitten? Sie haben einen Schlitten?“, kreischte sie übermütig, sodass Pete laut auflachte.

„Ja. Er ist zwar ziemlich alt, und ich würde keine allzu lange Fahrt mehr riskieren, aber wenn wir uns hier in der Nähe umsehen, müsste es eigentlich klappen. Ich denke, wir sollten auf jeden Fall versuchen, morgen einen Baum zu schlagen. In den letzten Jahren hatte ich auch keinen Weihnachtsbaum. Aber da dieses Jahr etwas ganz Besonderes ist ..."

Maddy hätte am liebsten gefragt, ob es ihretwegen etwas Besonderes war. Diese Vorstellung ließ ihr Herz höher schlagen. „Ich mache Sandwiches, dann können wir unterwegs so eine Art Picknick machen", schlug sie stattdessen vor.

Pete zog ungläubig die Augenbrauen hoch. „Im Schnee?"

„Haben Sie nicht gesagt, dass Sie Pfadfinder waren? Ich würde sagen, wir improvisieren etwas."

Am nächsten Tag hatten sie tatsächlich Glück. Es hatte aufgehört zu schneien, und gelegentlich kam sogar die Sonne zögernd zwischen den Wolken hervor. Alles um sie herum war weiß. Maddy konnte sich nicht erinnern, jemals eine so herrliche und unberührte Schneelandschaft gesehen zu haben.

„Es ist wunderschön hier. Ich kann sehr gut verstehen, dass Sie auf der Ranch bleiben wollen."

Mit dieser Bemerkung hatte Pete nicht gerechnet. „Ich dachte, Sie könnten dem Landleben absolut nichts abgewinnen." Er schnalzte einige Male und lenkte das Pferd gekonnt durch die verschneite Landschaft. Die alten Kufen durchschnitten den Schnee wie ein Messer.

„Das kann ich auch nicht. Trotzdem liebe ich die Landschaft. Außerdem bin ich in einer völlig anderen Gegend aufgewachsen. Bei uns waren weder Berge noch Bäume. Iowa ist flachstes Land."

Maddy begann *Jingle Bells* zu summen. Ihre Begeisterung steckte Pete schnell an. Zuerst summte er mit ihr, doch dann erklang sein tiefer Bariton in die weiße Stille. Als sie die zweite Strophe beendeten, kicherten sie wie übermütige Teenager.

„Was für einen Baum hätten Sie gern?" Er fühlte sich so befreit wie lange nicht mehr. Herrlich.

Nach einigem Hin und Her hatte Maddy sich für eine riesige Tanne entschieden. Sosehr sie das Landleben als Kind gehasst hatte, so uneingeschränkt musste sie heute zugeben, dass sie nie zuvor etwas Atemberaubenderes gesehen hatte, als diese fantastische Landschaft. Sie genoss es, so weit von dem Lärm und Gestank der Großstadt entfernt zu sein.

Pete hielt den Schlitten an und blickte zweifelnd zu der Baumspitze hoch. „Sind Sie wahnsinnig geworden? Der passt doch niemals ins Haus. Meine Decken sind nur drei Meter fünfzig hoch." Er rieb sich nachdenklich das Kinn. „Außerdem bezweifele ich, dass ich genügend Kerzen und Weihnachtsbaumschmuck habe, um ihn zu dekorieren, Maddy."

Maddy sah ihn flehend an. „Aber wir könnten doch ..."

„Improvisieren", beendete er ihren Satz. „Ich habe schon verstanden."

„Oh, sehen Sie nur, Mistelzweige. Wir brauchen welche, um sie über die Tür zu hängen." Als sie seinen seltsamen Blick bemerkte, wurde sie verlegen. „Tut mir leid, ich glaube wir brauchen keinen ..."

„Natürlich nehmen wir auch Mistelzweige mit. Schließlich verlangt es die Tradition." Man kann nie wissen, ob es nicht nützlich sein könnte.

„Ich habe doch gleich gesagt, er passt hier nicht rein."

Voller Bewunderung betrachtete Maddy den riesigen Baum. Sie hatten einen großen Teil der Möbel umstellen müssen, doch es hatte sich gelohnt. „Er ist wunderschön." Sie lächelte glücklich. „Einfach vollkommen. Und wenn er erst geschmückt ist, sieht er noch besser aus."

Pete sah eher skeptisch aus. Wie er vermutet hatte, war die herrliche Douglasfichte viel zu groß für seinen Aufenthaltsraum. Obwohl er ausgesprochen geräumig war. „Wenn Sie sich etwas in den Kopf gesetzt haben, geben Sie wohl niemals auf, oder?"

Maddy verschränkte die Arme vor der Brust. „Wie könnte ich sonst in einem Beruf erfolgreich sein, in dem die Männer das große Sagen haben?"

„Ich muss noch ein Stück von der Spitze abschneiden, wenn wir den Engel obendrauf setzen wollen. Und dann kümmere ich mich um die Kerzen", wechselte Pete das Thema.

„Inzwischen backe ich ein paar Kekse. Sonst ist es nicht richtig weihnachtlich."

„Gut. Dann kann ich mich beim Schmücken schon auf eine kleine Stärkung freuen."

„Super. Wir werden jede Menge Spaß haben."

Pete sah sie lächelnd an. „Und ich dachte, schwangere Frauen sind immer müde. Woher nehmen Sie nur die Energie?"

„Ich bin schwanger und nicht krank." Dieses Bewusstsein hatte Maddy sogar geholfen, gegen ihre allmorgendliche Übelkeit anzugehen.

Pete stand inmitten von Kerzen und Tannenzweigen, als Maddy eine Stunde später gut gelaunt zu ihm kam. Sie stellte ein Tablett mit frisch gekochtem Kaffee und duftenden Keksen auf den Tisch. „Zeit für eine Pause. Wie wäre es mit einer kleinen Stärkung?"

Pete kletterte die Leiter hinunter und sah Maddy missmutig an. „Die Kerzen reichen nur für die obere Hälfte des Baumes aus. Es wird ziemlich albern aussehen. Ich habe schon versucht …"

Sie hielt ihm wortlos einen Keks vor die Nase. Er sog den herrlichen Vanilleduft ein, bevor er ihn ihr aus der Hand nahm. „Er wird fantastisch aussehen. Wenn der Baum erst einmal geschmückt ist, fällt es gar nicht mehr auf, dass wir nicht genug Kerzen haben. Außerdem nehmen wir doch nicht an einem Wettbewerb teil. Wir machen das alles doch nur zu unserem eigenen Vergnügen. Sind Sie immer so ein Perfektionist?"

Pete biss ein Stück von seinem Keks ab und ließ sich neben sie aufs Sofa fallen. „Mmh, lecker." Ein Feuer flackerte im Kamin. Seine Eltern hatten den großen Aufenthaltsraum drei Jahre vor dem Tod seines Vaters bauen lassen. Es war Petes Lieblingszimmer in dem alten Haus. Die großzügige Fensterfront auf der einen Seite des Raumes ließ nicht nur viel Licht herein, sondern gewährte auch einen atemberaubenden Ausblick auf die herrliche Landschaft und die Berge im Hintergrund.

„Ja. Ich kann es nicht ertragen, in irgendeiner Sache nicht der Beste zu sein. Fragen Sie meine Brüder. Es macht sie wahnsinnig." Er nahm eine Handvoll Kekse und lächelte sie verschmitzt an.

„Das werde ich auch tun, falls ich noch die Gelegenheit habe, sie kennenzulernen." Es musste allerdings bald geschehen, da sie nicht davon ausging, noch viel länger hier zu bleiben. Der Gedanke an Abschied machte sie irgendwie traurig.

Sei doch vernünftig, Maddy. Reicht dir denn nicht ein großer Fehler? Mach nicht alles noch schlimmer. Pete Taggart und du, ihr beide habt auch so genug Probleme.

„Wenn es nicht mehr schneit, wird John garantiert in den nächsten Tagen nach mir sehen. Er sorgt sich viel zu sehr um die Familie. Manchmal ist er schlimmer als eine Mutter. Es grenzt schon an Aufopferung. Auf jeden Fall ist er mit seinem Schneemobil beweglicher als die meisten anderen Leute."

„Und ist dieser abenteuerlustige Bruder, der so viel Familiensinn hat, verheiratet?"

„Nein. John ist noch Junggeselle. Ich glaube auch nicht, dass er häufig ausgeht. Seine Leidenschaft gehört den Tieren und seiner Tierklinik. Er ist ein hervorragender Tierarzt, und die Leute in Sweetheart sind froh, dass sie ihn haben."

„Also sind alle drei Taggart-Brüder Singles? Und die einzige unverheiratete Frau in der Gegend ist die alte Bibliothekarin. Habe ich das jetzt richtig verstanden?"

„So in etwa", entgegnete Pete mit einem jungenhaften Grinsen, obwohl es nicht ganz der Wahrheit entsprach. Denn John hatte eindeutig seit Langem eine Schwäche für Allison Montgomery, obwohl diese seine Gefühle offenbar nicht erwiderte.

„Es überrascht mich kein bisschen, dass Sie alle drei noch nicht verheiratet sind. Sie scheinen ganz schön wählerisch zu sein."

„Danke gleichfalls. Soweit mir bekannt ist, haben Sie auch noch nicht den Richtigen gefunden."

Maddy wurde rot. „Anscheinend war ich nicht wählerisch genug. Es war ziemlich naiv, auf einen Mann wie Lassiter hereinzufallen."

„Eines Tages kommt der Richtige. Eine Frau wie Sie muss einfach heiraten."

Typisch Mann. Maddy ärgerte sich über seine unüberlegten Worte. „Verzeihen Sie, dass ich Ihnen widerspreche. Nur weil ich Plätzchen backe und eine Schwäche für Weihnachtsbäume habe, muss ich noch lange nicht heiraten. Das ist eine ziemlich altmodische Einstellung, Pete Taggart. Eine moderne Frau kann eine Menge …"

Pete hob abwehrend die Hände. „Bitte ersparen Sie mir Ihre Ausführungen über die emanzipierten Frauen von heute. Sie erzählen mir nichts Neues."

Petes Miene verdunkelte sich schlagartig, und Maddy zweifelte nicht eine Sekunde daran, dass er in diesem Augenblick an seine Frau dachte. Deshalb drängte sie ihn nicht, weiterzureden. Schließlich ging es sie nichts an.

„Da wir unterschiedliche Auffassungen über die Berufstätigkeit von Frauen haben, sollten wir nicht länger streiten und lieber den Baum schmücken. Sagen Sie mir, wo der Weihnachtsschmuck ist, dann hole ich ihn."

Pete kam sich plötzlich albern vor. Wieso stritt er mit Maddy? Sie war eine typische Karrierefrau, die ihr eigenes Leben in New York führte. Aber was ging ihn das an? Es konnte ihm doch vollkommen gleichgültig sein, dass sie verschiedene Ziele hatten. Er kannte die Frau ja kaum. Und doch war sie ihm manchmal so vertraut, als hätte er sie sein Leben lang gekannt. Es war seltsam, wie schnell sie sich nähergekommen waren. Seltsam und beunruhigend.

„Der Schmuck ist in dem kleinen Schrank im Gästezimmer."

„Gut", sagte sie. „Dann hole ich ihn gleich runter. Übrigens, was ich Sie noch fragen wollte – Sie kennen doch die hübsche handgearbeitete Patchworkdecke im Gästezimmer? Sie wissen schon, die mit dem Eheringmotiv? Haben Sie eine Ahnung, wo sie herstammt? Ich hätte nämlich gern eine für mein eigenes Schlafzimmer."

„Sie gehörte meiner Mutter. Und da ich ihr ältester Sohn war, hat sie sie mir vererbt. Sie wiederum hatte sie von ihrer Mutter. Ursprünglich gehörte die Decke meiner Urgroßmutter Maggie. Sie wurde von Generation zu Generation weitergegeben. Normalerweise wird sie in der alten Truhe neben dem Schaukelstuhl aufbewahrt. Sie können ja mal nachsehen, ob Sie dort ein Muster oder eine Anleitung finden."

Maddy lachte. „Zum Handarbeiten reichen meine hausfraulichen Fähigkeiten nun leider doch nicht aus. Ich koche zwar gern, aber Nähen ist nicht gerade meine Stärke. Da sind mir meine Werbekampagnen schon lieber. Mary Beth kann nähen. Ich werde sie bitten, für mich so eine Decke anzufertigen."

Pete zweifelte nicht daran, dass Maddy ihre Schwester überreden konnte. Wenn sie um etwas bat, konnte man ihr einfach nichts abschlagen. Er blickte auf den viel zu großen Weihnachtsbaum und seufzte resigniert.

Frauen, die so hinreißend um etwas bitten konnten, waren gefährlich. Und wenn sie dazu auch noch hübsch waren, war es das Vernünftigste, die Beine in die Hand zu nehmen und sich so schnell wie möglich aus dem Staub zu machen.

Als Maddy kurz darauf in den Aufenthaltsraum zurückkam, winkte sie mit einem zerknitterten Stück Pergamentpapier. Sie wirkte so verwirrt, dass Petes Neugierde schnell geweckt war. Er legte die Sportzeitschrift beiseite und sah sie erwartungsvoll an.

„Was ist los? Haben Sie eine Anleitung gefunden?"

„Sie werden es nicht glauben, Pete", sagte sie und sah ihn mit großen Augen an. Sie ließ sich auf das Sofa fallen. „Dieses Blatt Papier habe ich in der Truhe gefunden. Es lag hinter der eingepackten Babywäsche. Ich hoffe, Sie haben nichts dagegen, dass ich mir die winzigen Sachen angeschaut habe. Ich konnte einfach nicht widerstehen."

Maddy duftete nach Zimt und Vanille, und Petes Herz schlug höher. Er hatte Hunger, aber nicht auf Kekse. Er atmete tief durch. „Ich habe nichts dagegen. Aber würden Sie mir jetzt vielleicht erzählen, was auf dem Papier steht?" Er konnte sich nicht erinnern, es jemals gesehen zu haben, aber er hatte nach dem Tod seiner Mutter auch keine rechte Lust gehabt, in ihren Sachen herumzuwühlen. Es wäre zu schmerzhaft gewesen. Schlimm genug, dass er Bethanys Sachen hatte aussortieren müssen.

„Es ist eine Legende über die Decke, und sie scheint sehr alt zu sein. Hören Sie zu. ‚Wenn du unter dieser Decke schläfst, bist du innerhalb eines Monats verheiratet.' Was sagen Sie jetzt?"

Pete sah sie ungläubig an. Eine Legende über die Decke. Die Prophezeiung einer Heirat? Unsinn! Das konnte unmöglich wahr sein. „Das hat meine Großmutter wahrscheinlich irgendwann einmal erfunden."

„Schon möglich. Aber ich habe auch einen Brief gefunden, den sie an einen ihrer Söhne geschrieben hat. Anscheinend wollte Maggie, dass er heiratete und eine Familie gründete, damit die Ranch im Besitz der Taggarts blieb. Sie war nicht gerade zimperlich. Sie hat ihrem Sohn Jared ordentlich die Meinung gesagt, denn der machte offensichtlich keinerlei Anstalten zu heiraten."

„Die Taggart-Männer mögen es überhaupt nicht, wenn man ihnen sagt, was sie zu tun und zu lassen haben."

„Nun, dafür sind Sie ja wohl der lebende Beweis. Aber Ihre Urgroßmutter bekam ihren Willen. Schließlich würde es Sie sonst nicht geben."

„Maddy, wenn Sie wirklich an die Geschichte glauben, sind Sie jetzt in derselben Situation wie damals mein Großonkel. Bleibt abzuwarten, ob die Prophezeiung wahr wird."

„Was wollen Sie damit sagen?“ Sie zog beunruhigt die Augenbrauen hoch.

„Sie haben schon ein paar Tage unter der Decke geschlafen. Wenn die Legende stimmt, werden Sie verheiratet sein, bevor der Monat um ist.“

Sie las die Legende noch einmal und bemerkte, dass es noch eine weitere Seite gab. „Ein Mann und eine Frau, die sich durch Zufall getroffen – schon bald auf den unvermeidlichen Hochzeitstanz hoffen. Ein zärtlicher Kuss den Handel besiegelt – unsterbliche Liebe das Paar erlebt.“

„Gütiger Himmel. Das kann doch nicht wahr sein.“ Maddy lachte gekünstelt. „Sie haben natürlich recht. Ihre Urgroßmutter Maggie hat sich da anscheinend eine fantastische Geschichte ausgedacht.“ Sie und Pete hatten sich nicht geküsst. Sie hatten also nichts zu befürchten.

„Was ist los? Was steht noch da?“ Er versuchte, ihr das Papier aus der Hand zu nehmen, aber sie versteckte es hinter ihrem Rücken.

„Nichts. Es ist wirklich nichts. Nur die fantastischen Träumereien einer alten Frau. Es lohnt sich nicht, es zu lesen.“

„Ich glaube Ihnen kein Wort. Wenn es unwichtig wäre, wären Sie nicht auf einmal so kalkweiß geworden. Geben Sie schon her. Ich möchte es auch lesen.“

Maddy beugte sich zurück, doch Pete legte den Arm um ihre Taille und drückte sie sanft so weit zurück, dass sie sich nicht mehr rühren konnte. Als er ihren Körper unter sich spürte, war sein Interesse an dem Pergament mit einem Mal wie weggeblasen. Maddys Lippen waren seinen so nahe, dass er nur noch den einen brennenden Wunsch hatte – sie zu küssen.

Er fuhr sich mit der Zunge über die Lippen, und in seinen Augen spiegelte sich so deutlich seine Absicht wider, dass Maddy von Panik ergriffen wurde. „Pete, bitte nicht! Sie wissen gar nicht …“

„Tut mir leid, Maddy. Ich kann nicht anders.“ Er bedeckte ihren Mund mit seinem und erstickte ihren Protest im Keim. Sie schmeckte so süß, dass er beinahe den Verstand verlor. Er fühlte sich wie ein Verhungernder, dem man ein Festmahl vorgesetzt hatte, und der jetzt nicht genug bekommen konnte.

Allmählich verlor Maddy sich in der Leidenschaft des Augenblicks. Sie gestattete ihm, ihren Mund völlig in Besitz zu nehmen. Doch dann erinnerte sie sich an die Worte auf dem Pergament, und wieder wurde sie von Panik ergriffen.

Entschlossen legte sie ihm die Hände auf die Brust und schob ihn von sich. Es dauerte einige Zeit, bis sie sich befreien konnte. „Hör auf, Pete! Du hast etwas Schreckliches getan." Sie merkte selbst nicht, dass sie ihn geduzt hatte.

Pete atmete schwer. In seinen Augen flackerte noch immer die Leidenschaft, aber er war kein bisschen verlegen. „Komm schon, Maddy", sagte er endlich. „Es war doch nur ein Kuss. Es tut mir leid, wenn ich dich beleidigt habe. Aber ich konnte einfach nichts dagegen tun."

„Ich weiß. Und das nur wegen des Pergaments." Sie zog das Papier hinter dem Rücken hervor und warf es ihm zu.

„Pete Taggart. Mit diesem Kuss hast du unser Schicksal besiegelt. Und was gedenkst du jetzt dagegen zu tun?"

4. KAPITEL

Nachdem Pete zu Ende gelesen hatte, sah er Maddy feierlich an. „Nun, ich fürchte, jetzt bleibt mir nichts anderes übrig, als dich zu heiraten."

„Mich heiraten?", fragte sie fassungslos. „Bist du denn vollkommen übergeschnappt? Wir kennen uns doch kaum." Die Vorstellung war so lächerlich, völlig absurd – und doch lag ein gewisser Reiz darin. Aber das Zwinkern in seinen Augen und das belustigte Lächeln auf seinen Lippen holten sie schnell in die Wirklichkeit zurück. Natürlich, er hatte sie necken wollen.

Pete legte den Kopf in den Nacken und lachte lauthals. „Du glaubst doch nicht wirklich an so einen Schwachsinn? Komm schon, Maddy. Das sind die Fantasien einer alten Frau. Vielleicht war Maggie ja schon senil, als sie das geschrieben hat."

„Nach dem zu urteilen, was du mir bisher über deine Urgroßmutter erzählt hast, kann ich mir das nun überhaupt nicht vorstellen. Ich würde eher sagen, sie war eine ausgesprochen kluge und selbstbewusste Frau. Du magst darüber lachen, aber ich glaube an solche Dinge, und sie hat es offenbar auch getan. Nenn es weibliche Intuition, wenn du willst. Aber deine Urgroßmutter hat daran geglaubt. Sie wusste, dass die geheimnisvolle Legende von der Decke wahr werden würde. Und wenn ihr Sohn sie auch belächelt hat – genauso wie du mich, kurz darauf war er doch verheiratet."

„Wahrscheinlich liegt es an deinem augenblicklichen Zustand, dass du an diesen Unsinn glaubst. Immerhin bist du schwanger und unverheiratet. Auch in der heutigen Zeit ist es nicht einfach, sich als ledige Mutter durchzuschlagen. Irgendwie träumt doch jede Frau davon, eine Familie zu haben."

„Wie kannst du es wagen, mir zu unterstellen, dass ich einen Mann suche?", brauste Maddy auf. „Du hast ja keine Ahnung. Aber selbst wenn es so wäre, du wärest der Letzte, auf den ich es abgesehen hätte."

Pete hatte ihren Stolz verletzt. Das war nicht seine Absicht gewesen. Aber verflucht, dieses ganze Theater konnte einen wirklich nervös machen. Ganz besonders, nachdem ihm bewusst geworden war, dass die Vorstellung, mit Maddy verheiratet zu sein, gar nicht so übel war.

„Reg dich bitte nicht auf, Maddy. Das ist nicht gut für dich und das Baby. Es tut mir leid. Ich dachte nur …"

„Dass ich eine arme, schwache und verzweifelte Frau bin? Ich brauche keinen Mann, um ein Kind aufzuziehen. Das schaffe ich schon ganz allein."

„Gestern Abend hörte sich das aber ganz anders an. Und deshalb dachte ich ..."

„Jetzt ist nicht mehr gestern Abend. Ich habe meine Meinung geändert. Frauen tun das manchmal."

Maddy war so außer sich, dass Pete sie am liebsten noch einmal in die Arme genommen und geküsst hätte, bis sie schwach wurde. Aber das wäre ziemlich unvernünftig. „Jetzt ist wahrscheinlich nicht der geeignete Augenblick, um dich zu einer Weihnachtsparty einzuladen, oder?"

„Eine Weihnachtsparty?", fragte sie verwirrt, und ihr Ärger war genauso schnell verflogen, wie er gekommen war. „Bist du verrückt geworden? Hast du nicht bemerkt, dass wir völlig eingeschneit sind?" Sie warf einen kurzen Blick aus dem Fenster, so als müsste sie sich noch einmal vergewissern.

„Doch. Aber ich denke, dass die Straßenverhältnisse nächste Woche besser sein werden. Es hat ja schon etwas getaut. Ansonsten könnten wir uns Johns Schneemobil ausleihen oder versuchen, mit dem Schlitten zu fahren."

Maddy wurde neugierig. Sie liebte Partys und hatte doch in den letzten Jahren so selten Gelegenheit gehabt, eine zu besuchen – abgesehen von irgendwelchen langweiligen Cocktailpartys, auf denen sie ihre versnobte Kundschaft bei Laune halten musste. „Wessen Party ist es denn?", fragte sie neugierig.

„Mein Bruder Mark veranstaltet jedes Jahr eine Weihnachtsparty in seinem Gasthaus. Ich war seit Jahren nicht mehr da, aber dieses Jahr wollte ich ganz gern wieder hingehen. Ich dachte, du hättest vielleicht Lust, mich zu begleiten."

Maddys Herz klopfte vor Freude so laut, dass sie Angst hatte, er könnte es hören. Dabei sollte er auf keinen Fall wissen, wie glücklich sie darüber war. „Und wenn ich deine Einladung annehme, versprichst du mir dann, mir keine niederen Motive unterzujubeln?"

Er hob drei Finger. „Ich schwöre bei meiner Pfadfinderehre."

Petes jungenhafter Charme konnte Eisberge zum Schmelzen bringen. Maddy fragte sich besorgt, wie sicher ihr Herz vor diesem unmöglichen Mann war. Hoffentlich war ihr Auto bald wieder fahrtüchtig.

Es wurde höchste Zeit, dass sie von der Bildfläche verschwand. Dann würde sein Lächeln, das ihr Herz höher schlagen ließ, seine verführerischen Küsse und seine atemberaubende Ausstrahlung nur noch eine Erinnerung sein.

„Ich hätte nicht im Traum daran gedacht, dass Pete eine wunderschöne junge Frau bei sich einquartiert hat. Kein Wunder, dass wir so lange nichts von ihm gehört haben."

Maddy fuhr zusammen, als sie sich einem fremden Mann gegenübersah, der eine jüngere Ausgabe von Pete hätte sein können. Beinahe wäre ihr die Schüssel mit Kartoffelpüree aus den Händen gefallen. Natürlich wusste sie sofort, dass der Mann nur John, Petes jüngerer und unglaublich gut aussehender Bruder sein konnte.

„Um Himmels willen!"

„Was ist denn los, Madam?"

„Nichts. Gar nichts." Maddy wurde über und über rot. „Sie haben mich nur zu Tode erschreckt."

„Tut mir leid. Ich wollte Sie nicht erschrecken. Darf ich mich vorstellen? Ich bin John Taggart, Petes jüngerer Bruder. Und ich schneie immer unangemeldet herein." Er streckte ihr die Hand entgegen, bemerkte aber gerade noch rechtzeitig, dass er vergessen hatte, seine Handschuhe auszuziehen.

Maddy stellte die Schüssel ab und reichte ihm die Hand. „Ich habe Sie erwartet, Mr Taggart. Pete hat mich sozusagen vorgewarnt. Er sagte, Sie würden sicher in den nächsten Tagen vorbeikommen, um nach dem Rechten zu sehen."

„Oh, das hat er gesagt." John lächelte breit, und die Grübchen auf seinen Wangen gaben ihm etwas Jungenhaftes. „Hier riecht es übrigens ausgezeichnet." Er schnupperte. „Nach gebratenem Schinken, stimmt's?"

„Sie haben eine gute Nase, Mr Taggart. Wenn Sie wollen, können Sie gern zum Essen bleiben."

„Nennen Sie mich bitte John. Und danke für die freundliche Einladung. Ich sage gern Ja. Ich bin meine eigene Kocherei sowieso längst leid."

„Okay, John." Maddy erwiderte sein Lächeln. „Wenn Sie mir versprechen, mich nie mehr zu erschrecken, kommen wir sicher hervorragend miteinander aus."

„Wo steckt mein Bruder eigentlich? Sagen Sie nicht, dass er Sie ganz allein hier gelassen hat."

„Er füttert die Tiere und müsste jeden Moment zurück sein."

John nahm sich einen Stuhl, setzte sich falsch herum darauf und stützte die Arme auf die Rückenlehne. „Ich kann mich nicht erinnern, dass Sie mir erzählt haben, was Sie hierhin verschlagen hat. Entschuldigen Sie meine Neugier, Madam, aber ich wüsste gern, wieso Sie hier sind. Mein Bruder hat nämlich mit keiner Silbe erwähnt, dass er Gäste aus der Stadt erwartet."

Erst jetzt erinnerte Maddy sich wieder daran, dass Pete ihr von der übertriebenen Fürsorge seines Bruders berichtet hatte. Diese Art von Fürsorge kannte sie. Mary Beth war ähnlich. „Ihr Bruder hat mich freundlicherweise bei sich aufgenommen, solange die Straßen unbefahrbar waren, aber jetzt, da das Wetter wieder besser geworden ist, werde ich bald aufbrechen."

„Wer sagt denn, dass die Straßen wieder befahrbar sind?" Sie drehten sich beide in die Richtung, aus der die Stimme kam. Pete nickte seinem Bruder zu und sah Maddy ungeduldig an. „Das Wetter hat sich zwar etwas beruhigt, aber vergiss nicht, dass dein Wagen immer noch im Graben liegt. Unter den augenblicklichen Umständen denkt Willis nicht im Traum daran, ihn abzuschleppen. Und so lange bleibst du besser, wo du bist."

Maddy lehnte sich auf ihrem Stuhl zurück. Sie kniff unmerklich die Augen zusammen. Dieser Mann war einfach unmöglich. Stur wie ein Maultier. Er befahl etwas und erwartete, dass man ihm ohne nachzudenken gehorchte. Natürlich wollte er nur das Beste für sie, aber sie konnte es einfach nicht ertragen, wenn andere für sie Entscheidungen trafen.

„Pete, ich kann nicht ewig hier bleiben. Die Leute von der Autovermietung wollen den Wagen zurückhaben."

Pete ignorierte Maddys Protest vollkommen. „Wie ich sehe, hast du meinen Bruder John schon kennengelernt, Maddy. Ich hoffe, er ist dir nicht allzu sehr auf die Nerven gegangen. Dafür ist er nämlich bekannt."

Nicht mehr als du, hätte sie am liebsten gesagt, doch sie behielt es für sich. „Außer dass er mich wahrscheinlich zehn Jahre meines Lebens kostet, weil er mich so erschreckt hat, kann ich mich nicht beklagen. Ich habe ihn übrigens zum Essen eingeladen. Ich hoffe, du hast nichts dagegen."

„Das kommt ganz darauf an, ob er Gas für meinen Generator mitgebracht hat."

Der gut aussehende Tierarzt grinste, und Maddy hielt unwillkürlich die Luft an. Waren die Frauen in Sweetheart eigentlich blind? Wie konnte eine normale Frau den Taggart-Brüdern nur widerstehen? Obwohl Maddy zugeben musste, dass der erste äußere Eindruck natürlich nicht alles war.

„Ich habe daran gedacht. Außerdem habe ich Lebensmittel mitgebracht. Allerdings hatte ich keine Ahnung, dass du eine so schöne Frau bei dir hast, die auch noch für dich kocht."

Pete gefiel der bewundernde Blick, mit dem John Maddy betrachtete, überhaupt nicht, und er wollte schon die Einladung zum Essen rückgängig machen.

Maddy stellte das restliche Essen auf den Tisch und legte ein drittes Gedeck auf. „Wir können essen." Pete setzte sich ihr gegenüber an den Tisch. John kam um den Tisch herum und rückte ihr einen Stuhl zurecht, was sie mit einem dankbaren Lächeln zur Kenntnis nahm. „Oh, vielen Dank. So viel Höflichkeit hatte ich von einem Taggart kaum erwartet."

Pete sah mürrisch aus, und John brach in schallendes Gelächter aus. „Pete lebt schon seit vielen Jahren allein hier, dass er keine Ahnung von Höflichkeit hat. Die Leute in Sweetheart behaupten schon, dass er ein Einsiedler ist."

„Ich fände es sehr freundlich, wenn ihr beide nicht über mich reden würdet, als wäre ich überhaupt nicht da", brummte Pete. „Maddy weiß außerdem, dass mir die viel gepriesenen Umgangsformen völlig gleichgültig sind."

Sie dachte an die Szene im Badezimmer. Diesen ersten Morgen hier im Hause würde sie niemals vergessen. Sie wurde rot und konnte nur hoffen, dass Pete den kleinen Zwischenfall für sich behielt.

„Diese junge Dame erzählte mir vorhin, dass du sie aus dem Schneesturm gerettet hast."

Maddy nahm ein Stück Brot in die Hand und bestrich es mit Butter und Honig. Sie hatte in der letzten Zeit einen unglaublichen Appetit. „Ich bin sehr dankbar für Petes Hilfe und Gastfreundschaft, John. Auch wenn Ihr Bruder mir nicht den Stuhl zurechtrückt, war er doch ein zuvorkommender Gastgeber – und das unter ziemlich unbequemen Umständen."

„Was Sie nicht sagen. Das klingt aber überhaupt nicht nach meinem Bruder."

„Halt die Klappe, John, und iss deinen Schinken. Sonst muss ich dich leider mit einem Tritt hinausbefördern." Erst jetzt schenkte Pete Maddy seine ungeteilte Aufmerksamkeit. „Die Zustände auf den Straßen sind vielleicht ein bisschen besser geworden, aber noch längst nicht so, dass du losfahren könntest. Ganz abgesehen davon, dass dein Auto nicht fahrbereit ist. Außerdem hast du mir versprochen, mich zu Marks Party zu begleiten."

John zog die Augenbrauen hoch und blickte von einem zum anderen. Maddy errötete, und als sie seinen Bruder ansah, lag in ihren Augen eine aufrichtige Zärtlichkeit. Petes Blick ließ keinen Zweifel daran, dass er ihre Gefühle erwiderte. Irgendetwas lag in der Luft – eine undefinierbare Spannung. Und John war froh darüber, denn Pete war schon viel zu lange allein.

„Wie haben Sie es nur geschafft, Pete endlich aus seinem Schneckenhaus zu locken, Maddy? Wenn Sie wüssten, wie dankbar Mark und ich Ihnen dafür sind. In den letzten Jahren hat es keiner geschafft, ihn zu überreden, zu der Party zu kommen. Es war, als hätte er uns absichtlich gemieden."

Maddys Wangen glühten. „Ich …", begann sie, doch dann schwieg sie. Sie hatte nicht die Absicht, ihre wahren Gefühle einzugestehen.

„Maddy hat mich nicht so unter Druck gesetzt wie ihr beiden. Außerdem habe ich mehr als einmal versucht, euch zu erklären, dass ich kommen würde, sobald ich dazu bereit wäre."

Die Spannung wurde nahezu unerträglich. Die beiden Männer schienen sich geradezu mit Blicken zu durchbohren.

Maddy konnte es kaum mehr ertragen und wechselte hastig das Thema. „Wie sieht es in der Stadt aus?", fragte sie John. „Funktionieren die Telefone wieder?"

„Ja. Seit zwei Tagen haben wir wieder Strom. Und die meisten Telefonleitungen sind inzwischen repariert. Aber in den Außenbezirken herrscht noch ziemliches Chaos. Sie haben ja selbst erfahren, dass hier beinahe alles brachliegt. Es ist viel beschädigt worden."

Pete warf ihr einen typischen „Das-habe-ich-dir-doch-gleich-gesagt-Blick" zu. „Maddy war unterwegs nach Leadville, um ihre Schwester zu besuchen, und ist im Schneesturm stecken geblieben."

„Wollten Sie die Feiertage mit Ihrer Familie verbringen?" John nahm sich ein weiteres Stück Schinken. „Ich persönlich finde es sehr angenehm, Weihnachten mit der Familie zu verbringen“, sagte er mit einem vielsagenden Blick in Petes Richtung.

Maddy sah Pete fragend an. Mit einem Achselzucken gab er ihr zu verstehen, dass er es ihr überließ, über die Schwangerschaft zu reden oder nicht. „Ja, das finde ich auch. Meine Schwester und ich verstehen uns sehr gut.“

„Der Schinken ist köstlich, Maddy. Allein die Vorstellung, jeden Tag solch ein fürstliches Mal vorgesetzt zu bekommen, wäre Grund genug, sich zu überlegen, ob es sich nicht doch lohnt, zu heiraten.“

Maddy bedankte sich für das Kompliment. „Es würde mich sehr interessieren, John, was nach Ihrer Ansicht sonst gegen eine Heirat spricht.“

Er hatte plötzlich einen verklärten Gesichtsausdruck. „Ich habe eigentlich gar nichts gegen die Ehe. Ich warte nur einfach auf die Richtige.“

Pete schüttelte missbilligend den Kopf. „John, du weißt ganz genau, dass Allison Montgomery dich niemals heiraten wird. Mein Bruder ist seit seiner Highschool-Zeit hinter derselben Frau her“, erklärte er Maddy. „Das Problem ist, dass sie ihn als Freund betrachtet. Sie denkt nicht im Traum daran, dass er als Mann infrage kommen könnte.“

„Ich habe auch immer gedacht, dass eine freundschaftliche Beziehung die beste Basis für eine gute Ehe wäre.“ Maddy hoffte, dass ihre Worte Johns Schmerz mildern würden. „Ohne Freundschaft und gegenseitigen Respekt hat es von vornherein keinen Sinn.“

Der Tierarzt hob sein Glas Wasser hoch und tat so, als wollte er mit Maddy anstoßen. „Hört, hört. Die intelligenten Worte einer schönen Frau. Du solltest bei ihr in die Lehre gehen, Bruderherz.“

Pete beobachtete das kleine Zwischenspiel zwischen Maddy und seinem Bruder, und er hätte ihn am liebsten erwürgt. Maddy starrte seinen attraktiven Bruder versonnen an – und das gefiel ihm absolut nicht.

„Dein Bruder ist sehr sympathisch“, sagte Maddy eine Stunde später zu Pete. Sie spülte das Geschirr, während er abtrocknete.

„Findest du wirklich? Ich kann mir da kein objektives Urteil erlauben. Ich sehe in ihm immer noch den nervigen kleinen Bruder, der mir Juckpulver zwischen die Unterwäsche geschmuggelt hat.“

Maddy betrachtete sein ärgerliches Gesicht über die Schulter hinweg und musste lachen. „Mary Beth und ich haben uns auch die übelsten Tricks füreinander ausgedacht. Als ich in der neunten Klasse war und sie gerade mit der Highschool angefangen hatte, kam ich auf die verrückte Idee, ihr an allen Strumpfhosen die Füße abzuschneiden. Sie war total wütend, weil sie in Socken und flachen Schuhen zur Schule gehen musste."

„Ist das so schlimm?"

Das Spülwasser war so heiß, dass es dampfte, und Maddys Wangen röteten sich von der Hitze. „Sehr schlimm. Nur Mauerblümchen tragen weiße Socken und flache Schuhe."

„Ich frage mich gerade, ob Mark weiß, dass er ein Mauerblümchen ist." Pete grinste so unverschämt, dass Maddy ihm spielerisch mit dem Putzlappen auf den Arm schlug.

„Ich warne dich. Sprich ihn nicht darauf an, sonst gehe ich nicht mit dir zu der Party."

Pete legte die Hände links und rechts neben sie auf die Spüle, sodass sie sich nicht mehr rühren konnte. „Das würdest du tatsächlich tun? Und mit wem würdest du lieber zu der Party gehen – mit John?"

Maddy überlegte, was sie jetzt sagen sollte. „Dein Bruder sieht sehr gut aus", gab sie schließlich zu. „Und er hat ausgezeichnete Manieren."

Pete trieb sie noch mehr in die Enge. „Überlege dir deine Worte gut, Miss Potter, sonst könnte es durchaus passieren, dass du dich im Abwaschwasser wiederfindest."

Maddy kicherte. „Ist es möglich, dass ich gerade Zeuge eines Konkurrenzkampfes zwischen dir und deinem Bruder geworden bin?"

„Ohne jeden Zweifel. Konkurrenzkämpfe unter Geschwistern sind die natürlichste Sache der Welt." Er beugte sich so weit vor, dass er an ihrem Ohrläppchen knabbern konnte. „Du riechst so gut, Maddy." Er berührte zärtlich ihren Hals. „Ich wette, du schmeckst noch besser."

Maddy bekam eine Gänsehaut, und ihre Knie wurden weich. Doch bevor sie ihrem Verlangen nachgab und sich in seine Arme schmiegte, fiel ihr die alte Legende wieder ein. Sie legte ihm entschlossen die Hände auf die Brust und schob ihn von sich. „Hör auf, Pete. Es liegt einzig und allein an der Legende. Sie muss eine unglaubliche Wirkung auf uns haben."

Pete trat einen Schritt zurück und starrte sie entgeistert an. „Du erregst mich, Maddy. Du weckst eine Sehnsucht in mir, wie es in den letzten Jahren keine andere Frau geschafft hat. Das hat überhaupt nichts mit diesem verdammten Zettel zu tun. Warum kannst du mir nicht einfach glauben, dass ich mich zu dir hingezogen fühle? Du raubst mir glatt den Verstand. Diese engen Jeans, dein Duft – ich glaube, seit der Highschool war ich nicht mehr so scharf."

Maddy sah ihn ungläubig an. „Aber ... wir kennen uns doch kaum, und ..." Sie schluckte schwer.

Er zog sie an seine Brust und küsste sie mit einer überwältigenden Leidenschaft. Ohne dass sie sich dessen bewusst war, öffnete sie leicht die Lippen und hieß seine Zunge in ihrem Mund willkommen. Als sie leise aufstöhnte, wurden seine Berührungen zärtlicher. Er fuhr mit der Zunge über ihre Unterlippe und saugte zärtlich daran. Als er schließlich seine Hände auf ihren Po legte und sie so eng an sich presste, dass sie keinen Zweifel mehr an dem Ausmaß seiner Erregung hatte, fiel es ihr schwer, sich gegen ihn zur Wehr zu setzen.

„Ich habe das Gefühl, dass ich dich schon ewig kenne." Er starrte in ihre grünen Augen, die jetzt dunkel vor Leidenschaft waren. „Du willst mich doch auch. Ich spüre es ganz deutlich. Warum gibst du es nicht einfach zu?"

Maddy nahm seine Hand und legte sie auf ihren Bauch. „Deshalb", sagte sie ernüchtert. „Ich bin einmal reingefallen, weil ich auf meine Hormone gehört habe. Das reicht."

Pete ignorierte Maddys Protest und öffnete ihre Jeans. Sie schnappte nach Luft. Ja, sie wollte es auch. Und wie sie es wollte. Trotzdem hielt sie seine Hand fest. „Hör auf! Es geht nicht!"

„Ich tue nichts, was du nicht auch willst. Das verspreche ich dir. Bitte vertraue mir."

Wie sollte das möglich sein, wenn sie nicht einmal sich selbst trauen konnte?

Pete zog den Reißverschluss ihrer Jeans herunter und legte beide Hände auf die nackte Haut oberhalb ihres Slips. „Ich möchte das Baby fühlen. Ist es nicht ein Wunder, dass in dir ein winziges Wesen heranwächst?" Er kniete vor ihr nieder und küsste die Stelle, die er eben noch mit den Händen berührt hatte. In dieser Gebärde lag eine Ehrfurcht, die Maddy einen Schauer über den Rücken trieb.

„Es tut mir leid, dass du dein Kind verloren hast, Pete." Sie strich ihm liebevoll über das weiche Haar. „Es muss furchtbar gewesen sein." Er sah so traurig aus, dass ihr das Herz wehtat.

„Da hast du recht", erwiderte er mit rauer Stimme, stand auf und nahm seinen Mantel. Dann verließ er die Küche, und kurz darauf hörte Maddy das Schlagen der Hintertür.

Tränen traten ihr in die Augen. „Oh Pete, warum haben wir uns nicht eher kennengelernt?" Sie legte die Hände auf die Stelle, die er kurz zuvor noch geküsst hatte. „Wenn doch nur alles anders gekommen wäre!"

5. KAPITEL

Das Sweetheart Inn war ein majestätisches Herrenhaus, ganz im viktorianischen Stil erbaut. Es stand seit hundert Jahren im Stadtkern der kleinen Stadt Sweetheart.

Hunderte von winzigen Glühbirnen zierten den Dachgiebel, die vielen Fenster und die massiven Eingangstüren des dreistöckigen Hauses. Die großen Eichen und Ahornbäume, die um diese Jahreszeit keine Blätter hatten, waren ebenfalls mit Lichterketten geschmückt – genauso wie die dichten Stechpalmen am Rande der Veranda.

„Es ist wunderschön", flüsterte Maddy andächtig. „Ich habe noch nie in meinem Leben etwas Schöneres gesehen."

Du brauchst doch nur in den Spiegel zu gucken, hätte Pete am liebsten gesagt, aber er behielt es für sich. Wundersamerweise funktionierte sogar der alte Schlitten einwandfrei. Vor dem Haus brachte Pete das Pferd zum Stehen. „Mark veranstaltet diesen Zauber jedes Jahr. Ich glaube, er macht es wegen der Kinder." Allerdings zweifelte er nicht daran, dass diese ganze Prozedur jedes Jahr aufs Neue das Kind in seinem jüngsten Bruder zum Vorschein brachte.

„Wenn ich deinen dunkelblauen Anzug betrachte, komme ich mir in diesem Rock und Sweater ziemlich fehl am Platze vor. Glaubst du wirklich, ich kann mich so sehen lassen?" Der grüne Wollrock und der mit Weihnachtsmotiven bestickte Sweater waren die einzigen halbwegs akzeptablen Kleidungsstücke, die Maddy im Koffer hatte. Sie hatte es nicht für nötig gehalten, Cocktailkleider einzupacken. Jetzt wünschte sie, sie hätte es getan.

„Wenn du mich fragst, würdest du höchstens nackt noch besser aussehen." Er warf einen abschätzenden Blick auf ihre Brüste, die sich unter dem Santa Claus auf ihrem Sweater verbargen. „So gut hat Santa Claus noch nie ausgesehen", fügte er noch hinzu und zwinkerte ihr verschmitzt zu.

„Du bist unmöglich, Pete Taggart." Maddy schüttelte den Kopf und sah ihn in gespielter Verzweiflung an. Dabei klingelten ganz leise die winzigen Glöckchen auf dem Sweater. „Ich weiß nicht, ob es eine gute Idee von mir war, dich hierher zu begleiten. Anscheinend hast du vergessen, dass du mir versprochen hast, dich heute Abend von deiner besten Seite zu zeigen."

Pete sah sie unschuldig an. „Das ist meine beste Seite." Er nahm ihren

Arm und zog sie mit sich. „Los, komm. Ich möchte dir meine Nichte und meinen Neffen vorstellen, bevor die anderen Gäste ankommen." Und natürlich wollte er auch, dass Mark Maddy kennenlernte, bevor ihn die anderen in Beschlag nehmen konnten.

Eine riesige Tanne beherrschte die geräumige Eingangshalle. Sie war mit silbernen und roten Engeln und Kerzen geschmückt. Einige davon waren gekauft, die anderen hatten die Kinder selbst gebastelt, und Maddy freute sich schon auf die Zeit, wenn sie mit ihren eigenen Kindern malen und basteln konnte.

„Hey, meine Süße!", begrüßte Pete ein kleines Mädchen mit langen blonden Zöpfen, das auf ihn zustürmte, sobald es ihn erblickte. Die Kleine trug ein festliches Kleid aus rotem Samt und dazu schwarze Lackschuhe. Sie sah beinahe selbst wie ein kleiner Engel aus. „Wie geht es dir, Sarah? Willst du deinem alten Onkel Pete nicht einen Kuss geben?"

Er hatte kaum zu Ende gesprochen, als das Kind auch schon die dünnen Arme um seinen Hals legte und ihm einen lauten Schmatz auf die Lippen drückte. Und dann sprang auch schon ein Junge ins Zimmer. Seine Bewegungen waren so ausgelassen wie die eines jungen Hundes. Als er Pete bemerkte, sprang er mit einem Satz auf ihn zu und umklammerte die langen Beine des Onkels.

„Onkel Pete! Onkel Pete! Darf ich auf deinen Schultern reiten? Bitte, Onkel Pete!"

„Ich glaube, das ist keine gute Idee, Sportsfreund. Du würdest deinen Anzug ruinieren." Pete zerzauste seinem Neffen das Haar. „Und ich bekäme Ärger mit deinem Dad."

Pete nahm die Kinder an die Hand und brachte sie zu Maddy. „Das ist Maddy Potter. Sie ist bei mir zu Besuch. Ich habe sie heute mit hierher gebracht und möchte euch bitten, besonders nett zu ihr zu sein. Maddy, das ist meine Nichte Sarah, und der kleine Wilde hier mein Neffe Evan."

Maddy lächelte die beiden Kinder an, die sie schüchtern betrachteten. Doch Sarah hatte sich schnell wieder gefasst. „Ist sie deine Liebste, Onkel Pete?", prustete die Kleine heraus, während sie Maddy skeptisch betrachtete. „Du hast nämlich gesagt, dass ich deine Liebste bin, und Daddy sagt, man darf niemals lügen."

Pete breitete die Arme aus, und Sarah warf sich hinein. „Maddy ist eine gute Freundin. Aber obwohl ich sie sehr hübsch finde, bist du etwas ganz Besonderes für mich", erklärte er seiner Nichte zärtlich, während er Maddy zuzwinkerte.

Sarah strahlte übers ganze Gesicht, und Maddy erlebte zum ersten Mal, wie Pete Taggart die Menschen mit seinem umwerfenden Charme für sich gewinnen konnte. Und sie spürte, dass sie im Begriff war, sich in diesen verflucht gut aussehenden Rancher zu verlieben.

„Hallo, ich sehe wohl nicht richtig." Ein dunkelhaariger Mann mit den typisch blauen Taggart-Augen betrat das Zimmer. Er trug eine weiße Chefkochjacke und eine grau-weiß karierte Hose. Mark Taggart war nicht ganz so groß wie seine beiden Brüder, sah aber nicht minder gut aus. Obwohl er der Jüngste der Taggart-Brüder war, war sein Haar an den Schläfen bereits leicht ergraut, was ihm ein besonders seriöses Äußeres verlieh.

Auf Marks Zügen lag ein gewinnendes Lächeln, als er seinem Bruder die Hand reichte und ihn schließlich an sich drückte. „Ich freue mich, dich zu sehen. Wir haben dich alle sehr vermisst."

Die herzliche Begrüßung machte Pete verlegen. Er wechselte hastig das Thema. „Mark, ich möchte dir Maddy Potter vorstellen. Sie wohnt bei mir, bis sich das Schneechaos auf den Straßen endlich normalisiert."

„Tatsächlich?" Marks Lächeln ließ keinen Zweifel daran, dass er längst Vermutungen angestellt hatte. „John hat mir schon von ihr erzählt."

Pete war sichtlich ärgerlich. Doch bevor er eine passende Bemerkung machen konnte, mischte Maddy sich ein. „Ihr Restaurant ist wunderschön, Mark. Pete hat mir erzählt, was für eine Mühe Sie mit den Renovierungsarbeiten hatten. Ich muss sagen, Sie haben wirklich das Bestmögliche aus dem alten Haus herausgeholt."

Angefangen bei den holzgetäfelten Wänden, über die funkelnden Kronleuchter, bis hin zu den farblich abgestimmten Teppichen, die auf dem blank polierten Parkettfußboden lagen, zeugte alles von dem ausgezeichneten Geschmack des Eigentümers, der diesen Umbau mit sehr viel Liebe vorgenommen hatte. Maddy war ehrlich beeindruckt.

„Danke. Ich kann Ihnen sagen, dass ich jede Menge Schweiß und Geld investiert habe. Hoffentlich zahlt es sich aus. Ich weiß nicht warum, aber das Geschäft läuft nicht besonders gut. Ausgenommen in der Weihnachtszeit."

„Wirklich?“, fragte Maddy ehrlich erstaunt. „Das ist ja kaum zu glauben. Ich hätte vermutet, dass Sie sich vor Gästen kaum retten können. Es ist so wunderschön hier.“

„Ja, das habe ich eigentlich auch gedacht. Und meine Gäste waren auch begeistert. Alles ist optimal – auch das Essen.“ Bei Marks selbstgefälligem Lächeln verzog Pete nur das Gesicht. An Selbstvertrauen mangelte es anscheinend keinem der drei Brüder.

„Und wie sieht es mit der Werbung aus? Haben Sie es zum Beispiel übers Internet versucht? Sie müssen nur die richtige Zielgruppe ansprechen. Wenn Sie wollen, gebe ich Ihnen ein paar Tipps. Auf diesem Gebiet kenne ich mich gut aus. Ich habe auch schon einige Ideen.“ Maddys Gedanken schweiften ab. *Verwöhnwochenende im Sweetheart, Familienfeiern in gastlicher Umgebung, Tanzvergnügen.*

Mark strahlte. Er legte ihr den Arm um die Schulter und schien die Anwesenheit des Bruders vollkommen vergessen zu haben. Dann führte er sie in einen angrenzenden Raum, der ihm anscheinend als Büro diente. Auch hier stand eine große geschmückte Tanne. Pete schloss sich ihnen wütend an.

„John erzählte mir, dass Sie noch nicht verheiratet sind, Maddy. Wie ist das möglich? Sind denn alle Männer in New York blind?“, fragte Mark.

Pete spürte, wie das Blut in seinen Schläfen pulsierte, als Maddy sich schließlich lachend aus der Umarmung seines Bruders befreite und sich wie selbstverständlich bei ihm einhängte.

„Sie müssen Maddy Potter sein.“ Eine hübsche Blondine stellte sich neben Maddy und hielt ihr ein Glas Eierpunsch vor die Nase. „John hat mir von Ihnen erzählt“, erklärte sie auf Maddys fragenden Blick hin. „In einer kleinen Stadt wie Sweetheart ist es schlicht unmöglich, etwas geheim zu halten.“

„Ich nehme an, Sie sind Allison Montgomery?“ Maddy nahm das angebotene Glas dankbar entgegen.

„Gut geraten. Pete hat Ihnen wohl schon von mir erzählt, hm?“

„Ja, Pete hat gestern beim Abendessen erwähnt, dass Sie wahrscheinlich heute hier sein würden.“

Allison fuhr mit dem Finger über den Rand ihres Glases. „Pete mag mich nicht besonders. Er mochte mich nie, weil er mich für karrieresüchtig hält. Und das ist eine Eigenschaft, die ihn an Frauen stört.“

„Womit verdienen Sie denn Ihren Lebensunterhalt, dass Pete so dagegen ist?“

„Ich habe mich selbstständig gemacht und vermittle alles, was zum Gelingen von großen Festlichkeiten nötig ist – angefangen beim Büfett, bis hin zum Zauberer. Aber es ist nicht mein Job, der ihm nicht gefällt, sondern die Tatsache, dass mir meine Karriere wichtiger ist als eine Heirat. Ich hätte zwar liebend gern ein Kind – aber bitte ohne den dazugehörigen Vater.“

„Ohne Ehemann?“

Allison sah zu Pete hinüber, der in ein Gespräch mit Sweethearts Bürgermeister und Friseur, Bobby Orrback, vertieft war. „Zumindest nicht so einen wie Pete. Er ist ein ziemlicher Macho. Wenn Sie noch länger hier bleiben, werden Sie es auch noch erfahren. Er hat seiner Frau ziemliche Steine in den Weg gelegt, als sie arbeiten wollte und …“ Allison hielt mitten im Satz inne. „Verzeihen Sie bitte. Es gehört sich nicht, über andere Menschen zu reden. John hat mir schon oft genug vorgeworfen, dass ich den Mund nicht halten kann.“

„Und es macht Ihnen nichts aus, wenn er so etwas zu Ihnen sagt?“, fragte Maddy ehrlich verwundert. Denn Allison Montgomery sah nicht gerade so aus, als würde sie sich überhaupt von irgendjemandem etwas sagen lassen.

„Um Himmels willen, nein“, lachte sie gut gelaunt. „John und ich kennen uns schon ewig. Wir sind praktisch wie Bruder und Schwester. Und Sie wissen doch, dass Geschwister immer ehrlich zueinander sind. Außerdem ist er mein bester Freund, und als bester Freund hat man durchaus das Recht, den anderen auf seine Schwächen aufmerksam zu machen. Wenn man es nicht übertreibt.“

„Glauben Sie nicht die Hälfte von dem, was Allison Ihnen erzählt.“ John Taggart hatte sich zu ihnen gesellt und mischte sich jetzt in die Unterhaltung ein. In seinen Augen lag eine tiefe Zuneigung, die nicht zu übersehen war. Nur Allison schien es nicht zu merken. Sie lächelte ihn nur übermütig an. „Allison ist eine schreckliche Klatschtante, die an keinem ein gutes Haar lässt. Über mich lästert sie besonders gern.“

Maddy lächelte, als Allison ihren besten Freund in die Seite boxte. „Ich habe dir doch versprochen, dass du der Erste sein wirst, der erfährt, wenn ich jemals etwas Positives über jemanden zu sagen habe. Und jetzt mache ich mich an Mark heran, um von ihm das Rezept für die Vanillekipferl zu bekommen. Es war schön, Sie kennengelernt zu haben, Maddy." Sie zwinkerte der jungen Frau zu und machte sich auf den Weg zu Mark.

John wirkte auf einmal so niedergeschlagen, dass er Maddy leidtat. „Allison ist reizend. Sie scheint eine hervorragende Geschäftsfrau zu sein", versuchte sie ihn abzulenken.

„Es gibt im Leben allerdings noch ein paar andere Dinge als das Geschäft." Da Pete sich zu den beiden gesellte, blieb Maddy ein Kommentar erspart. Und das war gut so, da sie und Allison einander sehr ähnlich waren – zumindest hatten sie ähnliche Vorstellungen über die Karriere von Frauen.

Was hatten die Taggart-Männer bloß gegen Frauen, die erfolgreich im Beruf waren?

Die beiden Brüder redeten noch eine Weile über Belanglosigkeiten, bevor John sich unauffällig auf die Suche nach einer gewissen attraktiven Blondine machte und Pete und Maddy sich selbst überließ.

„Tut mir leid, dass ich dich so lange allein gelassen habe, aber ich musste mit einigen Leuten reden, die ich in der letzten Zeit ziemlich vernachlässigt habe."

„Das macht überhaupt nichts. Ich habe mich sehr nett mit Allison Montgomery unterhalten."

„Allison macht meinen Bruder völlig kaputt", sagte er abschätzig über die Frau, die sein Bruder so leidenschaftlich liebte. „Und sie weiß es nicht einmal."

„Sie glaubt, du magst sie nicht. Stimmt das?"

„Ally ist eigentlich ganz in Ordnung. Außer dass sie ziemlich herrisch und rechthaberisch ist. Ich glaube, wenn sie John aus seiner Misere befreien würde, indem sie ihm ihre unsterbliche Liebe gesteht, wäre sie mir direkt sympathisch."

Maddy lächelte ihn zärtlich an. „Irre ich mich, oder bist du wirklich ein unverbesserlicher Romantiker, Pete Taggart?"

Er zwickte ihr sanft in die Nasenspitze und sah sie besorgt an. „Kann es sein, dass du zu viel getrunken hast?" Er nahm ihr das leere Punschglas aus der Hand. „Eierpunsch hat es in sich. Es ist ziemlich viel Rum darin, und du solltest sowieso nicht trinken."

„Aber er schmeckt so gut. Ich wollte mir gerade ein neues Glas holen."

„Es ist nicht gut für das Baby", flüsterte er ihr ins Ohr.

„Hör auf, mich zu bevormunden, Pete. Ich bin alt genug, um allein zu wissen, was gut für mich ist."

„Natürlich kann ich dir keine Vorschriften machen. Aber wissenschaftliche Untersuchungen haben ergeben, dass Alkohol dem ungeborenen Kind schadet."

„Du hast ja recht, aber trotzdem möchte ich nicht, dass du mich wie eine Glucke behandelst."

„Tut mir leid", erwiderte er mit einem jungenhaften Grinsen und ohne eine Spur des Bedauerns. „Übrigens möchte ich dir noch jemandem vorstellen. Komm."

„Dem Chefgynäkologen von Sweetheart?", konterte sie schlagfertig.

„Nein, nicht direkt. Ella Grady. Ella hat dich vorhin schon von Weitem gesehen und brennt vor Neugier, endlich jemanden aus New York kennenzulernen."

Sekunden später stand Maddy der kleinsten Frau gegenüber, der sie jemals begegnet war. Ella Grady war genauso breit wie lang und hatte unzählige Lachfältchen. Das lockige Haar war beinahe weiß.

„Wissen Sie, meine Liebe", begann Ella. „Ich habe Pete gerade erzählt, dass ich wahnsinnig gern nach New York möchte, um mir das Rockefeller Center und den riesigen Weihnachtsbaum anzusehen, den ich bisher nur aus dem Fernsehen kenne. Aber ich fürchte, ich bin zu alt, und mit meiner Arthritis wäre die Reise sicherlich eine Qual. Also gebe ich mich mit dem zufrieden, was Sweetheart so zu bieten hat. Eine Kleinstadt hat auch ihre Reize, finden Sie nicht?"

Maddy witterte die Falle und war auf der Hut. Sie überlegte sich ihre Worte gut. „Nach allem, was ich bisher gesehen habe, ist Sweetheart ein hübsches Städtchen."

„Maddy kann sich nicht für das Landleben begeistern, Ella. Sie ist eine echte Städterin", erklärte Pete, wobei er sich selbst wunderte, warum ihm diese Worte so schwer über die Lippen gingen.

Die alte Frau war nicht sonderlich beeindruckt. „Die Menschen suchen sich keine bestimmte Stadt, um Wurzeln zu schlagen, sie tun es vielmehr wegen der Menschen, die dort leben. Habe ich nicht recht, Maddy?"

Maddy zögerte einen Augenblick und beobachtete Pete aus den Augenwinkeln. „Wahrscheinlich haben Sie recht", sagte sie schließlich.

„Habe ich schon gesagt, dass Ella nicht nur unsere Bibliothekarin ist, sondern sich auch als Heiratsvermittlerin versucht? Sie wird erst Ruhe geben, wenn alle Taggart-Brüder verheiratet sind." Pete zwinkerte der alten Frau zu, und Maddy merkte, wie ihr das Blut in die Wangen stieg.

„Leider seid ihr Taggarts ein ziemlich widerspenstiger Haufen. Ehrlich gesagt habe ich euch längst abgeschrieben." Ella wandte sich wieder Petes Begleiterin zu. „Wir brauchen frisches Blut in der Gemeinde, Mädchen. Ich hoffe, Sie entschließen sich, hier zu bleiben."

„Danke für die freundliche Einladung, Miss Grady, aber ich bin nur auf der Durchreise. Ich bin auf dem Weg zu meiner Schwester nach Leadville. Sobald sich das Wetter beruhigt hat, muss ich weiter."

„Hm. Leadville ist gar nicht so weit von hier entfernt. Wenn Sie hier leben würden, könnten Sie Ihre Schwester jederzeit besuchen. Und bitte nennen Sie mich Ella. Wenn mich jemand Miss Grady nennt, komme ich mir so schrecklich alt vor."

Maddy mochte die offene Art der Bibliothekarin. Sie war sympathisch und wollte das Beste für jeden, außerdem sagte sie unverblümt ihre Meinung. „Danke für Ihre Gastfreundschaft, Ella, aber sobald mein Auto repariert ist und die Straßen wieder einigermaßen befahrbar sind, muss ich weiter." Immerhin hatte Willis es inzwischen geschafft, den Wagen abzuschleppen.

„Nun, wenn dieser junge Mann es nicht verhindert, ist er dümmer, als ich denke." Sie drehte sich auf dem Absatz um und watschelte quer durch das Zimmer, um Bekannte zu begrüßen.

Maddy starrte ihr wortlos hinterher.

Pete sah Maddy gedankenverloren an, nahm dann ihre Hand und zog sie hinter sich her – aus dem überfüllten Raum und eine Treppe hinauf. Es war an der Zeit, sich ernsthaft zu unterhalten.

„Wo gehen wir hin?", fragte sie. „Sind da oben nicht die Gästezimmer?" Bei dem Gedanken daran, welche Möglichkeiten sich ihnen dort oben eröffneten, klopfte ihr das Herz bis zum Hals. Nicht etwa aus Angst, sondern eher vor freudiger Erwartung.

Pete machte seit Tagen versteckte Andeutungen über Sex. Dachte er tatsächlich daran, sie zu verführen? Sollte sie Ja sagen? Wie würde es dann weitergehen?

Pete nickte. „Ja. Aber ich nehme an, dass die meisten Gäste an der Party teilnehmen. Wir sind also sicher."

Sicher mit Pete Taggart allein in einem Zimmer? Davon war Maddy allerdings nicht überzeugt.

Als sie ein kleines ruhiges Zimmer betraten, das mit dunklen antiken Möbeln ausgestattet war, zündete Pete zunächst ein Kaminfeuer an. Sofort breitete sich wohlige Wärme aus.

„Wahrscheinlich habe ich zu lange allein gelebt. Ich mag die Ruhe. Dieses Stimmengewirr da unten fiel mir langsam auf die Nerven. Hier oben ist es viel schöner. Findest du nicht?"

„Ich dachte, du wärest froh, hier zu sein. Hat es dir keinen Spaß gemacht, dich mit deinen alten Freunden zu unterhalten?"

Pete ließ sich neben ihr auf dem kleinen Sofa mit dem Rosenmuster nieder. „Ich bin glücklich, dass ich mit dir hierhergekommen bin", gab er zu, woraufhin Maddy ihn so dankbar anlächelte, dass es ihn verwirrte. Er überlegte einen Augenblick, bevor er weitersprach. „Maddy, ich denke schon einige Zeit über etwas Bestimmtes nach, und ich würde gern mit dir darüber reden."

„Worüber?", fragte sie unsicher.

„Mir ist heute Abend klar geworden, dass die Lösung deines Problems ganz klar auf der Hand liegt. Ich habe sie nur vorher nicht gesehen."

„Du kennst die Lösung meines Problems?" Pete sah sie so ernst und intensiv an, dass ihr ein erregender Schauer über den Rücken lief. Was auch immer er im Schilde führen mochte, sie hatte Angst, danach zu fragen. Dennoch musste sie es wissen. Wenn er von ihrem Problem sprach, konnte er nur das Baby meinen.

Er nahm ihre Hand, die vor lauter Aufregung feucht war, in seine und streichelte sie zärtlich. „Wir kommen gut miteinander aus, Maddy. Und du musst zugeben, dass es zwischen uns eine gewisse Anziehungskraft gibt."

Maddy schluckte schwer. Die „gewisse Anziehungskraft" war eine schändliche Untertreibung. Und doch hatte er mit seinen Worten gefährliches Terrain beschritten. Sie hatte Angst vor dem, was jetzt kommen würde.

„Deshalb ..." Pete räusperte sich, bevor er fortfuhr. „Nun, deshalb dachte ich, es wäre keine schlechte Idee, wenn du mich heiraten würdest. Diesmal ist es kein dummer Witz, Maddy. Ich meine es ernst. Ich möchte, dass du meine Frau wirst."

6. KAPITEL

Maddy saß wie vom Donner gerührt da und hörte nichts anderes als ihren eigenen Herzschlag. Sie konnte nicht glauben, dass Pete Taggart ihr gerade einen Heiratsantrag gemacht hatte.

Vielleicht hatte er ja auch zu tief in sein Glas geschaut. Denn der Eierpunsch hatte es tatsächlich in sich gehabt. Aber seltsamerweise wirkte Pete völlig nüchtern.

„Warum willst du mich heiraten?“, fragte sie. „Wir kennen uns doch kaum, und außerdem bekomme ich das Kind eines anderen Mannes.“

„Der Vater des Kindes interessiert dich nicht mehr, oder?“ Als Maddy nickte, fuhr er fort: „Ich werde dem Kind ein guter Vater sein, Maddy. Ich werde es lieben und behandeln, als wäre es mein eigenes. Du hast natürlich recht, wenn du sagst, dass wir uns kaum kennen. Aber ich bin sicher, wir passen gut zueinander. Außerdem musst du zugeben, dass eine Heirat tatsächlich für den Augenblick die Lösung deiner Probleme wäre.“

Maddy seufzte tief. *Und sie würde eine ganze Menge neuer Probleme nach sich ziehen.* „Aber du liebst mich doch gar nicht. Besser gesagt, wir lieben uns nicht“, fügte sie schnell hinzu, um ihre wahren Gefühle nicht preiszugeben.

Pete hatte gesagt, dass er das Kind lieben würde, von der Mutter des Kindes war allerdings nicht die Rede gewesen.

„Ich will dich nicht belügen, Maddy. Aber ich fürchte, ich werde nie wieder fähig sein, eine andere Frau zu lieben. Bethanys Tod hat eine Leere in mir hinterlassen, eine Wut, mit der ich bis heute nicht umgehen kann. Aber ich werde für dich und das Baby sorgen. Das schwöre ich.“

Maddy wurde schwer ums Herz. Sie strich zart mit der Hand über die Stelle, an der ihr Kind heranwuchs. „Es ist wegen des Babys, nicht wahr? Weil du ein Kind haben möchtest.“

„Das kann ich nicht abstreiten. Ich war am Boden zerstört, als ich meine Frau und das Baby verlor. Ich wollte immer gern ein Vater sein und glaube, dieser Aufgabe gewachsen zu sein. Mir fehlte nur bisher die Chance, es zu beweisen.“

Maddy zweifelte keine Sekunde daran, dass Pete Taggart ein verantwortungsbewusster Ehemann und Vater sein würde. Aber sie wusste nicht, ob es für sie ausreichte, mit einem Mann zu leben, der für sie nicht mehr als bloß Verantwortungsbewusstsein empfand. Diese Entscheidung fiel ihr umso schwerer, da sie selbst sich unsterblich in diesen ungehobelten Rancher verliebt hatte.

Und dann war da noch ihre Karriere. Sie wusste genau, was Pete über Karrierefrauen dachte. Es würde ein ständiger Streitpunkt in ihrer Beziehung sein, da sie nicht die Absicht hatte, sich ihr Leben von ihm diktieren zu lassen.

„Ich will meinen Beruf aber nicht aufgeben. Da ich deine fragwürdige Einstellung zu berufstätigen Frauen kenne, hätten wir hier ein Problem. Oder hast du deine Meinung geändert?"

Pete schüttelte den Kopf. „Ich halte nichts davon, dass Ehefrauen und Mütter arbeiten gehen. Es ist allein Aufgabe des Mannes, die Familie zu unterhalten. Aber ich weiß auch, dass dir deine Karriere wichtig ist. Ich könnte es schon akzeptieren, wenn du einen Teilzeitjob in Sweetheart annehmen würdest. Deinen Job in New York müsstest du natürlich an den Nagel hängen."

Maddy wollte schon protestieren, als sie sich eines Besseren besann. Wenn sie sich selbst gegenüber ehrlich war, musste sie eingestehen, dass sie und das Baby diesem Mann sehr viel verdankten. Er hatte ihnen nicht nur das Leben gerettet, sondern ihnen auch eine akzeptable Lösung für ihre Probleme angeboten.

Außerdem hing ihr Job bei Lassiter, Owens und Cumberland sowieso am seidenen Faden. Die Partner würden von nun an nach einem Grund suchen, sie feuern zu können. Und selbst wenn sie sich nichts zuschulden kommen ließ, würden sie eben etwas erfinden.

Als sie in Petes ernste dunkelblaue Augen sah, wurde ihr bewusst, dass dieser Rancher weitaus mehr wert war als die drei Bastarde, für die sie sich in den letzten sechs Jahren aufgeopfert hatte.

„Du hast mir viel zum Nachdenken aufgegeben." Sie legte ihm eine Hand auf die Wange. „Bitte lass mir etwas Zeit."

In Petes Augen lag Hoffnung. Er nahm ihre Hand in seine und küsste sie zärtlich. „Überleg nicht zu lange, Maddy. Noch sieht man das Baby nicht, noch könnten die Leute glauben, es sei meins … unseres. Nur meiner Familie würde ich reinen Wein einschenken. Da ich in den letzten Jahren sehr zurückgezogen gelebt habe, wäre es kein Problem, den Leuten in Sweetheart irgendein Märchen zu erzählen."

Keine Verlegenheit, keine Scham, aber auch sonst keinerlei Gefühle schwangen in seinen Worten mit. Von seiner Seite aus war es nichts anderes als eine Vernunftehe. „Ich muss sehr sorgfältig über alles nachdenken. Mein Job und dein sehnlicher Wunsch nach einem Kind sind noch längst nicht alles. Ich werde herauszufinden versuchen, was für das Kind das Beste ist. Das ist das Wichtigste."

Als Maddy eine Woche später am Weihnachtsmorgen erwachte, war sie mit ihren Überlegungen noch keinen Schritt weitergekommen.

Pete hatte alles Mögliche versucht, um sie zu überzeugen. Er hatte sogar die alte Holzwiege vom Dachboden geholt, die sein Urgroßvater selbst gezimmert hatte. Jeden Abend hockte er vor dem Kamin und restaurierte das ehemals hübsche Möbelstück.

„Verflucht, Pete", flüsterte sie und zog verzweifelt die handgearbeitete Decke über den Kopf. Die Decke, die zur Entwicklung der Dinge zweifellos beigetragen hatte.

Rufus, der leise schnarchend vor dem Kamin in ihrem Zimmer lag, gab im Schlaf leise jaulende Geräusche von sich. Manchmal beneidete Maddy ihn darum, ein Hund zu sein, der an nichts weiter zu denken hatte, als ans Fressen. „Das Leben ist hart, Rufus, alter Junge", murmelte sie.

Sie saß im Schneidersitz mitten auf ihrem Bett, drückte das Kopfkissen fest an die Brust und sah nachdenklich aus dem Fenster. An dem Tag, als Mark seine Party gefeiert hatte, hatte es so ausgesehen, als würde sich das Wetter endlich beruhigen. Doch daran war nicht mehr zu denken. Immerhin funktionierte die Stromversorgung wieder, und die Telefonleitungen waren repariert. Das alles vereinfachte das tägliche Zusammenleben doch erheblich.

Andererseits konnte sie sich jetzt nicht mehr vor dem Anruf bei ihrer Schwester drücken. Mary Beth war sicher längst in Panik, weil sie sie nicht hatte erreichen können.

Maddys Blick fiel auf das Telefon auf ihrem Nachttisch, sie griff nach dem Hörer und wählte die Nummer ihrer Schwester.

Als sie Mary Beths Stimme am anderen Ende der Leitung vernahm, stiegen ihr die Tränen in die Augen. „Frohe Weihnachten, Mary Beth. Ich bin es, Maddy."

„Maddy! Dem Himmel sei Dank! Seit Tagen versuche ich dich zu erreichen. Ich bin schon krank vor Sorge. Wo steckst du nur?"

„Du wirst es nicht glauben, ich bin in Colorado."

„Ist das ein Witz? Sollte das eine Weihnachtsüberraschung werden? Bist du am Flughafen? Soll Lyle dich abholen?“

„Im Moment wohne ich bei einem Freund. Ich bin in einen Schneesturm gekommen und habe meinen Wagen kaputtgefahren. Letzte Nacht hatten wir einen halben Meter Neuschnee, und die Straßen sind nach wie vor unbefahrbar.“

„Und wo genau bist du, wenn man fragen darf?“ Mary Beth klang nicht gerade erfreut, aber das konnte Maddy ihr nun wirklich nicht verübeln.

„Sweetheart“, antwortete sie. „Genauer gesagt, ein paar Kilometer außerhalb der Stadt auf einer Ranch.“

„Und wie lange bist du schon dort?“

„Ungefähr zwei Wochen.“

„Zwei Wochen! Du bist seit zwei Wochen in Colorado und hast mich nicht einmal angerufen.“

„Die Telefone funktionieren erst seit ein paar Tagen wieder. Und … nun, es gibt noch einen anderen Grund, warum ich nicht anrufen konnte.“

Am anderen Ende der Leitung herrschte ein gespanntes Schweigen, dann begann Mary Beth zu reden. „Ganz gleich, was geschehen ist, ich liebe dich, Maddy. Wenn du in Schwierigkeiten steckst, möchte ich dir gern helfen. Du steckst doch in Schwierigkeiten?“

Maddy seufzte leise. Das war ihre Schwester Mary Beth, die ein Leben lang für sie da gewesen war. Wieso sollte sich das mit einem Mal geändert haben. „Ich bekomme ein Kind, Mary Beth.“

„Ich auch.“

„Wie bitte?“ Maddy war so perplex, dass sie im ersten Augenblick nicht wusste, was sie sagen sollte. Doch dann sprudelte es nur so aus ihr hervor. „Oh, Mary Beth. Ich freue mich so für dich und Lyle. Seit wann weißt du es denn?“

„Seit ein paar Tagen. Deshalb wollte ich dich ja auch unbedingt erreichen. Endlich hat es geklappt, Maddy. Und dass du auch ein Kind bekommst, ist einfach wundervoll. Freust du dich auch so? Jetzt können wir gemeinsam alles vorbereiten.“

„Ja, es ist wundervoll.“ Zumindest in Mary Beths Fall. „Bei mir liegen die Dinge aber etwas anders. Du bist verheiratet, ich nicht.“

„Hm. Bist du jetzt gerade beim Vater deines Kindes? Will er dich nicht heiraten?“

„Pete Taggart ist nicht der Vater meines Kindes. Es ist David Lassiter, und er besteht auf einer Abtreibung. Er will nichts mit dem Kind zu tun haben."

„David Lassiter, dein Chef?", fragte Mary Beth ehrlich schockiert.

„Ja. Und wie es aussieht, hat er mich sozusagen schon gefeuert. Aber bitte erspare mir die Details. Ich erzähle dir alles später. Denn ich rufe noch wegen einer anderen Sache an. Pete Taggart, der Mann, bei dem ich augenblicklich wohne, hat mir einen Heiratsantrag gemacht."

„Habe ich dich jetzt richtig verstanden? Der Vater deines Kindes will dich nicht heiraten, dafür aber der Mann, der dich wegen des Schneesturms aufgenommen hat?"

„Genauso ist es. Aber es ist eine lange und komplizierte Geschichte." Eine Geschichte, die sie im Augenblick selbst noch nicht so ganz begreifen konnte.

„Das kann ich mir denken. Liebst du ihn denn? Nach deiner Beschreibung erinnert er mich ganz an einen edlen Ritter in glänzender Rüstung."

Maddy seufzte leise. „Ja, ich fürchte, dieses Mal hat es mich erwischt."

„Das ist ja wundervoll! Trotzdem scheint sich deine Begeisterung in Grenzen zu halten. Wo liegt das Problem? Heirate ihn doch einfach und werde glücklich."

„Es gibt da einen Haken. Er liebt mich nicht. Ihn interessiert nur das Kind."

„Du hast doch gerade erzählt, dass er dich heiraten will. In meinen Augen ist das der beste Beweis dafür, dass er dich will."

Wenn es doch nur wahr wäre.

„Was soll ich nur tun, Mary Beth? Ich bin völlig durcheinander."

„Beruhige dich erst einmal, atme tief durch und denk ganz logisch über deine Situation nach. Du liebst Pete Taggart, und du brauchst einen Vater für dein Kind. So, wie es aussieht, bist du Pete nicht gleichgültig. Kein Mann würde sich eine Frau und ein Kind aufhalsen, wenn er nicht irgendetwas für sie empfinden würde. Und wenn du mich fragst, empfindet er sogar sehr viel für dich."

„Falls er wirklich etwas für mich empfindet, dann liegt es an der Decke." Sie erzählte ihrer Schwester in wenigen Worten die Legende von der Hochzeitsdecke, woraufhin Mary Beth in schallendes Gelächter ausbrach.

„Du glaubst, dass dich ein Mann wegen so einer albernen Legende heiraten würde? Jetzt komm aber endlich zur Vernunft, Maddy. Ich hätte dir wesentlich mehr Verstand zugetraut. Oder spielen deine Hormone verrückt?“

Das taten sie zweifellos. Maddy hatte so dicht am Wasser gebaut wie nie zuvor in ihrem Leben. Sie brach wegen jeder Kleinigkeit in Tränen aus. Aber das hatte nicht das Geringste mit ihrem Glauben an die Legende zu tun. „Wenn ich es dir doch sage. Die Legende ist wahr. Sie sagt eine Heirat voraus, und kurz darauf macht Pete mir aus blauem Himmel einen Heiratsantrag. Es kann keine andere Erklärung geben. Ich glaube nicht an Zufälle.“

„Hör zu, Maddy, ich muss jetzt Schluss machen, weil wir in die Kirche wollen. Gib mir bitte deine Telefonnummer, dann rufe ich dich zurück, und wir reden weiter.“

„Fröhliche Weihnachten!“, wünschte Pete Maddy, als sie kurze Zeit darauf in die Küche kam. „Ich hatte schon die Hoffnung aufgegeben, dass du heute noch zum Frühstück erscheinen würdest. Hoffentlich bist du hungrig. Ich habe Rührei mit Schinken und Pfannkuchen im Backofen warm gestellt.“

„Du hast Frühstück für mich gemacht?“, fragte Maddy überrascht.

„Natürlich. Ich dachte, du wärest vielleicht zu müde. Außerdem war es mir eine Ehre.“ Er zog einen Stuhl unter dem Tisch hervor, damit sie sich hinsetzen konnte, und Maddy musste unwillkürlich an Mary Beths Bemerkung vom edlen Ritter denken.

„Ich bin völlig ausgehungert. Und es duftet einfach köstlich. Sagtest du nicht, du könntest nicht kochen?“

„Ich sagte nur, dass ich nicht gern koche. Das ist ein himmelweiter Unterschied. Ich hoffe, ich habe dich jetzt beeindruckt. Ob du es glaubst oder nicht, ich bin sozusagen ein Allroundtalent.“

Maddy lachte glücklich. „Vielen Dank. Ich bin in der Tat sehr beeindruckt. Diese Pfannkuchen sind himmlisch. Wenn du das öfter machst, werde ich aus allen Nähten platzen.“

„Macht nichts. Männer ziehen Frauen vor, die ein paar Kurven haben. Ich kann mir keinen normalen Mann vorstellen, der diese ausgehungerten Topmodels besonders anziehend findet, die alle aussehen, als wären sie magersüchtig.“

„Oh Pete, du verwöhnst mich!“

Pete grinste geheimnisvoll. „Das ist noch gar nichts. Warte erst einmal ab, bis wir die Geschenke auspacken."

„Geschenke?", fragte sie bestürzt. „Aber ich habe ja überhaupt kein Geschenk für dich, Pete. Wie konntest du überhaupt einkaufen gehen, wo doch sämtliche Straßen zugeschneit sind?"

„Ein echter Pfadfinder improvisiert in jeder Lebenslage. Iss schnell auf, damit wir uns den wirklich guten Dingen zuwenden können."

Zwanzig Minuten später saßen sie gemeinsam unter dem fröhlich geschmückten Weihnachtsbaum. Maddy konnte die Augen nicht von der alten Wiege abwenden. Sie war einzigartig, und Pete hatte sich beim Restaurieren wirklich alle erdenkliche Mühe gegeben.

Wie schön wäre das alles, wenn sie und Pete ein echtes Paar wären, das zum ersten Mal gemeinsam Weihnachten feierte. Wenn sie die Augen schloss, konnte sie es sich beinahe vorstellen. Aber es war nur ein wunderschöner Traum.

„Worüber lächelst du, Miss Potter? Du hast so einen teuflischen Augenausdruck. Muss ich mir jetzt Sorgen machen?"

Maddy wurde rot. Ein Glück, dass Pete ihre Gedanken nicht lesen konnte. „Ich habe gerade darüber nachgedacht, wie schön es hier ist. Der Weihnachtsbaum, die weißen Schneeflocken, die ich durch das Fenster beobachten kann, während ich dem Knistern des Kaminfeuers lausche. Es ist einfach alles vollkommen."

Pete setzte sich neben sie auf den Teppich. „Maddy ..." Plötzlich wurde er ernst. „Ich möchte dich nicht unter Druck setzen, aber ich hoffe, dass du über meinen Vorschlag nachgedacht hast." Er sah sie erwartungsvoll an.

„Ich habe in den vergangenen Tagen kaum an etwas anderes gedacht, Pete. Was glaubst du, wo sonst die dunklen Ränder unter meinen Augen herkommen?"

„Vielleicht habe ich ja noch einen Trumpf im Ärmel, der dir die Entscheidung erleichtert." Er zog eine kleine Schmuckschatulle aus weinrotem Samt hinter dem Rücken vor und drückte sie ihr in die Hand. „Hier. Das ist ein Familienerbstück. Meine Großmutter und meine Mutter haben ihn schon vor dir getragen." Maddy öffnete mit zitternden Fingern die Schachtel. „Ich hoffe, er gefällt dir."

Es verschlug ihr die Sprache, als ihr ein strahlender Diamantring mit einem herrlichen Rubin im Licht des Weihnachtsbaums entgegenfunkelte. Als sie daran dachte, dass Generationen von Taggart-

Frauen diesen Schmuck getragen hatten, traten ihr die Tränen in die Augen.

„Er ist einfach umwerfend. Ich weiß gar nicht, was ich sagen soll. Ich habe aber doch gar kein Geschenk für dich."

„Dann sag doch einfach, dass du meine Frau wirst." Er legte die Hand auf ihren Bauch. „Es gibt nur eine Sache, die du mir schenken kannst – und das bist du selbst. Ich will dich, Maddy. Und dein Kind wird unser Kind sein. Unser gemeinsames Kind." Er zog sie in die Arme und küsste sie mit einer Leidenschaft, die ihr den Atem nahm.

Behutsam drückte er sie auf den weichen Teppich, beugte sich über sie und strich ihr zärtlich ein paar Haarsträhnen aus dem Gesicht. „Ich sehne mich nach dir, Maddy. Ich will dich in meinem Bett und in meinem Leben. Bitte, sag endlich Ja."

Maddy sah ihm in die Augen und fand darin Zärtlichkeit und Zuneigung. Plötzlich wusste sie, dass sie ihm etwas bedeutete – auch wenn es keine Liebe war. Aber vielleicht würde er sie eines Tages lieben können. Bis dahin musste ihre Liebe für sie beide ausreichen.

Sie atmete tief durch, bevor sie antwortete. „Ja, ich werde dich heiraten. Und jetzt küss mich noch einmal, bevor ich es mir anders überlege."

„Du wirst es niemals bereuen", sagte er und steckte ihr den Ring an den Finger.

Maddy betete, dass er recht behalten möge.

Der nun folgende Kuss war erregender als alles, was sie bis dahin erlebt hatte. Pete ließ Maddy alles um sich herum vergessen. Es gab nur noch sie beide, seine warmen Hände auf ihren Brüsten, und seine geschickten Finger, die im Handumdrehen die Knöpfe ihrer Jeans öffneten.

Ohne dass sie wusste, wie ihr geschah, hatte er ihren Sweater hochgeschoben und ihre geschwollenen Brüste von dem schwarzen Seiden-BH befreit. Er reizte die harten Spitzen zuerst mit den Fingern, dann mit der Zunge, bevor er sie mit den Lippen umschloss und lustvoll daran saugte, bis Maddy das Gefühl hatte, jeder einzelne Nerv stünde unter Hochspannung.

„Du schmeckst gut", flüsterte er heiser und bahnte sich mit den Lippen den Weg von ihren Brüsten abwärts bis zu ihrem Bauch. Mit der Zunge umkreiste er ihren Bauchnabel, bis sie aufschrie.

„Pete, du folterst mich!“, sagte sie atemlos.

„Was meinst du denn, was du jede Nacht mit mir getan hast, Darling? Vor Erregung konnte ich nie schlafen.“ Er zog ihr die Jeans und den winzigen Slip herunter, um endlich alles von ihr sehen zu können. „Ich möchte dich ganz schmecken, Maddy. Dich lieben, wie dich noch kein Mann geliebt hat.“

Ja! Bitte, liebe mich! Liebe mich so wie ich dich liebe!

Er schob ihre Beine sanft auseinander, schmeckte sie endlich ganz, tauchte tief mit der Zunge in sie ein, hob ihre Hüften ein wenig höher, um seinen Hunger nach ihr befriedigen zu können.

Jedes Eindringen seiner Zunge steigerte ihre Lust. Sie hielt seinen Kopf mit beiden Händen fest und zeigte ihm, was sie wollte. „Oh, oh!“, schrie sie überrascht und zitterte, als er sie einen erschütternden Höhepunkt erleben ließ.

Anschließend nahm Pete sie in die Arme, und sie schmiegte sich an ihn. Er küsste ihr Haar, ihren Nacken, ihre Wangen. „Ich wollte, dass es gut für dich wird, Maddy. War es das? Hat es dir gefallen?“

Sie nickte nur, immer noch unfähig, ein Wort zu sagen. Erst als ihr Atem wieder normal ging, konnte sie mühsam flüstern. „Ich habe so etwas noch nie erlebt. Aber was ist mit dir? Du hast doch gar nichts davon gehabt.“ Sie war beinahe enttäuscht, dass er sie nicht ganz genommen hatte. Sie wollte ihn tief in sich spüren, ein Teil von ihm sein, mit ihm gemeinsam den Höhepunkt erleben. So konnte sie nur ahnen, was er ihr vorenthalten hatte.

„Ich werde nicht mit dir schlafen, bevor wir verheiratet sind, Maddy. Es soll alles seine Richtigkeit haben. Ich rufe Reverend Andrews morgen früh und leite alles in die Wege. Dann wird es eine richtige Hochzeitsnacht. Du wirst sehen, das Warten lohnt sich.“

Daran hatte Maddy nicht den leisesten Zweifel. „Du bist ganz schön altmodisch“, sagte sie und liebkoste seine Wange. „Ich finde das wunderschön. Schade, dass heutzutage nicht mehr viele Männer so denken.“ Er hatte ihre Bedürfnisse vor seine eigenen gestellt und völlig selbstlos gehandelt.

Ist es da ein Wunder, dass ich dich liebe, Pete Taggart?

„Unser Vater hat uns gelehrt, dass man die Frauen nicht nur lieben, sondern auch respektieren soll. Ich könnte mir sehr gut vorstellen, dass es in deinem Sinne ist, mit allem Weiteren bis zur Hochzeitsnacht zu warten.“ Er nahm ihre Hand und ließ sie seine Erregung spüren. „Ich sehne mich so sehr nach dir, Darling. Du kannst dir nicht vorstellen, wie schwer mir das Warten fällt."

„Du musst nicht warten, Pete. Wenn du mich jetzt willst, sage ich nicht Nein."

Mit einem lauten Stöhnen zog er ihren Sweater herunter und die Jeans hoch. „Führe mich nicht in Versuchung", sagte er mit einem gequälten Lächeln. „Ich bin auch nur ein Mann."

„Das weiß ich. Darauf hatte ich ja gezählt", sagte sie verschmitzt.

7. KAPITEL

Pete betrat das Sweetheart Inn durch die Hintertür und fand seinen Bruder Mark bei den letzten Vorbereitungen zur Hochzeitsfeier. Nur noch ein paar Handgriffe, und die Dekoration der exquisiten dreistöckigen Eistorte war vollendet. Maddy würde ihre helle Freude daran haben.

Sie würden heute, am Silvesterabend, heiraten. Die Familie und einige enge Freunde würden an der Feier teilnehmen, die im Sweetheart Inn stattfinden würde. Maddys Entschluss, Allison Montgomery zu bitten, ihre Brautjungfer zu werden, begeisterte Pete nicht gerade. Aber schließlich sah er ein, dass sie keine andere Wahl hatte, denn Allison war in ganz Sweetheart die einzige unverheiratete Frau unter dreißig.

Maddys Schwester Mary Beth und ihr Mann konnten eine so kurzfristige Einladung nicht annehmen, da Lyle als Leiter der Polizei von Leadville nicht ohne Weiteres freibekam. John würde Trauzeuge sein. Sarah konnte es kaum erwarten, als Blumen streuender Engel immer in der Nähe der Braut zu sein, und Evan war die ehrenvolle Aufgabe zugedacht, die Eheringe zu halten. Die Kinder waren genauso aufgeregt wie der Bräutigam.

„Sieht so aus, als hättest du alles unter Kontrolle, kleiner Bruder", sagte Pete, was ihm jedoch einen vernichtenden Blick Marks einbrachte.

„Du weißt genau, dass ich keine Zuschauer bei der Arbeit ertragen kann. Also verzieh dich besser noch für eine Weile, okay? Bis zum Empfang heute Abend habe ich noch einiges zu tun."

Pete ignorierte die unmissverständliche Aufforderung seines Bruders, zog sich stattdessen einen Stuhl heran und setzte sich rittlings darauf. „Maddy und Allison müssen unbedingt noch ein paar Sachen einkaufen. Sie wollten mich nicht dabeihaben. Deshalb dachte ich, ich könnte dir etwas Gesellschaft leisten." Pete war nervös, aber er war weit davon entfernt, es zuzugeben – schon gar nicht gegenüber seinem jüngeren Bruder.

Mark und John dachten, er hätte Nerven wie Drahtseile, weil er in der Regel selbst in schwierigsten Situationen Ruhe bewahrte. Aber sie hatten keine Ahnung, wie sehr ihm der Gedanke an die bevorstehende Hochzeit an die Nieren ging. Er hatte keine Angst davor, verheiratet zu sein. Es hing damit zusammen, dass seine Gefühle für Maddy viel stärker waren, als er sich zunächst eingestehen wollte. Er lief Gefahr, sein Herz zu verlieren und verletzt zu werden. Das durfte er nicht zulassen. Nicht noch einmal.

„Wo ist John? Er ist dein Trauzeuge. Warum lässt du dir nicht von ihm die Zeit vertreiben?“

Als hätte er nur auf sein Stichwort gewartet, öffnete der dritte Taggart-Bruder die Tür. Eiskalte Luft drang in die warme Küche. „Hi! Somit wären wir also alle hier versammelt.“ Er zog seine fellgefütterte Lederjacke aus und holte sich genau wie John einen Stuhl. „Gibt es hier zufällig einen heißen Kaffee? Ich musste meinen Anzug noch aus der Reinigung holen. Ihr könnt euch nicht vorstellen, wie kalt es draußen ist. Man wird regelrecht zum Eiszapfen.“

Pete füllte zwei Becher mit dampfendem Kaffee und reichte John einen davon. „Packt wenigstens eure Sachen weg“, sagte Mark, der einsah, dass er die beiden wohl noch einige Zeit würde ertragen müssen.

Mark stellte dem jungen Paar die Hochzeitssuite kostenlos zur Verfügung. Außerdem hatte er das Sweetheart Inn für die Öffentlichkeit geschlossen – an Sylvester ein großes Verlustgeschäft. Pete war dem Bruder dafür sehr dankbar. Er wollte, dass alles perfekt wurde. Maddy hatte es verdient.

„Ich hoffe, du weißt, was du tust, Pete“, sagte John plötzlich ernst. „Du kennst Maddy Potter erst seit kurzer Zeit. Und wenn man eine Frau heiratet, die ein Kind von einem anderen Mann bekommt, ist der Ärger doch eigentlich schon vorprogrammiert. Was machst du, wenn der leibliche Vater aus heiterem Himmel auftaucht und sein Kind zurückhaben will? Was dann?“

„Das ist völlig ausgeschlossen“, erwiderte Pete. „David Lassiter ist irgendein reicher Idiot, der nichts mit dem Kind zu tun haben will.“

Mark hielt mitten in der Arbeit inne. Auch er sah Pete besorgt an. „John hat recht. Hast du dir das alles wirklich gut überlegt? Versteh mich nicht falsch. Ich mag Maddy. Sie ist eine tolle Frau. Aber wie John schon sagte, ihr kennt euch noch nicht sehr lange. Du kannst mir glauben, dass es keinen Spaß macht, um das Sorgerecht für seine Kinder zu kämpfen.“

Pete zweifelte plötzlich daran, ob es wirklich eine so gute Idee gewesen war, seinen Brüdern von Maddys Schwangerschaft zu erzählen. Sie vermuteten immer gleich das Schlimmste.

Warum freuten sie sich nicht einfach für ihn und wünschten ihm alles Gute?

„Was besagt das schon, dass wir uns noch nicht lange kennen?", fragte er gereizt zurück. „Du und Pam – ihr kanntet euch acht Jahre lang, bevor ihr geheiratet habt. Und trotzdem bist du geschieden."

Daran mochte Mark nicht gern erinnert werden. Es traf ihn immer noch in seinem tiefsten Innern.

„Ich mache mir doch nur Sorgen um dich. John und ich wollen nicht, dass dir jemand wehtut."

„Außerdem hast du selbst zugegeben, dass du Maddy nicht liebst", erinnerte ihn der Tierarzt. „Worauf willst du dann diese Ehe überhaupt gründen? Ein Baby reicht nicht aus, um zwei Menschen auf die Dauer aneinander zu binden. Ich fürchte, du wirst deinen voreiligen Entschluss schon bald bereuen, Pete."

Pete kniff die Augen zusammen. „Glücklicherweise gebe ich nicht einen Pfifferling auf das, was ihr denkt. Ihr habt ja keine Ahnung. Ich werde Maddy heiraten, basta." Er ging wütend zur Tür und drehte sich noch einmal zu seinen Brüdern um.

„Es wäre sehr freundlich, wenn ihr von jetzt an eure Meinung für euch behalten könntet. Ich bin alt genug, meine Entscheidungen selbst zu treffen. Es ist ganz allein meine Sache, wie und mit wem ich mein Leben verbringe. Und wehe, Maddy erfährt von eurem dummen Gerede und fühlt sich verletzt."

Die Tür knallte hinter Pete ins Schloss, und John stieß einen schrillen Pfiff aus. Dann grinste er von einem Ohr zum anderen. „Sieht ganz so aus, als würde sich unser großer Bruder selbst belügen, findest du nicht auch?"

Mark leckte sich die Sahne von den Fingern und sah John fragend an. „Wie meinst du das? Ich denke, er weiß genau, was er tut. Nichts auf der Welt könnte ihn davon abbringen, Maddy zu heiraten. Wir haben unsere Pflicht und Schuldigkeit getan. Alles Weitere ist seine eigene Angelegenheit."

Allison hielt ein schwarzes, nahezu transparentes Nachthemd hoch und grinste über Maddys entsetzten Gesichtsausdruck. „Das ist sozusagen die Eintrittskarte für eine leidenschaftliche Hochzeitsnacht.

Dieses Nachthemd überlässt aber auch rein gar nichts der Fantasie – und das ist auch gut so, denn ich fürchte, dein Bräutigam hat nicht viel davon. Deshalb ist dies hier genau richtig."

Maddy war bestimmt nicht prüde, aber beim Anblick dieses aufreizenden Kleidungsstücks stieg ihr das Blut in die Wangen. Die übrige Kundschaft in Bootsie's Boutique beobachtete die beiden jungen Frauen neugierig, was Maddy veranlasste, Allison das hauchdünne Nachthemd aus den Händen zu nehmen und verschwinden zu lassen. „Ich hatte eigentlich nicht vor, meine Hochzeit an die große Glocke zu hängen. Aber ich werde mir deinen Vorschlag auf jeden Fall durch den Kopf gehen lassen."

Obwohl Allison sie in eine so peinliche Situation gebracht hatte, war sie fest entschlossen, dieses Nachthemd zu kaufen. Es war genau das, was sie brauchte, um Pete den Verstand zu rauben. Die Vorfreude auf sein sexy Lächeln jagte ihr einen elektrisierenden Schauer den Rücken hinunter.

„Guck nicht so lüstern", sagte Allison amüsiert, als sie nebeneinander die Straße entlanggingen. „Für dieses Lächeln würde dich der Sheriff von Sweetheart glatt hinter Gitter bringen. Sheriff Dobbs ist in solchen Dingen nämlich ausgesprochen streng."

Maddy wurde wieder rot. „Bitte sei still. Du bist wirklich schrecklich. Lass uns schnell die letzten Einkäufe erledigen und dann eine Kleinigkeit essen. Ich habe nämlich einen Bärenhunger."

„Wahrscheinlich, weil du für zwei isst."

„Wer hat dir das erzählt?" Maddy blickte sich verstört um, aber glücklicherweise war niemand in der Nähe, der Allisons Worte hätte hören können. Es musste einer von Petes Brüdern gewesen sein, denn sie waren die einzigen Eingeweihten. „Es war John, nicht wahr?"

„Ich hoffe, es stört dich nicht", sagte Allison beruhigend. „John und ich kennen uns sehr gut, und wir haben niemals Geheimnisse voreinander. Aber du kannst dich darauf verlassen, dass ich niemandem auch nur ein Sterbenswörtchen erzähle."

Nachdem sie die letzten Einkäufe erledigt hatten, suchten sie sich einen abseits gelegenen Tisch in einem gemütlichen Café. Maddy machte sich sofort über ein riesiges Sandwich her. Allison wartete geduldig, bis sie den ersten Hunger gestillt hatte, bevor sie ein Gespräch begann.

„Bist du sicher, dass du nicht voreilig handelst? Ich weiß, es geht mich nichts an, aber ich mag dich, Maddy. Und ich möchte nicht, dass du einen Fehler machst, den du schon sehr bald bereuen würdest." Allison trank einen Schluck Kaffee und betrachtete ihre neue Freundin über den Tassenrand hinweg. „Ich meine, du hast allen Grund, glücklich zu sein." Allison starrte wehmütig ins Leere. „Wie gern wäre ich an deiner Stelle. Ich wünsche mir ein Kind. Mich stört an deiner Situation nur eine winzige Kleinigkeit – und das ist Pete. Wenn er nicht wäre, wäre einfach alles ideal."

„Ich finde es zwar sehr nett von dir, dass du dir Sorgen um mich machst, aber ich weiß genau, was ich tue. Ich bin davon überzeugt, dass Pete und ich hervorragend miteinander auskommen werden."

„Wenn ich meinen Mund halten soll, brauchst du nur ein Wort zu sagen. Aber ich würde gern von dir wissen, ob du Pete liebst."

„Ja", antwortete Maddy ehrlich. „Ich liebe ihn mehr, als ich es jemals für möglich gehalten hätte, einen Menschen zu lieben."

„Das ist schlimm."

Maddy nickte resigniert. „Ja, ich weiß."

„Und was wird aus deiner Karriere? Willst du denn alles über den Haufen werfen? Du kannst mir glauben, dass Pete alles daransetzen wird, dich von deiner Arbeit fernzuhalten. Zwischen ihm und Bethany ist es so oft zu Meinungsverschiedenheiten gekommen, weil er nicht wollte, dass sie bei ihrem Radiosender arbeitete, dass ihre ganze Beziehung darunter gelitten hat. Besonders schlimm wurde es, als sie schwanger wurde."

„Wir haben schon einen Kompromiss gefunden. Ich werde mich in Sweetheart selbstständig machen. Die ersten beiden Kunden habe ich schon. John und Mark haben mir angeboten, für die Tierklinik und das Sweetheart Inn zu arbeiten." Maddy war den beiden für ihre Angebote ausgesprochen dankbar. Nur Pete hatte noch keine Ahnung, wie großzügig sich seine Brüder ihr gegenüber verhalten hatten.

„Die Taggarts sind wirklich alle drei sehr liebenswert. Aber ihr Vater war ein Patriarch, der die Ansicht vertrat, dass Frauen so eine Art himmlische Wesen wären, die man zwar einerseits auf Händen tragen musste, die aber andererseits auch den Mund zu halten hatten, weil der Herr des Hauses das Sagen hatte. Für seine Frau war er der ideale Ehemann, denn sie spielte dieses Spielchen mit."

Maddy konnte deutlich erkennen, dass Allison bei dem Gedanken an die alten Taggarts nicht wohl war. Dennoch musste sie lachen. „Ich bin eine moderne Frau, und das weiß Pete auch. Ich brauche einen

Partner, keinen Diktator.“ Sie dachte an ihr eigenes Zuhause. Ihre Kinder sollten nicht unter den gleichen Bedingungen aufwachsen wie sie.

Allison legte ihre Hand auf Maddys und drückte sie fest. „Dann wünsche ich dir viel Glück, Maddy. Ich glaube, du wirst es brauchen.“

Die Hochzeitszeremonie war schnell vorüber.

Umso heißer und länger sollte die Hochzeitsnacht werden. Das hatte Pete sich insgeheim geschworen. Sobald sie den Empfang verlassen konnten, ohne unhöflich zu sein, wollte er sich mit Maddy in die Hochzeitssuite zurückziehen.

„Habe ich dir überhaupt schon gesagt, wie wundervoll du heute Abend aussiehst, Mrs Taggart?“, flüsterte er seiner jungen Frau zu, die neben ihm am Rande der Tanzfläche stand, wo sie beide nach dem Eröffnungstanz erst einmal zu Atem kommen mussten. „Können wir uns nicht um das Anschneiden der Torte drücken und gleich mit der Hochzeitsnacht beginnen?“

Maddy lachte, obwohl ihr bei Petes Anliegen heiß und kalt wurde. „In so einem wunderschönen Hochzeitskleid sieht jede Braut gut aus. Danke, dass du mir das Kleid deiner Mutter geliehen hast.“ In dem alten wertvollen Satin und dem Seidenumhang kam sie sich vor wie eine Märchenprinzessin.

„Meine Mutter hätte es so gewollt, ganz besonders, weil sie keine eigenen Töchter hatte, denen sie es hätte weitervererben können.“

John starrte in Gedanken versunken in sein Champagnerglas. Er bemerkte Allison erst, als sie direkt neben ihm stand.

Sie trug ein zweiteiliges rotes Satinkleid mit Knöpfen aus Glaskristallen. In Johns Augen sah sie wie ein Engel aus, und sein Herz schlug schneller, aber er hatte schon Routine darin, seine Gefühle zu verbergen.

„Hey, Ally! Du hast dich als Brautjungfer tapfer geschlagen“, sagte er leichthin, und die hübsche Blonde dankte ihm das Kompliment mit einem Lächeln.

„Wer immer die Brautjungfer spielt, läuft zumindest nicht Gefahr, selbst einmal zu heiraten. Das ist zumindest die Ansicht des Volksmunds.“

John zuckte nur die Achseln. Er war heute nicht in der Stimmung, sich Allys Hochzeitswitze anzuhören. Stattdessen trank er einen Schluck Champagner.

„Warum bist du so nachdenklich, Dr. Taggart? Dies ist ein fröhlicher Anlass. Hast du das vergessen?"

Er zog sie in eine abgelegene Ecke, wo sie niemand hören konnte. „Ich mache mir Sorgen um Pete. Ich habe Angst, dass er noch einmal verletzt wird. Er fängt gerade an, den Tod von Bethany zu verkraften, und jetzt verliebt er sich in Maddy. Wenn diese Ehe nicht funktioniert, wird er völlig am Ende sein."

„Na wunderbar!", antwortete Allison gut gelaunt. „Ich glaube, dass Pete in Maddy verliebt ist", fügte sie schnell hinzu, als er sie entsetzt ansah. „Maddy hat mir heute Nachmittag höchstpersönlich anvertraut, dass sie Pete liebt. Es gibt also nichts, worüber du dir Sorgen machen müsstest."

John zog eine Augenbraue hoch. „Hat sie das wirklich gesagt?"

„Ja. Aber ich warne dich, wenn du deinem Bruder von diesem Gespräch erzählst, werde ich dir nie wieder auch nur irgendein Geheimnis anvertrauen. Lass Pete und Maddy selbst herausfinden, was für alle anderen offensichtlich ist – außer für dich natürlich, Dr. Taggart."

Unendlich erleichtert, legte John einen Arm um ihre schlanke Taille und drückte sie dankbar an sich. „Danke, dass du es mir gesagt hast." Sie war ihm einen kurzen Moment so nahe, dass er den Duft ihres Haarshampoos in sich aufnahm. Der Duft nach frischen Zitronen erregte seine Sinne. Er atmete tief ein.

„Wann wagst du denn den Gang zum Traualtar, Ally? Du wirst auch nicht jünger." Und ich auch nicht, dachte er im Stillen.

„Danke für die Blumen." Sie versuchte beleidigt auszusehen, konnte sich aber das Lachen kaum verkneifen. „Und ich dachte, ich sähe atemberaubend aus. Das Kostüm hat mich beinahe ein Vermögen gekostet. Sollte es vielleicht eine Fehlinvestition gewesen sein?"

„Du weißt, dass du gut aussiehst. Du siehst immer fantastisch aus. Das habe ich nicht gemeint."

„Warum sollte ich es so eilig haben, der Besitz eines Mannes zu werden? Ich bin froh, dass ich mich endlich der ewigen Kontrolle meines Vaters entzogen habe, und ich bin nicht scharf darauf, meine Freiheit so schnell wieder aufzugeben."

„Nicht alle Männer sind so herrschsüchtig wie dein Vater."

Allison streichelte ihm über die Wange. „Deshalb sind wir beide ja auch so gute Freunde, John“, sagte sie beinahe zärtlich. „Du bist kein bisschen wie Jason Montgomery. Aber du vergisst einen ganz entscheidenden Punkt. Wenn ich heiraten würde, könnte unsere Beziehung nicht das bleiben, was sie jetzt ist. Mein Ehemann würde es sicher nicht gern sehen, dass ich so viel Zeit mit dir verbringe.“

8. KAPITEL

Maddy ging nervös in dem geräumigen Badezimmer der Hotelsuite auf und ab.

Kurz nachdem die Gäste sich verabschiedet hatten, war sie nach oben geeilt, um sich für die Hochzeitsnacht zurechtzumachen. Außerdem hoffte sie, noch etwas Zeit für sich allein zu haben, bevor Pete zu ihr kam. Sie musste nachdenken. Pete war unten geblieben, um sich von seinen Brüdern zu verabschieden und sich für das gelungene Hochzeitsfest zu bedanken, das nur mit ihrer Hilfe so kurzfristig geklappt hatte.

Sie ließ das Gespräch mit Allison noch einmal Revue passieren. War es möglich, dass Pete sie getäuscht hatte? Hatte er immer noch ein Problem damit, dass auch Frauen Karriere machen wollten?

Maddy legte die Bürste aus der Hand und starrte in den Spiegel über dem Waschbecken. „Nun, Maddy, da gibt es nur eine Möglichkeit." Sie musste mit Pete reden und herausfinden, wie er sich ihr weiteres Zusammenleben vorstellte, und ob er wirklich so kompromissbereit sein würde, wie sie gehofft hatte. Und zwar würde sie sich noch vor der Hochzeitsnacht Klarheit verschaffen. Alles andere wäre unvernünftig. Ihr Beruf war ihr so wichtig, dass sie erst sicher sein musste, dass Pete keine Einwände hatte. Ansonsten hatte es keinerlei Sinn, auch nur einen Schritt weiter zu gehen.

Doch als sie das hauchdünne schwarze Nachthemd über den Kopf streifte und sich über die nackte Haut strich, genau so, wie Pete es in wenigen Minuten tun würde, war es schnell um ihre Vernunft geschehen.

Plötzlich geriet ihr Blut in Wallung. Eine unglaubliche Hitze durchlief ihren Körper, und sie verspürte ein seltsames Kribbeln im Bauch. Sie konnte es kaum erwarten, von Pete geliebt zu werden.

Es war auch ziemlich albern, sich vorzustellen, dass Pete Lust auf vernünftige Gespräche hatte, wenn sie ihm jetzt in dieser Aufmachung gegenübertrat.

Das Nachthemd überließ aber auch gar nichts der Fantasie, genau wie es Allison vorhergesagt hatte. Die vollen Brüste zeichneten sich deutlich unter dem transparenten Material ab. Und Pete konnte gar nicht anders, als ihre lustvollen Absichten auf den ersten Blick zu erkennen.

„Um Himmels willen“, flüsterte sie ihrem Spiegelbild zu. Was war nur mit ihr los?

„Maddy, wie lange willst du noch im Badezimmer bleiben?“

Beim Klang seiner Stimme zuckte sie zusammen. Sie hatte ihn überhaupt nicht heraufkommen hören. Ihr Herz klopfte so hart gegen die Rippen, dass sie unwillkürlich die Hand dagegen presste.

„Wenn du nicht in den nächsten zehn Sekunden draußen bist, komme ich zu dir rein.“

Maddy atmete tief durch, verteilte noch ein paar Tropfen von ihrem Lieblingsparfüm zwischen ihren Brüsten und versuchte, sich auf das Wesentliche zu konzentrieren, das sie Pete noch zu sagen hatte, bevor sie die Badezimmertür öffnete.

Pete stand mit einem Glas Champagner am Fenster und blickte in die kalte Nacht hinaus. Er hatte das Hemd schon ausgezogen, und es war schwer, beim Anblick seiner athletischen Figur nicht auf dumme Gedanken zu kommen.

„Tut mir leid, dass es so lange gedauert hat.“

Als er ihre Stimme hörte, drehte Pete sich zu ihr um und betrachtete sie bewundernd. Dann sog er scharf die Luft ein. „Wow!“, brachte er endlich mühsam hervor. Maddys erotischer Anblick raubte ihm beinahe den Verstand. „Wo hast du das denn her?“

Seine Reaktion machte ihr Mut. Sie drehte vor seinen Augen eine kleine Pirouette. „Gefällt es dir? Allison hat es ausgesucht.“

„Allison Montgomery?“ Er schüttelte ungläubig den Kopf. Wer hätte wohl gedacht, dass diese Eisprinzessin es in sich hatte? Er ganz bestimmt nicht. Aber John schien ja immerhin so eine Ahnung zu haben. Immerhin war er seit Jahren scharf auf sie.

„Ja, es gefällt mir. Es gefällt mir sogar sehr.“

„Ist für mich auch noch etwas Champagner da?“, fragte sie in der Hoffnung, dass der Alkohol ihre flatternden Nerven ein wenig beruhigen würde. Außerdem könnte sie auf diese Weise noch Zeit gewinnen. Auch wenn es für sie nicht das erste Mal war, so handelte es sich doch immerhin um ihre Hochzeitsnacht.

Es dauerte einige Zeit, bis Pete antwortete. Er war so in den Anblick ihrer vollen Brüste und der aufgerichteten Spitzen vertieft, dass er sich in freudiger Erwartung der Dinge, die da auf ihn zukamen, über die trockenen Lippen leckte. „Natürlich“, sagte er endlich heiser und füllte eine Sektflöte mit der prickelnden Flüssigkeit. „Du siehst so wundervoll aus, Maddy. Ich glaube, ich kann nicht mehr lange warten. Ich will endlich wissen, wie es ist, dich zu lieben."

Die letzten Nächte waren die reinste Qual gewesen. Im Zimmer neben ihr zu liegen, den leisen Geräuschen zuzuhören, die sie im Schlaf machte, ebenso wie dem Quietschen der Bettfedern, wenn sie sich auf die andere Seite drehte. Er hatte sich vorgestellt, dass sie nackt war und auf ihn wartete, um ihn dann mit einem zärtlichen Lächeln zu empfangen. Das Resultat dieser Fantasien waren Schlaflosigkeit und eine kalte Dusche am nächsten Morgen gewesen.

Frag ihn, Maddy. Frag ihn, was wichtig für dich ist. Du musst Klarheit haben.

Aber sie konnte es nicht. Sie wollte diesen Zauber des Augenblicks nicht verderben. Nicht heute Nacht. Nicht in ihrer Hochzeitsnacht. Morgen war auch noch ein Tag. Dann würde sie sich der Realität stellen.

Mit zitternden Knien ging sie zu Pete, blieb dicht vor ihm stehen und legte die Hand auf sein weiches Brusthaar. „Ich will auch nicht warten."

Er nahm ihr das Glas aus der Hand, zog sie fest an sich und küsste sie leidenschaftlich.

Ihre Küsse waren wie eine Droge. Sie machten ihn süchtig. Er wollte mehr davon.

Als Maddy ihn endlich an seiner intimsten Stelle berührte, war das mehr, als er ertragen konnte. Er stöhnte leise auf, hob sie hoch, trug sie zu dem riesigen Bett hinüber und legte sie mittendrauf. „Du hast es nicht anders gewollt, Darling."

„Natürlich nicht", erwiderte sie mit ihrem verführerischsten Lächeln. „Zieh jetzt bitte ganz langsam deine Hose aus. Nach dem, was ich dir geboten habe, bist du mir auch eine kleine Peepshow schuldig." Sie lehnte sich in die Kissen zurück und fragte sich, ob die Röte auf den Wangen ihres Mannes daher rührte, dass sie ihn in Verlegenheit gebracht hatte, oder ob es am Champagner lag. Wahrscheinlich kam beides zusammen.

„Ich bin nicht sicher, ob es mir gelingt, diesen Reißverschluss herunterzuziehen. Ich habe da ein ziemlich großes Problem."

„Soll ich dir behilflich sein?", kicherte Maddy, während sie auf Knien zum Bettrand rutschte. Sie wartete seine Antwort gar nicht erst ab, sondern machte sich vorsichtig an seinem Reißverschluss zu schaffen, wobei sie ihn wie zufällig immer wieder streichelte und seine

Erregung ins Unermessliche steigerte. So dauerte es auch einige Zeit, bis es ihr endlich gelang, seine Hose zu öffnen, ohne ihm dabei wehzutun.

Pete schnappte hörbar nach Luft, während Maddy zufrieden lächelte. Es gefiel ihr, dass sie ihn ebenso erregen konnte wie er sie. Bevor Pete wusste, wie ihm geschah, hatte sie ihm Hose und Slip auch schon ganz heruntergezogen und nahm ihn in den Mund, um ihm dieselben Freuden zu bereiten, die sie vor einer Woche von ihm erfahren hatte. Sie wunderte sich über sich selbst. Das hatte sie für keinen Mann vor ihm getan, und sie wusste, dass er der erste und einzige bleiben würde.

Pete stöhnte, als hätte er Schmerzen. „Maddy! Wenn du so weitermachst, ist gleich alles vorbei, bevor es überhaupt begonnen hat."

Zögernd ließ sie ihn frei. „Komm, Pete, komm zu mir. Ich sehne mich so nach dir."

Sie brauchte ihn nicht zweimal zu bitten. Er legte sich auf sie, reizte ihre geschwollenen Brustspitzen mit der Zunge und saugte daran, bevor er ihr das verführerische Nachthemd endlich über den Kopf zog und somit die letzte Barriere zwischen ihnen gefallen war.

Bewunderung und unbändiges Verlangen spiegelten sich in seinen Augen wider, als er sie jetzt in ihrer Nacktheit betrachtete. „Du bist so schön. Du kannst einen Mann alles vergessen lassen." Er küsste ihre Brüste, ihr Kinn, ihre Wangen und schließlich ihre hungrigen Lippen, während er mit den Händen aufreizend langsam über ihre Oberschenkel strich. Sie empfand es wie ein Versprechen dessen, was sie noch erwartete.

Pete drängte mit dem Mund nach unten, bis sie ihn zwischen ihren Schenkeln spürte. Sie bewegte sich unruhig unter ihm, kam ihm entgegen und spreizte willig die Beine. Sie wollte endlich die Erleichterung, die nur er ihr geben konnte. Aber wieder war es nur seine heiße Zunge, die in sie eindrang. Sie glaubte vor Lust vergehen zu müssen. „Pete!", flüsterte sie atemlos.

„Du gehörst mir, Maddy. Vergiss das niemals."

Seine besitzergreifenden Worte erfüllten Maddy mit Freude und Zärtlichkeit. Sie liebkoste seine Wange. „Ich werde es niemals vergessen, denn du gehörst mir."

„Ja. Und deshalb wird es jetzt für dich noch viel schöner", versprach er und drang endlich in sie ein. „Oh Darling, du fühlst dich wundervoll an.“ Sie war wie für ihn gemacht. Er bewegte sich erst langsam, damit sie sich an ihn gewöhnen konnte, steigerte dann aber das Tempo und hob ihre Hüften an, bis er das Gefühl hatte, sie völlig auszufüllen.

Maddy glaubte, ihr Blut würde jeden Augenblick kochen. „Ja! Oh ja! Es ist wunderbar! Hör bitte nicht auf!“

Pete erfüllte ihr den Wunsch. Und als sie ihren Höhepunkt erreichte und seinen Namen laut ausrief, fand auch er kurz darauf die absolute Erfüllung.

„Maddy!“, sagte er, als er wieder zu Atem gekommen war. Er konnte sich nicht erinnern, jemals so glücklich und entspannt gewesen zu sein.

Konnte es Liebe sein?

„Das war unglaublich. Du warst unglaublich.“ Er strich ihr die schweißnassen Haarsträhnen aus der Stirn, küsste sie zärtlich und drückte sie an sich.

Gefühle, die er längst tot geglaubt hatte, waren mit einem Mal wieder zum Leben erwacht. Sie überschwemmten ihn mit einer Intensität, dass er glaubte, darin ertrinken zu müssen.

„Ich habe noch nie etwas so Ähnliches erlebt.“ Maddy lächelte glücklich. Was sie sagte, war die Wahrheit. Die Tatsache, dass sie ihn liebte, machte alles so anders, als sie bisher kennengelernt hatte. Und sie wusste genau, dass sie ihn liebte. Daran bestand kein Zweifel.

Sie liebten sich in dieser Nacht noch einige Male, und immer wieder war Maddy nahe daran, ihm ihre Gefühle einzugestehen. Aber sie hielt sich zurück – in der Hoffnung, dass auch er sie eines Tages lieben und seine Liebe gestehen würde.

Sie konnte warten. Wenn es sein musste, eine ganze Ewigkeit.

Am nächsten Tag machten sie sich auf den Weg zur Ranch. Pete drehte die Autoheizung auf die höchste Stufe. Doch kurz bevor sie Sweetheart verließen, brachte Pete den Wagen vor einem zweistöckigen gelben Haus zum Halten.

„Ich habe heute Morgen mit Dr. Peterson einen Termin für dich abgemacht. Du warst gerade unter der Dusche“, gestand er, bevor sie auch nur fragen konnte. „Es wird Zeit, dass dich jemand untersucht. Immerhin bist du seit ein paar Wochen schwanger.“

„Wie bitte?“ Maddy war über sein eigenmächtiges Handeln empört. „Du hast ohne mein Einverständnis einen Arzt angerufen? Das ist eine Unverschämtheit. Wie kommst du dazu?“

„Laura Peterson ist eine hervorragende Ärztin. Und ich dachte, wenn dich eine Frau untersucht, macht es dir vielleicht weniger aus." Er wollte sichergehen, dass alles in Ordnung war. Nachdem, was sie in den letzten Stunden miteinander erlebt hatten, machte er sich wahnsinnige Sorgen ...

„Mir geht es ausgezeichnet, danke. Ich brauche keine ..."

Er nahm ihre behandschuhten Hände in seine und streichelte sie zärtlich. „Schwangerschaftsvorsorge ist sehr wichtig. Und wenn ich die Lage richtig einschätze, hast du dich bisher noch nicht ein einziges Mal untersuchen lassen, stimmt's?"

Maddy schüttelte seufzend den Kopf.

„Du bist jetzt ungefähr im dritten Monat, Maddy. Es wird höchste Zeit, dass du Vitaminpräparate bekommst. Außerdem muss doch einmal jemand nach dem Baby sehen." Er legte vorsichtig die Hand auf ihren Bauch. „Ich will nicht, dass euch beiden etwas geschieht. Bitte, tu es für mich."

Maddy war frustriert. Aber was konnte sie schon tun? Pete war ihr Mann, und er machte sich Sorgen. Das war völlig normal.

„Also gut. Ich gehe zu Dr. Peterson." Sie empfand es wirklich als Erleichterung, dass sie zu einer Ärztin gehen konnte. „Aber wenn du so etwas noch einmal hinter meinem Rücken arrangierst, wird das Folgen haben."

9. KAPITEL

Maddy hatte sich noch nie so wohl gefühlt. Zwei Wochen war es her, dass Laura Peterson ihr bestätigt hatte, dass mit ihr und dem Kind alles in Ordnung war. Zwei Wochen, in denen Pete sie Nacht für Nacht verwöhnt hatte. Jeden Abend schlief sie vollkommen befriedigt ein, um am nächsten Morgen in den Armen ihres Mannes aufzuwachen. Es war herrlich, so begehrt zu werden – und ein Blick, eine zärtliche Berührung reichten aus, um ihre Leidenschaft zu wecken.

Maddy war so glücklich wie am ersten Tag ihrer Ehe. Und was sie außerdem freute, war die Tatsache, dass die Außentemperaturen spürbar anstiegen. Immer öfter zeigte sich sogar die Sonne.

Vom Fenster ihres gemeinsamen Schlafzimmers aus beobachtete Maddy Pete, der gerade auf seinem Lieblingspferd Junebug über die Weide ritt. Die Pferde brauchten dringend Bewegung. Wenn sie die Schwangerschaft erst hinter sich hatte, würde sie reiten lernen. Dann würde sie Pete bei der Arbeit helfen können. Aber augenblicklich musste sie sich noch mit ihrem Fensterplatz zufriedengeben.

Und die Aussicht war wirklich nicht schlecht. Erst jetzt begriff sie, warum viele Frauen Cowboys für besonders sexy hielten. Sie lächelte. Die eng anliegenden Jeans, die Cowboystiefel und der Stetson gaben Pete schon eine ganz spezielle Note, doch spätestens der Anblick seiner kraftvollen Bewegungen auf dem Pferderücken konnten eine Frau auf dumme Gedanken bringen.

Pete beim Reiten zuzusehen war wesentlich unterhaltsamer, als die riesigen Kisten auszupacken, die ihre ehemalige Sekretärin, Liz Gordon ihr zugeschickt hatte. Die junge Frau hatte sich freundlicherweise angeboten, Maddys Wohnung auszuräumen, und sich um die Sachen zu kümmern. Die Möbel würden zum größten Teil verschenkt werden, weil ihre moderne Einrichtung beim besten Willen nicht mit Petes antiken Möbeln zu kombinieren war.

Wie nicht anders zu erwarten, hatten Lassiter, Owens und Cumberland ihrer Kündigung bereitwillig zugestimmt. Sie hatten ihr sogar eine großzügige Abfindung zukommen lassen und ihr ein fantastisches Empfehlungsschreiben beigefügt, falls sie sich woanders bewerben wollte.

Maddy war froh, nichts mehr mit ihnen zu tun zu haben. David hatte es nicht einmal für nötig gehalten, ihr alles Gute zu wünschen.

Sie ließ ihren Blick zwischen Petes Kleiderschrank und ihren Kartons hin und her wandern. Es musste ihr etwas einfallen. In diesem Schrank konnte sie nicht einmal die Hälfte ihrer Sachen verstauen. Wenn sie doch nur nicht diese Schwäche für Schuhe und Kleider hätte. Und wenn jetzt noch die Umstandskleider hinzukämen, die sie heute Nachmittag mit Allison gemeinsam kaufen würde ... Egal. Ihre normalen Kleider passten ihr im Augenblick sowieso nicht. Sie konnten genauso gut zunächst in den Kartons bleiben. Später würde sie noch einen Kleiderschrank dazu kaufen.

Jetzt würde sie sich lieber auf den Einkaufsbummel mit einer Freundin freuen. Allison kannte eine hübsche Boutique, und außerdem war es eine Möglichkeit, sich einmal wieder zu unterhalten.

Maddy öffnete den Morgenrock aus grüner Seide, den Mary Beth ihr letztes Jahr zum Geburtstag geschenkt hatte, und betrachtete sich kritisch in dem hohen Spiegel. Ihr Körper hatte sich verändert. Daran bestand kein Zweifel. Bald schon würde jeder Bescheid wissen. An den vollen Brüsten hätte sie sich unter anderen Umständen sehr wohl erfreuen können, aber sie hatte das Gefühl, dass sie am ganzen Körper rundlich geworden war. Was sie da im Spiegel sah, gefiel ihr ganz und gar nicht.

„Ist das eine kleine Privatvorführung, oder darf jeder zugucken?“ Mit einem frechen Grinsen, die Arme über der breiten Brust gekreuzt, stand Pete in der Tür.

Maddy fuhr vor Schreck zusammen. „Du hast mich beinahe zu Tode erschreckt. Mach das nicht noch einmal. Was fällt dir ein, dich so heranzuschleichen?“

Pete umarmte sie von hinten und legte ihr die großen Hände auf den Bauch. „Wie geht es meinem Baby denn heute?“ Er küsste zärtlich ihren Nacken.

„Welches meinst du?“ Maddy bekam eine Gänsehaut. Seine Berührung ließ sie sofort vergessen, dass sie eigentlich ärgerlich war.

Er umschloss ihre schweren Brüste mit den Händen. Sofort wurden ihre Spitzen hart, und er rieb sie sanft zwischen Daumen und Zeigefinger. „Oh Baby.“ Ihre Blicke begegneten sich im Spiegel.

Maddy versuchte immer noch, ungerührt auszusehen, aber es war völlig unmöglich. „Du denkst nur an das Eine, Mr Taggart.“ Unglücklicherweise ging es ihr nicht anders.

Er ließ eine Hand von ihrem leicht gewölbten Bauch hinuntergleiten, bis er die feuchten weichen Locken zwischen ihren Beinen berührte. Er streichelte sie, reizte sie, machte die verrücktesten Sachen, bis sie aufstöhnte. „Ich kann nicht genug von dir bekommen, Darling. Du hast mich verhext."

Sie drehte sich in seinen Armen um und küsste ihn aufs Kinn. „Es liegt an der Decke, Cowboy. Ich habe dir doch gesagt, dass Magie dahinter steckt."

Pete lachte und gab ihr einen schallenden Kuss. „Du hast eine blühende Fantasie, Mrs Taggart. Und wenn mein Bruder nicht jeden Moment hier auftauchen würde, dann ..."

„John kommt?" Sie löste sich hastig aus seiner Umarmung und griff nach dem Morgenrock. „Hat er gesagt warum?"

Ihr Interesse an seinem Bruder gefiel Pete nicht im Geringsten. „Ja", sagte er. „Er will nach den Pferden sehen. Wieso fragst du? Du kannst es wohl nicht erwarten, meinem gut aussehenden Bruder wieder zu begegnen?" Petes Lächeln erreichte seine Augen nicht.

„Du hast recht. Ich kann es wirklich kaum erwarten, ihn zu sehen. Aber nicht aus den Gründen, die du anscheinend vermutest. Hör auf, so eifersüchtig zu sein." Insgeheim freute sie sich allerdings. Eifersucht war ein starkes Gefühl, und vielleicht bedeutete es ja, dass Pete doch mehr für sie empfand, als er zugeben wollte.

„John hat mich gebeten, mit ihm über eine Werbekampagne für seine Klinik nachzudenken. Er und Mark sind meine ersten Kunden. Ich habe schon eine ganze Menge Ideen – auch für das Sweetheart Inn."

„Wärest du vielleicht so freundlich, mir zu erzählen, wovon du überhaupt redest? Ich verstehe nur Bahnhof." John und Mark wollten ihre Hilfe in Anspruch nehmen? Nur über seine Leiche. Wenn er die beiden erst in die Finger bekam ... Maddy sollte ihre Zeit nicht mit anderen Männern verbringen. Sie gehörte ihm.

„In Sweetheart gibt es sicher viele Menschen, denen ich helfen könnte. Ich muss mir nur noch ein passendes Büro suchen, dann werde ich mich dort selbstständig machen und ..."

„Halt!" Pete hob abwehrend die Hände hoch. „Erzählst du mir da gerade, dass du eine Agentur in Sweetheart eröffnen willst? Obwohl du mit dem Wagen dorthin fahren müsstest?"

„Natürlich." Sie sah ihn verwirrt an. „Wieso denn nicht? Wir haben schon vorher darüber gesprochen – erinnerst du dich nicht?"

„Wir haben darüber gesprochen, dass du möglicherweise nebenbei arbeiten könntest. Aber hier auf der Ranch. Es kommt gar nicht infrage, Maddy, dass du tagtäglich in die Stadt fährst. Du bist schwanger. Du solltest dich ausruhen und auf dich aufpassen. Wie kommst du nur auf die Idee, ausgerechnet jetzt voll ins Berufsleben einzusteigen? Dazu hast du auch noch Zeit, wenn das Baby da ist.“

Maddy stand kerzengerade da und sah ihm fest in die Augen. „Da bin ich ganz anderer Ansicht. Genau jetzt ist der richtige Zeitpunkt, etwas in die Wege zu leiten. Ich werde mir heute Nachmittag einige Räumlichkeiten ansehen. Allison und ich fahren nämlich in die Stadt, um ein paar Umstandskleider einzukaufen, und ich …“

„Allison! Hat sie tatsächlich vor zu fahren? Frauen sollten das Autofahren lieber ganz lassen. Und Allison ganz besonders. Sie ist eine Gefahr für die Straße. Ich hätte die ganze Zeit über Angst, dass dir etwas passiert, wenn du mit ihr fährst. Die Straßen sind zwar wieder befahrbar, aber voller Schlaglöcher.“

Maddy ärgerte sich über Petes Worte, doch als sie die Angst in seinen Augen sah, begriff sie, was in ihm vorging. Er wollte nicht noch eine Frau und ein Kind verlieren. Sie holte tief Luft und legte die Arme um ihn. „Du brauchst dir keine Sorgen um mich zu machen, Pete. Allison ist eine ausgezeichnete Fahrerin.“ Zumindest hoffte sie es. „Und sobald ich in Sweetheart mein Konto eröffnet habe, werde ich mein Geld hierher überweisen lassen, und mir ein eigenes Auto kaufen. Und jetzt hör endlich auf, so übervorsichtig zu sein. Es ist wirklich zu albern.“

„Aber …“

Sie legte ihm einen Finger auf den Mund, um ihn zum Schweigen zu bringen. „Ich weiß, dass du dir Sorgen machst, weil Beth diesen schrecklichen Unfall hatte. Aber dem Baby und mir wird nichts passieren.“

„Ich wünschte, ich könnte dir glauben“, sagte er leise und zog sie fest in dir Arme.

„Du kannst mir glauben.“ Sie zog seinen Kopf zu sich hinunter und küsste ihn auf den Mund.

Obwohl sie mit dem Kuss nichts weiter als ihre Worte bekräftigen wollte, hatte er eine ganz andere Wirkung. Es dauerte nur Sekunden, bis sie sich wie zwei liebeskranke Teenager auf dem Bett herumrollten. Geschäft und Besuch waren im Handumdrehen vergessen, bis die Vordertür donnernd ins Schloss fiel und Rufus laut zu bellen anfing.

„Verflucht!“ Pete warf noch einen sehnsüchtigen Blick auf seine junge Frau, die ihn verführerisch anlächelte, und zog sich hastig die Hose an. „Das ist John. Ich habe ihn völlig vergessen.“

Hastig eilte er zur Haustür.

„Du hast einen hervorragenden Geschmack, Maddy. Und dieser grüne Hosenanzug mit dem zitronengelben Seidentop ist einsame Spitze. Leihst du ihn mir, wenn ich schwanger bin?“

Maddy musste lächeln. Allisons Begeisterungsfähigkeit, wenn es um Babys ging, war einfach zu rührend.

Sie gingen nebeneinander die Straße entlang, nachdem sie ganz zum Schluss noch einige passende BHs erstanden hatten. Ella Grady hatte durch Allison ausrichten lassen, dass sie Maddy sehen wollte. Maddy hatte keine Ahnung, worum es gehen könnte. Hoffentlich hatte sie noch nichts von ihrer Schwangerschaft gehört. In einer kleinen Stadt wie Sweetheart gingen solche Neuigkeiten herum wie ein Lauffeuer.

„Natürlich leihe ich dir die Sachen.“ Sie zwinkerte der Freundin zu. „Brauchst du sie schon bald?“

Allison zuckte die Achseln. „Wer weiß? Auf jeden Fall habe ich noch keinen Samenspender. Vielleicht sollte ich nach Denver gehen und mich an eine Samenbank wenden“, sagte sie schelmisch. „Obwohl ich den Gedanken nicht besonders angenehm finde.“

Maddy lachte. „Zumindest macht es nicht so viel Spaß wie die herkömmliche Methode.“

„Ich nehme an, dass Pete es in dieser Hinsicht zu wahrer Meisterschaft bringt?“ Allison zog belustigt die Augenbrauen hoch, als Maddy bis in die Haarspitzen rot wurde.

„Du glaubst doch nicht im Ernst, dass ich mein Liebesleben mit dir diskutiere. Aber eines kann ich dir versichern. Die Taggart-Männer wissen sehr gut, was einer Frau gefällt.“

Allison wurde mit einem Mal nachdenklich. „Ich habe John einmal geküsst, als wir noch zur Highschool gingen“, gab sie dann zu. „Es war traumhaft.“ Sie konnte nicht verhindern, dass ihr ein leiser Seufzer über die Lippen kam.

„Na bitte.“

„Das hat gar nichts zu bedeuten.“ Allison schüttelte entschlossen den Kopf. „Für nichts auf der Welt würde ich unsere Freundschaft aufs Spiel setzen. John ist mein allerbester Freund – und das soll auch so bleiben."

Da Maddy sofort merkte, dass es keinen Sinn hatte, über diese Angelegenheit zu diskutieren, hielt sie vorsichtshalber den Mund. Wenn es überhaupt einen Menschen gab, der Allison umstimmen konnte, dann war es John. „Hat Ella irgendeine Andeutung gemacht, worüber sie mit mir sprechen will?"

„Nicht direkt, aber ich sollte dich vielleicht warnen. Ella sucht jedes Jahr wieder Opfer – oder besser gesagt Freiwillige, die ihr bei den Vorbereitungen für unseren Valentinsball helfen."

„Aber das klingt doch ganz witzig. Seit meiner Highschool-Zeit war ich auf keinem einzigen Ball mehr."

„Du kennst eben Ella nicht. Letztes Jahr haben John und ich ihr geholfen. Sie hat uns nur herumgescheucht. Das war alles andere als witzig. Ich habe dich gewarnt. Also beschwer dich hinterher nicht bei mir. Und jetzt müssen wir uns beeilen. Sie kann es nicht leiden, wenn Leute zu spät kommen."

Als sie die Tür zur Bibliothek öffneten, kam die alte Bibliothekarin auch schon die Treppe hinunter und geradewegs auf sie zu. „Hatten wir nicht Punkt zwei Uhr gesagt, Allison?", fragte sie mit einem missbilligenden Blick auf die Armbanduhr.

„Ich fürchte, es war meine Schuld, Ella", rettete Maddy die Freundin. „Ich war so in meine Einkäufe vertieft, dass ich die Zeit darüber vergessen habe."

„Nun gut. Hauptsache, Sie sind noch gekommen. Ich habe nämlich ein kleines Attentat auf Sie vor. Bald findet wieder unser alljährlicher Valentinsball statt. Da die Bücherei dringend einige Neuanschaffungen braucht, würde ich dieses Ereignis gern mit einer allgemeinen Spendenaktion verknüpfen, und ich wollte Sie bitten, an diesem Projekt mitzuarbeiten. Wir brauchen einige Plakate und originelle Flugblätter. Glauben Sie, dass Sie das trotz Ihrer Geschäftsgründung schaffen könnten?"

„Das ist eine wundervolle Idee, Ella. Pete und ich werden Ihnen selbstverständlich gern helfen."

Bevor sie zu Ende gesprochen hatte, wusste sie schon, dass Pete ihre Entscheidung ganz und gar nicht gefallen würde.

„Warum, um alles in der Welt, hast du dich von Ella einwickeln lassen?" Pete kippte die Spaghetti zum Abtropfen in ein Sieb. Er hatte sie mit dem fertigen Abendessen überraschen wollen, doch nun war er selbst überrascht.

„Es kommt sogar noch schlimmer. Ich habe ihr gesagt, dass du auch mitmachst. Ella braucht nämlich auch Hilfe beim Dekorieren und mit dem Licht."

Pete wurde blass. „Um Himmels willen!" Er hatte einmal in Ellas Valentins-Festkomitee mitgeholfen – und dieses denkwürdige Ereignis hatte sich unauslöschlich in sein Gedächtnis gebrannt.

„Keine Panik. John und Allison helfen auch mit. Und Mark sorgt für die Erfrischungen." Maddy lächelte über seinen entsetzten Gesichtsausdruck, als er das Essen auf den Tisch stellte. „Geht es dir schon wieder besser? Denn ich habe noch eine Neuigkeit. Allison und ich haben uns auf dem Nachhauseweg Autos angesehen."

„Autos? Du hast dir Autos angesehen, ohne dass ich dabei war?" Pete sah sie fassungslos an.

„Wieso nicht? Ich hatte das Gefühl, es interessierte dich nicht besonders, dass ich mir ein Auto kaufen wollte, und da ..."

„Wir werden morgen als Erstes nach einem Wagen für dich sehen", unterbrach er sie entschlossen. „Ich möchte auf keinen Fall, dass du mit irgendeinem lächerlichen Sportflitzer nach Hause kommst."

Maddys Züge verdunkelten sich. „Ich habe mich schon so gut wie entschieden. Es gibt da einen ganz neuen BMW. Er sieht klasse aus, und Ed meinte, der geht ab wie der Teufel."

„Ed Bixby ist ein Esel. Der erzählt dir, was du hören möchtest. Deshalb komme ich auch morgen mit. Wir werden sicher ein vernünftiges Auto finden, das sich optimal für ..." Bevor er sagte „für eine Frau mit einem Kind eignet", überlegte er es sich anders. Er wusste, dass Maddy wütend darauf reagieren würde, und das brachte ihn keinen Schritt weiter.

„Ich will ja nicht unhöflich sein, Pete, aber da ich das Auto von meinem Geld kaufen werde, lasse ich mir von niemandem reinreden. Und wenn ich mir vorgenommen habe, ein teures Sportcoupé zu kaufen, kann mich kein Mensch davon abbringen."

„Da ist noch eine andere Sache. Ich möchte nicht, dass du dein Geld ausgibst, solange ich in der Lage bin, dich zu unterhalten."

Maddy verdrehte die Augen. „Hör endlich mit deinen altertümlichen Ansichten auf. Ich habe gerade eine Abfindung von dreihundertundfünfzigtausend Dollar bekommen. Meinst du nicht, dass ich unter diesen Umständen in der Lage bin, etwas zu unserem Haushalt beizusteuern?"

Pete runzelte die Stirn, sagte aber nichts weiter. Maddy wusste allerdings inzwischen, dass sein Schweigen nicht unbedingt Ja bedeutete.

Aber dieses Mal würde es anders sein. Das schwor sie sich. Sie hatte sich regelrecht in diesen eleganten silbernen BMW verliebt und war fest entschlossen, ihn zu kaufen.

Maddy hatte ihr Durchsetzungsvermögen weit überschätzt. Selbst mithilfe des Autohändlers Ed Bixby, der in seinen weißen Lederschuhen und der gelb-braun karierten Hose geschäftig um sie herumtänzelte, hatte sie nicht die geringste Chance, sich dem Willen ihres Mannes zu widersetzen.

Es dauerte keine halbe Stunde, bis Pete sie in ihren riesigen knallroten Chevy verfrachtete. „Ich verstehe nicht, was du gegen den BMW hattest", sagte sie mit einem abschätzenden Blick auf das neue Ungetüm. „Wenn er für James Bond gut genug ist, dann sehe ich nicht ein, warum er für mich nicht geeignet ist."

Pete verkniff es sich zu sagen, dass 007 in der Regel weder Kindersitz noch Windelpakete transportieren musste. „Vertrau mir einfach. Ich habe von diesen Dingen garantiert mehr Ahnung als du", sagte er stattdessen, und Maddys Unmut über eine solche Äußerung war nicht zu übersehen. „Der Chevy ist genau das richtige Auto für dich. Geräumig und sicher. Guck dir diese Karosserie an."

„Ganz fantastisch. Selbst wenn ich zufällig das nächste Hochhaus ramme, kann mir überhaupt nichts passieren. Es sei denn, ich werde vom Airbag erschlagen." Pete wurde blass. „Tut mir leid, Pete. Das war nicht besonders taktvoll."

Er zuckte die Achseln. „Macht nichts. Vielleicht bin ich ja übervorsichtig, aber es ist mir einfach wichtig." Er steckte den Kopf durch das offene Autofenster und küsste Maddy. „Sei nicht böse, Darling. Ich denke doch nur an dein Wohl und an unser Baby. Weil … nun, ich liebe dich."

10. KAPITEL

„Halt, Pete! Warte! Was hast du da gerade gesagt?" Maddy schrie hinter ihm her. Doch es war schon zu spät. Er hatte ihre Autotür schon zugeschlagen und ging zu seinem Lieferwagen. Sie starrte ihm aus weit aufgerissenen Augen hinterher. Sicher hatte sie sich verhört …

Auf dem Nachhauseweg war sie das reinste Nervenbündel. Nicht nur, dass sie dieses Monstrum von einem Auto sicher nach Hause bringen wollte, nein, ihr geliebter Ehemann hatte ihr gerade eine Eröffnung gemacht, die so unglaublich war, dass es ihr glatt den Atem nahm. Und bevor sie auch nur ein Wort hatte erwidern können, hatte er sich auf dem Absatz umgedreht und war verschwunden.

Pete liebte sie. Maddy lächelte. Sie war rundherum glücklich. Mit einem Blick in den Rückspiegel vergewisserte sie sich, dass er ihr noch folgte. Er hatte ihr seine Liebe gestanden!

Plötzlich verdüsterten sich ihre Züge. Die Decke! Es musste an der Decke liegen, dass er ein solches Geständnis machte. Hatte er ihr nicht vor der Hochzeit klar und deutlich erklärt, dass er niemals wieder imstande sein würde, eine Frau zu lieben? Wieso sollte sich das mit einem Mal ändern? Es musste Urgroßmutter Maggies Decke sein. Diese Vorstellung dämpfte ihre euphorische Freude schlagartig. Sie wünschte sich doch so sehr, dass er sie liebte, dass sie für ihn das Wichtigste auf der Welt war. Aber sie wusste, dass das niemals geschehen würde.

Maddy legte die Hand auf den Bauch. Tränen der Enttäuschung liefen ihr die Wangen hinunter. Das Baby war das Wichtigste für Pete. Nur deshalb hatte er vorgeschlagen zu heiraten – und natürlich die Legende … *Leg diese Decke auf dein Bett …*

Und wie war das noch mit dem Kuss gewesen, der unsterbliche Liebe garantierte? Mit diesem ersten Kuss hatten sie ihr Schicksal besiegelt.

Maddy war so in Gedanken versunken gewesen, dass sie beinahe überrascht war, schon zu Hause zu sein. Sie hielt den Wagen vor der Tür an, sprang heraus und stürzte ins Haus. Sie rannte durch tiefe Pfützen, die durch das Tauwetter entstanden waren. Aber es war ihr egal, dass ihre Füße nass wurden. Sie streichelte Rufus, der sie freudig bellend empfing, über den Kopf und stürmte dann weiter ins Gästezimmer.

Als sie gerade den Zettel mit der Legende hervorkramen wollte, um sich den Inhalt noch einmal genau zu vergegenwärtigen, hatte Pete sie auch schon eingeholt.

„Maddy, was ist los?“ Als er sah, wonach sie suchte, begriff er. Hätte sie doch niemals diese alberne Legende gefunden. Am liebsten hätte er sie in tausend kleine Stücke gerissen. Der Gedanke, dass Maddy an seiner Liebe zweifelte, war entsetzlich. Es war einfach lächerlich ... Er liebte sie so sehr, dass er sich im Nachhinein überhaupt nicht mehr vorstellen konnte, wie er ohne sie hatte leben können.

„Maddy, sei bitte nicht albern. Natürlich liebe ich dich. Ich würde so etwas niemals sagen, wenn es nicht wahr wäre.“

„Du hast mir erzählt, dass du dich nie wieder verlieben würdest, Pete. Ich weiß, dass du mich nur des Babys wegen geheiratet hast.“

„Vielleicht habe ich das zuerst wirklich gedacht“, gab er zögernd zu. „Aber meine Gefühle haben sich geändert. Ich liebe dich. Du musst mir glauben, Maddy. Ich liebe dich sehr.“

„Aber wenn es das Baby nicht gäbe, hättest du mich nicht geheiratet, oder?“

Pete nahm ihre Hände in seine und drückte sie fest. Egal, was er antwortete, es würde verkehrt sein. Also entschied er sich für die Wahrheit. „Verflucht, Maddy. Vielleicht. Ich weiß es nicht genau. Du warst allein und schwanger. Da beschloss ich, dich zu heiraten.“

„Du hast mich also nur aus Mitleid geheiratet.“ Das Weinen wurde stärker.

Es war wirklich nicht zu glauben. Diese Frau drehte ihm doch glatt die Worte im Mund um.

Pete setzte sich auf das Bett und zog sie auf den Schoß. Dann strich er ihr liebevoll das Haar aus dem tränennassen Gesicht. „Habe ich dir nicht mit jedem Kuss gezeigt, wie viel du mir bedeutest? Wir haben uns so leidenschaftlich geliebt. Hast du denn überhaupt keine Ahnung, was ich in diesen Augenblicken empfinde?“

Maddy schüttelte den Kopf. „Männer müssen Frauen nicht unbedingt lieben, um mit ihnen ins Bett zu gehen. Guten Sex lässt sich kein Mann entgehen. Ihr seid eben anders gestrickt als wir Frauen. Ich weiß, wovon ich rede.“

Pete bemühte sich, seinen aufkommenden Ärger zu unterdrücken. „Dass dieser Bastard dich ausgenutzt und dann im Stich gelassen hat, ist noch lange kein Grund zu denken, dass ich nur auf Sex aus bin.

Auch wenn ich in den letzten vier Jahren mit keiner Frau zusammen war, heißt das nicht …"

Maddy sah ihn aus großen Augen an. „Da hast du es. Dann ist doch völlig klar, dass du scharf auf jede Frau gewesen wärest." Unglücklich barg sie den Kopf an seiner Brust und lauschte seinem regelmäßigen Herzschlag. „Und ich stand zufällig gerade zur Verfügung."

„Jetzt reicht es allmählich. Ich weiß ja, dass schwangere Frauen dazu neigen, verrückt zu spielen, das liegt an den Hormonen, aber …"

„Sag bloß nicht, dass meine Hormone daran schuld sind." In ihren grünen Augen funkelte es verdächtig. „Ich spiel keineswegs verrückt. Nur habe ich mich in demselben Augenblick in dich verliebt, als ich dich zum ersten Mal sah. Jedenfalls habe ich dich bereits geliebt, bevor ich unter dieser dummen Decke geschlafen habe. Aber du …" Sie trommelte verzweifelt auf seine Brust. „Dir kommt nach so langer Zeit einfach urplötzlich in den Sinn, dass du mich liebst, und dann posaunst du es auch noch heraus – obwohl wir doch beide ganz genau wissen, dass es nicht die Wahrheit ist."

Maddys Liebesgeständnis erfüllte Pete mit einer unbeschreiblichen Freude. Am liebsten hätte er sein Glück in die Welt hinausgeschrien. Aber dazu ließ seine sture Frau ihm keine Gelegenheit. Ihr Ärger war von einer Sekunde auf die andere verraucht, und sie war wieder in Tränen aufgelöst.

„Bitte, hör auf zu weinen, Darling. Du machst dich doch nur selbst krank. Wenn du möchtest, nehme ich alles wieder zurück."

„Oh! Typisch Mann. Ihr steht nie zu euren Worten. Wie kann man nur so wankelmütig sein?" Sie schob Pete, der liebevoll die Arme um sie gelegt hatte, zurück und stand auf.

„Ich gehe jetzt in die Küche und esse einen ganzen Topf Eis. Es ist mir egal, wenn ich fett wie eine Kuh werde."

Pete musste über den absurden Vergleich lächeln. „Du bist wunderschön, Maddy. Und daran wird sich nie etwas ändern – ganz egal, ob du ein paar Kilo mehr oder weniger wiegst."

Maddy trat ihm mit einem nackten Fuß vors Schienbein, stöhnte auf, weil es ihr selbst wehtat, und verließ das Zimmer. Pete war völlig verwirrt. Und in diesem Augenblick liebte er sie mehr als je zuvor.

Am nächsten Morgen saß Maddy an dem großen Tisch im Esszimmer – ihr gesamtes Arbeitsmaterial vor sich ausgebreitet. Ratlos blickte sie auf das leere Papier vor sich. Sie suchte verzweifelt nach Ideen für ein originelles Plakat für Sweethearts Valentinsfest. Aber es wollte ihr einfach nichts einfallen.

Zum ersten Mal seit ihrer Hochzeit hatten sie nicht miteinander geschlafen – weder gestern Abend noch heute Morgen. Und so kam es, dass ihr irgendetwas fehlte. Sie fühlte sich unglücklich und leer.

Sie zeichnete einen riesigen Amor, der gerade seinen Bogen spannte, um einen Pfeil abzuschießen, doch kaum war er fertig, strich sie ihn auch schon wieder durch. Wie amateurhaft sie an die Sache heranging! Wo war nur ihre Kreativität geblieben? Es blieb ihr wohl nichts anderes übrig, als Ella zu sagen, dass sie sie leider nicht unterstützen konnte.

„Was treibst du denn schon hier unten?"

Pete schlenderte ins Zimmer, einen Becher mit heißem Kaffee in der Hand. Als er sich neben Maddy an den Tisch setzte, machte ihr Herz einen kleinen Satz. Sie war absichtlich aufgestanden, bevor er aufwachte. Denn sie hätte der Versuchung nicht widerstehen können, mit ihm zu schlafen. Aber sie hatte seine vertraute Nähe, seine Wärme und seine Zärtlichkeiten mehr vermisst, als ihr lieb war. Auch ihre morgendliche Unterhaltung, das Pläneschmieden für den kommenden Tag waren inzwischen ein wichtiger Bestandteil ihres Alltags geworden. Das wusste sie jetzt.

„Arbeitest du an dem Plakat für den Valentinstag?", fragte er mit einem Blick auf die durchgestrichene Zeichnung.

„Ich habe es versucht. Aber ich kann es nicht. Die romantischen Ideen sind mir ausgegangen. Ich werde Ella Bescheid sagen, dass sie einen anderen finden muss. Das ist ja wohl auch ganz in deinem Sinne, oder?"

Ohne auf ihre Stichelei zu antworten, fuhr Pete mit der Hand in seine Hosentasche und zog eine kleine Schachtel daraus hervor. „Das sollte eigentlich ein Valentinsgeschenk werden. Aber vielleicht sollte ich es dir lieber jetzt geben. Es könnte dich möglicherweise inspirieren."

Maddy sah ihn überrascht an, legte die Kohlezeichnung, die sie noch in der Hand hielt, auf den Tisch und wischte sich die Hände an der Hose ab, bevor sie die Schachtel entgegennahm. „Was ist das?"

„Nichts Besonderes. Ich habe es gestern in der Stadt gesehen und dachte, dass es dir gefallen könnte."

„Aber Pete, ich ..." Sie öffnete das Kästchen und hielt mitten im Satz inne. Eingebettet in ein kleines Kissen aus weinrotem Satin lag das zarteste Diamantenherz, das sie jemals gesehen hatte. „Oh Pete!" Wieder stiegen ihr Tränen in die Augen. „Es ist wunderschön. Aber das kann ich nicht annehmen." Sie versuchte, ihm das Schmuckstück zurückzugeben. „Nicht, nachdem ich mich gestern so fürchterlich benommen habe."

Pete lächelte. Er wusste nicht wieso, aber sie schaffte es immer, ihn zum Lächeln zu bringen. „Keine Sorge, Darling." Pete legte ihr die Kette um und küsste sie auf den Nacken, bis ihr die winzigen Nackenhaare zu Berge standen. „So, jetzt habe ich dir ganz offiziell mein Herz geschenkt."

„Oh Pete!" Sie drehte sich auf dem Stuhl um, legte ihm die Arme um den Hals und küsste ihn stürmisch. „Danke. Vielen Dank. Ich liebe dieses Herz und dich."

Ich liebe dich, Maddy hätte er am liebsten gesagt, aber er wusste, dass es noch zu früh war. Er wollte sie nicht wieder aufregen. Deshalb begnügte er sich damit, ihr zärtlich über den Kopf zu streichen. „Leider muss ich jetzt gehen. Ich habe Mark versprochen, nach seinem Wagen zu sehen. Er hat Probleme mit dem Getriebe. Möchtest du mitkommen?"

Maddy, die ihm bis zur Eingangstür gefolgt war, schüttelte den Kopf. „Ich bleibe hier. Ich habe ja genug zu tun."

„Machst du jetzt das Plakat fertig?", fragte Pete, während er seine lederne Bomberjacke überzog.

Sie zog leicht an dem kleinen Herzen. „Ich fühle mich zumindest wieder inspiriert."

„Wunderbar. Dann sehen wir uns zum Abendessen."

„Abendessen! Fast hätte ich es vergessen. Allison hat uns und John zum Abendessen zu sich eingeladen, damit wir anschließend die Musik für das Fest zusammenstellen können. Ich habe zugesagt. Tut mir leid, ich hatte ganz vergessen, es dir zu sagen."

„Kein Problem. Ich bin rechtzeitig zu Hause." Er zog sie zum Abschied noch einmal in die Arme und küsste sie lange. „Vielleicht dient dir das ja als zusätzliche Inspiration."

„Dein Boeuf Stroganoff war ganz ausgezeichnet, Allison. Und danke, dass du uns eingeladen hast. Das war unsere erste offizielle Einladung als Ehepaar." Maddy lächelte Allison dankbar an. „Ich freue mich, dass wir diesen Abend mit dir und John verbringen können."

„Hört, hört.“ John zwinkerte seiner Schwägerin zu. „Maddy, es ist uns eine Ehre, dich zu unserer Familie zu zählen. Außerdem macht es mir immer wieder Freude, dich anzusehen.“

Johns Kompliment trieb Maddy das Blut in die Wangen, während Pete seinem Bruder einen finsteren Blick zuwarf.

„Ich finde, wir sollten auf das junge Paar anstoßen“, rettete Allison die Situation, indem sie ihr Glas hob. Die anderen taten es ihr nach. Maddy, die zurzeit ganz auf alkoholische Getränke verzichtete, trank Milch statt Rotwein. „Auf euer Glück, eure Liebe und viele zukünftige Babys.“

„Ich finde, im Augenblick reicht ein Baby durchaus.“

„Im Augenblick schon, aber später möchte ich mindestens fünf oder sechs Kinder haben.“

Maddy stellte entsetzt ihr Glas ab. „Ist das dein Ernst? Ich finde es unverantwortlich, heutzutage so viele Kinder zu haben. Es gibt doch jetzt schon viel zu viele Menschen. Habe ich nicht recht, John?“ Sie sah ihren Schwager Hilfe suchend an.

John grinste seinen Bruder an, dem es sichtlich nicht behagte, dass sich Maddy mit der Bitte um Unterstützung an ihn gewandt hatte. „Kommt drauf an, was Pete vorhat. Wenn er seine eigene Baseballmannschaft gründen will, dann nur zu. Aber ich glaube, das macht ihr wohl besser unter euch aus.“

John stand auf und folgte Allison in die Küche, um das Dessert zu holen.

Während John die Dessertteller aus dem Schrank nahm, schnitt Allison den selbst gebackenen Käsekuchen mit Erdbeeren.

„Jetzt hast du selbst gesehen, dass dein Bruder und Maddy sich ehrlich lieben“, sagte sie leise, damit die beiden anderen es nicht hören konnten. „Hast du beobachtet, wie sie sich ansehen? Wow. Mir wurde schon ganz heiß.“

„Vielleicht wurde dir ja auch heiß, weil du neben mir gesessen hast“, sagte John beiläufig und verließ die Küche mit dem Geschirr, bevor sie auch nur die Möglichkeit hatte zu antworten. Jetzt hatte sie wenigstens etwas, worüber sie nachdenken konnte.

Pete und Maddy stöberten interessiert in Allisons CD-Sammlung, als John sich wieder zu ihnen gesellte. Maddy hielt gerade eine CD mit einem alten Song von Frank Sinatra in der Hand. „Oh, ‚It had to be you‘ ist eines meiner Lieblingsstücke“, sagte sie, und John nahm die CD und legte sie in den CD-Player. Beim Klang der langsamen Tanzmusik zog Pete Maddy in die Arme.

„Mm. Du riechst so gut.“ Sie tanzten zu der romantischen Musik.

„Du sollst dich auf die Musik konzentrieren, nicht auf mich. Trotzdem danke für das Kompliment.“

„Ich möchte mich aber lieber auf dich konzentrieren, Darling.“ Er zog sie noch fester an sich und bewegte sich zum Rhythmus der Musik. „Eines Tages wirst du mir glauben, dass ich dich wirklich liebe.“

Sie wollte ihm ja glauben, aber sie konnte es einfach nicht. „Pete, ich …“

„Pst. Sag jetzt nichts. Lass uns einfach den Augenblick genießen.“ Er küsste sie zärtlich auf die Lippen, und sie schloss die Augen. Die Anwesenheit der beiden anderen hatten sie für den Augenblick vergessen.

„Möchtest du auch tanzen, Allison?“ John hatte sich Allison genähert, die auf dem Sofa saß und dem verliebten Paar verträumt zusah. Sie war mit ihren Gedanken meilenweit weg.

„Nein, danke.“ Sie lächelte ihn unsicher an. Wieso hatten seine Worte von vorhin sie so verwirrt? Er hatte doch nur einen Scherz gemacht.

Er schenkte ihr noch einmal Rotwein nach und ließ sich dann neben ihr auf dem Sofa nieder. „Es ist schön, meinen Bruder so glücklich zu sehen. Ich hätte nicht geglaubt, dass ich das noch einmal erleben darf. Offensichtlich ist die Ehe genau das, was er braucht.“

„Warum heiratest du eigentlich nicht, John?“, fragte Allison und trank einen Schluck Wein. „Du hättest einer Frau doch einiges zu bieten. Du hast einen guten Job, und deine Klinik genießt einen ausgezeichneten Ruf. Es wäre doch genau der richtige Zeitpunkt, um eine Familie zu gründen.“ Als sie diese Worte aussprach, wusste sie, dass sie in dem Moment, in dem John heiratete, ihren besten Freund verlieren würde. Ein furchtbarer Gedanke!

„Du wirst es nicht glauben, Allison, aber genau darüber habe ich in letzter Zeit ziemlich häufig nachgedacht. Das Glück meines Bruders ist für mich der beste Beweis dafür, dass eine Frau und Kinder das Leben völlig verändern können. Und wenn ich ehrlich bin, habe ich mir schon immer Kinder gewünscht.“

Allison setzte sich gerade hin. „Heißt das, dass es eine Frau in deinem Leben gibt, John? Du … du hast mir gar nichts davon erzählt. Und wir haben uns doch versprochen, einander alles anzuvertrauen.“

Er zwickte ihr spielerisch in die Nase. „Über solche Dinge redet ein Mann mit niemandem, Ally. Wie würdest du dich fühlen, wenn wir beide zusammen wären, und ich würde – sagen wir meinen Brüdern – die intimsten Geheimnisse unserer leidenschaftlichen Liebe unterbreiten?“

Allison wurde rot bei dem Gedanken, dass sie mit John intimste Geheimnisse einer leidenschaftlichen Liebe verbanden. „Es gibt also tatsächlich eine Frau in deinem Leben?“

„Das habe ich nicht gesagt.“

Allison verschränkte die Arme vor der Brust. Sie war frustriert und verärgert. Wieso war John nicht offen ihr gegenüber? „Ich finde, du bist heute ziemlich nervig, John David.“

„Tatsächlich?“ Er schenkte ihr ein sexy Lächeln. „Und ich dachte, ich käme dir rätselhaft vor.“

11. KAPITEL

Die Hinweistafel auf der Autobahn zeigte noch dreißig Meilen bis Leadville. Maddy rutschte ungeduldig auf ihrem Sitz hin und her.

Sie und Pete waren auf dem Weg zu Mary Beth und Lyle, und sie war nervös und aufgeregt. Aufgeregt, weil sie ihre Familie endlich wieder sehen sollte – denn sie hatte die Schwester schrecklich vermisst – und nervös, weil es ihr so wichtig war, dass Pete ihrer Schwester und ihrem Schwager gefiel. Mary Beths Meinung hatte ihr von jeher viel bedeutet.

„Erzähl mir etwas über deine Schwester. Ist sie so hübsch wie du?" Pete drehte das Lenkrad zur Seite, um einem Baum auszuweichen, der auf die Straße gestürzt war.

„Viel hübscher. Sie hat ganz langes rotes Haar und smaragdgrüne Augen. Und ihre Haut ist so makellos und weich wie eine Pfirsichhaut. Mary Beth wurde auf der Highschool von allen Jungs umschwärmt, aber sie hatte immer nur Augen für Lyle Randolph."

„So ähnlich war es bei Bethany und mir auch. Wir sind schon auf der Highschool zusammen gegangen. Nachdem wir unseren Abschluss hatten, haben wir uns verlobt und zwei Jahre später geheiratet. Wenn ich heute darüber nachdenke, glaube ich, dass wir viel zu jung waren."

Dass Pete von sich aus über seine verstorbene Frau redete, überraschte Maddy. Das tat er sonst nie. Bisher hatte er immer nur ihre direkten Fragen beantwortet. Und selbst dann hatte sie das Gefühl gehabt, dass er sich jedes Wort genau überlegte, als hätte er Angst, Maddy zu verletzen. Aber das Gegenteil war der Fall. Denn sie wollte alles über Pete wissen – über seine Kindheit, seine Familie und seine Frau. Auf diese Weise hoffte sie, ihn besser zu verstehen.

„Du und Bethany wart ziemlich lange verheiratet. Also müsst ihr doch sehr gut zueinandergepasst haben."

„Wenn wir damals reifer gewesen wären, hätten wir wahrscheinlich niemals geheiratet. Wenn man im siebten Himmel schwebt, kann es leicht passieren, dass man Lust mit Liebe verwechselt. Und so ging es uns am Anfang. Ich glaube zwar, dass im Laufe der Jahre auch so etwas wie Liebe im Spiel war, aber die bedingungslose einzige große Liebe war es mit Sicherheit nicht."

Mit einer solchen Eröffnung hatte Maddy nicht gerechnet. Aber sie sagte nichts, damit er fortfahren konnte.

„Wir kamen ganz gut miteinander aus, und unsere Familien waren sehr glücklich über die Heirat. Also ließen wir alles laufen. Heute sehe ich, dass das ein Fehler war."

„Aber du hast sie doch geliebt! Du sagtest, dass du nach ihrem Tod völlig am Ende warst." Der Gedanke, dass Pete einmal eine andere Frau sehr geliebt hatte, war ihr von Anfang an zu Herzen gegangen. Und sie war nicht gerade stolz darauf, eifersüchtig auf eine tote Frau zu sein. Doch sie konnte nicht dagegen an.

„Ich war tatsächlich völlig am Ende. Aber wir kannten uns auch immerhin seit unserer Kindheit. Trotzdem war ich auch ärgerlich auf Bethany. Sie war so stur und so von sich überzeugt – sie wusste ganz genau, was sie wollte, aber das Leben auf der Farm gehörte nicht dazu. Sie fühlte sich zu etwas Höherem berufen, und als sie schwanger wurde, war sie nicht gerade begeistert. Die Schwangerschaft hatte all ihre Pläne durchkreuzt."

„Ihre Pläne?"

Es fiel Pete sichtlich schwer, weiterzusprechen. „Ja. Ich glaube, Bethany hatte daran gedacht, mich zu verlassen. Und dann stellte sie fest, dass sie schwanger war. Nur deshalb ist sie bei mir geblieben."

Maddy überlegte sich ihre nächsten Worte sehr gut. Pete durfte sie jetzt auf keinen Fall falsch verstehen. „Für Männer ist es schwer zu verstehen, dass auch Frauen Ziele haben, die sie gern verwirklichen möchten, Pete. Ich bin sicher, dass Bethany gern mit dir verheiratet war und dein Kind wollte, aber sie brauchte auch ihre Unabhängigkeit. Keine Frau gibt sich damit zufrieden, nicht mehr als ein Anhängsel ihres Mannes zu sein."

„Du sprichst von dir selbst, nicht wahr?"

„Ja. Weißt du, ich habe für meine Ausbildung und meine Karriere hart gearbeitet und viele Opfer gebracht. Ich sehe überhaupt kein Problem darin, Beruf und Ehe unter einen Hut zu bringen. Eine Ehe ist eine Partnerschaft."

„Meine Mutter war damit zufrieden, zu Hause zu bleiben und uns Kinder großzuziehen", sagte Pete. „Sie hat sich nie beschwert oder gesagt, dass sie unglücklich wäre. Ich denke, Kate Taggart hatte ein erfülltes Leben. Mein Vater hat sie geliebt und gut für sie gesorgt. Ich habe nie gehört, dass zwischen ihnen ein böses Wort gefallen ist."

„Hätte sich für deine Mutter denn irgendetwas geändert, wenn sie sich aufgelehnt hätte, Pete? Dein Vater hatte doch ihre Rolle von vornherein festgelegt. Was für Möglichkeiten hätte sie denn gehabt?"

Pete öffnete für einen Augenblick das Fenster, um frische Luft hereinzulassen. „Ehefrau und Mutter zu sein ist ein Fulltime-Job, Maddy. Was ist mit deiner Schwester? Arbeitet sie auch?"

„Nein." Genau diese Frage hätte nicht kommen dürfen. „Mary Beth wollte immer schon Ehefrau und Mutter sein. Aber es war ihre eigene Entscheidung. Niemand hat ihr da reingeredet. Auch nicht Lyle."

„Ich mag deine Schwester schon jetzt. Sie scheint unheimlich sympathisch zu sein."

„Bin ich das etwa nicht?" Maddy verschränkte die Arme über der Brust und sah ihn mit funkelnden Augen an.

„Das habe ich nicht gesagt. Aber für deine Schwester scheint ihr Mann an erster Stelle zu stehen. Ich wette, Lyle ist ein glücklicher Mann."

„Und du nicht?"

Erst jetzt merkte Pete, wie wütend sie war. Manchmal war Ehrlichkeit wohl doch nicht der richtige Weg. Aber er konnte eben nicht anders. „Das habe ich nicht gesagt, Maddy. Dreh mir doch nicht immer das Wort im Mund um."

„Ich kann es gar nicht glauben, dass du hier bist!" Mary Beth nahm ihre Schwester in die Arme und drückte sie fest an sich.

„Ich glaube, wir sind hier im Augenblick überflüssig." Lyle Randolph reichte seinem neuen Schwager die Hand. „Wie wär's inzwischen mit einem Bier? Ich könnte auf jeden Fall eins gebrauchen."

Sie gingen zusammen ins Haus und ließen die beiden Frauen allein.

Nach dem Essen folgte Pete Mary Beth in die Küche, um ihr beim Abwasch zu helfen. „Es freut mich, Maddy so glücklich zu sehen, Pete. Obwohl ich den Eindruck hatte, dass sie etwas beunruhigt. Habt ihr ein Problem?"

„Nichts Besonderes. Nur die alltäglichen Konflikte. Bei Jungverheirateten gibt es eben hin und wieder noch Anpassungsschwierigkeiten. Wir sind in manchen Dingen unterschiedlicher Meinung. Maddy will unbedingt voll arbeiten. Außerdem ist sie fest davon überzeugt, dass ich sie nicht liebe." Mary Beth reichte ihm einen Teller zum Abtrocknen.

„Liegt es an der Decke, von der sie mir erzählt hat?", fragte sie mitfühlend.

Pete nickte. „Ich fürchte schon. Sie lässt sich nicht davon abbringen, dass diese alberne Legende mich verzaubert hat."

„Eine ziemlich romantische Geschichte. Aber ich verstehe sehr gut, dass du frustriert bist. Maddy kann manchmal ganz schön stur sein."

„Das kann man wohl sagen", seufzte Pete.

„Trotzdem solltest du nachsichtig mit ihr sein. Dass Maddy so ist wie sie ist, hängt mit ihrer Beziehung zu unserem Vater zusammen. Sie sind nie gut miteinander ausgekommen, weil sie immer geglaubt hat, dass er sie nicht liebt. Das ist natürlich Unsinn. Dad fragt ständig nach ihr. Er möchte sie gern wiedersehen, aber sie will nicht. Sie hat sich in den Gedanken verrannt, dass er am Tod unserer Mutter schuld ist. Und sie wird ihm niemals verzeihen, dass er an seinen Schweinen hängt."

„Ich kann das sehr gut nachvollziehen. Mir sind meine Tiere auch wichtig. Dass hat aber nicht das Geringste mit meinen Gefühlen für Maddy zu tun. Wenn euer Vater sie liebt, warum versucht er dann nicht, alles wieder ins Lot zu bringen?"

„Er hat immer wieder versucht, Kontakt mit ihr aufzunehmen. Er hat ihr zu Weihnachten und zum Geburtstag geschrieben und hat Nachrichten auf ihrem Anrufbeantworter hinterlassen. Aber sie hat nie reagiert."

„Ich kann mir gar nicht vorstellen, dass sie so hartherzig sein kann."

„Maddy fühlte sich von ihm verletzt und wollte es ihm auf ihre Art heimzahlen, indem sie ihn ebenfalls verletzt. Es ist ihr auch gelungen. Mein Vater ist ein unglücklicher Mann."

„Du hast also noch regelmäßig Kontakt zu ihm und gibst ihm eine Chance?"

„Ja. Wir sehen uns gelegentlich. Und er bedauert es sehr, dass wir als Kinder so wenig von ihm hatten. Er hofft, dass er es an seinem Enkel wieder gutmachen kann. Ich finde, dass Kinder Großeltern brauchen. Vielleicht solltest du versuchen, mit Maddy darüber zu reden."

„Es wird ihr nicht gefallen, wenn ich mich da einmische. Sie wirft mir sowieso immer vor, dass ich zu rechthaberisch bin und ihr meinen Willen aufzuzwingen versuche."

„Ich weiß. Sie hat es mir erzählt." Mary Beth lächelte verständnisvoll. „Du musst allerdings auch versuchen, sie zu verstehen. Sie ist unglaublich selbstständig. Immerhin ist sie schon als junges Mädchen von zu Hause weggezogen und war für sich selbst verantwortlich."

„Maddy will eine eigene Agentur aufmachen. Und ich bin nicht gerade begeistert von der Idee."

„Du darfst nicht vergessen, dass sie hart für ihre Karriere gearbeitet hat. Wenn du sie wirklich liebst, solltest du sie so akzeptieren, wie sie ist. Sie ist immer noch die Frau, die du geheiratet hast. Sie hat sich nicht verändert. Und eines weiß ich genau: Sie wird niemals aufgeben, zumindest nicht kampflos. Um ehrlich zu sein, finde ich, dass du genauso stur bist wie Maddy. Ich hoffe nur, dass ihr eine gemeinsame Lösung findet."

„Keine Angst, Mary Beth", tröstete er die Schwägerin, die ihn besorgt ansah. „Wir schaffen das schon. Eines Tages wird Maddy einsehen, dass ich recht habe. Da bin ich ganz sicher."

Mary Beth war absolut nicht sicher. Sie machte sich Sorgen um ihren neuen Schwager und um die Schwester, die ihr so viel bedeutete.

12. KAPITEL

Einige Tage später saß Allison inmitten eines Berges von roter Tonpappe. „Solange ich lebe, will ich nie wieder auch nur ein einziges rotes Pappherz sehen", sagte sie missmutig.

„Was soll ich denn sagen?" John hob eines seiner Herzen hoch, das er gerade mit einer weißen Spitzenborte versehen hatte, die nicht ganz gerade war, und bei der an einigen Stellen der weiße Kleber hervorquoll. „Ich hätte weiß Gott Wichtigeres zu tun, als mit Papier und Kleber zu spielen."

„Ich auch", bestätigte Pete genervt. „Wir müssen verrückt gewesen sein, Ella unsere Hilfe anzubieten." Er machte eine bedeutungsvolle Pause. „Das heißt, *du* musst verrückt gewesen sein." Er deutete anklagend auf Maddy.

Sie hatte genauso die Nase voll wie die anderen. Aber sie wusste, dass irgendjemand die Arbeit tun musste, und sie wollte Ella nicht enttäuschen. Die alte Bibliothekarin war so glücklich über Maddys gelungene Einladungen zum Valentinsfest gewesen, dass sie jetzt unmöglich einen Rückzieher machen konnten. So viele Gäste wie in diesem Jahr hatten sich nie zuvor angekündigt. Es würde das größte Valentinsfest werden, das Sweetheart je gesehen hatte.

Die größte Schwierigkeit sah Maddy allerdings darin, die alte miefige Turnhalle in einen prächtigen Festsaal umzugestalten.

„Ich gebe eine Runde selbst gebackene Kekse aus", sagte sie, wobei sie die Frustration der anderen einfach überspielte. „Die bauen euch sicher wieder auf."

„Wie wär's mit einem Whiskey dazu?", fragte Pete, griff nach der Flasche und stieß dabei beinahe den Leimtopf um.

„Deine Herzen sehen aus wie das Hinterteil von einem alten Maulesel, Pete Taggart", kicherte Allison. „Wer hat dir das Zeichnen beigebracht?"

„Wie steht es eigentlich mit der Verpflegung der Leute?", wechselte Maddy jetzt zu einem anderen Thema über. Sie fürchtete, dass die Stimmung zu hohe Wogen schlug. „Hat Mark alles im Griff? Haben wir genug eingekauft?"

„Ich denke schon", sagte Allison, die Mark bei seinen Vorbereitungen zur Hand gehen sollte. „Obwohl mindestens fünfzig Gäste mehr kommen als zunächst erwartet. Ed Bixby hatte übrigens noch einen originellen Einfall. Für die Dekoration stellt er einen 57er-Chevy zur Verfügung. Er bringt den Wagen am Abend vor dem Fest vorbei."

„Cool!" John war begeistert. „Ich wollte schon immer auf dem Rücksitz eines alten Chevy knutschen."

„Und wer ist die Auserwählte, John?", fragte Allison so beiläufig wie möglich.

„Ein Gentleman genießt und schweigt. Aber wenn du interessiert bist, könnte ich …"

„Unsinn, John Taggart." Allison wurde über und über rot.

Maddy und Pete tauschten einen vielsagenden Blick, und John lachte laut auf.

Allison kochte innerlich. „Ich wüsste zu gern, was in letzter Zeit in dich gefahren ist, John. Du sagst immer so seltsame Dinge."

Am kommenden Samstag brachte die Post zwei Valentinskarten für Maddy. Die erste, die sie öffnete, war von Mary Beth, die zweite hatte keinen Absender, und sie legte sie zunächst achtlos beiseite.

„Von wem ist die andere Karte?", fragte Pete, als Maddy beide Karten beiseitelegte. „Hast du einen heimlichen Verehrer?" Er legte zärtlich die Arme um ihre Taille. „Ich bin schrecklich eifersüchtig, Darling."

„Ich glaube, ich öffne ihn später." Maddy wurde plötzlich blass, als sie sah, dass der Brief in Iowa abgestempelt war.

„Ist er von Lassiter?" Pete wurde hellhörig.

„Nein", sagte sie und reichte ihm mit zitternder Hand den Umschlag. „Lies selbst."

Pete überflog die Zeilen. Als er die Unterschrift sah, atmete er erleichtert auf. „Hier. Sie ist von deinem Vater." Er reichte ihr die Karte, doch Maddy machte keine Anstalten, sie zu nehmen.

„Ich will sie nicht sehen. Wirf sie weg."

„Das kannst du nicht machen, Maddy. Er ist dein Vater. Und ganz egal, was zwischen euch vorgefallen ist. Er unternimmt den ersten Schritt, um wieder Kontakt mit dir aufzunehmen. Deine Schwester hat mir von eurer schwierigen Beziehung erzählt."

„Dazu hatte sie kein Recht."

„Doch, das hatte sie. Erstens bin ich dein Mann, und zweitens ist er der Großvater unseres Kindes. Und jedes Kind braucht Großeltern."

„Da bin ich ganz anderer Ansicht. Mein Kind kommt sehr gut ohne einen Großvater aus."

„*Unser* Kind, Maddy, braucht einen Großvater. Und dein Vater braucht dich und das Kind. Ich denke, er sieht ein, dass er Fehler gemacht hat. Warum gibst du ihm keine Chance?"

Maddy stiegen die Tränen in die Augen. „Weil seine Schweine ihm wichtiger waren als wir. Wenn er sich mehr um meine Mutter gekümmert hätte, wäre sie heute noch am Leben."

„Das ist unfair, Maddy. Du hast doch selbst gesagt, dass deine Mutter Herzprobleme hatte. Wie kannst du deinen Vater dafür verantwortlich machen? Ich bin ganz sicher, dass deine Mutter ihn geliebt hat. Sonst wäre sie nicht so lange bei ihm geblieben."

„Sie hatte doch keine andere Wahl. Sie hatte kein Geld und keinen Beruf. Was hätte sie denn tun sollen?"

„Hat sie sich jemals beklagt? Hat sie gesagt, dass sie gern unabhängig wäre?"

Maddy schüttelte den Kopf. „Meine Mutter war genauso wie deine. Sie hat es schweigend erduldet. Deine Mutter hatte es nur insofern besser, als dein Vater alles für sie getan hat. Meiner hat sie nicht einmal bemerkt."

„Ich bin genauso mit Leib und Seele ein Rancher wie dein Vater, Maddy. Die Tiere sind ein wichtiger Teil meines Lebens. Also bin ich deiner Meinung nach wie er, oder?"

„Nein, das bist du nicht. Du verbringst zwar viel Zeit mit den Tieren, und trotzdem gibst du mir das Gefühl, wichtig zu sein. Das hat er nie getan."

„Du bist wichtig, Maddy. Du bist etwas ganz Besonderes, und ich liebe dich."

Sie sah ihm zärtlich in die Augen. „Manchmal beginne ich es fast zu glauben."

„Natürlich. Aber du solltest mir auch glauben, dass es dir eines Tages leidtut, wenn du deinen Vater ständig abweist. Du bist eine starke Frau, Maddy, und du hast ein großes Herz. Jetzt hast du die Chance, es zu beweisen. Hör dir wenigstens an, was der alte Mann zu sagen hat."

Tränen liefen über Maddys Wangen, und sie wischte sie mit dem Handrücken ab. „Ich werde darüber nachdenken", sagte sie schließlich. „Aber wenn, tue ich es nur deinetwegen."

13. KAPITEL

Die Turnhalle sah fantastisch aus. Maddy sah sich zufrieden um. Sie hatten ganze Arbeit geleistet. Aus dem hässlichen Raum war ein romantischer Ballsaal entstanden.

Die hohe Hallendecke hatten sie mit schwarzer Leinwand ausgekleidet. Vor dem schwarzen Hintergrund glitzerten Tausende von winzigen Lichterketten. Es wirkte beinahe wie ein echter Sternenhimmel. Eine riesige Discokugel, die Pete unter großer Mühe angebracht hatte, zauberte rote und weiße Lichter auf die Tanzfläche.

Überall hingen rote Herzen, und überall dort, wo es nicht möglich gewesen war, die Sportgeräte abzubauen, waren Girlanden aus weißem Krepppapier angebracht.

„Es sieht großartig aus, Darling", sagte Pete und küsste sie auf die Wange. „Herzlichen Glückwunsch."

„Ja, mir gefällt es auch. Aber wenn Allison, John und du nicht geholfen hättet, hätte ich das niemals geschafft."

In diesem Moment tauchte Allison neben ihnen auf. In ihrem kurzen knallroten Lederrock und den dazu passenden Pumps sah sie ausgesprochen sexy aus. Neben ihr kam Maddy sich schrecklich unförmig vor. „Es ist unglaublich, wie viele Menschen heute hierhergekommen sind."

„Ja, ist es nicht wunderbar?", fragte Ella strahlend und legte Maddy den Arm um die Taille. „Wir haben über dreihundertundfünfzig Eintrittskarten verkauft." Sie klatschte begeistert in die Hände. „Ich kann euch gar nicht genug danken."

„Wir haben gern geholfen, Ella", sagte Pete, was ihm einen spöttischen Blick von Maddy einbrachte. Bevor sie jedoch etwas sagen konnte, hatte er sie schon Richtung Tanzfläche entführt.

Allison sah den beiden seufzend nach. Sie schienen im siebten Himmel zu schweben. Hoffentlich würde es so bleiben.

„Was ist bloß in dich gefahren, Pete?" Maddy hängte ihren schwarzen Wollmantel an die Garderobe und streichelte Rufus, der sie stürmisch begrüßte. „Wieso hattest du es so eilig, nach Hause zu kommen? Irgendetwas stimmt doch nicht? Du warst schon den ganzen Abend so komisch."

Pete nahm sie in die Arme und lächelte sie amüsiert an. „Es ist alles in bester Ordnung, Maddy. Ich konnte es nur nicht erwarten, mit dir allein zu sein. Ich bin ganz verrückt nach dir."

„Ich liebe dich auch." Sie küsste ihn auf die Wange. „Du bist wirklich süß."

Pete hob sie hoch und trug sie die Treppe hinauf.

„Lass mich bitte runter. Wo gehen wir überhaupt hin?"

Pete ging zielstrebig am Schlafzimmer vorbei, bis er zum Gästezimmer kam. „Du musst jetzt ganz ruhig sein und die Augen schließen, sonst verdirbst du meine Überraschung."

„Du hast eine Überraschung für mich? Aber du hast mir doch schon das Diamantenherz zum Valentinstag geschenkt. Und ich glaube nicht, dass …"

„Pst." Er brachte sie mit einem Kuss zum Schweigen und stellte sie wieder auf die Beine. „Hat dir schon einmal jemand gesagt, dass du zu viel redest?"

Sie schüttelte lächelnd den Kopf.

„Jetzt mach die Augen zu und lass dich von mir führen. Aber nicht schummeln." Er führte sie in die Mitte des Zimmers, wo sie die Augen wieder öffnen durfte."

Sie erkannte das Zimmer nicht mehr wieder, in dem sie wochenlang gewohnt hatte, nachdem Pete sie im Schneesturm aufgegabelt hatte. Sämtliche Möbelstücke waren daraus entfernt worden. Stattdessen standen die inzwischen weiß lackierte Babykrippe und ein passender Wickeltisch darin. Über dem Bett hing ein fröhliches Tiermobile. Auch an die Mutter des Kindes war gedacht. Ein bequemer Schaukelstuhl stand direkt vor dem Kamin.

„Oh Pete!" Maddy hatte einen Kloß im Hals. „Ich weiß gar nicht, wie ich dir danken soll." Sie schlang ihm die Arme um den Hals.

„Wie konntest du das Zimmer umräumen, ohne dass ich etwas davon bemerkt habe?"

Er lächelte geheimnisvoll. „Wozu hat man denn Brüder? Aber ich habe noch eine Überraschung für dich. Komm mit ins Schlafzimmer."

Dutzende von Kerzen tauchten den Raum in ein romantisches Licht, und auf dem Nachttisch standen eine Flasche Champagner auf Eis und zwei Sektflöten. „Einen glücklichen Valentinstag, Darling."

Maddy traten Tränen in die Augen. Was hatte Pete sich nicht alles einfallen lassen, um ihr eine Freude zu machen. „Und ich habe dir nur eine Karte gegeben."

Pete nahm ein hauchdünnes rotes spitzenbesetztes Satinnegligé vom Bett und gab es ihr. „Wenn du mir ein Geschenk machen willst, dann zieh das bitte für mich an."

Maddy sog hörbar den Atem ein. „Es ist wunderschön, Pete. Danke."

Er nahm ihre Hand und führte sie zu der Stelle, an der sie seine Erregung am deutlichsten spüren konnte. „Lass mich nicht warten, Maddy. Ich bin ein ungeduldiger Mann."

„Ich werde dich nicht warten lassen", sagte sie leise. „Aber vorher habe ich auch noch eine Kleinigkeit für dich." Neulich hatte sie ein kleines Geschenk für Pete besorgt, sich aber nicht getraut, es ihm zu geben. Sie öffnete die Nachttischschublade und holte ein kleines Päckchen heraus. „Das habe ich ganz spontan gekauft, und jetzt bin ich sehr froh darüber."

Pete riss die Verpackung auf und starrte verblüfft auf den winzigsten Slip, den er jemals gesehen hatte. Dieser Slip war nicht nur geradezu unanständig knapp geschnitten, sondern auch noch knallrot und mit kleinen weißen Herzen versehen. „Hm, das ist …"

Maddy lachte über seine Verlegenheit. „Du kannst ihn ja anziehen, während ich im Bad bin. Ich habe mir schon die ganze Zeit vorgestellt, wie du darin aussiehst."

„Aber musste es denn ausgerechnet rot sein?", stöhnte Pete auf. Kein Mann, der etwas auf sich hielt, trug rote Slips.

„Natürlich", sagte sie lächelnd. „Da passen wir doch bestens zusammen."

Eine Viertelstunde später kam Maddy aus dem Bad und sah, wie Pete sich im Spiegel betrachtete. Er wirkte alles andere als begeistert. „Wow! Was für ein gut gebauter Mann!"

Pete, der ihr Kommen gar nicht bemerkt hatte, wurde rot. „Ich komme mir schon wie ein Stripper vor."

Auf der Kommode lagen einige Geldscheine. „Hm." Maddy nahm eine Fünfdollarnote. Dann ging sie auf Pete zu, steckte ihm das Geld in den Slip und streichelte wie zufällig seine Erektion. „Das machen doch die Frauen mit euch, oder?"

„Maddy!" Pete zog sie an seine Brust und führte sie zu seinem Bett. „Macht es die Frauen wirklich an, Männer in solchen Tangas zu sehen?" Er streifte ihr die Träger vom Negligé über die Schultern und entblößte ihre Brüste. „Ich finde das hier viel aufregender."

Er streichelte ihre Brüste. „Oh, siehst du, wie sie allein schon auf meine Blicke reagieren?“ Er senkte den Kopf. „Stell dir mal vor, was erst passiert, wenn ich sie mit der Zunge reize.“ Und das tat er im nächsten Augenblick.

Maddy hielt seinen Kopf mit beiden Händen fest, als er ihre Brustspitzen mit dem Mund verwöhnte. Dann rutschte sie herunter, zog ihm den aufregenden Slip aus, liebkoste seine Brustspitzen mit dem Mund und küsste seinen Bauchnabel. Schließlich nahm sie ihn ganz in den Mund.

„Oh Baby. Du bringst mich noch um!“

Als Pete diese aufregenden Qualen nicht mehr aushielt, drehte er Maddy auf den Rücken und legte sich auf sie. „Ich liebe dich, Maddy“, flüsterte er mit belegter Stimme. „Und ich werde dich bis in alle Ewigkeit lieben.“

Maddy spreizte die Beine und nahm ihn willig in sich auf. In diesem Moment war sie davon überzeugt, dass das Schicksal sie füreinander bestimmt hatte. Oder lag es an der Patchworkdecke und der Legende?

14. KAPITEL

Der März brachte kalten Regen und Sturm. Aber trotz des schrecklichen Wetters war Maddy fest entschlossen, ihre Firma zu eröffnen. Sie hatte lange genug darauf gewartet, dass Pete ihr Vorhaben befürworten würde. Erst heute Morgen hatten sie das leidige Thema wieder auf dem Tisch gehabt, als das Telefon ihre Unterhaltung unterbrochen hatte.

Bob Duggan, ihr nächster Nachbar, hatte Probleme mit seinem Scheunendach. Die gesamte Heuernte drohte nass zu werden. Pete wollte sofort los, um ihm zu helfen. „Ich finde, du solltest noch einmal gründlich darüber nachdenken, Maddy, ob die Idee mit deiner eigenen Firma wirklich sinnvoll ist. Solange du schwanger bist, bin ich dagegen, dass du arbeitest", sagte er schon auf dem Weg zur Haustür.

„Aber mein Job ist mir wichtig. Ich habe viel in meine Ausbildung investiert, und wenn du nicht so stur und verbohrt wärest, würdest du mich auch verstehen." Maddy wusste nicht, wie sie noch deutlicher werden sollte. Es war unmöglich.

Pete hörte einfach nicht zu.

„Wir reden heute Abend weiter darüber. Ich habe Bob versprochen, sofort zu kommen. Es ist sehr wichtig."

Natürlich – Bob war wichtig. Ihr Job nicht. Wenn Pete ihr keinen Schritt entgegenkam, musste es eben ohne sein Einverständnis gehen. Sie sah überhaupt nicht ein, wieso sie ihre Karriere aufgeben sollte.

Eine Stunde später war Maddy auf dem Weg nach Sweetheart. Es regnete in Strömen. Langsam und vorsichtig steuerte sie den Chevy in Richtung Stadt. Sie wollte sich von Patty Windsor, dem einzigen Immobilienmakler in Sweetheart, leer stehende Büroräume zeigen lassen und anschließend mit Allison Kaffee trinken gehen.

„Oh Maddy! Dann hat Pete es also endlich eingesehen?", fragte Allison erleichtert. „Ich freue mich für dich. Das hätte ich ihm niemals zugetraut."

Maddy fühlte sich unbehaglich. „Ganz so ist es leider nicht. Ich habe mich einfach von mir aus entschlossen, meine Pläne umzusetzen. Ich liebe Pete, aber meine Arbeit liebe ich auch. Ich kann und will sie nicht einfach aufgeben."

Diese Neuigkeit musste Allison erst verdauen. Schließlich war Maddy alt genug, um zu wissen, was sie tat. „Lass uns zusammen einen Kaffee trinken gehen", sagte sie, während sie Maddy unterhakte. „Nebenan ist ein Café. Ich finde, wir sollten uns aufwärmen."

„Okay, aber nur, wenn du versprichst, mich mit weisen Ratschlägen zu verschonen."

„Versprochen. Es ist allein deine Entscheidung. Ich hoffe nur, dass eure Beziehung nicht daran zerbricht."

„Keine Sorge. Früher oder später wird Pete schon einsehen, dass ich recht hatte. Davon bin ich fest überzeugt."

Allison hatte ihre Zweifel, aber sie behielt sie wohlweislich für sich. Nachdem sie sich im Café niedergelassen hatten, wechselte sie das Thema. „Maddy, ich wollte dich bitten, für mein Geschäft Werbung zu machen. Im Augenblick habe ich nicht viel zu tun. Es muss irgendetwas passieren."

„Natürlich helfe ich dir. Und als meine Freundin kriegst du selbstverständlich einen Sonderpreis."

„Du hast in New York ziemlich viel Geld verdient, oder?"

„Ja. Aber dafür war mein Leben ziemlich eintönig. Ich hatte keinerlei Privatleben."

„Trotzdem muss es toll sein, im Geld zu schwimmen. Hast du nie daran gedacht, wieder zurückzugehen?"

„Nein. Ich habe viel verdient und ich habe mein Geld gut angelegt."

„Hast du Pete davon erzählt?"

„Nicht alles. Ich wollte sein Ego nicht verletzen. Nach und nach wird er es schon erfahren. Deshalb möchte ich dich auch bitten, es für dich zu behalten. Ich fände es nicht gut, wenn John …"

„Keine Angst. Von Dr. Taggart sehe ich im Augenblick nicht allzu viel. Du brauchst dir also keine Gedanken zu machen."

Maddy sah Allison überrascht an. „Was ist denn los? Ich dachte ihr wäret so gute Freunde."

„Ich möchte lieber nicht darüber reden", sagte sie traurig.

Als Pete am Nachmittag nach Hause kam, war das Haus dunkel. Maddys Wagen stand nicht auf dem gewohnten Platz, und Rufus wartete ungeduldig darauf, nach draußen gelassen zu werden. Petes schlimmste Befürchtungen wurden allerdings erst in dem Augenblick wahr, als er einen Zettel am Kühlschrank entdeckte. *Bin in der Stadt. Komme gegen vier Uhr zurück. Maddy.*

Er fuhr nervös mit den Fingern durch das feuchte Haar. „Verflucht, Maddy. Wieso musstest du ausgerechnet bei diesem Wetter nach Sweetheart fahren?“ Es regnete immer noch in Strömen, und gegen Abend war die Sicht noch schlechter als tagsüber.

Pete sah stirnrunzelnd auf die Uhr. Zehn nach vier. Er ging in der Küche hin und her – wie ein Löwe im Käfig. Die Angst schnürte ihm die Kehle zu. Maddy war eine unmögliche Fahrerin. Außerdem kannte sie die Straßen in der Gegend nicht besonders gut. Was war, wenn ihr auf dem Nachhauseweg etwas zugestoßen war? Sie konnte eine Panne haben. Bei dem neuen Wagen war das allerdings unwahrscheinlich. Vielleicht war ihr auch nur das Benzin ausgegangen.

Und wenn sie nun einen Unfall hatte? Nein. So grausam konnte ihm das Schicksal doch nicht mitspielen. Nicht ein zweites Mal. „Bitte, Maddy, komm nach Hause.“

Er hatte seinen Gedanken noch nicht ganz ausgesprochen, als das Telefon klingelte. Petes Magen zog sich zusammen, als er nach dem Hörer griff. „Maddy?“

„Nein, Pete. Ich bin's, John.“

Pete war alles andere als erleichtert. „John, ich rufe dich später zurück. Ich warte nämlich auf Maddy und …“

„Deshalb rufe ich an. Ich will dich nicht erschrecken, aber …“

Pete hatte auf einmal panische Angst. „Was ist los? Was ist passiert? Hatte sie einen Unfall?“

„Beruhige dich erst einmal. Nein, Maddy hatte keinen Unfall.“ Doch Petes Erleichterung war nur von kurzer Dauer. „Aber sie ist im Krankenhaus.“

„Im Krankenhaus?“ Petes Knie wurden weich. Er lehnte sich Halt suchend gegen die Anrichte. „Ist etwas mit dem Baby?“

„Ich weiß es nicht. Möglicherweise. Du sollst sofort hinfahren. Dr. Peterson kümmert sich im Moment um sie. Maddy ist ziemlich aufgeregt, und sie hat nach dir gefragt.“

„Ich bin schon unterwegs.“

Eine Viertelstunde später erreichte er die Klinik. Dr. Peterson hatte die Untersuchung gerade abgeschlossen, als er in den Untersuchungsraum stürzte. „Maddy!“

Maddy war zwar blass, aber sie lächelte ihn an. „Pete, ich bin so froh, dass du hier bist."

„Dr. Peterson ..." Er sah die Ärztin fragend an. „Was ist mit Maddy?"

„Alles in Ordnung, Pete", erwiderte Maddy anstelle der Ärztin. „Mir geht es gut und dem Baby auch."

„Dem Himmel sei Dank."

„Maddy hatte Krämpfe, Pete. Als John vorhin anrief, war ich ziemlich beunruhigt. Ich habe ihm geraten, sie in die Notaufnahme zu bringen und bin dann schnell hierher gefahren."

„John? Ich verstehe kein Wort." Er sah Maddy verwirrt an.

„Ich habe John in der Tierklinik aufgesucht, und da wurde mir auf einmal schwindelig, und ich bekam Krämpfe. Ich hatte schreckliche Angst, aber dein Bruder behielt Gott sei Dank einen klaren Kopf und hat Dr. Peterson angerufen."

„Jetzt ist ja alles wieder in Ordnung", mischte sich Laura Peterson ein. „Ich würde Maddy allerdings gern heute Nacht zur Beobachtung hier behalten. Während Sie die Anmeldeformulare ausfüllen, Pete, werde ich dafür sorgen, dass sie ein Zimmer bekommt."

Die Formalitäten waren schnell erledigt, und Pete war in wenigen Minuten wieder zurück.

„Ich bin froh, dass John nicht die Nerven verloren hat. Ohne ihn hätte ich nicht gewusst, was ich hätte tun sollen. Ich glaube, ich habe ihm einen ziemlichen Schrecken eingejagt."

„Nicht nur ihm. Aber was hattest du überhaupt bei John zu suchen?" Erst jetzt fiel Pete auf, dass ihr Besuch bei seinem Bruder äußerst ungewöhnlich war.

Maddy schluckte. Vor dieser Frage hatte sie sich am meisten gefürchtet. „Ich hatte einen Termin", sagte sie forscher, als ihr zumute war. „Du weißt doch, dass John mich gebeten hat, für seine Klinik ein Werbekonzept zu erstellen. Wir haben doch vor einiger Zeit darüber gesprochen."

Pete glaubte seinen Ohren nicht zu trauen. Es fiel ihm schwer, den aufkommenden Ärger herunterzuschlucken. Obwohl er Maddy so eindringlich gebeten hatte, ihren Job nicht wieder aufzunehmen, hatte sie sich seinem Wunsch widersetzt. „Stimmt. Du hast davon geredet. Und ich werde jetzt zu meinem Bruder gehen und ihm sagen, wie *dankbar* wir beide ihm sind."

„Pete“, John stand auf und sah seinen Bruder besorgt an. „Was ist mit Maddy? Geht es ihr gut?“

„Es geht ihr gut. Aber das ist nicht dein Verdienst.“

„Was willst du damit sagen? Ich habe sofort bei Dr. Peterson angerufen. Was hätte ich denn sonst tun sollen? Vielleicht hätte sie bei diesem schrecklichen Wetter nicht rausgehen sollen, aber andererseits war sie so scharf darauf, endlich ihre Firma zu eröffnen, dass …“

„Und du dachtest, du könntest ihr ja helfen, indem du dich gleich als Kunde zur Verfügung stellst, was?“

„Du kannst Maddy doch nicht an die Kette legen, Pete. Sie ist eine erwachsene Frau und fest entschlossen, ihre Karriere fortzusetzen.“

„Wie konntest du mir das antun, John? Du wusstest doch, dass ich nicht wollte, dass sie arbeitet. Und du weißt genau, was damals mit Bethany und dem Baby passiert ist.“

„Pete, du bist unvernünftig und dickköpfig wie immer. Maddy hat mich gefragt, ob sie für mich Werbung machen darf, und ich habe zugestimmt. Sie sagte, dass sie mit dir darüber geredet hat, und dass ihr euch einig wart. Wart ihr euch einig?“

„Nein! Ja! Sozusagen!“

„Was, zum Teufel, soll das nun wieder heißen? Entweder habt ihr darüber geredet oder nicht. Maddy sagte, dass ihr euch schon vor eurer Hochzeit geeinigt hattet. Stimmt das?“

„Ja, verflucht! Es stimmt. Aber ich …“ Pete ließ sich auf einen Stuhl im Wartezimmer fallen. „Ich habe ihr gesagt, wir würden schon eine Lösung finden, aber ich habe ihr nur etwas vorgemacht. Ich wollte von Anfang an nicht, dass sie arbeitet. Und schon gar nicht jetzt, solange sie schwanger ist.“

„*Du* willst nicht …“ John schüttelte den Kopf. „Hast du auch nur einen einzigen Gedanken daran verschwendet, was Maddy will? Sie steht schon seit Jahren im Berufsleben, lange bevor sie dich kennengelernt hat. Und wenn du nicht endlich zur Vernunft kommst, wirst du sie verlieren.“

„Ich werde Maddy nicht verlieren“, sagte er bestimmt. „Ich liebe sie, und sie liebt mich.“

„Pete, du musst lernen, Kompromisse zu schließen. Die Zeiten haben sich geändert. Es ist nicht mehr so wie bei unseren Eltern. Die Rollen von Mann und Frau sind anders verteilt.“

„Kann schon sein. Aber Maddy ist meine Frau, und ich tue das, was für sie das Beste ist. Und eine Tätigkeit während der Schwangerschaft ist völlig ausgeschlossen."

„Pete, bitte sei vernünftig."

„Du und Mark, ihr werdet nie wieder Geschäfte mit ihr machen, hast du mich verstanden?"

John hob resignierend die Hände. „Ich habe dich verstanden und kann dazu nur sagen, dass du ein Dummkopf bist. Wenn Maddy dahinter kommt, dass du ihre Kunden vergraulst, möchte ich nicht in deiner Haut stecken."

John betrachtete seinen älteren Bruder kopfschüttelnd. „Du bist verrückt, Pete", sagte er und schüttelte wieder den Kopf.

15. KAPITEL

Eine Woche war seit Maddys Krankenhausaufenthalt vergangen. Pete hatte weder ihr Vorhaben, Büroräume zu mieten, noch ihre Termine mit John und Mark je wieder erwähnt. Kein Wort des Vorwurfs, kein Protest kam über seine Lippen. Im Gegenteil, er behandelte Maddy zuvorkommender denn je. Sie schöpfte erneut Hoffnung, dass sie gemeinsam einen Weg finden würden, um ihre Geschäftspläne zu verwirklichen.

Ihre Beziehung war zärtlicher und romantischer denn je. Jeden Tag hatte sie mehr das Gefühl, dass sie Pete etwas bedeutete. Heute Morgen war es nicht anders. Beim Gedanken an das, was sie vor wenigen Stunden miteinander erlebt hatten, lächelte sie versonnen.

Ihr Leben war nahezu vollkommen. Zu ihrem endgültigen Glück fehlte ihr nur noch ihr Job.

Dieser Gedanke beflügelte sie schließlich, am heutigen Montagmorgen John Taggart anzurufen.

„Hallo, John. Ich bin's, Maddy."

„Maddy, schön, dich zu hören. Wie geht es dir?" Klang seine Stimme wirklich seltsam, oder redete sie es sich nur ein?

„Ausgezeichnet, und ich rufe dich an, um unseren Termin von neulich nachzuholen. Hast du heute Nachmittag Zeit?"

„Hm, Maddy, ich fürchte im Augenblick ist es etwas ungünstig. Ich bin in den nächsten Wochen völlig ausgebucht. Lass uns die ganze Sache einfach um ein paar Wochen verschieben."

Maddy war zutiefst enttäuscht, als sie den Hörer auflegte. John hatte ihr eine Absage erteilt – wenn auch auf freundliche Weise. Nun ja, es kam gelegentlich vor, dass die Kunden am Ende kalte Füße bekamen. Aber wenn ihr Schwager noch einmal in Ruhe darüber nachdachte, würde er sicherlich zu dem Ergebnis kommen, dass die ganze Sache für ihn letztendlich äußerst einträchtig sein würde.

Als Nächstes suchte sie Marks Nummer heraus. Vor zwei Wochen erst hatte er ihr gesagt, dass er es gar nicht abwarten könnte, endlich mit der Werbekampagne zu beginnen, und sie hatte ihm schon angekündigt, dass sie einige fantastische Ideen hatte. Aber die Unterhaltung mit Mark lief ähnlich ab wie die mit John.

Maddy legte den Hörer auf. Sie konnte nicht glauben, was sie da eben gehört hatte. Ihre ersten beiden Kunden machten einen Rückzieher. Dann wählte sie Allisons Nummer. Sie war sicher, dass Allison ihr reinen Wein einschenken würde.

„Hi, Ally, ich bin's, Maddy. Ich muss dich etwas fragen."

„Du hast also schon mit John gesprochen?" Ally klang so niedergeschlagen, dass Maddy das Schlimmste befürchtete.

„Ja, das habe ich. Und auch mit Mark. Sie haben beide ihren Auftrag zurückgezogen. Hast du eine Ahnung, wieso sie das getan haben?"

„Weißt du es denn nicht, Maddy? Kannst du denn nicht eins und eins zusammenzählen? Ich habe versucht, dich zu warnen, aber du wolltest ja nicht hören."

„Pete?" Maddy glaubte ersticken zu müssen.

„Tut mir leid, Maddy. John und Mark haben mich gestern angerufen. Pete hat darauf bestanden, dass sie ihre Aufträge zurückziehen. Ich habe ihnen gesagt, dass ich sie für völlig verrückt halte und fest entschlossen bin, mit dir zusammenzuarbeiten. Pete muss ihnen ganz schön die Hölle heißgemacht haben."

Maddys Herz zog sich schmerzhaft zusammen. Dass Pete sie hintergangen hatte, war mehr, als sie ertragen konnte. „Ich muss jetzt Schluss machen, Ally", sagte sie mit tränenerstickter Stimme. „Ich melde mich nächste Woche bei dir."

Maddy legte den Hörer auf, eilte die Treppe hinaus und packte ihren Koffer.

Der Weg nach Leadville war ohne besondere Vorkommnisse gewesen. Allmählich gewöhnte sie sich an ihren riesigen Chevy. Trotzdem war sie erleichtert, als sie Mary Beths Haus vor sich sah. Das kleine Klinkerhaus inmitten der alten Pinien wirkte immer so einladend.

Mary Beth würde die Flucht ihrer Schwester garantiert nicht gutheißen. Dennoch war sie sicher, dass sie sie bei sich aufnehmen würde. Sie wollte eine Zeit lang untertauchen und Abstand zu Pete gewinnen. Sie musste vergessen, dass sie diesen Mann aus ganzem Herzen geliebt hatte.

Maddy betätigte den Türklopfer und wartete. Nichts geschah. „Bitte, Mary Beth, du musst doch zu Hause sein." Bei ihrem überstürzten Aufbruch heute Morgen hatte sie nicht im Traum daran gedacht, dass ihre Schwester und Lyle vielleicht gar nicht zu Hause sein könnten. Möglicherweise waren sie für ein paar Tage weggefahren. Was nun?

Verzweifelt klopfte sie ein zweites Mal. Sie betete, dass jemand die Tür öffnen möge. Sie war schon völlig durchgefroren – denn auf der Veranda, die das Haus umgab, war es ziemlich zugig, als die Tür von innen geöffnet wurde.

Aber es waren weder Mary Beth noch Lyle, die sie begrüßten. Beim Anblick des Mannes, der da vor ihr stand, schlug ihr das Herz bis zum Hals.

„Dad?“ Maddy stand wie angewurzelt da. Wie viele Jahre war es her, dass sie Andrew Potter zum letzten Mal gesehen hatte? Er war ein alter schwacher Mann geworden, wie er da in dem vertrauten rot und blau karierten Flanellhemd vor ihr stand, das er immer so gern getragen hatte. In Maddy wurden Erinnerungen wach – und es waren nicht nur schlechte.

„Maddy? Bist du es?“ Andrew Potter starrte seine Tochter ungläubig an. Sein runzliges braun gebranntes Gesicht erinnerte sie mehr denn je an gegerbtes Leder. „Komm rein, Mädchen. Ich traue meinen Augen kaum.“

Da Maddy kaum eine andere Wahl hatte, nahm sie seine Einladung an. Sie lächelte flüchtig, um ihr Unbehagen zu verbergen. „Hi, Dad, du siehst gut aus.“

Andrew Potter nahm seine jüngste Tochter in die Arme und drückte sie an sich. Seine Arme waren kräftiger, als Maddy erwartet hatte. Seine Umarmung hatte etwas Vertrautes und Tröstendes.

„Ich habe dich so vermisst, Maddy. Beinahe hatte ich schon die Hoffnung aufgegeben, dich jemals wieder zu sehen. Kannst du einem dummen alten Mann verzeihen?“

Maddy lehnte sich zurück, um ihm in die Augen sehen zu können. Sein Blick zeigte ihr, dass er es ernst meinte. Und doch war sie noch nicht so weit, ihm bedingungslos zu verzeihen. „Lass mir noch etwas Zeit, Dad. Ich muss in Ruhe über alles nachdenken.“

Andrew Potter wollte sie nicht drängen. „Komm erst einmal rein und wärm dich auf“, sagte er und zog sie neben den warmen Ofen. „Du bist ja völlig durchgefroren.“ Als sie ihren Mantel auszog, riss er die Augen auf und grinste dann. „Ist das die Möglichkeit? Du und deine Schwester – ihr steckt aber auch wirklich voller Überraschungen. Wieso hat mir keiner gesagt, dass ich gleich zweimal Großvater werde?“ Seine aufrichtige Freude überraschte Maddy.

„Wo ist Mary Beth überhaupt?“, fragte sie, während sie die kalten Hände am Ofen wärmte.

„Sie ist mit Lyle zum Einkaufen gefahren. Er hat sich extra freigenommen, um mit ihr für das Baby einzukaufen. Er hatte ein schlechtes Gewissen, weil er in den vergangenen Wochen so wenig Zeit für sie hatte."

Maddy lächelte. Lyle war immer so rücksichtsvoll. Sie dachte an Pete, und ihre Augen füllten sich mit Tränen.

„Was ist los mit dir, Maddy?", fragte ihr Vater. „Worüber regst du dich auf? Ich hoffe, es ist nicht meinetwegen."

Sie schüttelte den Kopf. „Es ist nichts, Dad. Zumindest hat es nichts mit dir zu tun. Mein Mann und ich hatten eine Meinungsverschiedenheit."

„Und du bist weggelaufen? Das kommt mir doch irgendwie bekannt vor, mein Kind."

Sie hörte einen leisen Vorwurf in seiner Stimme und wollte ihm schon sagen, dass er sich um seine eigenen Angelegenheiten kümmern sollte, aber Andrew kam ihr zuvor. Er zog sie neben sich auf das Sofa und legte ihr beruhigend den Arm um die Schulter.

„Ich weiß, dass ich nicht immer für dich da war, Maddy. Und ich weiß auch, dass du mich für den Tod eurer Mutter verantwortlich machst – obwohl ich bis heute keine Ahnung habe, wieso."

Plötzlich erkannte Maddy die Wahrheit seiner Worte. Was hat sie ihm in all den Jahren angetan? Mit ihrer verfluchten Sturheit hatte sie ihm das Leben zur Hölle gemacht.

„Ich habe Sarah über alles geliebt. Das musst du mir glauben. Aber ich war so sehr mit meiner Ranch beschäftigt, dass ich meine Rolle als Ehemann und Vater darüber gelegentlich vergessen habe. Als sie starb, habe ich mich vor lauter Verzweiflung noch mehr in mich selbst zurückgezogen, anstatt mich zu bemühen, dir und Mary Beth ein guter Vater zu sein. Ich hatte nicht die Kraft dazu, und heute tut es mir leid. Ich wollte euch nicht vernachlässigen, und ich wollte dich auch nicht aus dem Haus treiben. Aber eines Tages bist du ohne Gründe einfach weggegangen, ohne mir die Chance zu geben, dir alles zu erklären."

„Oh Dad, ich …" Andrew Potter hatte recht, wenn er sie anklagte. Sie hatte wirklich nicht den Mut gehabt, sich den Problemen zu stellen, die sich zwischen ihnen aufgetürmt hatten. Sie war einfach weggelaufen.

„Du brauchst jetzt nichts zu sagen, Maddy. Aber bitte hör mir zu. Wenn du deinen Mann wirklich liebst, dann musst du bei ihm bleiben und die Sache ins Lot bringen. Nur so hat eine Ehe überhaupt einen Sinn."

„Pete möchte nicht, dass ich wieder zu arbeiten anfange. Er will, dass ich zu Hause bleibe." Maddy erzählte ihrem Vater auch, dass sie ohne Petes Wissen nach Sweetheart gefahren war, um Geschäftsräume für ihre Firma zu mieten, und dass er seinen Brüdern hinter ihrem Rücken verboten hatte, Geschäfte mit ihr zu machen. „Ich kann dir gar nicht sagen, wie enttäuscht ich war, als ich es erfuhr. Er hat mich hintergangen."

„Und was hast du getan, als du ohne sein Wissen einen Laden mieten wolltest? Was glaubst du, wie er sich gefühlt hat?"

„Wütend, nehme ich an." Und genauso enttäuscht.

„Ich kenne deinen Mann zwar nicht. Aber die Tatsache, dass du ihn geheiratet hast, zeigt mir, dass er ein ganz besonderer Mann sein muss, um den es sich zu kämpfen lohnt ... nicht gegen ihn." Andrew Potter zwinkerte ihr zu, und Maddy lächelte zögernd.

„Du meinst also, ich soll nach Hause gehen und klare Verhältnisse schaffen?" Maddy wünschte sich im Augenblick nichts sehnlicher, als sich Pete an den Hals zu werfen und ihm zu sagen, wie sehr sie ihn liebte.

Aber Andrew schüttelte überraschenderweise den Kopf. „Er wird hierher kommen und dich holen. Er hat schon fünf Nachrichten auf dem Anrufbeantworter hinterlassen und deine Schwester gebeten, ihm Bescheid zu sagen, falls du bei ihr auftauchst. Früher oder später kommt er selbst. Die Zeit, die uns bis dahin bleibt, sollten wir nutzen, um uns wieder kennenzulernen. Das heißt, wenn du einverstanden bist."

Maddy ergriff die raue abgearbeitete Hand ihres Vaters. „Ja, Dad. Ich wüsste nicht, was ich lieber täte." Und mit dieser Erkenntnis fiel ihr eine zentnerschwere Last vom Herzen.

Pete legte den Hörer zurück auf die Gabel und setzte sich wieder an den Küchentisch. Seine Erleichterung war unermesslich. Endlich waren seine Gebete erhört worden.

„Es war Maddy. Sie kommt nach Hause."

„Schwein gehabt, Bruder", sagte John spöttisch. „Aber wenn du mich fragst, verdient hast du es nicht."

Mark nickte. „Hoffentlich war dir das eine Lehre. Und in Zukunft denkst du erst nach, bevor du wieder irgendeinen Blödsinn machst, okay? Schlimm genug, dass du John und mich da hineingezogen hast. Vielleicht redet Maddy jetzt kein Wort mehr mit uns."

Seine Brüder sprachen genau das aus, was Pete sich wohl tausend Mal hatte durch den Kopf gehen lassen, als er an jenem Nachmittag nach Hause gekommen war und das Haus leer vorgefunden hatte. Maddy hatte nicht einmal eine Nachricht hinterlassen. Ihre Sachen lagen im Schlafzimmer verstreut, und der Koffer fehlte.

Nachdem Pete sich stundenlang seinem Selbstmitleid hingegeben hatte, begann er endlich nachzudenken. Er konnte sich ein Leben ohne Maddy nicht vorstellen. Das stand für ihn fest. Er wollte sie zurückhaben, um welchen Preis auch immer. Selbst wenn er sie auf Knien bitten musste, ihm zu verzeihen.

Er begann in der Gegend herumzutelefonieren. John und Mark kamen sofort zu ihm, nachdem sie gehört hatten, was vorgefallen war. Obwohl sie sich über Pete ärgerten, boten sie ihm ihre Hilfe an.

„Zum Glück ist ihr nichts passiert", sagte John und stand auf. „Ich darf gar nicht darüber nachdenken, wozu eine schwangere Frau in der Lage ist, wenn sie verzweifelt ist."

„Sie bringt jemanden mit", sagte Pete. „Aber sie wollte nicht sagen, wen." Sie hatte auch nicht so ärgerlich geklungen, wie er vermutet hatte. Möglicherweise stand ihr Entschluss, ihn zu verlassen, längst fest. Das war ein schrecklicher Gedanke.

„Vielleicht einen Anwalt, der die Scheidungspapiere schon bei sich hat", sprach Mark Petes Befürchtung aus.

Pete ballte die Hände und ging auf seinen jüngsten Bruder zu. Der rührte sich jedoch keinen Millimeter. „Komm schon, Bruder, hau mir eine runter. Die Wahrheit tut oft weh. Aber du hast dich ihr gegenüber wirklich wie ein Idiot benommen. Und ob es dir passt oder nicht, du wirst dir jetzt meine ehrliche Meinung anhören. Maddy verdient eine respektvollere Behandlung. Weißt du was? Wenn du sie nicht willst, schick sie zu mir. Diese Frau ist ein Geschenk des Himmels. Und im Gegensatz zu dir habe ich es sofort bemerkt."

„Ich auch", erklärte John. „Und im Übrigen redet Allison deinetwegen kein Wort mehr mit mir. Danke, Bruder."

Petes Ärger war mit einem Mal verflogen. „Es tut mir leid, okay. Ich habe einen Fehler gemacht. Hoffentlich kann Maddy mir verzeihen."

„Tja, Pete, das alles solltest du nicht uns erzählen." John warf einen Blick auf seine Armbanduhr. „Du hast noch ein paar Stunden Zeit, bis deine wundervolle Frau nach Hause kommt. Nutze sie und gehe in dich. Vielleicht hast du ja eine Idee, wie du es wieder gutmachen kannst.“

Pete nickte. „Mir fällt garantiert etwas ein“, sagte er, während er seine Brüder zur Tür begleitete.

Das Haus war so still ohne Maddys Lachen und ohne ihren Optimismus, mit dem sie an die Dinge heranging. Pete fühlte sich einsam und verlassen. „Maddy, ich verspreche dir, dass alles anders wird, wenn du nur bei mir bleibst. Bitte gib mir noch eine Chance.“

Er zog seinen schweren Mantel über und ging vors Haus. Trotz der Kälte setzte er sich auf die Veranda und wartete auf sie.

Als Maddy den Wagen in die Einfahrt steuerte, sah sie Pete auf dem Schaukelstuhl auf der Veranda sitzen. Allein, in sich zusammengesunken. Sie konnte es nicht erwarten, ihn in die Arme zu schließen.

„Ein tolles Haus, Maddy. Dein Mann scheint sein Geschäft zu verstehen.“

„Ja, Dad. Und ich bin sicher, du wirst ihn mögen.“

„Das werde ich sicher, solange er dich anständig behandelt“, sagte Andrew Potter und drückte die Hand seiner Tochter, bevor sie aus dem Wagen stürzte.

Pete lief ihr entgegen, und sie fiel ihm um den Hals. „Maddy, es tut mir so leid“, sagte er. „Kannst du mir verzeihen?“

„Das habe ich schon“, flüsterte sie.

„Ja, das hat sie ganz sicher. Schließlich hat sie mir auch verziehen.“ Erst jetzt erblickte Pete den alten Mann, der Maddy langsam gefolgt war.

„Das ist Andrew Potter, mein Vater“, stellte sie ihn lachend vor.

„Ich freue mich, Sie kennenzulernen, Mr Potter“, begrüßte Pete ihn herzlich, wobei er mit einem Arm immer noch Maddy festhielt.

„Mein Name ist Andrew. Aber vielleicht können wir uns drinnen weiter unterhalten. Ich finde, hier draußen ist es ziemlich kalt.“

Andrew Potter ging ins Haus, während Pete und Maddy langsam nachkamen, um noch ein paar Minuten für sich zu haben.

„Wo hast du ihn getroffen?“, fragte Pete.

„Dad war in Mary Beths Haus, als ich ankam. Und wir hatten reichlich Zeit, einige Dinge zu klären.“

„Das freut mich, Darling, und ich glaube, wir sollten es auch tun.“

Sie strich zärtlich über seine unrasierte Wange. „Es tut mir leid, dass ich einfach weggelaufen bin. Ich hätte kompromissbereiter sein müssen.“

„Nein, Maddy. Ich habe dir ja gar keine Chance gegeben, Kompromisse zu schließen. Ich war störrisch wie ein Maulesel.“

Sie lächelte ihn zärtlich an. „Ich liebe dich, Pete. Ich möchte dich glücklich machen, und …“

Er legte ihr den Zeigefinger auf den Mund, um sie zum Schweigen zu bringen. „Ich habe viele Fehler gemacht, Maddy. Das habe ich jetzt begriffen. Du hattest dir schon eine Existenz aufgebaut, bevor wir geheiratet haben, und es war egoistisch von mir, zu erwarten, dass du sie meinetwegen aufgibst. Ich liebe dich auch, Maddy. Und wenn deine Arbeit dich glücklich macht, werde ich dir nicht im Wege stehen. Ich weiß jetzt, dass dein Job dir genauso viel bedeutet wir mir diese Ranch.“

Maddy traute ihren Ohren kaum. Sie hatte keinen Zweifel daran, dass Pete es diesmal ehrlich meinte. „Ich bin froh, dass du das sagst. Aber ich habe auch viel nachgedacht und bin zu dem Ergebnis gekommen, dass ich genauso gut von zu Hause aus arbeiten kann. Viele Menschen tun das. Wieso dann nicht ich?“

Pete strahlte. „Das ist eine großartige Idee! Aber nur, wenn du es auch wirklich willst, und nicht, um mir einen Gefallen zu tun. Ach Maddy, ich habe dich so vermisst, dass ich mir jetzt nichts Schöneres vorstellen könnte, als …“

Maddy lächelte. „Und mein Vater?“

Maddy blickte zur Tür, hinter der ihr Vater verschwunden war, und dann zu ihrem Wagen. „Ich finde, in unserem Chevy ist ganz schön viel Platz“, sagte sie, und ihre Augen blitzten. „Die Federung soll doch laut Testergebnis so hervorragend sein.“

Pete grinste. „Und wie sollen wir uns wärmen?“

„Nun, Mr Taggart, als ehemaliger Pfadfinder wirst du doch wohl sicher improvisieren können“, flüsterte sie und knabberte an seiner Unterlippe.

Das ließ sich Pete nicht zweimal sagen.

– ENDE –

Lisa Jackson

Der weiße Tod

Roman

Aus dem Amerikanischen von
Irene Andreadou

MIRA®

1. KAPITEL

Bethany Mills sah aus dem Fenster ihres kleinen Hauses und versuchte sich selbst davon zu überzeugen, dass sie nicht verrückt war. Niemand verfolgte sie. Es wusste doch niemand in Portland, was in Boise vorgefallen war. Jetzt befand sie sich in Oregon und damit in Sicherheit. Es gab keinen Grund, in Panik zu geraten, nur weil sie vor drei Tagen den besorgniserregenden Anruf ihrer Eltern erhalten hatte.

Dennoch war sie panisch und konnte ihre Augen nicht vom Fenster abwenden. Mit gerunzelter Stirn ließ sie ihren Blick über die Straße schweifen, die vor ihrem Haus den Hang hinabführte. Obwohl sie zehn Minuten lang in die Abenddämmerung hinaussah, konnte sie keinerlei Anzeichen dafür erkennen, dass ein Fremder im Schutz der hereinbrechenden Nacht umherschlich; niemand kauerte sich in eine Ecke, zum Schutz vor dem Regen; nicht ein einziges Augenpaar war auf sie gerichtet. Dennoch wurde sie den Eindruck nicht los, beobachtet und verfolgt zu werden.

Seit drei Tagen, genauer gesagt seit dem Anruf ihres Vaters, quälte sie das Gefühl, dass sich Blicke in ihren Rücken bohrten. Sie hörte Schritte, die ihr folgten. Sie hatte sich sogar eingebildet, dass sie jeden Morgen auf dem Weg zur Arbeit von einem Mann beschattet wurde.

„Du spinnst“, sagte sie sich und versuchte, den Schauer zu ignorieren, der ihr über den Rücken lief. „In letzter Zeit wohl zu viele Krimis gelesen, was?“ Sie gab ihren Platz am Fenster auf und ließ sich auf ihre abgenutzte Couch fallen. Das Buch, das sie gerade las, warf sie auf den Couchtisch. „Du hältst dich besser an Liebesgeschichten.“

Bei diesen Worten lachte sie bitter auf und schüttelte den Kopf, sodass ihr die Locken ins Gesicht fielen. Die Liebe war nicht gerade ihre starke Seite. Wenn ihre Freunde je von ihrer Vergangenheit und ihrer schmerzvollen Ehe mit Grant Mills erfahren würden, wären sie schockiert. Als Vorschullehrerin an der Johnson Elementary School schien Bethany kaum die Art Frau zu sein, der man es zutraute, mit einem Verbrecher verheiratet gewesen zu sein. Mit einem Mann, der wegen Unterschlagung und einer Reihe anderer Delikte vom FBI gesucht wurde.

„Vielleicht sollte ich das Lesen ganz sein lassen“, überlegte sie laut, während sie die zwei kleinen Schritte in ihre Küche ging und sich dort eine Tasse heißen Tee eingoss. „Und mich stattdessen mit Kunst, Aerobic, Korbflechten oder so was beschäftigen. Egal was, bloß nicht lesen."

Nervös warf sie einen Blick aus dem Küchenfenster in den kalten Dezemberabend. Nur wenige Tage noch bis Weihnachten – eigentlich hätte sie glücklich und voller Vorfreude sein sollen: Sie hatte geplant, die Ferien in ihrer Heimatstadt Boise zu verbringen. Aber sie war nicht froh, denn sie hatte ihre Urlaubspläne aufgeben müssen. Und dabei lag der schwierige Teil noch vor ihr.

Schweren Herzens wählte sie die Nummer. Sie trommelte unruhig mit ihren Fingern auf die Fensterbank, während sie darauf wartete, dass die Verbindung des Ferngesprächs hergestellt wurde. Beim vierten Klingeln meldete sich ihr Vater.

„Hi, Dad", sagte sie und hoffte inständig, fröhlich zu klingen.

„Bethany!"

Die freudige Aufregung in seiner Stimme war deutlich zu hören.

Er legte seine Hand auf den Hörer und bat seine Frau, an den Apparat im Schlafzimmer zu gehen. Bethany spürte, wie der Mut sie zu verlassen drohte. Ihre Eltern hatten fest mit ihrem Besuch gerechnet.

Sicherlich hatten sie das Haus schon mit frischen Tannenzweigen dekoriert, die leuchtend roten Girlanden sorgfältig am Kaminsims und am Treppengeländer aufgehängt. Wahrscheinlich war im gläsernen Messingkronleuchter in der Eingangshalle sogar ein Mistelzweig versteckt. Sie hegte nicht den leisesten Zweifel, dass ihre Mutter und ihre Tante bereits begonnen hatten, Kürbis- und Gewürzkuchen und Zimtschnecken zu backen. Bestimmt erfüllte der warme, würzige Duft von Hefezöpfen das Farmhaus …

„Wann kommst du denn?", fragte ihr Vater arglos.

Bethany zögerte. „Wie wär's mit dem 17. März? In den Frühlingsferien?"

Am anderen Ende der Leitung machte sich betretenes Schweigen breit. „Wir haben uns so auf ein gemeinsames Weihnachten gefreut, Bethie", antwortete er nach einer Weile.

„Was? Kommt sie denn nicht heim? Myron?" Entgeistert schaltete sich Bethanys Mutter Eleanor am anderen Apparat in das Gespräch ein.

„Dieses Mal nicht, Mom", sagte Bethany tonlos. Sie sah sich in ihrem Wohnzimmer um und betrachtete den kleinen Weihnachtsbaum, den sie vor zwei Tagen aufgestellt hatte.

„Aber wieso denn nicht?“, fragte ihr Vater. „Doch nicht etwa, weil Jim Bensons Sohn Harry hier herumgeschnüffelt hat, oder?“

„Nein …“

„Myron, ich hatte dich doch gebeten, nichts zu sagen“, rief ihre Mutter vorwurfsvoll.

„Ehrlich, Mom! Das ist nicht der einzige Grund. Ich habe hier einfach sehr viel Arbeit. Das ist mein erstes Jahr an der Johnson, und ich will gut vorbereitet sein und alles richtig machen.“

„Aber es sind doch Ferien!“, beharrte ihre Mutter. Bethany konnte die Enttäuschung in ihren Augen schon fast vor sich sehen.

„Ich weiß, aber es sind ja nicht die letzten. Versprochen. Gestern habe ich eure Päckchen zur Post gebracht. Ich hoffe nur, dass sie rechtzeitig zu Weihnachten ankommen.“

„Dann ist es also beschlossene Sache“, stellte ihr Vater resigniert fest.

„Es sind ja nur noch drei Monate, bis ich kommen kann“, erwiderte Bethany schwach und versuchte, ihre Tränen zu unterdrücken.

„Eines Tages wird das alles hinter uns liegen“, sagte ihre Mutter, „und dann werde ich Jim Benson und die First Security Bank zum Teufel schicken.“

„Die Bank trägt keine Schuld“, erklärte Bethany.

„Ich weiß, ich weiß. Aber nur, weil du mit Grant verheiratet warst, heißt das nicht, dass man dich oder deine Familie ausspionieren muss!“

„Hier wird niemand ausspioniert“, meldete sich ihr Vater scharf zu Wort. „Aber Grant hat über eine Million Dollar veruntreut. Jim Benson hat als Inhaber und Präsident der Bank das Recht, wütend zu sein!“

„Aber doch nicht auf uns! Oder auf Bethany!“

„Es steckt ja noch mehr dahinter“, fuhr er fort. „Benson hat mir nie vertraut. Ich hätte von vornherein nicht mit seiner Bank Geschäfte machen dürfen.“

„Was zwischen dir und Benson vorgefallen ist, ist Schnee von gestern“, erwiderte Eleanor. „Dumm ist nur, dass Grant …“

Leicht zuckte Bethany zusammen.

„Ich habe diesem Kerl nie über den Weg getraut“, brummte Myron etwa zum tausendsten Mal, seit seine Tochter Grant Mills geheiratet hatte.

Es besteht kein Grund, die alten Wunden noch mal aufzureißen, dachte Bethany traurig. „Hört mal, Mom, Dad … Ich finde einfach, es wäre für uns alle das Beste, wenn ich erst im Frühling nach Hause komme."

„Das ist doch einfach eine Schande", fuhr Bethanys Mutter wütend fort. „Und Grant Mills sollte man dafür kopfüber aufhängen!"

„Aber Mutter!", versuchte Myron sie zu beschwichtigen. „Bethany hat recht. Bis zum Frühling ist es ja nicht mehr lang. Dann blühen die ersten Blumen im Garten, du hast schon Bohnen und Zwiebeln gepflanzt, und wir alle werden uns viel besser fühlen."

Unter Tränen musste Bethany nun lächeln. Es war ihrem Vater mal wieder gelungen, die Wogen zu glätten. Auch nach dreißig Ehejahren wusste Myron Wagner noch immer, wie er seine Frau beruhigen konnte.

„Ich weiß, ich weiß", lenkte Eleanor ein. „Es ist ja nur so, dass ich dich vermisse, Bethie."

„Ich vermisse dich doch auch. Euch beide."

„Wir rufen dich am Weihnachtsmorgen noch mal an", sagte ihr Vater sanft.

„Gut. Und Dad?"

„Ja?"

„Danke. Ich hab euch lieb."

„Ach, Bethany", flüsterte ihre Mutter betrübt.

„Schön zu hören, Schatz", ergriff ihr Vater schnell das Wort und verhinderte so, dass Eleanor zu einem weiteren Gefühlsausbruch ansetzen konnte. „Bis bald."

„Bis bald."

Bethany hängte den Hörer ein und wischte sich die Tränen ab. Weinen brachte sie auch nicht weiter. Mit einem verächtlichen Schnauben nahm sie ihre Tasse und lief zurück ins Wohnzimmer. Sie setzte sich auf die Couch und betrachtete mit leerem Blick die kleine Douglastanne, die mit handgefertigtem Baumschmuck und einer blinkenden Lichterkette geschmückt war. „Es ist einfach nicht das Gleiche", sagte sie und dachte dabei an all die Feste zurück, die sie bei ihren Eltern auf der Farm verbracht hatte – an die Verwandten, das Lachen, die Tränen, die Liebe. Und was blieb ihr jetzt?

Sie nippte an ihrem Tee und griff dann nach dem Krimi auf dem Couchtisch. Sich in einem Abenteuer mit dem Detektiv Matt Hamilton zu verlieren war immer noch besser, als Trübsal zu blasen, weil ihr Exmann es wieder einmal geschafft hatte, einen Keil zwischen sie und ihre Eltern zu treiben. Denn obwohl Grant von der Bildfläche verschwunden war, konnte sie den Schmerz, den er ihrer Familie zugefügt hatte, nicht vergessen. Hätte sie doch nur auf ihren Vater gehört und Grant Mills nie geheiratet!

Unter Umständen wäre dann alles anders gekommen: Sie wäre in Boise geblieben, hätte vielleicht einen Mann gefunden, den ihre Eltern mochten. Möglicherweise wäre ihr sehnlicher Wunsch nach Kindern in Erfüllung gegangen. Diese Vorstellung verstärkte nur ihre trübe Stimmung. Letztes Jahr hatte sie gedacht, sie würde Mutter werden …

Eine Woge des Selbstmitleids überkam sie. Bethany legte das Buch beiseite und strich sich müde durchs Haar. Allein der Gedanke an das Baby machte alles nur noch schlimmer. Sie schloss die Augen und lehnte den Kopf zurück. „Reiß dich zusammen", ermahnte sie sich ungeduldig.

Seit dem Anruf ihres Vaters war Bethany ständig unruhig und nervös. Ihr Vater hatte sie informiert, dass Jim Benson, der Präsident der First Security Bank, seinen Sohn Harry vorbeigeschickt hatte, damit er eine Menge Fragen über Grant stellte.

Erneut überlegte sie, ob sie wirklich verfolgt wurde. Oder reagierte sie panisch, weil sie erfahren hatte, dass die Suche nach Grant wieder aufgenommen worden war?

Obwohl seine Schultern schon lange schmerzten, suchte Brett mit den Beinen festen Halt, hob noch einmal die Axt und legte seine ganze Kraft in den Schwung. Das letzte Stück Eichenholz zersplitterte mit einem Krachen, das von den umliegenden Bergen widerhallte. Irgendwie erfüllte ihn der Lärm mit Befriedigung.

Die Temperatur lag knapp über dem Gefrierpunkt. Dennoch war Brett schweißgebadet von der körperlichen Anstrengung. Nachdem er drei Stunden lang Holz gehackt hatte, rebellierten seine Muskeln.

Doch die Arbeit fühlte sich gut an: Sie half ihm, über den Schmerz hinwegzukommen, den Robertas Verlust in ihm ausgelöst hatte. Und er konnte damit den Gedanken verdrängen, dass ihm sein Stiefvater dieses Stück Land gestohlen hatte. Natürlich war alles legal gewesen: Jim Bensons Armada von Anwälten hatte sich darum gekümmert, das Vorgehen rechtlich wasserdicht zu machen.

Tatsache blieb jedoch, dass seine Mutter Jim geheiratet und ihm das Land vererbt hatte. Seit dem Tod seiner Frau Roberta hatte Brett sich auf das Einzige konzentriert, das ihm auf der Welt geblieben war: das Land seiner Mutter. Er musste dafür bezahlen, um es zurückzubekommen – und dabei ging es Jim Benson nicht nur um Geld.

Einige nasse Strähnen seines dunklen Haares fielen Brett über die Brauen. Mit einer Hand fuhr er über sein unrasiertes Kinn hinauf zur Stirn und strich sich schließlich die Haare aus dem Gesicht. Er wandte sich schon zur Hütte, um sich die wohlverdiente heiße Dusche und etwas zu trinken zu genehmigen.

Noch bevor er das Auto zu Gesicht bekam, hörte Brett das Motorengeräusch. Er erstarrte, kniff die Augen zusammen und warf einen Blick über die Schulter. Sofort erkannte er Harry Bensons silberblauen BMW, der die lange Auffahrt mit halsbrecherischer Geschwindigkeit entlangfuhr. Die hell glänzende Metalliclackierung blitzte zwischen den grünen Tannen und kahlen Eichen auf, die den Weg säumten.

„Na toll", murmelte Brett. Mit herabgezogenen Mundwinkeln lehnte er sich auf den Griff der Axt und beobachtete, wie der Sportwagen sich näherte. „Was ist nun schon wieder?"

Seufzend streckte er die schmerzenden Glieder und ging zur Kiesfläche vor seinem Haus, auf der sich Pfützen gebildet hatten. Regenwasser und Schlamm spritzten auf, als der BMW dort schließlich zum Stehen kam.

„Brett! Bin ich froh, dass ich dich erwische!", rief der drahtige junge Mann, der aus dem Auto stieg. Er hatte ein schmales Gesicht mit feinen Zügen, einen dünnen Oberlippenbart und strohblondes Haar mit Geheimratsecken. Als Harry Benson einen Blick auf die rustikale Blockhütte aus Zedernholzbohlen warf, bemühte er sich zu lächeln. Er sah zu dem frischen Holzstapel und zerrte nervös an seinem Krawattenknoten. „Ich sehe, du treibst Sport."

„Sport?", fragte Brett gedehnt. „Vermutlich kann man das so nennen, ja." Amüsiert blickte er ihn aus seinen stahlblauen Augen an, sein Mund verzog sich zu einem ironischen Lächeln. Während er den jüngeren Mann aufmerksam beobachtete, lehnte er sich gegen den Verandapfosten. „Was kann ich für dich tun, Harry?", fragte er schließlich und beugte sich vor. „Du bist doch sicher nicht hier, weil dir die Fahrt so gut gefällt. Willst du ein Bier?" Fragend hob er eine Braue, aber er wusste, dass er die alte Zuneigung für Harry nicht ganz aus seiner Miene verbannen konnte.

„Ich glaube nicht." Selbstgefällig lächelte Harry. Schließlich wusste er, dass er drauf und dran war, eine Bombe platzen zu lassen. „Aber du hast recht. Es hat sich etwas ergeben."

„Und das wäre?"

„Dass du wieder am Grant-Mills-Fall arbeitest."

„Guter Witz. Du hast noch einen Versuch."

„Ich meine es ernst, Brett", erwiderte Harry. „Erinnerst du dich an Billie Henshaw?"

„Ja. Was soll mit ihr sein?", fragte Brett und verzog das Gesicht.

Billie Henshaw war Grant Mills' Geliebte gewesen – und seine Komplizin. Sie hatte in der Maklerfirma gearbeitet, die eigentlich die Pfandbriefe an die First Security Bank weiterleiten sollte, die der Bank im Gegenzug für Kredite versprochen worden waren. Ohne Billies Machenschaften hätte das Verbrechen niemals begangen werden können: Sie hatte sämtliche Unterlagen des Maklerbüros über die Anleihen vernichtet, bevor sie die wertvollen Pfandbriefe an die First Security und damit an ihren Geliebten Grant übermittelt hatte.

„Billie ist tot. Sie ist in der Sierra Nevada mit dem Flugzeug abgestürzt."

Brett erstarrte förmlich. „Was?", rief er ungläubig. Unvermittelt wurde ihm bewusst, was nun auf ihn zukommen würde. Wütend ballte er die Hände zu Fäusten.

Im Bestreben, sich von seinem Stiefvater zu befreien, hatte Brett Monate darauf verwandt, nach Billie Henshaw zu suchen. Er hielt sie für eine mögliche Spur zu Grant Mills.

„Billie und ihr Reisegefährte wurden dabei getötet", ergänzte Harry.

„Verdammt!" Brett steckte die Hände in die Hosentaschen und bemühte sich, ruhig zu bleiben. „Aber Grant Mills war nicht an Bord?"

„Nein."

Natürlich nicht. In diesem Fall war gar nichts einfach gewesen. Mit einem Blick zum Himmel verfluchte Brett stumm die grauen Wolken, Grant Mills, die First Security Bank und Jim Benson – vor allem Jim Benson. „Wer war mit ihr in dem Flugzeug?"

„Jake Weathers, der Pilot."

„Mistkerl!", brummte Brett. „Nur Jake? Nicht auch sein Bruder Karl?" Die Weathers-Brüder waren ebenfalls an der Unterschlagung beteiligt gewesen. Als Sicherheitsbeamter hatte Jake in der Bank gearbeitet, während sein jüngerer Bruder Karl dabei geholfen hatte, die

Flucht zu planen. Bislang war kein Mitglied der vierköpfigen Verbrecherbande gefasst worden.

„Nein. Karl war nicht bei ihnen."

„Aber ..."

„Ich weiß. Für gewöhnlich hing Karl mit ihnen herum. Diesmal aber nicht. Und was Grant und Billie angeht ... Wer weiß? Vielleicht haben sie sich einvernehmlich getrennt. Oder sie hat ihn ausgebootet."

„Oder er ist tot", dachte Brett laut und verspürte plötzlich rasende Kopfschmerzen. „Dann wisst ihr immer noch nicht, wo er ist?"

„Nein."

„Oder ob er überhaupt lebt?"

„Am Leben ist er, das ist sicher. Einige der gestohlenen Pfandbriefe wurden in dem Wrack gefunden. Wie viele geborgen werden konnten, kann man momentan noch nicht mit Sicherheit sagen. Aber die US-Bundesluftfahrtbehörde FAA und das FBI gehen der Sache auf den Grund."

Brett erholte sich langsam von den schlechten Neuigkeiten. Allmählich konnte er wieder klar denken. „Wann ist es passiert?"

„Letzte Woche."

„Letzte Woche?", wiederholte er und atmete langsam aus. „Und wieso habt ihr so lange gebraucht, um hier aufzutauchen?"

„Dad wollte sicher sein, dass Mills am Leben ist."

„Und das ist er jetzt?"

„Zu 99 Prozent."

„Und das restliche Prozent?"

„Ist ein Prozent Zweifel. Wir sind also wieder ganz am Anfang. Genau wie an dem Tag, als wir entdeckt haben, dass die Pfandbriefe und Mills fehlen."

„Heilige Muttergottes", fluchte Brett leise und entschied sich, sofort zum Punkt zu kommen. Da er die Antwort auf seine Frage eigentlich schon kannte, lehnte er sich zurück und blickte seinem Stiefbruder direkt in die Augen. „Und was geht mich das an?"

„Rate mal."

Bretts Antwort fiel kurz aus. „Ich habe keine Zeit für Spielchen."

Das süffisante Lächeln auf Harrys Gesicht verschwand. Plötzlich wirkte er wieder wie der kleine Junge, an den Brett sich gern erinnerte. „Okay, dann sage ich es dir eben: Du bist wieder dran an dem Fall – ob du willst oder nicht."

„Ich weiß nicht, wie ihr auf diesen Gedanken kommt", gab Brett zurück.

Harry schüttelte den Kopf und lächelte. „Aber sicher weißt du das. Mit Billies und Jakes Tod haben wir unsere heiße Spur zu Mills verloren. Karl ist seit dem letzten Februar verschwunden. Es sieht im Moment so aus, als könnte er zusammen mit Mills aus dem Flugzeug gesprungen sein."

„Und?"

„Du warst der Detektiv, der Billie und Jake aufgespürt hat."

„Und ich schulde der First Security über hunderttausend Dollar für dieses Stück Land", murmelte Brett vor sich hin. Das Land, das eigentlich mir zugestanden hätte, dachte er verbittert und verschränkte die Arme vor der Brust. Doch es würde nichts bringen, den alten Streit heraufzubeschwören. Rechtlich gesehen hatte Jim Benson alles richtig gemacht. Moralisch gesehen lag die Sache jedoch völlig anders.

„Jedenfalls möchte Dad, dass du die Untersuchung wieder aufrollst und Mills findest", fuhr Harry fort.

„Der gute alte Dad", brummte Brett und warf Harry einen zynischen Blick zu. „Es hat ihm wirklich zugesetzt, dass Mills mit dem Geld abgehauen ist, was?"

Verärgert sah Harry ihn an. „Selbstverständlich hat es das. Herrgott noch mal, es geht hier ja schließlich um eine Million Dollar!"

„Außerdem steht der Stolz des Alten auf dem Spiel."

„Dad mag es nicht, zu verlieren."

Brett schnaubte zustimmend und strich sich über den verspannten Nacken. Wie zum Teufel war er überhaupt in diesen Schlamassel geraten? Ganz klassisch war er wohl einfach zum falschen Zeitpunkt am falschen Ort gewesen. Und er war mit den falschen Leuten verwandt. Er rieb sich den Nasenrücken und versuchte, sich zu konzentrieren. „Es ist vorbei. Mills hatte keine Freunde, die Hälfte seiner Bande ist tot, und der letzte Verbündete, der uns zu ihm führen könnte, wird vermisst. Ich habe Billie ausfindig gemacht und damit meine Schuld beglichen. Was könnte ich überhaupt noch tun?"

„Sprich mit seiner Frau."

„Nein." In Bretts Augen war Bethany Mills frei von jeder Schuld. Außer von der Schuld, den falschen Mann geheiratet zu haben. Aber Brett musste seinem Stiefvater Grenzen setzen, wenn er sich nicht wieder und wieder herumkommandieren und erniedrigen lassen wollte. „Wir hatten einen Deal", gab er zu bedenken.

„Der ist geplatzt." Harry ließ seine Aktentasche aufschnappen und zog einen großen braunen Briefumschlag hervor. „Hier sind die Informationen zum Flugzeugabsturz. Außerdem alles, was wir zusätzlich herausfinden konnten. Ich nehme an, du besitzt Kopien aller Berichte, die du damals ins Büro geschickt hast?"

Zorn blitzte in Bretts Augen auf, doch er nahm das dicke Päckchen an sich. „Macht ihr es euch nicht ein bisschen zu leicht?"

„Du hast Mills noch nicht aufgespürt."

Kochend vor Wut rieb Brett sich das Kinn und versuchte das Gefühl zu unterdrücken, dass er manipuliert wurde. Schon wieder. „Ich möchte nichts mehr damit zu tun haben", sagte er deshalb schroff.

„Wie du so schön gesagt hast: Wir hatten einen Deal. Und du hast deinen Teil der Abmachung nicht eingehalten."

„Es ist nicht meine Schuld, dass das Flugzeug abgestürzt ist."

„Ich weiß."

Brett trat auf Harry zu, baute sich vor dem jüngeren Mann auf und blickte ihn direkt an. In seinen Augen suchte er nach dem Harry, den er früher gekannt und gemocht hatte, aber der Mann vor ihm war ihm fremd geworden. „Sag dem Alten, dass ich raus bin", sagte er ruhig. „Ich bin fertig damit, im Leben anderer herumzuwühlen. Ich möchte einfach in Ruhe gelassen werden."

„Damit du dich um den Verstand trinken kannst?"

Brett lachte auf. Das dachte Harry also! „Um das zu tun, was mir gefällt", korrigierte er.

„Dann musst du eben den Preis bezahlen. Sonst wird Dad dieses Land einem anderen verkaufen."

„Hat er das gesagt?", fragte Brett.

„Mehr oder weniger."

„Toll! Einfach toll!" Mit einem Seufzer fuhr sich Brett durch sein dichtes schwarzes Haar. Um sich zu beruhigen, sah er hoch in den Himmel hinauf – doch tief in seiner Seele tobten die Gefühle. Er hasste Jim Benson; hasste es, für diesen Mann zu arbeiten; hasste alles, was mit ihm zusammenhing. Aber er hatte keine andere Wahl. Das Einzige, was ihm noch geblieben war, waren diese wenigen Morgen Land. Die Arbeit hier verlieh seinem Leben einen Sinn. Dieses Stückchen Erde gab ihm Hoffnung, verhinderte, dass er aufgab. „Ich weiß nicht ..."

„Deine Entscheidung", sagte Harry und zuckte mit den Schultern.

Frustriert hätte Brett am liebsten mit den Zähnen geknirscht. Er saß in der Falle – und Jim Benson triumphierte. Wieder einmal. „Wenn ich euch helfe, dann kostet es mehr."

„Das hat Dad erwartet."

„Wieso ist er nicht selbst gekommen?"

„Er weiß, dass du ihn nicht magst."

„Gelinde gesagt!", erwiderte Brett. Sein kalter Blick traf den modisch gekleideten jungen Mann, der so etwas wie ein Bruder für ihn war. Harry hatte sich über die Jahre verändert, aber nicht zu seinem Vorteil. Unwillkürlich fragte Brett sich, wie sich das unschuldige, unbeschwerte Kind von früher nur zu diesem langweiligen Mann entwickeln konnte, der nun vor ihm stand. „Wird es ihn nicht ärgern, dass er noch mehr Geld ausgeben muss?"

„Nicht allzu sehr."

„Das überrascht mich. Ich dachte, dein Vater denkt ausschließlich ans Geld."

„Nur, weil du ihm nie eine Chance gegeben hast ...", setzte Harry an, wobei seine kühle, glatte Fassade zu bröckeln schien.

„Das ist nicht wahr, Harry. Ich habe es versucht." Brett massierte sich die Schläfen. „Wie auch immer, es ist egal. Was will er genau?"

Harry räusperte sich. „Die Bank will, dass Grant Mills aufgespürt und verurteilt wird. Seit er letztes Jahr diese Nummer abgezogen hat, haben weitere sechs Mitarbeiter versucht, Geld zu unterschlagen. Einer hat sogar die gleiche Taktik anwenden wollen wie Mills und dieser berüchtigte Flugzeugentführer D. B. Cooper, der in den 70er-Jahren aus einem Linienflugzeug gesprungen ist."

„Aber der hatte nicht so viel Glück wie die beiden."

„Stimmt. Der Punkt ist, dass die First Security Bank zur Zielscheibe geworden ist. Die öffentliche Aufmerksamkeit rund um Mills' Verbrechen und seine Flucht haben ihn zum Lokalheld werden lassen", erklärte Harry. „Und im Moment sind Banken außerdem nicht gerade beliebt."

„Waren sie das denn jemals?"

Harry schürzte die Lippen, sodass sein dünner Schnurrbart zuckte. „Vielleicht nicht. Die Schließungen der Sägewerke in Oregon, die Zwangsversteigerungen der Farmen im Mittleren Westen ... Das setzt dem Ruf aller Banken natürlich zu." Er zuckte die Schultern. „Wir können es uns nicht leisten, wenn ein Dieb wie Grant Mills zum Helden hochgejubelt oder gar nachgeahmt wird."

„Und was soll ich dabei tun?"

„Finde ihn. Und gib dieses Mal nicht auf – selbst wenn die Spur noch so schwach ist."

Bretts Schultern verkrampften sich. Billie Henshaw und Jake Weathers konnte man nicht gerade eine „schwache Spur" nennen. Beide waren beim Diebstahl der Pfandbriefe aus der Bank mit von der Partie gewesen. Ohne die beiden hätte Mills den Raub niemals durchziehen können. In mühseliger Kleinarbeit hatte Brett versucht, sie ausfindig zu machen. Als es ihm endlich gelungen war, hatte Jim Benson es zufrieden hingenommen. Trotzdem hatte er Brett dieses Grundstück nicht übertragen. Nun sah es so aus, als würde er es nie tun. „Ein Deal ist ein Deal."

Mit einer Handbewegung wischte Harry Bretts Wut beiseite. „Und du hast ihn nicht eingehalten. Dieses Mal besteht der Alte darauf, dass du dein Programm durchziehst – bis du Mills gefunden hast."

„Kümmert sich denn nicht das FBI darum?"

„Schon möglich. Aber du bist derjenige, der Henshaw und Weathers aufgespürt hat."

„Ich bin also das Ersatzteam?"

„Die First Security sieht es nicht so."

Eindringlich betrachtete Brett seinen Stiefbruder. „Ich bin fertig damit."

„Dann wird Dad sich gezwungen sehen, das Land zu verkaufen."

„Gezwungen!", gab Brett zornig zurück. „Zum Teufel damit! Hat er dir etwa diese Geschichte aufgetischt?"

Harry zuckte nervös mit den Schultern.

Verblüfft fragte Brett: „Das hast du doch nicht wirklich geglaubt, oder? Komm schon, Harry, du kennst mich …"

„Das kannst du mit Dad direkt klären. Du könntest mal anrufen, weißt du? Aber du hast ja kein Telefon."

Mit Mühe kämpfte Brett die heiße Wut in sich nieder. Die Wut, die seit Robertas Tod in ihm tobte. Roberta, die der einzige Lichtblick in seinem elenden Leben gewesen war …

Frustriert bedachte Brett den jüngeren Mann mit einem scharfen Blick. Ihm blieb keine andere Wahl. Vielleicht hatte er in seinem Leben nicht viel zustande gebracht, aber dieses Ziel würde er auf jeden

Fall erreichen: das Einzige zu retten, das ihm noch etwas bedeutete. Und zwar mit allen Mitteln. „Okay, Harry“, seufzte er. „Ich werde versuchen, Mills zu finden. Aber du sorgst dafür, dem alten Mann klarzumachen, dass er nicht so billig davonkommt.“

„Das ist ihm klar. Wenn du uns zu Mills führst und wir ihn verhaften lassen können, sind alle deine Schulden beglichen.“

„Das will ich schriftlich haben.“

Ein flüchtiges Lächeln huschte über Harrys Gesicht. „Selbstverständlich. Du vertraust Dad immer noch nicht, was?“

„Tust du es denn?“

„Er ist mein Vater.“

„Das ist keine Antwort.“

Harrys Auge zuckte nervös. „Natürlich vertraue ich ihm.“

„An deiner Stelle würde ich nicht zu sehr darauf zählen, Präsident der Bank zu werden“, empfahl Brett. „Das hat er dir doch versprochen, oder?“

Über dem engen Kragen seines schicken Hemds hüpfte Harrys Adamsapfel auf und ab. „Bleiben wir einfach beim Thema, ja?“

Als Brett ihn so betrachtete, packte ihn ein plötzliches Gefühl der Reue. Schon vor Jahren hätte er seinem Stiefbruder zur Seite stehen sollen – bevor Harry seine Unabhängigkeit aufgegeben hatte und zum Ebenbild seines Vaters geworden war. Vielleicht hätte seine Hilfe etwas bewirkt … Oder vielleicht auch nicht. „Es besteht die Chance, dass Mills tot ist.“

„Dann musst du es einfach beweisen.“

Mit gerunzelter Stirn blickte Brett erneut in den Himmel. Dunkelgraue Wolken schienen fast die Kronen der stattlichen Tannen zu streifen. Allmählich legten sich Nebelschleier über die Ausläufer des Gebirges. „Ganz einfach, nicht wahr?“, fragte er sarkastisch.

„Sollte es für dich zumindest sein.“ Mit diesem Satz drehte sich der junge Banker um und ging zu seinem Wagen. An der Tür blieb er stehen und zögerte. „Ach, und Brett?“

„Ja?“

„Nur noch eine Sache.“

„Die wäre?“

„Vermassle es nicht.“ Mit einem freundlichen Lächeln öffnete der Sohn des Inhabers und Präsidenten der First Security Bank die Tür seines Autos.

„Ich werde mein Bestes geben“, erwiderte Brett und verzog bei Harrys Worten den Mund zu einem breiten Lächeln. Vielleicht gab es Hoffnung für den Jungen. „Ich hätte da nur noch eine Frage.“

„Schieß los.“

An die Veranda gelehnt, fragte Brett: „Was ist mit dir geschehen, Harry? Was zum Teufel ist nur mit dir passiert? Ich erinnere mich an Zeiten, da bist du gerne angeln gegangen, hast ein Bierchen getrunken und hast mit all den Mädchen angegeben, bei denen du angeblich gelandet bist. Jetzt bist du einfach nur ein Abklatsch deines alten Herrn. Dich interessiert nur noch Geld und sonst nichts.“

Kurz zögerte Harry, sah dann aber finster zu Brett. „Wir werden alle mal erwachsen.“ Als er den Blick über die gezimmerte Blockhütte, den verbeulten Jeep und Bretts schmutzige, verschwitzte Kleidung schweifen ließ, fügte er hinzu: „Na ja, zumindest die meisten.“ Mit diesen Worten stieg er ins Auto, fuhr die Auffahrt entlang und verschwand hinter den Bäumen.

„Und manchmal ist das eine verdammte Schande“, murmelte Brett. Er warf sich seine Jacke über die Schulter und ging in die Hütte. Drinnen streifte er zügig die Kleidung ab.

Nach einer entspannenden heißen Dusche öffnete er eine Flasche Bier und setzte sich an seinen Schreibtisch. Er legte den Inhalt des Umschlags auf die zerkratzte Oberfläche des alten Eichentisches. Die meisten Informationen waren zu erwarten: kurze Zeitungsartikel über den Flugzeugabsturz, seine eigenen Notizen aus der Zeit, als er versucht hatte, das Puzzle zusammenzusetzen. Es hatte ihn einige Zeit gekostet, die Zusammenhänge zu verstehen und herauszufinden, welche Rolle Billie und die Weathers-Brüder dabei gespielt hatten. Doch nun waren Billie und Jake tot – und niemand wusste, was aus Karl geworden war.

Kopfschüttelnd machte sich Brett daran, die Berichte zu lesen. Schließlich kam er zum letzten Beweisstück in der Akte, einem Foto von Grant Mills’ Frau Bethany.

Brett lehnte sich in seinem Stuhl zurück und legte die Füße auf den Tisch. Nach einem großen Schluck Bier betrachtete er das Schwarz-Weiß-Bild eindringlich. Ganz gleich, wer sie war und wo sie sich aufhielt: Diese Frau war seine einzige Chance, Grant Mills zu finden – und dieses kleine Stückchen Land zu retten.

Vom Foto schweifte sein Blick über die grobe Einrichtung der Blockhütte. Klein, zugig und alt war sie.

Seine Großeltern hatten diese Hütte nach der Weltwirtschaftskrise errichtet und jeden Sommer hier verbracht. Nachdem sie gestorben waren, hatte ihr einziges Kind sie geerbt: seine Mutter. Danach war das Haus Teil ihrer Mitgift geworden, als sie in die Benson-Familie eingeheiratet hatte – einer Familie, die weder sie selbst noch ihren unehelichen Sohn je wirklich akzeptiert hatte. Nach dem Tod seiner Mutter war ihr gesamter Besitz auf ihren Ehemann übergegangen: auf Jim Benson, Bretts Stiefvater.

Und nun musste Brett darum kämpfen, das Einzige, was seinem Leben noch Sinn gab, zurückzubekommen. Es gehörte schließlich zu ihm!

Missmutig trank er sein Bier aus, stellte die leere Flasche ab und schleuderte Bethany Mills' Foto von sich. Sein Magen verkrampfte sich. Bislang hatte er es vermieden, Grant Mills' Ehefrau zu benutzen, um den Mann aufzuspüren. Aber dieses Mal hatte er keine andere Wahl: Um sein Ziel zu erreichen, musste er alle Hebel in Bewegung setzen, einfach jede Chance wahrnehmen – Bethany Mills eingeschlossen.

2. KAPITEL

Wenn Bethany sich nicht umgesehen hätte, dann wäre der Unfall vielleicht zu verhindern gewesen. Immer wieder fragte sie sich, ob sie von dem Mann verfolgt wurde, den sie auf dem Parkplatz des Supermarktes dabei erwischt hatte, wie er sie beobachtete. Ihre Einkäufe waren in den beiden Satteltaschen ihres 10-Gang-Fahrrads verstaut. Angestrengt trat sie an dem Hügel, auf dem ihr Haus lag, in die Pedale und versuchte zu ignorieren, dass es wie aus Kübeln goss – und sie das Gefühl hatte, dass jemand ihr auflauerte. Und dann passierte es: Sie blickte auf, schnappte erschrocken nach Luft und wollte ausweichen.

Ein kleiner brauner Hund rannte die Eisenbahnschienen entlang, die über die Straße führten. Neben dem Hündchen lief Jenny, Bethanys kleine Nachbarin. Als Jenny Bethany erkannte, blieb sie wie angewurzelt mitten auf der Straße stehen. Der Welpe tat es ihr gleich. Die beiden standen genau zwischen Bethany, die mit dem Fahrrad den Berg hinauffuhr, und einem roten Auto, das mit Vollgas die regennasse Straße hinunterschlingerte.

„Jenny! Vorsicht!", schrie Bethany. Mit ihrer rechten Hand drückte sie die Handbremse, streckte die andere aus, um nach dem Kind zu greifen. Dass es unvermeidlich zum Sturz kommen müsste, war ihr bewusst. Dennoch beugte sie sich noch weiter nach vorn, um den weichen Stoff von Jennys verschlissenem Sweatshirt zu fassen zu bekommen. Inständig betete sie, dass sie und das Kind dem Wagen nicht direkt vor die Räder fallen würden. Als Bethany nun ruckartig an Jennys Shirt zog, rutschte das Vorderrad in einer Pfütze weg, geriet in eine Eisenbahnschwelle. Bethany verlor den Halt und wurde über den Lenker geschleudert. Mit einem dumpfen Aufschlag, der all ihre Knochen durchrüttelte, landete sie auf der Grasfläche am Straßenrand. Instinktiv rollte sie sich von der Straße weg, um wieder auf ihre Füße zu kommen und nach dem Mädchen zu greifen. Doch auf dem feuchten Gras rutschte sie aus und verletzte sich am Knöchel. Sie konnte nichts weiter tun, als voller Entsetzen das Geschehen zu betrachten.

„Jenny! Oh mein Gott, nein!"

Die Reifen quietschten, als der rote Sportwagen um das verängstigte Mädchen herumschlitterte. Die Stoßstange des Autos erfasste Bethanys Rad und schleuderte es in die Luft. Nur knapp verfehlte der

Raser Jenny und das Hündchen – und setzte seine Fahrt einfach fort, preschte in wilden Schlangenlinien den Berg hinunter. Das Fahrrad landete etwa drei Meter weiter im Graben.

So benommen, wie Bethany war, hatte sie nicht einmal den Autofahrer sehen, geschweige denn sich das Kennzeichen merken können. Blitzschnell kletterte sie aus dem Graben heraus, ignorierte dabei den stechenden Schmerz in ihrem Bein und rannte zu Jenny. „Schätzchen, geht es dir gut?"

Schluchzend schlang Jenny ihre Arme um Bethanys Beine und drückte sich an sie. „Bitte sei nicht böse auf mich."

„Das bin ich nicht, Süße. Ich will nur sicher sein, dass es dir gut geht."

Kurz zuckte Bethany vor Schmerz zusammen, als sie sich nun vor Jenny kniete. Sie strich dem Mädchen die schwarzen Locken aus dem Gesicht und blickte in die großen, tränenfeuchten Augen. „Tut dir etwas weh?"

Jenny schüttelte den Kopf.

„Gut. Ich wünschte, ich könnte das über mich auch sagen", sagte Bethany, küsste das kleine Mädchen und sah dem roten Wagen hinterher. „Idiot!", rief sie ärgerlich, als das Auto um eine letzte Kurve und damit außer Sicht raste.

Bethany wischte sich mit einer Hand den Schmutz aus dem Gesicht und richtete sich auf. Wieder spürte sie einen äußerst schmerzhaften Stich in ihrem Knie. Sie verlagerte ihr Gewicht auf das unverletzte Bein und zog eine Grimasse, als sie den Schaden an sich untersuchte. Ihre Jeans war am Knie aufgerissen. Ihr Schienbein war aufgeschürft und blutete. Sie konnte die Schnittwunde an ihrem Kinn fühlen, ebenso ihre schmerzende Hüfte. Doch soweit sie es beurteilen konnte, hatte sie sich nichts gebrochen.

„Glück gehabt", murmelte sie und strich sich die Haare aus dem Gesicht. Sie erschauerte, als ihr klar wurde, dass Jenny um Haaresbreite überfahren worden wäre. „Weiß deine Mutter, dass du hier bist?", fragte sie das Mädchen.

Jenny zuckte die Achseln, den Blick unentwegt auf den nassen Boden geheftet.

„Das dachte ich mir. Ich glaube, wir gehen besser nach Hause und sagen ihr, was passiert ist. Findest du nicht auch?"

Heftig schüttelte Jenny den Kopf.

Bethany seufzte. Natürlich wollte sie nicht, dass die Kleine Schwierigkeiten bekam. Dennoch führte kein Weg daran vorbei: Jenny hätte ernsthaft verletzt oder gar umkommen können. Der Fahrer des Autos hatte sich nicht einmal die Mühe gemacht, anzuhalten.

Wieso eigentlich nicht?

Als sie Jenny bei der Hand nahm und mit ihr den Hügel hinunter zum Fahrrad ging, ließ Bethany die furchtbare Szene noch einmal Revue passieren.

Sie erinnerte sich an den plötzlichen Regenschauer, als sie gerade nach Hause aufbrechen wollte. An ihre Angst, dass der Mann, der vor dem Lebensmittelladen in seinem Auto saß und Zeitung las, auf sie wartete. Sie wusste noch, dass sie kräftig in die Pedale getreten war und den Kopf gesenkt hatte, um sich gegen den Regen zu schützen, der ihr in den Nacken gelaufen war. Als Nächstes sah sie das Auto aufblitzen, das den Hügel heruntergeschossen kam. Beim Vorbeifahren hatte sie die Rockmusik aus dem Autoradio und das Quietschen der Reifen gehört. Flüchtig hatte sie hinter dem Steuer die blonden Haare des Fahrers ausmachen können.

Wahrscheinlich ein Teenager, der Angst hatte, einen Strafzettel für grob fahrlässiges Verhalten zu bekommen. Innerlich glühte sie vor Zorn, als sie an die Rücksichtslosigkeit des Fahrers dachte. Dann kam ihr plötzlich ein anderer, ein schrecklicher Gedanke.

Vielleicht war dieser Beinahezusammenstoß ja gar kein Unfall!

„Deine Fantasie geht mit dir durch“, schalt sie sich wieder einmal. Während sie sich den Schmutz von den Händen wischte, versuchte sie, ihre Gedanken zu ordnen. Weder die First Security Bank noch das FBI hatten sie in letzter Zeit kontaktiert. Wieso konnte sie also das ungute Gefühl nicht abschütteln, dass sie beobachtet wurde?

„Du hast sie nicht mehr alle“, murmelte sie ärgerlich.

„Was?“, fragte Jenny unschuldig. „Was hast du nicht mehr?“

„Alle Tassen im Schrank“, antwortete Bethany leise. Als sie sah, dass Jenny verwirrt dreinblickte, fügte sie hinzu: „Ach, das war nicht wichtig.“ Sie lächelte das Kind an und unterdrückte den Schmerz, den sie beim Laufen verspürte. Kurz schaute sie sich um und bemerkte, dass das Hündchen keine Verletzungen davongetragen hatte.

Als sie sich nun ihrem Rad näherten, musste sie jedoch feststellen, dass kaum mehr als ein Haufen Schrott davon übrig geblieben war. Das verbogene Vorderrad drehte sich noch immer. Einzelne Speichen hatten sich aus der Felge gelöst. Die Enden der zerrissenen Kette baumelten lose herab. Die Gangschaltung war ebenfalls kaputt. Quer über die Straße verstreut lagen die wenigen Einkäufe, die sie in den Satteltaschen transportiert hatte.

„Wundervoll!", flüsterte sie und richtete sich auf. „Einfach wundervoll." Der braune Welpe schlich zu ihr herüber, sein Schwänzchen zwischen die Beine geklemmt. „Das alles ist deine Schuld, weißt du das?", schimpfte sie zuerst, konnte dem mitleiderregenden, dünnen Tierchen aber nicht böse sein. „Gehört er dir?", fragte sie Jenny.

Doch das kleine Mädchen überging die Frage einfach. „Darf ich ihn behalten?"

„Ich weiß nicht. Wo hast du ihn denn gefunden?"

Unsicher sah Jenny sie an. „Er ist mir gefolgt."

„Und was hast du hier gemacht?"

„Auf dich gewartet", gab Jenny stolz zurück. „Ich hab dich auf deinem Rad gesehen und wusste, dass du bald vom Einkaufen kommst."

Ein plötzlicher Schmerz ließ Bethany zusammenzucken. „Aber du weißt doch, dass du in eurem Garten bleiben sollst."

Betrübt senkte Jenny den Blick. Beinahe wirkte sie, als sei sie ernsthaft bestraft worden. Bethany spürte, wie sich ihr Herz vor Mitgefühl zusammenzog. „Wir müssen uns ja nicht jetzt darüber Gedanken machen. Hilfst du mir, das Fahrrad den Berg hochzuschieben?"

Sofort hellte sich Jennys Miene auf. Bethany tätschelte den braunweiß gescheckten Welpen, der ihr zur Belohnung mit seiner feuchten, warmen Zunge die Handfläche abschleckte.

„Und du gehst besser nach Hause", forderte Bethany den Hund auf. Sie sammelte die Lebensmittel ein und packte sie wieder in die ramponierten Seitentaschen.

„Er kann doch mit zu mir nach Hause kommen!", verkündete Jenny.

„Wahrscheinlich hat er schon ein Zuhause", gab Bethany zu bedenken, obwohl sie es bezweifelte, wenn sie bedachte, wie dürr der kleine Hund aussah.

„Nein, hat er nicht. Darum ist er mir doch gefolgt."

„Ich glaube, es war wohl eher umgekehrt", erinnerte Bethany das Kind. „Außerdem bin ich mir nicht sicher, ob deine Mom es so gerne hätte, wenn du ihn mitbringst."

„Aber sie mag Hunde!", rief Jenny und drehte sich zu dem abgemagerten Hündchen um, das eifrig mit seinem Schwanz wedelte und schnurstracks auf sie zulief.

„Das hoffe ich“, sagte Bethany leise, als der Welpe hinter ihnen hertrottete und ihre stillen Hinweise, doch nach Hause zu gehen, einfach ignorierte.

Jennys Mutter Linda Porter hörte Bethany aufmerksam zu, als diese schilderte, was vorgefallen war. Ihre Augen weiteten sich vor Entsetzen. „Oh Gott“, flüsterte sie und lehnte sich Halt suchend gegen den Türpfosten. „Und der Fahrer hat nicht angehalten?“

„Nein.“ Bethany erschauerte bei dem Gedanken.

„Und das alles nur, weil Jenny diesem Hund hinterherlief?“, fragte Linda. Sie blickte zu dem pitschnassen, bemitleidenswert aussehenden Welpen. Dieser jaulte gerade aufgeregt ein Eichhörnchen in den blätterlosen Ästen der Bäume in der Nähe des kleinen Hauses an.

„Können wir ihn behalten?“ In ihrer Unschuld ahnte Jenny nicht, wie ihrer Mutter zumute war.

„Das geht nicht.“ Linda schlang die Arme um ihre Tochter und drückte sie fest an sich. „Du weißt doch, dass wir keine Hunde haben können. Dein Bruder Joey ist allergisch gegen Hunde“, erinnerte sie ihre Tochter. „Aber darum geht es jetzt gar nicht.“ Allmählich machte die Sorge ihrem Ärger Platz.

„Aber ich will ihn …“

„Vergiss das am besten gleich wieder.“ Linda rollte mit den Augen, als Jenny zu weinen begann. „Eigentlich solltest du dich schämen, Jennifer. Du weißt ganz genau, dass du den Garten nicht verlassen sollst! Du hättest von diesem Auto überfahren werden können!“

Mit gesenktem Blick betrachtete Jenny die Dielen der Veranda.

„Der Hund muss gehen“, beharrte Linda und sah zu Bethany. „Wir können ihn wirklich nicht behalten, selbst wenn er kein Zuhause hat. Aber wahrscheinlich hat er eines.“

„Wahrscheinlich“, stimmte Bethany ihr zu.

„Kommst du auf eine Tasse Kaffee mit rein?“, bot Linda an, doch Bethany lehnte ab.

„Ich sollte jetzt besser den Schaden genauer untersuchen“, sagte sie und deutete auf das kaputte Fahrrad.

„Komm doch später vorbei.“

„Ein anderes Mal gern.“ Bethany winkte Jenny zum Abschied zu. Als sie Mutter und Tochter so zurückließ, versuchte sie, den Stich in ihrem Herzen zu ignorieren. Sie schob ihr Fahrrad die letzten paar

Meter zu ihrem eigenen Haus, und das Hündchen folgte ihr mitleidsvoll winselnd.

„Vielleicht hast du dich verlaufen?“, überlegte Bethany laut, nachdem sie das Rad zwischen ihrem Auto und dem aufgestapelten Holz durchgezwängt und in der Garage verstaut hatte. Der Hund stand am Rand ihres Gartens, die an der Spitze schwarzen Ohren aufgestellt, den Kopf leicht zur Seite gelegt. Vom Regen durchnässt und das Fell vom kalten Dezemberwind zerzaust, kauerte er unter dem kahlen Ahornbaum. Die kleine verlassene Kreatur, die offenbar niemand wollte, zitterte erbärmlich.

„Geh doch nach Hause“, wiederholte Bethany, schloss aber schon die Tür auf, die von der Garage in die Küche führte. Sobald die Tür offen stand, gab sie ihre unnachgiebige Haltung auf, lächelte und winkte dem liebenswerten Hündchen zu. „Du erkennst eine leichte Beute, wenn du sie siehst, was? Na, dann komm herein. Du siehst so aus, als könntest du ein warmes Bad und eine heiße Mahlzeit vertragen. Und ich könnte das auch.“

Ohne weitere Aufforderung sprang der Kleine die Einfahrt hinauf, durch die Garage und in die Küche.

Bethany lachte leise. Gerade als sie das Garagentor schließen wollte, schoss ihr der lästige Gedanke wieder durch den Kopf. *Wieso hat der Fahrer des roten Autos nicht angehalten?* War er abgelenkt gewesen, vielleicht in Gedanken verloren wie sie selbst? So sehr, dass er kaum reagieren konnte? Oder war dieser Beinahezusammenstoß eher geplant als zufällig gewesen? „Du bist doch übergeschnappt“, ermahnte sie sich erneut. Nervös suchte sie die menschenleere Straße ab.

Sie sah niemanden. Trotzdem hatte sie das Gefühl, dass sie beobachtet wurde, dass sie aus der Ferne observiert wurde. Im eisigen Wind zitterte sie, als sie den Blick über die kahlen Bäume, das ungeschnittene Gras und die blütenlosen Büsche der umliegenden Häuser schweifen ließ. Dann schlug sie das Garagentor zu und sagte sich selbst, wie töricht sie sich verhielt. Niemand beobachtete sie. Hier in Portland war sie sicher vor der Vergangenheit und vor dem Schmerz, den sie in Boise hatte erleiden müssen.

Während des ganzen restlichen Wochenendes wurde Bethany dieses gespenstische Gefühl nicht los, dass sie beschattet wurde. Allerdings war es auch nicht mehr als ein Gefühl, das ihr eine Gänsehaut verschaffte. Sie hatte keinen Verfolger bemerkt, keinen Fremden dabei erwischt, wie er sie von Weitem anstarrte. Dennoch konnte sie nicht anders, als sich immer wieder umzublicken, wenn sie mit dem Hündchen nach draußen ging.

Bisher hatte sich niemand gemeldet, der den Hund zurückhaben wollte. Es war ihm nicht nur sofort gelungen, es sich in ihrem Haus gemütlich zu machen. Irgendwie hatte er auch ihr Herz erobert.

Am Montag erkundigte sie sich bei den Nachbarn und gab in der Lokalzeitung eine Annonce in der Rubrik „Fundsachen“ auf. Die Anzeige würde jedoch erst am Donnerstag erscheinen. Vielleicht fordert dann jemand den verspielten Mischling zurück, dachte Bethany traurig.

Der folgende Mittwoch war der letzte Schultag vor den Weihnachtsferien. Bethany hatte sich allmählich entspannt und beinahe überzeugt, dass ihr niemand folgte.

An diesem Nachmittag wurde es schnell dunkel. Sehr zur Freude ihrer Schüler war Schnee vorhergesagt worden.

Nachdem die Kinder schon nach Hause gegangen waren, rückte Bethany noch die Tische im Klassenzimmer zurecht. Sie blickte hinaus durch die lange Fensterreihe – und sah einen Mann, der vor dem Gebäude stand und sie durchdringend betrachtete.

Bethany erschrak so sehr, dass sie nur mit Mühe einen Schrei unterdrücken konnte. Doch als sie nun genauer hinsah, wurde ihr bewusst, dass es sich lediglich um einen Schatten gehandelt hatte. Niemand schlich da draußen herum.

„Du wirst ja langsam paranoid“, sagte sie sich, als sie einen letzten Blick durch das fröhlich geschmückte Zimmer warf, das mit Basteleien aus rotem und grünem Papier dekoriert war. Rote Weihnachtsmänner, grüne Weihnachtskränze und braune Rentiere. Ihre Fünfjährigen hatten die drolligen Figürchen, die nun von der Decke hingen, selbst angefertigt. Weiße Schneemänner aus Watte zierten die Wände.

Erneut blickte sie aus dem Fenster, konnte aber nichts weiter erkennen als die ersten Schneeflocken, die vom grauen Himmel fielen. Weiße Weihnachten, dachte sie gedankenverloren. Plötzlich fühlte sie sich unbehaglich. Dies wäre das erste Weihnachtsfest ihres Kindes gewesen.

Hätte das Baby überlebt, wie sehr hätte das ihr Leben verändert!

„Reiß dich zusammen“, flüsterte sie und unterdrückte die aufsteigenden Tränen. Sie holte rasch ihren Mantel aus dem Schrank. „Du bist einfach müde. Es ist vorbei. Das Baby ist nicht mehr da. Und Grant ist auch weg. Du hast ein neues Leben begonnen. Hier in Portland.“

Bethany schürzte die Lippen, streifte sich ihre Handtasche über die Schulter und griff hinein. Gerade kramte sie nach ihren Schlüsseln, als Marianne, die Schulsekretärin, in das Zimmer geeilt kam.

„Bin ich froh, dass ich dich noch erwische“, rief Marianne. Ihre dunklen Augen leuchteten, als sie Bethany ein farbenfrohes Paket überreichte.

„Oh, danke!“ Bethany betrachtete das wunderschön verpackte Geschenk, bevor sie in das freudestrahlende Gesicht ihrer Freundin blickte. „Das wäre nicht nötig gewesen …“

„Ich wollte es aber. Übrigens, deine selbst gebackenen Schneckennudeln waren einfach himmlisch. Wir haben sie jeden Morgen gegessen.“ Genussvoll verdrehte sie die Augen und lächelte.

„Freut mich, dass sie euch geschmeckt haben.“

„Viel zu gut, fürchte ich“, erwiderte Marianne mit einem Grinsen und tätschelte ihren hervorstehenden Bauch. „Das Baby und ich brauchen diese Extrakalorien eigentlich gar nicht.“

Wie betäubt nickte Bethany nur – sie wusste noch genau, wie sehr sie sich über ihre eigene Schwangerschaft gefreut hatte. Sie versuchte, die Traurigkeit zu vertreiben. „Ach was! Weihnachten ist doch nur ein Mal im Jahr. Da kannst du es dir schon gönnen.“

„Ganz meine Meinung! Ich habe gehofft, du würdest es dir noch mal überlegen und Heiligabend mit Jack und mir feiern.“

„Ich glaube nicht.“

„Aber es ist dein erstes Weihnachten in Portland“, protestierte Marianne und zog fragend eine Augenbraue hoch. „Es sei denn, du hast schon etwas anderes vor?“

„Ich gehe vielleicht Ski fahren“, antwortete Bethany ausweichend.

„Mit diesem Bein, das du dir vor Kurzem auf dem Rad beinahe gebrochen hättest? Von wegen! Also, was steht sonst so auf dem Plan?“

Mariannes Lippen verzogen sich zu einem Lächeln, und ihre haselnussbraunen Augen sprühten geradezu. Bethany steckte das Päckchen in ihre Tasche und sah die zierliche Brünette an. „Was ist das hier? Ein Kreuzverhör?“

„Nein. Aber Jack und ich laden uns immer ein paar Freunde über die Feiertage ein. Da unsere Familien beide an der Ostküste leben, möchten wir den Heiligen Abend mit einigen Leuten verbringen, die im gleichen Boot wie wir sitzen.“

„Damit meinst du mich.“

„Und noch ein paar andere."

„Vielen Dank, aber ..."

Marianne legte ihre Hand auf Bethanys Arm. „Sag jetzt nicht gleich ab. Du musst dich nicht sofort entscheiden. Aber versprich mir, dass du darüber nachdenkst. Es wird viel zu essen und zu trinken geben und sehr viele nette Leute, die dir bestimmt gefallen werden. Wenn du dich also entscheidest, lieber einen gemütlichen Abend vor unserem Kamin zu verbringen, heißen Glühwein zu trinken und Weihnachtslieder zu singen, statt dir deinen Hintern auf den Pisten abzufrieren, dann bring einfach eine Flasche Wein mit und komm vorbei. Gegessen wird um sieben. Und zieh was Bequemes an."

Lächelnd schüttelte Bethany ihren Kopf. Ihre dichten goldbraunen Locken fielen ihr über die Schulter. „Du hast deine Berufung verpasst, weißt du? Du hättest Vertreterin werden müssen."

„Ich glaube nicht ..."

Bethany zwinkerte ihrer Freundin zu. „Du könntest sogar einem Eskimo einen Kühlschrank verkaufen."

Mariannes Miene hellte sich auf. „Dann kommst du also?"

„Ich werde darüber nachdenken." Wieder stöberte sie in ihrer Handtasche herum.

„Da ist noch eine Sache", sagte Marianne, plötzlich ernst.

„Ja?" Endlich fand Bethany ihre Schlüssel und zog sie triumphierend aus der Tasche.

„Heute war ein Mann hier, der dich sprechen wollte."

Bethanys Herz setzte einen Schlag aus. Mit verkrampften Fingern umklammerte sie den kalten Schlüsselring aus Metall. „Wer war es?"

Marianne hob die Schultern. „Ich weiß es nicht. Er sagte nur, dass er dich aus Boise kennt."

„Aber du hast ihn nicht ins Klassenzimmer geführt."

„Ich dachte, du willst nicht, dass er deine Feier stört. Immerhin ist es der letzte Schultag."

„Und?"

Marianne schürzte die Lippen. „Ich hab ihm gesagt, dass du ihn jetzt unmöglich sprechen könntest. Daraufhin wollte er warten. Als ich ihm dann erklärte, dass er nicht einfach in der Schule herumlungern könne, lächelte er und sagte, er verstehe."

„Und dann?", fragte Bethany neugierig.

Marianne zuckte die Achseln. „Dann ist er gegangen."

„Gut.“ Nervös blickte Bethany zum Fenster. „Hat er dir seinen Namen genannt?“

„Nein. Als ich danach fragte, hat er mich unglaublich süß angelächelt und gemeint, er wolle dich überraschen. Er benahm sich, als sei er dein bester Freund.“

„Ich habe nicht viele Freunde in Boise“, flüsterte Bethany fast wie zu sich selbst, als sie ihre Handschuhe überzog und einen warmen Schal um ihren Hals band.

„Ich glaube, an den würdest du dich erinnern.“

„Wieso?“

Unverwandt blickte Marianne Bethany an. „Weil er unvergesslich ist. Er hat etwas an sich …, eine Aura der Macht, würdest du vielleicht sagen.“

Trotz der Anspannung musste Bethany jetzt lachen. „Das würde ich nie über jemanden sagen.“

„Warte, bis du ihn getroffen hast.“

„Ich hoffe, das muss ich nie.“

„Er wirkte nicht wie einer, den man leicht abschüttelt.“

„Wegen seiner ‚Aura der Macht‘? Selbst J. R. Ewing trifft gelegentlich auf seinen überlegenen Meister.“

„Manchmal, Mrs Mills, sind Sie wirklich unmöglich!“, zog Marianne sie auf, als sie auf die Tür zusteuerten.

„Aber nicht immer, richtig?“

Marianne warf Bethany einen Blick über ihre Schulter zu und schenkte ihr ein inniges Lächeln. „Wenn du je darüber sprechen möchtest, was in Boise vorgefallen ist …“

„Du wirst die Erste sein, die es erfährt. Versprochen.“

„In Ordnung.“

„Marianne?“

„Ja?“

„Danke nochmals für das Geschenk. Und fröhliche Weihnachten.“

„Dir auch. Bis Mittwochabend“, antwortete Marianne und winkte ihr zu, als sie aus der Tür und durch den Schulkorridor ging.

„Das glaube ich kaum“, sagte Bethany und schaltete das Licht aus. Mit Büchern, Päckchen und ihrer Handtasche beladen, kämpfte sie sich langsam aus dem Gebäude. Dieses Weihnachten würde sie alleine verbringen. Und zur Einstimmung würde sie dem Hund zu fressen geben und sich selbst etwas zubereiten. Dann hatte sie sich vorgenommen, ein langes, heißes Bad zu nehmen und es sich anschließend mit einem guten Buch im Bett gemütlich zu machen.

Um Viertel nach vier war es schon beinahe dunkel, und die nassen Schneeflocken schmolzen, sobald sie auf den Boden trafen. Der kalte Ostwind, der von der felsigen Schlucht des Columbia River wehte, durchdrang Bethanys Wollmantel. Zum Abschied winkte sie einigen anderen Lehrern zu und wünschte ihnen frohe Weihnachten. Vor dem stürmischen Wind zog sie den Kopf ein und ging über den Parkplatz auf ihr Auto zu.

Der Mann wartete schon auf sie. Lässig lehnte er sich an ihren kleinen Toyota, als sei heute ein strahlender Frühlingstag und nicht tiefster Winter.

Bethany blieb wie angewurzelt stehen. Ihr Herz schien für einen Schlag auszusetzen. Trotz seiner lockeren Haltung strahlte er eine innere Anspannung aus.

„Bethany Mills?", erkundigte er sich und stieß sich mit dem Ellbogen vom Wagen ab.

Im blaustichigen Schein der Sicherheitslampen konnte sie sein leicht unebenes Gesicht ausmachen: seine markante Nase, tief liegende blaue Augen, dichte Brauen und dünne Lippen. Sein Haar war schwarz und zerzaust. Er trug einen dicken Wildledermantel und ausgeblichene Jeans. Seine schmalen, kantigen Züge ließen ihn tough und zäh wirken.

Bethany hatte diesen Mann noch nie zuvor gesehen.

Als sie ihm nun direkt in die Augen blickte, erkannte sie, dass er wusste, wer sie war. Plötzlich hatte sie das Gefühl, in eine endlose Tiefe zu stürzen. Dass der Parkplatz aber alles andere als leer war, gab ihr eine gewisse Sicherheit. „Ja?"

Ein Lächeln huschte über sein Gesicht. Es war warm und leicht und außergewöhnlich charmant. Irgendwie vertrieb es sogar die Kälte des Abends. „Ich habe nach Ihnen gesucht. Ich heiße Hanson, Brett Hanson." Er streckte ihr seine Hand hin.

Mit ihren Büchern, den Geschenken und ihrer Handtasche kämpfend, schüttelte sie ihm die Hand. Selbst durch ihre Handschuhe hindurch spürte sie, wie warm sein Händedruck war.

„Was kann ich für Sie tun, Mr Hanson?"

Wieder erstrahlte dieses unschlagbare Lächeln auf seinem Gesicht. „Es geht wohl eher darum, was ich für Sie tun kann, Mrs Mills. Ich glaube, ich kann Ihren Ehemann für Sie ausfindig machen."

„Wie bitte?“ Bethany spürte, wie ihr das Blut in den Adern gefror. Fast hätte sie alles fallen lassen.

„Ich sagte, dass ich Grant für Sie aufspüren kann. Ihre Hilfe vorausgesetzt.“

Schockiert stand Bethany bewegungslos da. Sie bemerkte nicht einmal, dass ein Windstoß ihr die Haare ins Gesicht wehte. Das Schlucken fiel ihr schwer, als sie die dunklen Strähnen zurückstrich. Mit zitternder Stimme antwortete sie ihm: „Ich möchte meinen Ehemann nicht finden, Mr Hanson. Wir wurden Anfang des Jahres geschieden. Wenn Sie mich nun entschuldigen würden …“ Sie steckte den Schlüssel in das Türschloss ihres Toyotas, aber Hanson bewegte sich keinen Zentimeter.

„Warten Sie. Vielleicht sollten Sie mich ausreden lassen“, erwiderte er.

„Nicht heute.“

„Wann dann?“

„Niemals.“

Er lächelte erneut, doch das kalte Funkeln in seinen Augen hob den Zauber auf. „Ich will nur mit Ihnen reden“, beharrte er.

„Wieso?“

„Ich glaube, ich könnte helfen.“

„Ich brauche keine Hilfe, Mr Hanson! Und ich will sie auch nicht.“ Bestimmt öffnete Bethany den Kofferraum und legte ihre Bücher und die Weihnachtsgeschenke hinein. In dem Moment wurde ihr bewusst, wie wütend und verängstigt sie geklungen haben musste. Sie richtete sich auf und stellte sich seinem scharfen Blick.

„Hören Sie, ich wollte nicht so feindselig klingen“, erklärte sie, als sie die Heckklappe zuschlug. „Aber mit den Ereignissen in Boise habe ich längst abgeschlossen.“

„Sind Sie da sicher?“, bohrte er nach.

„Absolut.“ Sie wich ein paar Pfützen aus und steuerte auf die Fahrertür zu. „Ich habe kein Interesse daran, meinen Ehemann zu finden“, erwiderte sie scheinbar gelassen. Dennoch musste sie sich fragen, warum es ihr immer noch zu schaffen machte, über Grant zu sprechen.

„Vielleicht sollten Sie das aber.“

„Nein.“

„Selbst wenn *Sie* Grant nicht finden wollen: Es gibt andere, die ihn seiner gerechten Strafe zuführen möchten.“

„Das geht mich nichts an“, gab sie knapp zurück und schloss die Fahrertür auf.

Seine Stimme klang ruhig, aber bestimmt. „Alles, was Ihr Ehemann je getan hat, geht auch Sie etwas an.“

„Aber nun nicht mehr.“ Bethany sah ihm offen ins Gesicht und hoffte, dass sie stärker wirkte, als sie sich momentan fühlte. „Was haben Sie überhaupt damit zu tun?“

„Ich habe ein geschäftliches Interesse daran.“

„Wie bitte?“

„Ich bin Detektiv. Ich arbeite für die First Security Bank.“

„Ich verstehe“, erwiderte sie mit gepresster Stimme. Zuerst war sie von den Wirtschaftsprüfern der Bank in die Mangel genommen worden. Dann war das staatliche Büro für Einlagenversicherung, die FDIC, auf der Bildfläche erschienen: Bei dieser Behörde hinterlegten Banken als Sicherung der Kundengelder eine bestimmte Einlagensumme. Anschließend waren das FBI und die örtliche Polizei aufgetaucht. Und als wäre das noch nicht genug gewesen, hatten die Reporter sich auf sie gestürzt … „Ich habe schon mit den Buchprüfern gesprochen. Sicher existieren Unterlagen darüber.“

Er nickte und rieb sich das Kinn. „Die sind unvollständig.“

„Ich kann aber nichts weiter sagen …“ Mitten im Satz brach Bethany ab und musterte den Mann, der neben ihrem Auto stand, abschätzig. „Einen Moment mal, Mr …“

„Hanson. Nennen Sie mich Brett.“

Argwöhnisch betrachtete sie ihn. „Ich denke, Sie sollten mich lieber in Ruhe lassen. Sie sehen überhaupt nicht wie die Banker aus, die ich kenne.“ Ihr fielen seine abgetragenen Jeans und die Wildlederjacke auf, sein strubbeliges Haar und die Tatsache, dass er keinen Anzug trug.

„Ich arbeite nicht für die Bank. Zumindest nicht als Angestellter“, erwiderte er.

„Haben Sie vielleicht einen Ausweis?“

„In meinem Jeep.“

Aber klar doch. „Hätten Sie etwas dagegen, ihn mir zu zeigen?“

Wieder lächelte er sie schief an. „Ich hoffe doch, dass Sie ihn sehen wollen.“

„Das will ich in der Tat“, bekräftigte sie ihre Forderung. Er wandte sich gerade ab und wollte auf den in der Nähe geparkten Jeep zugehen, als sie ihre Meinung änderte. Entschieden hob sie ihre Hand und winkte ab. „Ach, lassen Sie es. Ich möchte nicht mit Ihnen sprechen. Rufen Sie einfach in Ihrer Zentrale an, und verlangen Sie Bill Standish. Das ist der leitende Buchprüfer, mit dem ich damals gesprochen habe. Wenn das nicht reicht, reden Sie mit dem Präsidenten der Bank, Mr Benson."

„Er hat mich zu Ihnen geschickt."

Du lieber Himmel. „Wieso?"

„Ich kann Ihnen das alles bei einem ruhigen Gespräch erklären." Er warf einen prüfenden Blick zum dunklen Himmel. „Wir könnten in ein Restaurant in der Stadt fahren ..."

Bethany schüttelte den Kopf. „Ich habe nichts weiter dazu zu sagen. Können Sie nicht einfach die Berichte lesen oder die Bänder mit meinen Befragungen abhören?"

„Das habe ich schon getan."

Gereizt lehnte sie sich gegen das Auto. „Und Sie haben entschieden, dass Sie mehr Informationen benötigen."

„Die haben das entschieden."

„Mit ‚die' meinen Sie wohl Benson?"

„Richtig."

„Dann geht es wieder mal um die alte Fehde."

„Wie bitte?"

„Ach, nichts. Benson ist nicht gerade ein Freund meines Vaters, aber das tut nichts zur Sache. Das Gefühl beruht auf Gegenseitigkeit."

„Sie erzählen mir wohl besser davon."

Resigniert schüttelte Bethany den Kopf: Der Albtraum fing also wieder von vorne an. In den Handschuhen begannen ihre Handflächen zu schwitzen. „Fragen Sie Jim Benson. Ich habe nichts zu sagen, was Ihnen weiterhelfen könnte."

„Ich möchte Ihnen doch nur ein paar Fragen stellen", beharrte Brett.

„Hören Sie, Mr Hanson. Ich bin es langsam leid, und ich will, dass Sie und der Rest der Welt mich einfach in Ruhe lassen. Ich habe mit der Bank kooperiert, mit der Versicherungsgesellschaft, mit der FDIC und mit dem FBI. Sie haben mich tagelang verhört, mir mit Gefängnis gedroht und meinen Eltern mit einem Skandal. Sie haben mich nicht in Ruhe gelassen, weil sie fest davon überzeugt waren, dass ich mit dem, was mein Ehemann getan hat, ebenfalls etwas zu schaffen hatte! Ich finde, ich verdiene jetzt ein bisschen Ruhe und Frieden. Falls Sie es vergessen haben: Es ist bald Weihnachten!"

„Ich verstehe“, sagte er.

„Tun Sie das wirklich?“, fragte sie ihn mit funkelnden Augen.

„Ja.“

„Gut.“

„Ich würde nur gerne wissen, warum Sie davongerannt sind.“

„Davongerannt?“, rief sie und blickte ihn entgeistert an. Wie konnte dieser Mann nur so unverfroren sein? Sie spürte, wie Wut und Ärger sich in ihrem Innern aufstauten. „Ich bin in Boise geblieben, obwohl alle dachten, ich hätte etwas mit dieser Veruntreuung zu tun. Ich bin nicht davongerannt, Mr Hanson: Ich wurde aus der Stadt getrieben. Jedenfalls bin ich nicht bereit, hier draußen zu erfrieren, während ich über Boise oder meinen Exmann spreche. Ich bin wirklich nicht sicher, was Sie eigentlich wollen. Aber ich habe ganz bestimmt kein Interesse daran.“

„Und wenn es Ihren Namen reinwaschen würde?“

„Mein Name ist sauber!“

„Es gibt immer noch Leute, die Sie für eine Komplizin halten.“

„Das ist deren Problem.“

„Und meins.“

„Aber eben nicht meins“, konterte sie. „Ich habe getan, was ich musste. Aber jetzt ist es vorbei. Die Polizei und das FBI wissen, dass ich nichts mit dem zu schaffen hatte, was mein Mann der Bank angetan hat.“ Energisch riss sie die Tür auf und stieg ins Auto. Sie zitterte und fragte sich, ob es an der Kälte lag oder weil sie mit der Vergangenheit konfrontiert wurde. Wahrscheinlich ein wenig von beidem. „Gute Nacht, Mr Hanson. Noch eins: Ich wüsste es zu schätzen, wenn Sie aufhören würden, mich zu verfolgen.“

„Ich habe Sie nicht verfolgt.“

„Ach, lassen Sie doch den Quatsch!“ Doch in seinem intensiven Blick erkannte sie absolute Ehrlichkeit. Sie musste erst schlucken, bevor sie fragte: „Haben Sie mich nicht vor einer Weile durch das Fenster meines Klassenzimmers beobachtet?“

„Nein.“

Sie glaubte ihm. Etwas in seinen stahlblauen Augen überzeugte sie davon, dass er nicht log. Dann hatte sie sich diesen Verfolger wohl doch nur eingebildet. „Es tut mir leid. Ich kann Ihnen wirklich nicht mehr sagen.“ Mit einem Ruck zog sie die Tür des Autos zu, steckte den Schlüssel in das Zündschloss und ließ den Wagen mit zitternden

Fingern an. Um sich zu beruhigen, zwang sie sich, bis zehn zu zählen. Erst dann legte sie den Rückwärtsgang ein und fuhr anschließend vom Parkplatz. Im Rückspiegel konnte sie ihn sehen: Noch immer stand er unter dem gespenstischen Lichtstrahl der Sicherheitsleuchten.

Wieso ausgerechnet jetzt?, fragte sie sich. Jetzt, da sie ihr Leben endlich wieder in den Griff bekam. Wieso musste dieser Fremde gerade dann auftauchen und die Vergangenheit aufwühlen?

Brett blickte starr auf die sich entfernenden Rücklichter. Kein Zweifel: Er hatte es vermasselt. Er steckte seine halb erfrorenen Finger tief in die Taschen seiner Jeans. Als er zurück zu seinem Jeep lief und sich hineinsetzte, verwünschte er sich selbst.

Gerade wollte er losfahren, als er innehielt und mit einem Klick die Schnappschlösser des Aktenkoffers auf dem Beifahrersitz öffnete. Der braune Umschlag befand sich noch genau da, wo er ihn versteckt hatte. Mit gerunzelter Stirn ließ er den Inhalt des Kuverts in den Koffer fallen und griff zielstrebig nach dem Bild von Bethany Mills.

Auf dem glänzenden Schwarz-Weiß-Foto wirkte sie flach und leblos. Doch die Frau, die er eben getroffen hatte, war das genaue Gegenteil davon: voller Feuer und Leben.

Seine Lippen zuckten, als er das Foto betrachtete und sich ihre Farben ins Gedächtnis rief: Rotbraune und stufig geschnittene Haare umrahmten lockig das ovale Gesicht. Ihre tief liegenden großen Augen hatten einen einzigartigen bernsteinfarbenen Ton, der grün und golden schimmerte. Die hohen Wangenknochen, gerötet vom beißenden Wind, erhoben sich über ihren kleinen, vollen Mund.

Nein, Bethany Mills war ganz und gar nicht das, was er erwartet hatte. Bei Weitem nicht. Das Foto wurde ihr überhaupt nicht gerecht.

Missmutig warf er das Bild zurück in den Umschlag, klappte die Aktentasche zu und legte den Rückwärtsgang ein. Während er vom Parkplatz rollte, dachte er: Tja, Mrs Mills, so unangenehm es auch für uns beide ist, aber Sie haben mich sicher nicht zum letzten Mal gesehen!

3. KAPITEL

Bethany kam langsam zu sich. Ganz allmählich drang ein Geräusch in ihr Bewusstsein, das ihren Traum massiv störte. Als sie ihre Augen öffnete, wurde das Hämmern lauter. Am Fußende ihres Bettes bellte und knurrte Winston, der Welpe, den noch niemand zurückgefordert hatte.

„Was ist denn nun schon wieder?“, fragte sie schlaftrunken, tastete nach ihrem Morgenmantel und warf einen Blick auf die Uhr. Niemand, der bei klarem Verstand war, würde um acht Uhr morgens am ersten Ferientag an ihre Tür klopfen. Oder?

Wieder knurrte der Hund, und Bethany lachte auf. Winston sprang auf ihren Bauch und schleckte ihr das Gesicht mit seiner warmen, weichen Zunge. „Igitt. Verschon mich!“, stöhnte Bethany und tätschelte ihn, bevor sie sich aufsetzte, ihr Gesicht abwischte und sich die Augen rieb. „Du bist ja ganz schön besitzergreifend. Das an der Tür könnte dein Herrchen sein. Und wenn er es ist, werde ich ihm gehörig den Kopf waschen!“

Das Klopfen hielt an. Bethany stellte sich vor, es wäre der Mann vom Parkplatz. Dieser Brett Sowieso. „Ich komme!“, rief sie, strich sich die Haare aus dem Gesicht und streifte sich den Morgenmantel über. Sie hastete den Flur entlang.

Als sie die Haustür mit einem Ruck öffnete, sah sie Jenny auf der kleinen Veranda stehen. Von dem Kind waren nur rosige Wangen, lockiges schwarzes Haar und glänzende grüne Augen zu sehen. Der Rest der knapp Vierjährigen war dick eingepackt in Handschuhe, Hut, Skianzug und Stiefel.

Bethany lehnte sich gegen die geöffnete Tür, verschränkte die Arme über ihrer Brust und sah das Kind argwöhnisch an. „Warum bist du denn so früh schon auf?“

„Es hat geschneit!“ Jenny deutete rings um sich auf den schneebedeckten Garten, der Bethanys kleines Häuschen umgab.

Nochmals rieb Bethany sich den Schlaf aus den Augen und gähnte. Ein Grinsen konnte sie aber nicht unterdrücken. Auch sie hatte den ersten Schnee des Winters immer geliebt. „Allerdings. Nicht zu knapp.“

„Bitte?“

„Schon gut“, schob Bethany die Frage mit einer Handbewegung zur Seite. „Das ist nur so ein Ausdruck, den Erwachsene verwenden.“

Aber das verwirrte die Kleine nur noch mehr, erkannte Bethany. Erneut setzte sie an, doch wechselte kurzerhand das Thema. „Weiß deine Mutter überhaupt, dass du hier bist?“

„Sie schläft noch.“

„Verstehe. Aber sie weiß, dass du draußen spielst?“

„Ja. Fährst du mit mir den Hügel mit dem Schlitten runter?“

„So früh kann ich das noch nicht“, sagte Bethany, öffnete das Fliegengitter vor ihrer Tür und trat einen Schritt zurück, um das aufgeregte Kind hereinzulassen. „Wie wäre es vorher mit einem schönen heißen Kakao, bis ich richtig wach bin?“

„Lecker!“

„Ich erinnere mich noch, dass das richtig gut aufwärmt“, erzählte Bethany und dachte an ihre eigene Kindheit auf der Farm außerhalb von Boise. Vor ihrem inneren Auge sah sie große Schneehaufen, über die der Wind jagte, eine rot karierte Wachsdecke auf dem Küchentisch, die Eiszapfen am Dachvorsprung des Hauses, die in der Sonne glitzerten. Sie roch den frisch gebrühten Kaffee und den Kakao, hörte die beruhigende Stimme ihrer Mutter.

Der Winter war zwar immer hart, aber doch schön gewesen. Noch immer vermisste Bethany die Tage, wenn sie um fünf Uhr in der Früh aufgestanden war, um bei den Hausarbeiten zu helfen. Wie weit weg all das nun schien …

Sie drängte die lebhaften Erinnerungen beiseite, rief nach dem Welpen und ließ ihn hinaus in den Schnee, wo er ein bisschen herumtollen konnte.

Als der Hund den Flur entlang- und aus der Tür hinausschoss, quietschte Jenny vor Vergnügen. „Gehen wir nachher Schlitten fahren?“, fragte die Kleine erneut, zog ihre Stiefel aus und nahm auf dem Stuhl am Küchentisch Platz.

„Vielleicht.“ Bethany goss etwas Milch in eine Tasse und stellte sie in die Mikrowelle, um sie aufzuwärmen. Dann streckte sie sich, griff in den obersten Schrank über dem Herd und zog ein Päckchen Kakaopulver heraus, das sie extra für Jenny besorgt hatte. „Wenn deine Mom es erlaubt.“

„Das ist ihr egal.“

„Das glaube ich nicht“, erwiderte Bethany und rührte das Pulver in die warme Milch. Jennys Mutter Linda war geschieden und brauchte zwei Jobs, um über die Runden zu kommen. Obwohl Linda wirklich nichts dafür konnte, kamen Jenny und ihr älterer Bruder Joey manchmal zu kurz.

„Trink das. Ich springe unter die Dusche und zieh mich schnell an. Dann sprechen wir noch mal darüber, okay?"

„Okay. Aber du hast die Marshmallows vergessen."

Unwillkürlich musste Bethany lachen. „Du weißt ja, wo sie sind. Nimm dir einfach welche."

Nachdem sie geduscht und sich angezogen hatte, legte Bethany noch ein wenig Make-up auf. Als sie in die Küche kam, überraschte es sie nicht, dass Jenny ihren Kakao schon ausgetrunken hatte. Sie stand an der sperrangelweit geöffneten Tür und rief den Hund.

„Das hat ja nicht lange gedauert", bemerkte Bethany und sah die geöffnete Marshmallow-Tüte, die auf dem Tresen lag.

„Hast du gefrühstückt?"

„Noch nicht."

„Dann mache ich uns beiden Toast, und danach gehen wir raus, ja?"

Reuig blickte Jenny zu ihr herüber. „Mom sagt, ich soll hier nichts essen."

„Eine heiße Schokolade ist doch aber in Ordnung?"

Jenny zuckte die Achseln und sah ausgesprochen schuldbewusst aus. „Ich glaube schon."

Um ihr in die Augen sehen zu können, kniete Bethany sich vor die Kleine. „Und ich glaube, es ist okay, wenn du ein bisschen Toast und eine Orange isst. Ich spreche später mit deiner Mom darüber, ja?"

„Na gut." Jenny schloss die Tür und setzte sich auf ihren üblichen Platz am Tisch. Da ihr der Weihnachtsstern auf dem Fenstersims den Blick versperrte, schob sie ihn beiseite. Bethany bereitete das Frühstück zu und setzte sich dann ebenfalls.

„Wieso hast du keinen Ehemann?", fragte Jenny, nachdem sie auch den letzten Krümel Toast mit Himbeermarmelade gegessen hatte.

Überrascht nahm Bethany einen Schluck von ihrem Kaffee und hob die Schultern. „Ich hatte einmal einen."

„Wo ist der jetzt?"

„Wir sind geschieden."

„Wie Mom und Dad?"

„Ja."

„Siehst du ihn noch?"

Mit dem Zeigefinger pickte Bethany die Krümel auf ihrem Teller auf. „Nein, ich habe ihn schon lange nicht mehr gesehen. Ich … Ich hielt ihn für tot“, gab sie zögerlich zu. Zugleich fragte sie sich, wieso sie darüber mit einem Kind reden konnte, aber sonst mit niemandem.

„Wieso?“, erkundigte sich Jenny unschuldig.

„Weil er vermisst wurde … Ich meine, er war lange Zeit weg.“

„Aber er ist nicht tot, oder?“

„Ich weiß es nicht.“

Jenny verzog ihr kleines Gesicht. „Das ist aber traurig. Vermisst du ihn?“

„Manchmal schon“, gestand Bethany. Gleichzeitig war ihr bewusst, dass sie nicht ihren Ehemann vermisste, sondern die Gemeinsamkeiten, das Geben und Nehmen im Eheleben. Grant war kein besonders guter Ehemann gewesen. Aber er war jemand, zu dem sie nach Hause kommen konnte, mit dem sie träumen konnte, um den sie sich sorgen konnte …

„Ich wette, er vermisst dich sehr.“

„Das bezweifle ich.“ Bethany stellte das Geschirr in das Spülbecken. Anschließend zog sie ihre Skijacke an und band sich ihren Wollschal um. „Dann lass uns mal diesen Berg bezwingen, bevor der ganze Schnee wieder schmilzt.“

„Er wird nicht schmelzen“, erwiderte Jenny, die dabei die gesamte Weisheit ihrer vier Jahre in ihre Stimme legte. „Es war ja noch gar nicht Weihnachten!“

„Aber das ist es bald.“

„Ich freue mich schon! Dieses Jahr werde ich den Weihnachtsmann sehen!“

„Wirklich?“

„Ja! Mom hat gesagt, wir könnten ihm Kekse backen und sie auf den Karminsims stellen.“

Bethany lächelte das aufgeregte Kind an. „Kaminsims.“

„Genau.“

„Das klingt aber wunderbar.“ Sie wartete, bis Jenny ihre Stiefel angezogen hatte. Dabei betrachtete Bethany die Tanne, die in der Ecke beim Fenster stand. Irgendwie wirkte sie in dem Wohnzimmer mit der hohen Decke und dem steinernen Kamin einsam und mickrig.

„Komm“, rief Jenny und zog an Bethanys Arm. „Hast du einen Schlitten?“

„Nur einen Tellerschlitten."
„Und der funktioniert?"
„Und wie der funktioniert!" Bethany schloss die Tür hinter sich, ging in die Garage und griff nach der runden Plastikscheibe.
„Ich glaube nicht, dass wir da beide draufpassen", bemerkte Jenny.
„Aber klar doch. Wir müssen uns eng aneinanderkuscheln."
„Das finde ich gut", entschied Jenny mit einem breiten Grinsen. „Kann Winston auch mitfahren?"
„Nicht auf dem Schlitten. Aber er kann neben uns herlaufen."
„Wieso hast du ihn so genannt?", fragte das Mädchen, als sie durch die Garage nach draußen liefen. Andere Kinder lachten und johlten schon fröhlich, während sie auf allen möglichen Gegenständen – von riesigen Reifenschläuchen bis hin zu Mülleimerdeckeln aus Plastik – den Hang hinabsausten.
„Warum ich ihm den Namen Winston gegeben habe?"
„Ja. Es ist ein komischer Name. Mama sagt, du hättest ihn nach einer Zigarettenmarke genannt."
Bethany musste lachen und wischte sich Schnee aus ihrem Gesicht. „Eigentlich nicht. Ich habe ihn nach einem sehr berühmten englischen Premierminister benannt. Ich habe gar nicht an die Zigaretten gedacht. Gefällt dir der Name etwa nicht?"
„Nein."
„Wie wäre es mit ‚Unlucky, der Pechvogel'?"
Wieder schüttelte Jenny ihren Kopf.
Bethany lächelte. „Vielleicht hätte ich ihn Lucky nennen sollen. Das hätte zumindest jeder andere getan. Immerhin überlebte er ..."
„Was überlebte er?"
Bethany sah zu dem plötzlich ernst dreinblickenden Mädchen hinunter.
„Ach, nichts", antwortete sie. „Komm. Du springst zuerst drauf."
Zusammen setzten sie sich auf die rote Scheibe. Bethany, die Jenny fest im Arm hielt, hob ihre Beine und stieß sich ab. Gemeinsam flogen sie den Berg förmlich hinunter. Schnee spritzte auf und bedeckte sie beide, als Jenny und Bethany am Ende der Sackgasse in einen verschneiten Blätterhaufen fuhren. Vor Schreck geriet Bethany ganz außer Atem. Doch Jenny schienen der Schnee und die Blätter in ihrem Gesicht nichts auszumachen. Sie kicherte und war ganz begierig, die Fahrt zu wiederholen.

„Bist du sicher?", fragte Bethany, als sie einen dünnen Zweig von Jennys Wollmütze entfernte.

„Oh ja! Bitte! Komm!"

Nachdem Bethany sich vergewissert hatte, dass es ihrem Knöchel gut ging, erfüllte sie dem begeisterten Kind gerne den Wunsch. Gemeinsam machten sie sich auf den Weg bergauf.

„Hat dieser Mann dich gefunden?", fragte Jenny unvermittelt.

Um ein Haar wäre Bethany gestolpert. „Welcher Mann?", erkundigte sie sich beiläufig – doch bemerkte sie das plötzliche Hämmern ihres Herzens.

„Vor Kurzem war ein Mann hier."

„Wo?"

„Bei dir zu Hause. Ich habe ihm gesagt, dass du in der Schule bist."

„Süße, du weißt doch, dass du nicht mit Fremden reden sollst." Als Bethany den verletzten Ausdruck in Jennys Augen sah, griff sie nach der behandschuhten Hand der Kleinen. „Es ist einfach zu gefährlich."

„Aber er hat gesagt, dass er dich kennt!"

„Hat er gesagt, wie er heißt?"

Jenny schüttelte den Kopf.

„Kannst du mir sagen, wie er ausgesehen hat?", fragte Bethany weiter.

„Es war ein Mann."

„Ein großer Mann?"

Jenny nickte zur Bestätigung.

„Welche Farbe hatten seine Haare?"

„Ich weiß nicht", antwortete Jenny und sah auf den Boden. „Es war einfach ein Mann." Ihre Augen füllten sich mit Tränen, und Bethany war klar, dass sie zu viel Druck auf die Kleine ausübte.

Sie ignorierte die wachsende Unruhe in ihrem Innern und lächelte das Mädchen an. „Na gut, Schatz. Wir vergessen ihn jetzt für eine Weile, ja?"

„Okay."

In der nächsten Stunde schossen Jenny und Bethany unablässig vor Bethanys Haus den Berg hinab. Manchmal drehte sich die Scheibe und wirbelte die beiden herum, während der Schlitten weitersauste. Einmal landeten sie sogar kopfüber in dem Haufen aus Blättern und Schnee.

„Dieses Mal haben wir Glück gehabt", sagte Bethany und rieb sich ihre schmerzende Hüfte. Dabei wurde ihr bewusst, wie gefährlich es für Jenny werden konnte, den Hügel hinunterzufahren. Jennys Mutter Linda war nett und liebenswürdig. Sie hatte nichts gegen die Freundschaft, die sich zwischen ihrer Tochter Jenny und Bethany entwickelt hatte. Aber es würde ihr bestimmt nicht gefallen, wenn Jenny sich verletzte. „Wir sollten langsam Schluss machen."

„Muss das sein?", protestierte Jenny, während sie den Hügel erklommen.

„Leider ja. Zumindest, bis ich mit deiner Mom gesprochen habe."

„Aber das ist ihr egal …"

„Sicher nicht. Und ich will nicht, dass du dich verletzt. Du gehst jetzt erst mal nach Hause, und ich komme dann später vorbei."

„Versprochen?"

„Versprochen."

Zum Abschied schlang Jenny ihre dick eingepackten Ärmchen um Bethany und lief dann halb schlitternd, halb rutschend den verschneiten Hügel runter. Sie jagte hinter ihrem Bruder und seinen Freunden her, die gerade an Bethany auf einem Rodelschlitten vorbeigebraust waren.

Eine Weile blickte Bethany dem Kind hinterher. Dann überkam sie erneut dieses ungute Gefühl, beobachtet zu werden. Den Schnee von ihrer Skihose klopfend, sah Bethany sich verstohlen um. Da erkannte sie den Mann vom Parkplatz. Er lehnte am Telefonmast unten an der Straße, nicht weit entfernt davon, wo Joey und seine Freunde zum Stehen gekommen waren.

Als Bretts Blick den ihren traf, richtete er sich auf und begann, den Hügel hinaufzugehen. Bethany spürte, wie sich ihr vor Schreck die Kehle zuschnürte. Ihr Herz pochte wie wild, als er sich ihr näherte.

„Morgen", begrüßte er sie. Das schiefe Lächeln auf seinem Gesicht nahm seinen Zügen die Härte. Tief schob er seine Hände in die Hosentaschen. Er war beinahe genauso gekleidet wie in der Nacht zuvor: eine alte Jeans, ein verblasstes T-Shirt und eine schwere Jacke. So wie sein schwarzes Haar unter der breiten Krempe seines Hutes hervorlugte, wirkte er fast wie ein waschechter Cowboy. Oder zumindest wie einer, der direkt einem Hollywoodfilm entstiegen war.

Bethany beachtete seinen Gruß nicht weiter und gab sich keinerlei Mühe, das Lächeln zu erwidern. „Einen Wink mit dem Zaunpfahl verstehen Sie wohl nicht, was?"

„Nur, wenn ich dabei das bekomme, was ich will."

Mit zusammengekniffenen Augen fragte sie: „Und das wäre?“

„Einfach mit Ihnen zu sprechen.“

„Wir haben gestern Abend miteinander gesprochen.“

„Aber nicht genug.“ Wieder lächelte er. Doch seine blauen Augen suchten aufmerksam die hügelige, schneeweiße Landschaft ab. Kleine Einfamilienhäuser säumten den baumreichen Hang. Neben fast gänzlich kahlen Ahornbäumen und Erlen standen Douglastannen, deren nadelige Äste sich unter der Last des Schnees beugten. Der ruhige Morgen wurde nur von den fröhlichen Rufen der Kinder unterbrochen oder gelegentlich von quietschenden Autoreifen, die auf der eisigen Straße ins Rutschen gerieten. „Ich finde, Sie sollten sich anhören, was ich zu sagen habe.“

„Ich glaube nicht, dass ich das will. Was in Boise vorgefallen ist, liegt in der Vergangenheit. Ich führe jetzt ein neues Leben“, antwortete sie bestimmt.

Brett nahm den Hut vom Kopf und fuhr sich mit der Hand durch die Haare. „Sie können nicht einfach vergessen, was passiert ist.“

„Ich kann es aber versuchen!“

„Bitte, Mrs Mills. Hören Sie mich an. Ich bin nicht hier, um Ihnen wehzutun. Ich muss nur ein paar Fakten überprüfen.“

„Damit Sie der Bank Bericht erstatten können?“

Brett schnaubte. „Ich fürchte, so einfach ist es nicht.“

„Ich habe gedacht, die Bankprüfer wären zufrieden.“

„Ja, die schon.“

„Aber?“

„Jim Benson ist es nicht.“

„Der schon wieder. Gibt er denn niemals auf?“ Ihr Herz zog sich zusammen.

„Er denkt, die Bank sei zu einem Angriffsziel geworden. Seit der heldenhaften Unterschlagung Ihres Ehemanns …“

„Heldenhaft?“, unterbrach sie ihn scharf.

„So sehen es einige Menschen. Er hat nicht nur eine Bank um eine Million Dollar gebracht – eine Bank, die Geschäfte und Eigenheime in der Gegend zwangsvollstrecken lässt. Er hat es auch noch mit Stil gemacht.“

„Wenn Sie es als stilvoll erachten, mitten in der Nacht mit dem Fallschirm aus einem Flugzeug zu springen, bitte schön. Ich nenne es verrückt.“

Brett zuckte die Schultern. „Trotz allem ist er in der Gegend von Boise zu einer Art Legende geworden."

„Und wahrscheinlich ist er tot", flüsterte Bethany.

„Diese Unklarheit trägt nur zu dem Rätsel bei."

„Du lieber Himmel."

„Jeder Hinz und Kunz, der einen Groll gegen die Bank hegt, hat versucht, die First Security übers Ohr zu hauen. Verständlicherweise passt das dem Vorstand überhaupt nicht. Die Bank ist zur Zielscheibe, zu einer Lachnummer geworden. Das gefällt Jim Benson nicht."

„Und wo kommen Sie dabei ins Spiel?"

„Benson möchte, dass ich Ihren Ehemann finde."

„Das ist unmöglich."

„Ich glaube nicht."

„Grant ist vermutlich tot", murmelte sie und schob mit einer heftigen Bewegung ihre Hände in die Taschen ihrer Jacke.

„Vielleicht aber auch nicht."

Die Kinder gingen wieder die Straße hinauf und kletterten, oben angekommen, auf ihre Schlitten und Reifenschläuche. Bethany sagte kein Wort. Sie stand lediglich da. Erst als die Rufe leiser wurden und die Kinder weit weg waren, lenkte sie ihren Blick zurück zu Brett. „Wieso sollte ich Ihnen trauen?", fragte sie ihn.

Mit gerunzelter Stirn betrachtete er die Straße. Er hatte sie nicht davon überzeugt, dass sie ihm helfen musste. Also griff er in seine Gesäßtasche, zog seinen Geldbeutel heraus und reichte ihr seine Visitenkarte.

Obwohl sie alt und zerknittert war, war die Botschaft unmissverständlich: Brett Hanson, Privatdetektiv. Als Adresse war ein Bürokomplex in Boise angegeben.

Bethany las die Karte, behielt sie in der Hand und schürzte die Lippen. „Na gut, Mr Hanson. Reden wir, wenn Sie das wollen. Aber ich sage Ihnen sofort, dass ich kein Interesse an einer Untersuchung habe."

Mit der roten Scheibe unter dem Arm drehte sie sich um und ging die Auffahrt entlang. Ihr Herz klopfte aufgeregt. *Beruhige dich!*

„Nicht einmal, wenn ich beweisen kann, dass Ihr Ehemann noch am Leben ist?"

Tief atmete Bethany ein. Sie erinnerte sich an all den Schmerz und die Erniedrigung, die sie wegen Grant erlitten hatte. „Nein", flüsterte sie, doch sie wusste, dass sie nicht die Wahrheit sagte.

„Aber sicher ..."

Eine Sekunde lang schloss sie die Augen und holte tief Luft. „Was Grant getan oder nicht getan hat, geht mich nichts an. Nicht mehr. Wir wurden vor langer Zeit geschieden." Sie erreichte die Vordertür. Bethany schloss auf und stellte den Schlitten hinein. Auf der Fußmatte stampfte sie den Schnee von ihren Stiefeln, bevor sie diese auszog.

Brett folgte ihrem Beispiel und ließ seine Stiefel auf der Veranda stehen. Dann trat er in das Haus und nahm seinen Hut ab. Er ließ seinen Blick über die Einrichtung des kleinen Hauses schweifen. Robuste Grünpflanzen, mit Taschenbüchern und Nachschlagewerken vollgestopfte Bücherregale, abgenutzte, aber bequeme Möbel und ein farbenfroher geflochtener Läufer verliehen dem Wohnzimmer etwas Lebendiges. In einer Ecke neben dem Backsteinkamin stand ein kleiner Weihnachtsbaum, dessen Lichter fröhlich im Morgenlicht blinkten. Ein zarter Tannenduft erfüllte das Haus.

Als Bethany ihren Mantel an den Messingständer im Flur hängte, tat Brett, der sich in Socken irgendwie komisch vorkam, es ihr gleich.

„Bitte, setzen Sie sich", bot Bethany an, setzte sich selbst auf ihren Lieblingsplatz und betrachtete ihn misstrauisch aus ihren grüngoldenen Augen.

Brett nahm auf der Couch Platz und streckte seine langen Beine aus. Die Ellbogen auf den Knien abgestützt, sah er sie an. Dabei fragte er sich, was zum Teufel ihn geritten hatte, diesen Fall anzunehmen. Knapp zwölf Hektar in den Bergen, erinnerte er sich selbst. Das Land seiner Mutter. Er durfte dieses Grundstück nicht vergessen, wenn er die wunderschöne aufsässige und leicht verängstigte Frau betrachtete, die ihn musterte. Sie war nah genug, um sie einfach zu berühren …

„Also gut, Mr Hanson …"

„Brett. Schon vergessen?"

„Ach ja, Brett. Wieso erzählen Sie mir alles nicht einmal ganz von vorne?" Seine Anwesenheit in ihrem Haus war ihr unangenehm. Da sie nicht nervös wirken wollte, begann sie, die Seiten der Zeitung zusammenzuknüllen und ein Feuer zu entfachen.

Mit einer Handbewegung deutete er auf das Holz. „Ich kann das doch machen."

„Ist schon gut. Im Moment brauche ich etwas Beschäftigung. Ich muss zugeben, dass mich Ihre Anwesenheit beunruhigt", sagte sie mit einem tiefen Seufzer. „Halten wir es also kurz. Sagen Sie mir einfach, was Sie von mir wollen."

„Sie sollen mir helfen, Ihren Mann zu finden."

Bethanys Herz setzte einen Schlag aus. Einen Augenblick zögerte sie und wischte sich die Handflächen an ihrer Hose ab. Dann fuhr sie fort, kleinere und große Holzstücke in den Kamin zu stapeln. „Dann glauben Sie allen Ernstes, dass er noch lebt?"

„Darüber würde ich nie Witze machen. Einige der gestohlenen Pfandbriefe sind wiederaufgetaucht."

„Oh Gott", flüsterte sie und spürte einen Kloß im Hals. „Wo?"

„In Kalifornien."

Mit zitternden Fingern zündete sie ein Streichholz an und wartete, bis das Feuer übersprang und die kleineren Scheite zu knacken begannen. Erst als sie glaubte, sich wieder einigermaßen gefasst zu haben, drehte sie sich um und blickte dem Fremden in ihrem Haus ins Gesicht. „Und ihr habt gedacht, dass ich weiß, wo er ist?"

Er lächelte.

Zur Hölle mit ihm und seinem unwiderstehlichen Lächeln, dachte sie bitter.

„Das soll es schon gegeben haben."

„Dieses Mal aber nicht." Sie erhob sich und sah ihm direkt in die Augen. „Ich weiß nicht, weshalb mein Mann sich mit den Anleihen abgesetzt hat. Damals waren wir schon geschieden."

„Nun ja, er brauchte eine große Summe Bargeld, um neu anzufangen. Der Betrug lief schon seit Jahren, allerdings nur mit kleineren Beträgen."

Bethany schloss die Augen. „Ich habe nie etwas von diesem Geld gesehen", erwiderte sie. „Ehrlich. Ich weiß, was die Bank denkt: dass Grant und ich diese einhunderttausend Dollar, die er über vier Jahre für sich abgezweigt hat, ausgegeben hätten. Aber ich weiß rein gar nichts darüber. Soweit es mich betraf, lebten wir von seinem und meinem Gehalt. Ich habe nichts von diesem zusätzlichen Geld gesehen."

„Ich weiß."

Bethany erstarrte. „Das wissen Sie? Woher?"

„Es war eine andere Frau mit im Spiel."

Mit geschlossenen Augen biss Bethany die Zähne zusammen. Die alte Wunde war nicht verheilt. Seit über einem Jahr versuchte sie, sich davon zu überzeugen, dass das, was Grant während ihrer Ehe getan hatte, sie nicht länger kümmerte. Jetzt sah sie sich aber mit der Tatsache konfrontiert, dass Grants Untreue sie noch immer schmerzte.

„Grant hatte mehrere Affären", gestand sie. Nervös warf sie ein weiteres Zeitungsblatt ins Feuer und sah den hungrigen Flammen dabei zu, wie sie die zerknüllte Seite verschlangen.

„Ich weiß."

Bethany fuhr zu ihm herum und blickte ihn böse an. „Gibt es eigentlich irgendetwas, das Sie nicht von mir wissen, Mr Hanson?"

In seinen Augen lag ein Hauch von Reue. „Brett. Und ich weiß nicht, wo Ihr Mann sich gerade aufhält oder wer bei ihm ist."

„Ich verstehe nicht, wie ich Ihnen dabei helfen könnte."

„Sie haben nichts von ihm gehört?"

„Aber natürlich nicht!", rief sie entrüstet. „Ich … Ich hatte den Eindruck, er sei umgekommen, als er aus dem Flugzeug sprang … Wie dieser D. B. Cooper in den 70er-Jahren."

„Den hat man auch nie gefunden." Bretts Blick schien sie förmlich zu durchbohren, und Bethany spürte, wie ihr Puls immer schneller wurde. „Außerdem geht es hier um eine ganz andere Situation. Ihr Ehemann hatte Hilfe. Was diesen Cooper betrifft, so hat er wahrscheinlich alleine gearbeitet. Und Ihr Mann ist auch nicht aus einer Linienmaschine gesprungen, sondern aus einem Learjet, der einem seiner Freunde gehörte."

„Der ebenfalls keine Ahnung hatte", unterbrach sie seinen Redefluss.

„Das behauptete er zumindest. Vergessen Sie nicht, dass er Wachmann bei der First Security war. Grant kann den Coup nicht alleine durchgezogen haben."

„Jake Weathers ist genauso in die Mangel genommen worden wie ich. Es gab sogar eine Anhörung, aber das Geschworenengericht hat die Anklage gegen ihn zurückgewiesen. Es lagen einfach nicht genügend Beweise vor …" Sie brach ab und atmete tief ein. „Aber das wissen Sie schon alles, nicht wahr?"

„Und noch vieles mehr."

„Ich glaube nicht, dass ich das alles hören will." Sie stellte sich vor den Kamin und wärmte sich an den Flammen.

„Möchten Sie nicht den Namen der Frau erfahren, die für Ihren Mann arbeitete?"

„Den kenne ich bereits", gab sie trocken zurück. „Hören Sie: Grant und ich wurden vor knapp einem Jahr geschieden – noch vor diesem Fiasko mit der Veruntreuung. Er verließ mich … aus anderen Gründen. Privaten Gründen …“ Unwillkürlich zog sich ihr Herz zusammen, als sie an die Schwangerschaft zurückdachte. An die heftigen, endlosen Wehen auf der vereisten Straße, die zum Krankenhaus führte. An das schreckliche Gefühl, als das Auto in den Graben rutschte. Und dann, als sie Stunden später im Krankenhaus war, an die Geburt ihres toten Babys …

„Bethany?“

Als sie aufblickte, stellte Bethany überrascht fest, dass Brett neben ihr stand, seine Hand auf ihrer Schulter.

„Ist alles in Ordnung?“ Wärme und Mitgefühl lagen nun in seinen blauen Augen.

Als wolle sie die Kälte abschütteln, rieb Bethany mit ihren Händen über ihre Oberarme. Sie trat einen Schritt zurück, wich seiner Nähe aus. „Ja. Ich habe nur … nachgedacht. Erinnerungen, Sie wissen schon … Hören Sie, ich möchte mich wirklich nicht mehr mit der Vergangenheit beschäftigen, okay?“ Obwohl sie sich ganz anders fühlte, zwang sie sich zu einem fröhlichen Lächeln und hob ihr Kinn. „Wie wäre es mit einer Tasse Kaffee?“

Mit seinen stahlblauen Augen schien er ihre Verteidigungslinie überwunden und ihre Fassade durchschaut zu haben. Beinahe konnte sie spüren, wie er ihre Gedanken las. Gott allein wusste, was er so schon von ihr erfahren hatte.

„Ich möchte keine Umstände bereiten …“

„Ist nicht wahr!“, entfuhr es ihr voller Ironie. „Sie bereiten mir Umstände, seit ich Sie letzte Nacht kennengelernt habe. Eine Tasse Kaffee wird so oder so keinen großen Unterschied mehr machen.“

Das Lächeln, das sich daraufhin über sein gebräuntes Gesicht breitete, milderte seine äußere Härte und ließ ihn attraktiv wirken.

„Dann nehme ich gerne einen.“

„Gut.“ Ein neues Ziel bestärkte Bethany: Sie würde ihm einen Kaffee geben und ihn dann so schnell wie möglich zur Tür hinauskomplimentieren. Sie ging die zwei Stufen in das Esszimmer. In der Küche angekommen, gab sie den Kaffee in zwei Emaillebecher.

„Milch? Zucker?“, rief sie ihm über die Schulter zu.

„Schwarz.“

Natürlich, so trinkt man ihn eben in diesen Kreisen. Sie rührte etwas Milch in ihren und zögerte. Mit ein bisschen Glück könnte sie Brett das warme Getränk reichen, ihm ein paar schnelle Antworten geben, ein bestimmtes ‚Niemals' erwidern, wenn er sie um Hilfe bat, und dann wäre er weg. Auf sich alleine gestellt. Raus aus ihrem beschaulichen, ruhigen und vorhersehbaren Leben. Und zwar für immer.

Sie legte den Löffel in die Spüle und starrte gedankenverloren in ihre Tasse. Wieso störte sie der Gedanke, dass Brett gehen würde? Der Mann war wahrlich eine Nervensäge und schien wild entschlossen, ihr Leben durcheinanderzubringen.

„Danke." Brett griff nach seiner Tasse und nahm einen großen Schluck.

Ein eisiger Schreck durchfuhr Bethany. Sie hatte ihn nicht in die Küche kommen hören. „Gern geschehen", erwiderte sie, nahm hastig ihre Tasse in die Hand und pustete auf das heiße Getränk. „Ich habe Sie gar nicht gehört. Das ist schon das zweite Mal, dass Sie sich an mich heranschleichen. Ich weiß ehrlich nicht, wie Sie das schaffen."

„Übung", gab er mit einem zynischen Lächeln zu. „Alte Gewohnheiten lassen sich nur schwer ablegen. Außerdem habe ich mich nicht an Sie herangeschlichen. Sie waren nur ganz in Gedanken versunken."

„Gibt es eigentlich etwas, das Sie nicht über mich wissen?"

„Sehr viel sogar."

„Das bezweifle ich."

„Aber ich wüsste gerne mehr." Seine Stimme war tief, und seine Worte klangen ein wenig zögerlich.

„Wieso?"

Tief sah er ihr in die Augen, hob eine Hand, um ihr Kinn zu berühren, ließ sie dann jedoch fallen. „Das gehört zu meiner Arbeit."

„Ach ja, richtig. Die Bank."

Er ließ seinen Blick an ihr vorbei zum Fenster schweifen und schaute plötzlich finster drein. „Genau. Die Bank." *Und Jim Benson; der gute alte Stiefvater mit der eisernen Hand und der Registrierkasse anstelle eines Herzens.* Langsam öffnete er seine geballte Faust und schob die Wut und die Bitterkeit beiseite. „Was wissen Sie über Billie Henshaw?"

„Nichts. Nur das, was ich in der Zeitung gelesen habe."

„Ihr Ehemann soll ein Verhältnis mit ihr gehabt haben."

„Wahrscheinlich stimmt das", räumte Bethany ein. „Ich weiß es aber nicht genau. Damals waren wir schon geschieden und haben uns nicht mehr gesehen. Was er privat tat ..." Sie zuckte die Schultern, als hätte Grants Untreue sie nicht verletzt. Dennoch umschloss sie die Tasse fester. „Die ganze Sache hatte nichts mit mir zu tun."

„Es tut mir wirklich leid", sagte er, als er sah, wie sehr es sie schmerzte.

Ruckartig hob sie das Kinn und gab scharf zurück: „Es ist nicht Ihre Schuld. Es gibt keinen Grund, mich zu bedauern." Kämpferisch straffte sie die Schultern und begegnete seinem Blick. „Ich habe diese Billie Henshaw, oder wie sie heißt, nie getroffen." Obwohl der Schmerz ihr auf den Magen schlug, trank sie einen Schluck Kaffee. „Hören Sie. Es gibt wirklich nichts mehr, was ich Ihnen dazu sagen könnte. Ich weiß nichts über diese Veruntreuung, habe nie etwas von dem Geld gesehen. Als wir dann geschieden waren, habe ich Grant wirklich nicht ständig im Auge behalten." Vorsichtig setzte sie ihren Becher auf dem Tresen ab und blickte ihm erneut ins Gesicht. „Ich kann Ihnen nicht helfen, Mr Hanson. Es ist nicht so, dass ich nicht möchte, dass die Bank ihr Geld wiederbekommt. Aber ich weiß nichts über diese Angelegenheit! Vielleicht sollten Sie mit Billie Henshaw sprechen."

„Das kann ich nicht", setzte Brett entgegen.

„Aber sie wird sicherlich mehr darüber wissen als ich."

„Nicht mehr", fuhr er ruhig fort und stellte seine Tasse in die Spüle, bevor er sich wieder zu ihr umdrehte. „Billie Henshaw ist tot. Sie und Jake Weathers sind gestorben, als der Learjet, in dem sie sich befanden, in den Bergen westlich von Reno abgestürzt ist – dasselbe Flugzeug, aus dem Ihr Ehemann gesprungen ist."

Plötzlich wurde Bethany blass.

Brett seufzte und murmelte leise: „So viel zu Jake Weathers' Geschichte."

„Sie denken, er hat die Polizei belogen?", fragte Bethany.

„Zweifellos hat er das getan. Jake hat darauf bestanden, nicht gewusst zu haben, dass Ihr Ehemann die Pfandbriefe der Bank gestohlen hat. Oder dass Grant vorgehabt hat, aus dem Flugzeug zu springen. Das Gleiche sagte auch Jakes Bruder Karl aus. Aber jetzt wurde Jakes Leiche mit einigen der gestohlenen Wertpapiere gefunden. So wie ich das sehe, ist Jakes Geschichte keinen Pfifferling wert."

Bethany stützte sich gegen den Tresen. Ihr friedliches Leben war kurz davor, in Stücke gerissen zu werden. Wieder einmal. Und es gab nichts, was sie dagegen unternehmen konnte.

„Das Flugzeug ist natürlich ausgebrannt, aber ein Teil des Rumpfes war intakt, und mehrere Gegenstände konnten am Absturzort geborgen werden."

„Ich bin sicher, Sie wollen auf etwas hinaus?"

„Billie Henshaws Handtasche wurde gefunden. Sie hatte nicht nur ein Bild Ihres Ehemanns in ihrem Geldbeutel, sondern gleich mehrere Pfandbriefe bei sich."

„Und deshalb nehmen Sie nun an, dass Grant am Leben ist und die restlichen Briefe hat."

„Zumindest besteht die Möglichkeit."

„Ich verstehe", erwiderte Bethany mit überraschend ruhiger Stimme. „Und jetzt denken Sie, ich könnte Ihnen helfen."

„Das hoffe ich."

„Ich habe Ihnen ja schon gesagt, dass es nicht so ist, dass ich nicht will", sagte sie und umfasste mit ihren Händen den Rand der Spüle.

„Aber?"

„Es gibt nichts, was ich tun oder sagen kann, das ich nicht schon vorher getan oder gesagt habe." Sie schüttelte ihren Kopf und blickte aus dem Fenster. „Mein Leben in Boise, das Leben, das ich mit Grant geführt habe, das ist vorbei. Ich bin hierhergekommen, um noch einmal von vorne anzufangen. Ich habe eine neue Arbeit, neue Freunde. Nur sehr wenige Menschen wissen, was damals in Idaho vorgefallen ist, und genauso soll es auch bleiben. Das, was Sie mir nun vorschlagen, dass ich alles wieder hervorholen soll, ist unmöglich und sinnlos. Meine Geschichte hat sich nicht verändert. Das können Sie in den Akten nachlesen, bei der Polizei, dem FBI, der Bank und sogar bei der Presse. Wahrscheinlich erfahren Sie mehr, wenn Sie in die Bücherei gehen und die alten Zeitungsberichte lesen, als wenn Sie mit mir sprechen."

„Das habe ich bereits erledigt."

Bethany strich sich die Haare aus dem Gesicht und lächelte traurig. „Tja, wenigstens sind Sie effizient", murmelte sie. „Kein Wunder. Schließlich hat Jim Benson Sie engagiert."

Bretts Augen funkelten, doch er antwortete ihr nicht.

Seufzend fuhr Bethany fort: „Mehr habe ich dazu nicht zu sagen. Ich denke, Sie sollten jetzt besser gehen." Sie war überrascht, seine Hand auf ihrer Schulter zu spüren.

„Was muss ich unternehmen, um Sie davon zu überzeugen, mir zu helfen?"

„Sie können nichts tun." Als er sich nicht bewegte, schüttelte sie seine Hand ab.

Mit der Hüfte lehnte er sich an den Tresen und verschränkte die Arme vor seinem breiten Brustkorb. Forschend blickte er sie mit zur Seite geneigtem Kopf an. „Ich weiß nicht, wovor Sie davonlaufen, aber Sie können sich nicht ewig verstecken."

Herausfordernd sah sie ihn an. „Und ich weiß nicht, weshalb Sie sich in diesem Fall so engagieren. Ich habe damit nichts mehr zu tun."

„Das sehe ich anders. Ob es Ihnen nun gefällt oder nicht, Sie stecken mittendrin."

„Das mag vielleicht mal so gewesen sein. Nun liegt es jedoch weit hinter mir."

„Als das Flugzeug abgestürzt ist, haben sich die Regeln geändert."

„Na toll", gab sie schwer seufzend zurück. „Dann gehöre ich vermutlich wieder zu den Verdächtigen?"

„So weit würde ich nicht gerade gehen …"

„Wie weit würden Sie denn gehen, Mr Hanson?"

„So weit wie nötig, um Sie davon zu überzeugen, mich zu unterstützen."

„Aber ich kann nicht! Ich sagte Ihnen bereits …"

„Ich glaube, Sie können sehr wohl", fiel er ihr ärgerlich ins Wort. Bethany Mills musste ihm einfach helfen. Sosehr Brett es hasste, das zuzugeben, aber sie war seine einzige Spur, seit Karl Weathers untergetaucht war. „Es ist sehr wichtig", sagte er ruhig.

„Für Sie?"

„Für uns alle."

„Ich weiß nicht recht …"

„Helfen Sie mir, Bethany", unterbrach er sie. „Ich brauche Ihre Hilfe."

Einen Augenblick lang schaute sie ihm tief in die silberblauen Augen. Dennoch fragte sie: „Und was genau muss ich tun, damit Sie endlich gehen und mich alleine lassen?"

„Helfen Sie mir einfach, Ihren Mann aufzuspüren", bat er sie eindringlich.

„Sofern er noch am Leben ist."

„Selbst, wenn er es nicht ist."

Bethany erschauerte bei diesem Gedanken. „Oh Gott, ich … ich bin mir nicht sicher."

„Helfen Sie mir, dann können wir die ganze Sache zu einem Ende bringen."

„Ich habe Ferien."

„Ich weiß. Und Sie haben sich nichts vorgenommen.“

Sie kniff die Augen zusammen und spürte, wie die Wut in ihrem Innern aufwallte. Gab es denn gar nichts, was er nicht wusste? „Sie sind wirklich ein Bastard, wissen Sie das?“

„Ich habe schon Schlimmeres gehört.“

„Darauf wette ich.“

„Ich dachte, Sie könnten mir vielleicht jetzt sofort helfen. Sie haben doch in den nächsten zwei Wochen Ferien. Niemand würde etwas bemerken. Ihr Leben würde nicht gestört.“

„Nein, es würde nur völlig umgekrempelt werden.“

Mit erhobener Hand schwor er: „Zwei Wochen, mehr nicht. Und wenn wir ihn bis dahin nicht gefunden oder zumindest eine höllisch gute Idee haben, wo er sich aufhalten könnte …, dann mache ich eben alleine weiter.“

„Wieso ist Ihnen das eigentlich so wichtig?“, erkundigte sie sich bei ihm.

Schlagartig setzte er eine undurchdringliche Miene auf. „Es ist rein geschäftlich.“

„Sie erwarten doch nicht ernsthaft von mir, dass ich Ihnen das glaube, oder?“, fragte sie. „Hören Sie, ich weiß nicht recht.“ Ihr Magen zog sich vor Furcht zusammen. Sie blickte ihm in die kalten, stahlblauen Augen. „Was gewinnen Sie dabei, Hanson?“

„Freiheit“, antwortete er wahrheitsgemäß. „Für uns beide. Die Befreiung von der Vergangenheit.“

„Und wenn das hier vorüber ist …, irgendwann in den nächsten beiden Wochen, dann gehen Sie und lassen mich in Ruhe?“

„Genau.“

Sie biss die Zähne zusammen. Entschlossen sagte sie: „Na gut, Mr Hanson, abgemacht. Das Einzige, was ich von Ihnen fordere, ist Folgendes: Wenn ich Ihnen helfe, möchte ich Jim Bensons Wort, und zwar schriftlich, dass Sie, er und alle anderen, die mit der First Security zu tun haben, sich aus meinem und dem Leben meiner Eltern für immer heraushalten!“

Das Feuer in ihren Augen amüsierte ihn. Er musste lächeln, als er ihr seine Hand entgegenstreckte: „Das, Mrs Mills, verspreche ich Ihnen!“

Bethany fragte sich, ob sie dabei war, den schlimmsten Fehler ihres Lebens zu begehen. Doch sie ergriff seine Hand, und seine langen, warmen Finger umschlossen ihre.

„Und was jetzt?" Sie zog ihre Hand zurück und versuchte, die plötzliche Wärme und Zufriedenheit in seinen Augen zu ignorieren.

„Für den Augenblick wäre es das gewesen. Ich komme später wieder, wenn ich ein paar Recherchen angestellt habe."

„Recherchen?"

„Zum Verbleib von Jake Weathers' Bruder Karl. Er war auch in Jakes Flugzeug, als Ihr Mann gesprungen ist. Mit seiner Aussage hat er die Geschichte seines Bruders damals bestätigt. Da nun bei Jakes Leiche ebenfalls einige der gestohlenen Wertpapiere gefunden wurden, ist Karls Alibi nicht mehr ganz so wasserdicht wie zuvor."

„Und Sie denken, er wüsste, wo Grant sich aufhält?"

„Vielleicht. Aber Karl ist untergetaucht. Nicht einmal zur Beerdigung seines Bruders ist er erschienen. Das ist ungewöhnlich, weil er und Jake sich sehr nahestanden. Es sei denn, er hat etwas zu verbergen."

„Und da Karl untergetaucht ist, sind Sie hierhergekommen."

Er nickte. „Grant hatte nicht sehr viele Freunde. Oder kennen Sie noch ein paar, von denen ich nichts weiß?"

„Das bezweifle ich."

„Das dachte ich mir schon." Brett ging zurück in die Eingangshalle und zog sich seine Stiefel über, bevor er in seine Jacke schlüpfte. „Ich komme wieder", sagte er und setzte sich den Stetson auf den Kopf.

Und was dann, fragte sich Bethany still. „Wann denn?"

„Später."

Dann war er weg. So schnell er in ihr Leben getreten war, so schnell war er daraus verschwunden. Aber nicht für lange, rief sie sich ins Gedächtnis zurück. Ein plötzliches Frösteln überkam sie, und sie warf ein weiteres Holzscheit ins Feuer.

Freiheit. Das hatte er versprochen. Es wäre besser, dachte sie, wenn Brett Hanson hält, was er verspricht!

4. KAPITEL

Du bist eine Idiotin", sagte Bethany sich später leise und schob dabei das letzte Backblech mit Plätzchen in den Ofen. „Wieso in aller Welt hast du diesem Typen vertraut? Dummheit, Bethany, aus purer Dummheit."

Noch immer murmelte sie vor sich hin, als es an der Tür klingelte. Sie fühlte, wie ihr Herz in der Erwartung, Brett auf der Veranda stehen zu sehen, schneller zu schlagen begann. Ruckartig öffnete sie die Tür. Doch statt Brett stand Jenny da. Ihr Gesicht war vor Kälte gerötet, und auf dem Arm trug sie Winston. „Ich dachte, dass ihm vielleicht langsam kalt wird", erklärte Jenny.

Bethany lachte und gab den Weg ins Haus frei. „Danke, Jenny. Ich sage es nur ungern, aber ich habe ihn ganz vergessen."

„Wieso?"

„Weil ich mich wahrscheinlich noch nicht daran gewöhnt habe, ein Haustier zu besitzen. Bring ihn einfach rein. Dann können wir ein paar Plätzchen essen."

Ohne eine weitere Aufforderung setzte Jenny den Hund auf den Boden. Wie der Blitz jagte Winston die kurze Eingangshalle entlang und wieder zurück. Freudig sprang er über die Couch und raste bereits im Kreis durch das Wohnzimmer, während Bethany noch die Haustür schloss.

„Pass auf!", rief sie, aber da war es schon zu spät. Der Welpe umkreiste den Weihnachtsbaum und hätte ihn beinahe umgerissen.

Jenny streifte die Stiefel ab, wickelte sich aus ihrem Schal und schüttelte die Zöpfe. Kichernd beobachtete sie die Eskapaden des kleinen aufmüpfigen Hundes. „Was macht er denn da?"

„Ich kenne den Fachausdruck dafür nicht. Aber mein Dad nannte es früher immer die ‚verrückten fünf Minuten'."

„Dein Dad hat einen Hund?"

„Meistens sogar zwei oder drei Hunde gleichzeitig", erklärte Bethany und machte sich auf den Weg in die Küche, in die ihr Jenny folgte.

„Drei Hunde?" Jenny musterte Bethany misstrauisch.

„Ja, klar. Er lebt auf einer sehr großen Farm. Normalerweise hält er sich einen Jagdhund und einen Schäferhund. Aber er nimmt auch jeden Streuner auf, der seinen Weg auf die Farm findet."

„Hast du auch auf der Farm gelebt?"
„Natürlich", bestätigte Bethany, stellte einen Teller mit glasierten Weihnachtsplätzchen auf den Tisch und zog sich einen Stuhl heran.
„Ich wette, das hat dir gefallen."
„Das hat es."
„Hast du auch ein Pferd gehabt?"
Bethany musste lächeln. „Mehrere sogar. Mein erstes Pferd war ein kleines Pony, das etwa so groß war wie du."
Ungläubig starrte Jenny sie mit großen Augen an. „Wirklich? Ein Pony?"
„Jawohl. Es hieß Doc und war das gemeinste kleine Pferd, das man sich vorstellen kann."
Jenny warf ihr einen schrägen Blick zu. „Hast du es nicht geliebt?"
„Doch, natürlich habe ich es geliebt."
„Aber du hast gesagt, es wäre gemein gewesen."
„Das war es auch." Bethany lachte, als sie sich an das übellaunige kleine Shetlandpony zurückerinnerte. Mit flach angelegten Ohren, die Augen wütend auf jeden potenziellen Reiter gerichtet, hatte es mehr Tricks auf Lager gehabt als ein Zirkusclown. „Aber es hatte Charakter. Und davon sogar sehr viel. Wir haben uns gut verstanden."
„Ich wünschte, ich würde auf einer Farm leben."
„Es war schon toll", sagte Bethany und brach ein Plätzchen in zwei Hälften. Die eine gab sie Winston, der sie verschlang und sofort nach einer weiteren Leckerei bettelte. „Und Weihnachten war die beste Zeit überhaupt auf der Farm. Meine Mom hat sich große Mühe gegeben. Dad und ich mussten den größten Baum der Farm suchen, ihn schlagen und nach Hause ziehen. Unterdessen bereiteten meine Mom und meine Tanten so viel zu essen vor, dass sie eine Armee hätten versorgen können. Wir sangen Weihnachtslieder zur Musik des alten Klaviers. Überall im Haus hingen Mistelzweige, rote Girlanden und Lichterketten."
Jenny drehte sich auf ihrem Stuhl zu Bethany und sah sie direkt an. „Was ist passiert?"
„Was meinst du?"
„Wieso bist du von dort fortgegangen?"
„Ach, das meinst du." Bethany seufzte und betrachtete das Schneetreiben vor ihrem Fenster. „Ich habe dir doch erzählt, dass ich mal verheiratet war. Erinnerst du dich?"

„Ja."

„Na ja, mein Mann und ich zogen nach der Hochzeit in die Stadt. Es war nicht so weit weg von meinen Eltern, und wir besuchten sie auch oft. Zumindest am Anfang."

„Bis dein Mann weggegangen ist?", fragte Jenny.

Bethany nickte. „Ja. Und dann bin ich hierhergekommen."

„Aber du kannst immer noch zurück, oder?"

Bethany dachte an die aufgegebenen Urlaubspläne. Nur mit Mühe konnte sie die Traurigkeit niederkämpfen, die sie seit dem Telefonat mit ihren Eltern fühlte. „Natürlich kann ich zurückgehen, Schätzchen. Wann immer ich möchte. Aber ich dachte, ich bleibe dieses Jahr hier. Um in den Ferien ein bisschen zu arbeiten. Weißt du, es ist ja mein erstes Jahr bei der Arbeit."

Sofort hellte Jennys Gesichtchen sich auf, und sie richtete ihre Aufmerksamkeit auf den Plätzchenteller.

„Darf ich noch eins nehmen?"

Froh um den Themenwechsel, reichte Bethany dem kleinen Mädchen ein mit Hagelzucker bestreutes Sternplätzchen. „Bitte sehr, und bevor du gehst, suchen wir ein Dutzend von denen aus", sagte sie und zeigte auf die Plätzchen, die auf dem Tresen abkühlten. „Dann kannst du sie mit nach Hause zu deiner Mom und deinem Bruder Joey nehmen."

„Ehrlich?"

„Ehrlich."

Jenny stellte sich auf einen Stuhl, um die verzierten Schneemänner, Rentiere und Weihnachtsmänner auf dem Blech genau zu betrachten. „Ich möchte das und das ... Wie viel ist überhaupt ein Dutzend?"

„Normalerweise zwölf, aber wir nehmen ein Bäckerdutzend. Das sind dann dreizehn."

„Oh, schön." Konzentriert nahm Jenny alle Plätzchen genau unter die Lupe und zeigte auf die, die ihr am besten gefielen. Bethany legte diese dann auf eine Platte und deckte sie mit einer roten Plastikfolie ab. „Wo ist denn der Mann, der heute hier war?", fragte Jenny, als sie von ihrem Stuhl herunterkletterte.

Der Gedanke an Brett vermieste Bethany augenblicklich die Weihnachtsstimmung. „Er musste gehen."

„Kommt er zurück?"

„Ich glaube schon."

„Ich glaube auch."

„Ach ja, das glaubst du? Wieso denn?", erkundigte sich Bethany verwundert.

„Na ja, weil er doch schon mal hier war."

Beinahe wäre Bethany die Platte heruntergefallen. „Er war schon mal da?"

„Ja, sogar viele Male."

„Hast du ihn gesehen?"

„Ja", bestätigte Jenny und sah Bethany komisch an. „Das habe ich dir doch gesagt."

„Wann? Wann war er hier?"

Das Kind zuckte mit den Schultern. „Ich weiß nicht mehr."

„Gestern? Oder vorgestern?"

Jenny verzog ihr kleines Gesicht, dachte offenbar angestrengt nach, aber hob dann die Hände. „Weiß nicht", sagte sie und schmollte ein wenig.

„Ist schon gut", beschwichtigte Bethany sie und versuchte, gleichzeitig ihr plötzlich wild schlagendes Herz zu beruhigen. „Es macht wirklich nichts." Sie half Jenny in ihren Mantel und legte der Kleinen den Schal sorgfältig um den Hals. Nachdem das Mädchen die Stiefel angezogen hatte, reichte Bethany ihr die Platte mit den Plätzchen. „Bist du sicher, dass du das nach Hause tragen kannst, ohne auszurutschen?"

„Ich kann das", versicherte Jenny überzeugt, bevor sie auf die Veranda trat und die Stufen hinabstakste.

„Sei vorsichtig", mahnte Bethany sie und zuckte bei jedem wackeligen Schritt zusammen.

„Mach ich", tönte es zurück.

Nachdem sie die Tür geschlossen hatte, beobachtete Bethany durch das Fenster, wie Jenny bedächtig den Hügel zur Auffahrt ihrer Mutter hinunterging.

„So! Dann war Brett Hanson also hier und hat herumspioniert", flüsterte sie vor sich hin. „Vielleicht hast du dich deshalb beobachtet gefühlt." Wütend auf sich selbst und auch auf Brett, ging sie zurück in die Küche und begann, das Geschirr zu spülen. „Also, Mr Hanson, wenn beziehungsweise falls Sie überhaupt zurückkommen, dann reden wir Tacheles."

Brett knallte den Hörer auf. „Verdammt!“, fluchte er und trat gegen einen Schneehaufen, als er die Telefonzelle verließ. Hier hatte er seine Ruhe haben wollen. Und jetzt war er bis auf die Knochen durchgefroren und vor Wut ganz außer sich!

Er ballte die Hände zu Fäusten, stopfte sie in die Taschen seiner Daunenjacke und ging im eisigen Wind die Straßen Portlands entlang. Dabei rekapitulierte er sein Gespräch mit Harry.

„Nimm sie in die Mangel, Hanson“, hatte Harry beharrt, nachdem Brett ihm von seiner ersten Begegnung mit Bethany berichtet hatte.

„Ich glaube nicht, dass das funktioniert.“

„Irgendwas muss aber funktionieren. Sie ist unsere einzige Spur zu Mills. Mach ihr den Hof, wenn es sein muss.“

„Ihr den Hof machen?“, hatte Brett ungläubig wiederholt. „Ach, komm schon, Harry, das ist keine spätabendliche Krimisendung. Es geht hier um eine Frau aus Fleisch und Blut!“

„Ja“, war es gedehnt durch den Hörer gekommen, „um eine Frau, die mit dem Mann verheiratet war, der die First Security um eine Million betrogen hat!“

„Sie hatte keine Ahnung davon!“

„Wie kannst du dir so sicher sein? Himmel noch mal, sie war schließlich mit dem Penner verheiratet!“

„Aber das war vor dem Diebstahl.“

„Mills hat sich jahrelang bei uns bedient.“

„Sie hat das nicht gewusst.“

„Klar doch, sie hat von nichts gewusst“, hatte Harry sarkastisch erwidert. „Hör mal, Hanson, Bethany Mills scheint mir nicht gerade ein Dummchen zu sein. Sie muss doch gemerkt haben, dass er mehr Geld zur Verfügung hatte, als er hier verdiente.“

„Sie erzählt die Geschichte anders“, hatte Brett entgegnet, wobei seine Wut die Oberhand zu gewinnen drohte. „Außerdem hat man euch doch das Geld erstattet. Die Versicherungsgesellschaft …“

„Hat zwar nach einigem Zögern bezahlt“, war Harry dazwischengefahren, „aber dafür die Versicherungsprämien verdoppelt! Jetzt hör mir mal zu, Brett. Pass auf, dass dir deine Gefühle nicht in die Quere kommen – so wie damals bei Robertas Tod.“

Diese Aussage hatte Brett so hart zugesetzt, dass er einfach aufgelegt hatte.

„Du kannst von Glück sagen, dass ich dir deinen erbärmlichen

Hals nicht umdrehe, Harry“, brummte er in Richtung Telefon. Zum Schutz vor der Kälte zog er die Schultern zusammen, als er am Ufer des Willamette River entlangschlenderte. Träge rann der graue Fluss unter der Hawthorne Bridge hindurch. Tausende Eiszapfen hingen wie Kristallkegel an der Ufermauer.

Die Stadt Portland war praktisch lahmgelegt. Mit Schneepflügen und Sandstrahlgebläsen kämpften Arbeiter erbittert gegen den beißenden Wind und den zunehmenden Schneefall an. Das schlechte Wetter gefährdete nicht nur die Stromleitungen, sondern brachte auch den Verkehr zum Erliegen.

Bei seinem Fußmarsch hielt er den Kopf gegen den Wind gebeugt und traf nur wenige Fußgänger auf den eisglatten Gehwegen. Als er jetzt den Teil der Stadt erreichte, der auch als Old Town bekannt war, blieb er vor einer der Bars am Wasser stehen und bahnte sich seinen Weg hinein.

Brett kehrte um kurz vor sieben Uhr zurück. Deutlich konnte Bethany hören, wie sich sein Jeep mühsam den Hügel hinaufquälte und auf ihrer Auffahrt zum Stehen kam. Mit klopfendem Herzen fing sie ihn an der Tür ab, noch bevor er überhaupt anklopfen konnte.

„Sie haben auf mich gewartet“, stellte er mit einem Lächeln fest. Mit seinem Hut in der Hand stand er auf der Veranda. Das sanfte Licht glättete seine rauen Gesichtszüge, ließ seine blauen Augen glänzen und reflektierte sich in seinen samtschwarzen Haaren. Attraktiv und gefährlich – Brett berührte eine geheime Stelle in Bethany, die sie auch vor sich selbst stets verborgen gehalten hatte.

„Sie sagten, dass Sie zurückkommen“, erinnerte sie ihn und machte den Weg frei, damit er eintreten konnte.

„Ich weiß, aber ich hatte nicht angenommen, dass Sie auf mich warten würden.“ Er stellte seine Stiefel in den Flur und hängte Hut und Jacke an den Kleiderständer.

„Das hier ist ja nicht gerade eine Willkommensparty“, hielt sie ihm entgegen.

„Ach?“, entfuhr es ihm überrascht. Er ging ins Wohnzimmer, beugte sich vor den Kamin und wärmte seine Hände am Feuer. Der Stoff seiner Cordhose spannte über seinem knackigen Hintern, sein Pulli straffte sich über seinen breiten Schultern. „Stört Sie irgendetwas?“, fragte er sie, nachdem er noch ein paar Scheite aufs Feuer gelegt und dabei zugesehen hatte, wie die Flammen auf das trockene Holz übergesprungen waren.

„Irgendetwas?“, wiederholte sie ungläubig. „Wie wär’s mit einem ganzen Sack voller Dinge?“ Sie setzte sich auf die Couch, lehnte sich zurück und kreuzte die Arme vor ihrer Brust.

„Okay. Was ist es denn? Schießen Sie los.“

„Eine meiner Nachbarinnen hat mir erzählt, Sie wären schon mal hier gewesen.“

„Das ist wahr.“ Er drehte sich um, nahm am Kamin Platz und heftete seinen Blick auf sie.

„Aber Sie sind nicht zum Haus gekommen.“

„Falsch. Bin ich. Aber Sie waren nicht da. Und ich war nicht nur das eine Mal hier, sondern gleich zwei Mal.“

„Zwei Mal?“

„Jawohl.“ Seine Augen blitzten, als würde ihm die Situation stilles Vergnügen bereiten. „Ihre Spionin ist nicht zufällig neunzig Zentimeter groß, trägt Zöpfe und ist sehr altklug für ihr Alter – das ich auf etwa drei Jahre schätze?“

„Vier Jahre“, korrigierte Bethany und lachte, als sich ihr Ärger aufzulösen begann.

„Und ich dachte die ganze Zeit, sie wäre einfach ein süßes kleines Mädchen.“

„Das ist sie. Aber sie hält Augen und Ohren offen. Jenny entgeht wirklich nichts.“

„Ein Energiebündel also?“

„Ganz bestimmt sogar.“

„Darauf wette ich.“ Er gluckste und rieb sich die Hände.

Bethany musste lächeln. Wenn Brett Hanson seine Nase nicht in Dinge steckte, die ihn nichts angingen, konnte er ein interessanter und durchaus charmanter Mann sein. „Haben Sie schon etwas gegessen?“, fragte sie ihn.

„Nicht seit dem Mittagessen.“

„Ich habe zwar nur eine selbst gemachte Suppe und Weihnachtsplätzchen, aber Sie sind zu beidem herzlich eingeladen.“

Er zögerte, konnte dann aber nicht widerstehen. „Das ist das beste Angebot, das ich heute gehört habe.“

„Dann kommen Sie. Es dauert nur eine Minute, die Suppe aufzuwärmen.“

Während Brett durchs Küchenfenster in die dunkle Nacht hinausblickte, erhitzte Bethany die übrige Hühnersuppe und sagte sich, dass sie sich wie eine Idiotin aufführte. Für Brett zu kochen und es ihm gemütlich zu machen ist so dumm, als würdest du mit dem Feind schlafen, schalt sie sich im Stillen. Brett Hanson arbeitete schließlich für Jim Benson. Und dem Inhaber und Präsidenten der First Security Bank würde es sicher gut gefallen, die Schuld für Grants Veruntreuung Grants Exfrau anhängen zu können.

Zwanzig Minuten später, nachdem er einen großen Teller Suppe aufgegessen hatte, bedankte sich Brett. „Das war hervorragend. Wo haben Sie nur so zu kochen gelernt?"

„Auf einer Farm in Idaho", antwortete sie und rutschte unruhig auf ihrem Stuhl hin und her. Um seinem Blick auszuweichen, sammelte sie das dreckige Geschirr ein und trug es zum Spülbecken.

„Haben Sie dort Ihr ganzes Leben verbracht?"

„Den größten Teil", gab sie knapp zurück, räumte die Teller in die Spülmaschine und goss ihnen beiden eine Tasse Kaffee ein. „Aber das wussten Sie doch schon, oder?"

Missmutig nahm er sich ein Plätzchen von der Platte und aß es bedächtig. „Sie sollten wissen, dass ich nicht hier bin, um Sie zu quälen."

„Das können Sie auch nicht", versetzte sie zornig. „Ich bin unschuldig!"

„Ich möchte lediglich Ihren Ehemann aufspüren."

„Meinen Exmann!", betonte sie und schlug die Tür des Geschirrspülers zu. Mit funkelnden Augen reichte sie Brett eine Keramiktasse. „Und lügen Sie mich nicht an. Würde Jim Benson denken, er könne Grants Verbrechen mir oder meiner Familie in die Schuhe schieben, dann täte er es. Immerhin steht sein Stolz auf dem Spiel."

Ein zynischer Zug umspielte Bretts Mund. „Wie ich sehe, kennen Sie den Mann."

„Das kann man so sagen. Dad und er haben sich nie verstanden. Schon als sie zusammen zur Schule gingen, waren sie Gegner. Und dann entschied Mom sich auch noch, Dad zu heiraten und nicht Jim. Aber das liegt schon Jahre zurück."

„Und Jim hat den beiden nie verziehen."

„Ich weiß es nicht. Vermutlich hat er das nicht. Andererseits hat er Grant einen Job gegeben …" Plötzlich sah sie auf und stellte fest, dass

Brett sie musterte. „Aber das muss ich Ihnen nicht alles erzählen. Das ist doch Schnee von gestern."

In ihr brodelte es. Sie ging hinüber ins Wohnzimmer und setzte sich an den Kamin. Mit beiden Händen umklammerte sie die Tasse, pustete über den dampfenden Kaffee. Dabei versuchte sie, die zunehmende Wut zu unterdrücken, die sie überkam, wenn sie daran dachte, wie ungerecht das alles war. „Wissen Sie, wenn ich den Mut dazu hätte, würde ich Sie und die First Security Bank zum Teufel schicken. Dann würde ich morgen in den Flieger nach Boise steigen und meine Eltern besuchen. Doch stattdessen vergrabe ich mich hier in Portland und hoffe, dass niemand etwas über Grant herausfindet. Ich habe Angst, nach Hause zu gehen, weil ich dann die Aufmerksamkeit wieder auf mich lenken würde. Und ich möchte meiner Familie ersparen, in Verlegenheit gebracht zu werden." Sie nippte an ihrem Kaffee, bemerkte kaum, wie er in ihrer Kehle brannte. „Wissen Sie, bevor Harry Benson meinen Eltern einen Besuch abgestattet hat und bevor Sie hergekommen sind, hatte ich die verrückte Vorstellung, dass ich wieder ein normales Leben führen könnte."

„Das können Sie", sagte er sanft.

„Wann?"

„Wenn wir Grant gefunden haben."

„Aber ich hatte mit dem, was er abgezogen hat, nichts zu tun. Wieso sollte ich dafür bestraft werden? Und meine Eltern erst ... Es ist so verdammt ungerecht."

„So etwas nennt man in der Psychologie ‚Schuld durch räumliche Nähe'", klärte er sie auf und versuchte damit, die Stimmung aufzulockern.

„Haargenau! Und das stinkt doch zum Himmel!"

„Dem kann ich nichts entgegensetzen", räumte er ein. Er schritt durch das Wohnzimmer zur Couch, setzte sich und streckte seine langen Beine aus. „Aber vielleicht können wir alles aufklären, wenn wir Grant finden."

„Falls Sie ihn finden."

Sie sah, wie sich Bretts Gesicht anspannte, bemerkte den Ausdruck neuer Entschlossenheit in seinen Augen. „Ich werde ihn finden", versprach er. „Es wird nur ein bisschen Zeit brauchen."

„Und meine Kooperation."

„Stimmt."

Zweifelnd runzelte sie die Stirn, doch sie hielt seinem Blick stand. „Ich glaube wirklich nicht, dass ich Ihnen helfen kann."

„Vielleicht kann ich Sie überzeugen, wenn ich Ihnen sage, was ich schon unternommen habe."

„Zumindest wäre es ein Anfang." Bethany lehnte sich zurück und beobachtete seine plötzlich harten Züge im Licht des Feuers.

„Sie wissen ja schon, dass ich Privatdetektiv bin."

„Das sagten Sie, ja."

„Eigentlich hatte ich mich schon beinahe zur Ruhe gesetzt. Doch ich schuldete Jim Benson einen Gefallen."

„Keine gute Voraussetzung."

Ein flüchtiges Lächeln erhellte sein Gesicht. „Richtig. Jedenfalls habe ich vor Monaten zugestimmt, Grant zu suchen."

„Wieso? Um was für einen Gefallen hat es sich gehandelt?"

Brett dachte an die Hütte seiner Mutter in den Bergen Washingtons, an die Tatsache, dass Jim Benson sein Stiefvater war. Daran, dass Jim und er nichts füreinander übrighatten. Dass er seit dem Tod seiner Frau Roberta nichts anderes wollte, als sein Leben wie ein Einsiedler auf dem Land seiner Mutter zu verbringen. Trotz alledem sagte er bloß: „Ich schuldete ihm Geld."

„Sie und der Rest der Bevölkerung von Süd-Idaho."

Brett zuckte die Schultern. „Zumindest konnte ich Billie Henshaw ausfindig machen. Sie hatte Grant geholfen, indem sie sämtliche Unterlagen über die Existenz der Pfandbriefe vernichtete, als diese von der Maklerfirma an die Bank verschickt wurden. Ohne Billie hätte Grant große Schwierigkeiten gehabt, die Pfandbriefe zu verkaufen."

„Die hatte er wohl trotzdem."

„Als ich Billie aufgespürt hatte, dachte ich, ich wäre aus der Abmachung mit Jim Benson raus. Ich nahm an, sie würde das FBI zu Grant führen – entweder versehentlich oder als Kronzeugin."

„Aber so ist es nicht gekommen."

„Nein. Noch bevor man sie verhaften konnte, sind sie und Jake Weathers bei dem Flugzeugabsturz ums Leben gekommen. Damit ist die ganze Untersuchung wieder am Ausgangspunkt angelangt."

„Nämlich bei mir?"

„Bei Karl Weathers."

„Ich habe keine Ahnung, wo er ist."

„Das weiß ich." Er stellte seine leere Tasse auf den Tisch und stand auf. Als er sich nun streckte, rutschte sein Pulli ein Stückchen nach oben und gab den Blick auf seinen flachen Bauch frei.

Bevor sie die Augen abwenden konnte, bekam sie flüchtig seinen Bauchnabel und die dunklen Härchen drum herum zu sehen. Mit einem Mal fiel Bethany das Schlucken schwer, als sie ihren Blick auf sein Gesicht richtete.

Wenn er gemerkt hatte, dass sie rot geworden war, dann zeigte er es zumindest nicht. „Aber Karl ist die einzige Person, die weiß, wo sich Grant aufhält. Falls er noch am Leben ist."

Der Gedanke, dass der Mann, den sie einmal geliebt hatte, tot sein könnte, ließ Bethany erzittern. Starr sah sie in ihre Tasse und nickte.

„Deshalb hoffe ich, dass mich Karl – sobald ich ihn aufgespürt habe – zu Grant und den gestohlenen Pfandbriefen führt."

„Abgesehen davon, dass Grant vielleicht nicht mehr lebt. Womöglich ist er beim Sprung aus dem Flugzeug ums Leben gekommen ..."

„Aber man hat einige der Wertpapiere bei Billie Henshaw gefunden", wandte er ein.

„Sie könnte ihren Anteil vor Grants Sprung an sich genommen haben."

„Möglich."

„Dies alles könnte sich als vollkommen aussichtslose Jagd entpuppen", gab sie zu bedenken.

„Das hoffe ich nicht. Wir gehen davon aus, dass Mills noch lebt. Deshalb brauche ich auch Ihre Hilfe." Forschend sah er sie mit seinen dunkelblauen Augen an.

Bethanys Herz pochte wie wild. Sie räusperte sich und löste sich von diesem wissenden, beinahe schon besitzergreifenden Blick. „Nun gut. Und wie passe ich in dieses Bild?", erkundigte sie sich.

„Für den Moment würde ich gerne jedes einzelne Papier noch einmal durchgehen, das Sie aus Ihrer Ehe mit Grant besitzen. Kontoauszüge, Kredite, Grundstücksurkunden, Briefe, Versicherungspapiere, Arbeitsunterlagen. Einfach alles."

„Das alles wurde schon überprüft", wandte sie ein.

„Ich weiß. Aber nicht von mir. Und ich will wirklich alles durchsehen: alte Adressbücher, Telefonrechnungen, alte Briefe und Belege."

„Das FBI und die Bank haben das schon gemacht."

„Aber vielleicht haben sie ja etwas übersehen. Ich will nur sichergehen. In Ordnung?"

Bethany musterte ihn von Kopf bis Fuß, doch unglücklicherweise gefiel ihr der Anblick. Diese Situation wäre um so vieles leichter, wenn sie ihn verachten könnte. „Jim Benson muss schon etwas Großes gegen Sie in der Hand haben“, sagte sie nachdenklich.

Brett verspannte sich. „Ich erwähnte doch, dass ich ihm Geld schulde.“

„Viel Geld?“

„Genügend.“

„Und wenn Sie Grant finden? Wird das die Schuld begleichen?“

„Ja.“

„Sie handeln also nur des Geldes wegen“, stellte sie ein wenig enttäuscht fest.

„So könnte man das wahrscheinlich ausdrücken“, erwiderte Brett ausweichend. Ihr eine rührselige Geschichte über die Blockhütte seiner Mutter zu erzählen würde zu nichts führen. Lass sie doch denken, was sie möchte, sagte er sich.

„Okay“, stimmte sie zu und stand auf. „Zumindest verstehen wir uns.“ Sie strich ihr dichtes rötlich braunes Haar aus dem Gesicht. „Ich habe aber noch eine Frage.“

„Schießen Sie los.“

„Wieso sind Sie mir gefolgt?“

Er bewegte sich nicht. „Das bin ich nicht.“

„Ich dachte, wir wollten ehrlich zueinander sein.“

Ernst sah er sie an. „Ich bin ehrlich. Ich habe Sie nicht verfolgt. Ich bin lediglich zu Ihrem Haus gekommen, als ich Sie gesucht habe.“

„Dann war’s vielleicht einer Ihrer Männer.“

„Ich arbeite allein.“

Entnervt schob sie ihre zitternden Hände in die Taschen ihrer Jeans. „Aber irgendjemand hat es getan. Und wenn es nicht einer von Jim Bensons Leuten oder Sie oder das FBI gewesen ist …“

„Sind Sie sicher, dass Sie verfolgt werden?“, fiel er ihr ins Wort. Er kam zu ihr herüber und legte die Hände auf ihre Schultern. Durchdringend sah er sie an.

Seine Hände fühlten sich stark und warm an. Allein seine Berührung beruhigte sie, und ihre Anspannung ließ allmählich nach. „Ich hatte nur so ein Gefühl.“

„Wie oft?“

„Ich weiß es nicht. Vielleicht einmal am Tag, vielleicht öfter.“

„*Einmal am Tag?*“, fragte er ungläubig. „Wie lange schon?“

„Seit ein paar Wochen.“

„Etwa so lange ist es her, dass Billie Henshaw und Jake Weathers umgekommen sind.“ Während er nachdachte, kniff er die Augen zusammen. Ein kalter, harter Ausdruck ließ sein Gesicht noch kantiger wirken. „Wann und wo?“

„Beliebig“, gab sie mit einem Schulterzucken zu. „Manchmal, wenn ich alleine hier im Haus bin. Oder im Supermarkt. Oder in der Schule. Mir ist niemand aufgefallen, aber das Gefühl kann ich auch nicht abschütteln. Ich dachte, Sie wären es gewesen.“

Er schüttelte den Kopf und sah ihr direkt in die bernsteinfarbenen Augen. „Setzen Sie sich“, sagte er, verstärkte leicht den Druck seiner Hände auf ihren Schultern und nahm dann neben ihr auf der Couch Platz. „Erzählen Sie mir alles.“

Erst schilderte sie nur widerstrebend. Doch nach einer Weile sprudelte es geradezu aus ihr heraus: Sie berichtete von dem Fahrradunfall und von dem Gefühl, beobachtet zu werden.

Schweigend hörte Brett ihr zu, doch seine Miene verdunkelte sich mit jedem Detail, das sie erwähnte.

„Vermutlich bilde ich mir das nur ein“, schloss Bethany endlich ihre Geschichte.

„Das glaube ich nicht.“

Sie blickte ihn an und sah den besorgten Ausdruck in seinen angespannten Zügen. „Wie meinen Sie das?“, fragte sie ihn. „Wissen Sie etwa mehr als ich?“

„Nein, aber ich habe vor langer Zeit gelernt, meinen Instinkten zu vertrauen. Und ich finde, wir sollten Ihren vertrauen. Wenn Sie das Gefühl haben, verfolgt oder beobachtet worden zu sein, gibt es dafür wahrscheinlich einen Grund.“

„Wie beruhigend“, murmelte Bethany sarkastisch.

Abrupt stand er auf, ging zur Haustür und schlüpfte in seine Jacke. „Ich gehe mal nach draußen und schaue mich ein wenig um.“

„Sie werden nichts finden.“

Er warf einen Blick über seine Schulter und lächelte. „Hoffentlich.“ Nachdem er seine Stiefel angezogen und seinen Hut aufgesetzt hatte, verschwand er in die Dunkelheit.

„Das ist doch Wahnsinn“, sagte sich Bethany. „Purer Wahnsinn!“

Bretts Augen gewöhnten sich langsam an die Dunkelheit. Verstohlen schritt er durch die Schatten, hielt von Zeit zu Zeit inne, ließ den Blick aufmerksam über die schneebedeckte Landschaft schweifen. Nur eine einsame Straßenlaterne und die farbenfrohen Weihnachtslichter in den Fenstern der Nachbarhäuser sorgten für Licht. In der Ferne war das Pfeifen eines Zuges zu hören, das mit dem scharfen Bellen eines Hundes beantwortet wurde. In der Ferne hörte er den Verkehrslärm auf einer freigeräumten Straße, doch hier oben auf dem Hügel war alles still. Friedlich. Trügerisch.

Er dachte an seine Mutter und an ihre Ehe mit Jim Benson. Und er überlegte, ob sein Stiefvater schäbig genug wäre, einen zweiten Detektiv zu engagieren, der ihn beobachtete, um ihm das Land nicht überschreiben zu müssen.

Mit knirschenden Zähnen schlüpfte Brett unter den niedrigen Ästen einer Tanne durch und beobachtete Bethanys kleines Häuschen.

Gelegentlich ging sie am Fenster vorbei, sodass er einen Blick auf ihr Gesicht werfen konnte. Sie schien besorgt. Aber das war kein Wunder. Schließlich konnte sie überhaupt nichts tun. Er fühlte so sehr mit ihr, dass es ihm innerlich einen Stich versetzte.

Zum Teufel mit dir, Grant Mills! Ich kriege dich und wenn es das Letzte ist, was ich tue.

5. KAPITEL

Über eine Stunde nachdem Brett nach draußen gegangen war, klopfte er wieder an die Garagentür.

„Und?", fragte Bethany, als sie ihn hereinließ, und versuchte dabei, ihre angespannten Nerven vor ihm zu verbergen.

Brett wirkte genauso besorgt wie sie selbst. Die Kälte hatte seine Haut gerötet, seine Augen waren so dunkel wie die Nacht. „Nichts." In der Garage klopfte er sich den Schnee von seinen Stiefeln und ließ sie dann dort stehen.

„Ich sagte doch, dass ich mir das wahrscheinlich nur einbilde."

„Und ich sagte, dass Sie unbedingt Ihren Instinkten vertrauen müssen."

„Was ist, wenn ich mich irre?"

„Dann ist nichts verloren. Vorsicht ist besser als Nachsicht, finden Sie nicht?" Er legte seine Jacke über die Rückenlehne eines Küchenstuhls, bevor er zum Herd ging und sich zum Aufwärmen eine Tasse Kaffee eingoss.

„Und was jetzt?", erkundigte sich Bethany.

„Ich glaube, ich bleibe besser über Nacht hier."

„Bitte *was*?"

„Nur falls Sie recht behalten und beobachtet werden."

„Jetzt machen Sie aber mal halblang", stieß sie ärgerlich hervor und schüttelte ungläubig ihren Kopf. „Sie können hier nicht bleiben!"

„Wieso nicht?"

„*Wieso nicht?* Weil ich in dieser Gemeinde als alleinstehende Lehrerin bekannt bin. Ich kann es nicht riskieren, dass jemand erfährt, dass Sie hier waren. Man könnte es falsch auslegen!"

Bretts Mundwinkel zuckten belustigt. „Wir leben nicht gerade im Mittelalter, oder?"

„Erzählen Sie das mal dem Schuldirektor!", entgegnete sie scharf. „Ich habe das gesamte letzte Jahr versucht, die Vergangenheit hinter mir zu lassen. Geschafft habe ich das nur, weil ich hierher umgezogen bin und einen Neuanfang gewagt habe. Ich kann es mir nicht leisten, dass Sie oder Grant oder die First Security das ruinieren!"

„Niemand wird etwas erfahren."

„Die Wahrheit kommt immer ans Licht."

„Dann sehen Sie mich als Ihren Bodyguard an."

„Ich brauche aber keinen!“ Erbost und zornesrot ging sie zu ihm hinüber und blickte ihm fest in die Augen. „Ich lebe nun schon seit fast einem Jahr hier alleine. In Boise habe ich der Presse, dem FBI und der Bank Paroli geboten. Weder Sie noch sonst jemand muss auf mich aufpassen!“ Nach einer Weile fügte sie hinzu: „Außerdem ist da ja noch Winston. Er bellt, wenn sich draußen jemand herumtreibt.“

Lachend warf Brett einen Blick auf den dürren Welpen. „Dieser Köter?“, fragte er, beugte sich nach unten und kraulte den Hund hinter den Ohren. „Sollte jemand hier mal einbrechen, würde dieser kleine Kerl wohl eher mit dem Schwänzchen wedeln, am Dieb hochspringen und ihm die Skimaske abschlecken!“

„Sehr witzig“, gab sie zurück, konnte aber ein Lächeln nicht unterdrücken. Als Wachhund taugte Winston wirklich gar nichts.

Brett streckte sich, leerte seine Tasse und stellte sie ins Spülbecken. Gegen den Tresen gelehnt, betrachtete er sie aufmerksam und fragte dann neugierig: „Wovor haben Sie eigentlich Angst?“

Vor Ihnen, schoss es ihr sofort durch den Kopf. Allerdings nicht einmal sich selbst wollte sie diesen Gedanken eingestehen. Dass sie ihn faszinierend fand, erschien ihr gefährlich: Sie musste ihre Gefühle bekämpfen. „Ich habe Angst, alles zu verlieren, wofür ich so hart gearbeitet habe“, erwiderte sie, und ihr war sehr wohl bewusst, dass das nur die halbe Wahrheit war. Aber sie durfte sich einfach nicht auf einen Mann einlassen, über den sie rein gar nichts wusste. Einen Mann, der sich bezahlen ließ, um ihren Exmann zu jagen. Einen Mann, der mit der Bank in Verbindung stand, die sie zur Verantwortung ziehen wollte für ein Verbrechen, das sie nicht begangen hatte.

Mit einer Hand fuhr Brett sich über die dunklen Stoppeln an seinem Kinn. „Sie sind eine sehr sture Lady.“

„Das hat man mir schon gesagt.“

„Ich halte es für eine gute Idee, hier zu bleiben und die Augen offenzuhalten“, erklärte er, als er quer durch den Raum ging und sich dicht vor sie stellte. Sie musste ihren Blick heben, um ihn anzusehen. „Was, wenn ich Ihnen mein Wort gebe, dass nichts passieren wird?“, fragte er leise. Sanft berührte er ihr Kinn und zwang sie so, in seine blauen Augen zu blicken.

„Ich weiß nicht, ob ich Ihnen glauben würde“, gab sie zu.

„Wieso nicht? Vertrauen Sie mir nicht?“

„Eigentlich nicht.“ Und mir traue ich noch viel weniger, wenn ich in deiner Nähe bin, dachte Bethany. Grant hatte ihr eine Lektion über Männer erteilt – sie brauchte keine weitere von Brett Hanson. „Ich bin nicht bereit für eine Beziehung mit Ihnen."

„Das hier ist rein geschäftlich", erwiderte Brett, doch er erschauerte innerlich bei dieser Halbwahrheit.

„Geschäftlich?", brauste sie auf. „Tja, ich hasse es! Ich hasse es, dass sich dieses Geschäft in mein Leben drängt! Ich hasse die Tatsache, dass ich alles, was ich je getan habe, offenlegen muss. Dass andere mich genau unter die Lupe nehmen und alles bewerten. Ich hasse es, dass ich nicht einmal in meinem Haus sitzen kann, ohne dass jemand darauf besteht, nur zu meinem Schutz besser bei mir zu bleiben!"

Brett seufzte und fuhr sich frustriert mit den Fingern durch sein dichtes Haar. „Mir gefällt die Situation ja auch nicht", versuchte er sie zu beschwichtigen. „Aber das ist meine Arbeit, und ich bin jetzt hier. Sofern Sie nicht die Polizei rufen und mich rauswerfen lassen, werde ich bleiben."

„Sie wissen genau, dass ich die nicht rufen kann", flüsterte sie, und ihre Augen funkelten vor Wut.

„Dann sollten wir das Beste aus einer verfahrenen Situation machen", schlug er vor. „Wenn es Ihren Sinn für Moral verletzt, dass ich im Haus schlafe, werde ich draußen im Jeep mein Lager aufschlagen."

„Das würden Sie nicht tun!"

„Wollen wir wetten?" Mit einem schiefen Lächeln und einem zynischen Glanz in den Augen warf er sich seinen Mantel über, ging zur Hintertür hinaus und schlüpfte in seine Stiefel. „Sie wissen ja, wo Sie mich finden, wenn Sie Hilfe brauchen." Damit setzte er den Hut auf und schloss die Tür. Leise vor sich hin fluchend ging er zum Auto.

„So ein abscheulicher, arroganter, selbstsüchtiger Mistkerl!", ereiferte sich Bethany und beobachtete durch ihr Fenster, wie er in dem vereisten Wagen seinen Wachtposten einnahm. „Es würde ihm recht geschehen, wenn er da draußen erfriert!"

Dennoch konnte sie den leisen Zweifel nicht zum Schweigen bringen, der an ihr nagte: Zumindest sollte sie so viel Anstand besitzen, ihn auf der Couch nächtigen zu lassen.

„Niemals!", schwor sie sich und ging in ihr Schlafzimmer. Dort zog sie ihr Nachthemd über und schlüpfte unter die dicke Bettdecke. Am Fußende rollte Winston sich zusammen. Irgendwie fühlte sie sich schuldig, weil sie es in ihrem Häuschen warm hatte.

„Seine eigene Entscheidung!“, murmelte sie. Trotzdem musste sie unwillkürlich daran denken, wie Brett draußen in der Kälte saß und nicht einmal seine Beine ausstrecken konnte.

Brett starrte durch die mit Eis überzogene Windschutzscheibe. Er nippte an dem lauwarmen Kaffee aus der Thermoskanne, doch der schmeckte bitter und linderte die Kälte nicht besonders. Selbst der mit Daunen gefüllte Schlafsack, den er sich über seine Beine gelegt hatte, konnte die Winterkälte Oregons um drei Uhr morgens nicht länger abhalten.

„Ich dachte, hier regnet es die ganze Zeit“, grummelte er vor sich hin, als er den letzten Schluck aus seiner Tasse nahm. Wieder suchte er die still daliegende Straße mit den Augen ab. Nichts störte die Ruhe, und der Schnee fiel unaufhörlich vom dunklen Nachthimmel. „Toll“, murmelte er sarkastisch und drückte sich tiefer in den Sitz, um seine Beine wenigstens ein bisschen bewegen zu können. Dabei rutschte ihm die Krempe seines Hutes über die Nase. „Das ist einfach toll!“

Bethany stand schon am Herd und briet etwas Bacon an, als sie ein dumpfes Klopfen an der Hintertür hörte. „Einen Moment“, rief sie. Sie schloss die Tür auf und ließ Brett rein. „Wie haben Sie geschlafen?“, begrüßte sie ihn freundlich.

„Ich habe nicht geschlafen“, brummte er.

„Soll ich jetzt mit Ihnen Mitleid haben?“ Lächelnd sah sie ihn mit ihren warmen goldgrünen Augen an.

„Es wäre ein Anfang“, gab er zurück und streckte sich, um seine verkrampften Muskeln ein wenig zu lösen.

„Na gut. Es tut mir leid, dass Sie draußen in der Kälte schlafen mussten, aber das war nicht meine Idee.“

„Ist Teil der Arbeit, Ma'am“, erwiderte er mit einem breiten Lächeln, als sie ihm eine Tasse frischen Kaffee reichte. „Was tut man nicht alles für die Pflicht?“

„Aber sicher.“ Sie ging zurück an den Herd, legte den Speck auf einen Teller und machte sich daran, Eier zu braten. „Hunger?“, fragte sie über die Schulter.

„Ich bin am Verhungern.“

„Ich vermute, die ganze Nacht draußen in der Kälte zu verbringen macht ganz schön hungrig?“

„Sie vermuten richtig."

Mit einem flüchtigen Blick in seine Richtung begann sie, Pfannkuchen und Rösti zuzubereiten. „Und vermutlich kann ich Ihnen dafür wenigstens etwas zu essen anbieten. Haben Sie Kleidung zum Wechseln dabei?"

„Ja, im Jeep. Weshalb?"

„Weil ich mir dachte, dass Sie sich vielleicht mit einer heißen Dusche aufwärmen möchten. Wenn Sie dann fertig sind, dürfte das Frühstück auch so weit sein."

Überrascht zog Brett eine Braue hoch und konnte den teuflischen Glanz in seinen Augen nicht verbergen. „Was ist denn das? Ein Sinneswandel? Sind Sie nicht die Lady, die sich solche Sorgen um ihren makellosen Ruf macht?"

„Es ist doch nur eine Dusche", entgegnete sie knapp. Sogar sich selbst gegenüber gab sie es nur ungern zu, aber sie hatte ihn gerne um sich. Vielleicht wäre eine Beziehung mit ihm es wert, ihren Ruf zu riskieren? Bislang war ihr Verhältnis jedenfalls unschuldig. „Das ist nichts Besonderes."

„Gestern Nacht war es aber noch etwas Besonderes", betonte er.

„Das war etwas anderes."

„Inwiefern?"

Genervt verdrehte sie die Augen und verzog das Gesicht. „Okay, vielleicht war es das nicht. Ich habe allerdings gestern Nacht auch nicht viel geschlafen. Deshalb habe ich mich entschlossen, mit Ihnen und nicht gegen Sie zu arbeiten. So bringen wir diese Geschichte vielleicht schneller hinter uns."

Brett lachte breit – und genau dieses umwerfende Lachen wirbelte jedes Mal Bethanys Sinne durcheinander. „Ich wusste doch, dass Sie Grips in Ihrem hübschen Kopf haben. Bin ich froh, dass Sie ihn endlich wiedergefunden haben!"

„Aber jetzt raus mit Ihnen", erwiderte sie, musste aber lachen. Sie deutete auf den Wäscheschrank im Flur. „Dort finden Sie frische Handtücher. Das Bad liegt gegenüber."

Innerhalb weniger Minuten hörte sie das Wasser laufen. Sie widmete sich wieder den Pfannkuchen. Als sie den Tisch für zwei deckte, summte sie ein Lied. Dabei fragte sie sich, warum sie sich so sicher fühlte, wenn Brett im Hause war. „Weil du eine Närrin bist", sagte sie sich und zupfte ein verschrumpeltes Blütenblatt vom Weihnachtsstern, der auf dem Küchentisch stand. „Eine einsame Närrin, die hofft, sich die Weihnachtszeit mit einer kleinen Romanze zu versüßen."

In der Luft im Badezimmer hing noch der Wasserdampf, als Brett in den beschlagenen Spiegel blinzelte, um sich zu rasieren. Mit seinem stumpfen Rasierer schnitt er sich gleich zwei Mal. Als der Spiegel endlich frei war, hielt er in seiner Bewegung inne.

„Was machst du eigentlich?", fragte er sein Spiegelbild. „Und vor allem, warum?" Natürlich sagte ihm seine Vernunft, dass er lediglich Bethany zu schützen versuchte. Er war nicht sicher, ob er verstand, was hier vor sich ging. Wenn sie aber ehrlich annahm, dass sie verfolgt wurde, läge es in seinem eigenen Interesse, sie zu beschützen.

Aber es war mehr als das. Er war hier, in ihrem Haus, weil er hier sein wollte. Weil Bethany ihn faszinierte. „Dann hatte Harry also recht", mahnte er sein verschwommenes Spiegelbild. „Du lässt zu, dass dir deine Gefühle in die Quere kommen." Er blickte in seine eigenen blauen Augen. „Du armer, jämmerlicher Tropf", flüsterte er, wütend auf sich selbst und auf die ganze Welt.

Als Bethany ihn den Flur entlangkommen hörte, drehte sie sich zu ihm um. Bei seinem Anblick hüpfte ihr Herz wie verrückt, und ihr Puls beschleunigte sich. Mit nacktem Oberkörper schritt er auf sie zu. Er rubbelte sich die dunklen Haare trocken und wischte mit dem Handtuch schließlich auch die Wassertropfen weg, die in seinem Gesicht und an seinem Hals glänzten. Auf seiner muskulösen Brust kräuselten sich dunkle Härchen, die sich zum Bund seiner ausgeblichenen Jeans hin einen immer schmaleren Weg bahnten.

Ihr Herz schlug schneller.

Sein Blick fing ihren auf, hielt ihn einen Augenblick gefangen. Doch dann schaute Brett hinüber zum Tisch. „Das sieht aber toll aus", sagte er mit rauer Stimme, als er das herzhafte Frühstück sah. „Was soll ich damit machen?", fragte Brett sie und hielt das nasse Handtuch hoch.

„Werfen Sie es einfach über den Rand der Duschkabine."

Er ging zurück ins Bad – und Bethany ließ ihn nicht aus den Augen. Sie nahm das Spiel seiner Muskeln in sich auf, als er das Handtuch faltete. Bemerkte die Kraft in seinen Schultern, als er sich ein sauberes Flanellhemd überzog.

„Mir tut jeder einzelne Knochen weh“, erklärte er und setzte sich an den Esstisch.

„Vielleicht brauchen Sie einfach etwas Warmes zu essen.“

Zustimmend nickte er, sah zu ihr auf und lächelte sie an. „Danke.“

Bethany fühlte, wie sie errötete. „Schon gut. Bedienen Sie sich ruhig.“

Sie nahm ihm gegenüber Platz und aß still, spürte aber seinen Blick auf sich ruhen.

„Tut mir leid, dass Sie eine unbequeme Nacht hatten“, brach sie die Stille.

Er zuckte die Schultern, aß den letzten Bissen seines Toasts und nippte an seinem Kaffee. Dabei blickte er sie über den Rand seiner Tasse forschend an.

„Möglicherweise haben Sie das aber verdient, nachdem Sie letzte Nacht so starrköpfig wie ein Esel waren“, fuhr sie unbeirrt fort.

„Möglich.“

„Und vielleicht haben Sie die Situation übermäßig aufgebauscht.“

„Oder vielleicht haben Sie das“, entgegnete er und rückte vom Tisch weg, ohne jedoch auch nur einen Moment seine Augen von ihr abzuwenden.

„Auch möglich“, gab sie zu. Sie räumte den Tisch ab und stellte das Geschirr auf den Tresen. „Und was tun wir jetzt?“

„Zeigen Sie mir alles, worum ich Sie gestern gebeten habe: die alten Belege, die Papiere. Dann gehe ich all das durch. Sie können das tun, was Sie für heute geplant hatten.“

„Eigentlich hatte ich heute nichts Besonderes vor“, gestand sie.

„Dann tun Sie einfach so, als wäre ich gar nicht da.“

Leichter gesagt als getan, dachte sie bei sich. Sie führte ihn in das zweite Schlafzimmer, das sie als Abstellkammer verwendete. Dort zeigte sie ihm alle noch vorhandenen Unterlagen aus ihrer Ehe mit Grant. Brett setzte sich an den Rollschreibtisch und überprüfte sorgfältig jedes einzelne Stück – sei es eine Eintragung im Scheckbuch, eine Adresse oder eine Telefonnummer. Tatsächlich schien er zu erwarten, auf einen Hinweis darauf zu stoßen, was mit Grant passiert war.

„Diese Dinge sind schon Hunderte Male durchgesehen worden“, sagte sie gedehnt. „Alles wurde kopiert, überprüft und hinterfragt, sowohl von der Polizei als auch von den Bankprüfern. Ich verstehe nicht, was Sie hier zu finden hoffen.“

„Etwas, das die vielleicht übersehen haben."

„Na dann, viel Glück", flüsterte Bethany und ließ ihn alleine.

Der Nachmittag verging schnell. Doch Bethany konnte nicht vergessen, dass Brett im Haus war, bemerkte ihn, wann immer sie den kleinen Flur entlangging. Während er arbeitete, verbrachte sie die Zeit damit, die Hausarbeit zu erledigen. Dabei versuchte sie, nicht daran zu denken, dass sie schon im Flieger nach Boise sitzen würde. Wenn nur die Dinge anders lägen.

Brett stellte ihr ein paar Fragen, erledigte hin und wieder ein Telefonat, saß aber die meiste Zeit still auf seinem Stuhl.

Im Normalfall hätte seine Präsenz in ihrem Haus sie sicherlich gestört. Jedoch genoss sie es regelrecht, mit ihm zusammen zu sein. Er war dankbar für den Kaffee, den sie ihm brachte. Er lächelte, wenn sie den Kopf durch die Tür steckte und nach ihm sah. Und er sann über ihre Antwort nach, wenn er ihr eine persönliche Frage über ihre Ehe mit Grant stellte.

Sein trockener Humor amüsierte sie. Bethany entschied, dass Brett Hanson ein umwerfend gut aussehender und charmanter Mann sein konnte, wenn er nur nicht so bierernst war.

Am späten Nachmittag klingelte es dann an der Tür. Als Bethany öffnete, stand Jenny, wie immer mit strahlenden Augen, auf ihrer Veranda.

„Ich soll mich für die Plätzchen bei dir bedanken", verkündete das kleine Mädchen.

„Gern geschehen", lachte Bethany.

„Außerdem möchte Mama, dass ich dir das hier gebe." In ihren Händen, die in dicken Fäustlingen steckten, hielt sie ein Glas Brombeergelee.

„Dann richte deiner Mom ein Dankeschön von mir aus."

„Mach ich." Jenny reckte den Hals, um nach dem kleinen Hündchen zu sehen.

Sofort war Winston an der Tür und wedelte eifrig mit dem Schwanz.

„Möchtest du einen Augenblick reinkommen?", fragte Bethany.

„Au ja!" Kaum hatte sie geantwortet, war Jenny auch schon durch die Tür gehuscht. „Machst du wieder Plätzchen?"

„Heute nicht", antwortete Bethany und sah deutlich die Enttäuschung in den Augen des Kindes. „Aber ich habe noch ein paar übrig. Willst du eins?"

„Klar doch!“ Jenny kletterte auf ihren Lieblingsstuhl und wartete gespannt. „Können wir zusammen welche backen?“

„Natürlich, aber nicht heute, ja? Wie wäre es mit Morgen?“

„Ich gehe es gleich Mama sagen.“ Sie sprang von ihrem Stuhl, blieb dann aber wie angewurzelt stehen. Mit großen Augen betrachtete sie Brett, als dieser in die Küche kam.

„Du kannst es ihr auch später noch sagen. Möchtest du zu deinem Plätzchen eine heiße Schokolade trinken?“, erkundigte sich Bethany.

Jenny, die Brett noch immer unverwandt anstarrte, nickte nur.

„Und Sie?“ Bethany lächelte Brett an.

„Wieso nicht?“ Als Brett sich gesetzt hatte, stellte er sich der Kleinen vor. Auch Jenny kletterte nun wieder auf ihren Stuhl und lehnte sich gemütlich zurück, während Bethany einen Teller mit Plätzchen auf den Tisch stellte. Brett und Jenny unterhielten sich, als würden sie sich schon ewig kennen.

„Gehst du mit mir Schlitten fahren?“, fragte Jenny, als sie einen mit Zuckerguss verzierten Schneemann gegessen hatte und nach einem weiteren griff.

Brett grinste, schüttelte aber den Kopf. „Ich habe keinen Schlitten.“

„Bethany hat einen Tellerschlitten!“, rief die Kleine aufgeregt.

„Stimmt das?“ Brett sah Bethany an, die gerade am Tresen lehnte und die beiden beobachtete.

„Ja. Und wir dürfen ihn bestimmt benutzen, oder? Bethany?“ Mit erwartungsvollem Blick drehte Jenny sich in Bethanys Richtung.

Bethany stellte zwei dampfende Kakaobecher auf den Tisch. „Einen oder zwei?“, fragte sie Jenny und hielt eine Handvoll Marshmallows über Jennys Becher.

„Fünf!“, kam es wie aus der Pistole geschossen.

„Wie befohlen!“

Jenny ließ sich aber keineswegs ablenken. „Wir dürfen aber deinen Schlitten benutzen, oder?“

„Wenn deine Mom nichts dagegen hat.“

„Sicher nicht. Ihr ist es egal, solange ich ihr nicht auf die Nerven gehe.“

Unschlüssig biss Bethany sich auf die Unterlippe. „Vielleicht an einem anderen Tag, Jen. Mr Hanson hat noch viel Arbeit.“

„So viel ist es auch nicht“, verteidigte sich Brett und rückte vom Tisch ab. „Wie heißt es noch gleich: Arbeit allein macht auch nicht glücklich.“ Er zwinkerte Jenny zu und fragte: „Wo ist dieser Schlitten? In der Garage?“

Während sie das Geschirrtuch faltete, nickte Bethany zunächst. Dann jedoch entschied sie, dass sie für Jenny die Verantwortung trug. Sie kannte Brett noch nicht gut genug, um ihm das Kind einer anderen anzuvertrauen. Also griff sie nach Mantel, Handschuhen und Schal und folgte den beiden nach draußen.

Winston hüpfte aufgeregt durch den frisch gefallenen Schnee. Die Kinder quietschten vor Vergnügen und sausten den Hügel auf Schlitten und dicken Reifenschläuchen hinunter.

„Erinnert Sie das an Weihnachten zu Hause?“, fragte Brett und sah Jenny dabei zu, wie sie den Berg hinunterrauschte.

„Nein, es war anders, irgendwie ruhiger auf der Farm“, antwortete Bethany. „Der nächste Nachbar war etwa einen Kilometer entfernt. Hin und wieder trafen wir uns beim Hügel der Taylors und fuhren auf unseren Rodelschlitten runter. Aber oft blieb dafür keine Zeit, weil die täglichen Pflichten erledigt werden mussten: Kühe melken, Eier einsammeln, Hühner und Schweine füttern.“

„Vermissen Sie es?“ Brett stand ganz nah bei ihr. Als er den traurigen Ausdruck in ihren Augen erblickte, überkam ihn unerwartet ein übermächtiges Gefühl der Begierde. Es war absurd! Völlig abwegig! So hatte er bisher nur ein einziges Mal gefühlt. Bei Roberta.

„Ob ich die Farm vermisse?“, wiederholte sie. „Ja, manchmal schon. Vor allem an den Feiertagen. Was ist mit Ihnen? Wo ist Ihre Familie?“, erkundigte sie sich.

Brett ließ seinen Blick von ihrem Gesicht zu einer Reihe hochgewachsener Tannen hinter ihr schweifen. „Sie sind alle tot“, sagte er. „Meine Mutter starb, als ich noch sehr jung war.“

„Und Ihr Vater?“

Mit angespannter Miene sah Brett sie direkt an. „Ich habe ihn nie kennengelernt.“

„Oh!“ Plötzlich fror Bethany. „Verzeihung, ich wollte nicht neugierig sein.“

„Ist schon gut“, versicherte er, ehe er einen Arm um ihre schmalen Schultern legte. „Auge um Auge, meinen Sie nicht?“

Traurig lächelte sie und nickte. „Na gut. Dann sind wir wohl quitt. Da wäre nur noch eine Sache.“

„Welche?“

„Sie wissen alles über meine Ehe. Wie steht's mit Ihnen?"

Er zögerte, und sein Blick verdunkelte sich, als er zum zinnfarbenen Himmel aufschaute. „Ich war einmal verheiratet", räumte Brett ein und starrte ins Leere, während er sich an Robertas wunderschönes Gesicht erinnerte. An ihre vertrauensvollen braunen Augen, ihr ungezwungenes Lächeln. Mit den Jahren verblasste ihr Bild jedoch in seinem Gedächtnis, und dieser Verlust schmerzte ihn sehr.

„Was ist passiert?", fragte Bethany. Sie konnte seine Trauer zwar spüren, wollte aber unbedingt mehr über ihn erfahren.

„Das liegt schon lange zurück. Sie wurde bei einem Autounfall getötet. Der Fahrer ist einfach geflohen."

Bethany war erschüttert. Ihr fehlten die Worte. „Das tut mir leid", flüsterte sie.

„Es ist vorbei", sagte er mit unterdrückter Wut.

„Dann wurde der Fahrer also verurteilt?"

„Nein." Brett strich sich über den verspannten Nacken. Sein Blick war so finster wie die Nacht, die allmählich hereinbrach. „Der Bastard kam davon."

„Das hat Sie sehr mitgenommen, nicht wahr?"

„Wie gesagt, es ist vorbei." Mit zusammengebissenen Zähnen wandte er sich ab und marschierte ins Haus.

Eine Stunde später schickte Bethany Jenny nach Hause. Nachdem sie den Schlitten in der Garage verstaut hatte, pfiff sie Winston herbei und ging in die Küche. Bis auf das leise Ticken der Uhr auf dem Kaminsims und das schwache Summen des Kühlschranks lag das Haus in völliger Stille.

Da die Tür zum Arbeitszimmer geschlossen war, wagte Bethany nicht zu klopfen. Offenbar benötigte Brett Zeit für sich. Sie war gerne bereit, sie ihm zu geben. Nachdem sie ein Feuer im Kamin entfacht hatte, schaltete sie die Weihnachtsbaumbeleuchtung und das Radio ein. In der Küche begann sie dann, Maisbrot zu backen und eine sämige Muschelsuppe zu kochen.

Der warme Duft von frisch gebackenem Brot und der köchelnden Suppe erfüllte das Haus, und das Feuer knisterte. Sanfte Musik hallte durch die winzigen Zimmer. Weihnachten lag in der Luft, und Brett saß in ihrem Arbeitszimmer. Bei diesem Gedanken konnte Bethany ein glückliches Lächeln nicht unterdrücken.

Sacht klopfte sie an seine Tür und hörte, wie er brummte.

Vorsichtig öffnete sie die Tür einen Spaltbreit und spähte hinein. „Ist es sicher, hereinzukommen?“

Er drehte sich zu ihr um und zwang ein Lächeln auf seine Lippen. „Ich wollte Sie vorhin nicht so anfahren.“

„Ist ja nichts passiert“, beruhigte sie ihn und schlüpfte in den Raum. „Ich wollte Ihnen als Friedensangebot nur einen Eierpunsch anbieten.“

„Ist das ein Waffenstillstand?“

„Ja. Na, wie steht's damit?“

„Klingt gut.“

„Dauert nur einen Augenblick.“ Und schon war sie wieder verschwunden, um ihnen beiden einen Eierpunsch zuzubereiten. Gerade als sie die Drinks auf ein Tablett stellen wollte, kam Brett in die Küche.

„Zum Wohl“, prostete sie ihm zu, nachdem sie ihm ein Glas gereicht hatte.

„Zum Wohl.“ Einen aufregenden Moment lang hielt sein Blick ihren gefangen, dann sah er fort.

„Kommen Sie doch ins Wohnzimmer“, lud sie ihn ein. Dabei war ihr sehr wohl bewusst, dass sie mit dem Feuer spielte, aber es war ihr egal. Brett um sich zu haben vermittelte ihr ein Gefühl der Freude, das sie schon seit Jahren nicht mehr gespürt hatte. Noch nicht einmal mit Grant.

Mit unbewegter Miene betrachtete er den blinkenden Weihnachtsbaum und setzte sich an den Kamin. „Wissen Sie“, sagte er beinahe zu sich selbst, „ich glaube, Ihr Exmann muss den Verstand verloren haben.“

„Wieso?“, fragte sie überrascht.

Seine blauen Augen wirkten ernst, als er ihr Gesicht erforschte. „Wenn ich je eine Frau wie Sie fände, würde ich sie niemals gehen lassen.“

Der Alkohol und das Kompliment lösten eine wohlige Wärme in Bethany aus, sodass sie errötete. Verlegen sah sie zum Weihnachtsbaum. „Wir sollten jetzt besser essen“, antwortete sie, trank ihr Glas aus und wollte in die Küche gehen.

„Bethany?“ Bretts Stimme war leise und heiser. Der Klang ihres Namens aus seinem Mund ließ ihr Herz schneller schlagen.

Sie warf ihm einen Blick über die Schulter zu, drehte sich zu ihm um und wartete. Langsam kam er auf sie zu. Dann fühlte sie, wie er seine Hände auf ihre Schultern legte. „Ich meinte es ernst, als ich sagte, ich würde unsere Beziehung strikt aufs Geschäftliche beschränken“, flüsterte er. Dabei strich Brett mit einer Hand an ihrem Hals entlang und berührte sachte ihr Kinn. „Aber es wird die Hölle werden.“

Tief in seinen Augen spiegelte sich nicht nur das Strahlen der Lichterkette. Deutlich erkannte sie darin die schwelende Begierde, die er zu kontrollieren versuchte.

„Ich weiß“, flüsterte sie und fuhr sich unbewusst mit der Zunge über die Lippen.

„Ich versuche, auf Abstand zu bleiben, aber du darfst mich nicht in Versuchung führen.“

„Das tue ich doch gar nicht …“

„Doch, das tust du.“ Das Feuer loderte in seinen Augen auf. „Sei nicht zu nett zu mir, Bethany. Versuche nicht, mich mit deinem hübschen Lächeln zu verführen, mit sanfter Musik oder mit gemütlich hergerichteten Räumen, die vor Weihnachtsstimmung nur so strotzen.“

„Das wollte ich nicht.“

„Vielleicht nicht. Aber ich warne dich“, sagte er, fuhr aber dennoch fort, die zarte Haut ihres Halses zu streicheln. „Du könntest mehr bekommen, als du möchtest.“

„Das habe ich schon!“, fuhr sie ihn an, wütend auf sich und auch auf ihn. „Ich wollte Sie überhaupt nicht hier haben!“ Heftig riss sie sich von ihm los und rieb sich die Arme. „Sie können diese Situation natürlich deuten, wie Sie möchten! Aber ich versuche einfach nur, das Beste aus dieser scheußlichen und unbequemen Lage zu machen. Und das könnten Sie wenigstens anerkennen!“

Sie machte auf dem Absatz kehrt und stürmte in die Küche. Das Geschirr klapperte laut, als sie den Tisch deckte. Brett folgte ihr, lehnte sich gegen die Wand und sah dabei zu, wie sie den Großteil ihrer Wut am Besteck ausließ.

„Ich wollte Sie nicht verärgern.“

„Tja, dumm gelaufen. Setzen Sie sich einfach hin, und essen Sie.“ Mit funkelnden Augen wartete Bethany, bis er Platz genommen hatte. Dann gab sie die Suppe auf die Teller und stellte das Brot und den Salat auf den Tisch.

Sie aßen, ohne ein Wort miteinander zu wechseln.

„Das war das beste Essen seit Jahren“, sagte er, sobald er fertig war.

„Ist nur Suppe“, antwortete sie knapp.

„Tja, sie schlägt mein übliches Dosenfutter um Längen. Danke.“ Nachdem er sein Geschirr abgeräumt hatte, zog er sich ins Arbeitszimmer zurück.

Bethany versuchte, ihren Streit zu vergessen. Obwohl sie es sich selbst nur sehr ungern eingestand: In aller Stille hatte sie sich in ihn verliebt. Sie dachte sogar daran, wie es wäre, wenn sie sich lieben würden!

„So hast du es ja gewollt“, schalt sie sich.

Als er später aus dem Arbeitszimmer zu ihr ins Wohnzimmer kam, fand er sie lesend vor. Sie blickte auf und setzte die Brille ab. Aus seiner Hosentasche zog er nun ein kleines braunes Buch.

„Ist das sicher das einzige Adressbuch von damals?“, fragte er und hielt das ramponierte Buch hoch.

„Absolut sicher.“

„Was ist mit seiner Arbeit?“

„Es wurde alles beschlagnahmt, was er dort zurückgelassen hat. Was nicht besonders viel war.“

Brett wusste das und noch viel mehr. Grant war schlau genug gewesen, seinen Tischkalender, die Adressdatei und alle persönlichen Papiere mitzunehmen, als er an jenem Freitagnachmittag die Bank mit Pfandbriefen im Wert von einer Million Dollar im Aktenkoffer verließ.

Bethany warf ihr Buch auf den Couchtisch. „Haben Sie etwas gefunden?“

„Nein. Aber ich habe auch erst ein Drittel der Unterlagen dort drinnen gesichtet“, sagte er mit einem Nicken in Richtung Arbeitszimmer.

„Und wenn Sie nichts finden, was passiert dann?“

„Dann suche ich sorgfältiger.“

„Was, wenn Sie überhaupt nichts finden, das Ihnen hilft?“, beharrte sie.

Mit den Fingern rieb er sich den Nasenrücken. „Darüber denke ich nach, wenn es so weit ist. Aber heute nicht mehr.“ Um seine Muskeln zu entspannen, streckte er die Arme hoch über den Kopf. „Für heute bin ich fertig.“

„Dann gehen Sie?“

Entschieden schüttelte er den Kopf. „Nein.“

„Hier bleiben Sie jedenfalls nicht!“, rief Bethany.

„Und Sie sind noch immer sauer."

Sie sah ihn an. „Ich mag es nur nicht, wenn Sie mich beschuldigen, ich würde Sie verführen." Daraufhin nahm sie ihren Roman zur Hand und sagte, ohne aufzublicken: „Gute Nacht."

„Ich gehe nicht."

„Und ich führe nicht den gleichen Streit wie gestern Abend. Sie können sicherlich irgendwo hingehen ..."

„Nicht, bis ich das gefunden habe, was ich suche. Außerdem glaube ich nicht, dass es sicher für Sie ist, hier alleine zu bleiben."

Erneut schleuderte sie das Buch auf den Tisch. „Großartig. Einfach großartig!", rief sie wütend. „Sie platzen einfach in mein Leben und erwarten von mir, dass ich alles befolge, was Sie sagen. Und wenn ich dann versuche, es Ihnen bequemer zu machen, werden Sie sauer. Andererseits wollen Sie die Nacht in meinem Haus verbringen. Tja, vergessen Sie's, Hanson. Sie sind hier nicht willkommen!"

„Wenn Sie vernünftig wären ..."

„Würde ich die Polizei rufen. Aber wir wissen ja beide, dass ich das nicht tun kann, nicht wahr?"

Seine Miene erstarrte. Ohne ein weiteres Wort ging er in die Küche, spülte seine Thermoskanne aus und goss heißen Kaffee hinein. Er hörte, wie sie ihm folgte, und warf einen Blick über die Schulter. Mit fest über ihrer Brust verschränkten Armen stand sie hinter ihm. Ihre Augen funkelten herausfordernd.

„Was machen Sie da?"

„Ich lasse Ihnen Ihren Willen."

„Sie schlafen nicht noch einmal in diesem Jeep!", rief sie.

Verächtlich verzog er seinen Mund. „Ich sagte doch, dass ich letzte Nacht nicht geschlafen habe."

„Wieso tun Sie mir das an?"

Er ließ einen Moment verstreichen, ehe er antwortete. Erst musste er sich beruhigen und sichergehen, dass keine Wut in seiner Stimme mitschwang. „Ich tue gar nichts."

„Sehr wohl! Sie stellen mein Leben komplett auf den Kopf!"

Langsam drehte er sich zu ihr um und zwang sich zu einem müden Lächeln. „Glauben Sie mir: Das will ich nicht", versicherte er ihr und fuhr mit einer Hand über sein stoppeliges Kinn.

Die Falten um seine Augen erschienen ihr plötzlich tiefer. Er ließ die Schultern hängen, wirkte müde und abgespannt. Er tat Bethany leid. „Irgendwie habe ich das Gefühl, Sie wurden gezwungen, hierherzukommen."

Schulterzuckend goss er sich eine Tasse Kaffee ein und nahm einen Schluck. „Ist doch egal. Ich bin da."

„Was ist es nur, das Benson gegen Sie in der Hand hält?", fragte sie noch einmal.

„Das, was er gegen jeden in der Hand hält: Ich schulde ihm Geld, und das gefällt mir nicht."

„Vor allem, weil Sie es Benson schulden?"

Mit einem weiteren Schluck leerte er seine Tasse. „Stimmt genau." Er schraubte die Plastiktasse auf die Thermoskanne, schnappte sich seine Jacke und machte sich auf den Weg zur Hintertür.

„Brett …", entfuhr es ihr spontan. Als er sich umdrehte, schien ihr Herz stehen zu bleiben.

„Ja?"

„Sie können im Haus bleiben … Auf der Couch!"

Mit festem Blick sah er sie an. „Ich glaube Ihnen nicht."

„Ich meine es ernst", flüsterte sie. „Ich will nicht, dass Sie draußen schlafen."

„Sind Sie sicher?"

„So sicher, wie ich mir im Moment überhaupt sein kann", sagte sie. Sie biss sich auf die Unterlippe und hielt seinem Blick stand. Dann löschte sie das Licht in der Küche, ging in ihr Schlafzimmer und zog die Tür fest hinter sich zu.

6. KAPITEL

Bethany konnte kaum schlafen. Den Großteil der Nacht hielten ihre Gedanken sie wach: Immer wieder musste sie daran denken, dass Brett nebenan im Wohnzimmer lag … Bis um ein Uhr morgens wälzte sie sich unruhig hin und her. Als sie es dann nicht mehr aushielt, griff sie nach ihrem Morgenmantel, zog ihn über und schlich leise den Flur entlang.

Vor dem Wohnzimmer blieb sie stehen und nahm die wohlige Atmosphäre in sich auf. Die Lichterkette des Weihnachtsbaumes blinkte noch immer munter vor sich hin. Im Kamin leuchtete die Glut des ausgehenden Feuers dunkelrot. Brett lag in mehrere Decken gewickelt ausgestreckt auf der Couch. „Du bist mir ein Bodyguard …“, murmelte sie mit einem Lächeln auf den Lippen, bevor sie das Zimmer betrat und ihn näher betrachtete.

Sein stoppeliges Gesicht hatte er zum Teil im Kissen vergraben, einen Arm über die Rücklehne der Couch gelegt. Die dunklen Haare fielen ihm in die Augen, aber er atmete ruhig.

Bethany zog den Stecker der Lichterkette und ging wieder zum Sofa. Vorsichtig lehnte sie sich nach vorne und zog die Decke unter sein Kinn.

Blitzschnell streckte er die Hand aus und packte sie am Handgelenk. Langsam öffnete er die Augen.

Erschrocken darüber, dass er sie erwischt hatte, spürte sie, wie sie errötete. „Du schläfst ja gar nicht!“, warf sie ihm vor. Er griff ihren Arm fester.

„Was machst du hier eigentlich?“, fragte er und fuhr mit der freien Hand über sein Gesicht.

„Ich … Ich konnte nicht schlafen. Die Lichter brannten noch, da dachte ich, ich schalte sie lieber aus.“

„Und kommst mal vorbei, um nach mir zu sehen.“ Ein Lächeln huschte über sein Gesicht, sodass seine Zähne weiß aufblitzten.

„Vielleicht.“

Seine blauen Augen leuchteten auf. „Ich sagte dir, dass es nicht einfach werden würde“, erklärte er und versuchte sich zu zügeln, als sein Blick auf den Ausschnitt ihres Morgenmantels fiel. Zwischen den Falten des roten Veloursstoffes war ihr weißes Nachthemd zu erkennen. Und unterhalb der dünnen Spitze zeichneten sich deutlich ihre Brüste ab.

Peinlich berührt raffte Bethany mit ihrer freien Hand den Mantelaufschlag zusammen. Doch wie eine heiße Liebkosung hatte sie Bretts Blick bereits auf ihrer nackten Haut gespürt. Ihr stockte der Atem, doch es fiel ihr schwer, sich von der Verführung in seinen Augen zu lösen. „Ich … ich wollte nicht …"

„Was wolltest du nicht? Mich verführen?"

„Nein, aber ich … Oh Gott, lass mich einfach los. Ich hätte nie herkommen dürfen."

„Da hast du allerdings recht", stimmte er ihr zu und zog sie leicht zu sich, sodass sie auf ihn fiel. Seine starken Arme umschlossen sie, hielten sie ganz fest.

„Brett, bitte", flehte sie heiser. „Nicht …"

Aber es war schon zu spät. Ihr Bitten stieß auf taube Ohren. Aufzuwachen und sie neben sich stehen zu sehen war einfach zu viel für ihn gewesen. Ihr langes Haar umrahmte ihr Gesicht in dichten, wilden Locken, ihre weiße Haut war über der Spitze ihres Nachthemdes deutlich zu erkennen … Wie sollte er sich da zurückhalten? Er vergrub seine Finger in ihrem Haar und presste seine Lippen auf ihre. Mit seinem Mund liebkoste er ihre weiche, warme Haut.

Sie versuchte, sich von ihm zu lösen – aber nicht sehr lange. Gegen die Macht seines Kusses konnte sie sich einfach nicht wehren und gab sich ihm hin.

„Bethany", stöhnte er und rang nach Luft.

Wieder versuchte sie, sich zu befreien, doch mit seinen starken Armen hielt er sie fest an seine breite Brust gedrückt. Ihre Haare fielen nach vorne, streiften seine Schultern. „Ich … denke, du solltest mich lieber loslassen", forderte sie ihn atemlos auf und wollte von ihm abrücken. „Du wolltest doch nicht in Versuchung geführt werden, erinnerst du dich?"

„Ich habe nicht gesagt, dass ich es nicht will. Ich sagte nur, du solltest es nicht tun."

„Ich habe das nicht geplant."

„Von wegen! Hier hereinzukommen, in deinem Nachthemd herumzustolzieren … Hast du etwa gedacht, ich würde das nicht bemerken?"

„Ich wollte doch nur das Licht löschen", verteidigte sie sich.

„Aber klar." Er lächelte, und seine blauen Augen funkelten amüsiert. Mit einem Finger fuhr er sanft die Linie ihres Kinns nach. „Und ich habe wirklich geschlafen."

„Du hast mich absichtlich getäuscht!"

Er hielt ihre Hand hoch, hatte seine Finger noch immer sicher um ihr schmales Gelenk geschlungen. „Du hast doch damit angefangen."

„Ich wollte einfach nur …"

„Nur was?"

„Sichergehen, dass du es bequem hast."

Laut lachte er los und rückte auf dem Sofa ein wenig zur Seite, sodass Bethany neben ihm zu liegen kam. Kopfschüttelnd fragte er: „Wenn du hier herumspazierst? Unmöglich!"

„Aber es sah so aus, als ob du … frierst."

„Frieren? Oh, Lady", flüsterte er, „hast du eine Ahnung!"

Ihr Blut schien zu brodeln – heiße Leidenschaft durchflutete ihren Körper. Wie Blätter im Wind zerstreute er ihre Zweifel, als er mit seinen Lippen leicht ihren Mund berührte. Sie spürte, wie er die Decke über ihnen ausbreitete, ihren Körper enger an sich zog. Durch den dünnen Stoff ihres Nachthemdes fühlte sie die Wärme seiner Haut.

„Ich glaube, ich sollte zurück ins Bett gehen", sagte sie und fuhr sich nervös mit der Zunge über die Lippen.

„Bleib bei mir."

„Ich bin nicht sicher, ob das so eine gute Idee ist."

„Pscht." Als er ihr Haar küsste, strich sein Atem sachte und ganz sanft über ihre Haut. „Sei still." Er hauchte viele kleine Küsse auf ihre Schläfen, ihre Augenlider, ihre Wangen.

„Ich dachte, wir halten unsere Beziehung rein geschäftlich."

„Werden wir." Seine Hände glitten um ihre Taille unter ihr Nachthemd. Die Spur seiner Finger brannte auf ihrer Haut. „Später … sehr viel später." Wieder fand sein Mund ihre Lippen. Die Leidenschaft seines Kusses, Bretts Wärme und sein Verlangen übertrugen sich auch auf sie.

Sie schloss die Augen, wollte nicht daran denken, wie sich seine Haut auf der ihren anfühlte. Wollte das wohlige Gefühl verdrängen, das seine Berührung tief in ihrem Inneren entfachte.

Schließlich löste er den Gürtel ihres Mantels und schob den weichen Stoff über ihre Schultern. Langsam strich er einen Spitzenträger zur Seite, liebkoste dann erregt ihren Hals.

Ihre Haut begann zu prickeln. Sie konnte nicht anders, als ihren Kopf in den Nacken zu legen. Heiß und unnachgiebig presste er seine Lippen auf ihren Körper. Seine Küsse glühten auf ihrer Haut. „Ich möchte dich lieben", wisperte er mit heiserer Stimme. Sein Atem drang durch die dünne Seide, als er ihre Brustspitze reizte.

„Ich kann nicht … Bitte, Brett …"

Doch das dünne Nachthemd rutschte tiefer, und sofort erforschten seine hungrigen Lippen den Ansatz ihrer Brust. Ihr Atem ging flach, und ihr Herz hämmerte wild. Langsam und aufreizend zog er weiter an dem dünnen Stoff, bis ihr Busen vollkommen enthüllt war. Ihre erregten Spitzen zeigten ihm, wie sehnsüchtig sie auf ihn wartete. Sanft umschlossen seine Lippen eine Knospe. Bethany konnte ihm nicht widerstehen.

Seine Zunge spielte mit ihrer Brustspitze, massierte, neckte, reizte sie. Erneut zupfte er an ihrem Nachthemd, bis es ihr über die Taille glitt. Gefühlvoll und doch voller Leidenschaft begann er, die weiße Baumwolle ganz langsam über ihre Hüften zu streifen.

„Brett!", rief sie atemlos, ihre Stimme beinahe heiser vor Verlangen. „Oh, Liebling", ermutigte sie ihn. Mit seinem rauen Kinn glitt er an ihren Rippen entlang tiefer nach unten und liebkoste ihren Bauch. Sie hatte die Hände in seinem dichten Haar vergraben. Immer enger drängte ihr Körper seinem entgegen. Fest umschlossen seine muskulösen Oberschenkel ihre Beine. Seine erfahrene Zunge bereitete ihr süße Qual, umkreiste ihren Nabel.

Er umfasste sie mit seinen großen, starken Händen. „Gott, ich will dich", flüsterte er ihr zu und drückte sein Gesicht an ihren Körper. Langsam schob er sich nach oben. Abwechselnd nahm er die erregten Spitzen ihrer Brüste in den Mund, küsste sie und blickte ihr dabei tief in die Augen. „Ich will dich so sehr. Kein Mann auf dieser Welt kann eine Frau so sehr begehren wie ich dich", fuhr er fort. Mit einer Spur von kleinen Küssen setzte er seinen Weg an ihrem Körper hinauf fort, vergrub seine Hände in ihrer Mähne und zog ihr Gesicht näher zu sich.

„Und ich will dich", gestand sie ihm, obgleich sie sich vor den Gefühlen fürchtete, die in ihrem Inneren miteinander kämpften. Doch das heiße, lüsterne Verlangen übernahm schließlich die Kontrolle über ihren Verstand und über ihren Körper. Sie erschauerte, als sie ihn an sich drückte, ihre Wange an seine Brust presste und die weichen, dunklen Härchen darauf spürte.

„Aber …?", begann er vorsichtig.

Sie versuchte, sich darauf zu konzentrieren, den wilden Schlag ihres Herzens zu beruhigen und rational zu denken. „Du wolltest dich auf nichts einlassen."

„Ich weiß."

Prüfend schaute sie ihn an. „Hast du deine Meinung geändert?"

Kopfschüttelnd seufzte er und starrte an die Zimmerdecke. „Nein."

„Siehst du? Ich auch nicht."

„Bleib einfach eine Weile bei mir."

„Hältst du das für eine gute Idee?"

„Eine gute Idee? Wohl eher nicht." Er hielt sie fest an sich gedrückt, nahm den Duft ihrer Haare, den weiblichen Duft ihrer Haut tief in sich auf. „Aber eine, mit der ich leben kann."

„Bist du sicher?", fragte sie, kuschelte sich aber enger an ihn.

„Ja", gab er zurück und versuchte, seine erwachte Leidenschaft zu ignorieren. Er wusste, dass er nicht die Wahrheit gesagt hatte, und fügte hinzu: „Ich bin sicher."

Bethany erhob keine Einwände. Stattdessen lauschte sie dem schnellen Schlag seines Herzens. Es war dumm, bei ihm zu bleiben, das wusste sie. Dennoch schloss sie die Augen und schlang ihre Arme um seine Taille, ihren Kopf an seine Brust gebettet. „Gute Nacht", flüsterte sie, doch sie war gleichzeitig sicher, dass keiner von ihnen schlafen würde.

„Nacht."

Sie bewegte sich nicht, doch seinen wärmenden Körper, seine ruhigen Atemzüge zu spüren entspannte sie allmählich. Fünfzehn Minuten später übermannte sie die Erschöpfung, und sie schlief ein.

Eng umschlungen lagen sie auf der Couch. Brett wollte sie mehr, als er je eine andere Frau seit Roberta gewollt hatte. Ihr Duft stieg ihm in die Nase. Allein Bethany neben sich zu wissen ließ seine Lust nur noch stärker werden. Er starrte an die Decke und fluchte leise. Von allen Frauen auf der Welt fühlte er sich ausgerechnet zu Bethany Mills hingezogen! Bethany mit ihren grünen, goldgesprenkelten Augen, mit ihren Grübchen, wenn sie lachte, und mit ihrer süß duftenden Haut. Dabei war ausgerechnet diese Frau absolut tabu.

Wieso hatte er also darauf bestanden, dass sie bei ihm blieb? Um sich selbst zu quälen? Als sie sich bewegte, streiften ihre Lippen seine Brust.

Er unterdrückte ein Stöhnen. Am liebsten wollte er sie wecken und einfach seinem männlichen Begehren nachgeben. Aber er tat es nicht, küsste stattdessen ihre Stirn. Dabei bemühte er sich, dieses himmlische und gleichzeitig verfluchte Verlangen nach ihr zu verdrängen, das ihn wach hielt.

Am nächsten Morgen erwachte Bethany mit einem fürchterlich steifen Nacken – und dem Gefühl, dass etwas ganz und gar nicht stimmte. Sie streckte sich, öffnete die Augen und sah direkt in Bretts Gesicht.

„Morgen“, begrüßte Brett sie gedehnt und strich ihr eine Locke aus dem Gesicht.

„Oh nein!“, entfuhr es ihr, als die Erinnerung an die vergangene Nacht allmählich, aber unbarmherzig zurückkam. Sie hatte doch tatsächlich die Nacht in Bretts Armen verbracht! Und nicht nur das: Sie hatte ihn beinahe angefleht, sie zu lieben. „Oh Gott! Ich habe nicht wirklich hier geschlafen, oder?“, flüsterte sie und hoffte, dass er den Anstand hätte, sie anzuschwindeln.

„Das hast du“, spottete er und verzog sein Gesicht. „Und zwar so, wie du bist. Glücklicherweise war ich ein perfekter Gentleman.“

Mit einem abschätzigen Blick in seine Richtung gähnte sie herzhaft. „Ein Gentleman?“

„Aber du warst nicht gerade eine Lady.“

Entsetzt starrte sie ihn an. „Bitte?“

Er lachte und gab sie frei. „Morgens hast du nicht viel Humor, was?“

Sie stand auf und blies sich eine widerspenstige Strähne aus dem Gesicht. „Nicht, wenn ich beleidigt werde.“

„Ich? Dich beleidigen?“ Verführerisch lächelte er sie an.

„Ich wusste, dass du Ärger machst, als ich dich das erste Mal gesehen habe!“, stieß sie hervor, wickelte sich in ihren Morgenmantel und marschierte hoch erhobenen Hauptes in ihr Schlafzimmer. Dort entkleidete sie sich rasch und ging in ihr Badezimmer. Zwanzig Minuten lang ließ sie das Wasser auf sich herabprasseln. Sie hoffte, die heißen Strahlen würden ihre verkrampften Muskeln und den schmerzenden Nacken entspannen. „Aber was soll ich bloß mit diesem Störenfried da draußen machen?“, murmelte sie, als sie aus der Dusche stieg und dabei an Brett dachte. Nachdem sie sich abgetrocknet hatte, zog sie ihre Lieblingscordhose und einen Pulli an.

Als sie in die Küche kam, war Brett bereits dort und bot ihr eine Tasse Kaffee an. Er schenkte ihr sein verdammt entwaffnendes und leicht schiefes Lächeln. „Es ist Heiligabend. Lass uns nicht streiten.“

„Heiligabend?“, wiederholte sie.

„Ja. Kommt jedes Jahr etwa um diese Jahreszeit.“

„Natürlich", flüsterte sie und dachte an ihre Familie in Idaho. Ganz leise stahl sich ein Gefühl der Traurigkeit in ihr Herz. „Mom und meine Tanten sind sicher schon dabei, das Abendessen vorzubereiten ..."

Locker lehnte er sich an den Tresen und fragte: „Du vermisst deine Eltern sehr, nicht wahr?"

Sie pustete über ihren Kaffee und nickte. „Wir stehen uns sehr nahe. Den einzig großen Streit hatten wir wegen Grant."

„Als er die Pfandbriefe gestohlen hat?", erkundigte er sich.

Kopfschüttelnd sah sie an ihm vorbei aus dem Fenster. Schneebedeckte Tannenzweige versperrten ihr die Sicht. „Schon als wir heirateten. Mom und Dad waren dagegen."

„Wieso?"

„Sie haben ihm nie vertraut", gestand sie und lächelte traurig. „Ironisch, nicht wahr? Die ganze Zeit über haben sie recht gehabt – aber ich habe ihnen einfach nicht geglaubt."

„Weil du ihn geliebt hast." Brett musste sich geradezu zwingen, diese Worte auszusprechen.

„Ich dachte, ich würde ihn lieben. Damals war ich noch sehr jung. Ich hatte noch nicht einmal das College beendet. Seit der Highschool war Grant schon mein Freund gewesen, und ich wollte unbedingt heiraten. Mom und Dad meinten, ich solle noch warten. Aber ich wollte nicht auf sie hören."

„Und was passierte, als er mit den Pfandbriefen verschwand?"

Sie nippte an ihrem Kaffee und spürte, wie ihr Tränen in die Augen traten. „Sie waren einfach großartig. Kein: ‚Das habe ich doch gleich gesagt'. Nichts dergleichen. Sie waren toll. Die Einzigen in der Stadt, die mir geglaubt haben, dass ich unschuldig bin."

„Klingt zu schön, um wahr zu sein."

„Aber so sind sie", bekräftigte sie mit wehmütiger Stimme. „Ich wollte eigentlich über die Feiertage nach Hause fahren. Aber Harry Benson hat sie vorher besucht und belästigt."

„Also bist du lieber hiergeblieben."

„Ich dachte, sie könnten gut darauf verzichten, dass ich dich und die Presse bis vor ihre Haustür schleife. Und das wäre doch passiert, oder? Du wärst mir nach Boise gefolgt, wenn ich gefahren wäre."

„Vermutlich schon", räumte er ein und presste die Lippen zusammen.

„Ich glaube nicht, dass meine Eltern es schätzen würden, wenn ich ihnen einen Privatdetektiv der First Security Bank an Weihnachten mit nach Hause brächte!“

„Aber sie geben dir doch nicht die Schuld an den Vorfällen.“

„Natürlich nicht! Sie geben Grant *und* Jim Benson die Schuld dafür!“ Tapfer kämpfte sie gegen den Drang an, den aufsteigenden Tränen freien Lauf zu lassen. „Das alles ist so unfair! Ich wünschte ...“ Sie brach ab.

„Was wünschst du dir?“, hakte er nach.

„Ich wünschte, dass ich Grant nie geheiratet und er nie den Job bei der Bank angenommen hätte. Dad hat ihn damals gewarnt, dass Jim ihn sicher für den kleinsten Fehler hart bestrafen würde.“

„Und hat er das?“

Bethany schüttelte den Kopf. „Ich glaube nicht. Immerhin hat Grant dort ein paar Jahre lang gearbeitet und wohl nicht viel Kontakt zum Präsidenten der Bank gehabt. Mein Gott, es ist alles so verworren!“

Brett trank einen Schluck Kaffee und goss den Rest in den Ausguss. *Zum Teufel mit Jim Benson und Grant Mills!* „Vielleicht ist es ja bald vorbei.“

„Besser wär's!“

„Habe ich es dir nicht versprochen?“, fragte er grimmig.

„Schon, aber ich weiß nicht, ob ich dir glauben kann.“

„Wieso denn nicht?“

„Du kennst meinen Mann nicht. Jahrelang hat er mich und die Bank zum Narren gehalten. Schließlich hat er diesen Diebstahl klammheimlich ausgeheckt, ohne dass jemand etwas geahnt hat.“ Sie schüttelte den Kopf und runzelte die Stirn. „Er ist sehr clever. Wenn er nicht tot ist, dann versteckt er sich. Und wenn er das schon so lange tut, dann wird ihn niemand finden – nicht einmal du.“

„Oh, ich werde ihn schon finden“, erwiderte Brett, und in seinen Augen lag kalte Entschlossenheit. „Und wenn es ewig dauert.“

„Ich möchte aber nicht, dass mein Leben ewig so zerrissen bleibt.“

Er sah die Sorge in ihrem Blick und lächelte. „Das wird es auch nicht. Jetzt komm schon“, versuchte er, sie zu ermutigen, und berührte leicht ihr Kinn. „Mach dir nicht mehr so viele Sorgen.“

„Das tue ich nicht. Aber immerhin hast du die Sorgen mitgebracht.“

Seine Miene erhellte sich. „Entspann dich mal. Es ist Weihnachten, und ich bin am Verhungern. Wie wär's mit Frühstück?“

„Du kochst?“, fragte sie skeptisch.

„Sofern man das so nennen kann. Wo sind die Pfannen?“

Sie deutete auf die Schublade unter dem Herd.

„Und der Toaster?“

„Hier.“ Aus einem Schrank zog sie den Toaster hervor, stöpselte ihn ein und ging zur Seite. „Voilà!“

„Gut. Würdest du jetzt den Tisch decken, bitte? Derweil zaubere ich dir die beste spanische Tortilla diesseits des Rio Grande.“

„Die beste Tortilla?“, wiederholte sie ungläubig. „Dir ist schon bewusst, dass du es gerade mit sämtlichen Bundesstaaten der USA, einschließlich Texas, aufgenommen hast?“

„Stimmt genau.“

„Das muss ich sehen. Abgemacht.“ Zwar dachte sie wehmütig an die Schneckennudeln und die Brötchen mit pochierten Eiern und Schinken, die es bei ihrer Mutter immer morgens an Heiligabend gab. Aber sie sagte sich, dass Abwechslung die Würze des Lebens war. Außerdem waren Brett Hanson und seine spanische Tortilla nicht von hier wegzudenken – ob es nun Weihnachten war oder nicht.

Harry Benson fror. Und er war wütend. Sein Vater hatte ihn schon wieder auf die Wagner-Farm geschickt, und er ärgerte sich darüber. Harry sah überhaupt gar keinen Grund, hier draußen zu sein. Verdammt noch mal, schließlich war Heiligabend. Außerdem war es Bretts Job, sich um Leute zu kümmern, die mit Grant Mills in Zusammenhang standen.

„Ich will nur sichergehen, dass Hanson seinen Job auch erledigt“, hatte ihm sein Vater erklärt, als Harry sich darüber beschwerte, schon wieder zu Bethanys Eltern fahren zu müssen.

„Vertraust du ihm denn nicht?“

Über den Rand seiner Brille hatte Jim ihm einen bedeutungsvollen Blick zugeworfen. „Ebenso sehr wie einem Grizzlybär. Jetzt fahr schon zu den Wagners. Ich will nur sicher sein, dass Mills’ Frau nicht doch noch nach Hause gekommen ist.“

„Warum interessiert dich das überhaupt?“

Jim hatte sich in seinem Chefsessel zurückgelehnt und seine Krawatte zurechtgezogen. Die alte Abneigung war offenbar in ihm hochgekocht. Er hatte Myron Wagner nie gemocht. Und die Tatsache, dass er früher einmal mit Myrons Frau Eleanor zusammen gewesen war, wurmte ihn noch immer gewaltig – dabei war Jim selbst seit dieser Zeit schon zwei Mal verheiratet gewesen. Er hatte seinen Jungen regungslos angesehen. „Ehrlich gesagt ist mir diese Bethany Wagner Mills völlig egal. Ich will nur Hanson auf den Zahn fühlen. Und das ist der einfachste Weg."

„Dann denkst du, dass Brett etwas vorhat?"

Daraufhin hatte Jim gegrinst, aber Freude war nicht in seinen Augen zu sehen gewesen. „Ich weiß es nicht. Er ist schwer einzuschätzen. War er schon immer. Außerdem haben wir nicht gerade einen guten Draht zueinander. Ich weiß, dass er dieses wertlose Stück Land im Kaskadengebirge dringend haben möchte. Aber als ich gestern mit ihm gesprochen habe, klang er, als würde er langsam das Ziel aus den Augen verlieren. Beinahe hätte er mich so weit gebracht, ihm zu versprechen, dass ich dieser Bethany Mills einen Brief schreibe. Etwas in der Art, dass wir sie und ihre Familie in Ruhe lassen würden, sobald wir ihren Ehemann hätten." Angewidert war Jim aufgestanden und hatte sich an der Bar einen Drink eingeschenkt.

„Du denkst also, dass er gegenüber Bethany Mills überfürsorglich ist?", hatte Harry angemerkt.

Sein Vater hatte eine undurchdringliche Miene aufgesetzt und seinen Gin Tonic mit einem Schluck geleert. „Richtig."

Harry hatte seinem Vater nicht widersprochen. Ihn hatte das gleiche Gefühl beschlichen, seit er selbst mit Brett geredet hatte. Doch das allein machte es ihm trotzdem nicht leichter, an Heiligabend einfach so bei dieser Familie hereinzuplatzen.

Die Reifen seines BMW drehten auf dem nassen Schnee durch, als er auf den Weg zur Farm der Wagners bog. Inmitten der schneeweißen Landschaft stachen die dunklen Silhouetten einiger Rinder deutlich heraus, und eine verwitterte, einst rot angestrichene Scheune hob sich von dem grauen Himmel und den weißen Feldern ab. Mehrere Fahrzeuge parkten vor dem Farmhaus. Als Harry den Wagen abstellte und ausstieg, hörte er Musik und Gelächter.

Zähneknirschend stieg er die glatten Stufen hinauf. Nach einem kurzen Zögern klopfte er laut an die Tür.

Brett streckte sich und rieb sich den unteren Rücken. Er war es einfach nicht gewohnt, den ganzen Tag am Schreibtisch zu sitzen. Kein Wunder, dass seine Muskeln schmerzten. Blinzelnd sah er auf seine Uhr. Es war schon nach fünf, und er hatte keine Pause eingelegt. Schlimmer noch: Er hatte absolut nichts gefunden – keinen einzigen Hinweis auf

Grant Mills' Aufenthaltsort. Vielleicht war diese ganze Sache tatsächlich nur ein sinnloses Unterfangen …

Ächzend stand er auf, streckte sich erneut und begab sich dann auf die Suche nach Bethany. Er fand sie im Esszimmer und beobachtete, wie sie die Schubladen eines antiken Sideboards durchwühlte. Überall auf dem Esstisch lagen Bilder und alte Unterlagen verstreut.

„Irgendetwas gefunden?", fragte er und beäugte den wachsenden Papierhaufen.

„Nur Garantien für Elektrogeräte, die ich nicht mehr habe", antwortete sie. „Ich weiß wirklich nicht, warum ich nie etwas von diesem Krempel weggeworfen habe."

„Wahrscheinlich, weil er dir etwas bedeutet." Er griff nach einem Foto, auf dem Bethany zu sehen war. Sie war jünger, trug ihr Haar kurz. Arm in Arm stand sie mit ihrem Ehemann da, einem bärtigen Typen mit Brille. Mit ihren abgeschnittenen Jeans und Sweatshirts wirkten Bethany und Grant vor dem tosenden Bergstrom wie das perfekte Paar. Das Bild löste eine starke innere Anspannung in Brett aus. Er warf es zurück und begann, die anderen Bilder durchzusehen, die ihm aber ebenso zusetzten.

„Du musst dir die Fotos nicht mehr ansehen."

„Ich halte es für eine gute Idee."

„Wieso?"

„Vielleicht finden wir hier einen Hinweis. Was ist das?" Er nahm ein altes Buch aus dem Stapel.

„Nichts Besonderes. Nur mein Jahrbuch aus der Highschool."

Doch Brett blätterte bereits darin.

„Wirklich, da wirst du nichts finden."

Er schaute zu ihr hinüber. „Haben die Polizei oder das FBI das hier gesehen?"

Seufzend verschränkte Bethany die Arme vor ihrer Brust. „Ich glaube nicht. Aber ich bin mir nicht sicher. Es ist wirklich nicht wichtig."

„Bist du das?", fragte er und deutete auf ein Schwarz-Weiß-Bild. Bethany stöhnte auf. Das Bild zeigte sie auf einem Pferd, ein breites Lachen auf ihrem mädchenhaften Gesicht. In ihrer Hand hielt sie ein Band, das sie für den ersten Platz bekommen hatte.

„Ich war in der Jugendorganisation ‚4-H Club'", sagte sie wehmütig.

Brett überflog die Seiten, bis er auf Grants Bild stieß. Es sah nicht ungewöhnlich aus.

„Wer sind all die Leute, die im Buch unterschrieben haben?", erkundigte sich Brett.

„Niemand Besonderes! Das ist *Jahre* her. Und einige von diesen Mitschülern kenne ich nicht mal."

Brett ignorierte ihre Ausführungen. „Wer ist Mary Alice Wilson?"

„Eine alte Freundin."

„Und Bob Patterson?"

„Nur ein Junge, den ich kannte."

Er drehte das Buch zur Seite. „Wie steht's mit Howie Sparks?"

„Howie? Ach, das war Grant", sagte sie leise und dachte an ihre Zeit an der Highschool zurück. „Er hat sich den Namen ausgedacht ... für einen Scherz."

„Für einen Scherz?", hakte Brett nach.

„Ja", bestätigte sie und schüttelte den Kopf, als sie sich daran erinnerte. Sie und Grant waren so jung gewesen. „Nur ein dummer Streich, den er einer unbeliebten Lehrerin gespielt hat. In seiner Freistunde ging er immer in ihre Klasse und schrieb sich dort als Howie Sparks ein. Drei Wochen verbrachte er als Howie."

„Aber er wurde erwischt?"

„Irgendwann schon."

„Was ist dann geschehen?"

Bethany überlegte. „Ich weiß es nicht mehr. Aber ich glaube nicht, dass er suspendiert wurde. Vielleicht bekam er nur einen Verweis. Es ist ja auch egal. Das ist über zehn Jahre her."

Brett blätterte das Jahrbuch weiter durch und legte es schließlich zur Seite. Erneut nahm er sich die Fotos vor, in der Hoffnung, einen Hinweis zu finden. Einen Hinweis auf Grants Aufenthaltsort.

Als er auf ein Bild stieß, das Grant beim Klettern zeigte, fragte er: „Wo ist das?"

„Keine Ahnung. Irgendwo in Oregon oder Washington, glaube ich."

„Wer hat das Bild gemacht?"

„Vermutlich ein Freund von ihm."

„Du erinnerst dich nicht daran?"

„Nein", sagte sie gedehnt. „Ich war nicht dabei." Bethany blickte auf den Tisch und deutete mit ihrer Hand auf die Fotografien. „Hör mal: Nichts davon wird dir helfen."

„Man kann nie wissen“, murmelte er. „Wo genau sind die entstanden?“ Er hob sieben oder acht Bilder von Grant beim Bergsteigen hoch.

„Ich sagte schon, dass ich es nicht weiß. Ich vermute, in den Kaskaden.“

„Das ist ein großes Gebirge. In welchem Bundesstaat?“

Sie schüttelte den Kopf. „Ich sagte, ich erinnere mich nicht!“, brauste sie auf.

Grübelnd rieb er sich das Kinn. „Versteh doch, Bethany! Das könnte wichtig sein.“

„Jetzt hör schon auf!“, rief sie ungehalten und sah ihn mit gerunzelter Stirn an. „Das sind doch nur alte Bilder, die ich eigentlich wegwerfen oder verbrennen sollte!“

Brett zog einen Stuhl unter dem Tisch hervor und setzte sich. „Erzähl mir davon“, schlug er vor.

„Ich will nicht.“

„Wieso?“

„Es ist persönlich ... Das hier fällt mir alles andere als leicht. Ich habe das Gefühl, dass mein ganzes Leben wie ein offenes Buch vor dir liegt und du Seite für Seite durchgehst, um darin nach Fehlern zu suchen.“

„Ich will doch nur deinen Exmann finden.“

„Tja, ich aber vielleicht nicht.“

„Wir hatten eine Abmachung. Erinnerst du dich?“

Bethany wandte den Blick ab. „Vielleicht sollten wir die Abmachung rückgängig machen.“

Als Brett die Ellbogen auf den Tisch stützte, fielen ein paar Bilder auf den Boden. „Und dann müsstest du fliehen und würdest dich dein Leben lang vor irgendwelchen Verfolgern fürchten. Ist es das, was du willst?“ Eindringlich musterte er sie mit seinen stahlblauen Augen.

„Ich glaube eben nur nicht, dass du irgendetwas finden wirst“, erwiderte sie.

„Wir haben doch gerade erst mit der Suche begonnen.“

„Es ist aber schon so lange her.“ Bethany zuckte die Schultern, hob ein Bild von Grant auf. Da waren sie gerade frisch verheiratet gewesen. Wie jung und naiv sie doch vor all diesen Jahren gewesen war!

Das Telefon klingelte, und sie ließ das Bild fallen. Brett nahm es an sich, sah sich den Mann genau an, den Bethany geliebt hatte – so schwer es ihm auch fiel. Doch er hatte geschworen, dass er diesen Mann der Justiz übergeben würde. Zähneknirschend sichtete er die Bilder. Jedes Mal, wenn er ein Bild von Grant und Bethany zusammen sah, versetzte es ihm einen Stich. Aber er musste seine Eifersucht unterdrücken.

Er arbeitete zügig. Dann hörte er, dass der Hörer aufgelegt wurde. Als er aufsah, stand sie im Türrahmen zwischen Esszimmer und Küche. In ihren bernsteinfarbenen Augen glitzerten Tränen. „Das war mein Dad", erklärte sie mit unterdrückter Wut.

„Und?"

„Gerade war Harry Benson da."

Brett erstarrte. „Bitte was?"

Verärgert und frustriert wischte sich Bethany die Tränen ab. „Und er war nicht da, um meinen Eltern ‚Frohe Weihnachten' zu wünschen. Er hat nach mir gesucht."

„Wieso?"

„Sag du's mir."

Brett kniff die Augen zusammen. Jeder Muskel in seinem Körper spannte sich an. Mit den Händen stützte er sich auf den Tisch und erhob sich langsam. „Ich weiß es nicht."

„Natürlich nicht!", erwiderte sie voller Sarkasmus.

„Aber ich werde es herausfinden!" Mit großen Schritten ging er in den Flur und riss seine Jacke vom Kleiderständer.

„Tu das", antwortete sie. „Und sag ihm, er soll meine Familie da raushalten. Es ist schlimm genug, dass ich in dieses Durcheinander hineingezogen wurde. Aber ich will nicht, dass Mom und Dad darin verwickelt werden!"

„Keine Sorge. Diese Botschaft wird er schon verstehen!" Er ging zur Tür, drehte sich aber noch einmal zu ihr um. Mit vor Ärger geröteten Wangen stand sie nun mitten im Esszimmer, die Arme um sich selbst geschlungen. „Schaffst du es alleine?"

„Mir geht's gut", schwindelte sie. „Aber es ist wohl das Beste, wenn du jetzt einfach gehst und nicht mehr zurückkommst. Ich will nichts mehr mit Grant zu schaffen haben. Es ist vorbei, und damit hat sich die Sache!"

„Nicht für Jim Benson!"

„Von mir aus kann Jim Benson zur Hölle fahren!" Mit einem finsteren Blick in seine Richtung ging sie in die Küche. Sie hielt sich mit beiden Händen am Tresen fest und beugte sich über die Spüle. Verzweifelt versuchte sie, die Wut unter Kontrolle zu bringen, die sie in heißen Wellen durchströmte.

„Mein Freund ist er auch nicht gerade", sagte Brett leise. Er war ihr in die Küche gefolgt.

„Wieso bist du dann so versessen darauf, ihm zu helfen?" Bevor er ihr darauf antworten konnte, hob sie abwehrend die Hand und brachte ihn so zum Schweigen. „Ach ja, ich vergaß. Du schuldest ihm Geld. Wie so viele andere Leute auch! Aber die reißen deswegen nicht das Leben anderer Leute in Stücke!"

„Bethany ..."

„Geh einfach!", fuhr sie ihn an. Sie schloss die Augen und holte einmal tief Luft. Eigentlich hätte sie nun erwartet, Schritte zu hören, die sich entfernten. Stattdessen kam er jedoch näher, packte sie und drehte sie herum, sodass sie ihn ansehen musste. Und noch während sie dachte, dass sie ihn hasste, senkte er seinen Kopf und küsste sie kraftvoll und wild. Der Kuss schien nicht enden zu wollen. Er presste seinen Mund besitzergreifend, ja fast schon wütend, auf den ihren. Ihr Herz raste. Mit einem Mal breitete sich eine Hitze in ihrem Inneren aus. Würde Brett ihre verräterische Leidenschaft spüren? „Nicht ..." Aber ihre Bitte wurde jäh unterbrochen, als seine Arme sie umschlossen.

„Glaub mir. Ich hatte nie vor, dir wehzutun", flüsterte er ihr zu. „Nie."

„Es fällt mir so schwer."

„Ich weiß. Aber wir schaffen das schon." Mit einem Seufzer gab er sie frei. Nach einem letzten Blick in ihre Richtung öffnete er die Tür und war verschwunden.

Bethany starrte ihm lange nach. Noch immer konnte sie seinen Kuss auf ihren Lippen spüren. Schließlich hörte sie, wie Bretts Jeep aufheulte und er dann davonbrauste.

„Fröhliche Weihnachten", flüsterte sie bedrückt, „und Frieden auf Erden."

7. KAPITEL

Bethany saß am Esszimmertisch. Gedankenverloren starrte sie die einzelne rote Kerze an, deren Wachs langsam auf den Kerzenhalter aus Messing tropfte. Winston lag zusammengerollt zu ihren Füßen. Sie konnte das ferne Läuten der Kirchenglocken hören.

Brett war nun schon seit beinahe drei Stunden fort. Ohne ihn erschien ihr das Haus leer und kalt. Sie musste an ihre Eltern denken, die jetzt wahrscheinlich ebenfalls am Tisch saßen, einen Truthahn tranchierten und mit all den Verwandten lachten. Auch das letzte Weihnachtsfest kam ihr nun in den Sinn – bevor sie das Baby verloren hatte, bevor sie von Grant geschieden worden war. Als sie über all die Feste nachdachte, die die Zukunft noch für sie bereithielt, fragte sie sich, ob sie wohl genauso einsam werden würden wie das diesjährige. Winston hob den Kopf und wedelte mit seinem Schwänzchen.

Abwesend kraulte sie den kleinen Kerl hinter den Ohren. Zum zwanzigsten Mal in einer Viertelstunde warf sie einen Blick auf die Uhr. „Es bringt nichts, hier herumzusitzen und zu grübeln“, erklärte sie dem Hündchen, das sie mit strahlenden Augen ansah. „Nicht, wenn es ein ausgelassenes Fest und Freunde gibt, die mit mir feiern wollen.“

Den ganzen Tag hatte sie schon mit dem Gedanken gespielt. Nun, da Brett gegangen war, entschied sie sich dazu, das Angebot ihrer Freundin Marianne anzunehmen. Bevor sie es sich selbst ausreden konnte, ging sie ins Schlafzimmer und zog sich um. Ein warmer Rollkragenpulli, eine lange schwarze Hose und Stiefel waren genau das richtige Outfit. Kurzerhand steckte sie ihr Haar hoch und legte etwas Lippenstift auf. Auf dem Weg nach draußen schnappte sie sich ihren Mantel, einen Teller mit Plätzchen und eine Flasche Wein. „Es mag zwar nicht das Gleiche sein wie Weihnachten auf der Farm“, sagte sie sich, „aber das muss reichen.“

Als sie ankam und klingelte, war die Feier schon in vollem Gange.

„Bethany!“, rief Marianne überrascht. „Mit dir hatte ich fast schon nicht mehr gerechnet. Komm rein! Komm!“

„Besser spät als nie, sagt man doch, oder?“, konterte Bethany und betrat das gemütliche Häuschen.

„Stimmt!“

Der Geruch von Duftkerzen, Zimt und brennendem Holz lag in der Luft. Sie folgte Marianne ins Esszimmer. Sofort umgaben sie Lachen und sanfte Musik, Menschen, die sich unterhielten.

Nachdem Bethany den Wein und ihre Plätzchen auf dem schon überfüllten Buffet untergebracht hatte, stellte Marianne sie der kleinen Gruppe im Wohnzimmer vor. Ein paar Lehrer von der Schule kannte Bethany schon, doch der Großteil der Gäste war ihr unbekannt.

„Ich wollte Jack gerade losschicken, um nach dir zu sehen", neckte Marianne sie, wobei ihre dunklen Augen leuchteten. „Was war mit deiner großartigen Idee, über die Feiertage Ski zu fahren?"

„Es liegt schon zu viel Schnee in der Stadt. Da lohnt es sich nicht, den ganzen Weg in die Berge zu fahren", erwiderte Bethany lachend. „Ich musste ja fast schon mit den Skiern hierherfahren. Der Toyota hätte die Fahrt bis zum Mount Hood sicher nicht überstanden."

„Na ja, ich freue mich jedenfalls, dass du hier bist. Ob du nun mit dem Auto, mit Skiern oder mit dem Hundeschlitten hergekommen bist, ist ja egal", antwortete Marianne. „Komm in die Küche. Da gibt es etwas zu essen."

Bethany kostete die bereitgestellten Häppchen und nahm die Tasse mit heißem Glühwein entgegen, die ihr Mariannes Ehemann Jack reichte. Er war klein und hatte schütteres rotes Haar. Ein ungezwungenes, freundliches Lächeln umspielte ständig seine Lippen, während er dabei zusah, wie seine Frau die Gastgeberin mimte.

„Kann ich dir noch etwas bringen?", fragte er aufmerksam.

„Nein danke. Ich bin versorgt."

„Zu dumm", bedauerte er und deutete auf den Tisch, der sich unter all den Köstlichkeiten förmlich bog. Er warf einen Blick zu Marianne, die von einem Grüppchen zum nächsten huschte. „Marianne hat wohl gedacht, sie müsste eine ganze Armee versorgen! Wir werden ganz klar bis ins neue Jahr Reste essen müssen."

„Worüber meckerst du denn jetzt schon wieder?", zog Marianne ihn auf, als sie zurückkam.

„Er meint wohl, du wärest mit dem Essen etwas zu weit gegangen."

Marianne warf einen Blick auf den Tisch und stöhnte auf. Es war kein freier Zentimeter der Leinentischdecke mehr auszumachen – überall standen Delikatessen. „Vergesst bitte nicht, ich denke wie eine schwangere Frau."

„Dann hoffen wir nur, dass die Gäste wie Schwangere essen. Sonst musst du das Baby auch noch von den Shrimpsröllchen entwöhnen, oder wie diese Dinger hier heißen", nahm Jack Marianne auf den Arm und steckte sich schnell ein Häppchen in den Mund.

„Sei doch mal ernst!"

„Keine Chance." Mit einem spitzbübischen Lächeln schnappte er sich Marianne und hielt einen kleinen Mistelzweig über ihre kaffeebraunen Locken.

„He! Warte mal ... Jack!"

„Hab ich dich erwischt!" Ausgelassen bedeckte er Marianne mit Küsschen, bevor er sie losließ.

„Solange du das nicht bei irgendeiner anderen machst", gab sie atemlos zurück. Ihr Gesicht war gerötet, und ihre dunklen Augen funkelten vergnügt.

„Niemals!", ereiferte sich Jack gespielt und grinste Bethany breit an. Dann füllte er sein Glas wieder auf und mischte sich unter die anderen Gäste.

„Er ist verrückt nach dir", stellte Bethany fest.

„Oder einfach nur verrückt?" Marianne beobachtete ihren Ehemann, wie er mit ein paar Freunden scherzte. „Vielleicht sogar etwas von beidem", setzte sie hinzu und ließ sich auf einen Stuhl am Küchentisch fallen. „Meine Füße bringen mich noch um!" Sie zog ihre Schuhe aus und seufzte. „Also, was ist mit dem geheimnisvollen Mann aus Boise passiert?"

Beinahe wäre Bethany die Tasse aus der Hand gefallen, aber sie konnte sich gerade noch zusammenreißen. Das Letzte, was sie jetzt brauchen konnte, waren Fragen, die sie eventuell mit Brett und seiner Untersuchung in Verbindung brachten. Schulterzuckend erwiderte sie: „Oh, ich habe ihn am letzten Schultag auf dem Parkplatz getroffen."

„Und?"

Da Bethany es hasste zu lügen, entschied sie sich, möglichst ausweichend und vage zu antworten. „Er suchte nur nach einem gemeinsamen Bekannten."

„Und er nahm an, dass du wüsstest, wo dieser Kerl ist?"

„Ja." Mit einem unbehaglichen Gefühl schlenderte Bethany zum Herd und schöpfte noch etwas Glühwein in ihre Tasse.

„Und? Wusstest du es?

„Wo er ist? Nein. Ich habe seit Jahren nichts mehr von dem Typ gehört“, entgegnete sie und erinnerte sich unwillkürlich, dass Grant sie sitzen gelassen hatte. So war es das Beste, sagte sie sich nun. Doch als er sie verlassen hatte, war es sehr schmerzhaft für sie gewesen.

„Und dann sprang der geheimnisvolle Mann einfach auf sein weißes Ross und entschwand in die dunkle Nacht?“

Bethany musste lächeln. „Eigentlich war es eher ein Jeep.“

„Aber natürlich“, erklärte Marianne ironisch und glättete den seidigen Stoff ihres Kleides über ihrem runden Bauch. „Wir leben ja in modernen Zeiten.“

„Stimmt. Wenn ich Brett richtig verstanden habe …“

„Halt“, unterbrach Marianne sie. „Wer ist Brett? Der Typ, der nach dir gesucht hat, oder euer Freund?“

„Na ja, die zwei sind nicht gerade Freunde“, gab Bethany zu. Dabei dachte sie an Grant und die Tatsache, dass Brett angeheuert worden war, um Grant zu finden und ihn der Justiz zu überantworten – falls er noch am Leben war. „Aber Brett ist der Mann, den ich auf dem Parkplatz getroffen habe. Er hat mir den Eindruck vermittelt, dass er noch immer nach diesem anderen Typen sucht.“

„Nach dem, den du auch gekannt hast?“

„Ja.“

Marianne rieb sich mit den Fingern die Schläfen und schüttelte den Kopf. „Für mich klingt das alles ganz schön verwirrend.“

Für mich auch, dachte Bethany bei sich. Sie hatte so viele Fragen: Wo war Brett? Mit wem war er zusammen? In welcher Beziehung stand er wirklich zu Jim Benson und der First Security Bank? Aber vor allem wollte sie wissen, warum es sie überhaupt kümmerte.

„Lass mich dir eins sagen“, sagte Marianne und zwinkerte ihr mit einem raffinierten Lächeln zu. „Wenn ich noch Single wäre und so ein gut aussehender Typ nach mir suchen würde – ich würde mich ganz schnell finden lassen.“

„Ach ja? Würdest du das?“, wollte Jack wissen, der Mariannes Worte aufgeschnappt hatte, und nun in die Küche kam. „Dann frage ich mich nur, wieso ich dich bis ans Ende der Welt jagen musste …“ Er drückte ihr einen Kuss auf den dunklen Lockenkopf. „Zieh deine Schuhe an, Mata Hari. Jetzt geht’s richtig los!“

„Kann ich nicht barfuß spielen?“, bat Marianne.

Jack lachte. „Ganz wie du willst.“

Grummelnd schlüpfte Marianne in ihre Pumps und lächelte

Bethany an. „Denk an meine Worte: Ich würde dieses Exemplar nicht kampflos davonkommen lassen."

Kopfschüttelnd begleitete Jack Marianne ins Wohnzimmer und führte sie zur Klavierbank. „Wie wär's mit ein paar Weihnachtsliedern?", fragte er in die Runde. Ein paar der stimmlich begabten Gäste scharten sich um Marianne, als diese das erste Lied anstimmte.

Gegen den Backsteinkamin gelehnt nippte Bethany an ihrem Glühwein. Gedankenverloren sah sie ins Feuer und lauschte den Liedern, die Marianne auf Wunsch der Gäste spielte. Sie summte leise mit und versuchte, nicht an Brett zu denken, nicht an die Art, wie er sich in ihr Leben gedrängt hatte. Doch immer wieder kehrten die Erinnerungen zurück – an die zurückliegenden Tage und an das heimliche Glück, das sie gefühlt hatte, wenn er bei ihr gewesen war.

Bethany schlenderte zurück in die Küche und nahm sich ein paar Häppchen. „Du bist eine Idiotin", murmelte sie vor sich hin. „Du führst dich auf wie ein verliebtes Schulmädchen! Du weißt doch rein gar nichts über ihn!"

Während sie ein Stück von der Lachspastete probierte, überlegte sie, wie weit sie Brett vertrauen konnte und weshalb sie immer noch das Gefühl hatte, dass er etwas vor ihr verbarg. Etwas sehr Wichtiges ...

Was macht das schon aus, fragte sie sich im Stillen. Sie seufzte tief und stellte ihre Tasse in das Spülbecken. Die ersten Töne von „Stille Nacht" drangen zu ihr. Als sie ins Wohnzimmer kam, wollte Marianne ihre Vorstellung gerade beenden.

„Komm, spiel noch ein paar", forderte eine von Mariannes engsten Freundinnen.

„Später vielleicht."

„Du tust das doch nur zu gern – und das weißt du auch", neckte Jack sie, und stürmisches Gelächter erfüllte den Raum. Da läutete es an der Tür. „Ich geh schon, Liebling, spiel du weiter. Und das ist ein Befehl!"

Marianne schnitt ihrem Ehemann eine Grimasse, wandte sich aber wieder dem Klavier zu. Insgeheim mahnte Bethany sich, das Fest endlich unbeschwert zu genießen.

Plötzlich fühlte sie, wie jemand ihr auf die Schulter tippte. Als sie sich umdrehte, blickte sie direkt in Jacks besorgtes Gesicht. Um sich gegen die Musik besser verständlich zu machen, flüsterte er ihr ins Ohr. „Da draußen steht ein gewisser Brett Hanson. Er sagt, er müsse dich sofort sprechen."

Überrascht fühlte Bethany, wie ihr Herz sofort schneller schlug. „Er ist hier?"

„Soll ich ihn für dich loswerden?", fragte Jack, so als würde er Ärger erwarten.

„Ich bezweifle, dass das irgendjemand schaffen würde."

„Ich würde mein Bestes versuchen."

„Nein, nein", beschwichtigte sie ihn. „Ich spreche mit ihm." Bethany riss sich zusammen. Weshalb war Brett hier? Woher wusste er überhaupt, wo sie war? Kaum hatte sie einen Blick über Jacks Schulter geworfen, als sie Brett auch schon entdeckte.

Er stand zwischen Wohnzimmer und Eingang und betrachtete Bethany mit kalter, düsterer Miene. Als er bemerkte, dass sie ihn ebenfalls ansah, huschte für einen Moment lang ein erleichterter Ausdruck über sein Gesicht. Doch ebenso schnell verhärteten sich seine Züge wieder. Er hatte sich nicht die Mühe gemacht, seine dicke Wildlederjacke oder seinen Hut abzulegen. In der festlich gekleideten und fröhlichen Menge wirkte er völlig fehl am Platz.

„Es dauert nur einen Augenblick", flüsterte Bethany Jack zu. Sie betete, dass Marianne weiterspielen und dass Brett keine Szene machen würde. Denn diese Situation würde sie nicht so leicht erklären können.

„Was machst du hier?", fragte sie ihn, sobald sie allein waren.

„Vielleicht sollte ich dich dasselbe fragen."

„Ich bin eingeladen."

Wütend presste Brett die Lippen aufeinander. „Das macht jetzt sowieso nichts mehr aus. Vielleicht ist es sogar besser, dass du nicht zu Hause warst."

„Was meinst du denn damit?"

Misstrauisch blickte er an ihr vorbei auf die Gruppe von Menschen, die um das Klavier herumstand, und kniff seine blauen Augen zusammen. „Wer wusste, dass du herkommen wolltest?"

„Nur Jack und Marianne. Was soll denn das Ganze?"

Nun wandte er sich ihr wieder zu. „Wir gehen!"

„Du meinst wohl, *du* gehst."

Entschlossen packte er sie am Arm. „Wir beide gehen. Komm mit."

„Ich gehe nirgends hin ...", begann sie, doch der Ausdruck in seinen Augen ließ sie innehalten. Sein Blick, kalt und abschätzig, traf sie bis ins Mark. Bethany versuchte sich loszureißen, aber konnte sich nicht aus seinem eisernen Griff befreien.

„Wo ist dein Mantel?“

„Lass mich los!“, warnte sie ihn, wobei sie sich bemühte zu flüstern.

„Erst holen wir deinen Mantel. Wo ist er?“

„Im Schrank im Flur, aber …“

„Geh ihn holen.“

„Brett …“

„Gibt es hier Ärger?“, wollte Jack wissen und blickte forschend in Bethanys Gesicht, als er auf sie und Brett zuging.

„Nein“, antwortete Bethany, woraufhin Brett ihren Arm losließ. Sie warf ihm einen wütenden Blick zu, hielt aber ihre Stimme um Jacks willen unter Kontrolle. „Ich glaube, ich sollte jetzt besser gehen.“

„Bist du sicher?“, fragte er und sah abwechselnd von Bethany zu Brett.

„Ja.“

Die Musik hatte aufgehört, und die Gäste klatschten Beifall, bevor sich kleinere Grüppchen bildeten. Nach einem einzigen Blick in Jacks Gesicht eilte Marianne sofort herbei, um den Ärger zu vermeiden, der sich zusammenzubrauen drohte.

Kochend vor Wut schlüpfte Bethany in ihren Mantel.

„Du kannst doch nicht schon gehen“, protestierte Marianne. Als sie Brett erblickte, erkannte sie ihn sofort.

Bethany zwang sich zu einem Lächeln. „Es tut mir leid. Es war ein tolles Fest.“

„Aber das ist noch nicht vorbei! Ich habe noch so viel zu essen übrig! Sie können selbstverständlich gerne bleiben“, lud Marianne Brett ein.

„Vielleicht ein anderes Mal“, antwortete Brett höflich.

„Aber es ist Weihnachten! Bethany?“

„Ich rufe dich gegen Ende der Woche an, ja?“, sagte Bethany entschuldigend. Sie wollte unbedingt gehen, bevor Brett noch einen Aufstand veranstaltete. Bevor ihre Bekannten von der Schule begannen, unangenehme Fragen zu stellen.

„Bist du dir sicher?“, gab Marianne nach und begleitete sie zur Tür.

„Ich bin sicher.“

„Tja, dann fröhliche Weihnachten.“ Sie griff nach der Hand ihres Ehemanns, der die Tür offen hielt.

„Das wünsche ich euch auch“, antwortete Bethany und trat hinaus in die bittere Kälte. Brett nahm ihre Hand und zog hinter ihnen die Tür zu. Als sie sich umdrehte, bemerkte Bethany, dass Marianne ihnen vom Fenster aus hinterherblickte. Jack stand neben seiner Frau, den

Arm locker um ihre Schultern gelegt. Die Sorge stand ihm deutlich ins Gesicht geschrieben. Bethany lächelte den beiden zu und winkte. Sie hoffte nur, dass sie nicht so verängstigt wirkte, wie sie sich fühlte.

„Du hast ja wirklich Nerven“, fuhr sie ihn an. „Was denkst du dir überhaupt dabei, mich an Heiligabend von einer Party wegzuzerren?“

„Das musste ich tun.“

„Du musstest?“, wiederholte sie fassungslos. „Verschone mich, ja? Ich weiß nicht, was für Spielchen du treibst, Brett, aber ich habe es satt.“ In der Nähe seines Jeeps blieb sie stehen und starrte ihn mit wütenden Augen an. Trotz der eisigen Nachtluft war ihr Gesicht nicht nur vor Kälte, sondern auch vor Zorn gerötet. Sie sah aus, als wäre sie kurz davor, ihn in Stücke zu reißen. „Ich warte auf eine Erklärung.“

„Später.“

„Wunderbar. Ich erlebe gerade das schlimmste Weihnachtsfest, seit ich denken kann, und du hast Geheimnisse vor mir.“

Brett seufzte tief. „Vertrau mir, Bethany. Bitte. Es ist wirklich wichtig. Komm, steig in den Jeep.“

„Danke, aber ich bin mit meinem eigenen Fahrzeug hier“, zischte sie zurück. Sie wollte gerade zu ihrem Auto laufen, da legte Brett ihr eine Hand auf die Schulter.

„Kannst du es nicht hier stehen lassen?“

„Nein.“

„Bethany, ich meine es wirklich ernst“, sagte er ruhig, aber nachdrücklich. Sie drehte sich noch mal zu ihm um – und bemerkte seine sorgenvolle Miene erst jetzt. „Kannst du das Auto hier stehen lassen?“, wiederholte er.

„Vermutlich schon, aber ich müsste fragen. Das wiederum würde viele Fragen aufwerfen, die ich im Moment nicht beantworten möchte. Versteh doch, ich will eigentlich nur wissen, was los ist.“

„Das wüsste ich auch gerne“, entgegnete er. „Kannst du deinen Wagen vielleicht irgendwo in der Nähe parken?“

Sie verschränkte die Arme vor ihrer Brust und schüttelte den Kopf. „Nein.“

„Na gut. Ich fahre hinter dir her und erkläre dir alles, sobald wir bei dir sind.“

„Vergib, wenn ich jetzt nicht aus lauter Dankbarkeit vor dir auf die Knie falle!“, gab sie giftig zurück, stieg aber schließlich in ihren Toyota und steckte den Schlüssel ins Zündschloss.

Die Fahrt schien nicht enden zu wollen. Die Straßen waren zwar fast menschenleer. Aber der Schnee, der tagsüber zu schmelzen begonnen hatte, war mittlerweile zu Eis gefroren. Die geräumten Straßen bereiteten Bethany keine Probleme. Doch sobald sie den Berg hinauffahren wollte, auf dem ihr Haus stand, geriet ihr Wagen ins Rutschen.

„Toll“, murmelte sie. Als sie versuchte, das Auto wieder in die Spur zu bringen, schlitterte es lediglich zur Seite. „Einfach toll.“ Seit sie denken konnte, war sie schon im Schnee gefahren – allerdings in ihrer Heimatstadt Boise. Dort auf dem flachen Land waren die Straßen mit Schneepflügen leicht frei zu halten. Hier in Portland hingegen verfügte man weder über die Ausrüstung noch über genug Arbeitskräfte, um auch die kleineren, steileren Straßen zu räumen.

Als ihre Reifen durchdrehten und sie selbst im ersten Gang den Berg nicht hinaufkam, gab sie auf. Sie parkte das Auto in einer der Seitenstraßen und stapfte durch den Schnee zu Bretts wartendem Jeep. „Ich muss es wohl über Nacht hier stehen lassen“, entschied sie und stieg in den Wagen. „Ich hole es dann morgen früh ab.“

„Oder vielleicht später.“ Brett schaltete den Allradantrieb zu und lenkte den Jeep über die kurvige Straße, die zu Bethanys Haus führte.

„Was soll das wieder heißen? Und was hast du dir dabei gedacht, uneingeladen auf Jacks und Mariannes Party aufzutauchen?“

„Ich musste dich finden!“

„Wieso?“

Er blickte sie an und sah deutlich die Wut in ihren großen Augen. „Weil ich krank vor Sorge war. Ich dachte, du wurdest vielleicht entführt!“

„Entführt!“ Bethany lachte und wischte einen Teil der Windschutzscheibe frei, als sie auch schon in ihre Einfahrt bogen. „Hast du jetzt den Verstand verloren?“

„Ich wünschte, es wäre so. Ich bin vor etwa einer Stunde zurückgekommen. Du warst weg, aber ich habe mich selbst hereingelassen.“

„Du bist eingebrochen?“

„Die Tür stand offen.“

„Aber ... ich habe abgeschlossen.“

„Jemand hat sie gewaltsam aufgebrochen“, antwortete er, wobei seine Mundwinkel leicht zuckten. „Dein ganzes Haus wurde durchwühlt. Alles wurde auf den Kopf gestellt.“

„Mein Haus? Wieso?“

Er zog die Handbremse an und parkte in der Auffahrt. „Ich kann auch nur raten. Aber ich könnte mir vorstellen, dass es mit Grant zusammenhängt."

„Warum?"

„Ich weiß es nicht. Vielleicht hattest du recht. Vielleicht hat jemand das Haus beobachtet und gewartet, bis du gegangen bist. Zum Teufel, vielleicht ist man *mir* hierher gefolgt."

„Ich kann das alles nicht glauben."

Er öffnete ihr die Tür und half ihr beim Aussteigen. „Glaub es lieber", schlug er vor, und seine Stimme klang kalt.

Gemeinsam gingen sie durch die Vordertür. Bethany schaltete das Licht ein und musste sich gegen die Wand lehnen, als sie sich in ihrem Haus umsah. Schubladen lagen auf dem Boden, Möbel waren umgestoßen worden. Papiere flogen überall im Haus herum. Fenster standen offen, und Schränke waren leer geräumt worden. Sogar die Lebensmittel hatte man aus der Vorratskammer gerissen und auf dem Küchenfußboden verstreut.

Auch im Wohnzimmer herrschte das Chaos: Der Weihnachtsbaum lag umgeworfen auf dem Boden. Sämtliche Geschenke waren aufgerissen worden, wobei Schleifchen und Geschenkpapier noch immer an den Pappkartons hingen. Der Schaukelstuhl war gegen den Kamin geschleudert worden, der Korb mit dem Feuerholz lag auf der Seite. Holzsplitter und trockenes Moos übersäten den Boden.

„Oh mein Gott!", flüsterte Bethany fassungslos und inspizierte jeden einzelnen Raum. In ihrem Schlafzimmer fand sie zwischen Matratze und verstreutem Bettzeug ihre Unterwäsche und ihre Schuhe in einem wilden Durcheinander auf dem Boden.

Schäumend vor Wut lief Bethany ins Badezimmer. Die Fläschchen mit Make-up, Parfum, Badezusätzen und Putzmitteln lagen in Scherben. Das Gebräu von Düften erfüllte den kleinen Raum, sodass man kaum atmen konnte.

„Wer war das?", brachte sie ungehalten hervor.

„Jemand, der wusste, dass du nicht im Haus bist", antwortete er. „Erzähl mir von Jack und Marianne."

„Von den Selbys?" Sie wirbelte herum und sah ihn direkt an. Beinahe musste sie lachen. „Das sind die beiden nettesten Menschen, die man sich nur vorstellen kann! Die können hiermit nichts zu tun haben." Sie betrachtete die heillose Unordnung und schüttelte den Kopf, bevor sie ihn argwöhnisch ansah. „Woher wusstest du eigentlich, wo ich war?"

„Das war nicht leicht", gab er zu und rief sich ins Gedächtnis, wie verzweifelt er gewesen war, als er sie nicht finden konnte. „Aber ich erinnerte mich an eine Einladung, die ich fand, als ich deine Papiere durchgegangen bin. Als ich sie wiedergefunden hatte, versuchte ich, die Nummer auf der Einladung anzurufen, aber es ging keiner ran."

„Weil es die Nummer der Schule ist. Marianne arbeitet bei uns im Sekretariat."

„Ich weiß. Als ich dich telefonisch nicht erreichen konnte, fuhr ich zu der Adresse, die in der Einladung stand. Zum Glück warst du dort."

„Und wenn ich nicht dort gewesen wäre?"

„Dann hätte ich die Polizei verständigt."

„Ich will nicht, dass die Polizei informiert wird!", rief Bethany.

„Dir bleibt gar keine andere Wahl. Deine Versicherung wird eine Untersuchung fordern."

„Aber dann kommt alles über Grant heraus! Meine Ehe mit ihm, die Tatsache, dass er der First Security Bank all das Geld gestohlen hat."

„Wahrscheinlich." Brett öffnete die Tür ihres Schlafzimmerschranks, holte einen Koffer hervor und warf ihn auf den Boden. „Pack ein paar Sachen zusammen. Warme Kleidung, wenn möglich. Wir gehen."

„Ich kann nicht gehen!"

„Du kannst hier verdammt noch mal nicht bleiben!", erwiderte er aufgebracht und zeigte nun doch noch seine Wut, als er auf das Desaster um sie herum deutete. „Wer auch immer das hier war, Bethany, er meint es ernst! Wenn du bleibst, bringst du dich in große Gefahr."

„Was soll denn das heißen? Dass ich untertauchen soll?"

„Vorerst ja!"

„Ausgeschlossen."

„Verdammt!", rief Brett und kam mit großen Schritten auf sie zu. Mit beiden Händen umfasste er ihre Schultern. „Erkennst du denn nicht, dass das hier mehr als nur ein unbestimmtes Gefühl von dir ist? Du dachtest, du wirst verfolgt. Jetzt sieht es so aus, als hättest du recht gehabt. Willst du hier etwa herumsitzen und auf ihn warten?"

„Das hier ist mein Zuhause", antwortete sie unerschütterlich und ignorierte die Furcht, die sich langsam in ihr breitmachte.

„Aber im Augenblick ist es hier einfach nicht sicher!"

„Das weißt du doch gar nicht."

„Herrgott noch mal, Bethany! Schau dich doch mal um!“ Entschlossen sammelte er einige Kleider vom Boden auf und warf sie in den Koffer. „Zuerst werden wir jetzt die Polizei rufen. Dann wirst du packen, und danach verschwinden wir von hier. Verstanden?“

„Du kannst nicht die Polizei rufen …“

„Verstanden?“, wiederholte er unnachgiebig. Er war schon zum Telefon gelaufen und hatte die Notrufnummer gewählt.

„Aber mein ganzes Leben …“

„Wird wahrscheinlich wieder an die Öffentlichkeit gezerrt, aber so ist es eben.“

„Das ist nur deine Schuld, weißt du das?“, erklärte sie erbost. Sie warf ein Paar Jeans in den Koffer und spürte so eine Wut in sich, dass sie schreien wollte. Doch Brett hob einfach seine Hand und wehrte jeden weiteren Einwand ab, als er mit der Polizei verbunden wurde. Er nannte seinen und Bethanys Namen und erklärte, was vorgefallen war.

So erschüttert, wie sie war, hätte Bethany sich am liebsten nur auf ihr Bett werfen und verstecken wollen – allerdings hatte irgendjemand das Bett und auch sonst alles in dem Zimmer in seine Bestandteile zerlegt.

„Es wird eine Weile dauern, bis sie kommen“, sagte er, nachdem er aufgelegt hatte. „Wegen Weihnachten.“

„Ach ja. Weihnachten. Die Zeit der Freude und des Friedens auf der Welt. Überall, nur nicht hier!“ Trotz ihrer Wut musste sie plötzlich aufschluchzen. Heiße Tränen brannten in ihren Augen, als sie sich in der Verwüstung umsah, die einmal ihr gemütliches kleines Häuschen gewesen war. Ihr Zufluchtsort vor der Vergangenheit.

Als sein Ärger allmählich abebbte, ging Brett zu ihr und hob ihr Kinn mit einem Finger nach oben. „Es könnte schlimmer sein“, versuchte er, ihr Mut zu machen.

„Wie denn?“

„Es könnte regnen.“

„Das wäre eher eine Verbesserung!“ Aber dennoch brachte sie ein dünnes, trauriges Lächeln zustande und kämpfte die Tränen zurück. Da beugte er sich zu ihr und berührte liebevoll mit seinen Lippen ihren Mund.

„Ich bin fast umgekommen vor Sorge“, gab er zu.

„Meinetwegen?“

„Ja, deinetwegen“, bestätigte er. Er starrte zur Decke und fuhr sich nervös durch die Haare. „Ich dachte, wer auch immer das gewesen ist, er hätte dich in seiner Gewalt." Wieder richtete er seine blauen Augen auf sie. „Ich dachte, ich hätte dich verloren", erklärte er leise. „Und das hat mich erschreckt. Es hat mich zu Tode erschreckt." Behutsam legte er die Arme um sie und zog sie an sich. „Das werde ich nicht noch einmal zulassen."

Durch seine Worte tief berührt, wurde es Bethany warm ums Herz. Gerade in diesem Moment, als ihre Welt zu zerbrechen schien, war er da. Sie fühlte sich sicher in seinen starken Armen und schmiegte sich an ihn, froh um die Stärke und die Ruhe, die er ausstrahlte. „Hast du Jim Benson eigentlich erreicht?", fragte sie ihn.

Bretts Miene wirkte mit einem Mal angespannt. „Er ist wegen des Feiertages nicht im Haus."

„Was ist bei ihm zu Hause?"

„Da geht keiner ans Telefon." Bretts Gedanken kreisten um den Hass, den er für seinen Stiefvater empfand. Er konnte das Gefühl nicht abschütteln, dass Benson hinter all dem hier steckte. Und tief in seinem Inneren schwor er, dass er sich dafür rächen würde. „Ist vorher schon einmal so etwas vorgefallen?"

Bethany schüttelte den Kopf, löste sich aus seiner Umarmung und wanderte den Flur entlang in die Küche. Auf dem Weg wollte sie ein Bild an der Wand gerade rücken, als das Foto auf den Fußboden fiel und das Glas in tausend Scherben zerbarst.

Bethany überlegte. „Nein ... Bis auf den Unfall ..."

„Unfall? Was für ein Unfall?", unterbrach Brett sie.

„Du weißt doch: Als ich den Berg mit dem Fahrrad hinaufgefahren bin und Jenny und Winston entdeckte. Wo ist er überhaupt? Ich habe ihn hiergelassen!" Ganz außer sich vor Sorge rannte sie durch das Haus und rief gleichzeitig nach dem kleinen Hund. Beinahe befürchtete sie, dass er in dem ganzen Durcheinander verloren gegangen sein könnte.

„Bleib ganz ruhig! Es geht ihm gut. Zumindest war es so, als ich gegangen bin."

„Wo ist er?"

„In der Garage."

Aufgebracht bahnte Bethany sich den Weg durch die Küche und öffnete die Garagentür. „Winston!" Als sie das vertraute Winseln des Welpen hörte, kniete sie sich hin, sodass er in ihre Arme flitzen konnte. „Armes Baby! Ich wette, du bist umgekommen vor Angst", tröstete sie ihn und hob das zitternde Fellknäuel hoch. Vor Freude fuhr Winston ihr mit seiner feuchten Zunge durch das Gesicht.

Brett steckte seine Hände in die Gesäßtaschen seiner Jeans und wartete ungeduldig ab. Irgendjemand war hinter Bethany her. Entweder wollte dieser Jemand sie damit einschüchtern – oder er hoffte, etwas Wichtiges zu finden. Etwas, das ihnen vielleicht helfen würde, Grant Mills aufzuspüren. Aber wer? Und was hatte er gesucht?

Unter lautem Sirenengeheul und Blaulichtgewitter traf die Polizei ein. Zwei Polizisten klopften an die Tür, und Brett ließ sie herein. Während die beiden sich in gedämpftem Ton unterhielten, durchsuchten sie das Durcheinander. Sie fotografierten alles, machten sich Notizen und stellten mehr Fragen, als Bethany bereit war, zu beantworten. Unter Bretts wachsamen Augen teilte sie ihnen genauestens mit, wer sie war und inwiefern sie mit Grant Mills in Zusammenhang stand.

„*Der* Grant Mills?“, entfuhr es Andrew Daniels, dem jüngeren Polizisten. Er schob seine Mütze auf dem Kopf zurecht.

Es versetzte Bethany innerlich einen Stich, doch sie erwiderte den Blick des jungen Polizisten. „Selbiger.“

„Weiß das FBI Bescheid?“

„Nicht über die Vorkommnisse des heutigen Abends“, räumte Brett ein. „Noch nicht.“

„Dann müssen wir sie informieren“, stellte Officer Donaldson fest. Der ältere Polizist ließ seinen müden Blick über die umgestürzten Möbel und den demolierten Weihnachtsbaum schweifen. „Am besten lassen Sie alles so, wie es momentan ist.“

„Ich kann in dieser Unordnung nicht leben …“, begann Bethany.

Doch Brett schnitt ihr das Wort ab: „Das werden wir.“

Die Polizisten füllten ihre Berichte aus. Brett klärte sie über seine Beziehung zur First Security Bank auf sowie über die Tatsache, dass er noch immer an dem Mills-Fall arbeitete.

„Sie glauben, es gibt eine Chance, dass er noch lebt?“, fragte Officer Donaldson und gab einen lang gezogenen Pfiff von sich.

„Sogar eine große Chance“, sagte Brett und bemerkte, dass Bethany blass wurde. „Wenn Sie hier fertig sind, dann würden wir jetzt gerne gehen.“

„Teilen Sie uns bitte eine Adresse und eine Telefonnummer mit, unter der Sie zu erreichen sind.“

„Einen Moment mal“, mischte Bethany sich ein. „Ich gehe nirgendwohin.“

„Aber natürlich tust du das“, antwortete Brett ihr in einem Ton, der keinen Widerspruch zuließ, und sah sie durchdringend an. „Wenn das FBI alles untersucht hat, können wir zurückkommen und aufräumen." Dann wandte er sich wieder den beiden Beamten zu, notierte die Adresse seiner Hütte auf einer alten Visitenkarte und überreichte sie den Polizisten.

„Man wird Sie sicher befragen wollen", gab Donaldson zu bedenken. „Vielleicht bleiben Sie doch besser hier."

Brett musste dem zustimmen, und so schritten Bethany und er nervös auf und ab. Als das FBI eine Stunde später endlich eintraf, musste Bethany genau die gleichen Fragen beantworten, die schon Donaldson und Daniels gestellt hatten.

Als die Männer dann nach weiteren zwei Stunden den Tatort verlassen hatten, war Bethany außer sich vor Zorn. „Ich habe die Nase voll davon, dass du mich ständig dazu drängst, Dinge zu tun, die ich nicht tun will!", fuhr sie ihn an, das Kinn trotzig nach vorne gestreckt.

„Du hast doch gar keine andere Wahl!", verteidigte er sich.

„Soweit ich weiß, ist das hier ein freies Land."

„Lass den Quatsch!", antwortete Brett, marschierte ins Schlafzimmer und deutete auf den Koffer. „Ist das Ding jetzt fertig gepackt?"

Kochend vor Wut, fand Bethany keine Worte.

Brett kniff die Augen zusammen und schloss den Koffer. „Na schön! Wir gehen!"

„Wohin?"

„Zu mir."

„Nach Boise?"

„Natürlich nicht. Da wird der Täter wahrscheinlich als Nächstes suchen."

„Also, wohin dann?"

„Ich habe eine Berghütte nicht weit von Seattle."

„Seattle?" Ungläubig schüttelte sie den Kopf, ließ sich auf ihr Bettgestell sinken und sah sich in ihrem verwüsteten Schlafzimmer um. „Ich bleibe hier", verkündete sie bestimmt. „Das ist mein Zuhause, und es gibt zu viel zu tun, als dass ich einfach nach Seattle fahren könnte."

„Also bleibst du und beantwortest noch mehr Fragen des FBI oder der Presse?"

Bethany schüttelte sich und stöhnte auf. „Habe ich überhaupt eine Wahl?"

„Ich biete dir eine."

„Früher oder später werde ich mit ihnen reden müssen."

„Dann doch lieber später. Okay? Hör mal, wir haben keine Zeit, uns jetzt darüber zu streiten. Wir wissen nicht, wer hinter dem Einbruch steckt und ob er wiederkommt oder nicht. Es sieht aus wie ein Einbruch, aber es scheint nichts zu fehlen. Oder fehlt etwas?"

„Ich habe dir und der Polizei schon gesagt, dass ich nichts vermisse."

„Woher willst du dann wissen, dass der Mann, der das hier getan hat, nicht hinter dir her ist?", gab Brett zu bedenken. „Woher willst du wissen, dass es nicht derselbe Kerl ist, der dich vor ein paar Wochen beinahe überfahren hätte? Und woher willst du wissen, ob er nicht wiederkommt?"

„Das ist mein Zuhause ..."

„Nicht für die nächsten Wochen", unterbrach er sie mit kühler Bestimmtheit. „Du kommst mit mir mit – und wenn ich dich eigenhändig über den Columbia River tragen muss!" Das Funkeln in seinen Augen zeigte, dass jede Widerrede zwecklos war.

Allmählich gab sie auf. Also machte sie sich daran, ihre Lieblingsjeans, Unterwäsche und zwei dicke Pullover einzupacken. „Okay. Du hast gewonnen. Vorerst."

„Man muss mit wenig zufrieden sein", murmelte er, öffnete den Koffer und sah ihr dabei zu, wie sie ein paar weitere Kleidungsstücke zusammenfaltete und hineinlegte. Als sie damit fertig war, schlug er den Deckel des Koffers zu. „Bist du startklar?"

„Wie man es nimmt", sagte sie und pfiff nach dem Hündchen. „Nur eine Sache noch."

„Das wäre?"

Sie beugte sich hinab, und der Welpe sprang in ihre Arme. „Winston kommt mit."

Da Brett nicht in der Stimmung war, zu diskutieren, nickte er lediglich. „Meinetwegen." Mit Bethanys Koffer und ihrer Handtasche ging er nach draußen. Bethany folgte ihm und kletterte in den Jeep. Kurz kehrte er noch mal zum Haus zurück, warf ein paar Papiere, Bilder, Alben und Schmuckstücke in einen großen Karton, den er zum Jeep trug.

„Ich hoffe, du weißt, was du tust", meinte sie und warf ihm einen eindringlichen Blick zu, als er in den Wagen stieg und den Gang einlegte.

Mit unbewegter Miene murmelte er: „Das hoffe ich auch. Ich hoffe bei Gott, dass ich weiß, was ich tue."

8. KAPITEL

Schweigend lenkte Brett den Jeep durch die ruhigen Straßen Portlands. Bunte Lichter blitzten auf einigen der Hochhäuser am Ufer. Der Schein der Straßenlampen wurde vom aufgehäuften Schnee und dem Schneematsch auf den Bürgersteigen zurückgeworfen.

Brett fuhr langsam. Immer wieder prüfte er im Rückspiegel, ob ihnen einer der hellen Scheinwerfer auf den Fersen war. Aber er konnte nichts Verdächtiges entdecken. Während er das Auto durch die kleinen Seitenstraßen manövrierte, entspannte er sich ein wenig: Niemand folgte ihnen. Er atmete hörbar aus und schaltete das Radio ein.

„So weit, so gut", murmelte er, schaltete einen Gang herunter und fädelte sich in den Verkehr ein, der über die Hawthorne Bridge nach Norden drängte.

„Wie beruhigend", erwiderte Bethany leise. Argwöhnisch betrachtete sie ihre Umgebung durch die leicht beschlagenen Fenster. Seit sie das Haus verlassen hatten, war sie angespannt. Sie war sich sicher, dass derjenige, der ihr seit Wochen nachspionierte, auch jetzt hinter ihnen her sein würde. „Wo sind sie? Diese Leute, die mein Haus ruiniert haben?"

„Hoffentlich in Timbuktu."

Ein kleines Lächeln erhellte ihr Gesicht. „Komm schon, Brett. Sag's mir: Was glaubst du, wo sie sind?"

„Ich wünschte, ich wüsste es", räumte er ein. „Vielleicht habe ich sie verscheucht, als ich zum Haus zurückgekommen bin. Aber ich schätze, sie wussten genau, dass du auf diese Feier gehst."

„Unmöglich", widersprach sie. „Nicht einmal Marianne und Jack wussten, dass ich komme. Am letzten Schultag habe ich Marianne sogar noch gesagt, dass ich stattdessen wohl in Skiurlaub fahren würde."

„Und die anderen Gäste?"

„Ich kannte nur ein paar von ihnen. Das sind Grundschullehrer, Brett", wies sie ihn zurecht. „Nicht gerade die klassischen Verbrecher."

Seine Hände schlossen sich fester um das Lenkrad. „Du musst nicht gleich die Krallen ausfahren. Ich versuche nur, das alles zu verstehen."

„Ich doch auch", erwiderte sie ungehalten. „Weißt du, wenn du mich fragst: Ich vermute, dass Jim Benson dahintersteckt."

„Er ist in Idaho."

„Das weißt du nicht mit Sicherheit. Außerdem würde er sich bestimmt nicht selbst die Hände schmutzig machen. Selbstverständlich würde er dafür jemanden anheuern."

„Aber aus welchem Grund?", erkundigte Brett sich.

„Woher soll ich denn das wissen? Immerhin hat er doch auch dich geschickt. Und seinen Sohn hat er damit beauftragt, meine Eltern zu schikanieren. Abgesehen davon hätte er ein Motiv: Rache. Nicht nur, dass er meinen Vater hasst, er gibt mir die Schuld an allem, was Grant verbrochen hat!"

Brett wechselte die Spur und warf einen prüfenden Blick in den Rückspiegel – kein Verfolger in Sicht. Auf der anderen Seite des Columbia River, der in völliger Dunkelheit lag, erstreckte sich der Bundesstaat Washington vor ihnen. „Ich würde es Benson glatt zutrauen."

„Wie gut kennst du diesen Mann eigentlich?"

Für einen Augenblick erstarrte Brett förmlich. „Gut genug", antwortete er knapp.

Bethany entspannte sich in ihrem Sitz. „Siehst du", sagte sie, schloss die Augen und zog ihre dicke Jacke enger um sich. „Ich wette, er hat seine Finger im Spiel."

Eine Weile fuhren sie schweigend weiter. Nachdenklich hatte Bethany ihren Kopf an das Seitenfenster gelehnt. Sie wollte glauben, dass sie Brett vertrauen konnte, dass er irgendwie alles in Ordnung bringen würde. Doch die Bilder von ihrem Haus und dem Ausmaß der Zerstörung ließen sie erschauern. All die Ängste, die sie in den vergangenen Wochen gespürt hatte, kamen mit einem Mal wieder zurück. Sie fragte sich ernsthaft, ob sie wohl je die Vergangenheit hinter sich lassen könnte.

„Hast du irgendwelche Feinde?", unterbrach Brett schließlich die Stille.

„Nur Benson."

„Und was ist mit den Weathers-Brüdern?"

„Ich kenne keinen von beiden."

„Bist du sicher?"

„Natürlich bin ich sicher. Jake habe ich noch nicht einmal in der Bank gesehen", stieß sie verärgert hervor. „Wie oft muss ich dir das noch sagen?"

„Ich wollte es nur klarstellen."

„Ich habe keinen von den Leuten je kennengelernt, die etwas mit dem Diebstahl zu tun hatten, okay?“ Nachdem sie ihm diese Worte geradezu entgegengeschleudert hatte, starrte sie wieder hinaus in die dunkle Nacht. So weit das Auge reichte, sah sie nichts als leuchtende Schlusslichter. „Das gilt für Karl und Jake Weathers und diese Henshaw. Was macht dich außerdem so sicher, dass der Einbruch heute Abend mit Grant in Verbindung steht?“, fuhr sie erregt fort. „Es könnte ebenso gut ein einfacher Fall von Vandalismus gewesen sein.“

„Unwahrscheinlich.“

„Dann bleibt also nur Grant oder jemand, der mit ihm in Verbindung steht.“ Sie streckte sich aus und schloss wieder die Augen. „Dabei wissen wir nicht einmal, ob er überhaupt noch lebt.“ Statt darüber nachzugrübeln, in welch kurzer Zeit sich ihr Leben völlig verändert hatte, kuschelte Bethany sich in den Sitz und hielt Winston auf ihrem Schoß fest. „Wie lange dauert die Fahrt zu dieser Hütte?“

„Ein paar Stunden“, antwortete er.

„Ein paar Stunden“, wiederholte sie. „Also irgendetwas zwischen zwei und zwanzig Stunden!“

„So lange nicht, versprochen.“ Er grinste und spähte zu ihr hinüber. Dass sie verstimmt war, konnte er ihr nicht verübeln. Denn bisher hatte er es nur geschafft, ihr Leben in ein emotionales Chaos zu stürzen.

Nur oberflächlich vernahm er die Weihnachtsmusik im Radio. Hatte Jim Benson ihm eine Falle gestellt? Brett kniff misstrauisch die Augen zusammen. Falls Benson hinter dem Einbruch steckte, würde er sicher auch schnell herausfinden, dass Brett Bethany in seine Hütte gebracht hatte.

Mit zusammengepressten Lippen versuchte Brett sich einzureden, dass der Einbruch lediglich ein normaler Fall von Vandalismus gewesen war. Dennoch konnte er das Gefühl nicht abschütteln, dass er den Täter schnurstracks zu ihr geführt hatte. Mit einem kurzen Blick stellte er fest, dass sie eingeschlafen war. Er griff hinter sich und holte eine alte Wolldecke vom Rücksitz hervor. Mit einer Hand am Lenkrad breitete er die Decke über sie und den kleinen Hund.

„Frohe Weihnachten, Bethany“, wünschte er ihr flüsternd und richtete seine Aufmerksamkeit dann wieder auf die lange, dunkle Straße.

Bethany wurde unsanft wachgerüttelt, als sie durch ein Schlagloch fuhren. Sie riss die Augen auf und stellte fest, dass es schon dämmerte und sie sich irgendwo in den Bergen befanden. Die ersten winterlichen Sonnenstrahlen fielen durch die dicken, schneebedeckten Douglastannen.

„Wir sind fast da", informierte Brett sie.

„Du bist die ganze Nacht durchgefahren."

„Den ganzen Morgen", korrigierte er. „Wir sind erst nach ein Uhr losgefahren."

„Erinnere mich nicht daran", murmelte sie zitternd. Gedankenverloren kraulte sie Winston hinter den Ohren, um nicht mehr an das Chaos in ihrem Haus denken zu müssen.

„Du wohnst da zur Miete, nicht wahr?", wollte Brett unvermittelt wissen.

„Ja."

„Wieso ist die Miete so günstig?"

„Bitte?"

„Die Miete ... Du zahlst nicht viel."

„Woher weißt du das?", fragte sie verärgert, wartete aber nicht auf seine Erklärung. „Ach, die Kontoauszüge, die du durchgegangen bist! Das Haus gehört meinem Onkel."

„Lebt er in Portland?"

„Nein, in Idaho. Er hat das Haus geerbt. Als ich dann ein Haus in Portland brauchte, hat er es mir vermietet, um mir aus der Klemme zu helfen." Sie blickte in die idyllische Umgebung und musste unweigerlich an die zertrümmerten Möbel, Fenster und den ruinierten Teppich denken. „Ich weiß nicht, wie ich ihm das alles erklären soll."

„Die Polizei wird sich darum kümmern", beschwichtigte Brett sie.

„Das wird das Beste sein", murmelte sie, hatte aber dennoch Gewissensbisse.

„Kann es sein, dass der Täter es auf deinen Onkel abgesehen hatte?"

„Glaubst du das?"

„Nein, aber ich will keine Möglichkeit außer Acht lassen." Als er mit dem Jeep auf eine Lichtung fuhr, fügte er hinzu: „Wir sind da."

„Hier wohnst du?", fragte Bethany und starrte auf die kleine Hütte mit der windschiefen Veranda. Komplett aus Holz erbaut, das über die vielen Jahre verblichen und fleckig geworden war, wirkte das Haus ebenso rau und wild wie sein Besitzer.

„Ja."

„Moment mal", sagte sie gedehnt und drehte sich zu ihm um. „Vielleicht bin ich so früh am Morgen noch etwas schwer von Begriff. Aber wie führst du von hier aus eine Privatdetektei in Boise?"

„Das tu ich nicht. Ich bin sozusagen halb pensioniert."

„Und du hast deinen Ruhestand nur verlassen, um Grant aufzuspüren, weil du Jim Benson etwas Geld schuldest?"

Nachdem er den Jeep geparkt hatte, schnappte er sich ihre Taschen und öffnete die Tür. „Das ist zwar grob vereinfacht dargestellt, aber im Grunde stimmt es so." Er kam auf ihre Seite des Wagens, um ihr beim Aussteigen zu helfen. Winston sprang von ihrem Schoß und landete prompt in einer Schneewehe, die ihn völlig bedeckte.

„He, kleiner Kerl", rief Brett und hob den kleinen Hund hoch. „Etwas vorsichtiger", riet er ihm und wischte ihm den Pulverschnee vom Fell.

Schweigend griff Bethany sich ihren Koffer und stapfte durch den knietiefen Schnee. Dabei ließ sie ihren Blick über die Lichtung schweifen. Die Kulisse war einfach beeindruckend. Die Wintersonne stand über der kleinen Hütte, die am Rande eines Waldstücks errichtet worden war. Riesige Tannen, deren Zweige sich unter dem Gewicht des Schnees bogen, ragten in den Himmel.

„Hier oben ist es malerisch", gab Bethany zu. „Wie auf diesen Postkarten, die wir immer zu Weihnachten geschickt bekamen."

„Mir gefällt es auch", bestätigte Brett. Er nahm die zwei Stufen zur Veranda und stampfte den Schnee von seinen Stiefeln. Nachdem er die Tür aufgeschlossen hatte, hielt er sie für Bethany auf. Langsam legte sie ihren Schal ab und sah sich unterdessen in der kargen Bleibe um, die Brett sein Zuhause nannte. Ihr Atem bildete weiße Wölkchen in der Morgenluft, und sie zitterte, als die Kälte durch ihre Kleidung drang.

Im Inneren wirkte die Hütte nüchtern, ja beinahe nackt. Spärliche abgenutzte Möbel standen auf einem alten gewebten Teppich, der den Dielenboden nur zum Teil bedeckte. Im Grunde waren Küche, Ess- und Wohnbereich ein einziger großer Raum, der an einem Ende durch einen Kamin und am anderen Ende durch einen Holzofen beheizt wurde. Letzterer wurde offenbar auch zum Kochen eingesetzt. Über ihnen befand sich noch ein Dachboden, der über eine Leiter zugänglich war.

Aufgeregt erkundete Winston alles. Er lief von einem Ende der Hütte zum anderen, schnüffelte in den Ecken und winselte, als er zu Bethany rannte.

„Du wirst dich schon daran gewöhnen", sagte sie, und als sie ihn tätschelte, wedelte er mit seinem Schwänzchen wie wild hin und her. „Das werden wir alle."

Brett stellte ihr Gepäck neben der Vordertür ab und lud den Jeep aus. Als er wieder im Haus war, rieb er sich die Hände und deutete in Richtung Küche. „Das Badezimmer liegt hinter der Küche, in der Nähe der Hintertür. Die Dusche wird mit Propangas betrieben, wenn ich nicht vergesse, es zu kaufen. Vor ein paar Jahren hat mich das Elektrizitätswerk an die Versorgung angeschlossen, also haben wir Strom und Licht."

„Aber keine Heizung."

„Ich bin leider noch nicht dazu gekommen, einen Heizkessel einzubauen."

„Toll."

„So schlimm ist es auch nicht." Als sie ihm einen zweifelnden Blick zuwarf, zwang er sich zu einem müden Lächeln. „Selbst wenn der Strom ausfällt, haben wir Laternen, die uns Licht spenden. Und der Holzofen heizt die Hütte eigentlich ganz gut auf. Irgendwann werde ich einen elektrischen Wassertank und einen Ofen kaufen."

Bethany inspizierte die Räume und betrachtete die splitterigen Holzwände und die uralten Glasfenster. „Wie hast du diese Hütte nur gefunden?"

„Sie gehörte meiner Mutter."

„Oh. Ich verstehe", sagte Bethany, als sie bemerkte, wie seine Miene sich sofort verschloss. „Dann lebst du hier oben wie ein Eremit?"

„Einige Leute denken das zumindest." Er begann, Kleinholz aus einem Korb in den Ofen zu stapeln. „Mir gefällt es hier." Dann richtete er sich zögernd auf und wischte seine Hände ab. „Vielleicht möchtest du dich ja frisch machen?", schlug er vor. „Ich mache Feuer und koche uns etwas. In Ordnung?"

„Klingt gut", antwortete sie und schleifte ihren Koffer ins Badezimmer, wo sie sich ihrer Kleider entledigte. Als sie ihre Hose und den Angorapullover ansah, musste sie über sich selbst lachen: Für Mode war dies wirklich nicht der richtige Ort.

Als sie geduscht und sich umgezogen hatte, wurde es langsam warm in der Hütte. Der Geruch von brennendem Holz und brutzelndem Speck begrüßte sie, als sie in die Küche trat. Brett stand am Herd und hielt zwei gusseiserne Pfannen aufmerksam im Blick.

„Wo hast du den denn her?", fragte sie und deutete auf die Speckstreifen.

„Aus der Tiefkühltruhe. Wenn man hier oben lebt, muss man gut vorbereitet sein, falls man eingeschneit wird."

„Kommt das häufig vor?"

„Oft genug zumindest", erwiderte er und zuckte die Schultern.

Bethany sah auf die Pfannkuchen in der anderen Bratpfanne. „Ich kann hier übernehmen, wenn du duschen gehen möchtest", bot sie ihm an.

Erschöpft rieb er sich über den verkrampften Nacken und lächelte. „Du bist dran, Lady", forderte er sie mit einem Zwinkern auf, das Bethanys Herz schneller schlagen ließ.

Das Essen war vorbereitet und der Kaffee durchgelaufen, als Brett schließlich geduscht und sich rasiert hatte. Mit dem verblassten Flanellhemd und den abgenutzten Jeans passte er genau in das Bild eines Einsiedlers. Brett deckte den kleinen Tisch.

„Ich verstehe es einfach nicht", begann Bethany, sobald sie auf einem durchgesessenen Stuhl am Tisch Platz genommen hatte.

„Was denn?"

Sie strich etwas Butter auf ihren Pfannkuchen und sah dann zu ihm auf. „Was macht ein Privatdetektiv aus Boise hier oben?"

„Sich verstecken." Wieder lächelte er, und sie musste einfach mitlachen.

„Ich meinte die übrige Zeit."

„Ich sagte doch …"

„Ich weiß. Du bist ein halb pensionierter Eremit. Ein 35-jähriger Einsiedler."

„Sechsunddreißig." Er stützte seinen Ellbogen auf den Tisch auf und nippte an seinem Kaffee.

„Und wie verdienst du dir deinen Lebensunterhalt?"

„Hin und wieder übernehme ich einen Fall. Wie jetzt."

„Und die übrige Zeit?"

„Lebe ich hier. Ich brauche nicht besonders viel."

„Aber du schuldest Jim Benson Geld."

Brett verzog das Gesicht, nickte jedoch. Schließlich schob er seinen Stuhl nach hinten und umschloss seine Tasse fester.

„Wie?"

„Wie was?"

„Wie kam es zu dieser Schuld? Der Jeep? Deine Detektei? Was war es?", fragte sie, denn sie hatte noch immer das Gefühl, dass er etwas vor ihr verbarg.

Einen Moment lang blickte Brett sie an. „Es waren die Umstände.

Schulden, die meine Mutter noch hatte, als sie starb, die Grundsteuern für dieses Grundstück …"

Sie aß ein Stück vom Pfannkuchen. „Und dein Vater hat sich nie gemeldet?", erkundigte sie sich und bemerkte die beinahe vertraute Anspannung auf seinem Gesicht.

„Nein. Der ist abgehauen, als meine Mutter erfuhr, dass sie schwanger war. Sie waren nicht verheiratet."

„Oh … Das tut mir leid", entschuldigte sich Bethany, denn sie hatte plötzlich das Gefühl, zu neugierig gewesen zu sein.

Er zuckte die Schultern. „Für meine Mutter war es schwer. Immerhin war es damals weit verbreitet, uneheliche Kinder wegzugeben. Glücklicherweise dachten meine Großeltern für ihre Zeit aber sehr fortschrittlich. Sie haben meine Mutter nicht verurteilt und ihr irgendwann dieses Stück Land vererbt."

„Und deine Mutter hat nie geheiratet?"

Schlagartig verdunkelte sich Bretts Blick. „Jahre später. Mein Stiefvater und ich haben uns nie verstanden."

„Das ist aber schade!", murmelte sie, als sie an ihre eigene, nahezu perfekte Kindheit auf der Farm denken musste.

„Das finde ich nicht. Mein Stiefvater und ich haben nichts füreinander übrig, und so gefällt mir die Situation ganz gut. Je weniger ich mit ihm zu tun habe, desto besser."

„Dann siehst du ihn nie?"

„Nur, wenn ich muss", gab er knapp zurück. Seine Schultern schmerzten unter der Anspannung. Er stand auf und ging hinüber zum Kamin. Dort trank er seinen Kaffee aus und schüttete die restlichen Tropfen ins Feuer. Die Flammen züngelten und zischten.

Bethany räumte das Geschirr ab. Unverwandt sah Brett weiterhin in die hellen Flammen. Kurz bevor sie in der Küche fertig war, griff er sich seine Jeansjacke und rief ihr über die Schulter zu: „Ich hole noch etwas Holz." Und damit war er aus der Tür.

Den Rest des Morgens beschäftigte Bethany sich damit, die drei Räume zu putzen, bis sie strahlten. Anschließend kümmerte sie sich um das Mittagessen. Brett stapelte im Wohnzimmer Holz, reparierte die Scharniere an der Tür und verbrachte sehr viel Zeit damit, aus dem Fenster zu spähen – als würde er wirklich erwarten, dass ihnen jemand gefolgt war.

Nach dem Mittagessen überlegte sie, was es zum Abendessen geben könnte. Schließlich war ja Weihnachten. Bretts Gefrierschrank war gut bestückt. Auch wenn kein Truthahn und keine Gans darin waren, hatte sie einen Rinderbraten gefunden, den sie auftauen und schmoren konnte. In einer Kiste auf der Terrasse hinter dem Haus entdeckte sie Zwiebeln, Kartoffeln, Äpfel und Orangen. „Wir haben zwar keine Weihnachtsgans, keinen Waldorfsalat und keine Preiselbeersoße, aber wir werden schon über die Runden kommen", sagte sie sich und hoffte, dass sie die Arbeit mit dem Holzofen meistern würde.

Als sie mit den Aufgaben in der Küche fertig war, polierte sie eine Petroleumlampe, zündete den Docht an und stellte die Lampe in die Mitte des Tisches.

„Hier drin riecht es aber gut", freute sich Brett, als er durch die Küche ging, um sein Werkzeug auf der Terrasse zu verstauen.

Sein Kompliment ließ Bethany erröten, und sie musste lächeln. „Danke. Du hast nicht zufällig eine Flasche Champagner da?", fragte sie ihn.

„Leider nicht."

„Etwas Wein?"

Kopfschüttelnd runzelte er die Stirn. „Aber wenn du so verzweifelt etwas zum Anstoßen suchst: Irgendwo hätte ich sicher noch eine Flasche Scotch …"

„So verzweifelt nun auch nicht", unterbrach sie ihn lachend.

„Mal sehen …" Er öffnete einen Schrank und wühlte darin herum. „Wie wäre es denn hiermit?" Er rückte ein paar Flaschen zur Seite und zog eine fast unberührte Flasche hervor.

„Was ist das?"

„Brandy."

Zustimmend nickte Bethany. „Perfekt. Genau das Richtige nach dem Essen."

Das Mahl war ein voller Erfolg. Auch wenn Zwiebelsoße, Apfel- und Orangensalat und ein leicht verschmorter Braten nicht gerade zu den traditionellen Weihnachtsgerichten zählten, so schmeckten sie trotzdem köstlich.

Bethany verbrachte den restlichen Abend auf der großen Couch. Die Füße hatte sie gegen den Kamin gestützt, an den sich auch Brett setzte. Er bestand darauf, Popcorn zu machen. An ihrem Brandy nippend, beobachtete sie das Feuer und knabberte etwas von Bretts Puffmais. Bethany fühlte sich geborgen und sicher. Während sie miteinander redeten und lachten, häufte sich draußen der Schnee in den Ecken der Fensterrahmen an.

„Ich vermute, du hast kein Telefon, oder?", erkundigte sie sich später.

„Nein."

„Schade."

„Musst du jemanden anrufen?"

„Noch nicht sofort. Aber ich sollte meinen Eltern mitteilen, wo ich bin."

„Weshalb? Kontrollieren Sie dich?"

„Manchmal schon", erwiderte sie leise lachend. Gedankenverloren blickte sie in ihr Glas, beobachtete, wie die Flammen sich in der bernsteinfarbenen Flüssigkeit brachen. „Vor allem dieses Jahr. Sie wissen, wie enttäuscht ich war, dass ich über die Feiertage nicht nach Hause fahren konnte. Und nachdem Harry Benson bei ihnen herumgeschnüffelt hat, machen meine Eltern sich sicher Sorgen. Wenn sie bei mir zu Hause anrufen …" Schulterzuckend brach Bethany ab und zog nachdenklich ihre feinen Brauen hoch.

„Was werden sie schon denken?"

„Ich weiß nicht."

„Wahrscheinlich, dass du nun doch deinen Skiurlaub angetreten hast."

„Möglich. Es sei denn, die Polizei ruft bei meinem Onkel wegen des Einbruchs und der Schäden am Haus an. Dann gibt er sicher meiner Mom Bescheid."

„Das könnte ein Problem sein", dachte er laut. „Heute Abend können wir allerdings nichts mehr tun. Aber ich sorge dafür, dass du an ein Telefon kommst, sobald wir in die Stadt gehen."

„Das wäre schön", murmelte sie und nippte an ihrem Drink.

„Aber sonst haben sie keinen Grund zu denken, dass du in Gefahr bist?"

„Nein." Sie schüttelte den Kopf. „Außer: Harry Benson konnte sie einschüchtern oder mein Onkel hat sie angerufen."

„Dann mach dir keine Sorgen." Er ging zur Couch und setzte sich neben sie. „Harry Benson könnte keiner Fliege etwas zuleide tun." Beruhigend legte er den Arm um ihre Schultern. „Bald fahren wir in die Stadt und rufen deine Eltern an. Du kannst ihnen sagen, dass du dich kurzfristig zum Skiurlaub entschlossen hast."

„Ich soll lügen?"

„Nicht unbedingt. Du bist ja schließlich in den Bergen."

„Aber …"

„Würdest du ihnen lieber erklären, was vorgefallen ist?"

„Nein, aber vielleicht muss ich es." Finster schaute sie in ihr Glas und nippte.

„Dann tun wir das auch", entschied er. „Und jetzt Kopf hoch! Es ist Weihnachten."

„Wie konnte ich das nur vergessen?"

Als er die Traurigkeit in ihren Augen bemerkte, zog er sie an sich, streichelte mit einem Finger tröstend ihre Wange. „Das alles wird bald vorbei sein", versprach er.

„Wie kannst du dir so sicher sein?"

„Habe ich dir nicht versprochen, dass es so oder so vorbei sein wird?"

„Ja, schon."

„Na also. Ach, übrigens habe ich ein Weihnachtsgeschenk für dich."

„Wirklich?" Überrascht sah sie zu ihm, sah das Blitzen in seinen Augen.

„Ja." Er streckte sich, stand auf und ging zu seiner Aktentasche, aus der er einen langen weißen Briefumschlag holte. „Deine Garantie."

„Meine Garantie?"

„Du wolltest doch unbedingt, dass Jim Benson dir schriftlich zusichert, dich und deine Eltern in Ruhe zu lassen, wenn du mit mir kooperierst."

„Und das hat er getan?"

„Jawohl. Dies ist der eindeutige Beweis, dass er zu seinem Wort steht", verkündete Brett sarkastisch. Er überreichte ihr den Brief, den sie ungeduldig las.

„Wann hast du den denn bekommen?"

„Ich habe darauf bestanden, dass er mir das Schreiben per Express schickt."

Nachdenklich betrachtete sie das offizielle Dokument. „Glaubst du, dass er hält, was er verspricht?"

„Da bin ich mir ganz sicher", gab Brett zurück. Aber seine blauen Augen nahmen einen eisigen Zug an, der Bethany erschauern ließ. „Und wenn nicht, wird er sich vor mir verantworten müssen."

„Vielleicht hat er dir ja bereits zeigen wollen, dass er davor keine Angst hat“, erwiderte sie leise und musste an ihr verwüstetes Haus denken. „Vielleicht hat er den Auftrag gegeben, meine Wohnung zu zerlegen.“

„Das glaube ich nicht.“ Brett schritt zum Ofen und schürte das Feuer. „Damit will ich nicht sagen, dass er dazu nicht imstande wäre. Aber ich glaube nicht, dass er es täte. Jetzt zumindest nicht. Im Moment sind wir viel zu wichtig für ihn. Ganz sicher wird er nichts unternehmen, was uns davon abhalten könnte, Grant aufzuspüren.“

„Tun wir das denn?“

Brett nickte und rieb sich das Kinn. „Ich gebe zu, dass wir ein wenig abgelenkt wurden, aber das ändert sich bald.“

„Wann?“

„Wenn ich herausgefunden habe, wer hinter allem steckt.“

„Und wie willst du das von hier aus tun?“

Brett wandte sich zu ihr und lächelte. „Beziehungen. Ich habe nicht zwölf Jahre als Privatdetektiv zugebracht, ohne ein paar Beziehungen zu knüpfen. Morgen früh fahren wir in die Stadt. Dort rufen wir dann die Polizei an und fragen, ob sie schon eine Spur haben. Anschließend beginne ich mit meinen eigenen Nachforschungen.“

„Hier oben in den Bergen?“

„Nein. In Portland habe ich einen Freund, der mir einen Gefallen schuldet. Er hat ebenfalls eine Ermittlungsagentur. Sicherlich kann ich ihn davon überzeugen, sich ein bisschen umzuhören.“

„Und wenn er nichts herausfindet?“, fragte sie. Um sich aufzuwärmen, ging sie zum Ofen und streckte die Hände aus.

„Dann fällt uns etwas anderes ein. Leider müssen wir diese Sache Schritt für Schritt angehen.“

Seufzend schlang sie die Arme um sich. „Ich wünschte nur, dass alles endlich vorbei wäre“, flüsterte sie. „Ein für alle Mal.“

Die Fältchen um Bretts Mund schienen sich tiefer einzugraben. Er leerte sein Glas und setzte es ab. „Ich werde mein Bestes geben“, versprach er, wandte sich ab und spähte aus dem Fenster in die dunkle, sternenlose Nacht. „Vielleicht sollten wir jetzt ins Bett gehen.“ Kurz schaute er sie an, aber sah dann wieder weg. „Du kannst das ganze Dachgeschoss für dich haben. Ich mache es mir hier unten gemütlich. Die Couch lässt sich ausziehen. So kann ich auch darauf achten, dass das Feuer nicht ausgeht.“

„Ich will dich aber nicht aus deinem Bett vertreiben", gab Bethany zurück.

Überrascht zog Brett eine Braue hoch. „Sag nicht, dass du daran interessiert bist, es mit mir zu teilen!"

„Bitte?"

Er drehte sich zu ihr um, lehnte sich gegen den Fenstersims und blickte ihr direkt in die Augen. Dabei setzte er eine Miene auf, die möglichst neutral, beinahe unschuldig wirken sollte. Doch als ihm die Erinnerungen an die Nacht zuvor und ihren verführerischen Duft durch den Kopf schossen, war es um seinen edlen Vorsatz geschehen. „Ich habe dich gerade gefragt, ob du mit mir schlafen möchtest."

„Ich glaube nicht, dass das eine so gute Idee wäre."

Er nickte, griff nach dem Brandy und goss sich noch einen Drink ein. „Ich auch nicht", schwindelte er und leerte das Glas in einem Zug. „Also, geh nach oben."

Obwohl sie ihm widersprechen wollte, war sich Bethany bewusst, dass das nur die Spannung zwischen ihnen verstärken würde. Also nahm sie ihren Koffer und hievte ihn die Leiter zum Dachboden hinauf. Dort kleidete sie sich zügig aus, entdeckte aber, dass sie kein Nachthemd eingepackt hatte.

„Typisch!", schalt sie sich leise und warf sich ein übergroßes Sweatshirt über. Während sie ihre Haare zu einem Zopf flocht, setzte sie sich auf die Bettkante und blickte sich interessiert um. Die wenigen Möbel hatten definitiv schon bessere Tage erlebt. Ein zerkratzter Tisch musste als Nachttisch herhalten. Am anderen Ende des Speichers stand ein Schreibtisch an der Wand, und eine einfache Kleiderstange diente als Schrank. Wenn man sich hinstellte, konnte man hinunter ins Wohnzimmer blicken.

„Hey!", rief Brett von unten. „Du hast deinen Freund vergessen."

Bethany sah hinunter und entdeckte Winston am Fuße der Leiter. Kaum hatte er sie erkannt, winselte der Welpe laut, und sein flauschiges Schwänzchen wedelte wild über den Boden.

„Du armes Baby", sagte sie und lächelte das Tier an. „Komm hoch."

Brett musste das kleine Hündchen bis zur obersten Sprosse tragen. „Hier hast du ihn." Als er Winston auf dem Dachboden absetzte, sah Brett an Bethanys langen Beinen empor. Langsam ließ er seinen Blick schweifen: über die Spitzenunterwäsche, die unter dem Sweatshirt hervorblitzte, über die sanften Rundungen ihrer Brüste. Schließlich sah er direkt in ihre bernsteinfarbenen Augen und bemerkte darin die Mischung aus Unschuld und Verführung.

„Danke“, brachte sie hervor, wobei ihre Stimme tiefer klang als sonst.

„Kein Problem.“ Er schenkte ihr ein zögerliches Lächeln, das ihr den Atem zu rauben drohte. „Gute Nacht.“

„Nacht“, flüsterte sie. Winston hatte es sich derweil am Fußende des Bettes bequem gemacht.

„Wir sehen uns morgen früh.“ Aus seinen blauen Augen betrachtete er sie forschend.

„Genau. Morgen früh“, hauchte sie. Ihr Herz raste. Sie sah ihm dabei zu, wie er langsam die Leiter hinunterkletterte. Als er unten war, atmete sie aus. Unwillkürlich musste sie daran denken, wie geborgen und sicher sie sich in seinen Armen gefühlt hatte ... gütiger Gott, war das alles wirklich nur ein paar Stunden her? Ihr schien es, als wären mehrere Jahre vergangen, seit sie an diesem Morgen in seinen Armen erwacht war.

Bethany ignorierte die Schmetterlinge in ihrem Bauch und kletterte in sein Bett. An ihren nackten Beinen fühlten sich die Laken eisig an, doch der kühle Bettbezug roch schwach nach Brett. Lächelnd streckte sie ihre Hand aus, um die Nachttischlampe auszumachen. Dabei fiel ihr Blick direkt auf ein Bild, das auf dem Tischchen stand. Es war das Porträt einer wunderschönen dunkelhaarigen Frau. Sie hatte warme braune Augen, und ihre Haut schimmerte honigfarben. Die Arme hatte sie um den Hals eines Collies gelegt. Glücklich lächelte sie in die Kamera. Der Wind wehte ihr langes Haar aus dem Gesicht, und ihre braunen Augen funkelten. In einer Ecke des Bildes stand handschriftlich:

Fröhliche Weihnachten. In ewiger Liebe, Roberta.

Bethany schloss die Augen und versuchte, den Stich zu ignorieren, mit dem die Eifersucht in ihr Herz traf. Traurig löschte sie das Licht.

9. KAPITEL

Mitten in der Nacht erwachte Brett, und sein ganzer Körper tat ihm weh. Kein Wunder: Die Couch war alt und durchgesessen. Und dass er die vergangenen Nächte ebenfalls in unbequemer Stellung verbracht hatte, verstärkte die Schmerzen nur noch. Bei dem Versuch, es sich bequemer zu machen, warf er sich auf dem quietschenden Ausziehsofa hin und her. Aber er konnte nur an Bethany denken und an die Tatsache, dass sie in seinem Bett auf dem Dachboden lag – nur wenige Meter von ihm entfernt.

Er kam sich wie ein Trottel vor, als er sich noch einmal auf die andere Seite warf, um etwas Ruhe zu finden. Was bedeutete es schon, dass sie die faszinierendste Frau war, die er seit Roberta kennengelernt hatte? Was machte es für einen Unterschied, dass auch sie die Leidenschaft erleben wollte? Dass er sich so sehr nach ihr verzehrte, dass er nicht mehr klar denken konnte? Die Sache war doch die: Sie war Grant Mills' Exfrau! Also galt sie offiziell als verdächtig. Und somit war sie absolut tabu!

Schließlich gab er die Hoffnung auf Schlaf auf. Stöhnend schlüpfte er aus seinem Schlafsack und schwang die Beine aus seinem Nachtlager. Als die kalte Luft seine erhitzte Haut traf, überzog eine Gänsehaut seine nackte Brust. Er versuchte sich einzureden, dass er nur wach war, um das Feuer zu schüren. Daher zog er seine Jeans über, warf noch ein paar Scheite in den Kamin und kniete sich davor hin. Aufmerksam beobachtete er, wie die Glut tiefrot aufleuchtete, bevor das Holz Feuer fing.

In seiner Fantasie sah er Bethany vor sich, erinnerte sich daran, wie sich ihre Haut an der seinen angefühlt hatte. Wie ihr Körper eng an seinen geschmiegt gewesen war. Wie ihr Parfum geduftet hatte. Über die Schulter warf er nun einen Blick zum Dachboden. Wenn man es genau betrachtete, war Bethany gefangen in dieser abgelegenen Berghütte. Ohne dass jemand wusste, wo sie war.

Leise murmelnd streckte er sich und drehte sich um. Er fühlte die Wärme des Feuers in seinem Rücken, schlich dann an der Couch vorbei auf die Leiter zum Dachboden zu. Einen Augenblick lang zögerte er, doch dann stieg er hinauf.

Schlagartig öffnete Bethany die Augen. Bis auf das sanfte Glühen, das vom Kamin herüberstrahlte, lag der Raum in Dunkelheit. Sie rieb sich die Augen und erkannte Brett, der sie unverwandt ansah. Sein vom Schlaf zerzaustes Haar fiel ihm ins Gesicht, als er sich mit nacktem Oberkörper leicht über sie beugte. Beim Anblick seiner strammen Muskeln begann Bethanys Puls augenblicklich wie wild zu rasen.

„Was machst du hier?", fragte sie ihn mit verschlafener Stimme und stützte sich auf einen Ellbogen.

„Pscht. Ich konnte nicht schlafen. Da dachte ich, ich sehe mal nach dir", flüsterte er und setzte sich auf die Bettkante.

Sie gähnte, strich sich die Haare aus den Augen und lächelte ihm zu. „Ist es schon Morgen?"

„Noch nicht ganz."

„Aber ..."

„Ich wollte nur nachsehen, ob bei dir alles in Ordnung ist."

„Mir geht's gut", flüsterte sie, und ihr Herz pochte, als sie in sein Gesicht blickte. Seine Augen waren dunkel, und seine kantigen Züge wirkten im Halbdunkel noch ausgeprägter.

„Gut." Gerade wollte er aufstehen, als sie ihre Hand auf seine legte.

Schwer atmend stellte sie ihm die Frage, die sie ununterbrochen beschäftigt hatte: „Erzählst du mir von Roberta?"

„Roberta war meine Frau", antwortete er sanft. „Wieso willst du das wissen?"

Sie befeuchtete sich die Lippen mit ihrer Zunge und hielt dabei seinem Blick stand. „Ich habe mich nur gewundert. Mir fiel das Bild auf dem Nachttisch auf, und da dachte ich, dass du vielleicht ..."

„Dass ich mit jemandem eine Beziehung habe", beendete er den Satz für sie.

„Ja."

„Ich habe keine ‚Beziehung' mehr gehabt, seit meine Frau gestorben ist", erklärte er. „Bis jetzt."

„Und was nun?", fragte sie und wagte kaum, Luft zu holen.

Er strich sich die Haare aus den Augen, stand auf und ging zur Leiter. „Das ist eine schwere Frage", gestand er sichtlich angespannt. „Ich sage mir immer wieder, dass du ein Bestandteil des Falls bist. Dass du die letzte Person auf der Welt bist, zu der ich mich hingezogen fühlen sollte. Dass ich eigentlich meinen Verstand untersuchen lassen sollte, weil ich überhaupt an dich denke."

„Aber?"

Deutlich hob sich seine Silhouette gegen den schwachen Feuerschein ab. Er ließ den Kopf zwischen seine breiten Schultern sinken. „Ich kann mich irgendwie selbst nicht davon überzeugen."

Bethany setzte sich auf, zog die Beine eng an den Körper und legte sich die Daunendecke um die Schultern. „Mir geht es genauso", gab sie zu. „Ich wünschte, ich könnte dich hassen. Ich rede mir ein, dass du mir egal bist. Dass du einfach nur Unruhe in mein Leben bringst, weil du in einer Vergangenheit gräbst, die ich lieber vergessen würde."

Abrupt hob er den Kopf und blickte sie forschend an. Dabei versuchte er, sich nicht von den wilden Haarsträhnen ablenken zu lassen, die sich aus ihrem Zopf gelöst hatten – und auch nicht von ihrem allzu verführerischen Schlafzimmerblick. „Was ist das Problem?"

„Du." Verlegen zupfte sie einen Faden vom Bett. „Das klingt verrückt, ich weiß. Aber es gibt Zeiten, da möchte ich dich hassen. Dann wiederum … Zeiten, da wünschte ich, du würdest mich für immer festhalten."

Als er nun langsam zum Bett zurückkehrte, war Brett nicht imstande, den Blick von ihr abzuwenden. Er setzte sich auf die Bettkante und berührte sanft ihr Kinn. „Du bist eine sehr schöne Frau, Bethany", erklärte er und sah ihr dabei tief in die Augen. „Faszinierend, aufregend und wunderschön. Und unter anderen Umständen würde ich dich hier und jetzt sofort verführen."

„Was hält dich davon ab?", fragte sie atemlos.

„Zum einen unsere Vereinbarung", antwortete er und streichelte aufreizend langsam über ihre Wange.

„Und sonst?", hakte sie nach, und ihre Augen leuchteten. „Vertraust du mir etwa nicht? Denkst du noch immer, ich wäre in Grants Veruntreuung verwickelt?"

„Nein." Sachte fuhr er ihren Hals entlang bis in ihren Nacken. Dabei rutschte ihr das weite Shirt von der Schulter und gab ein Stück ihrer weichen weißen Haut frei.

„Was ist es dann?", forderte sie ihn heraus.

„Vielleicht vertraue ich mir selbst nicht. Ich kann es mir momentan nicht leisten, mich auf irgendjemanden einzulassen, Bethany. Vor allem nicht auf dich."

„Verdammt noch mal, wir haben uns schon längst miteinander eingelassen", fuhr sie ihn an, überrascht von der Heftigkeit ihrer Reaktion. „Du hast dich in mein Leben gedrängt, die Nacht in meinem Haus verbracht, mich an Heiligabend von einer Party fortgezerrt und hierher verschleppt. Wir sind alleine, und niemand, nicht einmal meine Eltern, könnten mich finden! Wenn das kein Einlassen ist, was ist es dann?“, fragte sie ihn mit Nachdruck.

„Ich meinte in romantischer Hinsicht.“

„Ich weiß, was du meinst“, erwiderte sie scharf. „Ich will dir nur sagen, dass deine Entschuldigungen nicht stichhaltig sind.“

„Ach nein?“ Als er nun ihre Hand nahm und sie an seine Lippen drückte, spürte sie Hitze in sich aufsteigen. „Sag es mir, Bethany“, forderte er sie auf. Seine Zunge spielte mit ihren Fingern. „Was willst du? Einen Liebhaber oder einen Freund?“

Bethany schluckte und bemühte sich, klar zu denken. „Ich … möchte nur, dass du ehrlich zu mir bist.“

„Ist das alles?“

„Ist das denn nicht genug?“ Du lieber Himmel, seine Zunge brachte ihre Sinne völlig durcheinander. Wie sollte sie sich nur dabei konzentrieren? Heiße und kalte Schauer durchfluteten ihren ganzen Körper.

„Ich weiß es nicht.“ Während er weiterhin seinen Mund gegen ihre Hand presste, rückte er näher zu ihr aufs Bett. „Du sendest mir unterschiedliche Signale. Signale, die ich nicht deuten kann. In einem Moment stößt du mich von dir und im nächsten machst du dich an mich heran.“

„Ich mache mich nicht an dich heran!“, regte sie sich auf.

„Ich bin mehr als bereit, in dieser Beziehung einen Schritt weiterzugehen“, sagte er sanft, „wenn du es auch bist.“

„Ich dachte, du willst dich nicht einlassen.“

„Das will ich auch nicht.“ Er hauchte ihr einen Kuss auf die Stirn. „Aber ich scheine mich nicht unter Kontrolle zu haben.“ Einen Moment verweilte sein Blick bei ihr. Sie wirkte so unschuldig und verletzlich, so warm und verlockend. Er spürte, wie die Lust in ihm aufstieg: Er konnte an nichts anderes mehr denken als daran, sie zu lieben. „Bethany?“

„Ja?“

„Oh mein Gott“, flüsterte er, „ich muss den Verstand verloren haben.“ Mit diesen Worten schwang er sich auf das Bett und schloss Bethany in die Arme. Ohne weiter darüber nachzudenken, grub er seine Hände in ihre Haarpracht und eroberte ihren Mund.

Bethany genoss seinen Kuss, stöhnte unter seinen Liebkosungen auf. Ihre Arme hatte sie um seinen Hals geschlungen, und so berührte sie sanft mit ihren Fingern seine nackte Haut, spielte mit den dunklen Haaren in seinem Nacken.

Heißes, wildes Verlangen durchzuckte ihren Körper. Ihr Herz raste. Gegen diese Begierde war sie machtlos – ihr stockte der Atem, ihre Sinne waren in Aufruhr geraten. Sie fühlte Bretts Küsse auf ihrem Mund, ihren Wangen, ihren Augen. Seine Berührungen waren alles, wonach sie sich sehnte.

Langsam neigte er den Kopf, liebkoste ihre Halsbeuge. Mit seinen Lippen und seiner Zunge streifte er ihre Haut, was ihre Leidenschaft nur noch mehr anheizte. Als er sich auf sie legte, spürte sie den rauen Stoff seiner Jeans zwischen ihren langen schlanken Beinen. Diese süße Qual drängte sie, ihre Beine um seine Hüften zu legen. Ihn fest an sich zu ziehen und sich langsam, rhythmisch mit ihm zu bewegen.

Brett flüsterte ihren Namen und löste ihren Zopf. Ihr Haar ergoss sich in prachtvollen, wilden kastanienfarbenen Wellen um ihr Gesicht. „Bethany, meine süße Bethany …" Ein drängender Unterton schwang deutlich in seiner heiseren Stimme mit, als er mit beiden Händen ihr Gesicht umfasste. „Ich will dich so sehr, dass es wehtut. Aber ich muss wissen, dass auch du mich willst."

„Spürst du das denn nicht?", brachte sie mühsam hervor.

„Aber es muss mehr als das sein." Er küsste sie eindringlich und knabberte zart an ihrem Ohrläppchen. „Mehr als nur reine Lust."

„Oh Gott", entfuhr es ihr, als seine Zunge die sensible Stelle unter ihrem Ohr berührte. Tief in ihrem Inneren spürte sie nichts als brennendes Begehren.

Vorsichtig fuhr er mit den Händen unter ihr Sweatshirt und zog es ihr behutsam aus.

Bethany protestierte nicht, denn dazu war sie nicht imstande. Auf dem Bett liegend, sah sie zu Brett hoch, der über ihr saß und sie nicht aus den Augen ließ. Jeden einzelnen Zentimeter ihres Körpers schien er in sich aufnehmen zu wollen. Ihre runden Brüste mit den dunklen Spitzen. Ihre feurige Haarpracht, die ihren Kopf umrahmte.

Bis auf ihr knappes Spitzenhöschen war Bethany nackt. Als sie Brett in die Augen sah, spürte sie, wie sein Blick über ihr Gesicht hinunter zu ihren erregten Knospen schweifte.

Zart strich er mit den Händen ihren Oberkörper entlang, streichelte über jede einzelne ihrer Rippen, ließ mit jeder Berührung ihre empfindsame Haut schier entflammen. Bedächtig erkundete er ihren Körper und fuhr mit den Fingern zu der weichen Wölbung ihrer Brust, die ihn unwiderstehlich anzuziehen schien.

Als er mit seinem Zeigefinger ihre empfindliche Brustspitze massierte, stöhnte sie leise auf. „Bitte, Brett …"

Wie in Zeitlupe senkte er den Kopf und nahm die aufgerichtete Spitze in den Mund.

So wie er sie mit seiner weichen Zunge reizte, mit ihr spielte, fühlte Bethany ihr heißes Verlangen immer stärker, immer drängender werden. Ungeduldig griff sie in sein dichtes Haar, drückte seinen Kopf fest an sich, um ihm zu zeigen, wie sehr sie sich nach den Liebkosungen seiner Lippen sehnte. Heiser rief sie seinen Namen.

Seine Hände waren überall, berührten sie, erforschten sie, glitten an ihrem schmalen Rücken entlang, über die weiche Rundung ihres Pos. Beinahe schienen seine Finger eine glühende Spur zu hinterlassen, die nun bis hinab zu ihren Schenkeln führte. Lustvoll reckte Bethany sich Brett mit dem ganzen Körper entgegen und stöhnte auf.

In seinem tiefsten Inneren wurde Brett sich plötzlich bewusst, dass er im Begriff war, einen Fehler zu begehen. Einen Fehler, den er nicht rückgängig machen könnte. Doch es war längst zu spät: Er konnte nicht mehr aufhören. Diesen Punkt hatten sie schon lange überschritten. Mit einer geschmeidigen Handbewegung streifte er Bethany den Slip ab und hielt inne, um den Anblick ihres Körpers einen Augenblick lang zu genießen. Schnell entledigte er sich seiner Jeans und legte sich auf Bethany.

„Sag mir, dass du mich willst", forderte er, während er seinen Körper sanft zwischen ihre Schenkel drängte.

„Ich will dich."

„Sag mir, dass wir nichts bereuen werden."

„Keine Reue", versprach sie ihm und hob sich ihm entgegen.

„Oh Gott, Bethany", stöhnte er. Sein Verstand verdrängte alle beunruhigenden Gedanken und Zweifel, als er in sie eindrang. „Liebe mich." Behutsam begann er sich zu bewegen, beschleunigte allmählich den Rhythmus. Alle seine Bedenken waren vergessen, als er sich in Bethany verlor.

Auch Bethany spürte, wie die Begierde von ihr Besitz ergriff. Sie hielt Brett fest umschlungen, konnte an nichts anderes mehr denken als an ihn. Sie umklammerte seine Schultern, spürte seine Muskeln, seine Kraft, während er mit ihr den Gipfel erstürmte. Eine Welle der Lust erfasste jede Faser ihres Körpers, überrollte sie aus ihrem tiefsten Inneren heraus, sodass Bethany beinahe glaubte, in tausend Einzelteile zu zerspringen.

Kaum einen Moment später erreichte auch Brett den Gipfel der süßen Erlösung, ließ sich nach Luft ringend auf sie fallen. „Bethany", flüsterte er. „Oh, Bethany! Mein Gott, was habe ich getan?" Gequält schloss er die Augen.

„Was haben *wir* getan", korrigierte sie ihn und hielt ihn eng an sich gepresst. „Pst. Keine Reue – erinnerst du dich?"

Er öffnete die Augen und suchte ihren Blick, bevor er ihr ein schmales Lächeln schenkte. „Keine Reue", wiederholte er und schlang die Arme um sie. Sie schmiegten sich aneinander, bis der Schlaf sie schließlich übermannte.

Bethany erwachte und fröstelte. Ein paar Augenblicke lang fiel es ihr schwer, sich zurechtzufinden. Als sie sich in dem kleinen Zimmer umsah, erinnerte sie sich, dass sie die Nacht in Bretts Armen verbracht hatte. Aber jetzt war er fort. Auf einen Ellbogen gestützt, strich sie sich die Haare aus den Augen. Im sanften grauen Morgenlicht ließ sie ihren Blick über den unordentlichen Dachboden schweifen.

Auch Winston war schon erwacht, stand an der Leiter und winselte ihr zu.

„Du willst raus?", fragte sie ihn und zog sich Cordhose und Pulli über. Dann schnappte sie sich das kleine Kerlchen. Die eine Hand fest um den Welpen gelegt, stieg sie vorsichtig die Leiter ins Erdgeschoss hinunter.

Brett war nicht da. Sein Schlafsack lag aufgerollt in einer Ecke des Zimmers, die Schlafcouch war schon zusammengeklappt.

Gerade als Bethany in die Küche lief, öffnete Brett die Hintertür. Als er eintrat, wehte ein eisiger Windstoß herein. „Morgen", begrüßte er sie gedehnt.

Bethany spürte, wie sie leicht errötete. Dennoch begegnete sie seinem Blick. „Guten Morgen." Sie ließ Winston hinaus und wartete ein paar Minuten, bis das Hündchen an der Hintertür zu kratzen begann. „Ist das zu kalt für dich?", erkundigte sie sich lächelnd. Der Hund schüttelte sich den Schnee aus dem Fell und ließ sich neben dem warmen Holzofen nieder.

„Gut geschlafen?“, scherzte Brett.

Lächelnd warf sie das Haar zurück. „Wie ein Baby. Und du?“

„Ausreichend.“ Tief sah er ihr in die bernsteinfarbenen Augen. Wieder verspürte er dieses irritierende Gefühl in seiner Magengegend – genau wie bei ihrer ersten Begegnung. Das Verlangen nach ihr flackerte erneut in ihm auf. Gegen ihre unglaubliche Anziehungskraft, die seine sinnliche Begierde entfachte, war er machtlos.

„Ich habe gar nicht gehört, wie du aufgestanden bist.“

Sanft blickte er sie an. „Du hast so tief geschlafen, dass ich dich nicht wecken wollte.“ Wenn sie nur wüsste, wie unerhört sexy sie in diesem Moment aussah mit ihren grüngoldenen Augen, den geröteten Wangen und dem wilden rotbraunen Haar.

Bald heizte der Ofen den Raum auf, und der verführerische Duft von frisch aufgebrühtem Kaffee erfüllte die kleine Hütte. Bethany rieb sich die Arme. „Was hast du denn draußen gemacht?“

„Ich habe nach Spuren im Schnee gesucht“, erwiderte er.

„Spuren? Von wilden Tieren?“

Kurz zögerte er, schüttelte dann aber den Kopf. „Von Menschen.“

„Glaubst du ernsthaft, dass man uns bis hierher gefolgt ist?“, fragte sie skeptisch.

„Ich glaube es zwar nicht. Aber ich wäre gerne sicher.“

„Und was hast du gefunden?“

„Nichts“, gab er zu und spähte flüchtig aus dem Fenster zu den imposanten Tannen. „Es ist ruhig.“ Er wandte sich wieder zum Ofen und goss ihnen beiden eine Tasse dampfenden Kaffee ein.

„Was ist denn für heute geplant?“, erkundigte sie sich, als sie den angeschlagenen Becher entgegennahm. Sie wärmte sich daran die Hände.

„Erst frühstücken wir, und dann sollten wir in die Stadt fahren. Wir brauchen ein paar Vorräte, und ich muss telefonieren.“

„Ich auch“, flüsterte sie, bevor sie den beunruhigenden Gedanken an ihre Eltern energisch beiseiteschob. „Erzähl mal. Wie kann man dich eigentlich erreichen, wenn man dich sprechen will?“

„Wer denn?“

Achselzuckend blickte sie ihn an. „Völlig egal. Sagen wir mal, das Elektrizitätswerk.“

„Ich habe ein Postfach in der Stadt. Und wer mir nicht schreiben will, der kann ja einfach herkommen.“

Sie lachte auf und sah aus dem Fenster. „Aber klar doch. Wieso auch nicht? Schließlich wohnst du ja praktisch mitten in der Großstadt …"

Brett verzog das Gesicht zu einer Grimasse und beugte sich vor, um das Feuer im Ofen zu schüren. „Wenn mich jemand unbedingt sprechen will, dann findet er mich schon." Als er sich die Hände abgewischt hatte, blickte er ihr voller Sorge ins Gesicht. „Das gilt natürlich auch für dich. Derjenige, der dein Haus verwüstet hat, wird nicht lange brauchen, um herauszufinden, dass du bei mir bist – und wird früher oder später sicherlich hier auftauchen."

„Ich dachte, wir wären hier sicher?"

„Das sind wir. Zumindest für ein paar Tage. Bis ich mir im Klaren darüber bin, welchen Schritt wir als Nächstes unternehmen."

„Weißt du es denn nicht?"

Brett trank einen großen Schluck Kaffee. „Ich wünschte, ich wüsste es", räumte er ein. „Aber seit ich dir zum ersten Mal begegnet bin, habe ich das Gefühl, dass nicht alles nach Plan verlaufen wird."

„Welcher Plan?"

„Deinen Exmann zu finden."

„Ach, daran habe ich schon gar nicht mehr gedacht. Tja, hier oben werden wir ihn sicherlich nicht finden", erwiderte sie spitz und setzte sich an den Tisch.

„Nein, aber wir gewinnen dadurch etwas Zeit."

„Wozu?"

„Um unser Vorgehen genau zu planen." Als er ihr zerzaustes Haar und ihr zerknittertes Sweatshirt betrachtete, lächelte er. „Wir haben nicht sehr viel Zeit. Wieso ziehst du dich nicht um? Derweil mache ich das Frühstück. Ich wäre bis zum Spätnachmittag gerne wieder aus der Stadt zurück."

„Wieso?"

„Ach, ich weiß nicht", begann er und warf durch das Fenster einen besorgten Blick zum Himmel, „nur so ein Gefühl. Als würde sich ein Sturm zusammenbrauen …"

Nach einer heißen Dusche und einem herzhaften Frühstück mit Würstchen und Eiern zog Bethany Skijacke und Handschuhe über. Dann folgte sie Brett zum Jeep.

Knapp eine Stunde später bog Brett von der kurvigen Landstraße, die aus den Bergen führte, auf die Schnellstraße ab. Nach ein paar weiteren Meilen erreichten sie die Stadt – von der Bethany noch nie zuvor gehört hatte. „Bentwood?“, fragte sie interessiert, als sie das verwitterte Schild am Ortseingang las.

„Der Ort ist vielleicht nicht so bekannt.“

„‚Vollkommen unbekannt‘ trifft es schon eher“, gab sie zurück. Sie wischte die beschlagene Scheibe frei, um die rustikalen Gebäude betrachten zu können, die die einzige Straße der Stadt säumten.

„Eigentlich war Bentwood als Wintersportort geplant, doch der Bauunternehmer ging bankrott. Nur ein paar Menschen blieben noch hier.“ Vor einem Gemischtwarenladen hielt er an.

Sie kletterten aus dem Jeep und gingen in das verblichene Holzgebäude. Beim Eintreten ertönte eine Klingel. Eine kleine rothaarige Frau mit braunen Augen, einer winzigen Brille und einer gestärkten weißen Schürze grinste, als sie ihren Blick hob. „Hallo, Fremder“, begrüßte sie Brett freudestrahlend.

„Hallo, Rosie.“

„Jed! Sieh mal, wer wieder da ist!“, rief Rosie in den hinteren Teil des Ladens, in dem ein älterer Herr damit beschäftigt war, die Regale aufzufüllen.

„Brett“, stellte der Alte fest und schlenderte gemächlich nach vorne. „Wie zum Teufel geht’s dir denn?“

„Wie immer.“

„Das ist gut.“

„Was können wir für dich tun?“, fragte Rosie.

„Ich wollte nur ein paar Vorräte einkaufen und telefonieren.“

„Dann hast du vermutlich keine Zeit für eine Partie Dame?“, wollte Jed wissen, und seine hellen Augen blitzten auf, als er Bethany ansah.

„Heute nicht“, bedauerte Brett und klopfte dem alten Mann auf den Rücken. „Vielleicht beim nächsten Mal.“

„Ich nehme dich beim Wort.“

„Und glaub bloß nicht, dass er es nicht tut“, bestätigte Rosie.

„Hört mal, das hier ist Bethany Mills. Sie ist eine Freundin. Wenn sie etwas kaufen möchte, könnt ihr es einfach auf meine Rechnung setzen.“

„Das mach ich“, sagte Rosie, und nachdem sie Bethany eingehend gemustert hatte, lächelte sie zögerlich.

„Gut.“ Brett warf einen unruhigen Blick in Richtung Münztelefon, das in der Ecke untergebracht war, und wandte sich an Bethany. „Willst du deine Eltern anrufen?“

„Das muss ich wohl oder übel. Wenn mein Onkel sie informiert hat, drehen sie sicherlich durch vor Sorge.“

Sie wählte die Nummer und wartete geduldig, doch es nahm niemand ab. „Kommt schon“, flüsterte sie auffordernd und hoffte, dass ihre Eltern doch zu Hause waren.

Ein paar Sekunden später gab sie auf und legte den Hörer auf die Gabel.

„Kein Glück?“, fragte Brett.

„Leider nicht.“ Tief schob sie die Hände in die Taschen ihrer Jacke. „Vielleicht sind sie draußen oder besuchen jemanden. Ich werde es später noch einmal probieren müssen.“

Aufmunternd lächelte Brett sie an. „Wir werden sie schon erreichen. Es dauert eben ein Weilchen.“

„Ich weiß, ich weiß.“ Besser fühlte sie sich aber dadurch nicht.

„Also, ich muss selbst noch ein paar Gespräche führen. Wieso suchst du nicht inzwischen ein paar Dinge zusammen? Zum Beispiel Hundefutter? Es dauert nicht sehr lange.“

„In Ordnung.“

Nachdem Brett in die altmodische Telefonzelle geschlüpft war und sorgfältig die Tür hinter sich zugezogen hatte, stöberte Bethany in den kurzen Gängen des Ladens und warf von Zeit zu Zeit einen flüchtigen Blick zu ihm. Doch sein Rücken war ihr zugewandt. Sie konnte kaum mehr von ihm sehen als den hochgeklappten Kragen aus Schaffell – und wie das rostfarbene Wildleder seiner Jacke über den starken Schultern spannte. Ohne Zweifel rief er seinen Detektivfreund in Portland an. Möglicherweise auch Jim Benson.

Obwohl sie sich dabei ein klein wenig schuldig fühlte, schlenderte sie hinüber zu den Säcken mit Hundefutter und verweilte länger als unbedingt nötig in der Nähe des Telefons. Natürlich hoffte sie, einige Gesprächsfetzen aufschnappen zu können. Mehr als seine gedämpfte Stimme, das Summen der Kühlvorrichtungen und die bimmelnde Klingel an der Eingangstür hörte sie allerdings nicht.

„Ist doch sowieso alles Mist“, murmelte sie, suchte sich einen Fünfkilosack Hundefutter aus und schleppte ihn zum Tresen.

Unterdessen wartete Brett ungeduldig und allmählich genervt darauf, dass Jim Benson ans Telefon ging. Der aber ließ sich Zeit.

„Brett!“, begrüßte Benson ihn dann schließlich. „Wie geht’s dir?“

„So gut es einem unter diesen Umständen gehen kann."

„Wieso? Hattest du Ärger?", erkundigte sich Benson.

„Nichts, womit ich nicht umgehen könnte", gab Brett ruhig und mit kalter Stimme zurück. „Ich wollte nur wissen, ob du noch jemanden mit dem Grant-Mills-Fall beauftragt hast."

„Natürlich nicht! Wieso sollte ich denn so etwas tun?"

„Sag du's mir."

Am anderen Ende der Leitung entstand eine kleine Pause. Fast konnte Brett vor sich sehen, wie Jim seine Seidenkrawatte lockerte, wie der alte Mann sich wand.

„Ich bin Bankier, mein Sohn. Ich sehe keinerlei Veranlassung, zwei Männer zu bezahlen, wenn einer allein den Job bewältigen müsste."

„Dann belassen wir es dabei."

„Worauf willst du hinaus?"

„Nur, dass ich es nicht mag, wenn man mir auf die Pelle rückt. Das weißt du."

„Das kann ich dir nicht verübeln."

„Also, ist Karl Weathers zwischenzeitlich aufgetaucht?", fragte Brett seinen Stiefvater.

„Ich hoffte, du könntest mir dazu etwas sagen."

Bretts Nacken verspannte sich augenblicklich. „Bis jetzt habe ich weder ihn noch Mills auftreiben können. Aber das ist nur eine Frage der Zeit."

„Du bist dir ja sehr sicher."

„Das bin ich, ja", bestätigte Brett und dachte an Bethanys verwüstetes Haus. Die einzige Erklärung dafür war, dass er jemandem zu nahe kam. Und dass dieser Jemand allmählich nervös wurde. Verdammt nervös sogar. Ob es ihr nun gefiel oder nicht: Bethany stellte eine Verbindung zum Verbrechen ihres Exmanns dar. Mit einem Blick über die Schulter sah er sie einen Sack Hundefutter zur Kasse zerren. Als er sie so sah, musste er lächeln.

„Brett?", zog Benson seine Aufmerksamkeit auf sich.

„Ja?"

„Ich erwarte demnächst einen Bericht von dir."

„Den wirst du bekommen." Brett legte auf und wählte die Nummer seines Freundes in Portland. Der Mann war sehr effizient, wenn er nicht gerade an der Flasche hing. Außerdem schuldete er Brett mindestens ein halbes Dutzend Gefallen. Dieses Mal würde Brett alle

Register ziehen. Im besten Fall wollte jemand Bethany nur einschüchtern. Und im schlimmsten Fall … Brett verdrängte den Gedanken. Er wollte nicht an die Folgen denken.

In dem Augenblick meldete sich am anderen Ende eine angeschlagene Stimme.

„Greg?", fragte Brett.

„Wer zum Teufel ist da?"

„Hier spricht Hanson."

„Wer?"

„Brett Hanson."

„Mann, Hanson, was soll denn das? Ich habe einen fürchterlichen Kater, und es ist nicht mal elf Uhr morgens!", ereiferte sich sein Gesprächspartner.

Bei diesen Worten erstarrte Brett. „Ich dachte, du wärest trocken."

„Das war ich auch. Aber hin und wieder habe ich einen Rückfall."

„Versuche, wenigstens ein paar Tage lang nüchtern zu bleiben. Du musst mir einen Gefallen tun."

Greg stöhnte auf. „Gib mir einen Augenblick, ja?" Die Unterhaltung wurde durch eine lange Pause unterbrochen, bevor Gregs Stimme, nun sehr viel klarer, wieder in der Leitung ertönte. „Okay. Ich habe nur kurz gefrühstückt – zwei Aspirin und ein Bier. Also, sag mir, was ich für dich tun kann."

„Kommt noch etwas dazu?", erkundigte sich Rosie bei Bethany und begann, die wenigen Waren, die Bethany nach vorne gebracht hatte, in die Kasse zu tippen. Brot, Milch, Eier, Früchte und Gemüse befanden sich auf dem Band.

„Ich bin nicht sicher. Das ist alles für … meinen Freund", erwiderte sie zögerlich. „Vielleicht möchte er selbst noch etwas hinzufügen." Bevor sie sich zu ihm umwandte, hatte Bethany Brett schon gehört. Sie bemerkte seinen wachsamen Gesichtsausdruck und den kalten Blick in seinen Augen. Mit wem er auch gesprochen hatte – eines stand fest: Er hatte nicht die gewünschten Antworten bekommen.

„Sie hat nicht gerade den Laden geplündert", scherzte Rosie. „Brauchst du noch etwas?"

Er betrachtete den Einkauf auf dem Tresen und schüttelte den Kopf. „Ich glaube nicht. Ach nein, warte. Da wäre doch noch was. Ich brauche etwas von hinten."

„Jed ist hinten. Er wird alles dort eintippen. Bring einfach den Bon mit nach vorne."

Während Rosie sich wieder den Lebensmitteln zuwandte, beobachtete Bethany, wie Brett an eine Ladentheke in der Nähe der Telefonzelle trat. Dort suchte er die Auslage an Jagd- und Angelausrüstung ab. Jed lächelte, nickte Brett zu und verkaufte ihm dann fünf Schachteln mit Gewehrmunition.

Bethany fühlte, wie eine Kälte sie erfasste, als Brett die Päckchen in seine Jackentasche stopfte.

„Gehst du jagen oder erwartest du Ärger?", neckte Rosie ihn, nachdem sie Bethanys Waren in große Tüten gepackt hatte.

Brett lächelte. „Was glaubst du denn?"

Rosies Augen funkelten vergnügt. „Bei dir ist das schwer zu sagen. Hier, bitte schön. Falls ihr Hilfe mit den Tüten braucht, greift euch Jed gerne unter die Arme."

„Das schaffen wir schon", erwiderte Brett und schnappte sich zwei der Beutel. Den dritten und eine Flasche Milch überließ er Bethany.

„Gebt auf euch Acht", rief Rosie hinter ihnen her. „Der Wetterdienst hat einen Sturm gemeldet."

„Na toll", murmelte Brett vor sich hin.

„Und lass mal wieder von dir hören!", ergänzte Jed, hob eine Hand und winkte ihnen nach.

Als sie alles im Jeep verstaut hatten und wieder unterwegs waren, lehnte Bethany sich zurück und musterte Bretts kantiges Profil. „Wen hast du angerufen?"

„Meinen Freund in Portland. Diesen Privatdetektiv."

„Wird er uns helfen?"

„Er versucht es zumindest."

„Und wen noch?", fragte sie und beobachtete ihn aufmerksam, um auch nur das kleinste Anzeichen einer Lüge entdecken zu können.

Bretts Finger klammerten sich um das Lenkrad. „Ich habe Jim Benson angerufen."

„Und?"

„Und er behauptet, ich allein wäre mit dem Fall betraut worden."

„Glaubst du ihm?"

„Ich bin mir nicht sicher", räumte er ein. „Andererseits ist es mir schleierhaft, weshalb er lügen sollte. Oder weshalb er noch jemanden anheuern sollte, wenn er doch schon mich bezahlt."

„Das ergibt alles keinen Sinn“, stimmte Bethany ihm zu, wandte sich ab und blickte aus dem Fenster auf das schneebedeckte Waldgelände. „Allerdings scheint ja im Moment nichts mehr einen Sinn zu ergeben.“

Die ersten Schneeflocken fielen, als sie auf den Weg bogen, der zur Hütte führte. Brett sah besorgt zum Himmel, seine Miene verdüsterte sich. „Sieht so aus, als würde Rosie recht behalten“, sagte er. Der Jeep schoss den restlichen Weg hinauf und kam neben der Holzhütte schlitternd zum Stehen.

„Wir sollten schleunigst reingehen“, forderte er Bethany auf. Er hob die Hand über seine Augen, um sie gegen den Schnee abzuschirmen. Mit grimmiger Miene untersuchte er die umliegenden Hügel.

Bethany nickte, griff sich eine Tüte mit Lebensmitteln und ging durch die Hintertür ins Haus. Während sie sich den Schnee von der Jacke schüttelte und die Wollmütze abnahm, tanzte Winston aufgeregt bellend zwischen ihren Füßen herum. „Hast du mich vermisst?“, fragte sie ihn lächelnd. Das Hündchen wedelte mit dem Schwanz und kläffte, als wollte es zustimmen. „Du bist einfach ein Schatz“, murmelte sie und beugte sich zu ihm hinunter, um ihn zu streicheln.

Brett trug die übrigen Tüten ins Haus und schichtete Feuerholz neben dem Kamin auf. Derweil verstaute Bethany die Nahrungsmittel. Gerade bereitete sie Sandwiches zu, da hörte sie die ersten Böen des aufkommenden Windes, die um den Hügel brausten.

„Was war denn das?“, fragte sie beunruhigt.

„Leider erst der Anfang“, erwiderte Brett und kam in die Küche.

„Der Anfang?“

„Warst du je während eines Sturms in den Bergen?“

„Eigentlich nicht.“

„Dann solltest du dich auf etwas gefasst machen. Es wird nicht gerade ein Spaziergang werden.“

Wie zur Bestätigung von Bretts Worten begann das Licht zu flackern. Stirnrunzelnd nahm Brett die Petroleumlampe, die Bethany zuvor angezündet hatte, und eilte in die Vorratskammer. Dort füllte er eine weitere Lampe mit Petroleum und ging anschließend ins Wohnzimmer. „Das Licht wird sicher ausgehen. Das tut es immer. Und weil die Hütte so einsam liegt, dauert es auch mal eine Woche, bis der Strom wieder läuft.“

„Aber wir werden nicht eine Woche hier sein, oder?“, wollte sie sich vergewissern und schnitt ein belegtes Sandwich in zwei Hälften.

„Ich hoffe nicht“, gab er zurück und studierte den grauen Himmel durch das Fenster.

„Du hoffst nicht?“, wiederholte sie aufgebracht. „Du solltest dir besser sicher sein. Ich muss am zweiten Januar zurück in die Schule.“

Mit beiden Händen umfasste er ihre Taille und lächelte verführerisch. „Wäre es denn so furchtbar, mit mir hier eingeschneit zu werden?“

Eigentlich wollte sie verärgert bleiben, musste aber gegen ihren Willen lachen. „Das klingt wunderbar“, räumte sie ein und wich dem Kuss aus, den er ihr auf die Wange drücken wollte. „Aber das ist vollkommen unmöglich.“

„Bethany Mills, sei doch ein Mal impulsiv!“

„Das war ich: Als ich mich von dir überreden ließ, mit hierherzukommen.“

Er hob eine Braue. „Für das unberechenbare Wetter kann man mich aber nicht verantwortlich machen.“

„Aber wir hatten einen Deal. Zwei Wochen – erinnerst du dich? So wie ich das sehe, bleibt dir nur etwas mehr als eine Woche, und danach bin ich aus der ganzen Sache raus.“

„Und wenn ich entscheide, dass ich dich nicht gehen lassen kann?“, fragte er und sah sie plötzlich ernst an. „Was, wenn ich mich in dich verliebe?“

Eine beklemmende Stille verbreitete sich im Zimmer. Lediglich das knackende Feuer und der tobende Sturm störten die Ruhe.

„Nicht“, sagte sie und versuchte, ihr rasendes Herz zu beruhigen. „Sprich nicht von Liebe. Noch nicht.“

„Weshalb?“

„Weil es einfach noch zu früh ist.“

„Zu früh nach deiner Scheidung?“

„Nein. Zu früh nach unserem Kennenlernen.“ Sie wandte den Blick ab. „Ich habe mehr Fehler in meinem Leben begangen, als ich zählen kann. Und ich will nicht noch einen weiteren machen.“

Er legte ihr seine Hände auf die Schultern und brachte sie dazu, ihm ins Gesicht zu blicken. „Wäre es denn ein Fehler, dich in mich zu verlieben?“

Gequält schloss sie die Augen und nickte. „Vielleicht der schlimmste von allen.“

Er biss die Zähne zusammen, ließ sie dann los und drehte ihr den

Rücken zu. „Dann denkst du, du könntest nach zwei Wochen einfach so davonlaufen?"

Kopfschüttelnd kämpfte sie gegen den übermächtigen Drang an, jetzt in Tränen auszubrechen. „Nein … Aber ich sollte es tun. Vergiss nicht, wir haben eine Abmachung."

„Das stimmt", bestätigte er, wandte sich um und blickte sie kalt an. „Und Abmachung ist Abmachung, nicht wahr?"

„Ja." Ohne ein weiteres Wort reichte sie ihm den Pappteller mit seinem Sandwich und marschierte an ihm vorbei ins Wohnzimmer. Winston folgte ihr.

Ohne das Essen zu beachten, versuchte Brett, sich auf die aktuelle Situation zu konzentrieren. Er beobachtete den Weg zur Hütte und fragte sich, ob der Schnee in ihrer Lage einen Segen oder einen Fluch darstellte. Entweder schützte er sie – oder er machte sie zu einer leichten Beute für ihren unbekannten Verfolger …

10. KAPITEL

Je heftiger draußen der Sturm tobte, desto angespannter wurde die Stimmung in der kleinen Hütte. Brett starrte aus dem Fenster. Die innere Unruhe stand deutlich in seinem Blick, und Bethany konnte die Anspannung in seiner Haltung erkennen. Frustriert zogen sich seine Augenbrauen zusammen. Sein Mund war nur mehr ein dünner Strich, so angestrengt presste er die Lippen aufeinander. Den ganzen Tag hatte er an der Hütte gearbeitet, sowohl drinnen als auch draußen. Er hatte sicher sein wollen, dass sie wetterfest war und den heftigen Winden trotzen konnte, die durch die tiefen Bergschluchten tosen würden.

Das Licht flackerte und erlosch, als die Nacht die Räume zu verdunkeln begann. Fluchend zündete Brett die beiden Laternen an und reichte Bethany eine davon. „Wir sollten besser zu Bett gehen und hoffen, dass die Leitungen nicht einfrieren", erklärte er. „Ich lasse zwar das Wasser zur Sicherheit laufen, aber vielleicht reicht das nicht aus."

„Glaubst du ernsthaft, dass es so schlimm wird?"

„Ich weiß es nicht", räumte er ein und erkannte die Sorge in ihren Augen. „Ich weiß es einfach nicht."

„Das ist nicht gerade beruhigend, weißt du?"

Er lächelte schief und nickte ihr zu. Das Laternenlicht spiegelte sich in seinen blauen Augen. „Dann müssen wir eben das Beste daraus machen, nicht?"

„Vermutlich schon."

„Okay. Erst einmal sollten wir beide lieber hier unten schlafen. Wir rücken den Tisch zur Seite und schieben die Couch unter den Dachboden."

„Weshalb?"

„Nur für den Fall, dass ein paar Schindeln vom Dach geweht werden."

„Ist das wahrscheinlich?", fragte sie.

„Ich hoffe nicht", erwiderte er und blickte missmutig in die Dunkelheit. Dann begann er, die Möbel zu verschieben, und richtete den Bereich unter dem Dachboden wie ein kleines Schlafzimmer her. Nachdem er die Couch ausgeklappt und zwei Schlafsäcke bereitgelegt hatte, besah Brett sich seine Arbeit und nickte anerkennend. „Nicht schlecht, unter den Umständen."

„Allerdings“, stimmte sie ihm zu. Draußen pfiff der Wind und schüttelte die Äste der Bäume. Fröstelnd rieb Bethany sich über die Arme.

Brett ging auf den Dachboden und trug einige seiner Kleidungsstücke und Bethanys Koffer nach unten. Im Wohnzimmer schürte er das Feuer, setzte sich auf den Rand der Ausziehcouch und zog Stiefel und Socken aus. Aus dem Augenwinkel betrachtete er Bethany, während er sein Hemd aufknöpfte.

Bewegungslos saß sie in dem alten Schaukelstuhl, die Füße auf der Matratze. Sie sah ihm still beim Entkleiden zu. Der Schein der Laterne fiel auf seinen gebräunten muskulösen Körper. Unter den dichten Löckchen auf seiner Brust waren die kleinen Brustwarzen zu erahnen, sein Bauch war glatt und flach.

Er warf das Hemd über die Rückenlehne eines Stuhls und wandte den Kopf in ihre Richtung. „Kommst du nicht ins Bett?“

„Bald.“

„Stimmt etwas nicht?“

„Nein.“ Sie zog die Knie an und legte die Arme darum. „Ich finde es einfach ein wenig komisch.“

„Bei mir zu schlafen?“, fragte er, und seine Mundwinkel zuckten amüsiert.

Nickend suchte sie seinen Blick. „Ich weiß, es klingt dumm. Aber ich bin es nicht gewohnt, die Nacht mit einem Mann zu verbringen, den ich kaum kenne. Tatsächlich hatte ich bis gestern Nacht …“ Schulterzuckend brach sie ab und schaute zur Seite. Bethany fühlte, wie ihr die Röte ins Gesicht stieg.

„Du hattest noch nie eine Affäre“, führte er ihren Satz fort.

„Stimmt.“ Sie sah ihn schräg an. „Ich hoffe, das ruiniert dein Bild von mir nicht. Ich bin nicht gerade eine von diesen modernen Frauen, die so erfahren und liberal sind.“

„Du musst auch nicht vorgeben, so zu sein.“ Er stützte sich auf seinen Knien ab, stand auf und ging hinüber zum Schaukelstuhl. Dann beugte er sich vor und griff jeweils eine Armlehne, sodass sie nicht entwischen konnte. Seine Muskeln spannten sich an. „Du bist perfekt, so wie du bist“, flüsterte er und suchte mit seinen blauen Augen ihren Blick.

„Weit gefehlt!“, murmelte sie verlegen.

Kritisch studierte er ihre Miene, die sich bei seinen Worten verändert hatte. Ganz leicht berührte er mit seinen Fingern ihren Mund. „Grant hat dich sehr verletzt, nicht wahr?"

„Ein wenig."

Skeptisch hob er eine Braue. „Oder sogar sehr?"

„Möglich. Er hat meinen Ruf und den meiner Familie fast ruiniert", gab sie zu.

Brett wischte ihre Bemerkung beiseite. „Das meinte ich nicht. Ich rede von seiner Affäre mit Billie Henshaw. Das hat dich schwer getroffen, nicht?"

Sie spürte, wie ihre Lippen zuckten bei dieser unangenehmen Erinnerung.

„Er ist es nicht wert", stellte Brett fest und strich ihr eine widerspenstige Locke aus dem Gesicht.

„Ich weiß. Aber es war schwer", gestand sie mit einem Seufzer. „Ich … Ich war schwanger, als ich herausfand, dass er andere Frauen traf. Damals war ich ziemlich naiv. Und der Gedanke, dass er mit anderen Frauen schlief … Ich konnte es nur schwer akzeptieren. Bis zu diesem Zeitpunkt hatte ich eigentlich gedacht, dass er sich Kinder wünscht, ein Zuhause, eben all die Dinge, die ich mir wünschte."

Brett biss die Zähne zusammen. „Was hast du also unternommen?"

„Ich konnte nichts tun. Ich habe ihm von dem Baby erzählt."

„Und?"

„Er gab vor, es zu wollen. Er sagte, dass es zwischen ihm und seiner Freundin aus sei. Alles, was er nun wolle, wäre, dass wir eine Familie würden." Wie damals fühlte sie sich auch jetzt wieder wie eine Närrin. Kopfschüttelnd blickte sie an die Holzdecke.

Brett wartete, dass sie weitersprach. Sein Hass auf Grant Mills nahm mit jeder Sekunde zu, in der Bethany seinem Blick auswich.

„Natürlich war alles gelogen. Er hat das Baby nie gewollt. Später hat er sogar versucht, mir eine Abtreibung einzureden, aber es war zu spät. Ich war schon zu weit. Aber selbst, wenn nicht: Ich hätte nie zugelassen, dass dem Baby etwas zustößt!" Sie ballte die Hände zu Fäusten und spürte, wie die Tränen ihr in die Augen schossen. Wie sehr hatte sie dieses Kind gewollt! Trotz Grants Untreue und seiner Verbrechen wünschte sie sich selbst heute noch, sie hätte dieses Baby bekommen.

„Und das Baby?"

Eine einzelne Träne rollte über Bethanys Wange. „Ich habe es verloren", flüsterte sie erstickt. „Vor etwa einem Jahr. Wir waren auf dem

Weg ins Krankenhaus, in der Hoffnung, das Baby retten zu können. Doch die Straßen waren vereist, und Grant landete im Graben. Es dauerte eine ganze Stunde, bis der Notarzt kam und mich anschließend ins Krankenhaus schaffte. Aber da war es schon zu spät. Das Baby war tot."

„Das tut mir leid", sagte er fast unhörbar.

„Mir auch", flüsterte sie. Ihr Hals war wie zugeschnürt. „Ich wollte mein Baby haben."

Als die Kräfte sie zu verlassen drohten, schlang er die Arme um sie und zog sie eng an sich. Sie vergrub ihr Gesicht in seiner Halsbeuge. Er spürte die heißen Tränen, die sie vergoss, auf seiner Haut. Schweigend trug er sie hinüber zum Bett und legte sie behutsam auf die ausgebreiteten Schlafsäcke. Er küsste ihr die Tränen von den Augen und drückte sie noch einmal an seine breite Brust.

„Es wird noch mehr Kinder geben", versprach er ihr. Kaum hatte er die Worte ausgesprochen, da fragte er sich, wie er ihr etwas versprechen konnte, das derart außerhalb seiner Macht lag. Aber er wusste, dass sie seinen Trost brauchte. „Du bist eine junge, schöne Frau, und du kannst so viele Babys bekommen, wie du nur möchtest. Es war einfach nicht der richtige Zeitpunkt für dich."

Mit feucht glänzenden Augen blickte sie ihn an. „Wird er je kommen?"

„Aber natürlich." Er drückte ihr einen Kuss aufs Haar und wiegte sie sanft hin und her. Als sie ihm ihr Gesicht zuwandte, küsste er sie. Anfangs war er ganz zart, aber dann wurde er drängender. Er wickelte die feinen Strähnen ihres Haares um seinen Finger, küsste ihre Augen, ihre Lippen, ihre Wangen. Er schmeckte die salzige Spur ihrer Tränen.

Die Leidenschaft loderte plötzlich hell in ihr auf. Wild klammerte sie sich an ihn, so als könne der Schmerz der Vergangenheit durch sein Liebesspiel ausgelöscht werden.

„Ich mache es wieder gut", beteuerte er, bevor er ihr langsam den Pulli über den Kopf zog. Er bedeckte ihre Brüste mit Küssen, reizte sie mit seiner Zunge, während er sich an ihren Jeans zu schaffen machte. Sie half ihm dabei, hob ihr Becken, damit er ihr die Hose abstreifen konnte. Auf ihrer Haut fühlten sich seine großen Hände warm an. Die Kälte, die sie eben noch gespürt hatte, war mit einem Mal fort. Sie erschauerte vor Verlangen nach ihm, sehnte sich danach, dass er sie die Vergangenheit vergessen ließ.

Sanft erforschte er ihre Haut, fuhr mit seinen Händen ihren schmalen Rücken entlang und legte sie um ihren Po. Ganz nah zog er sie an sich heran. „Vertrau mir einfach, meine süße Bethany", flüsterte er ihr zu und beugte sich über sie. Er liebkoste die empfindsamen Spitzen ihrer Brüste, bevor er sich weiter nach unten begab. Mit seiner Zunge hinterließ er eine heiße Spur auf ihrer Haut, fuhr Zentimeter um Zentimeter über ihren Bauch zu ihrem Nabel hinab.

Sein Atem ging heftig, und auch sie stöhnte auf. Beinahe glaubte sie vor unbändiger, verzweifelter Lust zu vergehen. Die Begierde wallte immer stärker in ihr auf, erfasste jede Faser ihres Seins, drängte danach, erfüllt zu werden.

„Ich liebe dich, Bethany", flüsterte er und umschlang sie fest mit seinen starken Armen. Während er sanft ihren Rücken streichelte, vergrub er sein Gesicht in ihrem weichen, nachgiebigen Körper. „Ich werde dich niemals verletzen."

Sie wollte ihm so sehr glauben. Zärtlich öffnete er ihre Beine und drang langsam in sie ein. Bereitwillig nahm sie ihn in sich auf, strich über seinen Kopf, der zwischen ihren Brüsten lag. Sie hörte, wie er hastig Luft holte, vernahm den gedämpften Klang des anschwellenden Windes von draußen. Mit geschlossenen Augen schmiegte sie sich enger an ihn, spürte seine harten Muskeln auf ihrer Haut, seine Lippen, seine Zunge auf ihren Knospen. Nichts außer ihn wollte sie fühlen.

Brennende Leidenschaft schoss wie Lava durch sie hindurch. Langsam, aufreizend langsam bewegte Brett sich, und Bethany gab sich dem Rhythmus völlig hin.

Drei Tage lang schneite es. Der Wind pfiff durch die Dachbalken. Äste klopften gegen die Wände der Blockhütte, splitterten vom Stamm ab und krachten schließlich unter dem Gewicht von Eis und Schnee donnernd zu Boden.

In der Hütte lief Brett wie ein gefangener Tiger auf und ab. Nervös schritt er durch die kleinen Räume, blätterte dieselben Informationen zu Grant Mills durch, obwohl er sie mittlerweile schon auswendig kennen musste. Er war so angespannt, dass es beinahe körperlich zu spüren war.

„So kommen wir nicht weiter", brummte er frustriert am dritten Tag und klappte Bethanys Highschool-Jahrbuch zu. Auf dem Boden neben seinem Schreibtisch stand eine Kiste mit den Unterlagen und Bildern, die er bereits durchgearbeitet hatte. Das Jahrbuch legte er hinein.

„Da ist nichts drin", sagte Bethany. Sie saß auf der Couch und las zum wiederholten Male eine alte Zeitschrift. „Wäre da etwas gewesen, hätte das FBI es gefunden, glaub mir."

Er ging nicht auf ihre Worte ein, sondern zog ihren alten Schmuck aus seiner Aktentasche. Nachdem er das Bettelarmband untersucht hatte, ließ er es ebenfalls in die Kiste fallen und nahm einen silbernen Ring in die Hand.

„Wieso hast du das denn bloß mitgenommen?", fragte sie ihn verblüfft.

„Weil es da war. Wer hat dir den hier gegeben?"

Als sie den Ring sah, warf sie Brett einen finsteren Blick zu. „Was glaubst du wohl?"

„Grant?"

„Natürlich."

„Wieso hast du ihn dann behalten?"

Seufzend schüttelte sie den Kopf. „Ich weiß nicht. Möglicherweise aus sentimentalen Gründen. Wert ist er jedenfalls nichts. Kein einziges Stück davon ist wertvoll. Das ist alles nur Modeschmuck."

„Auch der Ring?"

„Ja."

„Wo hat er ihn her?"

„Ich weiß es nicht." Angestrengt versuchte sie sich zu erinnern, sodass zwischen ihren Brauen eine Falte entstand.

„Er ist graviert", murmelte er leise und versuchte, die abgenutzte Inschrift zu entziffern. „Was steht da?", fragte er und warf ihr den Ring zu.

Gekonnt fing sie ihn auf, drehte ihn hin und her und kniff die Augen ein wenig zusammen, um die Gravur lesen zu können: „Fullerton Rodeo". Sie erinnerte sich an jenen heißen Julitag, an dem der Geruch von Pferden und Staub in der Luft gehangen hatte. Mit erwartungsvoll glänzenden Augen hatte Grant den Reitern ohne Sattel zugesehen.

Sie legte den Ring auf den Tisch. „Er hat ihn mir in dem Sommer vor meinem Abschluss geschenkt. Wir waren zusammen auf dem Rodeo."

„In Fullerton?"

„Ja. Das liegt an der Grenze zwischen Idaho und Oregon."

„Noch in Idaho?"

„Nein. Auf der anderen Seite des Flusses in Oregon."

Brett überlegte einen Moment, nahm den Ring an sich und betrachtete ihn. „War er ein Rodeofan?"

Achselzuckend antwortete sie: „Ich glaube schon. Er mochte Pferde."

„Mochte er das Reiten?"

„Eigentlich mochte er alles an ihnen." Sie blickte ihn an. „Das passt nicht gerade zu seinem Image als Banker, was?"

„Nein, aber das passt gut zu seinem Image als Naturbursche, Bergsteiger und Angler." Seine Finger schlossen sich fest um den kalten Ring in seiner Handfläche. Er trat ans Fenster und starrte durch die mit Eiskristallen bedeckte Scheibe auf den wirbelnden Schnee. Wild tanzten die Zweige der Tannen im Wind. Unheilvoll graue Wolken hingen über den Bergen.

„Irgendwann muss es ja aufhören", unterbrach Bethany seine Gedanken und lächelte ihn gezwungen an. Sie wandte sich einer alten Anglerzeitschrift zu, blätterte die Seiten durch und warf sie dann zurück auf den Couchtisch.

„Ich weiß."

„Irgendeine Ahnung, wann?"

„Das weiß nur Gott allein."

„Dann müssen wir uns wohl einfach gedulden."

Mit den Fingern strich er sich durch das Haar, bevor er sich zu ihr umdrehte. „Vielen Dank für deinen wahnsinnig hilfreichen Ratschlag."

Leicht zuckte sie mit den Schultern und hob die Hände. „Es bringt nichts, mit Mutter Natur zu streiten", informierte sie ihn. „Übrigens auch nicht, sich zu beklagen."

Brett schob den Ring in seine Tasche, ging mit großen Schritten durch das Zimmer und blieb vor ihr stehen. Forschend blickte er sie an. „Seit wann bist du denn so pragmatisch?"

„Ich bin Lehrerin. Hast du das schon vergessen?", gab sie witzelnd zurück. „Geduld ist mehr als nur eine Tugend – es ist eine Frage des Überlebens."

„Ach ja?" Zärtlich berührte er die wilden Strähnen ihrer Mähne und seufzte. Selbst in ausgeblichenen Jeans und einem seiner übergroßen Flanellhemden mit aufgekrempelten Ärmeln sah sie einfach zum Anbeißen aus.

„Aber selbstverständlich." Sie legte den Kopf schief und lächelte. Ihre grüngoldenen Augen glitzerten schalkhaft.

Brett war völlig verzaubert. Er schlang die Arme um sie und lehnte seine Stirn an die ihre. „Es gibt da etwas, das du wissen solltest."

„Ach?"

Gelassen öffnete er den obersten Knopf ihres Flanellhemdes. „Du siehst so verdammt sexy aus. Du machst mich völlig verrückt."

Sie lachte auf und schüttelte den Kopf. „Ich glaube, du bist zu lange eingesperrt gewesen, Cowboy. Du verlierst den Verstand."

Ein weiterer Knopf fand seinen Weg durch das Knopfloch.

Bethanys Herz klopfte aufgeregt, als seine Finger die sanfte Haut zwischen ihren Brüsten berührten.

„Mir fällt niemand auf der Welt ein, mit dem ich lieber eingeschneit wäre."

„Jetzt mach aber mal halblang", widersprach sie, doch ihre Stimme klang ganz atemlos. „Noch nicht einmal ein glamouröser Filmstar?"

„Nein." Er schob einen Arm unter ihre Knie, hob sie hoch und trug sie langsam zur aufgeklappten Couch. Ein verwegenes Lächeln umspielte seine Lippen, seine blauen Augen funkelten. „Und das werde ich dir jetzt auch zeigen."

„Was willst du mir zeigen?"

Das schiefe Lächeln auf seinem Gesicht wurde breiter. Er spähte in den weiten Ausschnitt ihres Hemdes, betrachtete die gerundeten Hügel ihrer Brust. „Wie sehr mir deine Gesellschaft gefällt." Während er seinen Kopf senkte und ihren Mund mit seinem bedeckte, legte er sie sanft auf das Sofa und streckte sich neben ihr aus.

„Ich kann es kaum abwarten."

Am nächsten Morgen goss Brett sich eine Tasse Kaffee ein und blickte starr aus dem Fenster. Der tobende Sturm hatte in der Nacht nachgelassen und sich mittlerweile vollkommen gelegt. Allerdings hatte er dreißig Zentimeter Neuschnee mit sich gebracht. Morgens fielen vereinzelt noch ein paar Flocken, aber dennoch schaffte es das fahle Sonnenlicht, sich durch die dunklen Wolken zu kämpfen.

An seinem lauwarmen Kaffee nippend, kehrte er ins Wohnzimmer zurück und beobachtete Bethany beim Aufräumen. Ihre Haare waren zu einem Pferdeschwanz zusammengebunden. Obwohl sie weite Kleidung trug, war sie noch immer die erotischste Frau, die er je getroffen hatte.

Seit Roberta. Er runzelte die Stirn, als er an seine verstorbene Frau dachte. Nur wenige Jahre zuvor hatte Roberta seinem oberflächlichen Leben einen Sinn verliehen. Roberta hatte allein durch ihre Anwesenheit selbst diese schäbige alte Hütte förmlich erstrahlen lassen. In den Jahren nach ihrem Tod hatte er oft gedacht, dass er niemals wieder so voller Hoffnung sein könnte, wie er es in der Zeit mit ihr gewesen war. Ihr Tod hatte das Ende seiner Welt bedeutet. Bis jetzt. Bis Bethany aufgetaucht war.

Als sie sich gerade über das Bett beugte, rutschte ihr Pulli über die Jeans und gab ein Stück ihrer zarten weißen Haut frei. Selbst nach der letzten berauschenden Liebesnacht wollte er Bethany am liebsten erneut auf die Couch werfen, ihr die Kleider vom Leib reißen und sie immerzu lieben. Allein der Gedanke, ihr den Pulli über den Kopf zu ziehen und ihre herrlichen Brüste zu entblößen, bereitete ihm eine süße Qual. Er musste sich bewegen, um zu verbergen, welch deutliche Reaktion ihr Anblick bei ihm hervorrief.

„Mann, dich hat's aber schlimm erwischt", schalt er sich leise, leerte seine Tasse und lief in die Küche, um sich noch einen Kaffee zu holen.

„Entschuldigung?" Bethany hob gerade einen der Schlafsäcke auf und warf ihm einen fragenden Blick über die Schulter zu. „Was hast du gesagt?"

„Ach, nichts Wichtiges. Willst du auch eine Tasse?", fragte er und hielt einen Becher in die Luft.

„Ich hole mir später eine." Sie streckte sich. Während sie sich dann mit den Fingern den Nacken rieb, rollte sie ihren Kopf, um die Verspannung zu lösen. „Nach dem Frühstück." Sie ging auf ihn zu, schlang ihre Arme um ihn und blickte ihn an. „Also, sag es mir. Wie schlimm ist es?"

Als er sie ansah, glaubte er, ein Glitzern in ihren bernsteinfarbenen Augen zu erkennen.

„Ich meine den Schnee."

„Es ist schlimm", gab er zu, „aber wir werden schon damit fertig."

„Wir?", wiederholte sie mit klopfendem Herzen.

Plötzlich stahl sich dieses attraktive schiefe Lächeln auf Bretts Gesicht, und er umfasste ihre Taille. „Wir", bekräftigte er. „Hast du noch nicht verstanden, dass wir ein Team sind?"

„Wie Dean Martin und Jerry Lewis?", erkundigte sie sich lachend.

„Nein. Die haben sich doch getrennt. Ich dachte mehr an Paare wie den Detektiv Nick Charles und seine Frau Nora aus der Filmserie *Der dünne Mann*. Du weißt schon – verrückte, alberne Abenteurer eben." Er drehte sich mit ihr im Kreis, bis sie herzhaft lachte.

„Nick und Nora? Dann ist unser Winston wohl wie ihr Hündchen Asta?"

„Du machst dich über mich lustig."

„Das hast du auch verdient." Flink entschlüpfte sie seinen Armen, schenkte sich Kaffee in eine Tasse und gönnte sich einen großen Schluck. „Nick und Nora Charles! Um Himmels willen! Findest du diesen Vergleich nicht ein wenig hochtrabend?"

„Na ja, vielleicht ein bisschen", gab er zu und lächelte sie an. „Wenn ich mir es recht überlege, sind wir beide doch eher wie Jennifer und Jonathan Hart."

Um ein Haar hätte sie sich an ihrem Kaffee verschluckt. „Aus *Hart aber herzlich*? Die sind doch genauso – nur etwas aktueller. Hör doch auf!", prustete sie, stellte ihren Becher auf dem zerkratzten Tisch ab und ließ ihren Blick prüfend durchs Zimmer schweifen: Nein, die rustikale Hütte mit den abgenutzten Möbeln, dem Holzofen, den grob gearbeiteten Wänden konnte Bretts Vergleichen nicht standhalten. „Diese beiden Paare sind uns gesellschaftlich weit überlegen."

„Aber sie haben das Leben genossen, haben sich geliebt und waren einfach unzertrennlich, was auch immer passiert ist", gab er zu bedenken. Er schlang die Arme um sie und zog sie an sich.

„Und so siehst du uns?" Lachend, doch mit rasendem Puls versuchte sie vergebens, sich aus seiner Umarmung zu befreien.

„Du etwa nicht?"

„Nein!"

Amüsiert hob er eine dunkle Braue. „Dann sag mir, wie du uns siehst."

„Meinst du das ernst?"

„Aber natürlich!"

„Ich sehe dich eher wie den berühmten Trapper Jeremiah Johnson, der in der Wildnis lebte. Und ich bin ... Ich bin ... Ach, ich weiß nicht ..." Ihr Lächeln schwand allmählich aus ihrem Gesicht, als sie in das tiefe Blau seiner Augen sah und darin beinahe zu ertrinken glaubte. Sie schluckte und sagte: „Ich bin einfach eine Frau, eine sehr verängstigte Frau, die nicht will, dass ihre Vergangenheit noch einmal ausgebreitet wird. Eine Frau, die ein nettes und ruhiges Leben in Portland führen möchte."

„Ohne mich?"

Bethany wagte kaum zu atmen. Schließlich schüttelte sie den Kopf. „Ohne den Wirbel, den du verursacht hast."

Er legte seinen Zeigefinger unter ihr Kinn und hob es an. „Denk an die Zeit, wenn sich der Wirbel gelegt hat. Denk an die Zukunft. Werde ich darin vorkommen?", fragte er sie leise und betrachtete sie forschend.

„Willst du das denn?"

Traurig lächelte er. „Natürlich. Das versuche ich doch, dir die ganze Zeit zu sagen. Ich liebe dich, und ich möchte, dass du für immer ein Teil meines Lebens bist."

Ihr Puls raste. Regungslos stand sie da, während er sie in den Armen hielt. Wie gebannt starrte sie in sein Gesicht, war wie hypnotisiert von der klaren Gewissheit, die sie in seinen kantigen Zügen las.

„Ich liebe dich, Bethany", flüsterte er heiser. „Und ich will, dass du meine Frau wirst."

„Aber ... wir kennen uns doch kaum", stammelte sie. „Vor gerade einmal einer Woche sind wir uns zum ersten Mal begegnet."

„Vor fast zwei Wochen", korrigierte er sie. „Und in dieser Zeit waren wir beinahe jede Minute zusammen. Wir haben hier miteinander gelebt, haben unsere schlimmsten Seiten kennengelernt. Insgesamt haben wir mehr Zeit miteinander verbracht als so manches andere Paar, das sich entscheidet zu heiraten."

Unschlüssig biss sie sich auf die Unterlippe. In ihr tobten die Gefühle: Sie wollte lachen, überglücklich und strahlend. Aber sie hatte auch Angst, diesen zerbrechlichen magischen Moment zu zerstören. „Ich ... Ich bin nicht mehr so impulsiv wie früher", entschuldigte sie sich. Wieder dachte Bethany an das Desaster ihrer Ehe mit Grant. „Vielleicht sollten wir uns etwas Zeit lassen."

Brett runzelte die Stirn und fuhr sich nachdenklich über das Kinn. Unverwandt blickte er ihr in die Augen. „Na schön", sagte er schließlich. „Aber wenn wir von diesem Berg herunter sind und Grant aufgespürt haben, erwarte ich eine Antwort", erklärte er.

Als Bethany daraufhin stumm nickte, berührte Brett sanft ihren

Mund mit seinen Lippen und umarmte sie fester – fast so, als fürchte er, dass sie fliehen könnte.

Den Kopf gegen seine starke Brust gelehnt, lauschte sie seinem regelmäßigen Herzschlag. Bethany ließ ihre Hände unter sein Hemd gleiten. Wie gut es sich doch anfühlte, ihm zu vertrauen! Nur für einen Moment Grant zu vergessen und das ständige Gefühl zu verdrängen, dass Brett ihr etwas verheimlichte.

Als seine Lippen ihren Mund suchten, gab sie sich ihm ohne Vorbehalte hin. Nichts anderes als ihre Liebe zu ihm zählte in diesem Augenblick.

„Ich glaube, heute ist es so weit", erklärte Brett nach weiteren zwei Tagen mit einem zufriedenen Lächeln. Er öffnete die Tür und ließ seinen Blick über den klaren blauen Himmel wandern.

Obwohl der Wind noch immer durch die Schluchten pfiff und an den Bäumen zerrte, war kein Wölkchen zu sehen. Das Sonnenlicht glitzerte im frisch gefallenen Schnee.

„So weit für was?", fragte sie neugierig und stellte sich neben ihn. Sie spürte, wie die kalte Luft durch ihren Pullover drang.

„Wir können gehen."

„Gott sei Dank!", rief sie erfreut.

„Ist das etwa ein Anflug von Lagerkoller?", zog Brett sie auf.

„Darauf kannst du wetten!" Bethany trat vor die Hütte und beobachtete Winston. Der Hund sprang von der Veranda und landete in einer großen Schneewehe, in der er fast völlig verschwand. Lediglich seine schwarzen Ohrenspitzen waren noch zu sehen.

„Kleiner Dummkopf!", murmelte Brett, schnappte das Hündchen und musste sich aus Dankbarkeit das Gesicht abschlecken lassen. „Wir sollten uns beeilen", meinte er und maß den Himmel mit einem prüfenden Blick. „Dieser Wind wird zwangsläufig wieder Wolken und Schnee bringen."

Schnell packten sie alles zusammen. Nachdem Bethany all ihre Kleidungsstücke in ihren Koffer geworfen hatte, räumte sie die Hütte auf. Obwohl sie sich freute, überkam sie ein Gefühl der Traurigkeit, als sie sich ein letztes Mal umsah. Auch wenn ihr die vergangenen Tage unwirklich wie ein Traum erschienen, so war sie hier doch glücklich gewesen: versteckt in den Bergen mit Brett, weit weg von der realen Welt und all ihren Problemen.

Inzwischen belud Brett den Wagen. Der Morgen war kalt und klar. Auch wenn mehr Schnee lag, als ihm lieb war, würde der Jeep es problemlos schaffen. Er warf seinen Schlafsack ins Auto und erstarrte plötzlich. War das nicht das vertraute Geräusch eines Motors? Jemand fuhr den Berg hinauf!

Während er konzentriert lauschte, zermarterte er sich das Hirn. Wer konnte das nur sein? Niemand wusste, dass sie sich hier oben aufhielten. Die nächste Hütte lag zwei Meilen südlich, aber dieses Auto klang viel näher. Vor Sorge spannte sich jeder einzelne Muskel in seinem Körper an. Aufmerksam suchte er den Berghang ab, als das Motorengeräusch plötzlich erstarb und wieder Totenstille herrschte.

Mit dem Koffer im Arm öffnete Bethany die Tür und lief auf die Veranda hinaus. Als sie Bretts düstere Miene bemerkte, blieb sie wie angewurzelt stehen. Mit einer Handbewegung bedeutete er ihr, wieder in die Hütte zu gehen. Sie zögerte keinen Augenblick, sondern trat sofort durch die noch offene Tür ins Haus zurück. Flüsternd befahl sie Winston, es ihr gleichzutun.

Aus dem Fenster beobachtete Bethany, wie Brett langsam den Jeep umrundete. Sein Blick wirkte starr, sein Gesicht vor Konzentration angespannt.

Beinahe glaubte Bethany schon, ihr Herz klopfe so laut, dass sie nichts anderes mehr hören könnte. Aber sie konnte. Der Knall eines Gewehrs zerriss die Stille, hallte zwischen den Bergzügen wider.

Brett warf sich zu Boden, suchte hinter dem Jeep Schutz. Die Kugel prallte an einem der Bäume ab, und Schnee und Eis rieselten von den Zweigen.

Bethany spähte durch das Fenster. Sofort gab Brett ihr Zeichen, dass sie in Deckung gehen sollte.

In ihr stieg eine ungekannte Angst auf, die sie lähmte, ihr die Kehle zuschnürte. An den Rücken der Couch gedrängt, hielt sie Winston eng an sich gepresst. In ihrem Kopf überstürzten sich die Gedanken. *Wer ist da draußen? Was wollen sie? Sie haben doch hoffentlich nicht auf Brett geschossen?*

Als sie spürte, wie Panik und Furcht sie zu überwältigen drohten, zog sie Winston fester an sich. Protestierend winselte der Hund.

„Pst!", zischte sie dem Tier warnend zu, hielt die Augen auf das Fenster gerichtet.

Ein weiterer Schuss löste sich aus dem Gewehr. Bethany sprang auf. Winston glitt aus ihren Armen und begann zu knurren und zu bellen.

„Pscht!“, flüsterte sie panisch. „Komm her!“

Wer war das nur? War das Grant? Nein, Grant würde nicht auf sie schießen. Er hatte nie ein Gewehr besessen.

Kalter Schweiß rann ihr den Rücken hinab. *Lieber Gott, was geht hier nur vor?*

Wieder hörte sie einen Schuss. Ihr schwirrte der Kopf. Sie wusste, dass sie etwas unternehmen musste: Brett lag unbewaffnet dort draußen. Die Angst hatte ihr Herz fest im Griff – trotzdem robbte sie auf dem Bauch in die Küche und arbeitete sich in die Vorratskammer vor.

Vor einigen Tagen hatte sie dort auf der Suche nach Kartoffeln ein Gewehr an der Wand entdeckt. Hoffentlich hing es noch immer am selben Platz.

In der Kammer war es dunkel. Zuerst vorsichtig, dann immer hastiger tastete sie über die staubigen rauen Bretter. Splitter bohrten sich in ihre Hand. Als ihre Finger das Gewehr endlich berührten, schluckte Bethany, bevor sie den Gewehrlauf packte. Es war Jahre her, seit sie das letzte Mal einen Schuss abgegeben hatte. Das war auf der Farm in Idaho mit einer 22er Kleinkaliber-Pistole gewesen. Bisher hatte sie lediglich auf rostige Blechdosen gezielt. Sie hatte noch nie die Waffe auf einen Menschen gerichtet, geschweige denn ihn zu töten beabsichtigt.

Bis zum heutigen Tag – wenn es denn so sein sollte. Wenn es nötig war, um Bretts Leben zu retten, dann würde sie es tun.

Bethany nahm all ihren Mut zusammen und prüfte das Patronenlager. Es war leer. Auf ihrer Stirn bildeten sich kleine Schweißtropfen. Sie konnte sich erinnern, dass Brett mehrere Päckchen Munition in seine Jackentasche gesteckt hatte. Aber die Jacke trug er gerade! „Denk nach, Bethany!“, ermahnte sie sich flüsternd und strich sich die Haare aus den Augen. Sie durchsuchte die Kammer, als wieder ein Schuss fiel. Und diesmal klang er näher. Sehr viel näher.

„Bitte, lieber Gott, steh uns bei …“

Vor Angst drehte sich ihr der Magen um. Dennoch durchsuchte sie unbeirrt weiter die Taschen der alten Mäntel, die in der Kammer hingen. Dabei fragte sie sich, warum Brett nicht wieder hereingekommen war. Eiskalte Furcht durchzuckte sie mit einem Mal: Vielleicht war er getroffen, verwundet, lag blutend im Schnee. Oder vielleicht war er schon tot …

„Oh Gott, nein!“, brach es aus ihr hervor.

Sie zitterte am ganzen Körper. Endlich hatte sie ein Patronenpäckchen in einer alten Skijacke ertastet. Sie durfte keine Zeit verlieren. Unverzüglich machte sie sich mit zitternden Fingern daran, die Winchester zu laden.

Draußen knallten noch immer Schüsse, und sie sagte sich, dass sie dankbar dafür sein müsse. Schließlich bedeutete der Krach, dass Brett noch am Leben war. Doch jedes Mal, wenn sie den gewaltigen Widerhall der Waffe vernahm, erstarrte sie unwillkürlich. Mit aller Mühe verdrängte sie das Bild, das sich plötzlich vor ihrem inneren Auge formte: Brett, der mit dem Gesicht nach unten im Schnee lag. Unter ihm eine größer werdende Blutlache, die den weißen Schnee rot färbte.

„Er lebt … Er muss einfach am Leben sein“, sprach sie sich Mut zu.

Die Vordertür wurde aufgesprengt, sodass sie donnernd gegen die Wand schlug. Ein junger, unnachgiebig aussehender Mann mit strähnigen blonden Haaren, unrasiertem Gesicht und einem Gewehr stürzte in die Hütte.

Bethany unterdrückte einen Schrei. Gerade hatte sie die letzte Patrone in den Lauf gesteckt. Sofort hob sie das Gewehr an ihre Schulter, zielte auf den Eindringling. Aber er war unglaublich schnell: Er rollte sich auf den Boden, warf Bethany um, griff nach ihrer Waffe. Schwer atmend riss er sie ihr aus der Hand und war im nächsten Moment schon wieder auf die Beine gesprungen.

Langsam wich Bethany vor ihm zurück. Möglichst unauffällig krabbelte sie in Richtung Hintertür, die sich in der Nähe der Vorratskammer befand.

„Keine Bewegung!“ Seine Züge zuckten nervös. Er richtete den Gewehrlauf mitten in ihr Gesicht.

Bethany erstarrte.

„So ist es schon besser.“ Mit dem Ärmel wischte er sich die Nase ab und schniefte. Ununterbrochen wurde sein ganzer Körper von nervösen Zuckungen geschüttelt. Er hatte die Augen zusammengekniffen, und dennoch konnte Bethany den Blick erkennen, den er ihr zuwarf – so kalt und dunkel wie die Nacht.

„Wer sind Sie?“, fragte sie ihn.

Er ignorierte ihre Frage und suchte prüfend das Zimmer ab. Nachdem er offenbar entschieden hatte, dass sie nicht entfliehen konnte, ging er zurück zur Vordertür. Mit Schwung schlug er sie zu und schob den Riegel vor.

Bethany schluckte ihre Angst hinunter. „Wer sind Sie?“, wiederholte sie und wunderte sich selbst darüber, dass ihre Stimme so ruhig klang. Irgendetwas an ihm kam ihr bekannt vor.

Er hielt inne und warf einen Blick aus dem Fenster. Als er nun grinste, verzog sich nur die eine Hälfte seines Gesichtes dabei. „Ein Freund“, erwiderte er knapp.

„Ach, darum schießen Sie auf uns?“

„Ja, genau deshalb.“

„Wie heißen Sie?“

„Lass es, okay? Ich bin derjenige, der hier die Fragen stellt.“

„Wo ist Brett?“ Auf ihre Hände gestützt, erhob sie sich, drückte sich am Türpfosten der Vorratskammer vorsichtig nach oben.

Der grob aussehende Mann grinste erneut und zuckte die Schultern.

Bethanys Nerven waren zum Zerreißen gespannt. Auch sie blickte nun aus dem Fenster. Jedoch konnte sie nichts weiter erkennen als die offen stehende Hecktür des Jeeps. „Ist er da draußen?“

„Was denkst du denn?“

Oh Gott, er ist getroffen worden! „Ich weiß nicht, was ich denken soll“, fuhr sie ihn an.

„Mach dir um ihn keine Sorgen.“

„Sie haben ihn nicht erschossen!“, schrie sie verzweifelt.

„Vielleicht doch.“

Ohne auch nur einen einzigen Gedanken an sich selbst zu verschwenden, lief sie auf die Tür zu.

„Was zum Teufel …“ Im selben Augenblick hechtete er hinter ihr her, bekam sie an der Taille zu fassen. Schwer atmend schleifte er sie weg vom Fenster, quer durch das Zimmer und drückte sie auf den Sitz am Kamin.

„Er wird es überleben. Und jetzt vergiss ihn!“

„Da draußen wird er erfrieren! Wir müssen ihn reinholen.“ Die Außentemperatur lag bereits unter dem Gefrierpunkt. Doch die eisigen Windböen trieben das Quecksilber noch weiter nach unten. Sie stand auf und trat ans Fenster.

„Tja, dumm gelaufen.“ Der Mann lachte hämisch. Nervös griff er in seine Brusttasche. Bethany stellte sich unwillkürlich vor, wie er ein

Messer mit langer Klinge rauszog. Doch er holte lediglich eine zerknitterte Schachtel Zigaretten und ein Feuerzeug hervor. Mit einer freien Hand schüttelte er eine Zigarette aus der Packung, zündete sie an und hielt unterdessen weiterhin den Gewehrlauf auf sie gerichtet.

„Wo ist Brett?“ Sie suchte jeden Zentimeter vor dem Fenster mit den Augen ab, doch sie konnte nirgends eine Spur von ihm entdecken.

Der Fremde stieß den Rauch aus und behielt dabei die Zigarette zwischen den Lippen. „Mach dir um ihn nur keine Sorgen.“

„Aber er ist da draußen …“

„… und verblutet?“, höhnte er. „Wahrscheinlich.“ Dann wich das amüsierte Lächeln aus seinem Gesicht. Mit dem Gewehr deutete er auf den Kamin. „Setz dich. Ich will nicht, dass du hier herumspazierst. Und jetzt erzähl mir alles, was du über den Aufenthaltsort deines Mannes weißt.“

Bethany rührte sich nicht vom Fleck, suchte mit hektischem Blick die nahen Bäume ab. *Wo ist er nur?*

„Ich habe etwas gesagt.“

„Ich bin nicht verheiratet.“

Bedrohlich zog er die Brauen zusammen. „Warst du aber mal. Wo ist Mills? Und keine Spielchen! Ich bin nicht in der Stimmung.“

„Ich erzähle Ihnen gar nichts, bis ich weiß, dass Brett in Sicherheit ist“, fuhr sie ihn an. Draußen konnte sie einfach keine Spur von Brett entdecken. Sie fühlte sich, als würde die Angst sie innerlich zerfressen, doch sie stand erhobenen Hauptes da: Sie durfte sich nicht anmerken lassen, wie verängstigt sie war.

„Das ist nicht allzu clever, kleine Lady. Dabei habe ich gehört, dass du ziemlich intelligent sein sollst. Hör also auf, dir um Hanson Gedanken zu machen. Der packt das schon … Sofern er nicht verblutet, während ich hier sitze und darauf warte, dass du auspackst.“ Er ließ sich auf der Couch nieder, lehnte sich zurück und legte seine abgewetzten Stiefel auf den Tisch. „Also. Erzähl mir einfach alles, was du über diesen jämmerlichen Lump, den du Ehemann nennst, weißt“, fuhr er fort.

„Ich weiß nichts über Grant. Wir sind schon lange geschieden. Seit etwa einem Jahr.“ Schließlich flehte sie: „Brett ist doch da draußen, wir müssen ihm helfen …“

„Du hast ihn seitdem nicht mehr gesehen?“

„Grant? Nein!", rief sie verzweifelt.

Seine Augen funkelten gefährlich, als er Bethany von oben bis unten musterte. „Was, wenn ich dir nicht glaube?"

„Pech gehabt, würde ich sagen. Ich habe keine Ahnung, wo er ist oder was er tut. Ich glaube, er ist tot."

„Ach ja, glaubst du das?" Er strich sich eine schmutzige blonde Strähne aus der Stirn und zog an seiner Zigarette, bevor er sie in die Feuerstelle hinter Bethany schnippte. „Also, wenn deinem Alten in den letzten paar Wochen nichts zugestoßen ist, dann lebt er. Und ein reicher Bastard ist er obendrein. Ich will nur wissen, wo er ist. Er hat meinen Bruder umgebracht, weißt du?"

„Er hat *was* getan?"

„Jake. Er hat Jake umgebracht!"

„Ihren Bruder … Jake?"

„Jetzt komm schon, Lady." Erneut betrachtete er sie eindringlich und schien sich langsam zu beruhigen. „Ich habe mich wohl noch nicht vorgestellt. Dazu neige ich irgendwie, wenn jemand mit einem Gewehr auf mich zielt. Ich heiße Karl Weathers."

„Oh mein Gott", flüsterte sie und sank gegen die Wand. Obwohl sie ihm nie zuvor begegnet war, erinnerte sie sich jetzt an mehrere unscharfe Fotos von ihm, die sie gesehen hatte.

Seine Mundwinkel zuckten. „Wie ich sehe, hast du schon von mir gehört. Von deinem Alten, was?"

„Ich sagte doch schon, ich dachte, Grant sei tot."

„Sicher doch. Und deshalb versucht Hanson ihn aufzuspüren. Erzähl mir nichts!"

„Wirklich, ich weiß nichts." Bethanys Gedanken überschlugen sich. Sie warf einen flüchtigen Blick nach draußen. Wenn sie es nur riskieren könnte, zur Tür zu laufen und hinauszustürzen. Die Schlüssel steckten wahrscheinlich schon im Zündschloss des Jeeps. Und Brett? Lieber Gott, irgendwo da draußen war Brett. *Aber wo? Und ist er überhaupt noch am Leben?*

„Denk nicht mal dran", knurrte Karl wütend. „Du gehst nirgendwohin." Er griff in die Tasche seiner schmuddeligen Jeans und zog einen Schlüsselbund raus – Bretts Schlüssel! Bethany verließ der Mut. Karl schloss seine Finger um die Schlüssel und schob sie zurück in die Tasche. „Wenn du sie willst, musst du schon herkommen und sie dir holen", sagte er mit einem durchtriebenen Lächeln. Gelbliche

Zähne blitzten in ihre Richtung, während er über seine Hosentasche strich.

Bethanys Magen rebellierte.

„Ja! Das ist eine Sache zwischen dir und mir." Unverfroren ließ er seinen Blick über ihren Körper schweifen. „Und wir werden das Problem lösen. Also, wo ist dein Alter?"

„Ich sagte schon, ich habe keine Ahnung!"

Er sah sie böse an und umklammerte das Gewehr fester. „Hör mit dem Scheiß auf!"

„Im Ernst!" Bethany strich sich die Haare aus den Augen und überlegte verzweifelt, wie sie dem Bewaffneten entkommen und aus der Hütte fliehen konnte. Es musste doch einen Weg geben! Sie musste Brett finden und … Was, unterbrach sie sich in Gedanken. Sollte sie sich Brett vielleicht über die Schulter werfen und ihn so den Berg runtertragen? Nein. Sie brauchte die Schlüssel. Und die befanden sich in Karls schmutziger Jeans. Als sie seine Tasche betrachtete, lief ihr ein kalter Schauer über den Rücken.

„Du lügst!", beschuldigte er sie, er war außer sich vor Wut.

„Schön wär's. Hören Sie: Das letzte Mal habe ich Grant ein paar Wochen vor dieser Veruntreuung gesehen. Ich wusste nichts darüber."

„Was hat er dir erzählt?"

„Nichts! Wir sprachen lediglich ein paar finanzielle Dinge wegen der Scheidung durch."

„Darauf wette ich."

Wütend funkelte sie ihn an. „Wieso stellen Sie mir überhaupt all diese Fragen, wenn Sie mir sowieso nicht glauben? Anscheinend ist es völlig egal, was ich sage!" Abrupt stand sie auf und ging zur Tür, hoffte inständig, dass sie es schaffen würde.

„Einen Moment", sagte er und blockierte ihr den Weg mit dem glänzend blauen Lauf seiner Waffe. Gerade in diesem Moment knallte ein Zweig gegen die Seitenwand der Hütte. Karl zuckte zusammen. „Was zum Teufel ist das?"

„Das war die Tanne hinter der Hütte."

Ungläubig warf er einen Blick aus dem Küchenfenster und bewegte sich dann sichtlich zufrieden zum Kamin. „Setz dich wieder auf den Boden."

„Wieso?"

Er schritt zum vorderen Fenster und suchte die Umgebung ab. „Weil ich sonst dieses Gewehr hier nehme und es deinem Freund an den Nacken halte, bevor ich den Abzug drücke. Wenn du magst, kannst du natürlich zusehen."

„Du Bastard!", schrie sie. Das Wissen, dass Brett schon verletzt war, ließ Bethany alle Vorsicht mit einem Mal vergessen. Wie eine Besessene stürzte sie unerschrocken auf die Tür auf der anderen Seite des Zimmers zu. Doch blitzschnell packte Karl sie am Arm und zerrte sie zurück zum Kamin. Nachdem er sie gezwungen hatte, sich auf den Boden zu setzen, nahm er selbst auf der Couch Platz. Während er die Stiefel auf den Tisch legte, wandte er die Augen keine Sekunde von ihr.

„Ich hab dir doch erzählt, dass er wahrscheinlich verblutet. Also, sag mir einfach, wo Mills ist. Dann können wir Hanson reinholen, und er kann sich aufwärmen. Es ist ganz allein deine Entscheidung."

„Aber ich weiß doch gar nichts!"

„Zum Teufel!" Karls Stiefel krachten auf den Boden. „Wir beide wissen, dass Grant lebt und dass er Jake und mich die ganze Zeit betrogen hat! Das gehörte zu seinem Plan. Aber Billie hat Jake davon erzählt. Und was ist dann passiert? Bum! Ihr Flugzeug stürzt ab, und sie werden beide getötet. Wie günstig, findest du nicht?"

„Und Sie glauben, Grant ist dafür verantwortlich", erwiderte Bethany.

„Darauf verwette ich mein Leben. Aber das habe ich doch schon, nicht wahr?" Er warf Bethany anzügliche Blicke zu und rieb sich das stoppelige Kinn.

„Tja, Sie haben die falsche Person."

„Ist das so, ja? Wieso hängt Hanson dann hier herum? Wieso untersucht er alles noch mal? Wenn du nichts weißt, wieso zum Teufel klebt Hanson an dir wie eine Klette?"

„Ich weiß es nicht."

„Du weißt nicht besonders viel, was?"

„Ich weiß nur, dass Brett sich bewegen muss. Wir müssen …"

„Halt den Mund!", unterbrach er sie barsch. „Vielleicht sollte ich dir auf die Sprünge helfen. Hanson glaubt, du könntest helfen. Ich glaube, er hat recht. Also, fangen wir noch mal von vorne an. Wo ist Mills?"

„Glauben Sie nicht, dass ich es Ihnen sagen würde, wenn ich es wüsste?"

„Nein. Nicht ohne ein bisschen Überzeugungsarbeit …" Er grinste wieder, und diesmal fuhr er mit dem Gewehrlauf ihr Bein entlang.

Unbeirrt strich Karl über ihren Körper, als Bethany vergebens versuchte auszuweichen. Sie fühlte die Kälte des kühlen, harten Stahls durch ihren Pullover und ihre Jeans.

„Wieso erzählst du mir nicht von deinem Mann?", schlug er mit glänzenden Augen vor.

„Weil es nichts zu erzählen gibt", gab sie zurück.

„Schön", murmelte er. „Ganz wie du willst. Du willst hier nicht reden, dann machen wir beide eben eine kleine Fahrt. Vielleicht erinnerst du dich an mehr, wenn wir von hier verschwunden sind."

„Ich gehe nirgendwohin", erklärte sie ihm in unerschütterlichem Ton – doch innerlich verging sie fast vor Angst.

„Du hast sowieso kein Mitspracherecht." Unsanft zog er sie auf die Beine und stupste ihr den Gewehrlauf in den Rücken. Als von irgendwo ein Knarren ertönte, suchte Karl hektisch den Raum ab. Nichts hatte sich verändert. Er deutete auf die Tür. „Gehen wir!"

„Ich gehe nicht", wiederholte sie trotzig und hob ihr Kinn kämpferisch an.

Auf seinem Gesicht war deutlich zu erkennen, wie es in ihm arbeitete.

„Weißt du, was dein Problem ist?", fuhr er sie an. „Du hast keine Ahnung, mit wem du es zu tun hast! Ohne mit der Wimper zu zucken, würde ich Hanson abkratzen lassen. Aber du glaubst mir offenbar nicht. Dann muss ich dir wohl beweisen, dass ich es ernst meine, was? Wir könnten ja mit deinem Hund anfangen." Mit einer plötzlichen Bewegung riss er das Gewehr herum und nahm Winston ins Visier.

Der kleine Kerl lag ruhig unter dem Küchentisch. Als er nun jedoch bemerkte, dass alle Augen auf ihn gerichtet waren, wackelte er wild mit dem Schwänzchen.

„Nein!" Entsetzt schnappte Bethany nach der Waffe, doch verfehlte sie. Sie kratzte Karl am Arm und hätte ihn beinahe aus dem Gleichgewicht gebracht.

„Aus dem Weg!", befahl er und verpasste ihr einen Schlag.

Bethany stürzte zwar nach hinten. Doch nun befand sie sich nicht mehr in Reichweite des Rasenden.

Genau in diesem Moment erblickte sie Brett aus dem Augenwinkel. Er stand auf dem Dachboden, zum Sprung bereit. Ein tiefroter Fleck breitete sich auf seiner Jacke aus. Einen kurzen Moment lang schien er zu schwanken. Aber genau in dem Augenblick, da Karl den

Lauf von Bethany abkehrte, sprang Brett auf den blonden Mann. Mit einem Krachen landeten sie auf dem Boden. Der Schuss löste sich aus dem Gewehr, Glasscherben flogen durch das Wohnzimmer. Brett versuchte, die Waffe zu packen, doch sie entglitt ihm und schlitterte quer durch den Raum.

Bethany schnappte nach ihr.

Im Kampf rollten die Männer über den Boden – mal der eine, mal der andere obenauf. Durch Bretts Verwundung färbten sich die harten Dielen allmählich rot. Bethany zielte mit dem Gewehr, doch keiner von beiden bemerkte sie im Eifer des Gefechts.

„Aufhören!", schrie Bethany.

Erbittert schlugen sie weiter aufeinander ein. Dann war alles in Sekundenschnelle vorbei. Wehrlos lag Karl bäuchlings am Boden, während Brett ihn fest im Griff hielt. Brett bog den Arm des jüngeren Gegners auf dessen Rücken, drohte, ihm die Schulter auszukugeln.

„Hast du jetzt genug?", fragte er ihn keuchend.

Der Mann antwortete nicht.

Brett zog an Karls Hand, was ihn derb und laut fluchen ließ.

„Vorsicht", warnte Brett gedehnt und lächelte Bethany zu. „Es ist eine Dame anwesend."

„Fahr zur Hölle!"

Wieder zerrte Brett an seinem Arm, und der Unterlegene schrie auf.

Bethany lehnte sich gegen den Kamin und beobachtete, wie Brett Karl auf die Füße zwang. „Du jämmerlicher Mistkerl", zischte Brett. „Setz dich da hin. Es ist an der Zeit, dass du ein paar Fragen beantwortest."

„Nie im Leben."

„Du hast keine Wahl." Brett fuchtelte mit der Waffe, die Bethany ihm gereicht hatte, vor seinem Gesicht herum. „Sprich! Erzähl mir von Grant Mills und deinem Bruder." Blut tropfte aus seinem Mundwinkel. Er wischte sich mit seinem Ärmel über die Lippen.

Wortlos ging Bethany ins Badezimmer, griff sich einige Mullbinden und kehrte ins andere Zimmer zurück. „Ich sollte mir deine Schulter anschauen."

„Noch nicht. In der Vorratskammer findest du auf dem dritten Regal ein Seil. Bring es mir."

Nur für einen kurzen Moment verließ Bethany den Raum. Doch als sie wiederkam, hatte sich die Lage verändert. Karl war in sich zusammengesackt, der wütende Ausdruck in seinem nun plötzlich blassen Gesicht verschwunden. Als Brett ihm nun die Hände auf den Rücken band und seine Füße fesselte, protestierte Karl nicht. Trotzdem hielt Bethany das Gewehr zur Sicherheit auf Karl gerichtet.

„Wir müssen von hier verschwinden“, sagte Brett, sobald Karl unschädlich gemacht war. „Falls noch ein Sturm losbricht oder unser lieber Karl hier einen Freund in den Wäldern versteckt hat.“

„Aber erst müssen wir uns um dich kümmern.“ Sie erhitzte Wasser und riss dann Bretts blutgetränktes Hemd auf. An seiner linken Schulter konnte sie genau die Stelle erkennen, an der die Kugel seine Haut gestreift hatte und nur knapp am Muskel vorbeigeschrammt war. Hin und wieder zuckte Brett leicht zusammen, als Bethany die Wunde auswusch und sie verband. „Du musst in ein Krankenhaus. Ich bin schließlich kein Arzt“, erklärte sie ihm.

Er zog sich ein frisches Hemd über. „Das wird schon reichen. Es tut mir nur leid, dass er …“, begann Brett und deutete in Karls Richtung, „… hier hereingeplatzt ist. Ich muss ohnmächtig geworden sein, als ich mit dem Kopf auf den Wagen aufgeschlagen bin. Ich erinnere mich nur noch daran, dass ich getroffen wurde und dass ich mich hinter den Jeep fallen lassen wollte. Danach ist alles schwarz.“

„Mach dir keine Sorgen“, beruhigte sie ihn. „Ich bin nur froh, dass du unverletzt bist … Na ja, fast.“

Der jüngere Mann blickte seinen Bezwinger finster an. „Ich hätte dich gleich umbringen sollen.“

„Das nächste Mal vielleicht.“

„Darauf kannst du dich verlassen.“

Mit eisigem Gesichtsausdruck sah Brett ihn an. „Dort, wo du hingehst, wirst du keine Chance dazu haben. Und wenn du rauskommst, dann warte ich auf dich.“

Voller Abscheu spuckte Karl ihm vor die Füße.

Brett bewegte sich nicht. „Also, Kumpel, dann leg mal los. Hast du Bethanys Haus verwüstet?“

Trotzig starrte Karl vor sich hin, sagte aber kein Wort.

„Ich habe dir erklärt, welche Möglichkeiten du hast“, erinnerte Brett ihn sanft und kniff dabei die Augen zu schmalen Schlitzen zusammen. „Du hast die Wahl.“

Karls arrogantes Auftreten löste sich langsam in Luft auf. Sein Blick war voller Hass, als er Bethany ansah. „Ja, ich war dort.“

„Was hast du gesucht?“

„Dasselbe wie du. Eine Spur zu Mills. Ich dachte mir, wenn du an ihr interessiert bist, dann muss sie etwas wissen.“

Brett schnappte sich einen Küchenstuhl, setzte sich rittlings darauf und betrachtete Karl eindringlich. „Da du jetzt unsere ungeteilte Aufmerksamkeit hast: Wieso erzählst du uns nicht alles?“

Karl wurde klar, dass es keinen Ausweg gab, und er fügte sich endlich. Am Anfang sprach er noch zögerlich, doch letztendlich sprudelte die ganze Geschichte aus ihm heraus.

Karl suchte nach Grant, seit dieser vor beinahe einem Jahr seine Komplizen hinterrücks ausgebootet hatte. Keiner von ihnen hatte damit gerechnet, dass Grant die gemeinsamen Pläne durchkreuzen würde. Bei der Flucht im Flugzeug waren Jake und Billie ebenso überrascht gewesen wie Karl, als Grant sich einen Fallschirm umgeschnallt hatte und in die dunkle Winternacht gesprungen war. Karls Meinung nach war Grant damit ein erhöhtes Risiko eingegangen, dass er sich über den USA abgesetzt hatte.

„Unser Ziel war ein kleines, abgelegenes Fischerdorf in British Columbia in Kanada“, erinnerte er sich. „Doch Grant wurde habgierig. Er sprang irgendwo über Nord-Idaho oder dem Staat Washington ab. Vielleicht war seine Entscheidung aber auch clever, denn als wir in Kanada landeten, wartete das FBI schon auf uns. Die ganze Sache war bereits mit den kanadischen Behörden ausgehandelt worden.“ Einen kurzen Moment lang schwieg Karl. Dann fuhr er fort: „Als wir zurück in die Staaten kamen, hat die Polizei uns regelrecht umzingelt. Doch es gab keinen einzigen Beweis, um uns mit dem Verbrechen in Verbindung zu bringen. Ja, sicher gab es ein paar Indizien. Aber die waren nicht so stichhaltig, dass der Staatsanwalt Anklage erheben konnte. Vielleicht hat uns Howie allen einen Gefallen getan, was?“

„Howie?“, wiederholte Brett mit glänzenden Augen. „Wovon redest du da?“

Karl schüttelte den Kopf und zog eine Grimasse. „Ach, nichts.“

„Hat Grant sich als Howard Sparks ausgegeben?“, erkundigte Brett sich gedehnt.

Bethany hielt sich an der Sitzfläche ihres Stuhls fest.

„Manchmal. Das ist nichts Besonderes.“

„Vielleicht hast du uns ja einen Gefallen erwiesen, mein Freund“, sagte Brett und hob seine Mundwinkel.

Bethany fühlte, wie die Kälte sich in ihr ausbreitete.

„Wie wär's mit einer Zigarette?", fragte Karl.

„Vergiss es."

„Komm schon, Mann!"

„Das ist ungesund. Außerdem hast du uns noch mehr zu sagen."

Stirnrunzelnd seufzte Karl schwer. „Okay, okay. Jake rief mich eines Tages an und sagte, er habe Mills aufgespürt und ihm seinen Anteil an den Pfandbriefen abgepresst. Natürlich habe ich ihn sofort gefragt, wo Grant steckt, damit auch ich an meinen Anteil käme. Billie hatte den gleichen Gedanken. Und als Jake mit Billie gerade auf dem Weg zu Grant war, ist ihr Flugzeug abgestürzt. Das erscheint mir wie ein schöner Zufall. Ich vermute, Grant hat jemanden bezahlt, der sich am Flugzeug zu schaffen gemacht hat."

„Nein!" Bethany stand auf und trat ans Fenster. „Vieles von dem, was über Grant gesagt wird, stimmt sicherlich. Aber ich kann nicht glauben, dass er ein Mörder sein soll!"

Bretts Blick blieb unverwandt auf Karl gerichtet. „Und wo ist Mills jetzt?"

„Ich weiß es nicht."

„Du Mistkerl!" Brett stand abrupt auf und stieß dabei seinen Stuhl um. Wütend beugte er sich über Karl, der ihn plötzlich ängstlich ansah.

„Wenn ich wüsste, wo er ist, hätte ich mir dann die Mühe gemacht, euch bis hier hinterherzufahren?"

Ein wenig entspannte sich Brett. Die Furcht in Karls Miene überzeugte ihn davon, dass er die Wahrheit sprach. „Wo *war* er?"

„In Kalifornien. Nördlich von San Francisco. In einem Dorf in der Nähe von Redding am Stausee Lake Shasta. Jake sagte, dass Grant erst nach Vancouver geflüchtet war. Dort hat er abgewartet, bis sich die Aufregung ein bisschen gelegt hatte. Nach einer Weile löste er ein paar Pfandbriefe ein und setzte sich in den Süden ab, durch die Staaten Washington, Oregon und Kalifornien."

„Und jetzt hat er sich einfach in Luft aufgelöst." Brett klang sehr skeptisch.

„Hör mal, Mann, ich weiß nicht, wo er ist! Wieso hätte ich sonst wohl anfangen sollen, seiner Alten zu folgen?"

„Sie?", fragte Bethany. „Sie haben mich verfolgt?" Unwillkürlich musste sie an die vergangenen Wochen denken, in denen Angst ihr Leben beherrscht hatte. In denen sie ständig über ihre Schulter hinter sich gespäht hatte, ohne jemanden zu entdecken. Ständig den durchdringenden Blick von unbekannten Augen in ihrem Rücken gespürt hatte. Das war Karl Weathers gewesen!

„Aber sicher. Und ich wusste, dass ich auf der richtigen Spur war, als Hanson auftauchte. Er war doch der Privatdetektiv der First Security Bank. Ich wusste, Jim Benson würde auch jetzt nicht eher Ruhe geben, als bis er Grant hätte. Und deswegen vermutete ich, dass er seinen Stiefsohn darauf ansetzen würde. Sieht so aus, als hätte ich recht behalten."

„Stiefsohn?" Ruckartig wandte Bethany den Kopf und starrte Brett entgeistert an. Alles Blut war aus ihrem Gesicht gewichen.

Karl beobachtete Bethanys entsetzten Gesichtsausdruck, sah dann in Bretts undurchdringliche Miene. Zum ersten Mal seit zwei Stunden musste er lächeln. „Aber sicher. Jeder in Boise weiß, dass unser Hanson hier der beste Privatdetektiv war, bevor seine Frau gestorben ist. Hat die ganze Zeit für seinen Stiefvater gearbeitet."

Bethany fühlte sich wie benommen. „Du?", fragte sie und rang sichtlich nach Luft. „Du bist mit Jim Benson verwandt?"

Ein Muskel zuckte in Bretts Gesicht. „Meine Mutter und er haben geheiratet, als ich noch jung war."

„Er ist dein Vater?"

„Stiefvater", korrigierte er.

„Oh Gott", flüsterte sie. Ihre Beine drohten unter ihr nachzugeben. Noch mehr Lügen! „Wieso hast du mir nichts davon erzählt?"

Als Karl versuchte aufzustehen, warf Brett ihm einen bohrenden Blick zu, sodass er sich auf die Couch zurücksinken ließ.

„Das ist nichts, worauf ich besonders stolz bin."

„Und all das Gerede, dass du ihm Geld schuldest! Das war nur eine Lüge?"

„Nein! Ich schulde ihm wirklich Geld. Für diese Hütte hier. Er hat sie von meiner Mutter geerbt. Das ist das Einzige, das ich von meiner Familie habe – meiner wirklichen Familie", erklärte er eindringlich.

„Und dafür tust du alles, nicht wahr? Du schleichst dich sogar in mein Leben ein, um es zu bekommen", sagte sie und fühlte sich, als wäre etwas in ihr zerbrochen. Alles war gelogen gewesen. In der ganzen Zeit, die sie eingeschneit in dieser Hütte miteinander verbracht hatten, hatte er nichts anderes getan, als ihr eine Lüge nach der anderen aufzutischen.

Sie musste sich an die Wand lehnen, fühlte sich so schwach, dass sie beinahe Karls weiteres Geständnis überhört hätte: Er hatte am Steuer des roten Autos gesessen, das sie aus Versehen fast überfahren hätte. Als er ihr Haus ausgekundschaftet hatte, war sie plötzlich früher als erwartet zurückgekommen. Aus Angst, dass Bethany ihn erkennen könnte, war Karl dann den Hügel hinuntergerast.

Obwohl auch dieses Rätsel endlich gelöst war, konnte Bethany keine Erleichterung verspüren. Wie betäubt stand sie da, war vollkommen fassungslos.

Nachdem Brett das zerschossene Fenster zugenagelt und Karl auf den Rücksitz des Jeeps gesetzt hatte, fuhren sie alle in die Stadt zur nächsten Polizeiwache.

Während der gesamten Fahrt verlor Bethany kein Wort, starrte Brett nur verletzt an. Seine Miene war angespannt, die Augen hatte er starr auf die Fahrbahn gerichtet. Wie hatte sie ihm nur glauben können?

Weil ich ihn liebe! Diese plötzliche Einsicht schmerzte sie so sehr, dass sie sich gegen die Beifahrertür lehnen musste. Doch das kalte Glas konnte den Sturm in ihrem Innern, den sein Betrug ausgelöst hatte, nicht beruhigen.

Wieder einmal war sie auf den falschen Mann hereingefallen.

11. KAPITEL

Das Büro des Sheriffs befand sich in einem kleinen Betonbau, der zum County-Gefängnis gehörte. Außer ein paar Betrunkenen und einem Hilfssheriff war niemand da. Es roch nach Zigarettenrauch, Schweiß und kaltem Kaffee.

Wortlos hatte Bethany zugehört, wie Brett die Situation erklärte und mit dem diensthabenden Hilfssheriff sprach. Dieser hatte anschließend seinen Sheriff, die Staatspolizei und letztlich das FBI angerufen.

Nun wimmelte es in dem kleinen Gebäude von Polizisten und Agenten. Mit hochgerollten Ärmeln saßen die Beamten auf harten Holzstühlen oder lehnten an Betonwänden, blinzelten gegen den immer dichteren Rauch an. Und alle befragten Karl, Bethany und Brett, wechselten sich dabei ab.

Bethany drehte eine Tasse kalten Kaffee in den Händen und sah dabei zu, wie Bretts Schulterwunde gereinigt und verbunden wurde. Als der Sanitäter ihm dazu riet, die Wunde im Krankenhaus von einem Arzt untersuchen zu lassen, wischte Brett die Bedenken des jungen Mannes einfach beiseite.

Nachdem der Sanitäter seine Arbeit erledigt hatte, setzte Brett sich neben sie. Für einen Moment trafen sich ihre Blicke, bevor Bethany die Augen abwandte und ihre Kaffeetasse anstarrte. Er versuchte, sie zu berühren, doch sie zuckte vor ihm zurück. Sie hoffte nur, dass die Befragung bald beendet wäre.

Aber es dauerte mehrere Stunden, bis sie fertig waren.

Bethanys Augen brannten, ihr Mund war wie ausgetrocknet. Während des quälend langwierigen Verhörs konnte sie für keinen Moment vergessen, dass Brett sie angelogen hatte. Jede Minute, die er mit ihr verbracht hatte, war eine Lüge gewesen. Die Tatsache, dass er Jim Bensons Stiefsohn war – und damit ein Teil der Bank, die ihre Eltern und sie selbst ständig belästigt hatte –, war für Bethany kaum zu ertragen.

Als ihr Brett endlich in den Jeep half, fühlte sie sich völlig erschöpft und leer.

Er stieg ebenfalls ein und ließ den Motor an. „Ich finde, wir sollten ein paar Vorräte einkaufen und zurück zur Hütte fahren."

„Wieso?", fragte sie, fassungslos, dass er vorschlug, wieder in die Berge zu fahren.

„Zurzeit ist das der sicherste Ort."

„Hast du jetzt vollkommen den Verstand verloren?"

„Bei all dem Aufruhr um Karls Verhaftung wird Grant sich garantiert von hier fernhalten."

„Ich will nach Hause", sagte sie knapp, und Kälte funkelte in ihren Augen. „Nach Portland."

„Da bist du aber nicht geschützt. Mills könnte dort sein, um nach dir zu suchen."

„Das ist mir egal." Allein der Gedanke, noch mehr Zeit mit Brett zu verbringen, ängstigte sie. Sie konnte sich oder ihren verräterischen Gefühlen einfach nicht trauen.

„Bethany, denk darüber nach …", beschwor er sie.

„Das habe ich! Du hast mich belogen, Brett", unterbrach sie ihn mit zitternder Stimme. „Die ganze Zeit über hast du vorgegeben, du wärest gegen die Bank und Jim Benson."

„Das bin ich."

„Du bist Teil seiner Familie!"

„Aber nicht freiwillig."

„Du arbeitest für ihn!", fauchte sie ihn an. Bethany hielt sich fest, als sie nun durch eine scharfe Kurve rasten, sodass Matsch und Schnee um den Jeep aufspritzten.

„Das war das letzte Mal. Außerdem habe ich auf der Seite des Gesetzes gearbeitet."

„Wohl kaum", murmelte sie.

Frustriert verzog er das Gesicht und lenkte das Auto auf die Schnellstraße. „Karl Weathers hätte dich umbringen können. Beschäftigt dich das überhaupt nicht?"

„Du meinst, wenn du mir nicht das Leben gerettet hättest?", warf sie ihm höhnisch vor. Sie konnte nicht anders – ihr Temperament ging einfach mit ihr durch. „Ich wäre noch nicht einmal in dieser Hütte gewesen, hättest du mich nicht dorthin geschleppt!"

„Aber er hatte dich in Portland schon aufgespürt", wandte er ein.

„Weil du nach mir gesucht hast!"

„Er hatte dich bereits beinahe überfahren, *bevor* ich überhaupt aufgetaucht bin."

Sie kauerte sich in ihrem Sitz zusammen, tätschelte Winstons Köpfchen und blickte aus dem Fenster. „Ich möchte nicht darüber reden, okay? Ich habe schon genug über Grant, die Veruntreuung und alles, was damit zusammenhängt, geredet. Das reicht mir für den Rest meines Lebens."

Er warf einen Blick zu ihr hinüber und presste die Lippen zusammen. „Nur noch eine Sache, Bethany."

„Was?"

„Ich liebe dich wirklich."

Unwillkürlich begann Bethanys Herz zu rasen, und sie musste sich beherrschen, um nicht in seine rauen, stolzen Gesichtszüge zu sehen.

„Ob du es hören willst oder nicht: Ich liebe dich." Er sah nicht einmal zu ihr hinüber. Stattdessen drückte er das Gaspedal durch und konzentrierte sich auf den Verkehr.

Bethany musste schlucken, aber wandte ihre Aufmerksamkeit wieder dem Geschehen draußen zu. Über die Liebe, die sie so flüchtig miteinander geteilt hatten, wollte sie nicht nachdenken. Eine Liebe, die auf Lügen basierte. Das Vertrauen, das sie ihm geschenkt hatte, war zerstört, zerbrochen in tausend Scherben. Sie konnte nicht anders: Ihre Gedanken kreisten um die Frage, ob ihre gemeinsame Zeit nur ein cleverer Schachzug in seinem Spiel gewesen war. Dem Spiel, das er inszeniert hatte, um sie besser einschätzen zu können. „Wenn du mich liebst", flüsterte sie, „dann bring mich bitte nach Hause."

„Später. Wenn es sicher ist."

Die Hände zu Fäusten geballt, starrte sie wortlos aus dem Fenster. Als sie die Hütte schließlich erreichten, brach ein klarer Morgen an. „Ich dachte, du befürchtest einen weiteren Sturm", höhnte sie.

„Das tue ich." Er hievte ihren Koffer aus dem Jeep und ging zur Vordertür. „Aber ich bin auch todmüde. Ich habe den Wetterdienst angerufen. Es kann sein, dass ein kleiner Sturm über uns hinwegzieht, aber die Wettervorhersage für die restliche Woche ist gut." Als er die Wut in ihren Augen entdeckte, fuhr er fort: „Vielleicht können wir dann zurück nach Portland. Zwischenzeitlich hast du ein bis zwei Tage zu deiner Verfügung, um darüber nachzudenken, was du wirklich vom Leben erwartest. Glaub mir, ich werde mich dir nicht aufdrängen."

Noch immer saß sie im Jeep und musterte ihn misstrauisch.

„Komm schon, Bethany", sagte er matt. „Lass es gut sein." Als er nun seine eigene Tasche aus dem Wagen hob, zuckte er vor Schmerz zusammen.

Bethany sprang aus dem Auto und marschierte zur Hütte. Ihr Gewissen ließ ihr dabei keine Ruhe. Schließlich war Brett müde und verletzt – ein paar Stunden länger konnte sie doch wenigstens noch mit ihm zusammenarbeiten. Außerdem liebte sie ihn trotz allem noch immer.

Insgeheim schalt sie sich die größte Närrin, die es auf der Welt gab. Dennoch lief sie durch die kleinen Räume, machte Feuer im Ofen und durchsuchte die Vorratskammer nach Essbarem.

Brett entzündete das Feuer im Kamin. Zufrieden beobachtete er Bethany, die geschäftig in der Küche arbeitete, und streckte sich auf der Couch aus. Während er ihr mit verträumtem Blick zusah, wurden seine Augenlider allmählich schwer.

Sie wusste, dass sie eigentlich böse auf ihn sein müsste, weil er sie wieder in die Berge geschleppt hatte. Aber sie konnte es einfach nicht. Er wirkte so abgespannt und angeschlagen. Seine dunklen Haare lagen zerzaust auf der abgenutzten Lehne der Couch. Um seinen Mund zogen sich tiefe Sorgenfalten.

Als sie die Suppe fertig hatte, schlief Brett bereits tief und fest – und schnarchte. Lächelnd schlich sie zu ihm hinüber und breitete eine Decke über ihn. „Du bist zwar unmöglich, aber ich liebe dich", flüsterte sie.

„Wirklich?" Schlagartig öffnete er die Augen, schnappte sich ihr Handgelenk und zog Bethany zu sich. Für einen Moment blickte sie ihm in die tiefblauen Augen und stellte sich vor, wie ein Leben ohne ihn aussehen würde. Ohne ihn schien die Zukunft so kalt und leer zu sein wie die langen Winternächte.

Schwer atmend wandte sie das Gesicht ab. „Es wäre so viel einfacher, wenn ich dich hassen könnte."

Er lächelte schief. „Aber es würde nicht halb so viel Spaß machen." An ihrem Handgelenk zog er sie zu sich und berührte mit seinen Lippen ganz sachte ihren Mund. „Schlaf mit mir, Bethany", forderte er sie auf.

„Ich soll einfach vergessen, dass du mich angelogen hast?"

„Ich habe nicht gelogen." Er eroberte ihren Mund und küsste sie, dass ihr beinahe Hören und Sehen verging.

„Du hast nur ein paar Fakten ausgelassen", flüsterte sie atemlos. „Aber das ist das Gleiche."

„Überhaupt nicht", widersprach er. Kurz sah er ihr direkt in die Augen, bevor er seine Aufmerksamkeit auf ihren Körper lenkte. Er kostete die süß duftende Haut an ihrem Hals, strich sanft über ihren

Nacken. Fast schon greifbar erschien ihm das erotische Prickeln, das sich zwischen ihnen ausbreitete. Seine Finger in ihrem Haar, schloss er die Augen und genoss einfach das schöne Gefühl, dass ihr Körper an ihn geschmiegt war. „Vielleicht sollten wir für immer hierbleiben."

„Sicher nicht."

„Nein?" Er hauchte einen Kuss auf ihren Hals.

„Nein", gab sie zurück – aber sie schwankte. Den Rest ihres Lebens mit Brett zu verbringen war alles, was sie wollte. Sie spürte, wie seine Hände den Weg unter ihren Pulli fanden, wie er mit seinen sinnlichen Fingern über ihre Haut streichelte, ihre Brüste umfasste. „Brett, bitte …"

Aber er reagierte nicht darauf. Stattdessen hielt er sie, schob gekonnt ihren Pullover hoch. Schließlich zog er sie enger an sich, sodass er mit dem Mund die Spitze ihrer Brust liebkosen konnte. Aufreizend langsam begann er, daran zu saugen. Bethany spürte, wie sich das vertraute Verlangen tief in ihrem Inneren aufbaute. Ein Verlangen, das nur er stillen konnte.

„Brett", flüsterte sie und protestierte nicht mehr, als er ihr den Pulli auszog.

Am folgenden Morgen kochte Bethany vor Wut. Brett war noch immer verwundet, ja. Auf dem Verband an seiner Schulter breitete sich ein tiefroter Fleck aus. Aber trotzdem wollte er einfach nicht nachgeben.

„Morgen muss ich wieder in die Schule!", rief sie wohl zum tausendsten Male.

„Vergiss es. Wir gehen nicht zurück. Noch nicht", stellte er unmissverständlich klar. „Es ist zu gefährlich. Die Zeitungen sind vermutlich voll mit der Geschichte von Karl Weathers' Verhaftung." Er schlüpfte in die Ärmel seines Flanellhemdes und zuckte leicht zusammen, als der Stoff seine Schulter berührte.

„Es ist also an dem Ort sicherer, wo man ihn erwischt hat?", konterte sie scharf. „Ach, hör schon auf. Ich muss zurück an die Arbeit, und du brauchst einen Arzt!"

„Mir geht es gut", knurrte er.

„Ja, klar. Du bist Superman und Dick Tracy in einer Person!", rief sie sarkastisch. „Wir hatten eine Abmachung, erinnerst du dich? Zwei Wochen! Die Zeit ist abgelaufen."

Er kniff die Augen zu schmalen Schlitzen zusammen, blickte aus dem Fenster und wieder zu ihr zurück. „Wir können nicht gehen."

„Uns bleibt keine andere Wahl, Brett", sagte sie genervt, und ihre Augen funkelten. „Ich würde ja gerne hierbleiben und so tun, als würde der Rest der Welt nicht existieren. Aber das geht nicht. Ich habe ein Zuhause – das inzwischen wahrscheinlich ein einziger Schrotthaufen ist – und Verpflichtungen in Portland. Unter anderem habe ich einen Job. Einen guten Job! Einen Job, der mich erfüllt."

„Und was ist mit Grant?"

„Ich kann nicht für den Rest meines Lebens davonlaufen." Sie sah ihm tief in die Augen. „Die Vergangenheit lässt sich nicht mehr ändern. Das letzte Jahr habe ich damit verbracht, mich vor dem, was mal mein Leben war, zu verstecken", versuchte sie zu erklären. „Ich habe zugelassen, dass ihr – du, Grant und Jim Benson – mein Leben bestimmt. Ich habe mich in Portland wie in einem Mauseloch verkrochen und hatte Angst, meinem Arbeitgeber zu sagen, dass ich Grant Mills' Exfrau bin. Das ist jetzt vorbei! Es ist Zeit, dass ich akzeptiere, dass mein Exmann ein Schwindler und ein Dieb ist. Und dass diese Tatsache mich und mein heutiges Leben nicht länger beeinträchtigen darf." Kämpferisch hob sie den Kopf und schüttelte sich das Haar aus dem Gesicht. „Ich möchte nach Hause, Brett."

Nachdenklich fuhr er sich durchs Haar und spitzte die Lippen. „Und danach?"

„Das weiß ich noch nicht."

„Was ist mit uns?"

Sie spürte, wie ihr Kinn zu zittern begann, schaffte es aber, seinem Blick zu begegnen. „Auch das weiß ich nicht. Du hast dich verpflichtet, meinen Exmann aufzuspüren. Du würdest alles tun, um ihn hinter Schloss und Riegel zu bringen. Das kann ich verstehen. Aber was ich nicht verstehe, was mir nicht im Entferntesten einleuchtet, ist, warum du dachtest, du müsstest mich hintergehen, damit ich dir helfe."

Er lehnte sich gegen die Wand. „Das schien mir damals notwendig zu sein."

„Damit ich dir vertraue?"

„Ja."

„Hat gut funktioniert, nicht wahr?", sagte sie traurig, während sie ihre Sachen zusammenpackte und in ihren Koffer warf. „Ich habe dir mein Leben anvertraut."

„Und jetzt?"

„Ich weiß nicht, was ich denken soll. Außer, dass ich ein Leben habe, das in Portland auf mich wartet. Ich will – und ich muss – nach Hause!"

Als Antwort darauf drückte er sich von der Wand ab und griff nach seiner Jacke. „Na gut, Bethany. Du hast gewonnen. Du willst zurück nach Portland, und ich bin es leid, mit dir zu streiten. Ich packe meine Sachen zusammen, und dann können wir in fünfzehn Minuten los. Zufrieden?"

„Ja", antwortete sie. Aber als sie ihren Blick ein letztes Mal durch die Hütte wandern ließ, fragte sie sich, warum sie das Gefühl hatte, sie hätte gerade die Tür zu ihrem Glück für immer zugeschlagen.

Schlecht gelaunt folgte Brett in seinem Jeep Bethany, die ihren Wagen abgeholt hatte, in die Einfahrt. Dicke Regentropfen platschten auf die Windschutzscheibe seines Autos. Die wenigen bunten Weihnachtslichter, die von den Nachbarhäusern herüberleuchteten, waren nur verschwommen zu sehen.

Bethanys Haus wirkte seltsam ohne den Schnee, der vor wenigen Tagen noch hier gelegen hatte. Blattlose Ahornbäume und riesige Tannen hoben sich groß und kahl gegen den trüben grauen Horizont ab. Der Schneematsch, mittlerweile mit Schmutz und feuchten Blättern bedeckt, türmte sich am Straßenrand.

„Trautes Heim, Glück allein", flüsterte Bethany, als auch Brett den Motor abstellte. Sie stieg aus ihrem Toyota aus, ging hinüber zum Jeep und öffnete die Tür. Winston sprang sofort heraus.

„Du musst nicht hierbleiben, das weißt du." Brett nahm ihre Taschen und folgte Bethany ins Haus.

„Doch, das muss ich." Sie schloss die Garage auf und lief in die Küche. Das Haus sah noch genauso aus, wie sie es verlassen hatte. Das Herz tat ihr weh, als sie das Chaos erblickte. Auf was hatte sie sich da nur eingelassen?

Aber sie wollte sich nicht länger unterkriegen lassen. Entschlossen bahnte sie sich einen Weg durch das Durcheinander, nahm das Telefon und wählte. Nach dem dritten Klingeln ging jemand ran.

„Hallo?"

„Dad!"

„Bethie!", rief er und wandte sich im nächsten Augenblick mit gedämpfter Stimme an seine Frau: „Eleanor, es ist Bethany. Geh um Himmels willen sofort an den anderen Apparat!"

„Bethany?", fragte ihre Mutter.

„Hi, Mom."

„Wo warst du denn? Ski fahren?"

„Das nicht gerade", antwortete Bethany ausweichend. „Aber ich war ein paar Tage in den Bergen. Ich habe auch versucht, euch von dort zu erreichen."

„Wir haben uns große Sorgen gemacht, als wir hörten, dass bei dir eingebrochen wurde ..."

„Es ist alles in Ordnung, wirklich", beruhigte Bethany ihre Mutter. „Und du?"

„Mir geht es gut." Sie warf einen Blick zu Brett und lächelte.

„Da fällt mir ein Stein vom Herzen", sagte ihre Mutter seufzend. „Ich habe mir wirklich Sorgen gemacht, aber dein Vater, na ja, er dachte, du wärst vielleicht in Skiurlaub gefahren."

„Ganz so war es nicht", begann Bethany vorsichtig.

„Ach?" Ihr Vater räusperte sich. „Es hat doch nichts damit zu tun, dass Karl Weathers in Washington vom FBI geschnappt wurde, oder? Wir haben darüber in der Zeitung gelesen, aber es wurden nicht viele Einzelheiten genannt."

Bethany entschied sich, ihnen gleich alles zu beichten. „Ich hatte hier etwas Ärger. Mein Haus wurde verwüstet, und ich bin in die Berge gefahren, mit einem ...", zögernd blickte sie zu Brett. Er hatte sich gesetzt, die Füße auf einen Stuhl gelegt, und belauschte ihre Unterhaltung. „... mit einem Freund", vollendete sie ihren Satz.

„Was zum Teufel ist bei dir los?", wollte Myron wissen.

Vorsichtig informierte Bethany ihre Eltern über die Geschehnisse, einschließlich ihrer Rolle bei der Verhaftung von Karl Weathers. Allerdings verharmloste sie dabei die Gefahr, ihre Beziehung zu Brett sowie die Tatsache, dass sie das Gefühl hatte, dass ihr Leben völlig umgekrempelt worden war. Ihre Eltern hörten ihr wortlos zu.

„Jetzt reicht's!", rief ihr Vater wütend. „Du kommst sofort nach Hause, und sobald du hier bist, werde ich diesem Benson mal meine Meinung geigen!"

Gequält schloss Bethany die Augen und rieb sich die Stirn. „Nein, Dad. Ich bleibe hier. Ich muss das Durcheinander hier aufräumen und morgen in die Schule. Außerdem kann ich nicht immer nach Idaho zu euch zurückgelaufen kommen, sobald etwas schiefgeht."

„Aber wir sprechen hier nicht von irgendeinem Allerweltsproblemchen!", erinnerte ihr Vater sie.

„Ich weiß, aber ..."

„Immer, wenn ich an Grant denke und an das, was er dir alles angetan hat, dann sehe ich einfach rot! Wenn ich diesen Mistkerl jemals wiedersehe, dann bringe ich ihn um!", fuhr er ihr dazwischen.

Allmählich bekam Bethany Kopfschmerzen. „Dad, bitte. Ich habe euch nur angerufen, um euch zu informieren, was hier los war und dass es mir gut geht."

„Geht's dir wirklich gut, Bethany?", vergewisserte sich ihre Mutter, konnte aber die Sorge in ihrer Stimme nicht verbergen.

Bethany lächelte und blickte auf die umgeworfenen Möbel, den schmutzigen Teppich, die Verwüstung überall im Haus. „Natürlich, Mom", schwindelte sie. „Jetzt hört mal: Ich komme euch in den Frühlingsferien besuchen – egal, was passiert."

„Versprochen?"

„Versprochen!"

„Nun gut."

„Wiedersehen", sagte Bethany und lächelte traurig.

„Das war aber eine gute Geschichte", bemerkte Brett, sobald sie aufgelegt hatte.

„Das war keine Geschichte." Ohne weiter darauf einzugehen, rollte Bethany die Ärmel hoch und begann, die Möbel wieder aufzustellen. Während sie den Boden kehrte und staubsaugte, brachte Brett neue Schlösser an, trug den Müll nach draußen und baute das Bett zusammen.

„Was soll ich damit machen?", fragte er und deutete auf den ramponierten Weihnachtsbaum. Der Boden ringsum war übersät mit braunen Nadeln und abgebrochenen Zweigen.

„Ich nehme den Baumschmuck ab, und dann kannst du ihn rausbringen", sagte sie und schüttelte den Kopf beim Anblick der kleinen Tanne. „Das sorgt nicht gerade für weihnachtliche Stimmung, was?"

„Nein. Aber Weihnachten ist ja auch vorbei."

Seufzend nickte sie. „Das stimmt. Und ein neues Jahr hat begonnen. Hoffen wir nur, dass es besser als das letzte wird."

„Ich weiß ja nicht", sagte Brett gedehnt. „Ich finde, das letzte Jahr hatte durchaus auch ein paar gute Seiten." Mit einem äußerst anziehenden Lächeln auf den Lippen kam er zu ihr herüber und legte seine Arme um ihre Taille. Er zog sie an sich, neigte den Kopf und küsste sie. Sein Mund fühlte sich sanft und warm an.

„Was machst du denn da?“, flüsterte sie.

„Pscht …“ Mit beiden Händen strich er ihr über den Rücken, hielt sie fest in seinen starken Armen, um sie erneut zu küssen.

Mit einem Stöhnen ließ sie sich gegen ihn sinken. Für den Moment wollte sie einfach nur vergessen, dass er allzu bald wieder verschwinden würde – um Grants Fährte aufzunehmen.

Schon bald wurden die Zärtlichkeiten immer stürmischer. Mit zunehmender Begierde zog er sie enger an sich. Seine Lippen waren fordernd und hungrig zugleich. Unablässig streichelte er sie, und sein Kuss war so leidenschaftlich, dass er ihr den Atem raubte.

Unwillkürlich schlang sie die Arme um seinen Nacken. Kein Wort des Protestes kam über ihre Lippen, als er sie hochhob und ins Schlafzimmer trug. Auch wenn er sie getäuscht und benutzt hatte – es war ihr egal. Diese eine letzte Nacht wollte sie sich ihm mit Haut und Haaren hingeben.

Sachte legte er sie auf die Tagesdecke und entkleidete sie behutsam. Von dem dunkelblauen Untergrund hob sich ihre helle Haut noch deutlicher ab. Brett legte sich zu ihr auf das Bett. „Was soll ich nur mit dir machen?“, flüsterte er und strich zärtlich eine Locke von ihrer Wange.

Seine Berührung ließ Bethany erzittern. Tief blickte sie ihm in die Augen. „Das Gleiche habe ich mich auch gefragt.“

Er streichelte über ihre Schultern, dann langsam an ihrem Körper hinab, bis er seine Hand auf ihrer Taille ruhen ließ. „Ich habe niemals erwartet, noch einmal so etwas zu fühlen.“

„Noch einmal?“

„Das war vielleicht der falsche Ausdruck.“ Er sah in die dunklen Tiefen ihrer grüngoldenen Augen. „Nach Roberta …“

„Oh.“ Traurigkeit stahl sich in Bethanys Herz. „Deine Frau.“

„Ja.“ Einen Moment lang war sein Blick wie entrückt. „Nach ihrem Tod habe ich mir geschworen, dass ich mich nie mehr mit einer Frau einlassen würde. Dass ich mich nie mehr so einem Schmerz aussetzen würde.“ In seiner Miene spiegelte sich bei dieser Erinnerung seine Trauer wider. Er schloss die Augen und schüttelte den Kopf. „Das Schlimmste daran war, dass ich nichts tun konnte. Sie war allein, als es passierte. Ich war unterwegs und habe an einem Fall gearbeitet." Sein Blick verdunkelte sich. „Und dann wollte ich diesen Bastard, der das getan hat, aufspüren und zur Rechenschaft ziehen."

„Aber das hast du nicht?"

„Nein. Es gab nicht einmal ausreichend Hinweise, wer der Täter gewesen sein könnte."

„Trotzdem denkst du, dass es ein Unfall war, oder?"

„Ich hoffe doch. Ich hoffe nicht, dass es irgendein Kerl war, den ich ins Gefängnis geschickt habe. Der auf freien Fuß gesetzt wurde und sich dann an mir rächen wollte." Er ließ sich auf das Kissen zurückfallen und blickte starr an die Decke. „Es gab einfach keinen Anhaltspunkt."

Zögerlich berührte Bethany seine Wange. „Und seitdem fühlst du dich dafür verantwortlich, nicht wahr?"

Er zuckte mit den Schultern. „Ich weiß es nicht. Vielleicht", sagte er nachdenklich. „Als sie starb, habe ich mir jedenfalls geschworen, dass ich keine Frau mehr so nah an mich heranlasse." Er wandte seinen Blick von der Decke ab und sah ihr tief in die Augen. „Aber bei dir habe ich das getan." Seufzend strich er ihr mit der Hand über die Wange. „Ich hatte nicht geplant, mich in dich zu verlieben, Bethany, aber ich konnte einfach nicht anders."

„Soll ich mich jetzt besser fühlen?", fragte sie.

„Es ist einfach die Wahrheit." Er drehte sich zu ihr um und schlang die Arme um sie. „Ich wünschte nur, dass alles in meinem Leben so einfach wäre, wie dich zu lieben." Die Leidenschaft flammte erneut auf, als Brett sie innig küsste. Bethanys Herz raste.

Bedrückt schmiegte sie sich an ihn. Obgleich sie keinerlei Zweifel hatte, dass Brett sie liebte oder dass er es zumindest dachte – eines war ihr sehr wohl bewusst: Solange Grant, ob tot oder lebendig, nicht gefunden war, würde er immer zwischen ihnen stehen.

Brett lauschte Bethanys regelmäßigem Atmen und lächelte. Den Arm hatte er um ihre Schultern gelegt. Als er sie enger an sich zog, spürte er, wie sie sich neben ihm bewegte und sich an seine Brust schmiegte. Allein die Berührung ihrer Haare auf seiner nackten Haut reichte aus, um ein sinnliches Verlangen in ihm auszulösen.

Nun, da er wieder in Portland war, musste er Grants Fährte aufnehmen. Leider standen ihm kaum Hinweise zur Verfügung. Natürlich gab es da Karl Weathers' Angaben zu Mills' Aufenthaltsorten. Aber Karls Aussage erschien ihm ziemlich weit hergeholt – vermutlich hatte Karl sogar schlichtweg gelogen. Als mögliche Spuren blieben Brett dann noch Grants Pseudonym Howard Sparks und die Tatsache, dass Grant sich gerne draußen aufhielt als Bergsteiger und Rodeofan. Lauter Anhaltspunkte ohne jede Verbindung. Er schloss die Augen und überlegte noch einmal sorgfältig. Vielleicht ergab sich etwas, wenn er seine Informationen und das, was Greg Connelly herausgefunden hatte, überprüfte. Sein Freund Greg Connelly, der Privatdetektiv, hatte ja versprochen, sich den Fall mal anzusehen. Doch es war auch gut möglich, dass das alles zu nichts führte …

Er spähte auf die Uhr und verzog das Gesicht. Zehn nach sechs. Draußen hörte er die ersten Autos den Hügel hinunterfahren. Das Motorengeräusch brach störend die Stille. Bethany bewegte sich und seufzte an seiner Brust auf, bevor sie wieder einschlief. Brett drückte ihr einen Kuss aufs Haar und entspannte sich. Noch ein paar Minuten neben ihr im Bett liegen – dann würde er aufstehen und den Tag angehen.

„Ich gehe in die Schule, und damit basta!" Bethanys Augen funkelten vor Wut, als sie einen prüfenden Blick auf ihre Armbanduhr warf. Sie würde zu spät kommen! Seufzend zog sie ihre Stiefel an und schlüpfte in ihren Mantel. „Zweiundzwanzig Schüler, ein Rektor und zahllose Eltern erwarten von mir, dass ich komme!"

Brett setzte sich mit seiner Tasse Kaffee rittlings auf einen Küchenstuhl und beobachtete sie. „Was, wenn es nicht sicher ist?"

„Ich gehe bloß in die Johnson Elementary School – ich ziehe nicht in die Schlacht", betonte sie und setzte sich eine Mütze auf. „Hör mal, manche Menschen müssen für ihren Lebensunterhalt arbeiten gehen. Wenn du also freundlicherweise dein Auto zurücksetzen könntest, damit ich meines aus der Garage fahren kann …"

„Das gefällt mir gar nicht", murmelte er.

Lächelnd legte sie ihm die Hand auf die Schulter. „Ich weiß. Aber es sind schon weit mehr als zwei Wochen – unsere Abmachung ist längst abgelaufen. Erinnerst du dich? Ich bin es leid, mich ständig zu verstecken. Außerdem sind die Weihnachtsferien seit gestern zu Ende."

Mit widerwilliger Miene leerte er seine Tasse, stellte sie auf den Tisch und stand auf. „Okay. Mach, was du willst. Aber sei bitte vorsichtig."

„Und was machst du heute?"

Er spitzte die Lippen. „Ich habe auch einen Job zu erledigen."

Kurz glaubte Bethany, ihr Herz würde aussetzen. „Du … Bist du noch hier, wenn ich nach Hause komme?"

Einen Moment lang blickte er sie starr an und rieb sich das Kinn. „Das kommt darauf an."

„Worauf?"

„Auf das, was ich heute erfahre." Er griff nach seiner Jacke und zog sie über. „Ich muss mich mit ein paar Leuten unterhalten."

„Jim Benson?", fragte sie.

„Mit dem auch", gab er zu.

Bethany spürte einen Hauch von Enttäuschung in sich aufsteigen. „Ich nehme an, du wirst ihn nicht bitten, dich von diesem Fall abzuziehen."

„Das kann ich nicht."

„Kannst du nicht oder willst du nicht?"

Brett kniff die Augen zusammen, sodass seine Wangenknochen stärker hervortraten. „Ist es das, was du willst? Dass ich den Fall hinwerfe und Grant in Ruhe lasse?"

„Ich weiß es nicht, Brett", räumte sie ein. Sie war dieses ganze verdammte Durcheinander so leid! „Ich weiß es einfach nicht." Damit begab sie sich in die Garage.

Brett folgte ihr und schloss die Tür hinter sich. Bevor sie ins Auto einsteigen konnte, griff er nach ihrem Arm. „Du bist vorsichtig, okay?"

„Okay."

Er neigte den Kopf, küsste zum Abschied ganz sanft ihre Lippen und verließ die Garage. Im Rückspiegel beobachtete sie, wie er den Jeep anließ und rückwärts aus der Auffahrt fuhr.

„Er kommt zurück", beruhigte sie sich selbst. „Heute Abend kommst du nach Hause, und er wird hier auf dich warten." Trotzdem zitterten ihre Hände so stark, dass sie den Schlüssel nur mit Mühe in die Zündung stecken konnte. Nervös startete sie den Motor.

Eine halbe Stunde später betrat Bethany das Klassenzimmer. Mit einem Blick auf die Weihnachtsdeko an den Wänden entschied sie, sich sofort an die Arbeit zu machen. Hier in Portland musste sie wieder in die vertrauten Abläufe zurückfinden. Und Kinder zu unterrichten gehörte eben auch zu ihrem Alltag.

Je weniger sie an Weihnachten und an die Zeit dachte, die sie alleine mit Brett verbracht hatte, desto besser. Fast erschien es ihr, als hätte sie sich die Tage mit Brett in der schneebedeckten Wildnis nur eingebildet. Als wäre es jemand anderem passiert.

Hier war sie nun ... zurück in der Schule. Es war ganz alleine Bretts Sache, wofür er sich entschied. Obwohl sie ihn von ganzem Herzen liebte, wusste sie, dass ihre Zeit fast abgelaufen war. Sobald er Grant gefunden hätte – falls Grant wirklich noch lebte –, würde Brett verschwinden und sein Einsiedlerdasein in den nördlichen Kaskaden wieder aufnehmen.

Entschlossen legte sie Mütze und Mantel ab und hängte beides in den Schrank. Nachdem sie die Schuhe ausgezogen hatte, kletterte sie auf einen Tisch und begann, den Schmuck von der Wand zu nehmen. Die Weihnachtsdeko verstaute sie sorgfältig in zwei Kisten: In eine kamen die Weihnachtskränze, in die andere die Rentiere.

Als sie wieder aufblickte, sah sie, wie Marianne mit zwei Tassen Kaffee den Raum betrat.

„Bist du also am Ende doch noch zurückgekommen", sagte Marianne und grinste breit. „Lass Chris nur nicht sehen, dass du auf dem Tisch rumturnst! Der bekommt sonst noch einen Anfall. Gerade startet er nämlich einen großen Feldzug, um die Versicherungsprämien für die Schule zu senken." Sie lachte auf.

„Das ist ja schließlich seine Aufgabe."

„Lass es ihn nur nicht sehen", neckte Marianne sie.

„Werde ich nicht. Außerdem turne ich hier nicht. Ich hatte nur keine Zeit, die Leiter zu holen." Bethany sprang vom Tisch und griff nach der Tasse, die Marianne ihr reichte. „Danke. Den kann ich brauchen."

„Das dachte ich mir." Marianne lehnte sich gegen Bethanys Pult, und ihr Wollpullover spannte sich über ihrem runden Bauch. „Erzähl mal, was hast du in den Ferien gemacht?"

„Das würdest du mir sowieso nicht glauben", wiegelte Bethany ab.

„Probier's doch mal", beharrte sie.

Nach einem großen Schluck Kaffee blickte sie ihrer Freundin ins Gesicht und lächelte. „Also gut. Wie wär's damit? Würdest du glauben, dass ich entführt, in eine entlegene Hütte verschleppt und mit einem attraktiven, geheimnisvollen Fremden dort gefangen war, während ein Schneesturm über uns tobte?"

„Würde ich." Das neckische Funkeln verschwand aus Mariannes dunklen Augen.

„Ernsthaft?"

„Ich sollte wohl besser auspacken", erwiderte Marianne und drehte ihre Tasse nervös in den Händen. „Nachdem du unser Fest verlassen hattest, habe ich mir große Sorgen um dich gemacht. Schließlich hast du nicht so ausgesehen, als würdest du dich freuen, dass Brent oder wie er auch heißt ..."

„Brett."

„Richtig. Dass er aufgetaucht ist. Jack meinte zwar, dass ich mich lächerlich mache, aber ich konnte nicht anders. Also habe ich ein paar Tage lang versucht, dich zu erreichen. Aber du bist nie rangegangen. Da ich von Natur aus neugierig bin und besorgt war, fuhr ich zu dir nach Hause. Dort haben mich dann ein paar Polizisten begrüßt und mich höflich, aber nachdrücklich abgewiesen. Als ich fragte, wo du denn seist, sagten sie nur, dass es dir gut ginge. Dann traf ich zufällig dieses kleine Mädchen ... Janey?"

„Jenny", korrigierte Bethany, die immer erstaunter zuhörte. Sie hatte gar nicht mehr an die Polizisten oder ihre Nachbarn gedacht. Geschweige denn an das, was die kleine Jenny wohl über ihr zertrümmertes Haus und ihr übereiltes Verschwinden denken könnte.

„So hieß sie. Ja. Sie war krank vor Sorge um dich und einen kleinen Welpen namens ..." Hilflos fuchtelte Marianne mit den Händen. „Ach, ich hab's vergessen."

„Winston." Bethany quetschte sich in einen der kleinen Stühle und nippte an ihrem Kaffee. „Ich hätte mit Jenny reden sollen, bevor ich verschwunden bin."

Marianne nickte. „Jedenfalls habe ich anschließend mit der Mutter der Kleinen gesprochen."

„Und?"

„Wir haben nur festgestellt, dass wir beide nicht wussten, wo du warst. Ich habe sogar kurz überlegt, ob ich einfach deine Eltern anrufen soll. Die Nummer hätte ich ja hier in der Personalakte nachsehen können. Ich habe es dann aber doch nicht getan, um sie nicht zu beunruhigen."

„Was sicherlich passiert wäre", stimmte Bethany zu und überlegte, dass ihr Leben ein einziges Durcheinander war. Wie hatte sie je glauben können, dass sie einfach nach Hause kommen und so tun könne, als sei nichts gewesen? Alles, wirklich alles, war plötzlich auf den Kopf gestellt – und Brett trug die Schuld daran. Na ja, Brett, Jim Benson, die First Security und natürlich Grant. Bethany zwang sich, mit ihrer Arbeit fortzufahren. In weniger als zwanzig Minuten würde es in diesem Zimmer nur so von überdrehten Fünf- und Sechsjährigen wimmeln.

„Ich wollte deine Familie nicht mit schlechten Nachrichten erschrecken“, sagte Marianne, „aber ich war ehrlich beunruhigt.“

„Ich weiß. Ich hätte anrufen sollen, aber es war kein Telefon in der Nähe. Es ist eine lange und komplizierte Geschichte. Aber jetzt bin ich ja zurück. Beizeiten würde ich dir die Geschichte gerne erzählen.“

„Jederzeit“, erwiderte Marianne und wandte sich zur Tür.

„Komm nach dem Unterricht wieder, ja?“

„Mach ich. Ach ... Bethany?“

„Ja?“

Marianne zögerte, fühlte sich sichtlich unwohl. Aber schließlich überwand sie ihr Unbehagen und rief: „Zur Hölle damit!“ Sie öffnete ihre Handtasche und reichte Bethany daraus einen zerknitterten Zeitungsausschnitt. „Jack liest wirklich jede Seite der Zeitung“, versuchte sie zu erklären. „Er hat das hier gesehen und dachte, dass es vielleicht mit dir und deinem Verschwinden zusammenhängt.“ Marianne setzte sich auf einen der kleinen Tische.

Starr blickte Bethany auf das Papierstück in ihrer Hand. Es war ein Artikel über die Gefangennahme von Karl Weathers. Der Ausschnitt informierte darüber, dass Brett Hanson, ein Privatdetektiv, und die Frau des mutmaßlichen Verbrechers Grant Mills’ daran beteiligt waren, Karl Weathers der Polizei auszuliefern.

„Toll“, flüsterte Bethany, der alle Farbe aus dem Gesicht gewichen war. Sie zerknüllte den Bericht in ihrer Hand und sah in Mariannes besorgtes Gesicht. „Dann kann ich wohl annehmen, dass unser Rektor das hier auch gesehen hat?“

„Vermutlich ja. Aber Chris hat mir gegenüber nichts erwähnt.“

„Na wunderbar!“, murmelte Bethany. In dem Augenblick strömten die ersten Schüler unter aufgeregtem Geschnatter ins Klassenzimmer.

Greg Connellys Lebensumstände hatten sich offenbar verschlechtert. Brett sah sich in dem alten Haus um, als er an die schäbige Tür des Apartments klopfte. Nur eine einzelne Glühbirne, die nackt vom Draht baumelte, beleuchtete den Außenkorridor. Von den Wänden blätterte die Farbe ab.

Er klopfte erneut, dieses Mal allerdings energischer.

„Immer langsam mit den jungen Pferden! Ich komme ja schon!“

Ein paar Sekunden später wurde die Tür geöffnet. Brett hätte Greg beinahe nicht wiedererkannt: Die Augen waren blutunterlaufen, sein dichtes grau meliertes Haar zottig und ungekämmt. Einst war Greg einer der besten Detektive Portlands gewesen. Doch seit seine Frau und sein Kind vor ein paar Jahren ums Leben gekommen waren, hatte Greg, der sich die Schuld daran gab, den Schmerz mit Alkohol betäubt – und sein ganzes Leben zerstört.

„Guten Morgen", grüßte Brett gedehnt. Greg ging zur Seite und bedeutete ihm mit einer einladenden Handbewegung, einzutreten.

„Ist er das?"

Das Apartment war nur etwas besser als eine Bruchbude: drei Zimmer mit schmuddeligen grünen Wänden, rissigen Linoleumböden und spärlichen, dick gepolsterten Sitzgelegenheiten, die vor Abnutzung schon glänzten und voller Flecken waren.

„Mann, du stehst ja mit den Hühnern auf", sagte Greg und goss ihnen Kaffee ein. Er trug ausgeblichene Jeans und ein zerknittertes T-Shirt sowie Slipper ohne Socken. Nachdem er den Blechtopf wieder auf den Herd gestellt hatte, strich er sich das ergraute Haar aus den Augen.

„Ich fange eben gerne früh an."

Greg gab einen missmutigen Ton von sich. „Weißt du denn nicht, dass der Tag nicht vor elf Uhr beginnt?", erkundigte er sich. „Wie trinkst du deinen Kaffee?"

„Schwarz."

„Gut. Ich habe sowieso keinen Zucker, und die Milch ist sauer." Als Greg nun zynisch grinste, schien ihn das so sehr anzustrengen, dass er sich abstützen musste. Er stellte Bretts Tasse auf den verschrammten Tisch und hievte sich selbst auf den Tresen, während Brett auf dem einzigen Stuhl Platz nahm. „Du willst wohl wissen, was ich über Grant Mills herausbekommen habe."

Brett lehnte sich zurück und nahm einen Schluck vom bitteren Kaffee. „Richtig. Also, was hast du in Erfahrung gebracht?"

„Nicht viel. Von der Polizei habe ich erfahren, dass Karl Weathers das Haus von Mills' Frau verwüstet hat."

„Exfrau", verbesserte Brett ihn.

Gleichgültig hob Greg die Schultern. „Wie auch immer. Jedenfalls konnte die Polizei im Haus ein paar Fingerabdrücke sicherstellen. Also fing ich an, nach Karl zu suchen."

„Dabei hast du herausgefunden, dass er schon in Gewahrsam ist."

„Richtig. Du bist mir zuvorgekommen." Greg grinste. „Schon wieder."

„Was hast du noch?"

„Ich habe Karls Geschichte überprüft. Es scheint so, als sagte er die Wahrheit. Mills wurde tatsächlich in Vancouver, an der Westküste der kanadischen Provinz British Columbia, gesichtet. Dort konnte er einige Pfandbriefe veräußern, bevor er den Weg in den Süden aufnahm. Als Nächstes wurde er in Seattle gesehen und dann in der Nähe von Lake Shasta in Kalifornien. Der alte Junge scheint ganz schön herumzukommen."

Brett erwiderte Gregs Blick. „Sag mir etwas, das ich noch nicht weiß."

„Der letzte Ort, an dem Grant Mills gesehen worden sein soll, war Redding in Kalifornien."

„Wann?"

„Letzte Woche. Und zwar bevor die Neuigkeiten über Karl die Runde machten."

„Bist du dir sicher?"

„So sicher man sein kann. Ich habe einen … ‚Freund' beim FBI."

„So eine Information weiterzugeben könnte ihn seinen Job kosten", dachte Brett laut, während er seinen Freund eingehend musterte.

„So läuft dieses Spiel eben. Das weißt du so gut wie ich. Eine Hand wäscht die andere." Greg glitt vom Küchentresen und rieb sich die schmerzenden Muskeln. „Wir haben eine Abmachung. Ich helfe ihm, und wenn ich Hilfe brauche, hilft er mir."

„Du bist ein Informant?"

Greg schnaubte. „Sagen wir, ein bezahlter Informationssammler. Natürlich inoffiziell."

„Natürlich", murmelte Brett. „Wie praktisch."

„Das ist es manchmal."

„Wieso hat das FBI Mills dann noch nicht festgenommen?"

„Der Teufel entwischt uns immer wieder."

„Benutzt er einen Decknamen?"

„Keine Ahnung."

„Was ist mit dem Namen Howard Sparks? Sagt er dir etwas?"

Greg schüttelte den Kopf. „Sollte er das?"

Mit der Hand fuhr sich Brett über den Nacken. „Ich weiß nicht", entgegnete er und klang dabei sehr müde. „Aber vielleicht …" In seinem Kopf begann es zu arbeiten.

Nachdem Greg sich eine weitere Tasse Kaffee eingeschenkt hatte, holte er eine Flasche Whiskey aus einem der Schränke über dem fettverschmierten Herd hervor. Er schwenkte die Flasche in Bretts Richtung. „Willst du auch einen?", fragte er und gab sich einen ordentlichen Schuss in den Kaffee.

„Zu früh."

„Niemals."

„Vielleicht nächstes Mal." Brett stand auf und wandte sich zum Gehen. „Vielen Dank für deine Hilfe."

„Du musst dich nicht bedanken. Vergiss nur nicht, dass wir jetzt quitt sind."

„Wenn ich Mills wegen deiner Informationen finde, dann schulde ich dir etwas", erwiderte Brett und hielt schon die Türklinke in der Hand.

Ein schiefes Lächeln zeigte sich auf Gregs Gesicht. „Das höre ich doch gerne. Vielleicht bist du ja an einer Partnerschaft interessiert?"

„Mit dir?"

„Wieso nicht?"

Brett warf einen abschätzigen Blick auf die Flasche. „Im Augenblick nicht. Ich bin ausgestiegen."

„Aber klar doch. Deshalb wolltest du auch Auskünfte über Mills", spöttelte Greg, lächelte seinen Freund aber an. „Na, mach schon, raus hier."

„Wir sehen uns."

„Ja."

„Und Greg?"

„Was denn?"

„Pass auf dich auf."

„Das mach ich immer", gab Greg zurück und hob zum Abschied seine Tasse.

Brett stieg die Treppe hinunter und trat nach draußen. Regen trommelte auf Portlands Straßen, und in den Rinnsteinen hatten sich kleine Bäche gebildet. Gegen den Wind und die Feuchtigkeit konnte er seinen Kragen hochschlagen. Doch für Greg konnte er nicht viel tun: Frau und Kind zu verlieren war unglaublich schwer. Brett hatte sein eigenes Leben beinahe aufgegeben, als Roberta umgekommen war. Glücklicherweise hatte er es aber wieder in den Griff bekommen. Doch Greg hatte nicht so viel Glück gehabt.

Er überquerte die Straße, sprang in seinen Jeep und entschied sich, direkt zum Flughafen zu fahren. Je schneller er Mills aufspürte und seine Schulden bei der First Security beglich, desto früher konnte er zu Bethany zurückkehren, ohne dass noch ein Hindernis zwischen ihnen stand. Er hielt an der nächsten Telefonzelle und rief in der Schule an. Da Bethany noch im Unterricht war, hinterließ er bei der Sekretärin eine Nachricht für sie.

Im Stillen ärgerte er sich darüber, sie nicht persönlich erreicht zu haben, kletterte in seinen Jeep und fuhr zum Internationalen Flughafen Portland. Er hoffte, er würde noch an diesem Nachmittag einen Flug nach Nord-Kalifornien bekommen. Mit finsterem Blick betrachtete er seine gepackte Tasche auf dem Rücksitz und widmete dann seine Aufmerksamkeit wieder der Straße.

Bethany war todmüde, als sie endlich nach Hause kam. Erste Schultage waren immer besonders anstrengend. Aber abgesehen von einem hektischen Unterrichtstag, hatte sie sich auch vor dem Rektor der Schule, Chris Bingham, rechtfertigen müssen. Und anschließend hatte sie Marianne ihre Geschichte erzählen müssen.

Zum Glück hatte der Rektor Verständnis gezeigt und ihr Grants Verbrechen nicht zur Last gelegt.

Marianne jedoch war entsetzt gewesen. „Dann arbeitet Brett für die Bank, die deine Eltern belästigt hat?“

„Ich fürchte, ja.“

„Und du vertraust ihm immer noch?“, hatte Marianne ganz ungläubig gefragt.

„Ich weiß es nicht“, hatte Bethany erwidert.

Mariannes Blick war traurig und mitfühlend gewesen, als sie nachgehakt hatte: „Aber du liebst ihn, oder nicht?“

„Ja“, hatte Bethany reumütig zugegeben.

„Pass aber auf dich auf, okay?“

„Werde ich.“ Marianne hatte besorgt mit dem Kopf geschüttelt, als Bethany ihre Freundin mit diesem Versprechen zurückgelassen hatte.

Als sie nun das Auto in ihrer Garage abstellte, fühlte sie sich innerlich ausgelaugt. Im Haus suchte sie sofort nach einer Nachricht von Brett – und wusste doch von vornherein, dass sie keine finden würde.

Er war gegangen, weit weg, und jagte hinter dem Phantom ihres Exmanns her.

Ihr war der Appetit vergangen, also machte sie sich lediglich eine Tasse heißen Tee. Nachdem sie Winston gefüttert hatte, ging sie hinüber zu Jennys Haus. Das kleine Mädchen radelte draußen auf ihrem Dreirad. Als sie aufblickte und Bethany und Winston erblickte, erstrahlte ihr Gesichtchen. „Bethany, wo warst du denn?“, konnte sie gerade noch fragen, bevor Winston auf sie zuschoss und sie abschleckte.

Bethany brauchte gar nicht mehr zu antworten, denn der Hund nahm Jennys volle Aufmerksamkeit in Anspruch. Die Kleine kicherte und versuchte, den flinken Welpen zu fassen zu bekommen. Zunächst kreiste Winston bellend auf dem nassen Asphalt um die eigene Achse, bevor er dann durch die Pfützen tollte und aufgeregt kläffte, wenn Jenny ihn beinahe erwischt hatte. Trotz ihrer Sorgen musste Bethany einfach lachen.

„Was ist denn hier draußen los?“, fragte Jennys Mutter Linda Porter, als sie den Kopf zur Tür herausstreckte. „Oh, Bethany! Gott sei Dank, dir geht es gut! Wo hast du nur gesteckt?“

„Ich war verreist.“

„Das habe ich mir gedacht.“

Jenny blieb neben Bethany stehen und schaute neugierig zu ihr auf. „Ich habe Polizisten sehen.“

„Gesehen“, korrigierte ihre Mutter.

„Ja, ich weiß“, bestätigte Bethany und zwinkerte ihrer kleinen Freundin zu. „Ich hatte ein kleines bisschen Ärger, bevor ich gegangen bin. Jemand hat eingebrochen und das Haus verwüstet.“

Linda schnalzte mit der Zunge und seufzte. „Willst du hereinkommen und darüber reden?“, bot sie an. „Joey kommt erst in einer halben Stunde vom Basketballtraining nach Hause. Ich habe eben Russischen Tee aufgesetzt. Wie wär’s mit einer Tasse?“

„Sehr gerne“, nahm Bethany die Einladung an.

Während Jenny mit Winston spielte, saß Bethany am unaufgeräumten Küchentisch, nippte an dem heißen Tee und erzählte Linda von ihrem Exmann und der Veruntreuung. Sie erklärte außerdem, dass Brett als Privatdetektiv der First Security Bank versuchte, Grant zu finden. Sobald sie mit ihrer Geschichte geendet hatte, blickte sie gedankenverloren in den Bodensatz ihres Tees.

Linda ließ einen langen leisen Pfiff hören. „Dann warst du mit *dem* Grant Mills verheiratet?"

„Ja."

„Ich hätte euch beide nie miteinander in Verbindung gebracht."

„Als ich von Boise nach Portland gezogen bin, habe ich versucht, alle Verbindungen mit meiner Vergangenheit zu kappen. Außer natürlich die zu meinen Eltern. Aber es hat nicht wirklich funktioniert, oder?"

„Irgendwie nicht."

Bethany lehnte sich zurück und stellte ihre Tasse auf den Tisch. „Es ist ja auch nicht von Bedeutung. Nicht mehr. Ich habe mich entschlossen, mich nicht mehr vor meiner Vergangenheit zu verstecken."

„So ist es gut!", rief Linda erfreut.

„Aber jetzt sollte ich besser nach Hause gehen", sagte Bethany, gerade als Joey, vom Training schweißgebadet, zur Haustür hereingeplatzt kam und auf seine Mutter einzureden begann. Währenddessen lief er schon auf den Kühlschrank zu, öffnete ihn und nahm sich einen Apfel.

„Ich bin am Verhungern, Mom!", beklagte er sich. Bethany fand selbst nach draußen – und musste immerzu überlegen, wo Brett nur steckte.

Brett knallte den Hörer auf das Telefon, schnappte seine Tasche und rannte quer durch die Flughafenhalle zu seinem wartenden Flieger. Den ganzen Nachmittag über hatte er bei Bethany angerufen, hatte sie aber nicht erreichen können. Mit einem Blick auf seine Armbanduhr drosselte er sein Tempo. Nachdem die Flugbegleiterin sein Ticket und seine Bordkarte überprüft hatte, bahnte er sich den Weg auf den ihm zugewiesenen Platz.

Das Flugzeug nahm Geschwindigkeit auf, und das Terminalgebäude Portlands zog an ihm vorbei. Brett blickte starr nach vorne auf den kahlen Kopf seines Vordermannes. Tiefe Furchen gruben sich um seine Mundwinkel, als er daran dachte, dass es Tage, ja vielleicht sogar Wochen dauern konnte, bis er Bethany wiedersah.

12. KAPITEL

Einige Tage hörte Bethany nichts von Brett. Marianne hatte ihr zwar mitgeteilt, dass für sie ein Mann am ersten Schultag nach den Ferien mehrere Male angerufen hatte. Allerdings hatte er keinen Namen hinterlassen. Bethany konnte also nur annehmen, dass der Anrufer Brett gewesen war.

Sie machte sich große Sorgen um ihn – und sagte sich gleichzeitig, wie dumm es von ihr war, das zu tun. Also vergrub sie sich in die Arbeit und hoffte, dass es sie wie früher ablenken würde, eifrige Kinder zu unterrichten. Aber trotzdem kehrten auch während des Schultages ihre Gedanken immer wieder zu Brett zurück.

Nach einem besonders harten Tag beobachtete sie, wie der letzte Schüler in den Bus stieg, und lehnte sich erschöpft gegen die Wand. Gerade in diesem Augenblick kam Marianne zur Tür herein. „Es wird gemunkelt, dass du dich selbst fertigmachst", erklärte sie und betrachtete kritisch die dunklen Ringe unter Bethanys Augen.

Seufzend schüttelte diese den Kopf. „Nein. Aber ich habe irgendwie Schwierigkeiten, mich in den Alltag einzufinden."

„Du verzehrst dich aber nicht vor Kummer wegen Brett?"

„Quatsch!", entgegnete sie scharf. Sie blies sich eine Haarsträhne aus dem Gesicht, bevor sie dem Blick ihrer Freundin begegnete. „Also gut, dann verzehre ich mich eben", gab sie unumwunden zu. „Wem versuche ich etwas vorzumachen?"

„Mir nicht."

Bethany brachte ein kleines Lächeln zustande. „Das könnte ich gar nicht, selbst wenn ich wollte."

„Ach, ich weiß nicht", gestand Marianne. „Ich bin eigentlich leicht zu überzeugen. Jack sagt, ich gebe schnell nach."

Bethany setzte sich auf einen der Tische und beobachtete den Goldfisch im Aquarium. Sie seufzte tief. „Das tue ich auch ... Leicht nachgeben. Zumindest bei den falschen Männern."

„Jeder hat das Recht, einen Fehler zu begehen."

„Schon, aber gleich zwei?"

„Hey, mach dich selbst doch nicht so fertig. Außerdem weißt du nicht, ob Brett wirklich durch und durch schlecht ist", gab Marianne zu bedenken.

„Ich dachte, du verurteilst ihn?"

„Ich doch nicht!“, erwiderte sie empört. „Habe nicht ich dir gesagt, was für ein Adonis er ist?“

„Aber du hast mir doch den Zeitungsausschnitt gebracht.“

„Ich weiß. Aber ich habe mich geirrt. Als ich darüber nachgedacht habe, fiel mir ein, wie er dich auf der Weihnachtsfeier angesehen hat.“

„Ach, und wie hat er mich angesehen?“

„So, als würde er jedem Mann eine Tracht Prügel verpassen, der dich auch nur ein zweites Mal ansieht.“

„Ich weiß nicht recht.“

Marianne legte die Hand auf Bethanys Arm. „Hör mal. Ich weiß, du denkst, dass er dich nur benutzt hat. Aber es besteht ebenso die Möglichkeit, dass er das nicht getan hat.“

„Das ist ja das Problem, nicht wahr?“ Bethany spitzte die Lippen. „Ich weiß nichts über ihn – außer natürlich den Dingen, die er mir selbst erzählt hat.“ Trotzig hob sie das Kinn und straffte die Schultern. „Soweit ich weiß, kann das alles genauso gut ein Haufen Lügen gewesen sein, damit ich ihm helfe.“

„Das glaubst du doch nicht ernsthaft“, widersprach Marianne.

„Ich *will* es nicht glauben.“

„Dann tu es nicht. Du weißt doch: im Zweifel für den Angeklagten.“

Bethany lächelte. „Ist das dein Rat?“

„Da kannst du sicher sein. Aber frag mich jetzt nicht, was Jack dir empfehlen würde.“

„Weshalb denn nicht?“

„Er würde dir raten, diesen Idioten einfach zu vergessen.“

„Darum muss ich mir keine Sorgen machen“, sagte Bethany und griff in den Schrank nach ihrem Mantel. „Er ist schon weg.“

„Vielleicht arbeitet er ja.“

Bethany wickelte den Schal um ihren Hals und hob ungerührt die Schultern. „Stimmt. Vielleicht hat er aber auch Zweifel. Oder vielleicht hat er ja – Gott behüte – Grant gefunden.“

„Glaubst du denn wirklich, dass er noch lebt?“

„Karl Weathers glaubt es zumindest“, flüsterte Bethany und erschauerte.

„Dann wird Brett ihn finden“, prophezeite Marianne.

„Aber wie? Das FBI sucht nach ihm und ein halbes Dutzend weitere Polizeibehörden. Ich weiß nicht, weshalb Brett denkt, dass er mehr Erfolg haben wird.“

Marianne hakte sich bei Bethany unter. „Mach dir nur keinen Kopf. Es wird alles gut ausgehen. Das ist immer so."

Müde lächelnd verließ Bethany das Zimmer. *Wenn alles so gut war, wo war dann Brett?*

Brett ließ den Blick durch die Frontscheibe des Hubschraubers schweifen. Weit unter ihm lag das, was von Jake Weathers' Flugzeug noch übrig geblieben war. Schnee und abgebrochene Äste bedeckten mittlerweile die Trümmer. Rumpfstücke lagen zwischen den gewaltigen Kiefern verstreut. Verrostetes, verbogenes Metall ragte empor und funkelte in den Strahlen der hellen Wintersonne.

„Das ist alles?", rief Brett gegen den Lärm der schwirrenden Rotorblätter.

„Ja. Der ganze Rest", entgegnete der Pilot Rich Leland, den Brett für den Flug angeheuert hatte.

„Können wir näher ran?"

„Vielleicht." Der Pilot betätigte den Steuerknüppel, und der Hubschrauber senkte sich über die Bäume, bevor er in etwa dreißig Metern Höhe über dem Boden im Schwebeflug verharrte. „Zu gefährlich, noch tiefer zu gehen", erklärte Rich. „Außerdem gibt's da unten nicht viel zu sehen. Die Polizei hat die Leichen und die gesamte persönliche Habe sichergestellt. Und alles Weitere, was ihrer Meinung nach bei der Identifizierung helfen könnte. Es stellte sich heraus, dass es Weathers und diese Henshaw waren. Aber das wissen Sie schon, nicht wahr?"

„Ich habe so etwas gehört. Besteht eine Möglichkeit, hier irgendwo zu landen?"

Der Pilot schüttelte den Kopf. „Nicht zu dieser Jahreszeit. Sie könnten sich höchstens einen Hundeschlitten mieten – allerdings gibt es davon nicht so viele in diesem Teil Kaliforniens", fügte er lächelnd hinzu.

„Wohl eher nicht."

„Im Frühling könnten Sie hinaufklettern, aber im Moment ist das Wetter einfach zu unberechenbar." Er schwang den Hubschrauber herum, um noch einmal über die einsamen Felsen und Schluchten zu fliegen. „Möchten Sie noch etwas anderes sehen?"

„Nein. Das sollte reichen", erwiderte Brett und warf erneut einen Blick auf den Absturzort. Bei dem Bild des schneebedeckten Wracks wurde ihm flau im Magen. Mit einem Mal überkam ihn der gleiche Schrecken, den er schon mehrere Male gespürt hatte, seit er Bethany verlassen hatte. Das Gefühl, dass er mit seinem Weggang einen großen Fehler begangen hatte – und dass ihr etwas zustoßen würde.

Während Rich den Hubschrauber zurück zum Flughafen steuerte, lehnte er sich in seinem Sitz zurück.

Seit seiner Ankunft in Kalifornien hatten sämtliche Spuren, die Brett verfolgt hatte, in Sackgassen geführt. Falls Grant in Lake Shasta gewesen war, dann musste er den Ort mit den Touristen zusammen verlassen haben. Und somit stand Brett wieder am Anfang.

Nachdem der Pilot gelandet war, reichte Brett ihm eine Hundertdollarnote und begab sich auf den Weg zu seinem Mietwagen. Gedankenverloren fuhr er auf direktem Weg zu seinem kleinen Motel. In seinem Zimmer entledigte er sich seiner Jacke und seiner Schuhe, warf sich aufs Bett und griff nach dem Telefon.

Bethany stand unter der Dusche, als sie es klingeln hörte. Tropfnass schnappte sie sich ein Handtuch, schlang es um sich und lief ins Schlafzimmer. Fröstelnd hob sie den Hörer ab.

„Bethany?"

„Brett! Wo bist du?", fragte sie, und plötzlich breitete sich eine wohlige Wärme in ihr aus. Ungewollt schossen ihr Tränen in die Augen. Ihr Herz klopfte wild und aufgeregt.

„In Lake Shasta."

„Und?"

„Kein Glück. Keine Spur von Grant."

„Vielleicht hat Karl sich geirrt", gab sie zu bedenken. Sie kniete sich auf ihr Bett und zog sich die Decke bis unters Kinn.

„Ich habe versucht, dich zu erreichen", erklärte er. „Aber die Schulsekretärin wollte dich nicht im Unterricht stören."

Bethany lehnte sich in die Kissen zurück und lächelte. „Ich kann es ihr nicht verdenken. Das ist schließlich meine Arbeit."

„Ich habe seitdem mehrmals angerufen, bin aber nie durchgekommen. Ist bei dir alles in Ordnung?"

„Alles wunderbar", schwindelte sie.

„Bist du sicher?", hakte er nach.

Eigentlich wollte sie ihm sagen, wie sehr sie ihn vermisste, wie leer das Haus ohne ihn wirkte. Aber sie konnte es nicht – ihr Stolz hielt sie davon ab. „Was sollte denn nicht in Ordnung sein?“, gab sie zurück und schaffte es sogar, fröhlich zu klingen. „Nur, weil du noch nicht einmal eine Nachricht hinterlassen hast?“

„Du bist wütend.“

„Eigentlich nicht.“ Verletzt vielleicht. Wütend? Na ja, ein bisschen schon. Trotzdem war sie erleichtert, dass sie endlich von ihm hörte.

„Gut. Hör zu. Ich fahre jetzt nach Idaho und erstatte Benson Bericht, dann komme ich zurück nach Portland.“

„Wann?“, fragte Bethany und hatte gehofft, locker zu klingen. Doch selbst sie hörte den atemlosen Unterton in ihrer Stimme.

„In ein paar Tagen. Spätestens in einer Woche. Bist du sicher, dass du okay bist?“

„Natürlich bin ich das. Ich habe fast ein Jahr lang hier alleine gelebt. Ich glaube, ich werde es ein paar Tage länger aushalten.“

„In Ordnung. Wir sehen uns bald.“

„Gut.“

Als sie hörte, wie er auflegte, verdrängte die Vernunft sehr schnell ihre überschwänglichen Gefühle. Sie hatte sich wie ein Trottel verhalten, wie ein Dummkopf. Bloß wegen seiner Rückkehr nach Portland hatte sie sich wie ein Schulmädchen verhalten, das ihr erstes Date kaum erwarten kann. „Du bist eine Närrin“, tadelte sie sich und marschierte entschlossen ins Badezimmer zurück.

Während sie sich die Haare trocken rubbelte, machte sie sich schwere Vorwürfe. „Du verdienst es, auf die falschen Männer hereinzufallen“, schalt sie ihr Spiegelbild. „Du lässt ja auch zu, dass sie dich schikanieren! Oh, Bethany, ich hoffe, du lernst es eines Tages!“

Dennoch konnte sie ein Lächeln nicht unterdrücken. Oder ihre geröteten Wangen verbergen. Brett würde zurückkommen!

In der Empfangshalle der First Security Bank in Boise wartete Brett auf den Fahrstuhl. Die Lobby war überfüllt und der Lärmpegel dementsprechend hoch: lebhaftes Stimmengewirr, klappernde Schreibmaschinen, summende Computer und Schritte, die auf dem polierten Fußboden klackerten.

Als sich die Türen des Aufzugs leise öffneten, trat er ein und drückte den Knopf für die sechste Etage, wo sich die Büros der Geschäftsleitung befanden. Jim Benson erwartete ihn eigentlich nicht, aber Brett kümmerte das wenig. Nach zwei Wochen, in denen er ausschließlich

Spuren nachgegangen war, die sich als falsche Fährten erwiesen hatten, wollte er raus aus der Vereinbarung.

Mittlerweile könnte Grant Mills längst außer Landes sein – und selbst das wäre Brett herzlich egal gewesen. Er wollte nur zurück nach Portland und zu Bethany. Ihr Leben und ihr Glück waren wichtiger als alles andere. Einschließlich des Landes seiner Mutter.

Der Lift kam summend zum Stehen, und Brett lief über den dicken Teppich zum Empfang. Er trug Jims Sekretärin sein Anliegen vor und wartete, während sie ihren Chef über die Gegensprechanlage informierte.

An ein kostbares Bücherregal aus Mahagoni gelehnt, beobachtete Brett, wie sich am unteren Ende des Flurs eine Tür öffnete und Harry in seinem makellos sitzenden Anzug zu Jims Büro hastete.

Als er seinen Stiefbruder entdeckte, blieb er wie angewurzelt stehen. „Brett?", fragte er ungläubig und bedachte Bretts Garderobe mit einem verächtlichen Blick. „Was zum Teufel machst du denn hier? Ich dachte, du suchst nach Mills."

„Das habe ich."

„Dann hast du ihn also gefunden?" Harry wirkte erleichtert. Sein dünner Oberlippenbart hörte auf zu zucken.

Bretts Lippen verzogen sich zu einem freundlichen Lächeln. „Nein. Ich dachte einfach, ich komme mal vorbei und spendiere dir ein Bierchen."

„Du hast was?" Für einen Moment fiel Harrys Fassade, und er grinste. Dann fiel ihm wieder ein, wo er sich befand. „Warte mal! Wieso bist du hier? Und spar dir das Lügenmärchen von einem Bier …"

„Brett!" Jim Benson kam aus seinem Büro, ging auf Brett zu und umfasste mit großer Geste seine Hand.

Als wäre der verlorene Sohn in den Schoß der Familie zurückgekehrt, dachte Brett säuerlich.

„Was für eine Überraschung! Komm in mein Büro … Äh, du auch, Harry." Mit diesen Worten wandte er sich seiner Sekretärin zu. „Gloria, würden Sie uns bitte Kaffee bringen?"

„Selbstverständlich."

„Nur herein", drängte er mit einem breiten Lächeln auf dem Gesicht und dirigierte die beiden jüngeren Männer in sein Büro. Zwei Wände in dem edel eingerichteten Eckzimmer waren komplett aus Glas. Daraus bot sich ein eindrucksvoller Panoramablick über die Stadt Boise.

Baumkronen und Hochhäuser, Kirchtürme und Mehrfamilienhäuser hoben sich von den stahlgrauen Wolken im Hintergrund ab.

„Nehmt Platz", forderte Jim die beiden auf.

Brett ließ sich in einen mit Leder bezogenen Chromstuhl vor dem Schreibtisch fallen.

Es klopfte leise an der Tür. Gloria trug ein Tablett mit Kaffee herein. Für Jim gab sie die richtige Menge Zucker und Sahne hinein, bevor sie ihm das Getränk reichte. Anschließend bot sie auch den jüngeren Männern eine Tasse an.

Nachdem Gloria den Raum verlassen hatte, nahm Jim seine Brille ab und lehnte sich zurück. An seinem Kaffee nippend, ließ er seinen kalten, aber interessierten Blick auf seinem Stiefsohn ruhen. „Ich nehme an, du bist hier, um mir zu sagen, dass du Mills aufgespürt hast", brach er nach einer Weile das Schweigen.

Brett schüttelte den Kopf. „Ich glaube, er hat das Land verlassen."

Jim erblasste einen kurzen Moment lang, gewann aber schnell die Fassung wieder. „Dann verfolge ihn!"

„Ich kann nicht, er ist verschwunden."

„Aber ..."

„Ich habe noch mal mit Karl Weathers gesprochen, aber nichts Neues erfahren. Ich habe Mills' Spur verfolgt: von Vancouver in Kanada südlich über Oregon und Washingtons Küste, dann nach Lake Shasta und schließlich nach Redding."

„Und was hast du gefunden?"

„Nicht mehr als die Polizei und das FBI. Ich war überall, wo er Pfandbriefe veräußert hat, aber sonst hat sich absolut nichts ergeben. Ich habe mit ein paar Leuten gesprochen, die ihn gesehen haben, oder besser, die dachten, sie hätten ihn gesehen. Alle haben das Gleiche gesagt: dass er müde und verhärmt aussieht, zu viel Bier trinkt und sich ständig umsieht."

„Das sollte er auch!", murmelte Jim. Vor Ärger schoss ihm die Röte in die Wangen. „Was willst du dagegen unternehmen?"

„Nichts."

„Was zum Teufel ..."

Ruhig legte Brett einen großen Umschlag auf Jims Schreibtisch. „Hier ist ein vollständiger Bericht, in dem alle Spuren und Hinweise aufgeführt sind, denen ich nachgegangen bin. Leider führt das alles ins Nichts!"

„Nichts!", fuhr Harry auf und hätte beinahe den Kaffee auf sein gestärktes weißes Hemd verschüttet. „Du hast die Stirn, hier mit leeren Händen aufzutauchen?"

„Du denkst wohl, Mills hätte bereits für sein Verbrechen bezahlt?", fragte Jim.

„Natürlich nicht. Aber ich habe keine Hinweise mehr, die ich nachprüfen könnte."

„Damit willst du wohl sagen, dass du versagt hast."

Brett biss die Zähne zusammen. „Möglich."

„Dann kann ich deine Schuld bei der Bank nicht als beglichen ansehen." Eine tiefe Röte überzog Jims Gesicht. Unter seinem Hemdkragen traten die Adern an seinem Hals deutlich hervor. Ungestüm zerrte er an seinem Krawattenknoten.

„Das kann ich verstehen."

„Und ich bin gezwungen, das Stück Land in den Bergen zu verkaufen", drohte er.

„Das dachte ich mir. Aber meine Schulden sind erst in ein paar Monaten fällig."

„Und du glaubst, du könntest das Geld bis dahin auftreiben?" Jim griff nach seiner Pfeife und zündete sie an.

„Ich weiß es nicht."

Harry sah zu Brett und blickte dann wieder in das erregte Gesicht seines Vaters. „Vielleicht sollten wir Mills vergessen. Die Polizei und das FBI suchen ihn ja weiterhin."

„Ihn vergessen?", donnerte Jim ungläubig. „Herrgott noch mal, ihn vergessen? Wo er die Bank zum Gespött des ganzen Staates gemacht hat? Wo er jeden hier in dieser Gemeinde auf die Idee gebracht hat, die Schuld der First Security zuzuschieben? Hast du völlig den Verstand verloren?" Mit zusammengekniffenen Augen schlug er mit der Faust auf den Tisch. „Ich will Grant Mills hinter Gittern sehen!"

„Wegen dem, was er getan hat, oder wegen dieser Fehde zwischen dir und Bethany Mills' Vater Myron Wagner?", erkundigte sich Harry.

„Was hat denn das damit zu tun?"

„Ich weiß es nicht. Aber es ist schon komisch, dass du mich ständig zu ihnen schickst", schoss Harry zurück.

„Stellst du etwa meine Autorität infrage?", fragte Jim drohend.

Harry rückte seine Krawatte zurecht. „Nein."

„Dann halt dich gefälligst da raus!", schrie er.

Als Harry tiefer in seinen Sessel sank, verfinsterte sich Bretts Miene. Es war eine verdammte Schande, dass Harry solche Angst vor seinem Vater hatte. „Tja, ich bin jedenfalls draußen“, brach Brett das Schweigen, stellte seine Kaffeetasse auf den Tisch und erhob sich.

„Ich hoffe, das hat nichts mit Mills’ Frau zu tun?“, fragte Jim gedehnt, während er den vorgelegten Bericht durchblätterte.

Brett spürte, wie sich jeder einzelne Muskel in seinem Körper anspannte. „Wieso?“

„Gerüchten zufolge hat es dich ganz schön erwischt. Es heißt, sie hätte dich um den Finger gewickelt, damit du Grant nicht findest. Weißt du, sie liebt ihn noch immer. Er hat sich von ihr scheiden lassen, nicht umgekehrt.“

„Gerüchten zufolge?“, wiederholte Brett. Obwohl er wusste, dass Jim ihn aufstacheln wollte, spürte er, wie ihn heiße Wut durchströmte. Er hatte die Zähne so fest zusammengebissen, dass sein Kiefer schmerzte.

„Ja!“, rief Jim und lehnte sich zurück. „Boise ist schließlich keine Großstadt. Ihre Eltern leben noch immer hier. Es wird noch viel über Bethany Mills und ihren Exmann geredet. Über den Mann, der die First Security Bank um eine Million Dollar betrogen hat.“

„Du bist bezahlt worden. Die Versicherung hat letztendlich den Betrag ausgeglichen.“

„Ja, aber es hat uns auch viel gekostet. Es ist teurer als vorher, die Mitarbeiter an sich zu binden. Dabei sprechen wir noch nicht einmal von den Summen, die aufgewendet werden müssen, um alle weiteren Betrugsversuche gegen die Bank zu stoppen.“

„Und das ist dann also Bethanys Schuld. Beziehungsweise die Schuld von jedem, der ihr irgendwie nahesteht – vor allem die ihres Vaters“, stellte Brett fest. Flüchtig sah er zu Harry, bevor er sich wieder Jim zuwandte. „Selbst wenn ich beschließe, weiter nach Mills zu suchen, dann nicht, weil du mich in der Hand hast.“

„Es ist das Land deiner Mutter.“

„Ja, aber es sind zu viele Bedingungen daran geknüpft.“

„Die du erst herausgefordert hast, mein Sohn.“

Brett funkelte ihn an. „Du bist ein elender Mistkerl, aber das weißt du, nicht wahr?“

Hörbar schnappte Harry nach Luft, als Brett sich einfach umdrehte und aus dem vornehmen Büro stürmte. Vorbei an der Sekretärin, vorbei am Aufzug. In diesem Moment bevorzugte er die Treppe. Zwar meinte er beinahe, Harry hinter sich zu hören, der ihm folgte und seinen Namen rief. Doch das spielte für ihn keine Rolle mehr. Er war jetzt so weit, ins nächste Flugzeug nach Portland zu springen.

Alles, was nun zählte, war, zu Bethany zurückzukehren und sie davon zu überzeugen, ihn zu heiraten. Selbst das Land seiner Mutter hatte keinerlei Bedeutung mehr. Zum ersten Mal seit Jahren hatte Brett einen wahren Grund, einen neuen Ansporn zum Leben. Und die Ursache war eine wunderschöne, braunhaarige Frau mit intelligenten goldgrünen Augen!

Bald darauf hatte er sich genügend beruhigt, um alles noch einmal gründlich zu durchdenken. Er stieg in sein Auto und fuhr in westlicher Richtung – weg vom Flughafen. Über Fullerton wollte Brett nach Portland zurückfahren.

Falls Grant Mills schon einmal in dieser Stadt gewesen war, bestand eine – wenn auch kleine – Chance, dass er wiederkam. Wenngleich ihm bewusst war, dass er möglicherweise seine Zeit verschwendete, entschied Brett sich, seinem Gefühl im Bauch zu folgen. Dass er aus dem Deal mit Benson ausgestiegen war, war unwichtig. Trotzdem würde er nichts unversucht lassen: Er musste sich selbst von Grant Mills befreien, bevor er Bethany heiraten konnte.

Bethany ließ das Telefon keine Sekunde aus den Augen. Vor knapp einer Woche hatte Brett sie angerufen. Seit diesem Zeitpunkt hatte sie nichts mehr von ihm gehört. Jetzt hatte sie beinahe resigniert. Sie sagte sich, dass Bretts Anruf und seine angekündigte Rückkehr nur ein Traum gewesen waren. „Tu dir das nicht an“, mahnte sie sich und trocknete den letzten Teller ab. „Er sagte, es könne auch eine Woche dauern. Also gib ihm die Zeit.“

Um sich abzulenken, sah sie fern. Aber auf keine der Sendungen konnte sie sich lange konzentrieren. Also befasste sie sich mit einem von Marianne empfohlenen Buch, legte es aber ebenfalls nach einer Weile zur Seite. Winston hatte sich auf ihrem Schoß zusammengerollt. Bethany verbrachte den Abend schließlich damit, gedankenverloren ins Feuer zu blicken. Irgendwann, es war sicher nach zehn Uhr, stand sie dann auf und streckte sich.

„Morgen früh fängt ein ganz normaler Schultag an“, klärte sie das Hündchen auf, das aufgeregt mit dem Schwanz wedelte. „Ja, dir ist das schnurzpiepegal.“ Sie löschte das Licht, vergewisserte sich, dass die Türen abgeschlossen waren, und machte sich bettfertig. Ruhelos warf sie sich später hin und her, hörte den Regen gegen das Fenster prasseln, bis sie letztlich in einen unruhigen Schlaf sank.

Kurz nach Mitternacht wurde Bethany von einem unablässigen Hämmern geweckt. Sicher nur ein Ast an der Hauswand, dachte sie und drehte sich zur Seite … Doch mit einem Mal wurde ihr bewusst, dass irgendjemand wie wild gegen die Vordertür trommelte.

Brett, schoss es ihr durch den Kopf.

Mit einem Satz sprang sie aus dem Bett, griff im Vorbeigehen ihren Morgenmantel und rannte den Flur entlang. Obwohl sie den Gürtel noch nicht umgebunden hatte, riss sie die Tür auf. Dann blickte sie in Bretts müde Augen und fiel ihm um den Hals.

13. KAPITEL

Es ist vorbei", flüsterte er und drückte sie so fest an sich, dass ihr die Luft wegblieb. Aber das war ihr gleichgültig. Tränenüberströmt blickte sie ihn an, umfasste sein Gesicht zärtlich mit ihren Händen.

„Vorbei? Was ist vorbei?"

„Grant wurde verhaftet."

Bethany hatte das Gefühl, ihre Beine wollten unter ihr nachgeben. „Aber wie?"

„Das ist eine lange Geschichte", sagte er. Sie trat zur Seite, ließ ihn herein und schloss die Tür hinter ihm. In aller Ruhe zog er seine Jacke aus und hängte sie an die Garderobe.

„Aber wo? Wie ...?" Bethany fehlten die Worte.

Müde lächelte er sie an. „Wenn du mir einen Kaffee machst, erzähle ich dir alles."

Mit einer Handbewegung wischte sie sich die Tränen fort, lief in die Küche und kochte Kaffee. Deutlich spürte sie Bretts Blick in ihrem Rücken.

„Es ist schön, wieder hier zu sein", verkündete er leise und nahm das heiße Getränk entgegen.

„Es ist schön, dass du wieder hier bist." Ihre Blicke trafen sich.

„Selbst wenn ich dafür verantwortlich bin, dass Grant gefunden wurde?"

„Das ist mir egal", erklärte sie, während sie sich bei ihm unterhakte. Zusammen gingen sie hinüber ins Wohnzimmer.

Brett zog seine Stiefel aus und entzündete ein Feuer, bevor er sich auf der Couch niederließ und Bethany in seine Arme schloss. „Ich war an jedem erdenklichen Ort im Nordwesten", begann er und lehnte den Kopf zurück. Zum ersten Mal seit einer Woche verspürte er eine wohlige Wärme. „Ich wollte schon aufgeben. Ich hatte Jim Benson sogar schon mitgeteilt, dass ich aussteige."

„Das hat ihm sicherlich gefallen", sagte Bethany sarkastisch.

Ein Lächeln stahl sich auf Bretts Gesicht, als er daran zurückdachte. „Nicht besonders."

„Also ..."

„Ich wollte eigentlich mit dem Flugzeug zurück nach Portland.

Aber dann entschied ich mich, noch einem letzten Hinweis nachzugehen: Fullerton."

„Das Rodeo?"

„Nein, dafür ist es die falsche Jahreszeit. Aber die Stadt ist klein. Ein paar Mal habe ich Grants Foto gezückt, hin und wieder den Namen Howard Sparks fallen lassen und einfach abgewartet. Dann traf ich einen Typen, der Grant alias Howie kannte. Sie haben mehrere Wildwasserfahrten miteinander unternommen. Dieser Kerl hatte noch eine alte Adresse."

„Und dort hast du Grant angetroffen?"

Brett schüttelte den Kopf. „Das wäre natürlich einfacher gewesen. Aber ich bin dort einer Frau begegnet, die ihn als Howie kannte. Ich erklärte ihr, wer Grant wirklich ist, und rief dann die örtliche Polizei. Die setzte sich mit dem FBI in Verbindung, das den Namen Howard Sparks überprüfte. Und in der Tat konnten sie Grant ein paar Stadtbezirke entfernt ausfindig machen, wo er als Pferdetrainer arbeitete."

Verständnislos fragte Bethany: „Aber wieso, bei all diesem Geld?"

„Es waren ja Pfandbriefe. Wahrscheinlich konnte er sie nicht veräußern, ohne Aufsehen zu erregen. Ich glaube, er wollte sich irgendwann nach Mexiko absetzen und sie dort verkaufen."

„Wieso hat er das denn nicht schon früher gemacht? Es ist doch fast ein Jahr her."

„Wegen Jake und Billie."

Gequält schloss Bethany die Augen. „Sag nicht, dass er für deren Tod verantwortlich ist", flüsterte sie.

Brett berührte sanft ihr Kinn und sah ihr tief in die Augen. „Ich weiß es nicht. Er beteuert seine Unschuld."

„Ich hoffe, dass er wirklich unschuldig ist", erwiderte sie. „Die Veruntreuung war schon schlimm genug."

„Aber es ist vorbei. Na ja, fast."

„Wie meinst du das?"

Mit den Fingern strich er sich durch sein dunkles Haar. „Die Presse wird recht bald davon Wind bekommen."

„Ich verstehe", sagte sie knapp und presste die Lippen fest aufeinander.

„Ich fürchte, sie werden auch alles über dich noch einmal aufrollen."

Seufzend straffte Bethany die Schultern. „Darum kümmern wir uns, wenn es so weit ist. Es war töricht von mir, zu denken, dass ich mich hier in Portland davor verstecken könnte." Als sie wieder aufblickte, zwang sie sich zu einem unsicheren Lächeln. „Vielleicht ist es an der Zeit, dass ich dazu stehe, wer ich wirklich bin."

„Du musst dich für nichts schämen", erinnerte er sie eindringlich.

„Ich weiß, aber es wird trotzdem nicht leicht."

Brett stellte seine Kaffeetasse ab und nahm sie in die Arme. „Wenigstens bleibt uns die heutige Nacht", sagte er und atmete den Duft ihrer Haare tief ein.

„Und dann?"

„Dann blicken wir in die Zukunft. Gemeinsam."

Die Neuigkeiten sorgten schon am nächsten Morgen für Schlagzeilen. Der erste Anruf störte sie nicht. Den zweiten fand sie lästig, und beim dritten legte sie einfach auf.

„Ich sagte ja, es würde nicht leicht werden", stellte Brett mit düsterer Miene fest.

„Davon lasse ich mir nicht die Stimmung verderben", erwiderte sie und sammelte unbeirrt die Wäsche ein. „Das ist es nicht wert."

In diesem Moment läutete es.

Sie nahm allen Mut zusammen, schritt zur Vordertür und riss sie auf.

Drei Reporter warteten davor. „Mrs Mills?"

„Ja?", sagte sie vorsichtig. Brett stellte sich hinter sie und legte ihr schützend einen Arm um die Taille.

Das schreckte den sommersprossigen Jungreporter jedoch nicht im Mindesten. Sein stechender Blick verweilte unbeirrt auf Bethany. „Ist es korrekt, dass Sie mit Grant Mills verheiratet waren?"

„Ja, vor langer Zeit."

„Haben Sie ihm in Ihrem Haus Unterschlupf gewährt?"

„Nein!", rief sie entrüstet.

„Hatten Sie eine Ahnung, dass er diese Pfandbriefe gestohlen hat und auf der Flucht angeblich aus einem Flugzeug im Norden Idahos gesprungen ist?"

„Natürlich nicht", entgegnete sie scharf, hob kämpferisch ihr Kinn und sah den jungen Mann direkt an. „Ich hatte keine Ahnung von seinen Machenschaften."

„Mrs Mills, was halten Sie von der abenteuerlichen Nummer, die Ihr Mann abgezogen hat? Waren Sie erleichtert zu erfahren, dass er noch lebt?"

„Das reicht jetzt", unterbrach Brett das Verhör und schirmte sie vor den Reportern ab. „Mrs Mills hat kein Interesse daran, weitere Fragen zu beantworten." Mit zorniger Miene schlug er die Tür zu. Als er sich zu ihr umdrehte, sagte er: „Es wird nicht besser werden, das ist dir doch klar, oder? Zumindest eine ganze Weile nicht."

„Ich weiß. Aber ich schaffe das schon", erwiderte sie tapfer. Entschlossenheit blitzte in ihren Augen auf.

„Bist du sicher?"

„Ja!"

„Aasgeier!", murmelte er und schaute aus dem Fenster, als es erneut an der Tür läutete. „Sie verstehen es einfach nicht."

„Sie machen doch nur ihre Arbeit", wandte Bethany ein, gerade als der erste einer neuen Welle von Anrufen einging. Nach dem dritten Gespräch, diesmal mit einem Journalisten aus Denver, zog sie den Telefonstecker.

„Am Montag solltest du nicht zur Schule gehen", bemerkte Brett und machte sich in der Küche zu schaffen. „In den nächsten Tagen sorgst du für Schlagzeilen."

„Na wunderbar."

„Deine Arbeit kannst du fürs Erste also vergessen."

„Das geht nicht!"

„Willst du deinen Schülern das hier etwa zumuten?" Mit dem Daumen deutete er zum Fenster.

Draußen vor ihrem Haus entdeckte Bethany Autokolonnen und Kamerateams. „Die würden mir doch nicht bis in die Schule folgen, oder?", fragte sie ungläubig.

„Was ist denn letztes Mal passiert? Damals, als Grant das Geld gestohlen hat und davongelaufen ist … Ich meine, aus dem Flugzeug gesprungen ist?"

Es war die Hölle gewesen. Die Reporter hatten ihr keine ruhige Minute gegönnt. „Ich verstehe." Zur Stärkung trank sie zuerst ihren Kaffee leer. Gefasst ging sie dann zum Telefon und wählte die Nummer ihres Vorgesetzten.

Die Unterhaltung mit dem Schulrektor Chris war nicht einfach, doch schließlich waren sie sich beide einig: Es war im Interesse der Schule, erst einmal abzuwarten, bis sich der Trubel um Bethany und die Grant-Mills-Geschichte etwas gelegt hatte. Chris pflichtete ihr bei, dass sie mindestens eine Woche freinehmen sollte.

Ein paar Minuten später rief er an und teilte ihr mit, dass er für die kommende Woche eine Vertretung gefunden hatte.

„Okay“, bemerkte sie, sobald sie aufgelegt hatte. „Was kommt als Nächstes?“

„Pack deine Sachen.“

„Meine Sachen?“

„Richtig. Ich habe nachgedacht und entschieden, dass es höchste Zeit ist, deine Eltern zu besuchen. Schließlich hast du sie an Weihnachten so sehr vermisst.“

„Ich weiß nicht, ob das eine gute Idee ist“, wandte Bethany skeptisch ein. „Sie haben meinetwegen schon so viel durchgemacht. Wenn ich jetzt nach Hause fahre, werden mir mit Sicherheit ein paar Reporter folgen.“

„Sagtest du nicht, dein Vater besäße ein Gewehr?“, fragte Brett amüsiert. Als sie nickte, nahm er ihre Hand und blickte ihr tief in die Augen. „Das sollte die Reporter auf Abstand halten, meinst du nicht?“

Sie musste einfach lachen. Obwohl sie sich todmüde und ausgelaugt fühlte, war sie froh, dass Brett bei ihr war. „Vermutlich schon.“

„Außerdem ist es höchste Zeit, dass ich endlich deine Eltern kennenlerne.“

„Wirklich?“

„Ja“, bestätigte er. „Schließlich muss ich sie prüfen.“

„Worauf denn?“

„Ob sie geeignete Schwiegereltern abgeben“, entgegnete er und schlang die Arme um sie.

„Bitte?“

„Du hast richtig gehört, Bethany. Die letzte Woche ohne dich waren furchtbar. Also …“ Er zog eine kleine schwarze Schachtel aus seiner Tasche und reichte sie ihr. „Betrachte dies als verspätetes Weihnachtsgeschenk.“

Als sie die Samtschachtel öffnete, fühlte sie Tränen in sich aufsteigen. Ein strahlender Diamantring lag auf dem mit Satin gefütterten Kissen.

„Heirate mich, Bethany“, flüsterte er und streifte den Ring über ihren Finger.

„Ich … Ich weiß nicht, was ich sagen soll“, stammelte sie.

„Sag einfach Ja.“

„Ja.“ Sie musste schlucken. „Ja, ja, ja!“, brach es freudig aus ihr heraus. Brett zog sie eng an sich und gab ihr einen innigen Kuss, der gleichzeitig so viel für die Zukunft versprach.

„Ich kann das alles nicht glauben“, murmelte sie.

„Glaub es. Und jetzt geh packen. Ach ... und setz deine Sonnenbrille auf, damit dich niemand erkennt.“

„Wie bitte?“, fragte sie entrüstet, doch bemerkte dann, dass er sie aufzog.

„Ich buche uns den nächsten Flug nach Boise, und wir überraschen deine Eltern“, schlug er vor.

„Das werden wir mit Sicherheit“, bestätigte sie und betrachtete den Ring.

„Willst du dich wohl beeilen?“, drängte er gutmütig. „Je schneller wir von hier fortkommen, desto besser.“

Wenige Stunden später war Bethany fast schon zu Hause. Nervös biss sie sich auf die Lippe, und ihre Handflächen schwitzten. Was, wenn die Journalisten schon auf der Farm warteten? Wie würden ihre Eltern Brett aufnehmen? Schließlich war er Jim Bensons Stiefsohn.

„Das hier ist also dein Zuhause“, stellte Brett fest und bog ab. Der Mietwagen geriet in der vereisten Kurve kurz ins Rutschen, bevor sie den Weg hinauffuhren, der zum Haus ihrer Eltern führte.

„Das ist es“, bestätigte sie flüsternd. Ihre Kehle fühlte sich trocken an. Sie konnte den Blick nicht von der Farm abwenden, die seit Generationen ihrer Familie gehörte.

Das zweistöckige Farmhaus war so weiß wie der Schnee ringsum. Mit seinem roten Dach und den grünen Fensterläden hob sich das alte Haus stolz gegen den grauen Himmel ab. Walnussbäume mit schwarzer Rinde fassten die breite Veranda ein. Eine verrostete Schaukel hing vom untersten Ast des blattlosen Ahorns im seitlichen Garten.

Kaum hatte Brett neben der Scheune geparkt, sprang Bethany schon aus dem Wagen. Ohne sich um ihre Taschen zu kümmern, stürmte sie die Treppen zum Haus hoch. Als die beiden alten Collies bellend um das Haus herum auf sie zujagten, lächelte sie. Sie beugte sich zu ihnen herab und streichelte die aufgeregten Tiere. Dabei musste sie an Winston denken. Linda und Jenny hatten versprochen, sich um ihn zu kümmern, während sie fort war.

Knarrend öffnete sich die Tür. Bethany hob den Blick und sah, wie ihre völlig überraschte Mutter nach Luft schnappte. „Bethany! Bist du's wirklich?“ Sie stieß das Fliegengitter auf und umarmte ihre Tochter stürmisch. „Myron!“, rief sie über die Schulter. „Myron! Es ist Bethie! Sie ist zu Hause!“ Gleichzeitig lachend und weinend lag

Eleanor in den Armen ihrer Tochter und entdeckte schließlich Brett. Er hatte sich an einen Verandapfosten gelehnt und ließ Bethany keine Sekunde aus den Augen.

„Was zum Teufel kreischst du denn so?", grummelte Myron und trat zu seiner Frau an die Tür. Als er seine Tochter erblickte, breitete sich ein Lächeln über sein Gesicht. „Sieh mal einer an. Da ist jemand endlich zur Vernunft gekommen und heimgekehrt!", rief er und grinste Bethany an, die ihm nun um den Hals fiel. „Gut siehst du aus, Kleine", sagte er.

„Bethany …?", begann ihre Mutter.

„Ach ja." Bethany räusperte sich und ging zu Brett. „Mom und Dad, darf ich euch Brett Hanson vorstellen?" Sie lächelte, wollte der ganzen Welt ihr Glück zeigen, das sie tief in ihrem Herzen spürte.

„Es freut mich, Sie kennenzulernen." Myron streckte die Hand aus.

„Mich ebenfalls", stimmte ihre Mutter zu. „Und jetzt kommt herein, bevor wir hier draußen alle noch erfrieren."

Der vertraute Duft von Zimt und Tabak, Brathähnchen, Speck und starkem Kaffee lag in der Luft. Kurz wischte Eleanor sich die Hände an der Schürze ab und schob dann alle emsig in Richtung Küche. Dort stellte sie einen Teller mit Keksen und Becher mit heißem Kaffee auf den Tisch. „Setzt euch, setzt euch. Ruht euch aus. Ihr habt eine anstrengende Reise hinter euch." Sie bedachte Brett mit einem langen, durchdringenden Blick. Schließlich brachte sie aber ein Lächeln für den attraktiven, rau wirkenden Mann zustande, den ihre Tochter mit nach Hause gebracht hatte.

Bevor Bethany etwas sagen konnte, huschte ihre Mutter wieder in der Küche herum. „Ich wette, ihr seid hungrig", stellte sie fest, offenbar mit sich zufrieden. „Und ihr habt Glück: Ich habe zwei Hähnchen im Ofen."

„Toll."

„Aber leider keinen Nachtisch."

„Ehrlich, Mom, mach dir keine …", wollte Bethany einwenden.

Ihre Mutter unterbrach sie. „Wenn du mir hilfst, die Äpfel zu schälen, zaubere ich uns schnell den besten Apfelkuchen dieses Staates."

„Meine Frau hält nichts von Bescheidenheit", stellte Myron Brett gegenüber trocken fest.

„Ach, sei du nur still und hol den Eimer mit den Äpfeln von der hinteren Veranda", ordnete Eleanor an. Dennoch schenkte sie Myron, der nun schon seit fünfunddreißig Jahren ihr Ehemann war, das gleiche mädchenhafte Lächeln, in das er sich vor so langer Zeit verliebt hatte.

„Ich steh unter dem Pantoffel!“, grummelte Myron, schob aber trotzdem seinen Stuhl zurück und erledigte den Auftrag.

Leise murmelte Eleanor: „Anders wolltest du es auch nicht haben.“

Kurze Zeit später kehrte er mit dem Eimer zurück. Bethany schälte die Äpfel am Spülbecken, während ihre Mutter Butter und Salz ins Mehl gab. Inzwischen saßen Myron und Brett am Tisch und musterten sich gegenseitig.

„Sie sind also der Kerl, der Grant endlich gefasst hat“, bemerkte Myron. Dabei schob er leicht seine Unterlippe nach vorne.

„Mit Bethanys Unterstützung.“ Brett nahm einen Schluck Kaffee und begegnete Myrons prüfendem Blick.

„Hoffentlich liegt jetzt alles hinter uns“, flüsterte Eleanor, während sie den Teig auf einem großen Küchenbrett ausrollte.

„Den Kerl habe ich nie gemocht.“

„Oh Dad …“

„Und ich habe recht behalten, nicht wahr?“

„Ja, Dad, du hattest recht.“

„Mir gefiel nur nicht, dass Jim Benson es mir ständig unter die Nase reiben musste“, brummte er weiter.

„War Benson denn hier?“

„Nicht in letzter Zeit“, räumte Myron ein. „Bevor Grant eingesperrt wurde, hat er aber diesen Rotzlöffel geschickt, um uns zu ärgern.“

„Harry?“ Brett musste lächeln.

„Ja, das ist er. Mistkerl.“

„Dad!“

„Harry ist schon in Ordnung“, erwiderte Brett. „Er ist nur so verkorkst, weil er unter der Knute seines alten Herrn steht. Aber er wird sich sicher wieder fangen.“

„Ist das so?“, erkundigte sich Myron.

„Ich hoffe es zumindest.“

„Und woher wissen Sie das alles?“

Brett verzog das Gesicht zu einer Grimasse und sah aus dem Fenster. „Benson ist mein Stiefvater“, gestand er.

Myron warf Bethany einen Blick zu. „Ihr *was*?“, fragte er ungläubig.

„Meine Mutter war bis zu ihrem Tod mit ihm verheiratet. Mehr gibt es zu unserem Familienverhältnis nicht zu sagen. Darüber hinaus habe ich als Privatermittler für die First Security Bank daran gearbeitet, Grant aufzuspüren. So wollte ich einen Kredit abbezahlen, den ich für das Land meiner Mutter aufnehmen musste. Ansonsten habe ich mit Jim nichts zu tun."

„Aber bei Harry liegt der Fall doch anders?", bohrte Myron weiter.

„Er hat sich von seinem Vater einwickeln lassen, das ist alles."

Daraufhin brummte Myron nur.

Brett warf Bethany einen Blick zu. „Es gibt noch etwas, das Sie wissen sollten", warf er in den Raum.

„Und das wäre?"

„Ich habe Bethany gebeten, meine Frau zu werden."

Myron stellte seine Tasse ab. „Und?"

„Und sie hat Ja gesagt. Als Erstes wollten wir es Ihnen selbst sagen."

„Nett von Ihnen", bedankte sich Myron. Mit prüfendem Blick drehte er sich auf seinem Stuhl zu seiner Tochter um.

„Bethie? Bist du dir sicher?"

Als Bethany sich zu ihrem Vater umwandte, schimmerte in ihren Augen die Liebe, die sie für Brett empfand. „Ganz sicher."

„Ich will nur nicht, dass du noch einen Fehler begehst."

„Das werde ich nicht."

„Sei doch still, Myron!", rügte Eleanor ihren Mann. „Bethany ist erwachsen. Sie kann ihre Entscheidungen selbst treffen. Und was mich betrifft, Mr Hanson ..."

„Brett", korrigierte dieser sie.

„Brett." Eleanor ging auf ihn zu und streckte ihre Hand aus. „Willkommen in der Familie."

„Danke."

Myron stand auf und ging zum Kühlschrank. „Es ist wohl kein Sekt mehr von Weihnachten übrig?"

Eleanors blaue Augen funkelten. „Draußen in der Kühlbox ist noch eine Flasche."

„Ich glaube, das ist genau der richtige Zeitpunkt, um sie zu öffnen. Sieht so aus, als hätten wir etwas zu feiern!"

Bethany schlang ihre Arme um ihre Eltern. Freudentränen strömten über ihr Gesicht. „Ich danke euch beiden."

„Du brauchst dich nicht zu bedanken. Wir freuen uns für euch", erwiderte ihre Mutter. „Also, wann ist die Hochzeit?"

„Wie wäre es mit diesem Wochenende? Hier?", erkundigte sich Bethany.

„Perfekt!"

Während Myron sich nach draußen auf die Suche nach dem Sekt begab, ging Brett auf Bethany zu und nahm sie in den Arm. „Perfekt“, wiederholte er vergnügt und zog sie an sich. Sie strahlte vor Freude.

„Hier haben wir sie“, verkündete ihr Vater, als er die Küche betrat. Mit einem Handtuch bewaffnet, öffnete er die Flasche. Der Korken löste sich mit einem lauten Knall, und etwas vom schäumenden Sekt tropfte auf den alten Linoleumboden. Myron füllte vier Gläser. Anschließend hob er sein Glas in die Luft. „Auf die Braut und den Bräutigam.“ Sein stolzer Blick ruhte auf seiner Tochter. „Auf dass du das wahre Glück findest, das deine Mutter und ich vor langer Zeit entdecken durften“, sagte er mit rauer Stimme.

„Danke, Dad.“ Vor Rührung musste Bethany schlucken. Bedächtig nippte sie an ihrem Glas. Noch nie war sie so glücklich gewesen!

Die Hände auf dem Rücken verschränkt, ging Jim Benson vor seinem Bürofenster auf und ab. Sein Sohn Harry saß auf einer Ecke seines Schreibtisches.

„Er hat es geschafft“, wiederholte Harry, während er die unruhigen Bewegungen seines Vaters beobachtete. „Jetzt musst du dich an eure Abmachung halten.“

„Ich weiß, ich weiß“, blaffte Jim zurück und sah Harry verärgert an. Seit Grant Mills von Brett gefasst worden war, hatte sich Harrys Verhalten geändert – leider zu seinem Nachteil. „Lass Gloria die Urkunde aufsetzen.“

„Das habe ich schon.“

Auf dem Absatz machte Jim kehrt und starrte seinen Sohn an. „Ohne meine Zustimmung?“

„Ich habe beschlossen, dass dies eine Entscheidung ist, die der Vizepräsident allein treffen kann.“ Harry zupfte seine Krawatte zurecht und grinste seinen Vater an.

„Ist das so?“

„Ja. Außerdem nehme ich an, dass es dir nichts ausmacht, wenn ich einige Wochen freinehme und Skiurlaub mache.“

„Was? Jetzt?“ Wütend strich sich Jim über den Nacken. Seine geordnete Welt schien zusammenzubrechen. „Wieso denn ausgerechnet jetzt?“

„Wieso nicht? Mills ist hinter Gittern, heute Morgen wurde Anklage gegen ihn erhoben und Brett ist fertig mit uns. Alles ist in bester Ordnung. Oder?“

„Mills wurde noch nicht verurteilt", wandte Jim ein.

„Das ist nur eine Frage der Zeit. Schließlich tritt Karl Weathers als Kronzeuge auf, und damit ist Grant schon so gut wie überführt."

„Dann meinst du also, dass dieser Zeitpunkt der beste ist, um Urlaub zu machen?"

„Genau."

Laut klopfte es an der Tür. „Herein", bellte Jim, und Brett betrat das Zimmer.

„Hey! Schön, dich zu sehen", begrüßte ihn Harry. Er sprang vom Tisch und klopfte Brett auf die Schulter. Eifrig blätterte er einen Stapel Papiere durch, bis er den von Brett unterzeichneten Kreditvertrag in den Händen hielt. Harry reichte Brett das Originaldokument, auf dessen Vorderseite der Stempel der Bank prangte – und darunter der Vermerk, dass der Kredit in voller Höhe beglichen worden war.

„Dad?"

Böse musterte Jim seinen Stiefsohn, bevor er sich Harry zuwandte.

„Es fehlt nur noch deine Unterschrift auf der gestrichelten Linie", bemerkte Harry auffordernd. Mit den Zähnen zog er die Kappe von seinem Füller ab und reichte seinem Vater das Schreibgerät.

Jim Benson biss sich auf die Unterlippe, als er den Vertrag unterzeichnete. „Ich sollte dir wohl danken."

„Nicht nötig", wehrte Brett ab, faltete die Urkunde zusammen und ließ sie in der Innentasche seiner Jacke verschwinden. „Ich habe nur meinen Job gemacht."

„Aber du hast es geschafft", rief Harry und verspürte einen Hauch Schadenfreude, als er sah, wie das Gesicht seines Vaters rot anlief.

„Ich hatte nur Glück."

„Das spielt keine Rolle. Abgemacht ist abgemacht. Stimmt's, Dad?"

„Ich dachte, du wolltest aussteigen", bemerkte Jim.

„Wollte ich auch. Aber dann hatte ich eine Eingebung."

„Und du hast Mills damit hinter Gitter gebracht."

„Auf welcher Seite stehst du eigentlich?", fuhr Jim seinen Sohn an.

Abwehrend hob Harry die Hände. „Natürlich auf der richtigen. Du hast dich auf die Abmachung eingelassen. Und auch wenn Brett aussteigen wollte, hat er es letztlich nicht getan."

„Richtig", murmelte Jim.

„Gut. Komm, Brett, erzähl mir alles darüber beim Essen", schlug

Harry vor und warf sich lässig seinen Mantel über die Schulter. „Du hast doch nichts dagegen, Dad?"

„Um genau zu sein …"

„Gut", unterbrach ihn Harry. „Bis später." Grinsend führte Harry Brett aus dem Büro.

„Was war denn das gerade?", fragte Brett verwundert, während sie die Treppe hinabstiegen.

„Ein kleiner Befreiungskampf." Verschwörerisch zwinkerte Harry seinem Stiefbruder zu. „Komm, ich spendiere dir ein Bier. Ich habe lange über deine Worte nachgedacht – und du hattest recht. Ich bin zu jung, um so ein Spießer zu sein wie Dad."

„Weshalb der Sinneswandel?"

Harry drückte die Türen des Gebäudes auf. Die Schneehaufen am Straßenrand reflektierten das schwache Sonnenlicht. „Das hat verschiedene Gründe. Zum einen die Gesundheit. Ich stand kurz vor einem Magengeschwür. Der Arzt sprach von zu großem Stress und hat mir Sport und gesunde Ernährung verordnet. Außerdem waren da all die Dinge, die du mir jahrelang an den Kopf geworfen hast. Ich glaube, es ist Zeit, dass ich endlich ein bisschen lebe."

„Gute Idee."

„Und du?"

„Ich?" Brett schüttelte den Kopf. „Für mich ist es an der Zeit, mich niederzulassen."

„Sag nicht … Mit Bethany Mills."

Brett lachte, und sein Atem bildete weiße Wölkchen in der kalten Luft. „Du hast deine Augen offen gehalten, was?"

Grinsend schob Harry die Hände in die Jackentaschen. „Das hast du mir immerhin beigebracht. Weißt du was? Im Sommer könnten wir ja mal bei dir oben angeln. Was hältst du davon?"

„Sag einfach Bescheid." Brett klopfte Harry auf den Rücken, als sie eine kleine Bar betraten. „Heute solltest du aber das mit dem Bier lassen. Barkeeper? Ein Glas Milch für meinen Freund", sagte er.

„Heute nicht", wehrte Harry lachend ab. „Magengeschwür hin oder her – heute trinken wir ein Bier!"

Über den Holzzaun gelehnt beobachtete Bethany die Rinderherde, die in einiger Entfernung auf den schneebedeckten Feldern weidete. Als sie den Motor eines Fahrzeugs hörte, hob sie den Kopf. Brett war zurück!

Lächelnd winkte sie ihm. Er stellte das Mietauto ab und kam auf sie zu.
„Wie ist es gelaufen?“, fragte sie.

„Überraschend gut. Danke der Nachfrage“, sagte er mit glänzenden Augen. Aus seiner Jackentasche zog er den unterzeichneten Vertrag und zeigte ihn ihr. „Jim hat zu seinem Wort gestanden. Obwohl ich glaube, das Harry eine Menge damit zu tun hatte.“

„Harry? Du machst doch Witze.“

„Nein. Wir haben sogar ein paar Bierchen miteinander getrunken. Ganz wie in alten Zeiten.“

„Das merkt man“, erwiderte Bethany lächelnd.

Brett stellte einen Fuß auf den untersten Balken, blinzelte in die Sonne und ließ dann den Blick schweifen: auf die verblassten roten Gebäude der Farm, die kahlen Bäume, das solide alte Farmhaus und die dunkelblauen Berge in der Ferne. „Hier ist es wunderschön.“

„Ich weiß. Manchmal denke ich, ich hatte die beste Kindheit, die man sich wünschen kann.“

„Und dennoch bist du gegangen?“

„Ich musste.“

„Würdest du gerne wieder herziehen?“

„Eines Tages vielleicht“, gab sie zu. „Aber im Augenblick habe ich in Portland noch Verpflichtungen. Das weißt du doch, oder? Dass, falls wir heiraten …“

„*Wenn* wir heiraten“, korrigierte er sie. Er legte den Arm um ihre Schultern und küsste sie sanft.

„Also gut. Wenn wir heiraten, muss ich zurück nach Portland. Wenigstens bis zum Ende des Schuljahrs.“

„Ich habe nichts dagegen. Irgendwie gefällt mir der Gedanke, Hausmann zu sein!“

„Jetzt mach aber mal halblang!“, entgegnete Bethany, und ihr unbeschwertes Lachen hallte über die Felder, auf denen der Schnee wie Puderzucker wirkte. „Mal im Ernst, was willst du dort machen?“

Der Gedanke an Greg Connelly ernüchterte Brett schlagartig. „Vielleicht kann ich einem alten Freund helfen, wieder auf die Füße zu kommen.“

„Dagegen kann ich nichts einwenden.“

„Aber im Sommer fahren wir in die Blockhütte.“

„Abgemacht.“ Sie legte den Kopf in den Nacken und lachte aus vollem Herzen.

Mit der Hand umfasste er ihre Taille und zog sie eng an sich. „Und wir schlafen den ganzen Sommer miteinander."

„Den ganzen Sommer?", neckte sie ihn liebevoll.

„Tag und Nacht."

„Das wird ja immer interessanter."

„Den besten Teil habe ich dir noch gar nicht erzählt", eröffnete er geheimnisvoll.

„Der da wäre?"

„Der Grund, weshalb wir miteinander schlafen werden."

„Nicht nur, weil wir es wollen?" Ihre Augen glänzten vor Glück, als sie den Anblick seiner rauen Züge tief in sich aufnahm.

„Deswegen auch. Aber ich glaube, es ist an der Zeit, dass ich Vater werde", sagte er. „Außer ... du kannst den Gedanken an ein Baby noch nicht ertragen."

Bethany schenkte ihm ein verwegenes Lächeln. „Dafür könnte es schon zu spät sein", gab sie zurück. „Weißt du, ich muss dir etwas beichten: Dieses Baby, von dem du sprichst, könnte schon unterwegs sein."

Verdutzt betrachtete Brett sie. „Wirklich?"

„Wirklich!"

„Ja, worauf warten wir dann noch? Wir sollten sofort den Pfarrer rufen", schlug Brett ungeduldig vor.

„Er kommt doch am Samstagabend. Erinnerst du dich? Das sollte früh genug sein."

„Schon gut, schon gut." Der Gedanke an ein Baby überwältigte ihn. Er sah zu ihrem flachen Bauch, und Stolz füllte seine Brust. „Aber ich weiß nicht, ob ich so lange warten kann."

„Versuche, dich zu beherrschen." Bethany hakte sich bei ihm unter, und gemeinsam gingen sie zum Haus.

„Hiermit erkläre ich Sie zu Mann und Frau", verkündete Reverend Barnes. „Sie dürfen die Braut jetzt küssen."

Brett hob Bethanys Schleier. Tief blickte er ihr in die Augen, bevor er die Arme um ihre schmale Taille legte. Dann neigte er den Kopf und küsste sie zärtlich. Sie trug ein einfaches elfenbeinfarbenes Kleid. Doch für Brett war sie die eleganteste Braut auf der ganzen Welt.

Bethany spürte, wie ihr Tränen in die Augen stiegen. Als ihr frischgebackener Ehemann sich von ihr löste, sah sie lächelnd in die kleine

Gesellschaft, die sich im Wohnzimmer des alten Farmhauses zusammengefunden hatte. Nacheinander wurden sie von Bethanys Verwandten beglückwünscht.

Brett konnte seine Augen nicht von ihr abwenden. Nachdem der Kuchen verspeist, der Champagner ausgetrunken worden war, nahm er sie entschlossen bei der Hand und zog sie fort.

„Was machst du denn da?“, wollte sie leise von ihm wissen.

„Komm, wir setzen uns ab.“

Schon hatte er seinen Schlips abgenommen. Mit der letzten Flasche Champagner unter dem Arm führte er sie nach draußen in die kalte Nachtluft. Vor der Scheune hielt er an.

„Brett?“

„Pscht. Komm mit.“ Kaum hatten sie die Scheune betreten, da half er ihr die Leiter zum Heuboden hinauf. Dort lag eine Patchworkdecke ausgebreitet.

„Du bist unverbesserlich!“

„Nein. Einfach nur verliebt“, stellte er fest. Mit diesen Worten zog er sie an sich. Stürmisch küsste er sie mit all der brennenden Sehnsucht, die er seit einer Woche unter Kontrolle gehalten hatte. Mit den Händen machte er sich hinten an ihrem Kleid zu schaffen, öffnete geschickt den Reißverschluss.

Sie spürte die kühle Luft auf ihrer Haut, als sie schließlich beide auf den alten Quilt fielen.

„Das hast du geplant“, warf sie ihm lachend vor und genoss es, wie seine Berührungen sie wärmten.

„Schuldig im Sinne der Anklage.“ Sacht streifte er ihr das Kleid von den Schultern und hauchte zarte Küsse auf ihre samtige Haut.

„Ich bin so glücklich.“

„Ich auch.“

Als sie seine Lippen auf ihrem Körper fühlte, erschauerte sie. „Ich liebe dich, Brett.“

„Gut. Denn ich erwarte, diese Worte für den Rest meines Lebens von dir zu hören.“

„Das wirst du“, versprach sie ihm, fuhr ihm mit den Fingern durchs Haar und zog ihn eng an sich heran. Leidenschaftlich erwiderte sie seinen Kuss. „Für immer von heute an!“

– ENDE –

Ginna Gray

Wer ist der andere, Alissa?

Roman

Aus dem Amerikanischen von
Cecilia Scheller

MIRA®

1. KAPITEL

In dem Augenblick, als er das Büro betrat, wusste sie schon, dass er es war.

Er hatte weder etwas gesagt noch war er sonst zu hören gewesen, als er den dicken Teppich überquerte. Sie hatte nicht einmal von der Arbeit hochgesehen. Das brauchte sie auch nicht. Das ihr bereits vertraute Prickeln unter der Haut zeigte es ihr an.

Alissa seufzte. Es schien ganz so, als hätte sie ihr eigenes Radarsystem entwickelt, wenn es um Dirk Matheson ging.

Sie setzte eine gleichmütige Miene auf, ehe sie vom Bildschirm des Computers hochsah, als er neben ihrem Schreibtisch stehen blieb. Wie immer versetzte es ihr einen kleinen Schock, als ihr Blick seinen silbergrauen Augen begegnete.

„Guten Morgen, Mr Matheson. Kann ich Ihnen helfen?"

„Ist Henry beschäftigt? Ich müsste ihn schnell sprechen", sagte er so kurz angebunden wie auch sonst immer.

„Einen Moment, bitte. Ich erkundige mich."

Ungeduldig klopfte er mit einer zusammengerollten technischen Zeichnung gegen sein Bein, während Alissa durch die Sprechanlage mit gedämpfter Stimme ihren Boss verständigte.

Henry Battle war der Präsident der Firma Texas Consolidated Electronics, auch als Tex-Con bekannt, und Alissa Kirkpatrick arbeitete bereits seit fast fünfzehn Jahren als seine Sekretärin. Es gab nur eine Handvoll Menschen, gleichgültig ob innerhalb oder außerhalb des Unternehmens, die Henry Battle ohne vorherige Vereinbarung zu sehen bekamen. Dirk Matheson, einer der Top-Leute von Tex-Con, gehörte zu ihnen.

Alissa nahm den Finger vom Knopf der Sprechanlage und sagte mit einem freundlichen Lächeln: „Mr Battle erwartet Sie, Mr Matheson."

Der nickte, drehte sich um und marschierte auf Henrys Tür zu. Seine Haltung drückte Autorität und Selbstsicherheit aus.

Alissa blickte ihm nach. Dieses Prickeln, das sie seit einiger Zeit empfand, wann immer er in ihre Nähe kam, hatte sich noch nicht gelegt.

„Also wirklich, Alissa. Was um Himmels willen ist nur los mit dir? Jemandem wie Dirk Matheson hinterherzuträumen ...", murmelte sie vor sich hin, als sie sich wieder dem Bildschirm zuwandte. „Du kennst den Mann seit fünfzehn Jahren, und während all dieser Zeit hat er in dir kein einziges Mal etwas anderes gesehen als einen Teil der Büroeinrichtung."

Doch auch sie hatte Dirk Matheson bis vor Kurzem kaum größere Beachtung geschenkt. Nicht, dass sie ihn nicht attraktiv gefunden hätte. Welche Frau würde das nicht tun? Groß, schlank und doch muskulös, schwarzes Haar, das an den Schläfen ein paar Silbersträhnen zeigte, graue Augen und ein scharf geschnittenes Gesicht mit fast harten Zügen. Er war ein dynamischer, maskuliner Typ, gegen den die meisten anderen Vertreter seines Geschlechts verblassten, sobald er nur in ihre Nähe kam. Sein unergründliches, grüblerisches Wesen wirkte auf Frauen geheimnisvoll. Gern hätten Alissa herausgefunden, was sich hinter den undurchdringlichen Gesichtszügen und den silbergrauen Augen verbarg.

Natürlich war er ihr bereits an ihrem ersten Tag bei Tex-Con vor fünfzehn Jahren aufgefallen, aber auf eine eher objektive Weise ... Vielleicht so, wie man einen faszinierenden Kunstgegenstand bewunderte. Zu der Zeit war sie auch noch glücklich verheiratet gewesen und hatte kein Interesse an anderen Männern gehabt.

Wie die Dinge sich doch verändert haben, dachte sie traurig. Es war nun etwas länger als ein Jahr her, dass sie nach sechzehn Ehejahren Witwe geworden war.

Sie war noch immer nicht an anderen Männern interessiert. Jedenfalls nicht ernsthaft. Doch zu ihrem Leidwesen fühlte sie sich neuerdings zu dem jüngsten Vizepräsidenten des Unternehmens hingezogen. Ihr Herz fing an wie wild zu klopfen, sobald er in ihre Nähe kam, und sie ertappte sich des Öfteren dabei, wie sie sich in ihren Tagträumen mit ihm beschäftigte. Was einfach albern ist, hielt sie sich vor und klickte die Computermaus härter als nötig an. Als ob Dirk Matheson ihr auch nur einen zweiten Blick schenken würde. Mit seinen vierzig Jahren gehörte er zu Houstons begehrtesten Junggesellen. Er traf sich mit weltgewandten, schönen Frauen und nicht mit jemandem, der so unerfahren und häuslich war wie sie.

Und dafür sollte ich meinem Glücksstern dankbar sein, sagte sich Alissa. Auch wenn Dirk sie aus irgendeinem undurchschaubaren Grunde wirklich wahrnehmen sollte, würde nichts daraus werden können. Sie hätte nicht die geringste Ahnung, wie sie mit ihm umgehen sollte, nicht einmal in einer rein platonischen Beziehung. Seit mehr als siebzehn Jahren, seit sie mit neunzehn Tom Kirkpatrick geheiratet hatte, war sie nur mit einem Mann, mit ihm, zusammen gewesen.

Ein kleines Lächeln zuckte um Alissas Lippen. Sie bezweifelte, dass irgendeine von Dirks Beziehungen als platonisch eingestuft werden könnte.

Bei der Arbeit war er immer sehr sachlich und gründlich – sogar hart, wie manche behaupteten. Ganz sicher war er kein Mann, der sich etwas vormachen ließ. Er war bekannt dafür, dass er mit Faulpelzen und inkompetenten Angestellten erbarmungslos verfuhr. Die unvoreingenommene, nüchterne Art und Weise, mit der er ein Projekt oder ein Problem anpackte, war legendär unter den Arbeitnehmern und den Kunden von Tex-Con. Doch ihr weiblicher Instinkt sagte Alissa, dass sich hinter dem strengen Gesicht und den rätselhaften Augen ein leidenschaftlicher und sinnlicher Mann verbarg.

Als Alissa damals bei Tex-Con angefangen hatte, war Dirk ein aufstrebender leitender Angestellter, der den Mitarbeiterinnen viel Stoff zu frivolen Überlegungen und zum Fantasieren bot. Fünfzehn Jahre und eine Vizepräsidentschaft später hatte sich in der Beziehung nur wenig geändert. Dirk war immer noch Single, und die weiblichen Angestellten von Tex-Con waren noch immer hingerissen von ihm … jetzt sogar noch mehr als früher.

Allein der Gedanke, der Horde in Dirk verknallte Frauen anzugehören, machte Alissa fassungslos. Es war so erniedrigend!

Lieber interpretierte sie die plötzliche Faszination als ein Zeichen dafür, dass sie sich endlich erholt hatte. Immerhin war sie eine junge Frau. Toms unerwarteter Tod hatte sie schwer getroffen, aber nach mehr als einem Jahr der Trauer war es nur natürlich, dass sie sich irgendwann auch wieder für einen anderen Mann interessieren würde.

Wie dem auch sei, jedenfalls ist es einfach dumm und sinnlos und eine reine Zeitvergeudung, sich zu intensiv mit Dirk Matheson zu beschäftigen, hielt Alissa sich vor und konzentrierte sich darauf, für Mr Battle die Briefe zu Ende zu tippen.

Sie war eine vernünftige sechsunddreißigjährige Frau und kein unreifes Schulmädchen. Von jetzt ab würde sie Dirk Matheson aus ihrem Kopf verbannen.

Den restlichen Vormittag hindurch blieb sie ihrem Vorsatz treu. Sogar dann, als Dirk etwa eine halbe Stunde später aus Mr Battles Büro herauskam. Sie hielt den Blick auf den Bildschirm geheftet und fuhr mit dem Tippen fort, ohne auch nur eine Sekunde lang aus dem Takt zu kommen.

Später, als sie mit ein paar Kolleginnen, mit denen sie auch gut befreundet war, in einem nahe gelegenen Restaurant zu Mittag aß, beglückwünschte sie sich zu ihrer Selbstbeherrschung. Unglücklicherweise hatte sie ganz vergessen, wie gern sich ihre Kolleginnen am Mittagstisch über Männer im Allgemeinen und über Tex-Cons sexy Vizepräsidenten im Besonderen ausließen.

Sie waren noch mitten beim Essen, als Dorothy Ames, eine Elektroingenieurin, beim saftigsten Teil ihrer Lästerei über einen männlichen Chauvinisten aus der Produktionsabteilung auf einmal innehielt. „Schaut mal!“, flüsterte sie eindringlich. „Ist das nicht Dirk Mathesons Neueste?“

Sie wies mit der Salatgabel in ihre Blickrichtung, und alle fünf um den Tisch sitzenden Frauen folgten mit den Augen der sagenhaften Brünetten, die sich hastig den Weg durch das voll besetzte Restaurant bahnte.

„Stimmt. Das ist Diedre Hollingsworth“, bestätigte Jolene Greer.

Neben ihr neigte Margo Dutton den Kopf zur Seite und kniff die Augen mit den schwarz getuschten Wimpern zusammen. „Bilde ich es mir nur ein, oder sieht sie tatsächlich so aus, als ob sie über irgendetwas schwer verärgert wäre?“

„Hm ... Ich glaube fast, du hast recht“, murmelte Annie Mimms, die Sekretärin aus der Verkaufsabteilung. „Die hat eine Mordswut im Bauch. Die fängt gleich an, Feuer zu speien. Ich frage mich nur, was der Anlass dafür sein kann.“

„Wer weiß?“, sagte Jolene gedehnt. Und mit deutlicher Verachtung in der Stimme fügte sie hinzu: „Vielleicht wollte ihr Mercedes heute Morgen nicht anspringen. Oder vielleicht hat der Oberkellner ihr den Salat nicht gut genug durchgemischt. Meine Güte, vielleicht hat sie sich auch 'nen Fingernagel abgebrochen. Ihr wisst schon, wie das ist, wenn man zu den oberen Zehntausend gehört. Das Leben ist eine einzige verheerende Katastrophe nach der anderen.“

Jolenes Kindheit und Jugendzeit waren von Armut gezeichnet gewesen. Sie hatte gleich nach der Highschool geheiratet, und ein Jahr später war sie mit ihrem Baby vor ihrem grausamen Mann geflohen. Frisch geschieden, mittellos und ohne Ausbildung hatte sie vor zwanzig Jahren bei Tex-Con in der Briefabfertigung als Hilfskraft angefangen. Doch sie war entschlossen genug gewesen, sich in Abendkursen fortzubilden und sich in der Firma ihren Weg nach oben zu erarbeiten ... bis zu ihrer heutigen leitenden Position in der Personalabteilung. Jolene hielt demnach nur wenig von dem müßigen Leben der Reichen.

„Was würde ich darum geben, eine solche Figur zu haben“, seufzte Dorothy. „Stattdessen muss ich mich mit strammen Waden und ausladenden Hüften bei einer Größe von ein Meter fünfzig begnügen. Das ist einfach nicht fair.“

„Nun hör mal, Dorothy, du hast doch eine absolut nette Figur.“ Die immer mütterliche Anne sprang ihrer Freundin bei. „Du bist nur ein wenig rundlich, das ist alles. Und glaub mir, es gibt genügend Männer wie meinen Brian, die es gernhaben, wenn eine Frau ein wenig Fleisch auf den Knochen hat.“

„Ein wenig Fleisch? Meine Süße, ich trage hier fast eine ganze Metzgerei mit mir herum.“

„Was ist denn schon dabei? Jeder kann die Figur eines Models haben, wenn er einen persönlichen Trainer hat und den ganzen Tag nichts Besseres zu tun.“

Dorothy warf Jolene einen kurzen Blick zu. „Vielleicht. Du musst aber zugeben, dass Diedre Hollingsworth wunderschön ist.“

„Na und? Pah! Dirks Frauen sind alle wunderschön.“

„Wen wundert’s? Ich meine, seien wir doch mal ehrlich. Frauen umschwärmen diesen Mann wie die Motten das Licht. Er hat eben die freie Wahl. Stimmt’s?“

„Und ob das stimmt!“ Margos Augen bekamen einen träumerischen Glanz. „Ich wünschte nur, seine Wahl würde irgendwann mal auf mich fallen. Was für ein Mann!“

„Du sagst es“, stimmte Annie atemlos zu. Sie ließ die Wimpern flattern. „Es sind seine Augen ... der Blick in seinem steinernen Gesicht geht mir einfach unter die Haut. Sobald er in meine Nähe kommt, ich schwör’s euch, da überläuft es mich.“

Alissa war da absolut gleicher Meinung. Seit einiger Zeit konnte sie nicht mit Dirk im selben Raum sein, ohne eine Gänsehaut zu bekommen. Obwohl sie es keineswegs zugeben würde. Auch nicht ihren Freundinnen gegenüber.

„Hey! Und ich dachte immer, du wärst glücklich verheiratet!“

„Das bin ich auch." Annie warf Jolene einen hochnäsigen Blick zu. „Aber nur weil ich verheiratet bin, heißt das noch lange nicht, dass ich blind bin. Oder tot."

„Ich weiß, was du meinst." Dorothy seufzte. „Grüblerische Männer haben so etwas Anziehendes. Sie sind so geheimnisvoll, so … so faszinierend."

„Hm …" Annie stützte das Kinn in die Hand. „Er ist der einzige Mann, der es schaffen könnte, mich von meinem Brian wegzulocken."

Jolene schnaufte verächtlich. „Vergiss es. Während der ganzen Zeit, die ich in dieser Firma bin, hat Dirk kein einziges Mal eine ernsthafte Beziehung zu einer dieser Frauen, mit denen er sich trifft, gehabt. Sie bleiben gewöhnlich nicht länger als ein halbes Jahr, seine Freundinnen. Allerhöchstens."

„Ein Mann ganz nach meinem Herzen", sagte Margo gedehnt. „Ich persönlich finde, dass es absolut schrecklich ist, sich für ewig an einen Mann zu binden."

„Ach, ich weiß nicht." Annies rundes Gesicht nahm einen versonnenen Ausdruck an. „Ich finde es eigentlich ziemlich romantisch."

Margo musterte ihre jüngere Kollegin ironisch. „Natürlich denkst du so. Ich frage mich nur, wie du nach zehn Ehejahren und zwei Kindern noch immer so vernarrt in deinen Mann sein kannst."

„Das ist leicht. Ich liebe ihn ja auch. Was dir nur solche Schwierigkeiten macht, ist dein Sarkasmus. Du hast keine blasse Ahnung, worum es in der Liebe wirklich geht." Annie rümpfte die Nase.

Alissa zwinkerte ihr zu. „Hör nicht auf Margo. Wir alle wissen, was für eine Zynikerin sie ist."

Die dreimal geschiedene Margo Dutton war die Assistentin des Personalchefs bei Tex-Con. Sie wirkte weltgewandt und raffiniert, und nach ihren eigenen Worten gab sie sich nur mit Männern ab, um sich von ihnen im Bett befriedigen zu lassen. Alissa nahm allerdings an, dass Margo sich mit ihrer Einstellung nur vor noch weiteren schmerzhaften Enttäuschungen schützen wollte.

„Das stimmt nicht. Ich bin nur Realistin."

„Ach so." Alissa verkniff sich ein Lächeln und schaute am Tisch in die Runde, während sie eine Gabel voll Salat nahm. Manchmal wunderte sie sich noch immer darüber, dass fünf so unterschiedliche Frauen so gut befreundet sein konnten.

„Dass Dirks Affären alle so kurz und knapp ausfallen, ist übrigens nicht das einzig Bemerkenswerte daran“, meldete Dorothy sich plötzlich wieder zu Wort. „Mir ist auch nicht bekannt, dass er sich jemals mit einer Frau getroffen hat, die für Tex-Con arbeitet.“

„Mir würde eine heiße Nacht genügen“, sagte Margo in ihrer erotischsten Stimme. „Ach, versucht euch nur einmal vorzustellen, wie sein Körper unter all diesen tadellosen Maßanzügen aussehen muss … und wie er wohl als Liebhaber ist.“

„Und ob ich mir das vorstellen kann! Mindestens zehnmal am Tag.“ Dorothy schloss die Augen und tat, als ob sie erschauerte. „Er ist bestimmt umwerfend.“

„Du bist so still, Alissa.“ Margo warf ihr einen prüfenden Blick zu. „Was hältst du denn eigentlich von Dirk?“

Vier Augenpaare waren auf Alissa gerichtet. Jetzt nur nicht die Beherrschung verlieren! dachte sie sich. „Nun ja … Ich halte ihn für einen sehr intelligenten Mann … und einen hervorragenden Chef.“

„Ach, papperlapapp!“, warf Jolene verärgert ein.

Dorothy und Annie rollten die Augen und stöhnten.

„Blablabla. Das wissen wir doch alles“, sagte Margo ungeduldig. „Aber wie findest du ihn als Mann?“

Alissa knetete ihre Serviette auf dem Schoß. „Na ja … Er … er scheint sehr nett zu sein.“

„Nett! Meine Süße, Schokoladenkuchen ist nett. Dirk Matheson ist ein Sexualobjekt in höchster Potenz.“

„*Margo!*“ Alissa war entsetzt, während die anderen am Tisch laut lachten. „Wie kannst du nur so etwas sagen?“

„Wie ich es kann? Es ist wahr, und das weißt du. Erzähl mir nicht, dass du noch nie einen erotischen Gedanken bei diesem Mann gehabt hast.“

Alissa rutschte unruhig auf ihrem Sitz hin und her. Es hatte keinen Zweck, es zu leugnen. Es war ihr noch nie gelungen, zu lügen, ohne sich etwas anmerken zu lassen, das wussten ihre Freundinnen sehr wohl. Und im Moment war ihr Gesicht knallrot.

„Komm schon, Alissa. Spuck’s aus. Hat er dich noch nie erregt?“

„Dorothy!“

„Er reizt dich, nicht wahr?“

„Ich weiß wirklich nicht, was …“

„Stimmt’s?“, drängte Jolene.

„Ich … ich …“

„Ja oder nein? Was gibt's da lange zu überlegen?"

„Na gut, ich sag's euch. Ja, er reizt mich schon. Sehr sogar. Zufrieden?"

„Und, warum unternimmst du nichts?"

„Ihr seid witzig. Als ob das etwas bringen würde!"

„Warum sollte es nicht?" Margo blickte Alissa abschätzend an. „Wenn irgendjemand in der Firma eine Chance bei Dirk hat, dann bist du es."

„*Ich!* Das ist doch lächerlich!"

„Ach, das kann ich aber nicht finden. Du hast doch Zugang zur Chefetage. Du kommst also leicht … hm … vier-, fünfmal am Tag mit ihm in Kontakt. Öfter jedenfalls, als irgendeine andere Frau in unserer Firma … mit Ausnahme seiner Sekretärin. Und Lucy Garrett ist ganz sicher um die sechzig rum."

„Meine Güte, Margo. Dirk kommt durch mein Zimmer, um mit dem Boss zu verhandeln, nicht um mich zu sehen. Er weiß wahrscheinlich nicht einmal, dass es mich gibt!"

„Na klar. Wer's glaubt, wird selig", spottete Dorothy. „Du hast ein Engelsgesicht und eine Bombenfigur. Und du willst mir weismachen, dass ein Mann von Dirks Geschmack für Frauen dich nicht bemerkt haben soll? Erzähl mir doch nicht so was!"

„Aber es ist wahr! Außerdem bin ich nicht sein Typ."

Jolene johlte höhnisch. „Quatsch!"

„Du bist eine sehr attraktive Frau, Alissa. Ein Mann, der das nicht mitbekommt, muss schon blind sein."

„Danke, Annie. Das ist echt süß von dir. Aber glaub mir, Mr Matheson hat noch nicht einmal mitbekommen, dass ich eine Frau bin. Für ihn bin ich nur ein Teil der Büroeinrichtung. Seit fünfzehn Jahren arbeite ich für die Firma, aber ich bezweifle, dass er überhaupt meinen Vornamen kennt."

Ihr Boss war fast siebzig und hielt sich seinen Mitarbeitern gegenüber konsequent an gewisse Formalitäten. Alissa war für ihn immer Mrs Kirkpatrick gewesen, und Dirk hatte es stets genauso gehalten … wenn er sich denn überhaupt die Mühe gab, sie anzusprechen.

„Weißt du was?", meldete sich Margo wieder zu Wort. „Selbst wenn das tatsächlich so ist, könntest du doch immer noch etwas daran ändern."

„Margo, bitte, könnten wir nicht einfach das Thema wechseln?"

„Du bist viel zu reserviert, eben die perfekte Sekretärin. Wenn du doch nur … Oh, Mamma mia! Ich kann's nicht glauben!"

„Was? Ist was passiert?", fragte Alissa in einem Anflug von Panik und war sich dabei gar nicht sicher, was ihr auf einmal solche Angst machte.

Margo senkte die Stimme zu einem kaum vernehmlichen Murmeln. „Das kannst du wohl sagen." Sie duckte den Kopf und versuchte, ihr Gesicht mit der Hand abzuschirmen. „Guckt mal, wer auch hier ist", zischte sie und wies mit dem Kinn auf die Reihe von eingetopften Palmen, die ihren Tisch von dem nächsten trennten.

Vier Augenpaare wandten sich in eine Richtung, und die Frauen gaben wie im Gleichklang einen überraschten Laut von sich.

Nie zuvor hatte Alissa sich so sehr gewünscht, dass der Boden sich unter ihr auftun und sie verschlucken würde.

Neben dem angrenzenden Tisch gleich hinter den Palmen stand Dirk Matheson und zog aus einem Bündel Geldscheinen einen Schein für das Trinkgeld hervor.

„Ach, du liebe Güte", flüsterte Dorothy entsetzt. „Ob er uns gehört hat?"

„Vielleicht nicht. Es hängt davon ab, wie laut wir geredet haben. Wenn er in ein Gespräch vertieft war, hat er wahrscheinlich auf alles andere nicht geachtet." Jolene, die mit dem Rücken zu Dirks Tisch saß, holte aus ihrer Handtasche eine Puderdose heraus, und während sie vorgab, sich die Nase zu pudern, überprüfte sie im Spiegel, was sich hinter ihr tat. „Verflixt! Ich kann wegen der blöden Palmen nichts sehen. Kann einer von euch erkennen, ob jemand bei ihm ist?"

„Er scheint allein zu sein", raunte Annie betroffen. „Oh, wie peinlich!"

Peinlich? Dieses schwache Wort konnte nicht im Geringsten beschreiben, was Alissa fühlte. Am liebsten wäre sie unter den Tisch gekrabbelt und niemals wieder herausgekommen.

„Natürlich!" Dorothy schlug sich mit der Handfläche gegen die Stirn und stöhnte. „Was sind wir bloß für ein Haufen Schwachköpfe! Wahrscheinlich hat er mit Dierdre Hollingsworth hier gegessen. Das hätte uns sofort klar sein sollen, als sie hier herausstürmte."

„Oje, er kommt", zischte Margo.

Alissa hielt den Atem an und verkrampfte die Hände auf dem Schoß ineinander.

Dirks Verhalten verriet nichts, was ihnen einen Anhaltspunkt hätte geben können. Sein Gesichtsausdruck blieb gleichmütig wie eh und je. Als er an ihrem Tisch vorbeikam, glitten seine Augen über die Gruppe, und er nickte höflich. „Ladies", murmelte er im Vorübergehen.

„Guten Tag, Mr Matheson", erwiderten die fünf Frauen etwas verschämt.

Stillschweigend blickten sie ihm nach, bis er aus der Tür des Restaurants ins Freie trat.

„Also? Was meint ihr?" Jolene blickte zweifelnd in die Runde.

„Er wirkte nicht anders als sonst", antwortete Annie mit hoffnungsvoller Stimme. „Vielleicht hat er uns nicht gehört."

„Ha! Das hat nichts zu bedeuten. Habt ihr's jemals erlebt, dass sich Dirk Matheson seine Gedanken anmerken lässt?"

„Dorothy hat recht", murrte Margo. „Wer weiß schon, was sich hinter dieser versteinerten Miene verbirgt?"

Annie war merklich niedergeschlagen. „Ich kann wohl die Beförderung vergessen, auf die ich gehofft habe. Und Brian und ich könnten das Geld wirklich gut gebrauchen."

„Beförderung … Du lieber Himmel! Wir können von Glück sagen, wenn wir unsere Jobs behalten."

„Hör auf, Dorothy. Dirk würde uns nie rausschmeißen. Er ist kein Kleingeist", entgegnete Jolene. „Vielleicht findet er die Geschichte ja sogar ganz lustig."

„Na klar. Wann hast du ihn das letzte Mal lachen hören?"

„Nun gut … Dann ist er halt nicht der lustigste Mensch weit und breit, aber es ist doch immerhin noch möglich, dass er kein Wort gehört hat."

Alissa stützte die Ellbogen auf den Tisch, umfasste mit den Händen den Kopf und stöhnte. „Oje, ich kann's einfach nicht glauben. Das kann doch nicht wahr sein! Ich werde ihm niemals wieder in die Augen sehen können!"

„Komm schon. Beruhige dich, Alissa." Margo tätschelte ihren Rücken. „Es ist sinnlos, sich aufzuregen, solange du nicht weißt, ob er uns gehört hat. Warte ab, wie er sich benimmt, wenn du wieder im Büro bist."

Alissa hob abrupt den Kopf und starrte ihre Freundin entsetzt an. „*Wenn ich wieder im Büro bin*? Bist du verrückt? Ich kann unmöglich wieder zurück und ihm gegenübertreten! Jedenfalls nicht jetzt. Das kann ich nicht!"

„Natürlich kannst du das. Trag den Kopf hoch, und tu so, als ob gar nichts geschehen wäre", riet Jolene.

„Sie hat recht", stimmte Margo ihr zu. „Ich meine, was wird er schon tun können? Hast du ihm etwas angetan? Wie auch immer, du musst zurück in dein Büro. Du kannst dich nicht einfach von einer Arbeit entfernen, die du seit fünfzehn Jahren ausübst, nur weil es dir ein bisschen peinlich ist."

„Ein bisschen peinlich! Ein *bisschen* peinlich? So nennst du das? Margo, um Himmels willen, ich habe mich in meinem ganzen Leben noch nie so geschämt!"

„Na gut, na gut, aber steiger dich da nicht hinein. Immerhin ist er nur ein Mann. Ein ganz unglaublicher Mann zwar … aber doch nur ein Mann. Du wirst sehen, es wird sich bald alles legen. In einem Monat ist alles schon wieder vergessen. Lasst uns jetzt gehen. Je eher du ihm gegenübertrittst, desto schneller ist alles vorbei."

Alissa schüttelte den Kopf. „Nein. Ich kann nicht. Ich … ich kann einfach nicht."

„Du musst aber. Dir bleibt nichts anderes übrig. Also komm schon."

Margo nahm Alissas Tasche und schob sie ihr in die Hände, dann stand sie auf. Die anderen drei Frauen folgten ihr. Sie zogen Alissa vom Stuhl und drängten sie zum Ausgang.

Auf dem Weg zurück zum Büro sprachen sie ihr Mut zu. Es half aber nicht. Alissa fühlte sich wie eine zum Tode verurteilte Frau, die dem Henker zugeführt wurde.

„Du musst nur an eines denken … Würde bewahren. Wenn er das Thema nicht anspricht, dann nimm es als gutes Zeichen auf", riet Jolene ihr im Aufzug, der zur Chefetage hinauffuhr.

Ihre Freundinnen hätten schon früher aussteigen sollen, aber sie blieben bei Alissa, um sie zu unterstützen, wie sie sagten. Alissa hatte jedoch den Verdacht, die vier wollten nur sicher sein, dass ihre Freundin auch tatsächlich an ihren Schreibtisch zurückkehrte.

„Und sollte er doch unser Gespräch erwähnen, dann stell das Ganze als einen dummen Scherz hin", fügte Margo hinzu, als der Etagenanzeiger anschlug.

Das kurze, aber schrille Klingeln sandte Alissa Schauer über das Rückgrat.

„Ach, das sagt sich so leicht. Keiner von euch hat mit ihm jeden Tag zu tun. Ihr könnt euch davonmachen und euch verstecken, wenn er in eurer Abteilung auftaucht."

„Tja, dafür hast du aber auch den Vorzug, auf der Chefetage zu arbeiten."

Die Aufzugstüren glitten zur Seite. Alissa machte automatisch einen Schritt zurück, aber mehrere Hände auf ihrem Rücken schoben sie hinaus in den Gang. Sie drehte sich mit finsterem Gesicht zu ihren Freundinnen um, aber die lächelten nur. Und als die Türen wieder zuglitten, zwinkerten sie ihr ermutigend zu. „Kopf hoch", riefen sie noch.

Zu Alissas unendlicher Erleichterung war von Dirk keine Spur, als sie die Tür zu ihrem Büro öffnete. Sie hatte schon befürchtet, dass er bei ihrem Schreibtisch auf sie warten würde, um ihr eine Abreibung zu geben. In der nächsten Stunde zuckte sie jedes Mal mächtig zusammen, wenn das Telefon läutete oder jemand in ihr Büro kam.

Natürlich war ihr klar, dass sie Dirk nicht für alle Zeiten meiden konnte, aber sie hoffte, dass sie zumindest den Rest des Tages hinter sich bringen könnte, ohne ihm zu begegnen. Bis zum nächsten Morgen würden sich ihre Nerven wieder beruhigt haben, da war sie sich sicher. Dann würde sich auch ihre Einstellung zu ihm normalisiert haben.

Doch es sollte nicht sein. Mr Battle hatte für den Nachmittag einen Termin mit einem wichtigen Kunden, und als der Kunde ankam, war Dirk bei ihm.

Alissas Herz schlug ihr bis zum Hals, aber als ihr Blick den von Dirk traf, fand sie keinen Spott oder Ärger in seinen Augen, nur den gewöhnlichen Anflug von Ungeduld. Sie konnte in seinem Verhalten aber auch nichts entdecken, das anders war als sonst.

„Das ist Mr Costas von der NASA", sagte er kurz angebunden. „Henry erwartet uns."

„Ja, natürlich. Bitte hier entlang, Gentlemen." Mit zitternden Knien erhob Alissa sich und begleitete die Herren dann in Mr Battles Büro. Sie wollte sich gerade zurückziehen und sich wieder an ihren Schreibtisch setzen, als Henry sie anwies, zu bleiben und Notizen zu machen.

Die ganze Sitzung hindurch blickte Dirk Matheson kaum in ihre Richtung. Sie hätte genauso gut unsichtbar sein können, so wenig Aufmerksamkeit schenkte er ihr. Da dies normal war, fing Alissa an, sich zu entspannen.

Die Verhandlung endete kurz vor Arbeitsschluss. Dirk sicherte zu, einen Vertragsentwurf aufzusetzen und ihn innerhalb weniger Stunden an Mr Costas zu faxen. Nachdem er und der Mann von der NASA gegangen waren, kehrte Alissa an ihren Schreibtisch zurück und sank mit einem erleichterten Seufzer auf ihren Stuhl. Wie es schien, hatte sie sich künstlich aufgeregt. Dirk Matheson hatte offensichtlich kein Wort von dem beleidigenden und erniedrigenden Gespräch gehört.

Das soll mir für die Zukunft eine Lehre sein, nahm Alissa sich vor, während sie ihren Schreibtisch abräumte und über den Computerterminal die Schutzhülle stülpte. Nie wieder würde sie es zulassen, dass ihre Freundinnen sie in eine nicht ganz jugendfreie Diskussion über Männer hineinzogen – vor allem nicht über Dirk Matheson.

„Einen guten Abend, Mrs Kirkpatrick. Ich wünsche Ihnen ein schönes Wochenende."

Alissa blickte hoch und sah überrascht ihren Boss an, der gerade in seinen Mantel schlüpfte, um das Büro zu verlassen.

„Sie gehen schon so früh?" Es sah ihm gar nicht ähnlich, seine Arbeit vor sieben Uhr abends zu beenden. Gewöhnlich waren es er oder Dirk, die als Letzte das Gebäude verließen.

„Ja. Ich habe meiner Frau versprochen, heute früher Schluss zu machen. Wir haben Familienbesuch von auswärts, und wenn ich nicht zu einer vernünftigen Zeit zu Hause bin, reißt sie mir den Kopf ab."

Alissa lächelte. Sie bezweifelte, dass Francine Battle so etwas tun würde. Mrs Battle war eine kleine Frau mit sanftem Umgangston, rosigen Wangen und verschmitzten Augen. Alissa konnte sie sich nicht einmal mit erhobener Stimme vorstellen.

„Das wollen wir natürlich vermeiden", erwiderte sie mit einem kleinen Auflachen. „Ich werde wohl auch gehen. Wenn es Ihnen nichts ausmacht, nehme ich den Aufzug mit Ihnen nach unten."

Sie holte ihre Handtasche aus der untersten Schublade und ging zum Schrank, wo ihr Mantel hing. Sie hatte noch keine drei Schritte getan, als die Tür zum Gang aufging und Dirk hereinkam.

„Gut. Sie sind noch hier." Er blickte Alissa an, dann wandte er sich an Mr Battle. „Meine Sekretärin ist leider schon weg. Hätten Sie etwas dagegen, wenn ich mir Mrs Kirkpatrick ausleihe, damit der Vertragsentwurf für Mr Costas heute noch hinausgeht?"

„Nur zu. Kein Problem", antwortete Henry, ohne zu zögern.

„Es macht Ihnen doch nichts aus, noch ein wenig länger zu bleiben, Mrs Kirkpatrick?"

Alissa stockte das Herz. Ob Dirk das peinliche Geschwätz gehört hatte oder auch nicht, sie war alles andere als scharf darauf, mit ihm allein zu sein. Außerdem hatte sie sich schon auf ihr Zuhause gefreut, hatte vorgehabt, sich in einem heißen Bad zu entspannen und es sich dann vor dem Kaminfeuer mit einem guten Buch gemütlich zu machen. Nach einem solchen Tag wie heute brauchte sie es einfach, sich ein wenig selbst zu verwöhnen.

Trotz alledem zeigte sie ihrem Boss ein mattes Lächeln. „Nein, natürlich nicht."

„Gut. Dann ist das ja geregelt. Na ja, ich mache mich jetzt lieber auf den Weg. Arbeiten Sie nicht zu hart."

„Ist das auch wirklich keine Zumutung?", erkundigte sich Dirk, nachdem Mr Battle gegangen war. „Mir ist gerade klar geworden, dass wir Freitag haben. Vielleicht haben Sie ja heute Abend eine Verabredung?"

„Nein. Keine Verabredung." Alissa mied seinen Blick, legte ihre Handtasche auf die Ecke ihres Schreibtischs und setzte sich. Sie nahm die Hülle vom Computer und startete ihn, dann überprüfte sie den Papiervorrat im Drucker.

„Überhaupt keine?"

Verwirrt schaute Alissa auf und bemerkte, wie Dirk Matheson sie gespannt beobachtete. „Wie bitte?"

„Sie haben nie eine Verabredung?"

„Oh. Nein. Nein, die habe ich nicht."

„Warum nicht?"

Ein leichter Schauer rieselte ihr über das Rückgrat. Warum interessierte er sich so plötzlich für ihr Privatleben? Er hatte sich nie zuvor so verhalten, als ob er überhaupt nur vermutet haben könnte, dass sie ein eigenes Leben führte. „Ich … ich bin dem aus dem Wege gegangen. Ich bin ja erst seit etwas mehr als einem Jahr Witwe."

„Hm … ach so. Na ja, dann trifft es sich ja gut. Zumindest bringe ich Ihre Pläne für heute Abend nicht durcheinander." Und ohne Überleitung fügte er gleich hinzu: „Wollen wir also anfangen?" Sein Ton war wieder sachlich nüchtern. „Ich werde Henrys Büro benutzen, um den Vertragsentwurf zu Ende zu bringen, mit dem ich während der Sitzung angefangen habe. Währenddessen können Sie schon mal einen

Begleitbrief zur Faxübermittlung für meine Unterschrift vorbereiten. Sie wissen schon, was ich meine … ‚bei den folgenden zig Seiten handelt es sich um die Angebote, über die wir zu diesem oder jenem Datum verhandelt haben' und so weiter und so fort."

„Ja, natürlich, Mr Matheson. Mache ich sofort."

Alissa brauchte nicht lange, den Begleitbrief vorzubereiten. Während sie auf Dirk wartete, beschäftigte sie sich mit kleinen Arbeiten. Sie goss die Büropflanzen und brachte die Kaffeebar in Ordnung, dann kehrte sie zu ihrem Schreibtisch zurück und fing an, Mr Battles Termine für die nächste Woche durchzugehen.

„Hallo, meine Schöne. Was? So spät noch hier? Hat der alte Battle dich wieder mit Arbeit zugedeckt?"

Alissa gab einen kleinen Laut von sich und fuhr zusammen. Sie blickte auf und sah Jack Hennesey in der offenen Tür stehen, mit der Schulter bequem gegen den Rahmen gelehnt. Einen Fuß hatte er über den anderen gekreuzt und seine Arme vor der Brust lose verschränkt. Seine lässige Haltung, sein aufreizendes Lächeln und das Glitzern in seinen blauen, unruhig dreinblickenden Augen waren eine Zurschaustellung von verführerischem Charme und ein Markenzeichen von Jack.

Alissa schloss die Augen und atmete tief aus. „Jack! Du hast mich zu Tode erschreckt."

„Tut mir leid, meine Schöne. Das hab ich nicht gewollt. Ich habe beschlossen, für den Tag Schluss zu machen, und war gerade auf dem Weg zu den Aufzügen, da habe ich entdeckt, dass bei dir im Zimmer noch Licht brennt."

Er stieß sich vom Türrahmen ab und schlenderte in den Raum, die Hände in den Hosentaschen. Dann hockte er sich auf die Ecke ihres Schreibtisches und grinste auf Alissa herunter. „Also, wie kommt's, dass du so spät am Freitagabend noch hier herumsitzt und arbeitest? Eine schöne Frau wie du sollte sich jetzt für eine romantische Nacht in der Stadt herausputzen. Am besten mit mir."

„Es gab noch etwas Wichtiges zu tun, und da hab ich mich bereit erklärt, auszuhelfen."

„Aha, die perfekte Sekretärin. Schlag fünf flitzt meine aus ihrem Büro und aus dem Gebäude heraus. Ich kann sie nicht einmal dazu bringen, für mich etwas beim Postamt abzuliefern, wenn ich die letzte Abholung unserer Poststelle versäumt habe. Sie sagt, dass gehöre nicht zu ihrem Job."

Alissa lachte. „Jack Hennesey, du bist schrecklich. Anita ist eine ausgezeichnete Sekretärin, und das weißt du auch."

„Vielleicht", gab er mit einem Schulterzucken zu. „Aber ich würde sie, ohne mit der Wimper zu zucken, sofort gegen dich eintauschen."

Alissa warf ihm einen strafenden Blick zu, aber sagte nichts dazu.

„Also, wie lange dauert es noch, bis du hier fertig bist?"

„Keine Ahnung."

Er lehnte sich zu ihr vor, seine Lippen wieder zu einem sexy Lächeln verzogen, sein Blick unter den halb geschlossenen Lidern sinnlich auf sie gerichtet. „Ich könnte ja noch eine Weile warten. Und sobald du fertig bist, könnten wir irgendwo hingehen und zusammen essen. Vielleicht auch tanzen."

Alissa öffnete den Mund, um abzulehnen, aber er ließ es nicht dazu kommen.

„*Oder* … wir könnten nach Las Vegas fliegen und heiraten. Na? Was hältst du davon? Ich persönlich stimme für die zweite Möglichkeit." Er fuhr mit dem Finger zärtlich über ihre Wange und zwinkerte. „Seit Monaten träume ich von Flitterwochen mit dir."

Alissa lachte leise über seinen Unsinn. Sie würde sich hüten, ihn ernst zu nehmen. Jack war ein unverbesserlicher Charmeur. Das Flirten war so selbstverständlich für ihn wie das Atmen.

Nicht, dass es ihm nicht gefallen würde, wenn sie ihn beim Wort nähme und mit ihm essen ginge. Obwohl sie wusste, dass er nur Spaß machte. Die letzten zwei Monate hatte er schon öfter versucht, mit ihr auszugehen.

Sie mochte Jack sehr. Er war lustig und lieb und gut aussehend, aber sie wollte ihn nicht ermutigen. Flüchtige Liebesbeziehungen waren nichts für sie. Außerdem schienen ihr Verabredungen mit einem Kollegen nicht klug.

„Tut mir leid, Jack. Aber ich kann nicht."

„Was kannst du nicht? Mich heiraten oder mit mir essen gehen?"

„Beides", antwortete sie mit einem kleinen Auflachen.

Sein Lächeln verblasste, und einen kurzen Moment glaubte sie, etwas in seinen Augen zu sehen, was sie verunsicherte. Aber er blinzelte, und es war vorbei und wurde von seinem neckenden Lächeln ersetzt. „Du bist dir doch hoffentlich im Klaren darüber, dass ich nicht aufgebe? Nicht wahr? Ich werde dich so lange bedrängen, bis du ja sagst."

„Aber bitte nicht heute Abend. Sie hat doch bereits dein Angebot zum Dinner ausgeschlagen, also verschwinde von hier, Jack. Wir haben noch etwas zu erledigen."

Alissa fuhr wie ertappt zusammen und fühlte, wie sie rot wurde, als Dirk aus Mr Battles Büro herauskam. Jack hob nur die Augenbrauen und schien kein bisschen eingeschüchtert.

„Nanu? Grüß dich, Dirk. Ich wusste ja gar nicht, dass du noch hier bist."

„Tja, wie es aussieht, bin ich das aber. Und, Jack, wenn du dich mit unseren Mitarbeiterinnen verabreden willst, dann schlag ich vor, dass du es nach Büroschluss tust."

Jack grinste. „Es ist nach Büroschluss."

„Falls du es noch nicht bemerkt haben solltest, wir arbeiten noch immer."

„Kann ich was dafür, wenn du so ein Sklaventreiber bist?"

Dirk blickte finster drein. Jeder andere Mitarbeiter dieser Firma wäre über seine eigenen Füße gestolpert, um bei diesem Gesichtsausdruck so schnell wie möglich das Weite zu suchen. Aber Jacks Lächeln wurde nur noch breiter. Er hatte es zwar nicht bis zum stellvertretenden Direktor geschafft, aber er war nicht im Geringsten von Dirk eingeschüchtert. Jack arbeitete seit fast zwanzig Jahren in der Firma und war der Leiter der Marketing- und Werbeabteilung – eine Position, die er mit seinem Charme und seiner Persönlichkeit mehr als befriedigend ausfüllte.

„Verzieh dich, Hennesey. Mrs Kirkpatrick hat zu tun."

So kurz angebunden und barsch wie Dirk sich verhielt, wäre keiner auf die Idee gekommen, dass Jack und er die besten Freunde waren. Der Gedanke bereitete Alissa Unbehagen, während sie die beiden Männer beobachtete.

„Schon gut, schon gut. Ich geh ja schon", sagte Jack lachend und glitt vom Schreibtisch. „Lass dich nicht von ihm unter Druck setzen, meine Schöne. Und vergiss nicht … das Angebot mit Las Vegas gilt weiterhin, falls du es dir anders überlegen solltest."

Damit verschwand er, um aber gleich wieder den Kopf durch die Tür zu stecken. „Oh, sag mal, Kumpel … bleibt es beim Handball morgen früh?"

„Ja. Es bleibt dabei."

„Gut. Dann bis morgen früh Punkt neun."

Nachdem er gegangen war, rutschte Alissa nervös auf ihrem Stuhl hin und her, aber Dirk äußerte sich nicht. Er reichte ihr den hastig hingekritzelten Vorvertrag und kam zur Sache, als ob es die kurze Unterbrechung nie gegeben hätte.

Alissa brauchte fast zwei Stunden, um den Vertragsentwurf zu Dirks Zufriedenheit abzutippen. Sie wäre eher damit fertig geworden, wenn er sich nicht die ganze Zeit über in ihrer Nähe aufgehalten hätte. Er stand hinter ihr, mit einer Hand auf der Rückenlehne ihres Drehstuhls, und reichte ihr mit dem Arm mehrere Male über die Schulter, um sie auf etwas auf dem Bildschirm aufmerksam zu machen. Als der Vertragsentwurf dann endlich fertig zum Ausdrucken war, waren Alissas Nerven zum Zerreißen angespannt.

Nachdem Dirk die endgültige Version Korrektur gelesen hatte, dauerte es nur wenige Minuten, bis die Papiere gefaxt waren. Sowie sie damit fertig waren, holte Alissa ihren Mantel aus dem Schrank. „Wenn das alles war, dann gehe ich jetzt. Gute Nacht, Mr Matheson."

„Warten Sie. Ich bringe Sie noch zu Ihrem Wagen."

„Oh nein, das ist wirklich nicht nötig."

„Ich finde aber, dass es doch nötig ist. Um diese Zeit ist das Parkhaus wie ausgestorben. Es ist kein sicherer Ort für eine Frau."

Dagegen konnte Alissa nichts einwenden. Mr Battle legte immer großen Wert darauf, sie zu ihrem Wagen zu begleiten, wann immer sie bis in die späten Abendstunden hinein arbeiteten. In diesem Falle jedoch wusste Alissa nicht, was sie nervöser machte ... das schwach beleuchtete Parkhaus oder das Gefühl seiner Hand unter ihrem Ellbogen, als Dirk Matheson mit ihr im Aufzug hinunterfuhr und mit ihr den Gang zum Parkhaus entlangging.

Ihre Wagen waren die einzigen auf der Chefebene in der Garage. Alissas bescheidener Mittelklassewagen war ziemlich neu, aber er wurde von Dirks vier Plätze weiter geparktem Mercedes in den Schatten gestellt.

Ihre Hand zitterte, als sie unter Dirks wachsamen Augen die Tür auf der Fahrerseite aufschloss. Sie blickte ihn an und lächelte steif. „Danke, dass Sie mich begleitet haben."

Er sah sie mehrere Sekunden lang aufmerksam an, dann nickte er. „Das war doch selbstverständlich."

Alissa wurde schon ganz zappelig, aber er rührte sich nicht. „Ja dann ... äh ... gute Nacht."

„Gute Nacht."

Als Dirk Matheson sich zum Gehen wandte, schlüpfte Alissa rasch in ihren Wagen. Sie wollte gerade die Fahrertür schließen, als Dirk stehen blieb und sich wieder zu ihr umdrehte.

„Übrigens, ich glaube, ich sollte es Ihnen sagen ... Ich habe sehr wohl bemerkt, dass Sie eine Frau sind." Er zuckte mit den Schultern. „Wenn ich Sie nicht als Frau behandelt habe, dann lag es einfach daran, dass Sie sich immer so kühl und reserviert gegeben haben. Aber ich versichere Ihnen, ich *habe* es bemerkt."

Alissa starrte ihn sprachlos an, während glühende Hitze in ihre Wangen stieg. Ach, du liebe Güte. Er hatte sie also tatsächlich im Restaurant gehört!

Seine Mundwinkel zuckten im Anflug eines Lächelns. „Ich wollte nur, dass Sie es erfahren. Gute Nacht ... Alissa."

2. KAPITEL

Dirk hörte, wie hinter ihm Alissas Wagen ansprang und sie mit quietschenden Reifen rückwärts aus der Parkstelle herausfuhr, um auf die Ausfahrt zuzusteuern.

Er setzte sich in seinen Mercedes und ließ den Motor an, aber statt in den Rückwärtsgang zu schalten, blickte er über die Schulter, gerade rechtzeitig, um die Rücklichter ihres Wagens am anderen Ende des Parkhauses die Rampe hinunterfahren und dann verschwinden zu sehen.

Warum um alles in der Welt hatte er Alissa auf diese Weise necken müssen? Das hatte er nicht geplant. Er hatte vorgehabt, die ganze Sache zu ignorieren und sich nicht anmerken zu lassen, dass er auch nur ein Wort von dem Gespräch der Frauen mitbekommen hatte. Mit Rücksicht auf das Arbeitsklima wäre das ganz sicher der klügste Weg gewesen.

Er schüttelte den Kopf und fuhr aus dem reservierten Parkplatz heraus und auf die Ausfahrt zu – in einem etwas gelasseneren Tempo als Alissa. Und dann musste er doch lächeln, als er den Wagen die gewundene Rampe hinunterlenkte. Ihr Gesichtsausdruck war die Sache wirklich wert gewesen!

Am Fuß der Rampe fädelte Dirk sich in den Verkehrsstrom auf der Zubringerstraße zum Freeway ein. Er wohnte knapp zwei Meilen entfernt und war innerhalb von wenigen Minuten zu Hause.

In seinem Apartment war es kühl, als er hereinkam. Er knipste das Licht im Flur an und stellte den Thermostat höher, dann betrat er das Wohnzimmer und entzündete ein Feuer in seinem Kamin. Er beließ es bei dem einen Licht und machte sich nicht die Mühe, noch eine Lampe anzuknipsen.

Nachdem er seinen Mantel und das Jackett abgelegt hatte, schlenderte er in die Küche. Er holte aus dem Kühlschrank ein Sodawasser heraus und goss es in ein Glas mit Eiswürfeln. Dann kehrte er in den Wohnraum zurück und nahm einen großen Schluck, während er zur Balkontür hinüberging. Unter ihm erstreckten sich, so weit sein Auge sehen konnte, die Lichter von Houston, glitzerten wie Diamanten, die unbekümmert auf schwarzen Samt geworfen worden waren.

Warum konnte er bloß nicht damit aufhören, an Alissa Kirkpatrick zu denken?

Damit hatte er nun schon einen Großteil des Nachmittags verbracht – oder sollte er lieber sagen, vergeudet? Dieses ganz sicher nicht für seine Ohren bestimmte Gerede der Plaudertaschen aus dem Betrieb hatte den ganzen Tag lang an ihm genagt, hatte ihn auf Gedanken gebracht, die ihn noch nie zuvor beschäftigt hatten.

Allein die Vorstellung, dass Henrys immer so ruhige und beherrschte Sekretärin sich zu ihm hingezogen fühlte, fand er ungeheuer verblüffend. Darauf wäre er in seinen wildesten Träumen nicht gekommen. Ganz sicher hatte sie ihm niemals auch nur den kleinsten Fingerzeig gegeben, wann immer er in ihrer Nähe war. Für ihn war sie die Verkörperung der tüchtigen und sachlichen Sekretärin, die ruhig ihrer Arbeit nachging, ohne die Aufmerksamkeit anderer auf sich zu lenken.

Ihren Kolleginnen hatte sie erzählt, dass sie für ihn nur ein Teil der Büroeinrichtung sei. Aus irgendeinem Grund hatte ihn das getroffen. Falls er sich tatsächlich so verhalten hatte, dann war es ihre eigene Schuld, weil sie sich auch genauso verhielt.

Nun gut, wenn er ehrlich sein wollte, dann musste er zugeben, dass sie mit den meisten Dingen, die sie ihren Kolleginnen erzählt hatte, den Nagel auf den Kopf getroffen hatte. Was er ihr im Parkhaus gesagt hatte, war eine dicke Lüge gewesen. Bis zum heutigen Tag war sie für ihn nur Henrys Sekretärin gewesen … wenn er überhaupt einen Gedanken an sie verschwendet hatte.

Dirk verließ die Balkontür und ging zum Sofa, wo er sich bequem hinsetzte, den Kopf auf die Rückenlehne gelegt, die langen Beine von sich gestreckt und an den Fußgelenken überkreuzt. Das Glas Sodawasser balancierte er auf dem Bauch, so starrte er in die züngelnden Flammen im Kamin.

Zumindest war ihm ihr Vorname wieder eingefallen. Da Henry sie grundsätzlich mit dem Nachnamen ansprach, war sie für ihn auch immer nur Mrs Kirkpatrick gewesen. Bis heute.

„Alissa.“ Er ließ den Namen auf der Zunge zergehen. Er passte zu ihr. Weich und feminin und einzigartig.

Und schön.

Ja, sie *war* schön, auf eine weiche, fast ätherische Weise. Er musste sich wundern, dass ihm das vorher noch nicht aufgefallen war.

Nein. Nein, das stimmte nicht ganz. Er konnte sich vage an ihre erste Begegnung vor vielen Jahren erinnern, daran, dass er sie damals für eine überaus reizvolle Frau gehalten hatte. Dann hatte er allerdings herausgefunden, dass sie verheiratet war, und er hatte sie aus seinen Gedanken verbannt. Er hatte eine eiserne Regel im Umgang mit verheirateten Frauen: Sie waren für ihn tabu.

Jetzt war Alissa allerdings seit über einem Jahr verwitwet. Warum war er also während der letzten Zeit so blind gewesen? Hatte er sich mittlerweile tatsächlich zu sehr an ihre Anwesenheit gewöhnt?

Dirk nahm einen Schluck von dem Sodawasser und blickte gedankenverloren in das Kaminfeuer. Wahrscheinlich war ihre große Zurückhaltung wohl eher der Grund, warum er sie übersehen hatte. Alles an Alissa war zart – ihre blasse Gesichtsfarbe, der zierliche Körperbau, die geschmackvolle, aber konservative Art, wie sie sich kleidete, ihre angenehmen Umgangsformen. Man musste tatsächlich schon zweimal hinschauen, um zu bemerken, wie perfekt ihre Züge waren.

Nun, da er das erkannt hatte, entdeckte er noch etwas an ihr. Alissas Schönheit strahlte eine Wärme und eine Ruhe aus, die unbeschreiblich anziehend auf ihn wirkten. Wenn eine Ehe überhaupt für ihn infrage käme, wäre Alissa genau die Frau, für die er sich entscheiden könnte.

Den genauen Grund, warum er niemals eine Beziehung mit diesem Typ Frau eingegangen war, kannte er nicht. Die Frauen, mit denen er sich traf, waren anspruchsvoll, gewöhnlich karrieresüchtig oder Frauen, die der Schickeria angehörten. Sie alle hatten eines gemeinsam: Sie interessierten sich weder für ihr Zuhause noch für Kinder. Keine von ihnen wäre der Typ von Frau, mit der er den Rest seines Lebens verbringen wollte.

Dirk schnaubte. Es war schon ironisch, dass die Eigenschaften, die er bei seinen bisherigen Freundinnen für begehrenswert hielt, genau die Eigenschaften waren, die ihn davon abhielten, sie zu heiraten. Niemals könnte er sich ernsthaft zu einer Frau hingezogen fühlen, die keine Kinder haben wollte, und doch hatte er es noch nie in Betracht gezogen, Vater zu werden. Nicht mit seinem Hintergrund …

Was ihn zu der Schlussfolgerung brachte, dass dies wahrscheinlich auch der Grund war, warum er sich innerlich gegen Alissa Kirkpatrick abgeschirmt hatte. Und warum es auch so bleiben sollte.

Am Wochenende hatte Alissa lange über den Vorfall am Freitag gegrübelt, und am Montagmorgen war sie dann endlich zu dem Schluss gekommen, dass sie überreagiert hatte. Sie bezweifelte, dass Dirk noch weitere Anspielungen auf dieses demütigende Geschwätz im Restaurant machen würde. Solche provokativen Bemerkungen waren nicht gerade sein Stil. Die kleine Episode im Parkhaus war ihrer Meinung nach auf die späte Stunde und seine Übermüdung zurückzuführen.

Außerdem würde Dirk sich wohl kaum darum kümmern, was die Frauen im Büro über ihn dachten oder sagten. Sehr wahrscheinlich hatte er das Ganze mittlerweile vergessen. Als er sich dann den ganzen Vormittag hindurch nicht im Büro zeigte, fühlte sie sich in ihrer Vermutung bestätigt.

Es war bereits Nachmittag, als Alissa herausfand, dass Dirk gar nicht im Haus war. Er war am Morgen nach San Francisco geflogen, um sich mit dem Leiter ihrer Niederlassung an der Westküste zu treffen. Und man erwartete, dass er mehrere Tage wegbleiben würde.

Fünf- oder sechsmal während der Woche rief Dirk im Büro an, um zu Henry durchgestellt zu werden. All diese Anrufe wurden über Alissa geleitet, aber immer, wenn sie mit ihm sprach, war sein Tonfall kurz angebunden und unpersönlich, und jedes Mal konnte er gar nicht schnell genug mit Henry verbunden werden. Nichts hätte besser darauf hinweisen können, dass sich die Dinge normalisiert hatten. Schon nach den ersten wenigen Anrufen machte sie sich also gar keine Sorgen mehr.

Ohne Dirks störende Anwesenheit fühlte Alissa sich so entspannt wie schon lange nicht. Sie verbrachte einen Großteil ihrer Arbeitszeit mit Francine Battle, der sie bei den Vorbereitungen für den alljährlichen Galaabend half. Gemeinsam mit ihr organisierte sie das Festessen und den Tanz für die Angestellten der Firma. Die Party sollte am folgenden Samstagabend im Ballsaal eines Hotels im exklusiven Einkaufsviertel abgehalten werden. Und das Fest fand immer kurz nach Thanksgiving statt, damit auch diejenigen, die ihren Urlaub um die Weihnachtszeit nahmen, daran teilnehmen konnten.

In den vergangenen Jahren hatte Alissa sich immer auf das Ereignis gefreut. Dieses Jahr konnte sie ihm jedoch nichts abgewinnen. Es würde das erste Mal sein, dass sie ohne ihren Mann daran teilnahm.

Im letzten Jahr war sie kurz davor Witwe geworden, und so hatte keiner sich etwas dabei gedacht, als sie die Party überging. Dieses Jahr jedoch hatte sie keine Entschuldigung. Diese gesellschaftliche Veranstaltung bedeutete Mr Battle sehr viel, wie auch das große Picknick im Mittsommer, das er für die Arbeitnehmer veranstaltete. Mr Battle erwartete von seinen Leuten, dass sie daran teilnahmen, besonders von Alissa. Nicht nur, weil sie seine Sekretärin war, sondern auch, weil sie immer seiner Frau dabei half, die Partys auszurichten.

Um ihrer Vorfreude darauf ein wenig auf die Sprünge zu helfen, kaufte Alissa sich für diese Gelegenheit ein neues Kleid. Das knöchellange nachtblaue, gerade geschnittene Abendkleid hatte lange Ärmel und vorn einen runden Ausschnitt, der im Rücken jedoch in einem V fast bis zur Taille reichte. Der obere Teil des Kleides war mit winzigen Kristallen besprenkelt, die bei der kleinsten Bewegung glitzerten. Die weiche Seide umschmeichelte ihre Figur, und die Farbe passte gut zu ihrer hellen Haut und dem honigfarbenen bis zur Schulter reichenden Haar. Alissa hatte sich entschieden, es offen zu tragen, und hielt es an einer Seite mit einer Spange aus Bergkristall zusammen.

Ihre Freundinnen waren bereits da, als sie ankam. Als sie auf den Tisch zuging, erblickte Brian Mimms sie als Erster, und er stieß einen bewundernden Pfiff aus.

Margo drehte sich auf ihrem Stuhl um und begutachtete Alissa von Kopf bis Fuß. „Hallöchen! Da schau einmal einer her."

„Oh, Alissa. Du siehst einfach großartig aus", stieß Annie atemlos hervor und blickte sie mit großen Augen an. „Was würde ich darum geben, deinen Geschmack zu haben."

„Geschmack? Du meine Güte! Ich möchte das Gesicht und die Figur haben", stöhnte Dorothy. „Das ist nicht fair. Wenn ich so etwas anziehen würde, würde ich wohl eher wirken wie eine fette blaue Wurst. Und unsere kleine Alissa sieht darin einfach umwerfend aus."

„Das kann ich nur bestätigen", bemerkte Jolene. „Und solltest du es mir nicht glauben, Alissa, dann schau dich doch einmal um. Einigen dieser Burschen hier hängt die Zunge ja schon bis zum Boden."

„Eins steht fest", fügte Margo hinzu. „Falls du vorhast, einen dieser armen alleinstehenden Männer heute aus seinem Junggesellendasein zu reißen, dann hast du ganz sicher das richtige Kleid gewählt."

„Sehr komisch, Margo. Ich habe mir ein neues Kleid gekauft … na und? Damit wollte ich mich ein bisschen aufmuntern, das ist alles. Ich habe gar nicht geplant, jemanden zu verführen."

„Vertrau mir, Alissa, in diesem Kleid brauchst du das auch gar nicht groß zu planen."

Die trockenen Worte, die von Brian kamen, brachten alle zum Lachen, einschließlich Alissa.

Nachdem sie sich an den Tisch gesetzt hatte, stellte Margo sie ihrem Begleiter vor, einem jungen Mann mit dem Namen Cody Larson. Er war mindestens fünfzehn Jahre jünger als Margo und sah aus wie ein männliches Model. Weder Jolene noch Dorothy waren in Begleitung, was Alissa nur recht war. Sie fühlte sich so ein bisschen weniger befangen. Trotzdem hatte sie vor, sich nach dem Essen zurückzuziehen, sobald es die Höflichkeit zuließ.

Mr Battle hatte sich noch nie knauserig gezeigt, wenn er eine Party gab. Das Essen war köstlich, und die Unterhaltung am Tisch war lebhaft und fröhlich. Alissa fing an, sich zu entspannen, und amüsierte sich sogar. Nachher, während das Dessert serviert wurde, setzte die Band mit einer Melodie ein, und einige Paare begaben sich auf die Tanzfläche.

Alissa überlegte gerade, ob das der richtige Zeitpunkt wäre, um zu verschwinden, als sie bemerkte, wie Dorothy über ihre Schulter hinweg auf etwas oder jemanden starrte. „Oh, du liebe Güte, schaut mal, wer da auf uns zukommt!"

„Heiliger Bimbam", stöhnte Jolene. „Habt ihr schon mal einen Mann gesehen, der sich so gut in einem Smoking macht?"

Annie seufzte. „Nein, noch nie."

„Hey! Und was ist mit mir?", protestierte Brian und schoss seiner Frau einen beleidigten Blick zu.

Während Annie ihren verstimmten Ehemann wieder zu besänftigen suchte, nahm Alissa einen Schluck Kaffee. Sie drehte sich nicht um, um zu sehen, über wen da gehechelt wurde. Das brauchte sie gar nicht. Das vertraute Prickeln hatte es ihr bereits mitgeteilt.

Sie hatte gar nicht gewusst, dass Dirk schon wieder aus Kalifornien zurückgekommen war. Bis Freitagabend, als sie das Büro verlassen hatte, war er noch nicht da gewesen. Und Mr Battle hatte sich ein wenig besorgt gezeigt, dass Dirk die Arbeit in der Niederlassung an der Westküste womöglich nicht rechtzeitig beenden könnte, um an der Party teilzunehmen.

Alissa war sich im Klaren darüber, dass Dirk einfach nur die Runde machte, um die Mitarbeiter zu begrüßen. Das erwartete Mr Battle auch von seinem leitenden Direktor. Trotzdem flatterte ihr Puls, als Dirk neben ihrem Stuhl stehen blieb.

Sie blickte hoch, war darauf vorbereitet, auf das übliche Blabla etwas zu erwidern, und es versetzte ihr einen kleinen Schock, als sie die silbergrauen Augen so eindringlich auf sich gerichtet sah.

„Guten Abend, Mr Matheson“, sagte Margo in ihrem verführerischsten Tonfall. „Das ist eine großartige Party.“

„Oh ja, wirklich großartig.“

„Beeindruckend.“

„Könnte nicht besser sein“, stimmten die anderen ein.

„Ich bin froh, dass es Ihnen gefällt“, sagte Dirk, ohne den Blick von Alissa zu nehmen. „Tanzen Sie mit mir, Alissa.“ Er sagte das leise, und aus seiner dunklen Stimme klang eine solche Wärme und Zuneigung heraus, dass Alissa erschauerte.

„W…wie bitte?“ Sie starrte Dirk an. Sie hörte, wie Annie überrascht Luft holte, und spürte die Verblüffung und das unverfrorene Interesse eines jeden am Tisch. Sie konnte einfach nicht glauben, dass sie der Anlass dafür war.

„Ich sagte, tanzen Sie mit mir.“

„Ich … ich …“

Dirk ließ Alissa keine Wahl. Während er ihr immer noch in die Augen sah, lehnte er sich zu ihr herunter und ergriff ihre Hand. Und als er Alissa leicht vom Stuhl hochzuziehen versuchte, gab sie ohne auch nur den Anflug eines Widerstandes nach.

Ihr Herz hämmerte, und die Brust wurde ihr so eng, dass sie kaum atmen konnte. Jedes Augenpaar in einem Umkreis von siebzig Metern war auf sie gerichtet, sodass Alissa sich am liebsten verkrochen hätte. Doch sie war der Situation hilflos ausgeliefert. Fügsam ließ sie sich also von ihren ungläubig hinter ihr herstarrenden Freundinnen weg- und auf den Tanzboden führen.

Mit einer geschmeidigen Bewegung nahm Dirk sie in die Arme und zog sie an sich.

Zu nahe, wie Alissa fand, als sie anfingen, sich zur Musik zu bewegen. Nur wenige Zentimeter trennten sie. Ihre Brüste streiften seinen Oberkörper, und ab und zu kitzelten die Rüschen an seinem Smokinghemd ihre Nase.

Schlimmer noch … Alissa war sich nur allzu sehr seiner Hand auf ihrem bloßen Rücken bewusst. Die breite Handfläche und die langen schlanken Finger strömten eine unwahrscheinliche Wärme aus, und das half ihr nicht gerade dabei, ihr inneres Gleichgewicht wiederzufinden.

Während sie sich zu der langsamen Musik bewegten, starrte Alissa auf die perfekt gebundene Smokingfliege und atmete den Duft von würzigem Cologne, gestärktem Hemdleinen und teurer Wolle ein … und von Mann.

Wie auch sonst immer, war Dirk auch diesmal untadelig gekleidet. Sein Smoking war handgearbeitet und seiner hochgewachsenen eleganten Figur tadellos angepasst. Das Material fühlte sich angenehm rau unter ihrer Hand an, die auf seiner Schulter ruhte. Ihre andere Hand war von seinen trockenen und warmen langen Fingern umschlossen. Soweit Alissa sich erinnern konnte, war es das erste Mal, dass Dirk Matheson ihre Hand hielt oder dass sie ihm so nahe war.

Während sie tanzten, schwieg Alissa und kämpfte gegen ihre innere Anspannung an. Sie war sicher, dass Dirk ihr Zittern nicht verborgen blieb, aber sie konnte es nicht aufhalten.

So unauffällig wie möglich versuchte Alissa, sich ein wenig von ihm zu lösen, um ein wenig Abstand zu gewinnen, aber als Reaktion darauf zog er sie nur noch dichter an sich … so dicht, dass er sein Kinn gegen ihre Schläfe legte.

„M…Mr Matheson, was tun Sie denn da?"

„Tanzen." Er legte den Kopf zurück und sah lächelnd auf Alissa herunter. „Das ist doch eigentlich offensichtlich."

„Nein, ich meine … Sie halten mich zu eng. Die Leute fangen schon an, herüberzustarren."

„Und? Warum sollen sie nicht?"

„Aber …"

„Wir tanzen doch nur, Alissa. Was ist so schlimm daran? Immerhin ist das hier eine Party, oder nicht?"

„Ja, aber … na ja … Sie haben mich bisher noch nie bei solchen Gelegenheiten um einen Tanz gebeten. Oder auch eine der anderen Frauen in der Firma. Die Leute kommen ja noch auf falsche Gedanken."

„Das bezweifle ich", murmelte Dirk und führte sie gewandt um ein anderes Tanzpaar herum.

„Aber … Sie wissen doch, wie schnell so etwas Anlass zum Klatsch gibt."

„Ich kümmere mich nicht um Klatsch."

Alles schön und gut, dachte Alissa. Er würde ja auch nicht ausbaden müssen, was die wissenden Blicke und die zweideutigen Bemerkungen bereits ankündigten. Wer würde es schon bei vollem Verstand mit der rechten Hand des Unternehmers aufnehmen wollen? Einem Mann wie Dirk Matheson mit seinem Ruf und seiner Macht würde niemand zu nahe treten wollen, nur weil er mit einer Sekretärin Wange an Wange getanzt hatte. Alle Männer hier würden ihn wahrscheinlich sogar für so eine Art Helden halten. Sehr viel schlechter würde dagegen Alissa wegkommen. Und bevor man es sich versah, kursierten wahrscheinlich schon die ersten Gerüchte, dass sie beide miteinander schliefen.

Alissa schloss die Augen. Sie würde das nie richtigstellen können.

„Übrigens, ich habe nur deswegen noch nicht vorher mit Ihnen getanzt, weil Sie verheiratet und mit Ihrem Mann hier waren."

„Sie tanzen aber mit anderen verheirateten Frauen."

„Sie meinen mit Mrs Battle und den Frauen der Geschäftsleiter? Das sind Pflichttänze. Hätte ich mit Ihnen getanzt, wäre das rein zum Vergnügen gewesen, da gebe ich Ihnen mein Wort. Aber irgendwie habe ich das Gefühl, dass Ihr Mann es nicht so gern gesehen hätte." Er lehnte sich zurück, und seine silbergrauen Augen blickten geradewegs in ihre. Er senkte die Stimme zu einem rauen Flüstern. „Ich weiß jedenfalls, dass ich es nicht gern hätte, wenn Sie meine Frau wären."

Alissa war so verwirrt, dass sie ihn nur noch anstarren konnte. Er flirtete mit ihr. Dirk Matheson flirtete wirklich und wahrhaftig mit ihr! Entweder das oder er frotzelte nur. Alissa wusste nicht, was sie lieber hätte.

Wenn sie es sich richtig überlegte, dann nahm er sie wohl nur auf den Arm. Offensichtlich kannte sie ihn überhaupt nicht, vor allem nicht als Privatmann. Sie hatte ihn immer für zu ernst und zu nüchtern gehalten, um Scherze zu machen. Aber ganz unerwartet musste sie herausfinden, dass sie sich geirrt hatte.

„Hören Sie, Mr Matheson …"

„Dirk."

Alissa blinzelte. „Wie bitte?"

„Nennen Sie mich Dirk."

„*Was?* Das kann ich nicht tun."

„Natürlich können Sie das." Er lächelte und spannte die Hand auf ihrem nackten Rücken an.

„Mr Mathe…"

„Dirk."

Sie verzog das Gesicht. „Na gut, dann eben … Dirk. Wenn das jetzt eine Art Vergeltung sein soll für das, was Sie im Restaurant mit angehört haben …"

„Glauben Sie wirklich, ich könnte so etwas tun? Sie bestrafen?"

„Ja, natürlich. Ich habe Sie in Verlegenheit gebracht und verärgert, also haben Sie auch das Recht, es mir mit gleicher Münze heimzuzahlen. Und ich glaube, dass Sie es vielleicht auch tun.“

„Warum sollte ich in Verlegenheit gebracht oder verärgert sein, weil eine schöne Frau sagte, dass Sie sich zu mir hingezogen fühlt?“

Alissa wurde knallrot, was ihr unendlich peinlich war. „Oh, aber … S…Sie haben das missverstanden. Das war nur ein Scherz. Meine Kolleginnen haben mich n…nur gereizt, und ich, äh … ich habe da einfach mitgemacht. Das ist alles. Wir haben es nicht ernst gemeint. Es … es war nur ein Geschwätz unter Frauen. Ich versichere Ihnen, dass wir uns nichts dabei gedacht haben.“

„Ach so. Also … fühlen Sie sich *nicht* zu mir hingezogen? Ist es das, was Sie mir sagen wollen?“ Er zog eine Braue hoch und wartete mit ernstem Gesicht auf ihre Antwort. Aber Alissa traute seinen funkelnden Augen nicht.

„Ja. Nein! Ich meine … es ist so… Sie sind ein gut aussehender Mann, und natürlich … natürlich weiß ich das zu schätzen.“

„Na ja, das ist immerhin etwas.“

„Aber ich würde mir niemals erlauben … Ich meine, ich weiß, dass Sie und ich …“

„Ja? Sie und ich … was?“

Er half ihr kein bisschen. Tatsache war, dass ihr Verhaspeln ihn zu belustigen schien. Sie konnte das Lachen aus seiner Stimme heraushören, konnte es in seinen funkelnden Augen sehen.

„Wir passen nicht zusammen“, erklärte Alissa. Sie hob das Kinn, starrte über seine Schulter, aber seine Reaktion brachte ihren Blick sofort wieder auf sein Gesicht zurück.

Entgeistert sah sie Dirk an, als er mit zurückgeworfenem Kopf lachte – ein herzhaftes, sehr männliches, vergnügtes Lachen, das die Musik und die Geräusche im Saal übertönte.

Niemals hätte Alissa damit gerechnet, ein so glückliches, unbefangenes Lachen von diesem Mann zu hören, und sie fragte sich, warum er nicht öfter lachte.

Im ganzen Ballsaal starrten die Leute zu ihnen herüber und flüsterten. Alissa empfand auf einmal großes Unbehagen. Am Montagmorgen würde die Gerüchteküche in der Firma überbrodeln.

Dirks Fröhlichkeit legte sich schließlich, und er sah sie herausfordernd an. Nie hätte Alissa sich vorstellen können, dass diese grauen

Augen so humorvoll aufblitzen oder dass seine strengen Gesichtszüge sich so aufhellen könnten.

„Ach, Alissa, Sie sind unbezahlbar. Und ob Sie es mir nun glauben oder auch nicht, wir passen besser zusammen, als Sie denken. Aber erlauben Sie mir, dass ich Ihnen einen Rat gebe. Spielen Sie niemals Poker. Ihr Gesicht würde Sie jedes Mal verraten."

„Ich ... ich weiß nicht, was Sie damit meinen."

„Ich meine, Ihre Lügen sind keinen Pfifferling wert. Ich glaube Ihnen nämlich nicht. Überhaupt nicht."

„Nein, Sie sehen das falsch, ich ..."

„Pst ... Sorgen Sie sich nicht darum. Entspannen Sie sich, und genießen Sie die Musik." Dirk zog Alissa enger an sich und schmiegte wieder das Kinn an ihre Schläfe.

Sich entspannen? Wie konnte er das von ihr erwarten, wenn er sie so dicht an sich hielt? Wenn so gut wie jede Person im Raum zu ihnen herüberstarrte? Wenn ihr Körper vor Erregung prickelte und ihre Nerven bis zum Zerreißen angespannt waren?

Ihre Körper waren eng aneinandergeschmiegt, sodass Alissas Brüste gegen seinen Oberkörper drückten. Mit dem Arm hielt er sie dicht an sich gezogen, und auf dem Rücken fühlte sie seine Hand auf der bloßen Haut, fühlte, wie er die Fingerspitzen unter den Saum des Ausschnitts schob.

Wie konnte ich mich nur in so eine Situation bringen?, fragte Alissa sich verzweifelt. Harmlose Fantasien waren eine Sache für sich. Doch mit jemandem wie Dirk fertig zu werden war wirklich etwas anderes. Dem war sie einfach nicht gewachsen. Sie hielt sich für eine einfache, gewöhnliche Person, häuslich veranlagt und für ihre sechsunddreißig Jahre lächerlich unerfahren. In ihrem ganzen Leben hatte sie sich nur ernsthaft mit einem einzigen Mann eingelassen, und den hatte sie auch geheiratet.

Dirk Matheson dagegen war ein starker, einflussreicher, überaus maskuliner Mann und von einem völlig anderen Format als sie.

Glücklicherweise endete in diesem Moment der Tanz. Alissa seufzte erleichtert auf und versuchte, sich aus Dirks Umarmung zu lösen. Aber sein Arm hielt ihre Taille nur noch enger umspannt. „Bitte nicht", murmelte er.

„Aber die Musik hat aufgehört."

Bevor Alissa weiter protestieren konnte, fing die Band mit einem neuen Stück an, und Dirk schwang sie im Rhythmus dazu herum.

Sie hatten gerade die ersten paar Schritte getan, als Jack Hennesey Dirk auf die Schulter tippte. Dirk blickte finster drein, aber Jack erwiderte den Blick mit einem breiten Grinsen. „Darf ich dich ablösen?"

„Nein."

Diese kurze, einsilbige Antwort verblüffte Alissa. Sie versteifte sich, aber Dirk zog sie an sich und tanzte mit ihr um ein anderes Paar herum. Jack zog die Augenbrauen hoch und blieb etwas ratlos auf der Tanzfläche stehen.

„Warum haben Sie das getan?"

„Warum? Das war doch wohl offensichtlich. Ich wollte Sie nicht von mir lassen."

„Aber das war unhöflich."

„War es das? So ein Pech!", erwiderte Dirk ohne den Anflug von Reue. „Aber machen Sie sich keine Gedanken. Jack wird es schon wieder überwinden."

Alissa versteifte sich wieder, doch wie bereits zuvor, zog er sie nur noch dichter an sich und tanzte mit ihr zum anderen Ende der Fläche hin.

Dirk war im Büro immer so beherrscht und energisch, dass Alissa eher von ihm erwartet hätte, dass er sich steif bewegen würde. Aber er war ein überraschend guter Tänzer, der sich den Rhythmen leicht und geschmeidig anpasste.

Alissa versuchte, sich zu entspannen und den Augenblick zu genießen, aber es gelang ihr nicht.

Schließlich endete auch dieses Lied. Und diesmal löste Alissa sich aus seiner Umarmung und machte schnell einen Schritt zurück, noch ehe Dirk mit ihr wieder davonschweben konnte. „Danke für den Tanz."

„Warum wollen Sie denn schon aufhören? Die Serie ist doch noch gar nicht zu Ende", entgegnete er und streckte die Arme nach ihr aus.

Alissa legte die Hände auf den Rücken und zog eine kleine Grimasse, als ihr bewusst wurde, wie kindisch das wirken musste. „Wenn wir weitertanzen, dann sorgen wir wirklich für Klatsch in der Firma. Und überhaupt, müssten Sie jetzt nicht zurück zu Miss Hollingsworth?"

„Dierdre Hollingsworth ist gar nicht hier. Wir treffen uns nämlich nicht mehr." Ein Anflug von Belustigung flackerte über sein Gesicht. „Eigentlich endete meine Beziehung zu Diedre beim Essen an dem Tag, als ich Ihnen und Ihren Kolleginnen bei Alberto's begegnet bin."

Ach, deshalb hatte diese Frau das Restaurant also so eingeschnappt verlassen. Er war sie gerade losgeworden. „Das tut mir leid. Das wusste ich nicht. Aber wer auch immer heute in Ihrer Begleitung ist, wird mittlerweile verärgert sein."

„Ich bin ohne Begleiterin gekommen."

Das überraschte Alissa. Dirk hatte zu solchen Ereignissen bisher immer jemanden mitgebracht. Sogar zu den Picknicks hatte er immer irgendeine weibliche Person im Schlepptau gehabt, die ihn offenbar anhimmelte.

„Oh …" Alissa machte noch einen Schritt zurück. „Na ja, ich muss jedenfalls an meinen Tisch zurück." *Um dann so schnell wie möglich von hier zu verschwinden*, fügte sie im Stillen hinzu.

„Nun ja." Dirk lächelte, und das Funkeln in seinen Augen machte sie misstrauisch. „In dem Fall bleibt mir nur noch eins, bevor Sie gehen."

„Ja?", fragte Alissa vorsichtig.

Lächelnd blickte er nach oben. Alissa folgte seinem Blick, und ihre Augen wurden groß, als sie den Mistelzweig erspähte, der direkt über ihren Köpfen vom Kronleuchter hing.

Sie sah Dirk argwöhnisch ins Gesicht. „Das w…würden Sie nicht …"

Aber sie irrte sich. Das konnte sie bereits an dem verräterischen Glitzern in seinen silbergrauen Augen erkennen. Ihr Herz schlug ihr bis zum Hals. Ihr Verstand warnte sie, so schnell wie möglich zu verschwinden, aber ihre Füße waren wie mit dem Boden verwurzelt.

Bevor Alissa diese lähmende Benommenheit abschütteln und sich davonmachen konnte, streckte Dirk die Hände aus und zog sie in seine Umarmung.

„Nein, Sie dürfen nicht …"

Ihr bestürzter Protest wurde erstickt von Dirks Lippen. Mitten auf der Tanzfläche und in voller Sicht der meisten Tex-Con-Mitarbeiter hielt er sie eng an sich gezogen und küsste sie.

3. KAPITEL

Der Kuss war überwältigend.

Er brachte Alissa völlig durcheinander und machte sie ganz benommen. Das war kein spielerisches Küsschen unter dem Mistelzweig! Das war ein atemberaubender, leidenschaftlicher Kuss voll erotischer Verheißung.

Dirk machte seine Sache sehr gut, nahm sich Zeit, genoss jede Berührung. Sein Kuss brannte auf ihren Lippen, während er Alissa so eng an sich gepresst hielt, als ob er sie nie wieder loslassen wollte.

Intensive Empfindungen überkamen Alissa. Leidenschaft und Hunger, pure sexuelle Anziehung. Alissa war sich bewusst, wie sehr Dirk sie im Augenblick begehrte. Sie spürte das Pochen seines Herzens an ihren Brüsten, und sein Atem streifte ihre Wange. Der Geschmack von Wein verweilte auf ihrer Zunge, und mit jedem Atemzug sog sie den berauschend männlichen Duft ein, der Dirk anhaftete.

Alissa war diesem Ansturm von Gefühlen völlig ausgeliefert, und es war ihr unmöglich, auch nur einen einzigen klaren Gedanken zu fassen. Nun war sie nur noch dazu in der Lage, sich eng an Dirk zu schmiegen und alles mit sich geschehen zu lassen.

„Ach, du liebes bisschen!"

„So ist's richtig, Mann!"

„Hol doch mal jemand den Feuerlöscher!"

„Das nenn' ich einen Kuss!"

Das Johlen und Klatschen und die deftigen Zurufe durchdrangen endlich Alissas Benommenheit. Sie versteifte sich und drückte mit der flachen Hand gegen Dirks Brust. Er nahm sich Zeit damit, sie freizugeben, aber schließlich hob er den Kopf, und sie trat mit weichen Knien einen Schritt zurück.

Hitze durchflutete Alissa, und sie zitterte, aber sie nahm sich zusammen und versuchte, ihre Würde zu waren. Als ihr Blick sich mit Dirks kreuzte, hob sie das Kinn.

„Wenn Sie damit fertig sind, mich zu demütigen, Mr Matheson, dann sage ich Gute Nacht", stieß sie mit bebender Stimme hervor.

„Was? Nein, das ist ein Missverständ… Alissa, warten Sie!"

Sie ignorierte ihn, floh, so schnell sie konnte durch das Gedränge der Tanzpaare, stieß blind jeden zur Seite, der ihr im Wege war.

„Alissa! Warte!"

Dirk wollte ihr folgen, aber Hugh McDougal, der Leiter der Frachtabteilung, stellte sich ihm entgegen. Er war ein Riese von einem Mann mit buschigem roten Haar und im Moment auch recht beschwipst.

„Flottes Tempo, Sie schlauer Fuchs", dröhnte er und schlug Dirk auf die Schulter. „H…hätten wir wiss'n soll'n, dass Sie die Burg er… erstürm'n." Er legte den Arm über Dirks Schultern, als ob sie Busenfreunde wären.

Über die Köpfe der Tanzpaare hinweg sah Dirk, wie Alissa sich die Handtasche vom Tisch schnappte und davoneilte, ohne auf die aufgeregten Fragen ihrer Kolleginnen einzugehen.

„Ham Sie 'ne Idee, wie viele Männer in d…dies'r Firma davon geträumt ham, bei Alissa zu landen, mein Freund?", fuhr Hugh fort. „S… sehr v…viele, kann ich nur sag'n. Bin froh, dass Sie's war'n. Sie s… sind genau der Mann, der der Kleinen n' Dämpfer verpasst. Das kleine Biest ging mir immer unter die Haut mit ihrem etepetete Gehabe."

Dirk warf ihm einen eisigen Blick zu. „Halt die Klappe, Hugh." Er schüttelte den schweren Arm des Mannes ab und machte sich auf den Weg, Alissa zu finden.

Doch sie war nirgendwo zu sehen. Dirk eilte aus dem Ballsaal und auf die Aufzüge zu. Er erreichte das Foyer und stieß gerade rechtzeitig die Schiebetüren des Haupteingangs auf, um zu sehen, wie der Parkwärter aus Alissas Auto am Bordstein stieg und die Tür für sie aufhielt.

„Alissa, warte!"

Überrascht warf sie über das Autodach hinweg einen Blick auf ihn und glitt schnell auf den Fahrersitz.

„Verdammt, Alissa …"

Mit quietschenden Reifen schoss sie aus der kurzen Ausfahrtkurve auf die Straße, ohne sich um den Verkehr zu kümmern. Der Fahrer eines Kleintransporters trat mit aller Wucht auf die Bremse und hupte wie verrückt, als er sie nur um wenige Zentimeter verfehlte.

„Kann ich Ihnen helfen?", fragte der Parkwärter, aber Dirk hörte ihn nicht.

Er stand auf dem Gehweg und blickte den rot leuchtenden Schlusslichtern von Alissas Wagen hinterher, bis sie aus seiner Sicht verschwanden.

Mit einem Fluch wirbelte er herum und schlug mit der Handfläche auf die Türen, bevor er in das Foyer zurückkehrte.

Verdammt! Warum hatte er sie geküsst? Er hätte wissen sollen, dass es sie verlegen machen würde. Was hatte er sich dabei nur gedacht?

Dirk schnaubte verächtlich, als er den Aufzug hinauf in den Ballsaal nahm. Das war genau das Problem ... Er hatte überhaupt nicht gedacht. Wenn er gedacht hätte, wäre er ihr den Abend über ferngeblieben, so wie er es ursprünglich vorgehabt hatte.

„Ja, richtig, Matheson. Und warum bist du dann ohne Begleitung gekommen?“, schimpfte er leise mit sich selbst. Seit seinem ersten Semester am College war er noch nie auf einer Party ohne weiblichen Anhang erschienen.

Seine Selbsttäuschung hatte nicht lange angehalten. Ein Blick auf Alissa mit ihrem honigfarbenen Haar, das ihr wellig auf die Schultern fiel, in dem rückenfreien Abendkleid, das ihre Figur umspielte, und er hatte prompt jedes Versprechen, das er sich auf dem Weg zur Party selbst gegeben hatte, total vergessen.

Eigentlich hätte es nicht möglich sein dürfen, aber irgendwie war es Alissa gelungen, elegant und gleichzeitig doch sündhaft sexy auszusehen. Er hatte sich zurückhalten müssen, um sich ihr nicht zu nähern, bevor die Band zum Tanz aufspielte.

Dirk schnaubte wieder. So viel zu den guten Vorsätzen.

Glücklicherweise war der nächste Tag ein Sonntag. Nach einer unruhigen Nacht im Bett, die Alissa zwischen Gekränktheit und Wut verbracht hatte, schlief sie lange in den Morgen hinein. Und doch fühlte sie sich immer noch müde, als sie dann schließlich aufstand.

Sie warf einen Blick auf die Uhr und wusste, dass sie es nicht rechtzeitig zur Kirche schaffen würde, um an einem späten Gottesdienst teilzunehmen, wenn sie sich jetzt nicht beeilte. Doch sie hatte nicht die Energie und ausnahmsweise auch nicht den Wunsch.

Ihre Augenlider fühlten sich schwer an, während sie sich durch den Morgen schleppte. Sie zwang sich, eine Schüssel mit Müsli zu essen und die Hausarbeit zu erledigen, die erledigt werden musste. Aber danach setzte sie sich in ihren Lieblingssessel neben dem Kamin, zog die Füße hoch und starrte in das Feuer, das sie angezündet hatte.

Seit Jahren war dieses Haus für sie eine Zuflucht gewesen, ein Ort, an dem sie die Welt um sich vergessen und sich sicher und zufrieden fühlen konnte.

Sie war als jüngstes von vier Kindern in einer liebevollen Familie aufgewachsen, wo es Wärme und Sicherheit gab. Ihre Mutter war mittlerweile gestorben, aber zurückgeblieben waren so viele schöne Erinnerungen, die Alissa an sie hatte … daran, wie sie nach der Schule nach Hause kam, in ein gemütliches Heim, in dem es nach gebackenen Keksen und nach Braten roch, wo sie schon von der Eingangstür her die Stimme ihrer Mutter hörte, die die Lieder aus dem Küchenradio mitsang, das herzhafte Lachen ihres Vaters mit den großen, abgearbeiteten Händen …

Alissa erinnerte sich an Familienessen um den großen Tisch herum, wo sie sich mit ihrer älteren Schwester Callie kabbelte und lachte, und wo sie die Neckereien ihrer zwei älteren Brüder Joe und Tyler ertragen musste. Sie erinnerte sich auch an das lodernde Feuer im Kamin, vor dem sie bäuchlings auf dem Teppich lag und ihre Schularbeiten machte. Oder daran, wie sie Fernsehen guckte, während ihr Vater las und ihre Mutter an ihrer Stickerei saß. Wann immer Alissa an Glück und Zufriedenheit dachte, kam ihr bis zum heutigen Tag das gemütliche alte Farmhaus in den Sinn, in dem sie groß geworden war.

Als sie Tom heiratete, träumte sie davon, ihrer eigenen Familie genau diese Art von Heim zu schaffen, die ihre Eltern ihr und ihren Geschwistern gegeben hatten. Und als sie und ihr Mann das bescheidene Haus gekauft hatten, in dem sie heute noch wohnte, war sie entschlossen gewesen, diesen Traum zu verwirklichen.

Alissa lächelte wehmütig. Tom hatte sie deswegen immer ein wenig aufgezogen. Er hatte das „den Drang, ein Nest zu bauen“ genannt.

Sie blickte sich im Zimmer um. Sie hatte sich so viel Mühe gegeben, das Haus so heimelig und gemütlich wie möglich zu machen, hatte es praktisch mit einem Minibudget eingerichtet, hatte vieles selbst getan. In den ersten zehn Jahren ihrer Ehe war Tom immer zu beschäftigt mit seinem Studium gewesen, um ihr zu helfen, und danach hatte seine Zahnarztpraxis seine ganze Zeit in Anspruch genommen.

Jedes Möbelstück in diesem Haus hatte sie nach Komfort und Behaglichkeit wie auch nach Farbe und Stil ausgewählt. Und das Resultat war ein bezauberndes und gemütliches Heim, in dem die sanften Schattierungen von Malvenfarbe, Fuchsienrot und Grünblau überwogen.

Es gab zwar keine Kinder, die das Haus mit ihrem Lachen und Plappern erfüllt hätten, aber sie und Tom waren hier glücklich gewesen.

Das Telefon fing an zu läuten. Alissa blickte hin und wieder weg. Wahrscheinlich waren es Margo oder Jolene oder eine ihrer anderen Freundinnen, die sie nach dem letzten Abend ausquetschen wollten. Sie war allerdings nicht in der Stimmung, darüber zu reden.

Den ganzen Nachmittag ging es so weiter: Das Telefon klingelte, hörte wieder auf und klingelte erneut. Aber Alissa nahm nicht ab.

Der Gedanke daran, am nächsten Morgen in das Büro zurückzukehren, machte sie ganz nervös. Ihre Kolleginnen würden sie unbarmherzig hänseln. Der Kuss auf der Tanzfläche würde auf Monate hinaus das Thema Nummer eins in der Firma sein.

Alissa erschauerte. Sie war von Natur aus zurückhaltend, und das Wissen darum, dass sie Zielscheibe des allgemeinen Spottes sein würde, machte sie ganz krank. Am schlimmsten war jedoch der Gedanke, dass sie Dirk wieder gegenübertreten müsste.

Die Türklingel schlug an, und Alissa fuhr heftig zusammen. Mit einem Seufzer erhob sie sich aus dem Sessel und ging widerwillig zur Tür, die sie öffnete, ohne nachzudenken. Es versetzte ihr einen Schock, als sie in Dirks Gesicht aufblickte.

Niemals hätte sie erwartet, ihn vor ihrer Türschwelle stehen zu sehen. Das war nicht fair von ihm. Warum hatte er nicht bis morgen warten können? Bis dahin hätte sie ihr inneres Gleichgewicht wiedergefunden und wäre besser darauf vorbereitet gewesen, sich mit ihm auseinanderzusetzen. Natürlich war es typisch für Dirk Matheson, sich den Gegenspieler in dessen ungünstigstem Augenblick vorzunehmen.

Und diesmal war es ihm zweifellos gelungen. Alissa hatte nicht einen einzigen Tupfer Make-up aufgelegt. Sie war nicht einmal angemessen angezogen. Im Büro trug sie das Haar ordentlich hochgesteckt. Jetzt hing es ihr lose um die Schultern. Nach dem Duschen hatte sie sich ein bequemes, ausgebeultes Sweatshirt mit passender Hose übergezogen. Darunter trug sie nicht einmal einen BH.

Überraschung flackerte in Dirks Augen auf, als er sie von Kopf bis Fuß musterte – von den zerzausten Haaren, durch die sie den ganzen Tag über nervös mit den Fingern gefahren war, über ihr Gesicht mit der klaren, leicht geröteten Haut bis hinunter zu den grauen Socken und den Hausschuhen, die eigentlich nur bequem aussahen. Als sein Blick sich dann auf einen Punkt konzentrierte – die vollen Brüste, die sich unter ihrem Sweatshirt deutlich abzeichneten –, musste Alissa den Drang bekämpfen, die Arme schützend darüber zu kreuzen.

„Was tun Sie hier?“, wollte sie wissen.

„Das hört sich aber nicht sehr gastfreundlich an.“

„Ich habe auch nicht die Absicht, gastfreundlich zu sein. Weshalb sind Sie hier?“

„Lassen Sie mich herein“, verlangte Dirk.

Alissa umfasste die Tür nur noch fester und rührte sich nicht. Er seufzte. „Kommen Sie. Sie wissen doch, dass wir miteinander reden müssen. Möchten Sie es lieber hier im Privaten oder im Büro tun?“

Alissa zögerte. Schließlich trat sie einen Schritt zurück und hielt ihm die Tür auf. Aber ihr Gesichtsausdruck blieb verschlossen.

Dirk ging an ihr vorbei und betrat die Eingangsdiele. Es war ein düsterer, bewölkter Tag, und die Temperatur lag um den Gefrierpunkt. Ein eiskalter Luftzug strömte von draußen herein.

Nachdem er seinen schaffellgefütterten Mantel abgelegt hatte, hängte er ihn auf den Kupferhaken des antiken Garderobenständers.

Alissa schaute Dirk das erste Mal richtig an, und sie fand, dass sie es lieber hätte unterlassen sollen. Im Büro sah er immer aus, als ob er aus einem exklusiven Herrenjournal herausgetreten wäre. Nur bei den alljährlichen Picknicks hatte er sich auch mal etwas legerer angezogen. Aber Alissa hatte ja keine Ahnung davon gehabt, wie unwahrscheinlich männlich er so ganz privat wirkte.

Er trug Mokassins und dicke dunkelblaue Socken zu alten Jeans und einem dunkelblauen flauschigen Fleece-Shirt, das seine breiten Schultern und die muskulöse Brust hervorhob.

Um Himmels willen, wirst du dich jetzt wohl zusammenreißen? stauchte sie sich im Stillen zusammen.

Ohne ein Wort wandte Alissa sich von ihm ab und ging in das Wohnzimmer. Dirk folgte ihr. „Nehmen Sie Platz“, sagte sie kühl und wies auf das Sofa. Aber Dirk ignorierte es und blieb mitten im Raum stehen, um sich umzusehen.

Verärgert setzte Alissa sich in ihren bequemen Sessel, verschränkte die Arme vor der Brust und beobachtete, wie Dirk jedes Detail ihres im Vergleich zu seinem Apartment sicherlich bescheidenen Heims begutachtete.

Nun, wenn er ganz ohne Zweifel luxuriöser eingerichtet war, so war dies hier immerhin ihr Zuhause, und sie fühlte sich wohl darin.

„Hübsch", sagte er endlich und überraschte Alissa damit.

Sie betrachtete ihn misstrauisch, erwartete noch eine herablassende Bemerkung, denn sie wusste, dass er eine Eigentumswohnung in einem der todschicken Hochhäuser nicht weit von der Firma besaß. Das Apartmenthaus gehörte zu Houstons renommiertesten Adressen.

„Ich habe noch nie an Ihrem ausgezeichneten Geschmack gezweifelt, und das hier bestätigt es mir nur."

Diese Feststellung verblüffte Alissa, und sie ermahnte sich, sich nicht zu sehr damit zu befassen. Wie auch immer, sie wurde den Verdacht nicht los, dass Dirk sie nur ablenken wollte.

Es machte sie nervös, ihn hier in ihrem Haus zu haben. Nach dem gestrigen Abend hatte sie geglaubt, dass sie jetzt quitt wären – schließlich hatte er es ihr heimgezahlt. Offensichtlich gehörte er jedoch zu den Menschen, die immer das letzte Wort haben mussten.

Fein. Sie wünschte nur, er würde sagen, weswegen er hergekommen war, und dann ganz schnell wieder verschwinden.

Sie faltete die Hände in ihrem Schoß, beobachtete ihn und wartete.

Dirk war in keiner Eile. Er war zu sehr damit beschäftigt, seine Umgebung in sich aufzunehmen, die eine Seite an Alissa widerspiegelte, die er nicht gekannt hatte.

Im Büro war ihre Erscheinung immer perfekt – makelloses Makeup, jedes Haar am richtigen Platz, immer tadellos gekleidet. Sie so zu sehen, in diesem bequemen Sweatshirt, völlig ungezwungen und zugänglich, sogar ein wenig verwundbar, hatte ihn stutzen lassen.

Eigentlich hätte ihn ihre Erscheinung gar nicht so sehr überraschen dürfen, wie er fand. Alissa hatte etwas an sich, was auf eine angeborene Sanftheit schließen ließ und das in ihm den Verdacht aufkommen ließ, dass unter dem Image der Karrierefrau sich in Wirklichkeit jemand verbarg, der Wärme und Geborgenheit schätzte. Dieses behagliche kleine Haus bestätigte es nur.

Er war vorher im Büro gewesen, um sich ihre Adresse zu holen, und als er ihre Personalakte durchgegangen war, hatte er festgestellt, dass Alissa sechsunddreißig Jahre alt war. In dieser zwanglosen Aufmachung sah sie allerdings keinen Tag älter als fünfundzwanzig aus. Und absolut reizvoll.

Sein Blick blieb wieder auf ihren Brüsten hängen, die sich unter dem Sweatshirt abzeichneten, und seine Mundwinkel hoben sich zu einem anerkennenden Lächeln. Als er wieder hochsah, hatte sich ihr Gesicht zu seinem Vergnügen gerötet.

Er setzte sich auf das Sofa und legte den Fuß mit dem Knöchel auf das andere Knie. Sein Ausdruck wurde ernst, und er sah Alissa lange schweigend an.

„Was gestern Abend passiert ist, tut mir leid", sagte Dirk schließlich abrupt. „Nicht, weil ich Sie geküsst habe. Ich habe es so gewollt. Und ich will es immer noch. Aber ich versichere Ihnen, ich habe niemals vorgehabt, Sie in Verlegenheit zu bringen, Alissa."

Sie blickte zur Seite. Es war ihr unmöglich, ihm weiterhin in die Augen zu sehen. „Bitte. Sie können mir doch nicht erzählen, dass Sie wirklich Interesse an mir hatten."

„Sie sind eine schöne Frau. Warum sollte ich mich nicht für Sie interessieren?"

„Weil Sie mich seit fünfzehn Jahren kennen, und während all dieser Zeit haben Sie mich kaum richtig angesehen."

Dirk zuckte die Schultern. „Die Dinge ändern sich. Bis vor einem Jahr waren Sie verheiratet. Jetzt sind Sie es nicht mehr."

„Trotzdem, wir beide wissen, dass Sie weder jetzt hier wären noch mich um den Tanz gebeten hätten noch mich geküsst hätten, wenn Sie unser Geschwätz im Restaurant nicht mitgehört hätten."

„Na gut, kann sein, dass Sie recht haben. Zu erfahren, dass Sie sich zu mir hingezogen fühlen, hat meine Aufmerksamkeit geweckt, das muss ich zugeben. Und jetzt kann ich gar nicht mehr aufhören, an Sie zu denken. Aber ich schwöre, dass ich Sie niemals demütigen wollte, Alissa. Das war nicht der Grund, warum ich Sie geküsst habe."

Sie hob das Kinn. „Nein? Warum haben Sie es dann getan? Sie hätten wissen müssen, dass Sie mich in eine peinliche Lage versetzen, wenn Sie uns beide so zur Schau stellen."

„Wollen Sie die Wahrheit hören?" Als Alissa nickte, wandte Dirk sich von ihr ab, blickte längere Zeit ins Kaminfeuer, fuhr sich dann mit einer heftigen Bewegung durchs Haar und sah ihr schließlich voll ins Gesicht.

„Verdammt noch mal, wenn ich das nur wüsste! Die ganze Woche über bis zu dem Zeitpunkt, als Sie den Ballsaal betraten, habe ich mir vorgenommen, mich von Ihnen fernzuhalten, so lange, bis sich die Dinge zwischen uns wieder normalisiert hätten. Dann sah ich Sie in diesem blauen Kleid." Er lächelte. „Sie waren so schön …"

„Danke“, erwiderte Alissa kurz angebunden. Sie wollte sich nicht von seiner Schmeichelei beeindrucken lassen.

„Wie auch immer, ich konnte mich nicht zurückhalten. Ich sagte mir, nur einen einzigen Tanz. Das war alles. Aber Sie fühlten sich so unwahrscheinlich gut in meinen Armen an, ich konnte Sie gar nicht mehr loslassen. Jack ist mein bester Freund, aber als er versuchte, Sie mir wegzunehmen, hätte ich ihm am liebsten den Hals umgedreht.“

Dirk sah Alissa an und wartete auf eine Antwort. Aber ihre Augen waren nur wachsam auf ihn gerichtet, und sie sagte kein einziges Wort.

Sie würde es ihm nicht leicht machen, wie Dirk feststellen musste. Er biss die Zähne zusammen und ermahnte sich zur Geduld. „Ich glaube“, fuhr er fort, „dass ich insgeheim gehofft habe, wir könnten miteinander reden, uns vielleicht sogar besser kennenlernen. Aber die ganze Zeit, während wir tanzten, schienen Sie fest entschlossen zu sein, mich loszuwerden.“ Er warf ihr einen ironischen Blick zu. „Und wie Sie wahrscheinlich wissen, nehme ich eine Niederlage nicht so leicht hin.“

Bei dieser Äußerung war es Alissa nicht mehr weiter möglich, den beherrschten Ausdruck beizubehalten. Ihr Mund verzog sich zu einem Lächeln. Daran und an dem Aufblitzen ihrer Augen konnte Dirk erkennen, dass sie seine Bemerkung für eine reine Untertreibung hielt.

„Durch Zufall entdeckte ich den Mistelzweig, der genau über uns hing, und ich konnte nicht widerstehen.“

Und als Alissa immer noch nichts sagte, fügte er leise hinzu: „Genauso wenig, wie ich mich davon abhalten konnte, die ganze vergangene Woche, die ich weg war, an Sie zu denken.“

Alissa hob abrupt den Kopf, und ihre Augen wurden groß.

„Ich weiß, es hat mich genauso überrascht, wie Sie es jetzt zu sein scheinen. Aber so ist es nun einmal.“

„Ich … ich bin sicher, dass das nichts zu bedeuten hat. Nach dem Tag im Restaurant mussten Sie ja zwangsläufig an mich denken.“

„Vielleicht eine Zeit lang, ja. Alissa, es ist mir doch nicht verborgen geblieben, dass andere Frauen in der Firma sich zu mir hingezogen fühlen. Einige dieser Frauen gehen … wie soll ich mich ausdrücken … ganz schön unverfroren vor. Doch ich lasse sie links liegen, und das Problem verschwindet dann gewöhnlich wieder. Ich verschwende keinen einzigen Gedanken an so etwas. Bei Ihnen ist aber das genaue Gegenteil eingetreten. Ich denke ständig an Sie, sogar während meiner Arbeit.“

Den letzten Satz hatte er mit einem solch deutlichen Groll gesagt, dass Alissa unwillkürlich lächeln musste.

Dirk hatte sich, die Ellbogen auf die Knie gestützt, nach vorn gelehnt und sah sie eindringlich an. „Ich möchte mich gern mit Ihnen verabreden, Alissa. Vielleicht zu einem Essen heute Abend."

Alissa zupfte an dem weichen Flausch ihres Sweatshirts. Sie war versucht, ja zu sagen. Etwas Einnehmendes ging von Dirk aus, etwas Gefährliches, das sie aber mächtig anzog.

Was seltsam war. Denn sie gehörte zu den Menschen mit einem gesunden Instinkt, der sie bis jetzt jeder Gefahr ausweichen ließ. Sie nahm nach Möglichkeit auch kein Risiko in Kauf, sondern zog die Sicherheit vor, fühlte sich nur im Schutz des Vertrauten wohl.

Trotzdem war es ausgerechnet Dirk, den sie seit Monaten beobachtet hatte, von dem sie fantasiert hatte. Doch niemals, nicht in ihren wildesten Träumen, hatte sie erwartet, dass sich etwas zwischen ihnen anbahnen würde. Und nun bot er ihr etwas an, was er noch keiner Frau bei Tex-Con angeboten hatte: eine Gelegenheit, mit ihm auszugehen und ihn somit wirklich kennenzulernen.

Doch die Vorsicht und die Angst, verletzt zu werden, siegten über die Versuchung. „Ich glaube nicht, dass das gut wäre", entgegnete sie schließlich. „Wir arbeiten zusammen, und es wäre … es wäre einfach nicht klug, wenn wir uns auch privat sehen würden."

„Ich weiß. Deshalb habe ich es mir auch zur Regel gemacht, mich mit keiner Frau, die für die Firma arbeitet, anzufreunden. Aber für jede Regel gibt es bekanntlich eine Ausnahme. Und für mich sind Sie die Ausnahme."

„Das … das Gerede in der Firma wäre schrecklich."

„Wir hängen es nicht an die große Glocke."

Um ihre Lippen zuckte ein Lächeln. „Es gibt nichts, was in dieser Firma nicht früher oder später herausgefunden wird."

„Was auch immer geschieht, wir werden damit fertig. Wir sind zwei Erwachsene. Kommen Sie schon, Alissa. Sie haben es doch wirklich so gemeint, als Sie sagten, Sie würden sich von mir angezogen fühlen, nicht wahr?"

Alissa wurde wieder rot. Sie blickte von ihm weg und starrte ins Kaminfeuer. „Ja", gab sie zu. „Ich habe es so gemeint."

„Und ich habe noch nie zuvor für eine Frau das empfunden, was ich für Sie empfinde. Meinen Sie nicht auch, dass wir es uns selbst gegenüber schuldig sind, herauszufinden, wohin uns unsere Gefühle bringen? Tun Sie's, Alissa. Geben Sie uns diese Chance. Sagen Sie ja!"

Sie sah ihn wieder an, belustigt, aber auch hin- und hergerissen. Dirks gebieterische Persönlichkeit und sein scharfer Verstand, vereint mit der Gabe, im richtigen Moment auch das Richtige zu sagen, halfen ihm normalerweise dabei, sich durchzusetzen. Wenn er es darauf anlegte, konnte er jeden dazu bringen, genau das zu tun, was er wollte. Viele Male hatte Alissa erlebt, wie er einen verstimmten Kunden so versöhnte, dass der ihm innerhalb von wenigen Minuten aus der Hand fraß.

Und jetzt zog er alle Register, um sie mit seinem rauen Charme zu betören. Seine silbergrauen Augen funkelten sie an, zogen Alissa in ihren Bann. Ein einladender Ausdruck zeichnete sich auf seinem männlich schönen Gesicht ab, und seine rauchige Stimme war die reinste Verführung.

Obwohl ihr gesunder Menschenverstand ihr davon abriet, war der Reiz, ja zu sagen, unwiderstehlich. Alissa hatte in ihrem ganzen Leben noch nie etwas Unüberlegtes oder Riskantes getan. Vor allem aber hatte sie niemals etwas so Dummes getan, wie einem für sie gefährlichen Mann ihr Herz anzuvertrauen.

„Na gut", flüsterte sie.

Dirk war erstaunt darüber, wie erleichtert er sich fühlte. Er wusste nicht genau, warum es so war, aber es war für ihn plötzlich sehr wichtig, diese Verbindung mit Alissa einzugehen.

„Ausgezeichnet." Er erhob sich, und sie tat es ihm gleich. Einige Sekunden lang füllte ein verlegenes Schweigen den Raum, und Alissa vermied es, Dirk in die Augen zu sehen. Er blickte auf seine Uhr. „Es ist jetzt kurz vor fünf. Wie wär's, wenn ich Sie so um sieben abhole?"

„Sieben soll mir recht sein."

Er betrachtete Alissa aufmerksam. „Sie werden es sich doch nicht anders überlegen und mir eine Absage erteilen, nicht wahr?"

Alissa hob überrascht den Kopf, und Dirk erkannte an ihrer schuldbewussten Miene, dass ihr gerade genau dieser Gedanke gekommen war.

Nach einem kurzen Zögern seufzte sie und schüttelte den Kopf. „Nein, das werde ich nicht."

4. KAPITEL

Dirk fuhr mit Alissa zum University Club, einem exklusiven Privatclub, dessen Mitglieder sich hauptsächlich aus Geschäftsleuten in leitenden Positionen und Houstons Elite zusammensetzten. Es war ein Ort, wo den weiblichen Gästen beim Platznehmen eine langstielige rote Rose überreicht wurde und wo Kellner im Smoking sich stets in diskreter Entfernung zu den Gästen aufhielten, um ihnen einen Dienst zu erweisen, sobald es erwünscht war. Der getäfelte Speiseraum verbreitete eine Atmosphäre von alter Tradition und altem Geld. Eine Combo spielte sanfte Musik, und das Essen war vorzüglich.

Zumindest setzte Alissa das voraus. Sie saß Dirk am von Kerzen beleuchteten Tisch gegenüber und kaute ihr Beefsteak, ohne es wirklich zu schmecken. Ihre Aufmerksamkeit war auf Dirk gerichtet, darauf, wie sich an den Außenseiten seiner Augen kleine Fältchen bildeten, wenn er lächelte, wie sein sexy Mund sich bewegte, wenn er redete, wie attraktiv die grauen Schläfen sich von seinem sonst dunklen Haar abhoben.

Sie musste sich noch immer über den schnellen Wandel der Ereignisse wundern. Noch am Morgen hatte es ihr vor dem nächsten Tag gegraut, an dem sie wieder Dirk gegenübertreten müsste. Und nun saß sie mit ihm hier an einem Tisch und aß mit ihm zu Abend und unterhielt sich mit ihm ganz normal … zumindest versuchte sie es. Alles war so, als ob es den leidenschaftlichen Kuss mitten auf der Tanzfläche am Abend zuvor niemals gegeben hätte.

Alissa war so nervös, sie konnte sich kaum konzentrieren. Es war mittlerweile siebzehn Jahre her, dass sie sich mit einem Mann getroffen hatte … mit ihrem zukünftigen Ehemann.

Tom Kirkpatrick war ein wunderbarer Mensch gewesen. Und ihr war er ein guter Ehemann gewesen, von sanftem Charakter und gemäßigtem Temperament … ganz der Junge von nebenan. Sie waren bereits auf der Highschool ein Paar gewesen, und sie hatte sich nie wirklich für einen anderen Jungen interessiert. Sie hatte Tom lieb gehabt, und die Basis ihrer gegenseitigen Liebe war vor allem Zärtlichkeit gewesen. Mit Tom konnte sie sich sicher und zufrieden fühlen.

Dirk erweckte keins dieser Gefühle in ihr. Diesmal spielte sie mit dem Feuer, und sie fühlte sich unbekümmert und wagemutig und unerträglich aufgeregt dabei. Und erschrocken.

Alissa verbarg ihre Verwundbarkeit hinter einem ruhigen Äußeren. Aber ihre Nerven waren zum Zerreißen angespannt, und das Herz schlug ihr bis zum Hals.

Doch trotz allem gelang es ihr, die Unterhaltung aufrechtzuerhalten. Es war unvermeidlich, dass sie auf Tex-Con und ihre Arbeit zu sprechen kamen.

Dirk war von ihrem Wissen und ihren aufschlussreichen Einblicken beeindruckt. Er lehnte sich über den Tisch und hörte ihr aufmerksam zu. Sein Gesicht drückte Bewunderung aus, während er ihre reizvollen Züge betrachtete. Seine Aufmerksamkeit schmeichelte Alissa, und ihre angeborene Zurückhaltung fiel von ihr ab. Sie unterhielt sich so gut, dass sie keinen Gedanken mehr daran verschwendete, vorsichtig zu sein oder sich zu schützen. Sie kam Dirk auf jeder Ebene entgegen – gefühlsmäßig, intellektuell und körperlich –, öffnete sich ihm wie eine Blüte in der Sonne. Ihre blauen Augen funkelten im Kerzenschein.

Allmählich, als sie anfingen, sich in der Gegenwart des anderen entspannter zu fühlen, und die Fachsimpelei sich erschöpft hatte, wandten sie sich mehr persönlichen Themen zu.

„Mich macht eins neugierig", sagte Dirk ruhig, nachdem man die Teller abgeräumt hatte. Er lehnte sich auf seinem Stuhl zurück und nippte an seinem Kaffee. „Warum haben Sie sich nicht schon früher ausführen lassen? Sie sind eine reizvolle Frau und seit über einem Jahr Witwe. Ich bin sicher, dass es genug Männer gibt, die es gern getan hätten. Jack zum Beispiel. Er hat am Freitagabend ganz schön heftig mit Ihnen geflirtet."

Alissa lachte in sich hinein. „Ach, Jack ist aber kein gutes Beispiel. Sie kennen ihn doch und wissen, dass er ein großer Charmeur ist. Ich müsste schon ganz schön naiv sein, wenn ich ihn ernst nehmen würde."

„Hm ... vielleicht. Aber das war noch keine Antwort auf meine Frage."

Alissa zuckte die Schultern und fuhr mit der Fingerspitze über den Rand ihrer Kaffeetasse. „Ich weiß es nicht. Mangel an Interesse, glaube ich. Und Angst."

„Angst? Erklären Sie mir das doch bitte."

Alissa sah hoch und lächelte. „Tom, mein verstorbener Mann, und ich waren seit der Highschool zusammen. Und wir haben gleich im ersten College-Jahr geheiratet. Ich bin tatsächlich noch nie mit einem anderen Mann als Tom aus gewesen. Und wenn man in meinem Alter damit anfängt, wird einem schon ganz schön bange dabei."

„Ach so. Dann überrascht es mich aber, dass Sie meiner Einladung gefolgt sind."

Ihr Lächeln wirkte jetzt ein wenig gequält. „Wenn ich mich recht erinnere, haben Sie mich ganz schön unter Druck gesetzt", erklärte sie.

„Hm. Da haben Sie wohl recht." Dirk nahm einen Schluck Kaffee. „Tut es Ihnen denn leid, dass ich Ihnen keine andere Wahl gelassen habe?", fragte er und betrachtete sie über den Rand der Tasse hinweg.

Alissa sah hoch und geradewegs in seine eindringlich dreinblickenden silbergrauen Augen. Sie schluckte schwer. Die Luft zwischen ihnen schien auf einmal elektrisch aufgeladen zu sein. „Nein", antwortete sie leise und hielt noch immer seinen Blick fest. „Es tut mir nicht leid."

Dirk schaute sie nur an. Sein Gesichtsausdruck veränderte sich nicht, nur seine Augen weiteten sich leicht. „Gut", sagte er nach einer endlos scheinenden Zeit.

„Ihre Ehe muss sehr harmonisch gewesen sein, um so lange anzudauern", fuhr er dann fort. „In der Regel haben junge Ehen heutzutage keine sehr hohe Erfolgsrate."

„Tom und ich hatten eine sehr gute Ehe."

Dirk tat es sofort leid, dass er das Thema angeschnitten hatte. Alissas Gesicht hatte einen weichen Zug angenommen, und ihre Augen bekamen einen liebevollen Glanz, wenn sie von ihrem verstorbenen Mann sprach. Dirk passte das gar nicht. Es war nicht seine Absicht gewesen, sie daran zu erinnern, wie sehr sie ihren verstorbenen Ehemann geliebt hatte. *Mach nur weiter so, Matheson.*

„Ich habe von irgendwem gehört, dass Sie das College abbrachen und in der Firma anfingen, um Ihrem Mann das Studium zu ermöglichen. Stimmt das?"

„Ja. Tom wollte Zahnarzt werden, und dieser Beruf erforderte eine lange Studienzeit. Da seine Eltern, aber auch meine Familie damit finanziell überfordert gewesen wären, haben wir uns entschlossen, gleich am Anfang des Studiums zu heiraten. Ich sollte das College unterbrechen und uns mit meiner Arbeit unterstützen, bis Tom sein Studium abgeschlossen hatte. Dann, sobald er mit seiner Praxis anfangen würde, sollte ich aufs College zurückkehren."

„Aber Sie sind in der Firma geblieben, auch nachdem Ihr Mann die Praxis eröffnet hatte."

„Ja. Eine Praxis einzurichten ist schrecklich teuer. Wir hatten einen Kredit aufnehmen müssen, um Zahnarztgeräte zu kaufen und die Räumlichkeiten zu mieten. Als wir schließlich all unsere Schulden beglichen hatten, war ich schon so lange in der Firma, dass es mir lächerlich vorkam, aufzuhören. Vor allem, da wir keine Kinder hatten."

Dirk spannte sich an, aber sein Gesichtsausdruck blieb gleichmütig. „War das beabsichtigt?"

„Oh nein. Ich wollte ... Wir beiden wollten Kinder haben. Wir haben uns das so sehr gewünscht. Aber es geschah einfach nie."

„Das muss schlimm für Sie gewesen sein."

„Ja. Ja, das war es. Aber wir haben uns schließlich damit abgefunden."

Dirk musterte sie schweigend. Als er dann wieder sprach, wechselte er geschickt das Thema.

Die Combo-Band war gerade von einer Pause zurückgekommen, und Dirk sah Alissa mit einem Aufblitzen in den Augen an. „Wie wär's mit einem Tanz? Ich verspreche auch, dass ich Sie diesmal nicht küssen werde."

Alissa lachte und nahm das Angebot an, aber als Dirk ihr den Stuhl hielt, lehnte er sich zu ihr herunter und flüsterte ihr ins Ohr: „Es sei denn, Sie hätten es gern."

Alissa wurde rot, doch sie lachte wieder. „Danke, aber da passe ich." Sie funkelte ihn verführerisch an, und Dirk überkam ein so heftiges Verlangen, dass er sich mit aller Macht zurückhalten musste, um sie nicht in die Arme zu reißen.

Sie tanzten schweigend. Und später, auf der Fahrt nach Hause, wechselten sie knapp ein Dutzend Worte miteinander. Dirk fuhr in Alissas Auffahrt und schaltete den Motor aus. Aber keiner von ihnen machte Anstalten auszusteigen. Das Mondlicht hüllte das Innere des Wagens in einen bleichen Schein. Sogar ihr sonst honigfarbenes Haar schimmerte fahl, und das Silbergrau seiner Schläfen erschien jetzt bläulich.

Dirk drehte sich seitwärts und betrachtete sie lange. Alissa war eine schlanke, feingliedrige Frau mit zarten Gesichtszügen. Im Mondlicht wirkte sie fast zerbrechlich, wie ein geheimnisvolles Fabelwesen.

Er nahm ihre Hand in seine und hielt sie einfach nur. „Für mich war es ein schöner Abend", flüsterte er.

„Nicht nur für Sie", antwortete sie mit weicher Stimme.

„Ich hoffe, dass er schön genug war, um wiederholt zu werden. Ich möchte Sie wiedersehen, Alissa, privat, wenn Sie es mir erlauben." Dirk schaute sie so aufmerksam an, dass es sie heiß überlief. „Ich habe das Gefühl, dass sich zwischen uns beiden etwas ganz Besonderes entwickeln könnte. Geben Sie uns eine Chance?"

Alissa blickte ihm in die silbergrauen Augen, ihr Herz schlug wie wild in ihrer Brust. Es gab so viele Gründe, nein zu sagen. Sie war für eine Affäre nicht geschaffen, das wusste sie, und Dirk war nicht gerade ein typischer Ehekandidat.

Er war auch zu dynamisch für sie, zu weltgewandt. Und sie arbeiteten zusammen. Eine Beziehung, wie er sie wollte, wäre unter diesen Umständen eher peinlich. Vor allem dann, wenn sie endete. Und es war nur eine Frage der Zeit, dass sie enden und sie, Alissa, mit einem gebrochenen Herzen zurückbleiben würde.

Sie blickte ihn an, war zwischen gesundem Menschenverstand und Sehnsucht hin- und hergerissen. Wenn sie überhaupt noch klar denken könnte, würde sie dem gleich jetzt und hier ein Ende setzen, bevor es zu spät war. Die Absage lag ihr bereits auf der Zunge, aber als sie den Mund öffnete, kam ein leises „Ja" heraus.

Dirk lächelte und drückte ihre Hand.

Er brachte sie zum Eingang. Alissa schloss auf und öffnete die Tür, dann knipste sie innen das Licht an, bevor sie sich wieder Dirk zuwandte. Ihr Lächeln war schwach.

„Es war wirklich ein sehr hübscher Abend", sagte sie leise.

„Gut. Mir hat er auch gefallen."

„Nun ja, also … dann gute Nacht."

„Gute Nacht." Aber er machte keine Anstalten zu gehen. Stattdessen blieb er auf der Veranda stehen und betrachtete Alissa mit einem ernsten Ausdruck. Die Nacht war kalt, und in der eisigen Luft bildete ihr Atem kleine bauschige Wolken.

Dirk hob die Hand und fuhr mit den Knöcheln über ihre Wange, dann berührte er mit dem Daumen ihre Unterlippe.

Ihre Lippen zitterten, und ein köstlicher Schauder rieselte ihr über den Rücken. Sie schaute zu ihm auf. In ihren blauen, weit geöffneten Augen spiegelte sich ihre Erregung.

Dirk umfasste ihren Nacken, schob die Hand unter ihr seidenweiches, honigfarbenes Haar. Unter seinen halb geschlossenen Lidern funkelten seine Augen, als sein Blick auf ihrem Mund haften blieb.

Alissa fühlte, wie sie ganz schwach wurde. Er wollte sie wieder küssen. Ihr stockte der Atem.

Dirk berührte leicht ihren Mund. Seine Lippen bewegten sich sanft an ihren, so zärtlich, dass Alissa erzitterte. Sein warmer Geschmack war das Erotischste, was Alissa jemals erfahren hatte. Ihre Wimpern flatterten, dann schloss sie langsam die Lider. Mit einem Seufzen schwankte sie in seine Arme.

Dirk strich ihr unruhig über den Rücken. Er brannte darauf, Alissa auf eine noch intimere Weise zu berühren, aber unterdrückte dieses Gefühl. Alissa war unerfahren und verängstigt. Es hatte ihn Geduld und Raffinesse gekostet, um so weit zu kommen. Jetzt wollte er nicht das Risiko eingehen, sie für immer zu verscheuchen.

Dirk brach den Kuss ab und legte einen Moment lang seine Stirn gegen ihre, ehe er Alissa an den Schultern nahm und sie von sich schob.

„Gute Nacht, Alissa. Und diesmal meine ich es auch so. Ich muss aufhören, solange ich es noch kann, sonst komme ich bis morgen früh nicht mehr von dir los. Und ich glaube nicht, dass du dafür bereit bist."

Seine Worte schockierten Alissa und beschworen erotische Bilder in ihr herauf. Ein so heißes Verlangen erfüllte sie, dass sie erschauerte. Sie rang um Fassung und bemühte sich um Gelassenheit, was ihr aber kaum gelang. Ihr ganzer Körper pulsierte und brannte vor Sehnsucht.

Doch Dirk hatte recht. Sie mussten aufhören.

„Ja, natürlich. Ich meine …" Alissa spürte, wie sie rot wurde.

Er lächelte und berührte ihre Wange mit den Fingerspitzen. „Gute Nacht, Alissa."

„Gute Nacht", murmelte sie, trat rasch ins Haus und zog die Tür zu.

Drinnen lehnte sie sich gegen die Wand, schloss die Augen und stieß einen langen Seufzer aus. Sie konnte es nicht glauben: Gerade hatte sie einen Abend mit Dirk Matheson verbracht. Und wie es schien, hatte er vor, sie wiederzusehen. Es musste ein Traum sein!

Draußen hörte sie, wie der Motor ansprang, und sie öffnete die Augen. Das Scheinwerferlicht des Wagens bildete einen hellen Bogen in ihrem Wohnzimmer, als Dirk rückwärts aus der Auffahrt herausfuhr. Alissa rührte sich nicht, lauschte dem immer schwächer werdenden Schnurren des Mercedes, bis es verstummte.

Sie fühlte sich wie ein Schulmädchen, das mit ihrem ersten Schwarm aus gewesen war, und sie lächelte in der Dunkelheit vor sich hin.

Es war kein Traum.

Dirk hatte Alissa immer für kühl und reserviert gehalten, doch heute Abend hatte sie ganz anders gewirkt. Heute Abend war sie warm und lebhaft gewesen.

Es hatte ihm Freude bereitet, mit ihr zusammen zu sein. Mehr Freude, als er jemals in der Gesellschaft einer anderen Frau empfunden hatte. Heute Abend hatte er herausgefunden, dass Alissa nicht nur außergewöhnlich intelligent war, sondern auch Sinn für Humor hatte. Er war wie gebannt von ihrem Zauber und Charme, von ihren funkelnden Augen und ihrem Lächeln.

Sie war nicht wie die anderen Frauen, mit denen er sich sonst traf. Obwohl Alissa es gut verbarg, hatte er an ihr eine Verletzlichkeit entdeckt, die ihm zeigte, dass sie sich aus Selbstschutz nicht ohne Weiteres auf jemanden einlassen würde.

Hinzu kam das Problem, dass sie zusammenarbeiteten. Während der fünfzehn Jahre, die er sie gekannt hatte, hatte sie immer ihr Privatleben von der Arbeit getrennt gehalten. Es würde ihr schwer zu schaffen machen, wenn sie Gegenstand des Klatsches bei Tex-Con werden würde.

Es würde nicht leicht sein, Alissas Vertrauen zu gewinnen, aber Dirk war zuversichtlich, dass er sie zumindest überreden könnte, sich häufiger mit ihm zu treffen.

Allmählich würde sie sich daran gewöhnen, ihn auch außerhalb der Arbeit um sich zu haben, und würde lockerer werden … würde vergessen, wachsam zu sein. Und dann würden sie ein Verhältnis miteinander haben. Und danach … Nun, sie würden einfach abwarten müssen.

Alissa hatte schon erwartet, dass sie in dem Augenblick, als sie am nächsten Morgen das Büro betrat, von ihren Freundinnen und Kolleginnen mit Fragen überfallen werden würde. Sie wurde nicht enttäuscht.

Alle vier – Margo, Jolene, Annie und Dorothy – warteten bereits im Gang der Chefetage, und als Alissa aus dem Aufzug stieg, stürzten sie sich förmlich auf sie.

„Da bist du ja! Wurde auch allmählich Zeit!", rief Margo aus. „Würdest du so freundlich sein, uns genau zu erzählen, was zum Teufel vor sich geht?"

„Ja", mischte Dorothy sich ein. „Und wo genau bist du gestern gewesen? Ich habe den ganzen Tag lang vergeblich versucht, dich anzurufen."

„Mir ging's genauso", nörgelte Jolene, und Annie fügte verstimmt hinzu: „Und mir auch."

Alissa zuckte die Schultern und fegte an ihnen vorbei. „Ich war zu Hause. Mir war nur nicht nach Reden."

Sie steuerte auf das große Büro am Ende des Ganges zu, aber die vier Frauen hefteten sich an ihre Fersen und hörten nicht auf, Alissa mit Fragen zu bombardieren.

„Erzähl uns doch nicht so was!", schimpfte Margo. „Nicht, nachdem wir gesehen haben, was auf der Tanzfläche vor sich ging. Du hast so eng mit ihm getanzt, dass man zwischen euch beiden nicht einmal eine Stecknadel mit dem Vorschlaghammer hätte eintreiben können."

„Habt ihr beide, du und Matheson, etwas miteinander, das du uns verschwiegen hast?", erkundigte sich Jolene.

„Nein. Natürlich nicht."

„Wirklich? In den fünfzehn Jahren, die du hier bist, hat er dich kein einziges Mal um einen Tanz gebeten. Also, warum sollte er so plötzlich damit anfangen?"

„Ja. Von unseren Plätzen aus konnten wir ganz genau sehen, dass sich zwischen euch beiden etwas anbahnte." Dorothy warf dem aufgebrachten Trio einen Blick zu. „Stimmt's?"

„Es stimmt", bestätigte Jolene. „Und versuch uns nicht weiszumachen, dass Dirk dich nur aus Pflicht um den Tanz gebeten hat."

Annie zog plötzlich scharf den Atem ein und legte sich die Hand auf den Mund. Entsetzt starrte sie Alissa an. „Er hat uns gehört, an dem Tag im Restaurant. Das hat er doch, stimmt's? *Deshalb* hat er mit dir getanzt, oder?"

„Natürlich!" Margo schlug sich mit der Handfläche gegen die Stirn. „Ich Idiotin, warum bin ich nur nicht darauf gekommen?"

„Ja, das macht Sinn, jetzt wo ich darüber nachdenke", rief Jolene.

„Hey, wartet mal." Dorothy blickte in die Runde ihrer Freundinnen. „Ihr meint, er will die Situation ausnutzen, dass Alissa scharf auf ihn ist?"

„Entweder das oder er hat versucht, Alissa in Verlegenheit zu bringen, um es ihr heimzuzahlen", sagte Margo langgezogen.

„Das verstehe ich ..."

„Bitte, hört auf damit! Ihr habt wirklich eine blühende Fantasie, das muss ich euch schon lassen."

Genau wie ich selbst, musste Alissa sich eingestehen. Doch sie war einfach noch nicht so weit, ihren neugierigen Freundinnen gegenüber zuzugeben, dass sie mit Dirk ausgegangen war.

Mr Battle hielt Alissa den ganzen Morgen auf Trab, wofür sie nur dankbar war. Je mehr Arbeit sie hatte, desto weniger dachte sie an Dirk.

Um die Mittagszeit herum rief Margo an und fragte, wo sie ihren Lunch nehmen sollten. Alissa musste absagen. Eine Besprechung war angesetzt. Sie holte sich aus dem Automaten noch schnell einen Schokoriegel, den sie mit Heißhunger aß. Wie gewöhnlich nahm sie an der Besprechung teil, um sich über den Ablauf Notizen zu machen. Dirk und die anderen Herren waren bereits da, als sie und Mr Battle den Konferenzraum betraten. Dirks silbergraue Augen waren voll auf sie gerichtet, sobald sie hereinkam.

Alissa wagte einen Seitenblick auf ihn, als sie neben ihrem Boss Platz nahm, und bemerkte, dass Dirks Aufmerksamkeit ganz ihr galt. Innerlich erzitterte sie bei der Erinnerung daran, wie er sie am Abend zuvor geküsst hatte. Schnell verdrängte sie diesen Gedanken wieder und konzentrierte sich voll auf ihre Arbeit.

Nachdem die Besprechung schließlich beendet war, blieb Alissa zurück und ging noch einmal die Notizen durch. Sie wollte es vermeiden, Dirk im Gang zu treffen.

Ihr Bemühen war umsonst. Als sie aus dem Konferenzraum heraustrat, wartete Dirk schon auf sie, und ihr Herz machte einen Satz. „Oh, Sie haben mich erschreckt."

„Tut mir leid", sagte er und blieb an ihrer Seite. Er folgte ihr in ihr Büro und schloss die Tür hinter sich.

Es ist lächerlich, so nervös zu sein, hielt Alissa sich vor. Trotzdem suchte sie Schutz hinter ihrem Schreibtisch. „Kann ich etwas für Sie tun?“, fragte sie freundlich und bemühte sich um einen geschäftlichen Tonfall.

„Ja.“ Die Hände auf den Schreibtisch gestützt, lehnte er sich ganz weit zu ihr herüber. „Seit du den Konferenzraum betreten hast, wollte ich dir sagen, wie schön du heute aussiehst“, murmelte er.

Alissa starrte ihn nur wortlos an und verlor sich in den Tiefen seiner silbergrauen Augen. „Danke“, wisperte sie.

Er betrachtete sie aufmerksam. „Das wird schwieriger, als ich es mir vorgestellt habe.“

„Wie meinen S…sie das?“

„Das zwischen uns. Ich dachte, ich könnte dich und die Arbeit trennen, aber seit ich heute Morgen aufgewacht bin, habe ich ständig an dich gedacht. Und als du in den Konferenzraum kamst und so unheimlich schön ausgesehen hast, wollte ich nichts anderes, als dich auf der Stelle mitnehmen und an irgendeinem ungestörten Ort ausgiebig lieben. Ich glaube nicht, dass ich bei der ganzen verdammten Besprechung auch nur zehn Worte mitbekommen habe.“

Alissa wurde von Kopf bis Fuß knallrot. In ihrem ganzen Leben hatte ein Mann noch nie so mit ihr gesprochen, und die erotischen Bilder, die er ihr mit seinen Worten vor Augen hielt, brachten ihren Pulsschlag zum Rasen.

„Ich … ich glaube, wir sollten Schluss …“

Dirk unterbrach sie, indem er sich noch ein Stück weiter vorlehnte und sie hart küsste. Als er den Kopf hob, lächelte er. „Zu spät. Ich könnte nicht mehr aufhören, an dich zu denken, auch wenn jemand eine Pistole gegen meine Schläfe hielte.“

„Oh“, hauchte Alissa.

„Ja, oh. Lass uns heute Abend zusammen essen.“

Alissa starrte ihn hilflos an. Ihr Herz schlug ihr zum Zerspringen. Es war nicht klug, ja zu sagen. Aber ihre übliche Vorsicht war wie weggeblasen.

„Ich würde es gern.“ Sie konnte ihre Freude nicht verbergen. Ihre Augen verrieten sie.

Dirk starrte sie einige Sekunden lang an, dann lehnte er sich wieder zu ihr herüber und küsste sie noch einmal.

„Ich hole dich um sieben ab.“

Nachdem er gegangen war, war Alissa so aufgeregt, dass sie sich kaum auf ihre Arbeit konzentrieren konnte.

Ob es nun klug war oder nicht, es sah ganz danach aus, als ob sie Dirks neueste Eroberung werden würde.

Dieser Gedanke ernüchterte Alissa. Sein Interesse an seinen jeweiligen Geliebten hatte noch nie ein halbes Jahr überdauert. Und sie war nicht so einfältig anzunehmen, dass es bei ihr anders sein würde.

Anscheinend hatte sie nur zwei Möglichkeiten: Sie könnte Dirk einen Korb geben und nur ein paar blaue Flecke davontragen. Oder sie könnte ihre Beziehung zu Dirk genießen, solange sie dauerte, und dabei in Kauf nehmen, dass er ihr am Ende das Herz brechen würde.

Eine lange Zeit starrte sie auf das Telefon. Sie ging sogar so weit, Dirks Nummer einzutippen. Aber sie musste schließlich einsehen, dass es für eine Absage zu spät war. Sie steckte schon zu tief drin.

5. KAPITEL

Die meiste Zeit war Alissa unendlich glücklich, aber sie versuchte, realistisch zu sein. Ihr gesunder Menschenverstand und Dirks Ruf als eingefleischter Junggeselle überzeugten sie, dass sich aus dieser Beziehung nichts Bleibendes entwickeln könnte. Deshalb hielt sie ihre Gefühle in Schach und sah die Zeit mit ihm einfach als eine nette, aber vorübergehende Episode an.

Oft war ihr, als ob sie eine Fantasie ausleben würde. Dirk war zwar dem Wesen nach ein Mann, der alles beherrschen musste, aber ihr gegenüber gab er sich liebevoll und so aufmerksam, dass Alissa sich einfach geschmeichelt fühlen musste. Und er schien all seine freie Zeit allein ihr zu widmen.

Jeden Tag erwartete Alissa, dass Dirk ihre bislang platonische Beziehung auf eine intimere Ebene bringen würde. Sie gestand es sich mittlerweile offen ein, dass sie Dirk liebte, und sie sehnte sich danach, mit ihm mehr zu teilen als nur Küsse und verhaltene Zärtlichkeiten.

An Dirks Küssen war allerdings ganz sicher nichts Platonisches. Wenn er sie jeden Abend zum Abschied in die Arme zog, waren seine Gutenachtküsse heiß und so sinnlich, dass Alissa ganz schwach vor Verlangen wurde.

Aber Dirk bedrängte sie nicht, schlug nicht einmal vor, ihre Beziehung zu vertiefen, obwohl ihr nicht verborgen blieb, dass ihn die Küsse genauso aufwühlten wie sie.

Schließlich akzeptierte Alissa, dass er kein Interesse daran hatte, mit ihr ein Liebesverhältnis mit all seinen Konsequenzen einzugehen. Obwohl es ein wenig schmerzte, fand sie sich mit seiner Entscheidung ab. Wahrscheinlich war es für sie beide auch am besten so.

„Hallihallo, Schöne!"

Alissa blickte von ihrem Computer, den sie gerade abgeschaltet hatte, hoch, als Jack Hennesey hereinkam und sich mit einem sexy Grinsen auf die Ecke ihres Schreibtischs setzte. Sie zeigte ihm ein nachsichtiges Lächeln und zog die Schutzhülle über den Monitor. „Hallo, Jack! Was führt dich so spät am Tag noch hierher?"

„Ach, ich dachte, ich komme mal vorbei, um zu sehen, wie es meiner Lieblingskollegin geht. Seit der Weihnachtsparty hab ich kaum ein Wort mit dir gewechselt."

„Mir geht es gut“, antwortete sie.

„Fein.“ Er musterte Alissa aus halb geschlossenen Augen. „Du bist ja schon immer toll gewesen, aber in letzter Zeit bist du richtig schön geworden. Du strahlst wie von innen heraus. Und ich frage mich, woran das liegt.“

Ich bin verliebt, dachte Alissa, aber das sagte sie Jack nicht. Sie und Dirk hatten es bis jetzt fertiggebracht, ihre Beziehung geheim zu halten. Und sie wollte, dass es auch so blieb.

„Das bildest du dir wohl nur ein.“

„Hm … vielleicht. Aber da gibt es noch eine Sache, die mir aufgefallen ist. Du schienst dich auf der Weihnachtsparty ganz besonders zu amüsieren.“

„Na ja, es war das erste Mal seit dem Tod meines Mannes, dass ich an einer großen gesellschaftlichen Veranstaltung teilgenommen habe.“

„Ach, wenn das so ist, dann bist du jetzt wohl bereit, dich wieder in die Welt hineinzuwagen. Wie wär's mit Dinner heute Abend?“

„Oh, ich …“

„Vergiss es, Hennesey.“

Beim Klang der tiefen Stimme machte Alissas Herz einen extra Schlag. Sie drehte sich auf ihrem Stuhl der Tür zu, durch die Dirk gerade hereinkam. Sein eisiger Blick war auf Jack gerichtet.

„Dirk!“, rief Alissa aus und klang dabei so erfreut, dass Jack sie interessiert betrachtete.

Ohne mit der Wimper zu zucken oder auch nur sein träges Lächeln aufzugeben, ließ er den Blick zwischen Alissa und Dirk hin- und herwandern, und ein berechnender Ausdruck trat in seine Augen.

„Nanu? Was tust du denn hier?“, fragte Jack gedehnt. „Solltest du nicht in San Francisco sein?“

„Wie du siehst, bin ich hier, um zu arbeiten. Was mich zu der Frage bringt, was du hier zu tun hast. Wir zahlen dir nicht ein hohes Gehalt, damit du herumsitzt und mit den weiblichen Angestellten flirtest.“

Jack grinste. „Das weiß ich. Ich sehe die Flirtmöglichkeiten als eine Art Zusatzleistung meines Brötchengebers an.“

„Du vergeudest jedenfalls deine Zeit mit Alissa, also verschwinde.“

„Falls du nichts dagegen hast, alter Freund, ich habe Alissa soeben um ein Treffen gebeten“, sagte Jack gedehnt.

„Pech! Alissa ist heute Abend beschäftigt.“

„Ach ja? Womit denn?“

„Sie geht mit mir zum Essen aus."

Dirk kam um den Schreibtisch herum und ließ abrupt seine Aktentasche neben dem Monitor fallen. Bevor Alissa seine Absicht erkannte, umfasste er ihren Nacken, lehnte sich zu ihr herunter und küsste sie hart.

In dem Augenblick, als seine Lippen ihre berührten, verschwamm alles um sie herum zu einem nebelhaften Schleier. Sie umklammerte mit beiden Händen den Rand des Schreibtisches, als müsse sie sich daran festhalten, und ihr Puls raste.

Als Dirk schließlich den Kopf hob, zog er sich nur ein Stückchen zurück und sah Alissa in die Augen. „Du gehst doch heute Abend mit mir aus, nicht wahr?", fragte er mit rauer Stimme.

Zu überwältigt, um nur ein Wort herauszubringen, nickte Alissa.

Sie hatte Jack, der noch immer in der Nähe stand und jedes Wort mitbekam, völlig vergessen. „Ja", flüsterte sie schließlich.

Sie konnte die Freude in ihren Augen nicht verbergen, und Dirk sah sie noch einige Sekunden lang intensiv an. Dann beugte er sich zu ihr herunter und küsste sie wieder.

Diesmal, als er den Kuss abbrach, zog er Alissa vom Stuhl hoch, holte ihre Handtasche aus dem unteren Schubfach hervor und gab sie ihr. „Du wolltest doch gerade gehen, nicht wahr? Ich hol dich um sieben ab."

„In Ordnung", antwortete sie benommen und schlüpfte in den Mantel, den Dirk ihr hinhielt. „Bis sieben dann."

Als sie sich zum Gehen umdrehte, traf ihr Blick Jack, und sie wurde rot. Gütiger Himmel, sie hatte ihn völlig vergessen. Was um alles in der Welt hatte Dirk dazu gebracht, sie vor seinem Freund so zu küssen? In diesem Moment fiel ihr auch ein, dass sie Jacks Bitte um ein Treffen noch gar nicht beantwortet hatte. „Oh, Jack … wegen heute Abend … Es tut mir so leid. Ich wollte nicht … ich meine, ich …" Völlig verwirrt brach sie ab und wusste nicht, was sie als Nächstes tun sollte.

„Hey, mach dir keine Sorgen darum."

„Aber …"

„Es ist okay, Alissa. Wirklich." Jack warf Dirk einen kurzen Blick zu. „Ich kenne die Überredungskünste dieses Rüpels. Vergiss, dass ich dich gefragt habe."

„Du bist mir nicht böse?"

„Dir böse? Aber nein. Es gibt immer noch ein andermal."

Sie lächelte dankbar, während Dirk sie sanft, aber bestimmt aus dem Zimmer schob. „Also dann, gute Nacht, Jack", sagte sie noch von der Tür her.

Jack blickte ihr nach, bis sie aus der Tür war. Dirk gefiel der Ausdruck in den Augen seines Freundes ganz und gar nicht. Er fand, dass Jack wie ein Weinkenner wirkte, der es kaum erwarten konnte, von einem köstlichen Spitzenjahrgang zu nippen. Ärger stieg in ihm hoch.

„Vergiss es, Jack. Du begibst dich damit auf dünnes Eis." Es war ein Befehl, den er erteilte, und zwar mit einem unüberhörbar warnenden Unterton.

Jack lachte nur in sich hinein und kreuzte die Arme vor der Brust. So stand er eine Weile da und musterte Dirk mit zur Seite geneigtem Kopf. Dann entgegnete er: „Kannst du mir sagen, was du da eigentlich tust?"

Misstrauisch fragte Dirk zurück: „Wie meinst du das?"

„Spiel nicht den Dummen, Kumpel. Ich spreche von Alissa. Es ist doch offensichtlich, dass zwischen euch beiden etwas läuft. Sie ist ein ganz besonderer Mensch, Dirk. Eine Lady. Ich möchte nicht, dass ihr jemand wehtut."

„Das möchte ich auch nicht. Also, worauf willst du hinaus?"

„Worauf ich hinauswill? Alissa braucht – und verdient – eine ganze Menge mehr von einem Mann, als du ihr geben willst. Sei doch ehrlich, du hast ihr nichts zu bieten."

„Oh, aber du, nehme ich an."

„Du würdest dich vielleicht wundern. Aber es geht hier nicht um mich. Wenn Alissa mich ansieht, leuchten ihre Augen nicht auf, so wie bei dir."

Diese Bemerkung blieb nicht ohne Wirkung. Dirk fühlte sich auf einmal schuldig. „Alissa ist eine erwachsene Frau. Sie kann sehr wohl ihre eigenen Entscheidungen treffen", wehrte er kurz angebunden ab.

Das brachte ihm noch einen langen, abschätzenden Blick von seinem Freund ein. „Wie wahr … vorausgesetzt, sie kennt die Bedingungen."

„Was willst du damit sagen?"

„Hast du ihr erzählt, dass du an einer Heirat nicht interessiert bist? Hast du das?"

Dirk biss die Zähne zusammen und starrte seinen Freund wütend an. „Geh zur Hölle, Hennesey."

„Aha … hab ich's mir doch gedacht."

Damit drehte Jack sich um und marschierte aus dem Büro.

Wie Alissa bereits erwartet hatte, war die Neuigkeit, dass sie sich mit Dirk traf, bald das Gesprächsthema Nummer eins in der Firma. Ihre Freundinnen zögerten keine Sekunde, sie deswegen zur Rede zu stellen.

„*Dirk!* Du lieber Himmel, Alissa! Bist du noch zu retten?"

„Dirk? Du meinst Dirk *Matheson*?"

„Wie lange läuft das schon zwischen euch beiden? Warum hast du es uns nicht erzählt?"

Alissa war verwirrt und verletzt, beides zur gleichen Zeit. Sie hatte erwartet, dass ihre Freundinnen sich mit ihr freuen würden, aber als sie am Tisch in die Runde sah, erblickte sie nur bestürzte und erschrockene Gesichter.

„Aber … ich verstehe das nicht. Ich dachte, ihr würdet darüber jubeln, dass es mir gelungen ist, Dirks Aufmerksamkeit auf mich zu lenken."

„Meine Güte, Alissa, wir sind doch deine Freundinnen. Glaubst du wirklich, wir hätten es gern, dass du einem Mann wie Dirk zwischen die Finger gerätst? Das wäre, als würde man einem Löwen ein Lämmchen zum Fraß vorwerfen", rief Jolene aus.

Alissa versteifte sich. Aber Margo legte ihr eine Hand auf den Arm. „Jolene hat recht, Liebes. Dirk Matheson ist ein faszinierender Mann, aber er ist ein paar Klassen zu groß für uns. Schau mal, gerade weil wir deine Freundinnen sind, möchten wir nicht, dass dir jemand wehtut. Und glaub mir, das ist alles, was du von dieser Verbindung erwarten kannst. Dirk ist ein vierzigjähriger Junggeselle. Er wird sich hüten, zu heiraten. Das solltest du wissen."

Die anderen murmelten ihre Zustimmung – bis auf Dorothy.

Sie spitzte die Lippen und zog die Brauen zusammen. „Na ja … ich bin mir da nicht so sicher", sagte sie langsam. „Ich habe gehört, Mr Battle zögert es hinaus, sich zur Ruhe zu setzen, weil er einen verheirateten Mann als seinen Nachfolger haben möchte. Und er soll absolut nicht erfreut darüber sein, dass Dirk Single bleibt. Man redet sogar schon davon, dass er es sich noch einmal überlegen will, ob er Dirk tatsächlich die Zügel überlassen sollte. Und jeder weiß, wie ehrgeizig Dirk ist", fügte sie hinzu und blickte herausfordernd in die Runde.

„Da ist was dran", stimmte Margo ihr zu. „Dirk hatte vom ersten Tag an ein Auge auf den Posten des Generaldirektors geworfen. Er wird es nicht zulassen, dass ihm jetzt die höchste Beförderung durch die Lappen geht. Und wenn es bedeutet, dass er eine geeignete Frau finden muss, dann kriegt er auch eine."

„Ja." Jolene nickte. „Und wer würde sich dafür besser eignen als unsere kleine Alissa? Ein jeder weiß, wie sehr Mr Battle und seine Frau sie mögen."

Alissas Blick wanderte von einer Freundin zur anderen. „Ihr glaubt also, dass Dirk sich mit mir nur aus diesem Grunde trifft?", fragte sie betroffen. „Dass er mich einfach benutzt?"

„Ach, ganz sicher nicht allein aus diesem Grund. Du bist eine sehr schöne Frau. Er müsste schon blind sein, um das nicht zu sehen", beschwichtigte Margo sie rasch. „Aber seien wir doch ehrlich, Alissa. Bis vor Kurzem hat er dich jahrelang kaum wahrgenommen."

Alissa wollte nicht glauben, dass Dirk so etwas Abscheuliches tun würde, aber das Gespräch belastete sie den ganzen Nachmittag hindurch. Sie war so durcheinander, dass sie sich kaum konzentrieren konnte.

„Geht es Ihnen gut, Mrs Kirkpatrick?", fragte Mr Battle sie.

„Wie bitte? Oh. Nein. Doch, es geht mir gut, Sir. Ich ... äh ... ja, mir geht's gut."

„Sind Sie sicher? Sie sehen ein wenig blass aus. Warum nehmen Sie sich nicht den Rest des Tages frei, gehen nach Hause und ruhen sich aus."

„Nein, das ist nicht nö..." Doch dann fiel ihr ein, wie gut es wäre, allein zu sein und sich die ganze Situation mit Dirk noch einmal zu überlegen. Und ihr fiel die Farm ihrer Familie ein. Alissa blickte ihren Chef bittend an. „Es wäre vielleicht tatsächlich gut, wenn ich jetzt nach Hause gehen könnte. Die Arbeit ist eigentlich schon getan, und jetzt vor dem Weihnachtsfest fällt nichts Neues mehr an. Es wäre schön, wenn ich zwei Wochen Urlaub machen könnte."

Dirk war überrascht, als er am Nachmittag in Alissas Büro kam und es leer vorfand. Der Computermonitor war zugedeckt und ihr Schreibtisch aufgeräumt. Er zog die Brauen zusammen und warf einen prüfenden Blick auf seine Uhr. Es war erst vier. Es sah Alissa nicht ähnlich, so früh zu gehen.

In diesem Moment trat Mr Battle mit Hut, Mantel und Aktentasche aus seinem Zimmer in das Büro.

„Dirk, mein Junge, ich habe Sie heute noch gar nicht zurückerwartet. Ich bin gerade auf dem Weg nach Hause. Die Verhandlungen sind also schon abgeschlossen. Das ist gut."

„Wo ist Alissa?", fragte Dirk, ohne auf Mr Battles abschweifendes Gerede einzugehen.

„Alissa? Ach, Sie meinen Mrs Kirkpatrick. Sie hat früher Schluss gemacht. Warum fragen Sie?"

„Früher Schluss gemacht? Warum? Ist sie krank?"

„Sie sagte Nein, obwohl sie ein wenig blass aussah. Ich glaube, dass sie sich eher über etwas aufgeregt hat."

„Aufgeregt? Hat sie gesagt, worüber?"

„Nein. Aber ich habe auch nicht nachgefragt. Sie hat mich um zwei Wochen Urlaub gebeten, und den habe ich ihr auch zugestanden. Wir sind um die Weihnachtszeit herum sowieso nie groß beschäftigt."

„Zwei *Wochen*?"

Henry betrachtete Dirk nachdenklich mit zur Seite geneigtem Kopf. „Also stimmt es, was ich gehört habe?"

„Was haben Sie denn gehört?", erwiderte Dirk irritiert.

„Dass Sie mit meiner Sekretärin eine Affäre angefangen haben."

Dirk wurde still, und seine Gesichtszüge spannten sich an. „Wir sehen uns privat, ja", antwortete er mit einem herausfordernden Unterton in der Stimme. „Haben Sie etwas dagegen?"

„Na ja, also … so würde ich das nicht ausdrücken. Ich habe nur einige Bedenken."

„Und die wären?"

Mr Battle sah Dirk prüfend an. „Ich mag Sie und respektierte Sie, Dirk. Das wissen Sie. Aber … nun … ehrlich gesagt, Ihre Beziehungen zu Frauen scheinen nie lange anzudauern. Ich habe Mrs Kirkpatrick sehr gern. Sie hat im letzten Jahr sehr viel durchgemacht, und ich möchte nicht, dass ihr noch mehr Kummer bereitet wird."

Dirks Gesicht nahm einen harten Zug an. „Wollen Sie mir damit sagen, dass ich mich mit Mrs Kirkpatrick nicht mehr treffen soll?"

„Nein. Nein, natürlich nicht. So etwas würde ich mir niemals herausnehmen."

„Dann verstehe ich nicht, was Sie mir eigentlich sagen wollen, Mr Battle."

„Na ja, ich denke …" Er hielt inne und überlegte kurz. „Altmodisch wie ich nun einmal bin, wage ich es jetzt einfach, Sie zu fragen, welche Absichten Sie bei Mrs Kirkpatrick haben."

„Ich werde Alissa heiraten."

Es war schwer festzustellen, wer von den beiden Männern überraschter war.

Dirk hatte wahrhaftig nicht vorgehabt, so etwas zu sagen. Die Worte hatten sich wie von selbst gebildet. Wie auch immer, sobald er sie ausgesprochen hatte, wusste er, dass er Alissa tatsächlich heiraten wollte.

„Na, das ist ja großartig. Wirklich großartig. Ich kann Ihnen nicht oft genug sagen, wie erfreut ich bin. Ich muss gestehen, ich war schon ein wenig besorgt, weil Sie so lange Junggeselle geblieben sind. Aber jetzt bin ich froh darüber. Auf eine Frau wie Mrs Kirkpatrick zu warten, war es wert."

Freudestrahlend legte Mr Battle den Arm über Dirks Schultern, während sie beide zu den Aufzügen gingen.

6. KAPITEL

Alissa war gerade mit dem Packen fertig geworden und wollte ihren Koffer zum Wagen tragen, als die Türklingel ging.

Dirk! Es konnte nur Dirk sein.

Sie wollte nicht mit ihm reden. Wenn er in ihrer Nähe war, schien ihr gesunder Menschenverstand sie zu verlassen. Und sie hatte es dringend nötig, die Dinge zu überdenken … und das an einem Ort, wo Dirks Gegenwart sie nicht stören würde.

Einen Moment lang war sie versucht, vorzugeben, dass sie nicht zu Hause war. Aber da sie Dirks Hartnäckigkeit und Gründlichkeit kannte, verwarf sie schnell den Gedanken. Er würde wahrscheinlich in der Garage nach ihrem Wagen sehen, dann vor ihrer Türschwelle kampieren und auf sie warten. Einen ganzen Tag lang, wenn es sein musste.

Sie rieb sich die Stirn und seufzte. Dieser Begegnung war sie nicht gewachsen, aber, ob sie es wollte oder nicht, ihr blieb wohl nichts anderes übrig. Sie holte tief Luft und drehte den Türknauf.

Vor Ungeduld hatte Dirks Gesicht sich verfinstert, und er durchbohrte Alissa mit seinem Blick. Sie tat, als ob sie es nicht bemerkte. „Hallo, Dirk! Was tust du denn hier?"

„Die Frage sollte wohl eher sein, was *du* hier tust", entgegnete er und betrachtete sie eingehend. „Ist alles in Ordnung mit dir?"

„Ja, natürlich."

Sie hatte die Tür nur einen Spaltbreit offen und wollte das auch so belassen. Doch Dirk ließ sich nicht zurückhalten. Noch ehe sie begriff, was geschah, hatte er sie einfach zur Seite geschoben und war in den Vorraum getreten, als ob er jedes Recht dazu hätte, und dann die Tür hinter sich geschlossen.

„Henry sagte, dass dich etwas geärgert hat."

„Nein … Ich … mir ist nur etwas durch den Kopf gegangen."

Er blickte ihr prüfend ins Gesicht. „Warum bist du dann nicht zu mir gekommen, um darüber zu reden?"

„Nein, Dirk, wirklich, ich wollte es nicht", wehrte Alissa ab, aber er hatte sie bereits beim Arm genommen und steuerte nun mit ihr auf die Küche zu. „Es ist … es ist eine persönliche Angelegenheit", fügte sie lahm hinzu.

„So persönlich, dass du mir nichts davon sagen willst? Ich dachte, wir stehen uns nahe. Was ist los? Vertraust du mir nicht?“

In der Küche ließ er Alissa los und machte sich an der Kaffeemaschine zu schaffen. Er war in den vergangenen Wochen so oft bei Alissa gewesen, dass er mit ihrer Küche genauso vertraut war wie sie.

„Damit hat das nichts zu tun.“ Aber es hatte sehr wohl etwas damit zu tun, wie ihr bewusst wurde. Sie wollte Dirk vertrauen … wünschte sich das von ganzem Herzen. Sie liebte ihn. Aber nach dem, was sie gehört hatte, war sie verwirrt, und es war ihr nicht möglich gewesen, die Zweifel, die sich eingenistet hatten, wieder loszuwerden.

Es passte alles zusammen. Sein plötzliches Interesse nach all den Jahren, in denen Dirk sie behandelt hatte, als ob sie unsichtbar wäre. Die Heftigkeit, mit der er dann sein Ziel verfolgte, sie für sich zu gewinnen.

Er blickte über die Schulter zu ihr herüber und betrachtete sie einige Sekunden lang. „Alissa, weißt du denn nicht, dass ich dir helfen möchte, wenn dich etwas quält?“

Dann füllte er die Glaskaraffe, und als er sich umdrehte, um das Wasser in die Kaffeemaschine zu gießen, erstarrte er mitten in der Bewegung. Sein Blick war wie gebannt auf den Koffer gerichtet, der im Gang stand.

Er wandte sich langsam zu Alissa um. „Du verreist?“

Alissa versuchte, sich herauszuwinden. „Eigent…“ Ihre Stimme versagte, und Alissa räusperte sich. „Eigentlich … wollte ich gerade aus dem Haus, als du kamst. Ich fahre zu meiner Schwester. Sie und ihr Mann Roger haben die Farm meiner Eltern übernommen. Sie leben in dem Haus, in dem ich und meine Geschwister aufgewachsen sind. Es gehört zur Familientradition, dass wir uns zu Weihnachten alle dort versammeln.“

„Ach so. Und warum hast du mir vorher nichts davon erzählt? Weihnachten ist ja schon in sechs Tagen.“

„Ich habe mich eben kurzfristig entschlossen. Da du Weihnachten nie erwähnt hast, habe ich vorausgesetzt, dass du beschäftigt sein würdest.“ Irgendwie schämte sich Alissa jetzt, dass sie Dirk einfach übergangen hatte.

„Ich mache kein großes Getue um das Fest“, erwiderte Dirk sachlich. „Ich habe keine Familie, also wäre es sinnlos, mich groß darum zu kümmern.“

Das verblüffte Alissa so sehr, dass sie ihre Probleme vergaß. Es hatte zwar Gelegenheiten gegeben, bei denen sie ihn nach seiner Familie ausgefragt hatte, aber, wie ihr jetzt klar wurde, war er den Fragen immer geschickt ausgewichen. „Du hast niemanden? Überhaupt keine Familie?"

„Stimmt."

„Keine Brüder und Schwestern? Keine Eltern?"

„Nein."

„Nicht einmal eine Tante oder eine entfernte Cousine?"

„Nein. Es ist niemand da." Offensichtlich war er verärgert über ihre Fragen.

Alissa starrte Dirk an. Sie konnte sich nicht vorstellen, wie es war, keine Familie zu haben. Sie und ihre Geschwister stritten manchmal miteinander – über alles, angefangen bei der Politik bis hin zu der Frage, wer das Fernsehprogramm bestimmte. Und zeitweise gingen sie einander mächtig auf die Nerven. Aber sie waren eine Familie, und sie liebten sich alle, mit all den Fehlern und Schwächen, die sie nun einmal hatten. Alissa mochte gar nicht daran denken, wie einsam ihr Leben ohne ihre Familie wäre.

„Wann also wolltest du mir mitteilen, dass du vorhattest zu verreisen? Wenn ich nicht gekommen wäre, wärst du bereits fort gewesen."

„Ich, äh … ich wollte dich heute Abend von Callie aus anrufen."

Dirk starrte sie an, sah, wie sie puterrot wurde. „Warum gibst du dir überhaupt noch die Mühe zu lügen, Alissa? Du bist nicht gerade gut darin."

„Ich bin nicht …", ein zynischer Ausdruck in seinen Augen brachte sie zum Schweigen, und sie verzog das Gesicht, als sich ihre Wangen stärker röteten. „Oh, also gut. Ich hatte nicht vor, dich anzurufen. Ich … ich musste eine Weile von hier weg. Um nachzudenken."

„Ach so." Dirk zog die Augenbrauen zusammen. „Dein Nachdenken … betrifft das uns?"

Alissa sagte kein Wort. Sie brauchte es auch nicht. Die Antwort stand ihr im Gesicht.

„Was ist heute geschehen?"

Die Frage überraschte sie. Alissa hatte sie überhaupt nicht von ihm erwartet. „Ich … ich weiß nicht, was du meinst."

„Gestern Abend beim Abschied und auch heute Morgen im Büro kamst du mir ganz glücklich vor. Und dann komme ich am frühen

Nachmittag von einer Verhandlung mit einem Kunden zurück und muss herausfinden, dass du geradezu panisch aus der Firma geflohen bist. Es muss doch in der Zwischenzeit etwas passiert sein, sonst passt das einfach nicht zusammen."

Dass Dirk so rasch und so dicht an die Ursache ihres Kummers herangekommen war, hätte Alissa nicht überraschen dürfen. Dirk entging nichts, und sein scharfer Verstand konnte ein Problem schneller erfassen als ein Computer.

Sie sah ihn an, war hin- und hergerissen. Einerseits wollte sie einfach den Kopf in den Sand stecken und sich vor der Auseinandersetzung drücken. Andererseits wollte sie Dirk zur Rede stellen, von ihm eine Erklärung zu dem Gerücht, das sie gehört hatte, verlangen. Aber dafür war sie einfach noch nicht bereit. „Dirk, ich habe dafür keine Zeit. Ich ... ich muss jetzt gehen." Sie drehte sich abrupt um und wollte den Koffer holen.

„Geh nicht, Alissa."

Seine weiche Stimme ließ sie innehalten. Sie wandte sich ihm wieder zu und sah ihn mit großen Augen an.

„Bitte, ich möchte nicht, dass du gehst", wiederholte er ruhig. So hatte sie Dirk noch nie zuvor gehört. Er beobachtete sie aufmerksam, als ob er aus ihrer Körpersprache, dem Ausdruck ihrer Augen oder des Gesichtes, bereits die Antwort ablesen wollte. „Bleib hier. Bei mir. Wir verbringen Weihnachten zusammen. Nur wir zwei."

Er verstand es einfach zu gut, mit Worten umzugehen. Schamlos nutzte er ihre Gefühle für ihn aus, um sich durchzusetzen. Alissa wusste das und war doch versucht, nachzugeben. Trotz seiner selbstsüchtigen, schamlosen Gründe, sich um sie zu bemühen, liebte sie ihn und wollte mit ihm zusammen sein. Und der Gedanke, dass er Weihnachten alleine sein würde, tat ihr weh.

Doch dann rief sie sich wieder in Erinnerung, was ihre Freundinnen ihr erzählt hatten.

„Ich ... ich kann nicht. Meine Familie erwartet mich. Es tut mir leid. Ich muss jetzt wirklich los."

„Verdammt, Alissa!"

Sie fuhr zusammen, und Dirk streckte sofort beschwichtigend die Hand aus, um seinem Ausbruch die Schärfe zu nehmen. „Schon gut. Schon gut. Tut mir leid. Ich hätte nicht so reagieren dürfen." Mit einem Seufzer rieb er sich den Nacken. „Da es ganz danach aussieht, dass ich dich nicht dazu bringen kann, deine Meinung zu ändern, sollte ich dir vielleicht dies hier gleich jetzt geben, bevor du gehst."

Mit grimmigem Gesicht holte er aus der Jackentasche eine kleine Schachtel und reichte sie Alissa.

Alissa starrte auf das Päckchen in dem ausgesucht feinen Geschenkpapier. „Ein Weihnachtsgeschenk?"

„Nein. Öffne es, Alissa."

Ohne den Blick von der so hübsch verpackten Schachtel zu nehmen, stellte sie den Koffer ab. Ihre Finger zitterten, als sie das Band herunterzog. Nachdem sie endlich auch die Folie entfernt hatte, sah sie das Samtetui, und ihr Herz fing an zu hämmern. Sie schaute wieder zu Dirk hoch, der jede ihrer Bewegungen gespannt verfolgte. Dann atmete sie tief ein und öffnete das winzige Kästchen.

Bei dem Anblick des Inhalts glaubte sie, ihr Herz bliebe stehen. „Es ist ... es ist ..."

„Ein Verlobungsring", ergänzte Dirk für sie. „Wirst du mich heiraten, Alissa?"

Sie starrte ihn an. Es hätte der glücklichste Moment ihres Lebens sein sollen, aber sie fühlte nur Schmerz. Eine ganze Weile konnte sie nicht einmal reagieren. Sie musste nur immer daran denken, dass ihre Freundinnen recht gehabt hatten.

Sie liebte Dirk, und zweifellos war er sich ihrer Gefühle für ihn bewusst und wollte es ausnutzen.

Um sich Zeit zu geben, ging Alissa zurück in die Küche. Vorsichtig setzte sie das Etui auf den Tisch ab und fing an, die Kaffeebecher aus dem Schrank zu holen. Dirk war ihr gefolgt. Sie spürte, wie er sie beobachtete und auf eine Antwort wartete. Erst nachdem sie die Kaffeemaschine eingestellt hatte, drehte sie sich zu ihm um.

„Warum willst du mich heiraten?", fragte sie mit dünner Stimme.

„Warum?" Dirk zog die Augenbrauen hoch. „Aus den gleichen Gründen wie jeder andere, der heiraten möchte. Das sollte dir doch eigentlich klar sein."

„Willst du damit sagen, dass du mich liebst?"

Zum ersten Mal sah sie Unsicherheit in seinen Augen aufflackern.

Dirk runzelte die Stirn. „Hör mal, Alissa, um ehrlich zu sein, weiß ich nicht sehr viel von Liebe. Ich habe sie in meinem Leben kaum erfahren, und ich bin mir nicht ganz sicher, was es bedeutet. Aber ich weiß, dass ich dich sehr mag, mehr als jede andere Frau, die ich gekannt habe. Und ich weiß, dass ich mit dir mein Leben verbringen möchte."

„Wie kannst du so sicher sein? Wir kennen uns doch kaum."

„Liebling, wir kennen uns seit fünfzehn Jahren."

„Doch nur geschäftlich. Persönlich kennen wir uns nur wenige Wochen."

„Fünfzehn Jahre Zusammenarbeit genügen, um einen Menschen kennenzulernen. Glaub mir, ich weiß so viel von dir, wie ich zu wissen brauche, um dir einen Heiratsantrag zu machen. Meine Güte, Alissa, ich denke doch fast pausenlos an dich. Ich bin gern mit dir zusammen, und ich hasse jede Sekunde, die ich von dir getrennt sein muss. Allein schon der Gedanke, den Rest meines Lebens ohne dich zu verbringen, tut weh."

Die Kaffeemaschine hörte auf zu gurgeln, und Alissa drehte sich herum, um die Becher zu füllen. Sie reichte einen davon Dirk und lehnte sich mit der Hüfte gegen die Arbeitsplatte, während sie ihren Becher zwischen eiskalten Händen hielt.

„Sind das wirklich die Gründe, aus denen du mich heiraten möchtest? Oder gibt es nicht viel eher andere Gründe? Zum Beispiel, dass Mr Battle lieber einem verheirateten Mann Tex-Con übergeben möchte, wenn er sich zur Ruhe setzt."

„*Was?* Wo zum Teufel hast du das denn her?"

„Es ist das neueste Gerücht in unserer Firma."

„Und du hast es geglaubt?", schnaubte Dirk. „Also, *das* ist es, was dir zu schaffen macht." Er schüttelte ungläubig den Kopf. „Alissa, hör mir mal gut zu. Henry hat mir noch kein einziges Mal, noch nicht einmal mit einem Wink zu verstehen gegeben, dass er mich nicht als seinen Nachfolger vorschlagen würde, wenn ich unverheiratet bliebe."

„Aber er hätte es lieber, wenn du verheiratet wärst."

„Möglich. Nun gut, wahrscheinlich stimmt das sogar", fügte er hinzu, als sie zweifelnd dreinblickte. „Er hat diese fixe Idee, dass verheiratete Männer in sich gefestigter wären. Vielleicht hat er auch recht damit, ich weiß es nicht. Aber er würde das niemals zur Bedingung einer Beförderung machen. Und ganz sicher möchte ich mich nicht ein Leben lang an eine Frau binden, nur um beruflich voranzukommen. Ich mag zwar ehrgeizig sein, aber ich bin nicht verrückt."

„Heutzutage dauern Ehen nicht unbedingt ewig."

„Meine schon", behauptete er entschieden. „Wenn wir heiraten, ist es für immer. Ich habe nicht so lange gewartet, um aus der wichtigsten Entscheidung meines Lebens einen Schlamassel zu machen."

Das hört sich ja recht ermutigend an, fand Alissa.

„Du und ich, Alissa, wir sind füreinander bestimmt", fügte er noch hinzu.

Das brachte Alissa wiederum auf einen anderen Gedanken. Sie geriet plötzlich in Panik und wurde knallrot. „Wie willst du das wissen? Wir haben nicht einmal ... ich meine ... wir haben niemals ..."

„Miteinander geschlafen?", half er ihr aus. Der Anflug eines Lächelns zuckte um seine Lippen. „Nein, das haben wir nicht. Aber wir können dem leicht abhelfen, wenn das alles ist, was dich stört. Jetzt gleich, wenn du möchtest."

„Nein! Oh ... das ist nicht nötig."

„Wirklich nicht? Mir würde das gar nichts ausmachen, das kannst du mir glauben", zog Dirk sie auf.

Alissa blickte ihn böse an. „Das ist nicht witzig, Dirk. Das ist ernst."

Augenblicklich wurde sein Ausdruck zärtlich. „Ich weiß. Glaub mir, Liebling, ich habe in meinem ganzen Leben noch nie etwas so ernst gemeint. Ich möchte mit dir schlafen, ich möchte es so sehr, dass es mich halbwegs um den Verstand bringt. Ich möchte deinen wunderschönen Körper erforschen, ich möchte dir ins Gesicht sehen, wenn wir uns lieben ... Allein der Gedanke daran macht mich ganz wild", fügte er weich hinzu. „Denkst du auch an solche Dinge, Alissa? Hm? Wie es mit uns beiden wäre?"

Er nahm einen Schluck Kaffee und beobachtete Alissa über den Becherrand hinweg.

Sie erzitterte. Sie konnte spüren, wie die Hitze ihr ins Gesicht stieg, und verwünschte im Stillen ihre helle Haut, die sofort die geringste Gefühlsregung verriet. Eine ganze Weile lang schwieg sie.

„Ja, ich denke auch daran", gab sie schließlich leise zu.

„Gut", sagte er mit offenkundiger Genugtuung. „Ich würde dir ein guter Ehemann sein, Alissa. Ich weiß, dass mir der Ruf vorauseilt, ein Frauenheld zu sein. Aber so etwas stellt sich fast von allein ein, wenn man in meinem Alter und unverheiratet ist. Was ich mir wirklich wünsche, ist eine gute Ehe, eine Frau zur Seite zu haben, mit der ich alles teilen kann, die immer für mich da ist."

Die Zärtlichkeit in seinen Augen und in seiner Stimme berührte Alissa.

„Ich würde dir immer treu sein, Alissa. Jeden Morgen möchte ich neben dir wach werden, möchte dein hübsches Gesicht mir gegenüber am Frühstückstisch sehen. Ich sehne mich danach, zu jemandem zu gehören, das Gefühl von Nähe zu genießen. So etwas habe ich nie gehabt, und ich wünsche es mir mit dir."

Er stellte seinen Becher ab, dann nahm er Alissa den Becher aus den zitternden Händen und stellte auch ihn ab. Mit einem liebevollen Lächeln sah er sie an, umfasste ihre Schultern und zog sie an sich.

Alissa rührte sich nicht. Sie zitterte am ganzen Körper. Das war nicht fair von ihm. Wie konnte sie klar denken, wenn Dirk so mit ihr umging? Ihr Körper reagierte instinktiv auf seine Berührung, als er die Finger unter den Rollkragen ihres Sweaters schob, sie dann hinüber zu ihrer Schulter gleiten ließ, bis er den Träger ihres BHs gefunden hatte, um ihn ihr dann abzustreifen und zart ihre volle Brust zu umfassen.

Es waren köstliche Empfindungen, die Alissa durchströmten und jeden anderen Gedanken aus ihrem Kopf vertrieben.

Dirk beobachtete sie gespannt, schätzte ihre Reaktion und seine Chancen ab. Alissas blaue Augen verdunkelten sich vor Erregung. Ihre Wimpern flatterten, ihre Lider wurden schwer, und ihr Atem ging schneller.

Sein eigener Herzschlag beschleunigte sich, als er ihre warme Brust unter seiner Hand fühlte und spürte, wie Alissa erbebte. Er atmete ihren süßen, weiblichen Duft ein. Ihre unglaubliche Unschuld und ihre Empfänglichkeit weckten in ihm ein heftiges Verlangen.

„Siehst du", flüsterte er und schmiegte sein Gesicht in ihr seidenweiches Haar. „Habe ich dir nicht gesagt, dass wir gut füreinander sind? Mehr als gut. Wir passen perfekt zusammen. Überleg mal, so könnte es für immer bleiben, wenn du ja sagst."

Mit einem Aufseufzen ließ Alissa die Arme unter Dirks Jacke gleiten und legte sie ihm eng um die Taille. Sie liebte ihn. So einfach war es. Was konnte sie anderes tun, als ihm ihr Jawort zu geben? Auch wenn er ihr nicht seine unsterbliche Liebe bot, sondern nur Zuneigung und Zusammensein und Sex. Sie würde sich damit zufriedengeben.

Dirk drückte sie eng an sich. „Sag ja, Liebling", schmeichelte er mit leiser, rauer Stimme. „Ich brauche deine Wärme in meinem Leben. Ohne dich ist die Zukunft für mich kalt und leer."

Dieses Eingeständnis von einem so starken, unabhängigen Mann berührte Alissas Herz. Ihr Widerstand schmolz dahin.

„Ich will dich“, flüsterte er in ihr Haar. „Ich glaube, ich hab es immer getan, vom ersten Augenblick, als ich dich sah. Aber ich konnte es nicht zugeben, nicht einmal mir selbst gegenüber, weil du verheiratet warst.“ Er lehnte sich zurück und sah ihr bittend in die Augen. „Gib uns eine Chance. Sag ja.“

Alissa schickte ein Gebet zum Himmel, dass sie das Richtige tat. Dann gab sie ihm die ersehnte Antwort. „Ja, ich will dich heiraten.“

Dirk atmete tief ein und dann wieder aus. Und er sah sie mit einer so unglaublichen Zärtlichkeit an, dass Alissa mit den Tränen kämpfte. Er zog sie noch einmal ganz eng in die Arme, legte seine Wange auf ihren Kopf und wiegte Alissa von einer Seite zur anderen. Er fühlte eine Woge von Erleichterung, und ihm wurde erst in diesem Moment so recht bewusst, wie sehr er ihr Ja ersehnt hatte.

Dann trennte er sich widerstrebend von Alissa, umfasste ihre Schultern und sah sie ohne die Spur eines Lächelns an. „Da gibt es noch eine Sache, die ich dir sagen muss, bevor du dich endgültig entscheidest. Es wird keine Kinder in unserer Ehe geben, auch keine adoptierten.“

Nach außen hin blieb Alissa ruhig, innerlich jedoch war sie sehr traurig. „Weil du keine Kinder haben kannst? Oder weil du keine haben möchtest?“

„Beides.“

„Oh. Würde es dir etwas ausmachen, mir zu sagen, warum du keine haben möchtest?“

„Belassen wir es bei der Antwort, dass ich mich zur Vaterrolle nicht berufen fühle. Solltest du mich also heiraten, bleiben wir kinderlos.“

„Ich verstehe.“ Enttäuschung überkam Alissa. Doch sie lächelte Dirk tapfer an. „Das ändert nichts an meiner Entscheidung. Ich habe bereits vor Jahren akzeptiert, dass ich niemals Mutter sein werde.“

„Wirklich?“

Alissa schluckte, aber sie konnte Dirk nicht mehr zurückweisen. Sie liebte ihn. „Ja. Es ist dumm, sich etwas zu wünschen, was man nicht haben kann“, fügte sie resigniert hinzu.

Dirk nahm das kleine hübsche Etui vom Tisch, holte den Ring heraus und streifte ihn Alissa über den Finger. Der kostbare Diamant hatte mindestens drei Karat, und für Alissa funkelte er wie tausend Sterne.

Dirk hob ihre Hand und küsste sie, während er ihr in die Augen sah. Dann presste er ihre Finger an sein Herz und zog Alissa wieder in die Arme. „Ich will dich", flüsterte er heiser. „Ich möchte dich lieben, Alissa."

„D…du meinst jetzt?"

„Du zitterst ja am ganzen Körper. Was ist, Liebling? Möchtest du das nicht?"

„Natürlich möchte ich. Es ist nur, dass … dass … na ja … ich … also … Es ist nur ein wenig … fast so … als ob es … als ob es das erste Mal wäre."

Dirk verstand sie. Er verstand sie wirklich. „Ich will dich, Alissa. Mehr als du dir vorstellen kannst", flüsterte er an ihrem Ohr, während er sein stoppeliges Kinn an ihrer Wange rieb. Dann atmete er tief ein, umfasste ihre Schultern und schob Alissa widerstrebend und liebevoll zugleich von sich. „Aber ich kann warten."

Überrascht blickte sie ihn an. „Du … du musst es aber nicht. Wenn du es dir wünschst … ich bin auch bereit dazu …"

Und ob er es sich wünschte. Doch Dirk blieb bei seiner Entscheidung. „Es ist offensichtlich wichtig für dich, zu warten. Und vielleicht ist es auch besser so. Es wird schöner für dich und auch für mich, wenn wir uns die Zeit nehmen."

„Dirk, ich muss wirklich zu meiner Familie."

„Du willst noch immer weg?" Ein heftiges Gefühl von Besitznahme überkam ihn. Er wollte Alissa von nun an in seiner Nähe haben, ständig.

„Ich möchte nicht weg, Dirk", murmelte sie in seiner Umarmung. „Aber meine Familie erwartet mich. Ich habe bisher noch kein Weihnachtsfest …" Sie unterbrach sich, neigte den Kopf zur Seite und schaute ihn an. „Warum kommst du nicht mit mir?"

Dirk dachte kurz nach, dann schüttelte er den Kopf. „Ich möchte mich deiner Familie nicht aufdrängen, Alissa."

„Sei nicht albern. Callie würde sich freuen, dich dabeizuhaben. Und im Farmhaus ist viel Platz. Bitte, komm mit mir, Dirk. Das wäre unser erstes Weihnachtsfest zusammen. Und ich möchte nicht, dass wir es getrennt verbringen."

Als ihm der Gedanke noch immer nicht zu behagen schien, lächelte sie. „Was ist los, Dirk. Hast du Angst, dass du bei der Musterung durchfällst?"

Prüfend sah er sie an, bemerkte ihre funkelnden Augen und den lachenden Mund. „Ich habe das sichere Gefühl“, antwortete er mit warmer Stimme, „dass ich meine Freude daran haben werde, an dir Seiten zu entdecken, die du bisher gut hinter der Fassade einer tüchtigen Sekretärin zu verstecken gewusst hast. Das Leben mit dir kann noch sehr interessant werden.“

Er beugte sich zu Alissa herunter und setzte einen kleinen Kuss auf ihre Nasenspitze. „Niemand darf mir vorwerfen, dass ich vor etwas Angst habe.“ Lächelnd drehte er Alissa an den Schultern um und schob sie zum Telefon hin. „Ruf deine Schwester an. Ich komme mit dir.“

7. KAPITEL

Zwei Wochen später in der kleinen Kirche in Brenham, wo Alissa getauft worden war und zu deren Gemeinde ihre verstorbenen Eltern Zeit ihres Lebens gehört hatten, heiratete sie Dirk.

Nur ihre Familie und Henry und Francine Battle waren anwesend. Und zu ihrer Überraschung hatte Dirk seinen Freund Jack eingeladen.

Jack lächelte und blinzelte ihr ermutigend zu, als sie am Arm ihres Bruders Joe den Gang herunter zum Altar ging, wo Dirk auf sie wartete. Der Blumenstrauß in ihrer Hand vibrierte förmlich, so sehr zitterte sie. Sie konnte spüren, wie Dirk sie beobachtete, aber sie war zu nervös, um ihn anzusehen. Doch sie wusste, wie hübsch sie war in ihrem apricotfarbenen Kleid und mit dem kurzen Schleier an ihrem farblich passenden breitkrempigen Hut.

Gegen die verhaltenen Geräusche von scharrenden Füßen und das Geflüster von den Kirchenbänken her hob sich Reverend Alcotts pathetische Stimme ab, als er mit der Zeremonie begann.

Alissa starrte den Geistlichen wie benommen an, unfähig zu glauben, dass dies alles wirklich geschah.

Als Reverend Alcott sie und Dirk an die Ernsthaftigkeit und Heiligkeit der Bindung, die sie eingingen, erinnerte, warf Alissa Dirk einen verstohlenen Seitenblick zu. Er sah elegant aus in seinem dunkelgrauen Anzug mit dem hellen Hemd und der geschmackvollen rostrot- und graugestreiften Krawatte. Ein rostfarbenes Tuch lugte dezent aus seiner Brusttasche hervor.

Dirks tiefe Stimme klang entschieden und sicher, als er die Gelöbnisworte wiederholte, die Reverend Alcott ihm vorsprach. Alissas Herz hämmerte vor Erregung, als sie plötzlich an die kommende Nacht denken musste. In wenigen Stunden würde Dirk sie lieben, und sie würde mit diesem wundervollen Mann Momente erleben, wie sie intimer nicht sein konnten.

Dirk griff nach ihrer Hand und schob ihr den goldenen Reif auf den Finger. Und dann war sie an der Reihe mit dem Ehegelöbnis und mit dem Überstreifen des Eheringes bei ihm. Noch immer konnte sie kaum glauben, was gerade geschah, als der Geistliche sie zu Mann und Frau erklärte.

Sehr selbstbeherrscht drehte Dirk sich zu ihr um, hob den Schleier, dann zog er Alissa in die Arme und küsste sie … lang und besitzergreifend und so voll von Versprechen, dass Reverend Alcott sich schließlich gezwungen sah, laut zu hüsteln. Damit brachte er nicht nur die frisch getrauten Eheleute auseinander, sondern erntete auch ein Lachen von den Zeugen und Hochzeitsgästen in den Bänken.

Als Dirk den Kopf hob, bemerkte Alissa, dass ein Ausdruck tiefster Genugtuung auf seinem Gesicht lag, und das versetzte ihr einen Stich ins Herz.

Und dann waren sie auch schon auf dem Wege, nur sie zwei. Nach dem lauten Abschied mit den guten Wünschen schien die plötzliche Stille fast unnatürlich. Das einzige Geräusch war das Schnurren des Motors und das dumpfe Rollen der Reifen auf dem Highway. Alissa blickte auf ihre Hände, die im Schoß lagen. Der schlichte Ehering, den sie unter dem Verlobungsring mit dem blitzenden Diamanten trug, machte ihr noch einmal sehr deutlich bewusst, was gerade geschehen war. Sie war nicht mehr Alissa Kirkpatrick. Sie war jetzt Alissa Matheson. Dirk Mathesons Ehefrau.

Vor einem knappen Monat hatte sie von ihm geträumt. Träume, wie sie wusste, erfüllten sich nie. Irgendwann verpufften sie. Ihr Traum jedoch war Wirklichkeit geworden. Doch wie geht es jetzt weiter? fragte sie sich auf einmal mit bangem Herzen.

„Geht's dir gut?", erkundigte sich Dirk in die Stille hinein, und Alissa fuhr zusammen.

Ihr Lächeln war ein wenig blass. „Ja. Ich bin nur müde. Ich fürchte, ich habe zu viel Champagner getrunken."

Dirk lachte. „Warum lehnst du dich nicht zurück und ruhst dich aus? Es war ein langer Tag, und wir haben noch eine Stunde, bis wir zu Hause sind."

Zu Hause. Für sie war Dirks Apartment kein Zuhause. Jedenfalls noch nicht.

Sie wollten erst im Frühling in die Flitterwochen fahren. Dirk hatte noch wichtige geschäftliche Termine, die er nicht aufschieben konnte.

„Gut, du hast recht. Ich schließe nur ein wenig die Augen." Alissa brachte den Sitz in die richtige Ruhelage. Mit einem letzten Lächeln in Dirks Richtung drehte sie sich zur Seite, schmiegte die Wange gegen das weiche Leder und schloss die Augen. Und im Nu war sie eingeschlafen.

Verlangen kam in Dirk auf, und er konnte es kaum abwarten, nach Hause zu kommen, um mit Alissa zu schlafen. Nach zwei Monaten Enthaltsamkeit forderte sein Körper Befriedigung, die nur Alissa ihm geben konnte. Er wollte Alissa und sonst keine Frau.

Wer sollte es ihm auch verübeln? Sie war weich und feminin, schön und reizvoll. Sie hatte all das, was er bei einer Frau suchte. Und noch mehr.

Er lächelte. Bald. Bald würde er Alissa ganz besitzen. Dann würde sie wirklich seine Ehefrau sein.

Von der Architektur her waren die Räumlichkeiten außergewöhnlich schön, fand Alissa, als Dirk sie zum ersten Mal in sein luxuriöses Apartment brachte, das nun auch ihres war. So waren sie übereingekommen. Das Apartment hatte hohe Wände und viele Elemente aus Glas, die den großen Räumen noch mehr Weite gaben. Die wenigen Möbel waren ultramodern. Von schnittiger Form, gerader Linienführung, sachlich, praktisch und schmucklos. Die Farbzusammenstellung schien aus nichts als verschiedenen Brauntönen zu bestehen, vom hellsten Beige bis hin zu Schokoladenbraun mit einer Spur von Dunkelblau. Eine Skulptur – wohl eine Maja-Statue – und eine hohe, dunkelblaue Steingutvase, gefüllt mit Pampasgras, standen neben dem Kamin. Ein Gemälde, das wilde Spritzer in Blau, Braun und Dunkelgelb auf einem weißen Hintergrund zeigte, war das einzig dekorative Stück, das die weißen Wände schmückte.

Ein Blick genügte Alissa, um zu erkennen, dass jeder Gegenstand im Raum von Topqualität war und wahrscheinlich ein Vermögen gekostet hatte. Das Apartment wirkte wie aus einer Hochglanzzeitschrift für exklusives Einrichten.

Alissa hasste es.

Dirk stand ein Stück von ihr entfernt, die Arme vor der Brust gekreuzt und ein belustigtes Lächeln auf den Lippen, und beobachtete sie. „Und? Wie gefällt's dir?"

Alissa drehte sich zu ihm um, mied aber seinen Blick. „Es ist … es ist …" Noch bevor sie sich eine höfliche Lüge ausdenken konnte, wurde sie rot.

Dirk lachte in sich hinein. „Liebling, du bist wahrscheinlich die schlimmste Lügnerin weit und breit. Komm schon, heraus mit der Sprache! Du findest es abscheulich. Stimmt's?"

„Oh nein, wirklich nicht! Das denke ich überhaupt nicht. Eigentlich ist es sehr geschmackvoll. Es ist nur ein bisschen … na ja … öde … Aber wenn dir dieser Stil gefällt …“

„Er gefällt mir nicht.“

Alissa blickte ihn überrascht an. Bevor sie jedoch darauf eingehen konnte, fügte er hinzu: „Was du hier siehst, ist das Werk eines Innenarchitekten, dem ich völlig freie Hand gelassen habe. Aber um ehrlich zu sein … ich habe erst angefangen, es abscheulich zu finden, nachdem ich deine Wohnung gesehen habe.“

„Wirklich?“ Alissa strahlte Dirk an, maßlos erfreut und ungemein erleichtert.

„Ja. Ich hoffe, dass du hier einige Änderungen vornimmst. Mach es heimeliger. Wohnlicher. Während der fünf Jahre, die ich hier gelebt habe, war es eigentlich mehr ein Ort, an dem ich geduscht und geschlafen habe.“

„Meinst du das im Ernst mit den Änderungen?“

„Völlig. Das wird so lange unser einziges Heim sein, bis wir für uns ein passendes Haus gefunden haben. Wir sollen uns beide hier wohlfühlen und es mögen. Und jetzt zeige ich dir den Rest des Apartments.“ Er hielt ihr die Hand hin, und Alissa ergriff sie.

Neben dem geräumigen Wohnzimmer enthielt das Apartment eine moderne Küche, alles in Weiß und glänzendem Stahl gehalten, ein Arbeitszimmer mit Bücherwänden, das Dirk auch als Büro diente, und drei große Schlafzimmer, ein jedes mit einem eigenen Badezimmer ganz in Marmor ausgestattet. Alissa unterdrückte ein Lächeln, als sie mitbekam, dass der Innenarchitekt sich mit seiner Vorliebe für karge Einrichtung auch hier durchgesetzt hatte. Ganz sicher hatte sie hier noch viel vor sich.

Die Tour endete in Dirks Schlafzimmer. Alissas Blick fiel sofort auf das übergroße Bett mit der Tagesdecke in Dunkelblau und gelblich braun. Sie blickte sich im Zimmer nervös um, aber es gab nicht viel, worauf sie sich konzentrieren konnte. Ein moderner brauner und unmöglich schmaler Ledersessel stand vor den Balkontüren, und noch ein abstraktes Gemälde hing über dem Kamin. Es zeigte einen großen dunkelblauen Ball vor einem gelblich braunen Hintergrund.

Alissa drehte sich um und bemerkte, dass Dirk sie aufmerksam beobachtete. Obwohl sein Gesichtsausdruck wie üblich gleichmütig war, entdeckte sie in seinen Augen ein Glitzern, das ihren Puls schneller schlagen ließ.

„Das Badezimmer ist dort drüben, und hier ist der Wandschrank“, sagte er. „Da ist auch für deine Sachen genug Platz.“

„Danke.“ Fast hätte Alissa laut geseufzt. Diese steife Höflichkeit zwischen ihnen war absurd, aber sie wusste nicht, wie man sie abstellen könnte.

„Während du auspackst und es dir gemütlich machst, erledige ich einige Telefonanrufe.“ Dirk beugte sich zu ihr herunter und küsste sie leicht auf die Lippen, dann zog er sich ein Stück zurück und sah ihr tief in die Augen. „Ich bin in etwa einer Stunde wieder zurück.“

Seine Botschaft war klar. Er war rücksichtsvoll, gab ihr die Zeit, die sie brauchte, um zu sich selbst zu finden. Aber er würde nicht länger warten.

Alissa hatte Schmetterlinge im Bauch, als sie hinter ihm hersah. Dann nahm sie ihren Koffer und fing an, ihre Sache auszupacken und sie in den Schubladen und im Schrank und Badezimmer unterzubringen.

Es hatte für Alissa bis jetzt nur einen Mann gegeben … Tom, ihren Ehemann. Und sie wusste instinktiv, dass es ganz anders sein würde, mit Dirk zu schlafen, als sie es mit Tom erfahren hatte. Dirk war ein fordernder, leidenschaftlicher Mann, der mit vielen Frauen zusammen gewesen war … mit weltgewandten, anspruchsvollen Frauen, die wussten, wie man einen Mann befriedigte. Sie dagegen hatte keine Ahnung, wie sie sich ihm gegenüber geben sollte.

Oje, wenn sie ihn nun enttäuschte? Wenn sie für ihn nicht sexy genug war?

Sie blickte prüfend in den raumhohen Spiegel, der eine ganze Wand im Badezimmer einnahm. Mit zitternder Hand zupfte sie am Oberteil des Nachthemdes aus elfenbeinfarbenem Satin. Alissa starrte auf ihr Spiegelbild und fragte sich, wie sie es fertigbringen sollte, so ins Schlafzimmer zu treten – in einem Kleidungsstück, das jede Kurve ihrer Figur voll zur Geltung brachte.

Ein Geräusch im Schlafzimmer ließ sie zusammenfahren. Sie schloss die Augen und schluckte schwer. Hör auf mit dem Zittern, ermahnte sie sich. Sei nicht albern. Schließlich liebte sie Dirk und war immerhin seine Ehefrau.

Um sich zu ermutigen, atmete sie tief ein und öffnete die Tür.

8. KAPITEL

Was Alissa zuerst ins Auge fiel, war das Bett. Sie blieb abrupt stehen. Dirk hatte die Tagesdecke abgenommen. Alissa starrte auf die aufgeschüttelten Kissen, das dunkelblaue Betttuch und die gleichfarbige Decke, die in einer intimen Einladung zurückgeschlagen war. Alissas Herz klopfte, als wollte es zerspringen.

Sie nahm ihren Mut zusammen und tat noch ein paar Schritte in den Raum hinein. Sie war barfuß, aber sie musste wohl ein Geräusch gemacht haben, denn Dirk, der am Fenster stand, drehte sich zu ihr um. Seine Augen funkelten, als er sie sah. Der leicht ungeduldige Zug, der gewöhnlich in seinem Gesicht lag, war verschwunden. Jetzt drückte es Sehnsucht aus.

Langsam ließ er den Blick über sie gleiten, vom honigblonden Haar zu den nackten Zehen, die unter dem Saum ihres Satinnachthemdes hervorlugten. Unter seinem verlangenden Blick sank ihr Mut.

„Du siehst hübsch aus", sagte er weich. „Sehr hübsch."

„Wirklich?", fragte sie atemlos zurück.

Um seine Mundwinkel zuckte ein Lächeln. „Ja, wirklich."

Er ließ sie nicht aus den Augen, als er, ohne sich zu beeilen, den Raum überquerte. Irgendwie empfand Alissa diese beherrschte, geschmeidige Anmut seiner Bewegungen bedrohlich und zugleich auch fast unerträglich aufregend. Sie wartete mit klopfendem Herzen.

Er hatte den Hochzeitsanzug abgelegt und trug nun einen Morgenmantel aus kastanienbrauner Seide. Das Kleidungsstück ließ ihn jedoch keinesfalls weniger männlich wirken, vielmehr sah er darin heißer aus als jemals zuvor.

Dirk blieb vor ihr stehen. Der nur lose gebundene Morgenmantel war vorn bis zum Gürtel weit auseinandergefallen und enthüllte seine muskulöse, dicht behaarte Brust. Alissa schluckte, als sie darauf starrte.

Sein Blick glitt von den weiblichen Rundungen ihrer Hüften zu den Brüsten mit den harten Knospen, die sich unter ihrem Nachthemd deutlich abzeichneten.

Sein Blick verharrte eine Weile an dieser Stelle, dann wanderte er abwärts.

Ein Schauer überrieselte Alissa. Sie hatte sich niemals für eine besonders sinnliche Frau gehalten, und doch empfand sie die intensive Art, in der Dirk ihren Körper betrachtete, als unbeschreiblich erregend. Eine Hitzewelle durchflutete sie, während er mit den Augen jede Kurve und Vertiefung auskostete, die das dünne Nachthemd nicht verbergen konnte – ihre schmale Taille, den einladenden Schwung ihrer Hüften, ihre langen, schlanken Beine mit den rosaroten Zehennägeln.

Schließlich begegnete Dirk wieder ihrem Blick, hielt ihn fest.

„Du bist schön." Seine Stimme war ein raues Wispern. In seinen silberhellen Augen brannte ein Feuer. Er strich ihr mit den Fingerspitzen den Nacken entlang. Eine federleichte Berührung, und doch glaubte Alissa, dass ihre Knie unter ihr nachgeben würden.

Dirk duftete nach Seife. Während Alissa herumgetrödelt hatte, hatte er sich offenbar in einem der anderen Badezimmer geduscht.

Er fuhr mit den Fingern in ihr Haar, hielt ihren Kopf zwischen seinen großen Händen und sah ihr tief in die Augen. „So schön", murmelte er wieder wie zu sich selbst. Ein Muskel zuckte an seinem Kinn, als sein Blick über ihr Gesicht schweifte, dann hinunter zu dem Ansatz ihrer schwellenden Brüste, die das elfenbeinfarbene Nachthemd freigab. Als er die Augen wieder zu ihren hob, brannte ein Feuer in ihnen. „Du raubst mir den Atem, Liebste."

Alissa spürte, wie sie vor Verlangen schwach wurde.

Dirk legte den Daumen gegen den Puls an ihrem Hals. „Dein Herz rast ja." Er las die Besorgnis in ihren Augen und blickte sie fragend an. „Du hast doch keine Angst vor mir, nicht wahr?"

„Nein, d...das ist es nicht."

„Was ist es dann?"

Alissa fuhr sich mit der Zungenspitze über die trockenen Lippen. „Es ist nur ... ich habe Angst ... ich habe Angst, dass ich dich enttäusche. Ich ... ich habe nur wenig Erfahr..."

Dirk beugte sich zu ihr herunter und unterbrach sie mit einem harten Kuss. Als er den Kopf hob, waren Alissas Pupillen vor Leidenschaft geweitet. Er lächelte zärtlich. „Mein Liebling, du könntest mich gar nicht enttäuschen, auch wenn du es versuchen würdest." Er zog sie an sich, hielt sie eng an seine Brust und rieb seine Wange an ihrem Haar. „Weißt du denn wirklich nicht, wie unglaublich sexy du bist? Wie sehr mich diese scheuen Blicke scharfmachen?"

„Aber ..."

„Pst ..." Er legte eine Hand unter ihr Kinn und hob ihr Gesicht an. Mit dem Daumen rieb er ihr zärtlich über die Lippen, und eine wunderbare Wärme durchflutete Alissa. „Vertrau mir, Liebes. Du hast keinen Grund, besorgt zu sein. Ich werde dir all die Erfahrung geben, die du brauchst."

Dirk glitt mit der Hand ihren Rücken hinunter über den weichen Satin des Nachthemdes und umschloss ihren perfekt geformten Po. Während er Alissa beobachtete, presste er sie gegen seine harte Männlichkeit. Sein Ausdruck wechselte von Zärtlichkeit zu Leidenschaft.

„Lass uns jetzt gleich damit beginnen", sagte Dirk mit rauer, leiser Stimme. „Ich möchte an nichts anderes mehr denken als an dich", murmelte er und neigte den Kopf. „Nichts anderes fühlen als dich." Er legte die Lippen über ihre, und ihre warmen Atem vermischten sich.

Alissas Wimpern flatterten, dann schloss sie die Augen und schmiegte sich an Dirk, hob die Arme und legte sie ihm um den Nacken. Ihr unterdrücktes Stöhnen verlor sich in seinem Mund, als ihre Lippen sich endlich in einem langen, heißen Kuss fanden, in einem Kuss voller Hunger und Leidenschaft.

Alissas Zweifel verschwanden wie Rauch im Wind. Zusammenhängende Gedanken wurden unmöglich. Das Einzige, was für sie noch existierte, waren Empfindungen ... das prickelnde Gefühl seiner Nackenhaare an ihren Fingerspitzen, das sinnliche Gleiten seiner Hände über den Satinstoff ihres Nachthemdes, die brennende Hitze ihrer Körper, die kleinen und doch fiebrigen Bewegungen und das Verlangen, das immer weiter wuchs.

Alissa gab einen protestierenden Laut von sich, als Dirk den Kuss abbrach. Schnell beugte sie sich vor und rieb ihre Lippen herausfordernd gegen seine, aber Dirk packte Alissa bei den Handgelenken und zog ihre Arme herunter zu ihren Seiten. Alissa entwand sich seinem Griff, wollte nicht von ihm auf Abstand gehalten werden. Doch sie hörte augenblicklich auf, widerspenstig zu sein, als Dirk ihr die Träger über die Schultern und Arme herunterzog. Das elfenbeinfarbene Nachthemd glitt ihr vom Körper und fiel als ein Häufchen schimmernder Seide zu ihren Füßen.

Dirk hielt Alissa noch immer an den Handgelenken, als er einen halben Schritt zurücktrat und sie ansah. Bewundernd ließ er den Blick über sie schweifen und konnte sich dabei offensichtlich nicht sattsehen. Alissa wurde davon ganz heiß.

Seine Augen suchten und fanden wieder ihre, und Alissa konnte die Sehnsucht nach seiner Berührung kaum mehr ertragen.

„Nun bist du an der Reihe", drängte Dirk mit rauer Stimme. „Zieh mich aus, Alissa. Berühre mich."

Das verzweifelte Verlangen in seiner Stimme war wie ein Stich durch ihr Herz. Obwohl sie so zitterte, dass sie glaubte, sich nicht rühren zu können, zögerte Alissa nicht. Als Dirk sie losließ, damit sie ihm den Morgenmantel ausziehen konnte, tat sie es fast genauso genießerisch wie er bei ihr, und bald fand sich sein seidenweiches Kleidungsstück neben ihrem Nachthemd auf dem Boden.

Dann betrachtete Alissa ihn, genauso wie er sie betrachtet hatte, und ihr stockte der Atem. Dirk war herrlich anzusehen mit seinen gut geformten Beinen, breiten Schultern, der muskulösen, dunkel behaarten Brust und den schmalen Hüften. Er war ein Mann, von dem eine Frau nur hingerissen sein konnte.

„Oh, Dirk." Sie hob den Blick, der von Bewunderung und Liebe erfüllt war. Instinktiv berührte sie Dirk, und er atmete tief ein. Seine Gesichtsmuskeln spannten sich an, als ob ihre federleichte Berührung ihm große Qual bereitete. Mit einem Aufstöhnen riss er Alissa in die Arme.

„Oh, Dirk! Dirk!", rief sie und setzte ihm kleine Küsse auf den Nacken, als er sie eng an sich gepresst hielt.

„Gehen wir ins Bett, Alissa", murmelte er in ihr Haar. „Ich möchte dich lieben. Jetzt."

Aus seiner tiefen, dunklen Stimme klang glühende Leidenschaft heraus, die in Alissa ein solches Verlangen entfachte, dass sie ihm gar nicht mehr antworten konnte. Sie konnte sich nur noch an ihn klammern, während er sie zum Bett führte und sich mit ihr darauf fallen ließ.

„Dein Körper ist wie für die Liebe geschaffen", flüsterte er und strich über ihre Brüste. Im nächsten Moment umschloss er mit den Lippen gierig ihre Brustknospen, und Alissa stöhnte auf, bog sich ihm entgegen, als er langsam und genießerisch daran saugte.

Rastlos vor Verlangen bewegte sie den Kopf auf dem Kissen von einer Seite zur anderen. Unruhig fuhr sie mit den Händen über Dirks Schultern, seinen Nacken, seinen Hinterkopf.

Nun ließ Dirk von den Knospen ab und küsste die Unterseite ihrer Brüste, ihren Bauch ... zog eine heiße Spur von Küssen tiefer und tiefer ... Alissa hatte aufgehört zu denken. Sie fühlte nur die süße Lust, die Dirk ihr bereitete. Mit seinen Lippen und Händen brachte er Alissa an den Rand der Ekstase.

Als ob ihr Erschauern ihn wieder ein Stück in die Wirklichkeit zurückgeholt hätte, fing Dirk sich wieder. Er hob den Kopf und sah Alissa von unten herauf an. Dann legte er sich zwischen ihre Schenkel und küsste sie wieder auf die Lippen, während er sie mit den Händen liebkoste. Alissa war ganz schwach vor Hingabe. Sie ließ sich mit Zärtlichkeiten verwöhnen und sehnte sich nur noch danach, Dirk ganz in sich aufzunehmen.

Endlich nahm er ihre drängende Einladung an. Er stützte die Arme zu beiden Seiten ihres Kopfes auf, und sein Blick hielt ihren fest. Ihre Augen glitzerten im Lampenlicht. „Alissa", sagte er mit heiserer Stimme und vereinigte sich mit ihr.

Eine lange Zeit später stützte Dirk sich auf seine Ellbogen und sah wieder in Alissas erhitztes Gesicht. Ihre Augen waren geschlossen, und er starrte auf die zarten Lider, sah, wie verführerisch sich ihre dichten Wimpern in zwei kleinen, geschwungenen Halbmonden gegen die rosige Haut abhoben.

Alissa war sich der Welt um sie herum kaum bewusst. Es hätten Stunden aber auch nur Minuten sein können, in denen sie zwischen Schlafen und Wachen irgendwo dahintrieb. Sie streichelte Dirk verträumt über den Rücken, und ein kleines Lächeln zuckte um ihre Mundwinkel, als sie seinem schweren Atem nahe ihrem Ohr lauschte.

Sie ist sanft und leidenschaftlich zugleich, dachte Dirk.

Und sie gehört zu mir. Sie ist meine Frau.

Eine Woge von Empfindungen überwältigte ihn – Empfindungen, die so intensiv waren, dass sich sein Herz fast schmerzhaft zusammenzog.

Alissa bewegte sich unter ihm, und ihm wurde wieder allzu deutlich bewusst, wie weich ihr Körper war, wie seidenglatt und warm ihre Haut sich anfühlte. Er blickte zu ihren Brüsten herunter, die gegen seinen Oberkörper drückten. Ihre Körper waren noch immer intim verbunden, und Dirk wünschte sich, es könnte für immer so bleiben.

„Wie fühlst du dich?", fragte er leise, als Alissa sich unter ihm wieder bewegte.

Ihr Lächeln wurde breiter, aber sie hielt die Augen noch immer geschlossen. „Wunderbar."

Dirk küsste sie auf die Stelle an ihrem Hals, wo der Puls noch immer unregelmäßig schlug. Dann, widerstrebend, rollte er sich auf den

Rücken und zog Alissa mit sich an seine Seite. Alissa schmiegte sich an ihn und legte die Wange an seine Schulter.

Dirk starrte noch lange zur Decke hoch, als Alissa bereits eingeschlafen war. Er strich ihr über die weichen Brüste und lächelte. Er konnte sich nicht daran erinnern, dass er sich jemals zuvor mit einer Frau so gefühlt hatte. So geborgen. So verbunden. Es war, als ob zwischen ihm und Alissa eine Seelenverwandtschaft bestand, als ob sie ihm etwas gab, das er lange vermisst hatte.

Das Kitzeln ihrer Wimpern an seiner Schulter zeigte ihm an, dass sie wieder ganz wach war. Er sah auf sie herunter. „Guten Morgen, Liebling."

„Guten Morgen", murmelte sie verschlafen und schmiegte sich noch dichter an ihn. „Weißt du …", fuhr sie mit einer Stimme fort, die Dirk zeigte, dass sie noch immer losgelöst war von der Wirklichkeit. „Es klingt jetzt vielleicht seltsam, wo ich doch bereits einige Jahre verheiratet gewesen bin. Und ich habe Tom geliebt. Wirklich geliebt. Aber ich habe nicht gewusst, dass es so sein könnte … So … so intensiv. Und so wunderbar."

Das hab ich auch nicht gewusst, dachte Dirk. Er hatte sich immer für erfahren in der sexuellen Liebe gehalten, aber was sich zwischen ihm und Alissa abgespielt hatte, war so explosiv und überwältigend gewesen, wie er es noch nie zuvor erlebt hatte.

Lange betrachtete er ihr Gesicht. Er sah den verunsicherten Blick in ihren Augen, und er wusste, dass Alissa mit bangem Herzen auf seine Reaktion auf ihr Geständnis wartete. Sie wollte von ihm hören, dass das Zusammensein mit ihr für ihn, den erfahrenen Liebhaber, ebenfalls etwas völlig Einzigartiges und Besonderes gewesen sei.

Dirk suchte nach Worten, um Alissa beschreiben zu können, was er fühlte. Doch die Empfindungen, die er hatte, waren einfach unbeschreiblich. Es gab keine Worte dafür. Also beugte er den Kopf und presste seine Lippen in einem langsamen, sinnlichen Kuss auf ihren Mund. „Bleib hier. Ich bin gleich zurück."

„Wohin willst du?", fragte Alissa, als er sich aufrichtete und aus dem Bett glitt.

Sobald er ihr den Rücken zugekehrt hatte, stockte ihr der Atem.

Dirk blickte sie über die Schulter an und zog die Stirn kraus, als er ihren schockierten Ausdruck sah. „Was ist?"

„Dein Rücken … Woher hast du all diese Narben?" Es gab Narben, bei denen die Haut sich zusammengezogen hatte wie nach einer Brandwunde, und andere, die von Striemen herrühren mussten. Und als er sich zur Seite drehte, entdeckte Alissa, dass er auf den Armen und Beinen noch mehr Narben hatte, sogar auf seinem Gesäß. Sie blickte entsetzt zu ihm hoch. „Was ist denn da bloß geschehen?“

„Nichts. Das sind nur die Ergebnisse einer normalen Kindheit. So etwas passiert kleinen wilden Jungs.“

„Oh, aber …“

„Es tut mir leid, Alissa. Wenn dich mein Körper so anwidert, ziehe ich mir eben den Morgenmantel über.“

„Nein, das ist es nicht!“, rief sie erschrocken, weil sie glaubte, dass sie ihn beleidigt hatte. „Ich … ich frage mich nur, woher du diese Narben hast. Das ist alles.“

„Nun gut. Jetzt weißt du es.“

Alissa hätte ihm noch sagen können, dass kleine Jungs, auch wenn sie noch so wild und außer Rand und Band waren, niemals solche Narben davontragen konnten. Aber offensichtlich wollte Dirk mit ihr nicht darüber sprechen.

Kein bisschen befangen wegen seiner Nacktheit ging er zur Tür. Alissa starrte auf seinen muskulösen Rücken, die breiten Schultern, seinen perfekt geformten Po, bis er aus der Tür heraus war. Dirk war wahrhaftig ein durch und durch maskuliner Mann.

Er kam gleich wieder zurück und schlüpfte neben sie ins Bett.

„Hier, das ist dein Hochzeitsgeschenk“, sagte er und hielt ihr eine kleine Schachtel hin.

„Hochzeitsgeschenk? Dirk, du hast mir doch nicht etwa teuren Schmuck gekauft?“

„Nein, keinen Schmuck.“

Sie drehte nachdenklich die Schachtel in der Hand. Was konnte sonst in einem so kleinen Kästchen sein?

„Warum öffnest du es nicht?“, fragte Dirk schließlich und lachte in sich hinein, als Alissa die Schachtel an ihrem Ohr kurz schüttelte.

Trotz seiner Behauptung, dass es kein Schmuck wäre, erwartete Alissa das Glitzern von Diamanten, als sie den Deckel abhob. Stattdessen lag darin auf einem Wattekissen ein Schlüssel von der altmodischen Art, groß und vertrauenerweckend stabil. „Ein Schlüssel?“, fragte sie verwirrt.

„Es ist der Schlüssel zu unserem Haus. Deinem Haus.“

„Meinem Haus?“ Sie war total verwirrt.

„Ja. Es ist ein altes Farmhaus, das jetzt erneuert wird. Und es liegt in der Nähe der Farm deiner Familie, mit der du so gern zusammen bist. Wir behalten zwar dieses Apartment hier, verbringen aber unsere Freizeit in deinem Haus.“

Alissa wusste noch immer nicht, was sie sagen sollte. Es hatte ihr die Sprache völlig verschlagen. So viel Großzügigkeit und Aufmerksamkeit hätte sie nie für möglich gehalten. Sie konnte einfach nicht glauben, wie zartfühlend Dirk war.

Bei der Arbeit hatte Dirk den Ruf, hart und schwierig zu sein. Oh, wenn es nötig wurde, konnte er sich durchaus fast übergangslos umstellen und seine Umgebung mit seinem rauen Charme bezaubern. Aber weil er ein wenig von einem Einzelgänger an sich hatte, hielten ihn viele für unnahbar und gefühllos. Aber sie hatten unrecht. Alissa gegenüber verhielt Dirk sich alles andere als kalt.

Wenn sie sich nicht bereits Hals über Kopf in Dirk verliebt hätte, wäre es jetzt um sie geschehen.

Tränen füllten ihre Augen, verschleierten die Sicht, und die Kehle war Alissa so eng, dass sie schlucken musste.

„Hey. Du wirst doch wohl nicht weinen, oder?“

„Oh, Dirk“, flüsterte sie mit erstickter Stimme und schmiegte sich an ihn. Sie legte sich auf ihn, umfing seinen Nacken mit den Armen und setzte viele kleine feuchte Küsse auf sein Gesicht, seinen Hals, seine Brust. „Ich liebe dich. Ich liebe, liebe, liebe dich“, stieß sie zwischen den Küssen atemlos hervor.

„Hey, Liebling, immer mit der Ruhe“, protestierte Dirk und lachte, als sie mit dem Küssen gar nicht mehr aufhören wollte. „Es ist doch nur eine Farm.“

Und als Alissa innehielt, wurde ihr plötzlich voll bewusst, dass sie beide nackt waren. Sie sahen einander an. Dirk lachte nicht mehr. In seinen Augen brannte ein solches Verlangen, dass Alissas Herz anfing, schneller zu schlagen.

Er drehte Alissa um, sodass sie unter ihm lag.

„Stimmt das auch?“, wollte er mit harscher Stimme wissen. „Liebst du mich wirklich?“

Sein Gesicht war angespannt. Seine Augen glitzerten. Alissa blickte in die eisgrauen Tiefen und sah darin etwas Wildes, etwas Heftiges. Und etwas … sie war sich nicht ganz sicher … das wie Sehnsucht nach Bestätigung wirkte.

Zärtlich lächelnd strich sie ihm durch sein Haar. „Ob ich dich liebe? Oh ja. Ja, das tue ich. Ich liebe dich sehr. Mehr, als ich es in Worten ausdrücken kann."

Dirk betrachtete sie mit prüfendem Blick. Ein fast zögerndes Lächeln ließ seine Züge weicher erscheinen. Er beugte den Kopf und murmelte gegen ihre Lippen: „Warum drückst du es dann nicht auf eine andere Weise aus?"

9. KAPITEL

Dirk war der erste der Passagiere, die das Flugzeug verließen, nachdem es in Houston gelandet war.

„Hey! Warte!“, rief Jack, der ihm hinterherlief und mit seiner Kleidertasche kämpfte. Dirk verlangsamte seinen zielstrebigen Schritt jedoch nicht. Er hatte bereits die Fluggastbrücke halb hinter sich, als sein Freund ihn ganz außer Atem endlich einholte.

„Mannomann, du hast vielleicht ein Tempo drauf! Wohin willst du eigentlich so schnell?“

„Nach Hause.“

„Es ist noch nicht einmal drei Uhr nachmittags. Ich kann's nicht glauben! Du kommst nicht zuerst ins Büro? Du, das Arbeitstier Nummer eins in der Firma?“

„Es gibt da nichts, was so brandeilig ist, dass es nicht bis morgen warten kann.“

„Es zieht dich nach Hause, stimmt's?“ Jack rollte die Augen. „Du liebe Güte, ich kenne keinen anderen Mann, der an einer Ehe so viel Gefallen findet wie du. Knapp drei Monate verheiratet, und schon hast du dich in einen häuslichen Typ verwandelt. Es ist einfach ekelhaft.“

„Ich war zwei Wochen weg“, entgegnete Dirk.

„Und? Es hat dir vorher nie etwas ausgemacht, so lange von zu Hause weg zu sein.“

Weil er seine Wohnung nie als Heim empfunden hatte, bevor er Alissa kannte. Das war der alleinige Grund gewesen. Doch Dirk sprach diesen Gedanken nicht aus, sondern warf Jack nur einen Seitenblick zu und trat in den Aufzug, der sie hinunter zur Gepäckhalle brachte.

Nachdem sie ihr Gepäck vom Band geholt hatten, teilten sie sich ein Taxi nach Hause. Während der kurzen Fahrt hielt Jack das Gespräch in Gang, aber Dirks Gedanken waren anderswo. Er hörte seinem Freund kaum zu und beteiligte sich nur mit einem gelegentlichen Brummen oder einer einsilbigen Antwort, und das nur, wenn er dazu gezwungen war. Schließlich machte Jack eine ironische Bemerkung über frisch Verheiratete und schwieg von da an.

„Grüß Alissa von mir“, sagte er mit einem Grinsen, als Dirk vor seinem Apartmenthaus aus dem Taxi stieg.

„Das werde ich“, antwortete er, nahm seine Reisetasche und den

Koffer und winkte den Portier des Apartmenthauses zur Seite, als er ihm helfen wollte.

In dem Augenblick, als er den Schlüssel in das Schloss steckte, seufzte Dirk vor Erleichterung und Vorfreude auf. Der Trip war ihm endlos erschienen. Er hatte die Hotels und das Hotelessen und Schlafen in fremden Betten mehr als satt.

Er lächelte schief. Jack hatte recht. In der Ehe fühlte er sich so wohl wie der Fisch im Wasser.

Eine ganze Reihe von Leuten schienen deswegen überrascht zu sein. Wahrscheinlich, wie er vermutete, weil er so lange Single geblieben war und man wohl erwartet hatte, dass er sich in einer Ehe schnell eingeengt fühlen würde. Aber die Leute, die so dachten, irrten sich.

Er war kein Narr. Er wusste, dass er unglaubliches Glück gehabt hatte, Alissa zu finden. Sie war eine von Natur aus selbstlose Frau, eine Frau mit einem angeborenen Beschützerinstinkt. Und Dirk empfand es als ein Wunder, dass sie ihn liebte.

Er genoss es, jeden Abend nach Hause zu kommen und dort Alissa vorzufinden, jeden Morgen neben ihr aufzuwachen, ihr hübsches Gesicht ihm gegenüber am Tisch zu sehen. Du liebe Güte, er konnte sich gar nichts Schöneres mehr vorstellen, als verheiratet zu sein. Er sah in der Ehe nur Vorteile … die Nähe eines Menschen, den man liebte, das Zusammensein, dieses besondere Gefühl, Teil einer Zweierbeziehung zu sein. Er wusste nur zu gut – besser als die meisten –, dass die Welt ein rauer, kalter Ort sein konnte. Es war schön, zu wissen, dass es jemanden gab, der einen mochte und der immer für einen da sein würde – egal, was kommen würde.

Um seine Mundwinkel zuckte ein belustigtes Lächeln. Und außerdem hatten sie fantastischen Sex.

Schon beim Eintreten in die Eingangshalle fühlte Dirk, wie die Anspannung von ihm wich und Harmonie und Frieden einkehrten. Alissa hatte es ermöglicht. Das war etwas gewesen, was er in seinem Leben bis jetzt nicht gekannt hatte.

Er war sich nicht einmal sicher, was genau Alissa getan hatte, um ihm dieses Gefühl zu geben. Klar, sie hatte die sterile Ausstattung und die ungemütlichen, wenn auch stilvollen Möbel ersetzt durch Dinge, die ihrem eigenen Geschmack entsprachen. Aber es war mehr als nur das. Ihre bloße Anwesenheit verlieh diesen Räumen Gemütlichkeit und einen Hauch von Heiterkeit.

Es waren zumeist Kleinigkeiten, die sein exklusives Apartment in ein richtiges Heim verwandelt hatten ... der köstliche Geruch von frisch gekochtem Essen, der ihn jeden Abend beim Eintreten empfing, die Blumen in den Vasen und Pflanzen in den Zimmern, der Duft ihres Parfums in der Luft. In jedem Raum zeugte etwas davon, dass eine Frau in diesem Apartment wohnte.

Während der zwei letzten Wochen war seine Sehnsucht, zu Alissa zurückzukehren, so drängend geworden, dass er verbissen wie ein Hund gearbeitet und jeden seiner Mitarbeiter bis zum Äußersten angetrieben hatte ... mit dem Ergebnis, dass sie einen Tag früher fertig wurden, als er Alissa am Telefon angekündigt hatte.

Er blieb in der Eingangshalle stehen und neigte den Kopf zur Seite. Nur Stille begrüßte ihn. „Alissa?"

Er setzte die Reisetasche und den Koffer ab und machte sich ungeduldig auf die Suche. Als er einsehen musste, dass Alissa nicht da war, runzelte er die Stirn.

Wo zum Teufel steckte sie? Er hatte nicht sich und ein halbes Dutzend Angestellte halb kaputtgemacht, um früher heimzukehren und ein leeres Haus vorzufinden.

Dirk riss sich zusammen. Er sah ein, dass er unvernünftig reagierte. Alissa hatte keine Ahnung, dass er früher als geplant zurück sein würde. Er konnte nun wirklich nicht erwarten, dass sie im Apartment herumsaß und wie ein getreues Haustier auf seine Rückkehr wartete.

Aber verdammt, er wollte, dass sie hier war!

Abrupt blieb er stehen, und es überlief ihn eiskalt. Wenn ihr nun etwas zugestoßen war? Wenn sie einen Unfall gehabt hatte? Oder wenn sie todkrank im Krankenhaus lag?

Beruhige dich, ermahnte er sich und fuhr sich verzweifelt mit der Hand durchs Haar. Wahrscheinlich gibt es eine einfache Erklärung, warum sie nicht zu Hause ist. Wahrscheinlich kauft sie ein. Oder sie ist ins Kino gegangen.

Dirk zwang sich, auszupacken und sich umzuziehen. Anschließend ging er die Post durch, die Alissa in einem ordentlichen Stapel auf seinem Schreibtisch im Arbeitszimmer hinterlassen hatte. Dann setzte er sich mit der Abendzeitung ins Wohnzimmer. Nachdem er sich mehrmals dabei ertappte, dass er einen Artikel dreimal gelesen hatte, ohne auch nur einen Satz aufzunehmen, gab er es auf.

Nach einer Stunde nervöser Unruhe, in der er alle fünf Minuten nach der Uhr schaute und angespannt darauf wartete, endlich den Schlüssel in der Eingangstür zu hören, stieß er eine Verwünschung aus und marschierte zum Telefon.

„Margo, hier ist Dirk. Haben Sie eine Ahnung, wo Alissa sein könnte? Ich bin vor etwa einer Stunde nach Hause gekommen, aber sie ist nicht hier."

„Dirk! Wie kommt es, dass Sie schon so früh zurück sind? Alissa hat Sie erst morgen Abend erwartet."

Die Ehe hatte nicht nur in seine Lebensform einschneidende Änderungen gebracht, sondern auch in seinen Umgangston Alissas Freundinnen gegenüber. Obwohl er Vizepräsident der Firma und daher ihr oberster Vorgesetzter war, wurde er nun von ihnen beim Vornamen genannt.

„Na ja, wir sind früher fertig geworden."

„Alissa ist in Brenham in Ihrem neuen Haus. Der Bauunternehmer hatte angerufen und ihr gesagt, dass er nun mit dem letzten Auftrag fertig sei und frei für die Renovierung Ihres Hauses. Also ist sie gestern losgefahren, um mit ihm das Nötige zu besprechen. Aber sie hatte vor, morgen wieder zurück zu sein."

Natürlich. Daran hätte er denken sollen.

„Danke, Margo."

„Gern geschehen. Es wird Alissa leidtun, dass sie nicht zu Hause war, als Sie zurückgekommen sind. Rufen Sie sie doch bei ihrer Schwester Callie an."

„Ja, vielleicht sollte ich das tun."

Nachdem Dirk aufgelegt hatte, dachte er nur eine Sekunde lang über Margos Vorschlag nach. Dann nahm er den Hörer wieder auf und rief Henry Battle an, um ihm mitzuteilen, dass er am nächsten Tag nicht im Büro sein würde und erst am Montag zurückkäme. Innerhalb von wenigen Minuten hatte er das Allernötigste in eine Tasche geworfen und war auf dem Weg nach Brenham.

Alissa stand auf einer Leiter mitten im Esszimmer, hielt sich mit einer Hand an der obersten Sprosse fest und reckte sich auf den Zehenspitzen hoch. Sie hatte es gerade geschafft, eine der Milchglaskugeln vom Deckenleuchter abzunehmen, als Ted Krueger hereinkam und sich den Schmutz und die Spinnweben von den Jeans und dem Arbeitshemd abklopfte.

„Ich habe mir eben mal den Dachboden angeschaut", verkündete er, und Alissa fuhr zusammen, als hätte hinter ihr jemand eine Schreckschusspistole betätigt.

„Oh! Oje!" Sie hielt mit einer Hand noch immer die Glaskugel fest und klammerte sich mit der anderen an die wackelnde Leiter, um das Gleichgewicht zu halten.

„Hey, aufgepasst!" Ted war mit einem Satz bei ihr und stützte die Leiter zu beiden Seiten von Alissas Hüften. „Schon okay. Okay. Ich hab's."

„Du liebe Güte." Alissa schloss die Augen und presste die Glaskugel in der Hand gegen ihr Herz. „Das war aber knapp. Ich habe dich gar nicht hereinkommen hören."

„Tut mir leid. Ich wollte dich nicht erschrecken. Was tust du da oben überhaupt?"

„Eine der Glaskugeln ist kaputt. Ich will versuchen, bei meiner Runde durch die Antikläden einen Ersatz zu finden. Damit die Verkäufer gleich wissen, wonach ich suche, wollte ich diese Kugel vorzeigen." Sie stellte den Fuß auf die untere Sprosse, als die Leiter wieder anfing zu wackeln.

„Warte, ich helfe dir." Ted umgriff mit seinen kräftigen Händen ihre Taille und schwang Alissa von der Leiter. Grinsend sah er sie an. „Wenn du das nächste Mal auf eine Leiter steigen willst, sag mir rechtzeitig Bescheid, dann mache ich das für dich."

„Das wird nicht nötig sein. Wenn meine Frau Hilfe braucht, dann kümmere ich mich darum."

In dem gewölbten Durchgang zum Esszimmer stand Dirk. Im nächsten Augenblick wirbelte Alissa herum, und ihr Gesicht leuchtete auf.

„Dirk!", rief sie und warf sich ihm in die Arme.

Ihre ungehemmte Freude überrumpelte ihn so, dass er für den Augenblick seinen Ärger vergaß. Er zog Alissa in seine Umarmung und drückte sie fest an sich.

Er hatte das dringende Bedürfnis, Alissa mit gieriger Leidenschaft zu küssen. Diesem Mann, der mit seiner Frau so vertraulich umging, wollte er beweisen, dass Alissa zu ihm gehörte. Der Kuss war ein wenig ungezähmt und mehr als besitzergreifend, aber Alissa klammerte sich an Dirk und erwiderte seine stürmische Begrüßung mit großer Zärtlichkeit.

Als der Kuss endete, war sie völlig atemlos. Dirk hielt sie eng an sich gedrückt, und über ihren Kopf hinweg begegnete sein Blick dem des anderen Mannes.

Mehrere Sekunden lang starrten sie einander feindselig an, als trügen sie einen stillen Kampf aus.

„Ach, du lieber Himmel, Ted!“ Alissa entzog sich der Umarmung ihres Mannes. Sie spürte, wie ihr das Blut in den Kopf schoss, und sie vermied es, Ted anzuschauen. „Ich muss mich dafür entschuldigen. Oh, meine Güte, was musst du jetzt von uns denken!“

Ohne den Blick von Dirk zu nehmen, antwortete er gleichmütig: „Mach dir darum keine Gedanken. Ich weiß, wie es frisch Verheirateten geht. Er *ist* doch dein Ehemann, nicht wahr?“

„Ja, ja, das ist mein Ehemann.“ Alissa war zu durcheinander, um zu bemerken, dass die zwei Männer einander noch immer anstarrten, als wollten sie sich gleich gegenseitig an den Kragen.

„Liebling, das ist Ted Krueger. Der beste Bauunternehmer im ganzen Bezirk Washington, und er hat große Erfahrung mit alten Häusern. Es ist sogar sein Spezialfach. Ted, das ist mein Mann, Dirk Matheson.“

Die beiden schüttelten einander zurückhaltend die Hand.

„Ted sagt, dass das Haus von der Struktur her solide ist“, begeisterte Alissa sich und war sich noch immer nicht bewusst, welche Spannung zwischen den Männern in der Luft lag.

„Tja, diese alten Häuser wurden noch von wahren Könnern gebaut. Was diese Handwerker schufen, das hatte Bestand“, bekräftigte Ted. „Diese Qualität bekommt man in unserer Zeit nicht mehr. Auch nicht die Verzierungen und die Details. Deshalb arbeite ich gern an alten Häusern.“

„Ted sagt, dass außer der Erneuerung von elektrischen Leitungen und den zusätzlichen Installierungen alles andere mehr oder weniger Kosmetik sein wird“, fuhr Alissa fort. „Und das Beste kommt noch. Er und seine Männer können am Montag mit der Arbeit anfangen. Ist das nicht wunderbar?“

„Ja. Das ist gut“, erwiderte Dirk weit weniger begeistert, als Alissa es erwartet hatte. „Und wie lange wird es dauern, bis alles getan ist?“, wollte er von Ted wissen.

„Drei Monate etwa. Allerhöchstens vier.“

„Aha. Sehr gut. Aber ich möchte einen Kostenvoranschlag mit der Vertragsklausel, dass es bei nicht eingehaltenem Termin Abzüge vom Lohn gibt.“

Alissa blickte ihn entsetzt an. „Dirk, Liebling, ein Vertrag ist in diesem Fall nicht nötig“, sagte sie nervös. „Ted ist ein alter Freund meiner Familie. Eigentlich tut er uns einen riesigen Gefallen damit, dass er diese Arbeit jetzt annimmt. Er zieht uns anderen vor, die auf ihn warten. Wir können von Glück reden, dass wir ihn überhaupt bekommen haben.“

„Ist schon gut, Alissa“, sagte Ted und begegnete Dirks herausforderndem Blick. „Es macht mir nichts aus. Wenn Sie dieses Wochenende hierbleiben, kann ich Ihnen den Vertrag schon morgen bringen, damit Sie ihn überprüfen können.“

„Gut. Ich gehe davon aus, dass Sie mit meiner Frau schon durchgegangen sind, was hier noch verändert werden soll.“

„Ja. Ich habe mir Notizen gemacht. Auch das wird im Vertrag enthalten sein.“

„Gut.“ Dirk legte den Arm um Alissas Schultern und zog sie an seine Seite, ohne Ted aus den Augen zu lassen. „Ich halte viel davon, von Anfang an klare Verhältnisse zu schaffen. Ich habe nämlich festgestellt, dass es für einen Mann immer am besten ist, wenn er weiß, was er darf und was für ihn tabu ist.“

Der scharfe Unterton in seiner Stimme gab Alissa das unbehagliche Gefühl, dass die zwei Männer über etwas anderes redeten als über die Renovierung ihres Hauses. Sie warf Dirk einen prüfenden Seitenblick zu. „Also gut. Jetzt, wo wir das alles geregelt haben, fahren wir zu meiner Familie. Callie erwartet uns zum Essen“, sagte sie munter.

„Oh, hör mal, Alissa, wenn es dir nichts ausmacht, dann verschiebe ich das Essen auf ein andermal“, entschuldigte sich Ted.

„Was? Aber, Ted, Callie erwartet dich doch. Sie macht sogar dein Lieblingsessen. Brathuhn!“

„Ich weiß, ich finde das auch ganz toll. Aber mir ist gerade eingefallen, dass ich noch einen wichtigen Termin habe“, entgegnete er bedauernd und ging auf die Tür zu. „Vergiss nicht, mich bei Callie zu entschuldigen. Und sag ihr, dass ich an einem der nächsten Tage bei ihr vorbeischaue und dann gern zum Essen dableibe.“

„Aber …“

„Liebling, ganz bestimmt kennt Mr Krueger seinen Tagesplan besser als du“, mischte Dirk sich ein.

Alissa zog die Stirn kraus und öffnete den Mund, um Ted doch noch zu überreden, aber diesmal unterbrach er sie.

„Ich muss gehen. Wirklich. Sag deiner Schwester und ihrem Mann, dass es mir leidtut. Ich rede dann später mit ihnen.“ Er hob die Hand zum Gruß und marschierte auf die Tür zu.

Alissa folgte ihm, aber sie war nicht schnell genug. In der Eingangshalle riss er seinen Stetson vom Haken des Garderobenständers und setzte ihn auf den Kopf, ohne auch nur eine Sekunde stehen zu bleiben.

Die Fliegentür fiel hinter ihm mit einem lauten Knall zu, und mit zwei ausholenden Schritten hatte er die Veranda überquert, um dann die Treppe in einem Satz zu nehmen. Alissa sah ihm von der Tür aus hinterher.

Sie hörte Dirk, der ihr nachgekommen war, und sie wirbelte zu ihm herum. „Würde es dir etwas ausmachen, mich darüber aufzuklären, was das hier sollte? Du warst ziemlich unhöflich zu …“

Er beugte sich zu ihr herunter und verschloss ihr den Mund mit einem Kuss.

Alissa war so verblüfft, dass sie sich sekundenlang nicht rühren konnte. Das Gefühl seines muskulösen Körpers, seine Wärme, der ihm eigene vertraute Duft, sein Atem gegen ihre Wange waren zu erregend.

Fast willenlos reagierte Alissa auf seine Nähe, wurde schwach und schmiegte sich an ihn. Mit einem unterdrückten Aufstöhnen legte sie die Arme um seinen Nacken und gab sich seinem Kuss hin.

Alle Gedanken an Ted und das seltsame Benehmen ihres Mannes waren wie verflogen. In diesem Moment existierte nichts außer Dirk. Die zwei Wochen ohne ihn waren ihr endlos erschienen, und es fühlte sich so unglaublich gut an, wieder in seinen Armen zu sein.

Als er schließlich den Kuss abbrach, waren sie beide außer sich vor Verlangen. „Du glaubst gar nicht, wie sehr ich dich vermisst habe“, murmelte Dirk zwischen den Küssen auf ihre Wange, ihr Kinn, ihren Hals.

„Ach, mein Liebling, ich habe dich auch vermisst. So sehr.“

Da war es mit Dirks Selbstbeherrschung am Ende. Alissa gab einen erschreckten Laut von sich und klammerte sich an seine Schultern, als er sie auf die Arme riss und herumwirbelte. „Dirk! Was …?“

Sein Blick hielt ihren fest, und es nahm Alissa den Atem, als sie das Feuer in seinen silbergrauen Augen sah.

„Zwei Wochen ohne dich sind eine schrecklich lange Zeit. Ich will dich“, stieß er hervor. „Jetzt.“

Verlangen stieg in Alissa auf, und sie zitterte am ganzen Körper. Sie streichelte seine Wangen und sah ihn liebevoll an. „Oh, Dirk", flüsterte sie mit unendlicher Zärtlichkeit.

Er nahm zwei Stufen auf einmal, als er sie die Treppe zum Schlafzimmer hinauftrug. Dort ließ er Alissa neben dem altmodischen Bett auf die Füße und küsste sie wieder. Als er den Kopf hob, glitzerten seine Augen. „Ich brauche dich", sagte er mit rauer Stimme, als er ihre Bluse aufknöpfte.

„Ich weiß, mein Liebling", flüsterte sie und fasste nach seinem Gürtel. „Ich brauche dich auch."

Später stützte sich Dirk auf, um sich auf den Rücken zu rollen und Alissa in seine Umarmung zu ziehen. Eine lange Zeit lagen sie so zusammen, still und zufrieden. Er strich ihr immer wieder über den Arm. Sie hatte die Wange an seine Schulter geschmiegt und spielte mit seinem Brusthaar, schlang die Locken um ihren Zeigefinger, und ein versonnenes Lächeln lag auf ihren Lippen.

Ob es Dirk nun klar war oder auch nicht, er liebte sie. So sehr konnte man sich nur nach jemandem sehnen, den man auch liebte.

„Willst du mir jetzt erzählen, warum du so grob zu Ted warst?", fragte sie schließlich.

„War ich das?", fragte Dirk mit gelangweilter Stimme zurück.

„Ich bitte dich, Dirk! Mach doch keine so dummen Ausflüchte! Du weißt selbst ganz genau, wie unausstehlich du gewesen bist."

Dirk hüllte sich in Schweigen und starrte zur Decke hoch. Alissa glaubte schon, er würde ihr nicht antworten, als er schließlich mit leiser Stimme sagte: „Es gefiel mir gar nicht, wie er dich angefasst hat."

Sie stützte sich auf den Ellbogen und starrte ihn an. „Mich *angefasst* hat? Das kann doch nicht dein Ernst sein."

Er drehte den Kopf und erwiderte ihren Blick. „Ich meine es sogar sehr ernst."

„Meine Güte, er hat mir einfach von der Leiter heruntergeholfen."

„Und genoss es über Gebühr, während er es tat."

„Dirk!"

„Vertrau mir, Alissa. Ein Mann erkennt sofort, wenn ein anderer Mann an seiner Frau interessiert ist."

Alissa lachte kurz auf. „Liebling, hör mir mal zu. Ich kenne Ted seit meiner Kindheit. Wir haben die Grundschule zusammen besucht.

Ted und mein Bruder Tyler waren enge Freunde. Für Ted bin ich wie eine Schwester."

„Ich habe gesehen, wie er dich mit Blicken verschlang, Alissa. Dieser Bursche hat in dem Moment ganz entschieden keine brüderlichen Gedanken gehabt. Und du bist kein Kind mehr", erinnerte er sie.

Meine Güte, Dirk war eifersüchtig! Alissa starrte ihn an, und ihr Herz wurde ganz weit.

Sie lächelte. Es war kaum zu glauben, dass Dirk ausgerechnet auf Ted eifersüchtig war. Als sie noch Kinder waren, hatte sie ihn „Stinker" genannt und er sie „Magerjule", und sie hatte in Ted den Fluch ihres Lebens gesehen.

Zärtlich berührte sie Dirks Wange und fuhr mit den Fingern durch das Haar an seiner Schläfe. „Dirk, es spielt keine Rolle, was Ted oder irgendein anderer Mann für mich fühlt. Ich liebe *dich.*" Sie streichelte mit dem Daumen über seine Augenbrauen, dann über die Wange und hinunter zum Mundwinkel. „Für mich gibt es nur dich", setzte sie leise hinzu.

Er sah ihr tief in die Augen. „Wirklich nur mich?"

„Wirklich nur dich", sagte sie einfach.

„Dann beweis es mir", flüsterte er gegen ihre Lippen.

„Dirk ... Liebling, wir ... wir können nicht", stieß sie zwischen kurzen Küssen hervor. „Callie wird ... sie wird uns ... böse sein. Wir sind schon sowieso zu spät ... zum Essen."

„Lass sie warten", erwiderte Dirk mit rauer Stimme.

„Ach, Dirk. Liebling", seufzte Alissa vor Verlangen und Liebe, als er sie eng an sich zog.

10. KAPITEL

So was passiert manchmal, Mrs Matheson", sagte Dr. Stevens und lächelte über Alissas verwirrtes Gesicht. „Die Untersuchung und der Test bestätigen es. Sie sind schwanger."

„Aber ..."

„Alissa, nur weil Ihre erste Ehe kinderlos geblieben ist, bedeutet es nicht, dass Sie nicht empfangen können. Ich habe Ihnen das seit Jahren erzählt. Wenn Sie sich daran erinnern wollen ... Keiner der Tests, die ich an Ihnen und Tom durchgeführt habe, hat ergeben, dass das Problem bei einem von Ihnen lag. Aus irgendwelchen Gründen, die sich den medizinischen Erkenntnissen entziehen, hat es zwischen Ihnen beiden ... nun, aus Mangel eines besseren Wortes sage ich einfach, nicht geklappt. Ganz offensichtlich ist das *nicht* der Fall bei Ihrem jetzigen Mann."

„Aber das kann nicht sein. Dirk sagte, dass er gar kein Kind zeugen kann."

„Oh, wirklich?" Dr. Stevens joviales Lächeln verblasste. Er lehnte sich in seinem Schreibtischsessel zurück, stützte die Ellbogen auf die Armlehnen und legte die Fingerspitzen aneinander. „Hm. Hat er gesagt, woran das liegt?"

„Nein. Das hat er nicht gesagt. Und ich ... na ja, ich habe mich entschieden, bei einem so sensiblen Thema lieber keine Fragen zu stellen."

„Ach so", erwiderte der Doktor. „Wie dem auch sei, Sie sind jedenfalls schwanger." Er lehnte sich nach vorn, zog den Rezeptblock an sich und kritzelte etwas auf zwei der Formulare. Dann schob er sie Alissa zu. „Dies hier sind Vitamine und Kalziumtabletten. Ich möchte, dass Sie sie gewissenhaft einnehmen. Sie werden siebenunddreißig sein, wenn das Baby da ist", fuhr er mit ernster Stimme fort. „Sie sind gesund, und ich erwarte keine Komplikationen. Aber es ist Ihr erstes Kind, und Sie müssen schon achtsam sein. Ich möchte, dass Sie regelmäßig zu mir kommen, damit wir die ganze Schwangerschaft hindurch Tests durchführen."

„In Ordnung", stimmte Alissa zerstreut zu. Sie war immer noch zu betäubt, um all das aufzunehmen, was Dr. Stevens ihr sagte.

Ihre Gefühle wechselten zwischen überschwänglicher Freude darüber, dass sie tatsächlich ein Baby haben würde, und Besorgnis, wie Dirk die Neuigkeit aufnehmen würde.

Was würde er sagen? Wie würde er sich fühlen? Sie stellte sich diese Fragen immer wieder und immer wieder, aber sie hatte absolut keine Ahnung, wie die Antwort sein würde. Sie war so aufgewühlt, als sie den Wagen im Parkhaus des Apartments zum Halten brachte, dass sie sich gar nicht daran erinnern konnte, wie sie überhaupt bis hierhergekommen war.

Sie hatte viel Zeit zum Nachdenken. Dirk war seit zehn Tagen auf Geschäftsreise und würde erst am Abend des nächsten Tages zurück sein. Und bis zu seiner Rückkehr hatte Alissa sich halbwegs eingeredet, dass es wohl nur so eine Art männlicher Stolz sei, der ihn behaupten ließ, keine Kinder haben zu wollen. Er meinte, keine haben zu können, also redete er sich ein, auch keine zu wollen. Wahrscheinlich würde er über ihre Schwangerschaft glücklich sein.

Dirk die Nachricht mitzuteilen, war jedoch nicht leicht. Alissa hatte vorgehabt, es ihm sofort zu erzählen, aber sie hatte nicht mit Dirks stürmischer Begrüßung gerechnet. Sobald er zur Tür hereinkam, ließ er seine Reisetaschen fallen, schwang Alissa in die Arme und trug sie sofort ins Bett. Die nächste Stunde verbrachten sie damit, sich so leidenschaftlich zu lieben, dass Alissa an nichts anderes denken konnte als an Dirk und die unglaubliche Lust, die er mit ihr teilte.

Später, als sie noch eine Weile die süßen Nachwirkungen auskosteten, versuchte sie es ihm beizubringen, aber sie bekam einfach die Worte nicht heraus. Erst nach dem Abendessen fand Alissa den Mut dazu.

Während sie die Küche aufräumte, zog Dirk sich in sein Arbeitszimmer zurück, um die Post durchzusehen. Alissa trödelte noch ein wenig herum, doch schließlich lief die Spülmaschine vor sich hin, und die Küche war blitzsauber. Es gab also keine Ausrede mehr, das Geständnis noch weiter hinauszuzögern.

Dirk sah hoch, als Alissa in sein Arbeitszimmer trat, aber er schenkte ihr nur ein zerstreutes Lächeln, ehe er seine Aufmerksam wieder auf den Brief lenkte, den er gerade gelesen hatte.

„Dirk, ich muss dir etwas sagen."

„Hm, okay", erwiderte er abgelenkt.

„Ich bin schwanger."

Mehrere Sekunden vergingen, ohne dass er reagierte, und Alissa vermutete, dass er die Worte noch nicht ganz verstanden hatte. Dann hob er ruckartig den Kopf. „Was?"

„Ich bin schwanger.“

In diesem Moment wurde Alissa klar, dass sie sich etwas vorgemacht hatte, als sie glaubte, Dirk könnte darüber froh sein. Sie musste ihren ganzen Mut zusammennehmen, um vor seinem bösen Blick nicht zurückzuzucken. Sie schluckte schwer und verschränkte die Finger ineinander im Versuch, das Zittern zu bändigen.

Dirk beobachtete sie eine ganze Weile mit eiskalten Augen. Alissa fuhr sich mit der Zunge über die trockenen Lippen. *Sag etwas.* Alles ist besser als dieses schreckliche Schweigen, dachte sie. Aber im nächsten Moment musste sie erfahren, wie sehr sie sich geirrt hatte.

„Wer ist der Vater?“, wollte er mit tödlich sanfter Stimme wissen.

Die Worte trafen Alissa. Ihr Gesicht wurde auf einmal totenblass. „W…was?“

„Du hast mich doch gehört. Wer ist der Vater?“

Alissa hatte nicht gewusst, dass es möglich war, so viel Schmerz zu empfinden. Tränen füllten ihre Augen. Ihre Kehle tat ihr so weh, dass sie kaum sprechen konnte.

Mit zitternder Stimme flüsterte sie: „Wie … wie kannst du mich so etwas fragen? *Du* bist der Vater.“

Er schlug mit der Handfläche heftig auf den Schreibtisch und fuhr hoch, dass der Sessel gegen die Wand krachte. „Verdammt! Lüg mich nicht an!“, brauste er auf.

Alissa machte noch einen Schritt zurück. Das Herz hämmerte ihr gegen den Brustkorb. Die Eiseskälte war nun aus Dirks Augen verschwunden und durch bitteren Zorn ersetzt.

„Das … das tue ich nicht.“

„Genug davon! Ich will, dass du mir den Namen deines Liebhabers sagst! Wer ist es, Alissa? Dein Freund, dieser Ted?“

Alissa brachte keinen Ton heraus. Sie konnte ihren Mann nur noch anstarren.

„Antworte mir, verdammt!“

Eine verzweifelte, eisige Ruhe überkam Alissa. Sie hob das Kinn und begegnete seinem wütenden Blick.

„Nein, es war nicht Ted. Es war auch kein anderer Mann. Du bist der Vater meines Kindes. Du bist der Einzige, der es sein kann.“

Dirk schnaubte verächtlich. „Netter Versuch, Sweetheart. Er überzeugt mich nur leider nicht. Weißt du, ich kann nämlich unmöglich der Vater sein. Ich habe mich vor Jahren sterilisieren lassen.“

„Was?" Ihr wurde so übel, dass sie die Rückenlehne eines Sessels umklammerte. „Du hast dich sterilisieren lassen und mir das vor der Heirat verschwiegen?", fragte sie mit leiser, ungläubiger Stimme. „Wie konntest du so etwas tun?", fuhr sie mit wachsendem Ärger fort. „Wie *konntest* du nur?"

„Ich habe es dir doch erzählt."

„Nein. Nein, du hast mir nur erzählt, dass du keine Kinder haben kannst."

„Das ist doch das Gleiche."

„Das ist überhaupt nicht das Gleiche. Nicht fähig zu sein, ein Kind zu zeugen, ist eine Sache für sich. Doch sich einer Operation zu unterziehen, um es zu verhüten, ist etwas total anderes. Ich hatte ein Recht, das zu erfahren, bevor ich dir mein Jawort gegeben habe."

„Oh nein. Nein, das Recht hast du nicht gehabt. Verdreh bitte nicht die Tatsachen, um mir die Schuld zu geben. Du bist untreu gewesen, nicht ich."

Alissa drückte die Hände schützend vor ihren flachen Bauch und reckte das Kinn noch ein Stück höher. „Hör mir gut zu, Dirk, weil ich es nur einmal sagen werde. Ich bin dir niemals, zu keiner Zeit, untreu gewesen", entgegnete sie schlicht. „Niemals. Ob du es mir nun glaubst oder nicht, du bist der Vater des Kindes."

„Zum Teufel, ich … Warte! Wo willst du hin?"

Alissa blieb stehen und sah ihn über die Schulter hinweg an, und in ihrem Blick lagen Schmerz und Traurigkeit. „Ich gehe packen. Wenn du glaubst, dass ich dich auf diese oder irgendeine andere Weise hintergehe, dann haben wir nichts gemeinsam", sagte sie mit dünner, ausdrucksloser Stimme.

„Gib dir nicht die Mühe", ordnete er an und kam hinter seinem Schreibtisch hervor. „*Ich* gehe. Ich muss hier heraus. Irgendwohin, nur weg von dir."

Das ganze Wochenende und den Montag über lief Alissa ziellos im Apartment herum. Jeden Moment rechnete sie damit, dass es an der Tür klingelte und ihr jemand die Scheidungspapiere überreichte.

Sie hatte von Dirk nichts gehört. Er war nicht nach Hause gekommen, nicht einmal um die Kleider zu wechseln. Sie wusste es, weil sie das Apartment nicht verlassen hatte.

Dirk hatte ihr schrecklich wehgetan, und Alissa versuchte, ihr Herz gegen ihn zu verhärten. Aber es gelang ihr nicht. Sie liebte ihn zu sehr. Es machte sie nur noch trauriger, einzusehen, dass sie ihn immer lieben würde.

Als dann wirklich die Türklingel anschlug, fuhr sie mächtig zusammen. Ihr war bange zumute, doch als sie die Tür öffnete, war sie so überrascht, dass sie erst schlucken musste. „Dirk!"

Sie blickte in sein verhärmtes Gesicht, sah den gehetzten Blick in seinen Augen, und ihr wurde schwer ums Herz. War er hier, um ihr das Ende ihrer Ehe zu verkünden?

„Darf ich hereinkommen, Alissa?"

„Ja. Natürlich. Warum hast du nicht deinen Schlüssel benutzt? Es ist schließlich dein Apartment."

„Nein. Es ist deins."

Alissa musterte ihn argwöhnisch. Sie war sich nicht sicher, was sie mit seiner Bemerkung anfangen sollte. Sie drehte sich um und ging ihm ins Wohnzimmer voraus. Nach außen hin war sie ruhig, aber sie hatte weiche Knie, und sie war froh, dass sie in einen der Sessel sinken konnte. Sie verschränkte die Hände im Schoß, um sie vom Zittern abzuhalten.

Dirk blieb stehen und sah sie mit einem so qualvollen Gesichtsausdruck an, dass ihr fast die Tränen kamen. Er wirkte auch dünner und war nachlässiger gekleidet, als sie ihn jemals zuvor gesehen hatte. Zu einer offensichtlich neu gekauften Hose trug er ein weißes Hemd mit aufgerollten Ärmeln und am Hals aufgeknöpftem Kragenknopf. Eine Krawatte hatte er nicht um.

Es war früher Nachmittag an einem Werktag, und er musste aus dem Büro gekommen sein. Alissa fragte sich, was ihn dazu veranlasst haben könnte, sie während der Arbeitszeit aufzusuchen.

„Es tut mir leid, Alissa", sagte Dirk mit rauer Stimme. „Es tut mir so leid."

Sie konnte ihn nur wie betäubt anstarren. Das war das Letzte, was sie von ihm erwartet hatte.

Er schien ihr Schweigen als Zweifel an seiner Aufrichtigkeit aufzunehmen. „Ich kann es dir nicht übel nehmen, dass du mir nicht glaubst – nach dem, was ich dir gesagt habe. Aber es tut mir wirklich leid." Als Alissa immer noch nicht antwortete, seufzte er resigniert. „Jack hat mich zur Einsicht darüber gebracht, dass ich ein großer Idiot bin."

Alissa war unendlich erleichtert. Dort also war er während der letzten vier Tage gewesen. Bei Jack.

„Auf Jacks Drängen hin bin ich heute Morgen zu meinem Arzt gegangen – zu dem, der die Operation vorgenommen hatte. Er erklärte mir, dass es durchaus möglich sei, nach einer Sterilisation wieder fruchtbar zu werden. Man nennt so etwas Kanalisierung. Es ist ein im Grunde genommen einfacher Vorgang, über den ich aber im Moment nicht sprechen will.“ Er zuckte die Schultern. „Es soll angeblich nicht besonders oft passieren, aber es passiert.“

„Ach so“, sagte Alissa mit angespannter, dünner Stimme.

„Jack hatte recht … Ich war ein schrecklicher Idiot. Ich hätte wissen sollen, dass du niemals untreu sein könntest. Ich hätte niemals an dir zweifeln dürfen, nicht für eine Sekunde. Kannst du mir vergeben, Alissa?“

Sie blickte Dirk an, sah den bangen Ausdruck auf seinem Gesicht, trotzdem war die Sache für sie noch nicht vorüber. „Ich weiß wirklich nicht, ob ich dir das vergeben kann. Es würde mir leichter fallen, wenn du nicht erst den Beweis eines Arztes gebraucht hättest, um dich zu überzeugen, dass du sehr wohl der Vater unseres Kindes bist.“

Diese Bemerkung traf Dirk zutiefst. „Ich hab's verdient. Das und noch mehr.“ Er hielt sich steif und gerade, eine verzweifelte Angst stand ihm in den Augen. „Ich weiß, dass ich es nicht wert bin, von dir geliebt zu werden, Alissa. Das habe ich schon immer gewusst. Aber ich bete darum, dass du mir tief in deinem Herzen vergibst. Ich werde dir nie wieder misstrauen, Liebling, das schwöre ich.“

Sie liebte Dirk, und sie würde es immer tun. Dennoch zögerte sie. Er hatte sie tief verwundet, hatte ihr dadurch großes Leid zugefügt.

Sie wollte ihm so gern glauben. Aber wenn er ihr irgendwann wieder auf diese Weise misstrauen sollte, würde sie den Schmerz nicht mehr verkraften können.

Dirk machte einen Schritt auf sie zu und streckte ihr die Hände entgegen. „Bitte, Alissa. Ich flehe dich an, wenn es sein muss.“

„Bitte, tu's nicht.“ Sie sah von ihm weg, konnte die Mutlosigkeit in seinen Augen nicht länger ertragen. Die Vorstellung, dass dieser starke Mann sie anflehte, war einfach zu beschämend. „Bitte … Tu es nicht.“

„Liebst du mich, Alissa?“

„Dirk, das ist nicht fair.“

„Liebst du mich?“, beharrte er. „Das hoffe ich so sehr, weil ich dich liebe.“

„Was?“ Alissa starrte ihn sprachlos an. „Dirk, bitte“, flüsterte sie. „Sag so etwas nicht, wenn du es nicht ehrlich meinst. Ich könnte es nicht ertra…“

„Ich meine es, wie ich es sage. Ich liebe dich, Alissa. Ich habe bis jetzt nicht gewusst, was Liebe ist. Ich liebe dich mehr als mein Leben. Gib mir noch eine Chance. Lass es mich dir beweisen, Alissa.“

„Oh, Dirk.“ Die Sehnsucht in seiner Stimme brachte ihr Herz zum hüpfen. Sie fuhr vom Sofa auf, lief zu ihm und ließ sich in seine Arme fallen.

Sofort drückte er sie an sich und hielt sie so eng an sich gepresst, dass sie kaum atmen konnte. Doch das war ihr egal. Sie war wieder bei ihm … wo sie hingehörte. „Ach, Liebling“, murmelte er in ihr Haar. „Ich war ja so dumm. Es tut mir leid. Es tut mir so leid.“

Alissa lehnte sich zurück. All ihre Gefühle konnte Dirk aus ihren Augen ablesen … all die Liebe, die Wärme, die Hoffnung, das Glück und die unendlich große Erleichterung. „Pst. Ganz ruhig. Es ist ja nun vorbei. Wir sind zusammen. Und nur darauf kommt es an.“

Tränen standen in seinen Augen, und als Alissa zu ihm aufsah, wollte sie kaum glauben, dass diese Augen je eiskalt dreinblicken konnten. In den silbergrauen Tiefen las sie jetzt so viel Gefühl, dass ihr ganz leicht ums Herz wurde. „Ich liebe dich, Alissa“, flüsterte er an ihrem Mund. „Oh, wie ich dich liebe …“

Zweifel und Ängste verschwanden, als sich ihre Lippen in einem unersättlichen Kuss fanden, den sie nur aus dem Bedürfnis, Luft zu holen, schließlich beendeten. Danach hielten sie sich noch immer umklammert.

Vor süßen Empfindungen schmerzte Alissa der Hals. Sie schloss fest die Augen, und heiße Tränen des Glücks traten unter den Wimpern hervor. „Ich liebe dich auch, Dirk.“

Eine lange Zeit standen sie so da, genossen das Gefühl von Frieden und süßer Erleichterung. Dirk wiegte Alissa und strich ihr immer wieder über den Rücken. Sie seufzte und schmiegte sich an ihn.

Doch nach einer Weile wurde ihr immer stärker bewusst, dass sie beide trotzdem noch ein Problem hatten, das gelöst werden musste. Sie verdrängte ihre aufkommenden Sorgen und lächelte. Wenn sie es fertiggebracht hatten, diese letzten höllischen Tage zu meistern, dann würden sie alles durchstehen können.

„Dirk? Wirst du dich ... wirst du dich auf das Baby freuen können?"

Alissa fühlte, wie er sich versteifte. Sehr langsam, sehr sanft umfasste er ihre Schultern und schob Alissa auf Armeslänge von sich.

„Liebling ... ich weiß, dass das Baby dir sehr viel bedeutet, aber ..." Dirk schluckte schwer und schloss für einige Sekunden die Augen. Als er sie wieder öffnete, waren Alissas wiedergefundenes Glück und Vertrauen sofort zerstört.

„Aber ... würdest du eine ... Abtreibung in Betracht ziehen?"

11. KAPITEL

Was?" Entsetzt wich Alissa von Dirk zurück. „*Nein!* Natürlich tue ich so etwas nicht!"

In seinem Blick lag tiefer Schmerz. „Ich habe mir gedacht, dass du das sagen würdest."

„Wie kannst du nur so etwas erwägen?", fragte Alissa fassungslos.

„Ich weiß. Ich weiß. Es ist schrecklich, so etwas zu verlangen. Glaub mir, ich habe es nicht gewollt, aber ich musste es versuchen. Es ist nur so … du kannst uns nicht beide haben."

„W…was sagst du da?"

„Ich sage, dass ich dich von ganzem Herzen liebe, mehr als mein Leben, Alissa, aber ich kann kein Kind großziehen. Ich kann es einfach nicht. Wenn du willst, dass wir beide zusammenbleiben, dann musst du eine Abtreibung machen."

„Warum tust du mir und deinem werdenden Kind so etwas an? Ich verstehe das nicht." Sie war leichenblass geworden. „Hasst du Kinder?"

„Nein, ich hasse sie natürlich nicht. Ich mag Kinder, sogar sehr. Aber ich habe einfach nicht das Zeug zum Vater."

„Das ist doch absurd."

„Es ist eben nicht absurd", sagte Dirk mit unerbittlicher Stimme. „Schau, Alissa, du musst mir hierbei einfach vertrauen."

„Das werde ich ganz sicher nicht!", entgegnete sie heftig. „Ich lasse mich nicht mit diesem Unsinn von blindem Vertrauen abspeisen! Du kannst nicht einfach von mir fordern, dass ich mich zwischen dir und dem Kind entscheide, ohne mir den Grund zu nennen. Hast du mich gehört, Dirk Matheson?" Ihre Augen blitzten vor Zorn. „Und jetzt will ich wissen, warum du keine Kinder haben willst. Jetzt, sofort!"

Dirk war von ihrer aggressiven Heftigkeit überrascht. Er hatte in Alissa immer eine Frau von sanftem Wesen gesehen. Auf einmal ergoss sich ihr ganzer Zorn über ihn, und er wusste, dass sie nicht eher ruhen würde, bis sie eine Antwort hatte.

Um seinen Mund erschien ein grimmiger Zug. Er hatte seine Geschichte noch niemandem erzählt. Und er hatte auch nicht vorgehabt, das nachzuholen. Niemals. Der Gedanke daran, seine ganze schäbige Vergangenheit vor Alissa auszubreiten, machte ihn fast krank. Aber sie hatte recht. Sie verdiente es, zu erfahren, warum ihr Traum von einer normalen Familie nicht wahr werden konnte. Zumindest nicht mit ihm.

„In Ordnung. Aber setz dich lieber hin“, sagte Dirk sachlich.

Alissa warf ihm einen feindlichen Blick zu, kehrte aber zur Couch zurück und setzte sich. Die Hände hielt sie gefaltet im Schoß.

Dirk nahm ihr gegenüber im Sessel Platz, lehnte sich nach vorn und stützte die Ellbogen auf die Knie. Er atmete tief ein und zwang sich zu beginnen.

„Meine Familie gehörte zur oberen Mittelschicht. Mein Vater war selbstständiger Kaufmann in Dallas, und meine Mutter war Einkäuferin für ein großes Kaufhaus. Ich war das jüngste von drei Kindern ... und das einzige, das die beiden verachteten.“

„Oh, Dirk, das war ganz bestimmt nicht so“, protestierte Alissa überrascht. „Kinder legen das Verhalten ihrer Eltern oft falsch aus.“

„Blaue Flecken, Knochenbrüche und Verbrennungen können nicht falsch ausgelegt werden.“

„W...was?“

„Was ich versuche, dir beizubringen, Alissa, ist ganz einfach. Ich bin als Kind misshandelt worden ... körperlich und seelisch misshandelt von meinen Eltern“, sagte er nachdrücklich, als sie ihn immer noch anstarrte, als ob sie nicht ganz begriffen hätte, wovon er sprach.

„Schau mal ... Ich weiß, dass so etwas für dich nicht leicht zu verstehen ist, so wie du aufgewachsen bist. Aber nicht alle Eltern sind liebevoll und sorgen sich um ihre Kinder. Meine haben schon meinen Anblick gehasst. Sie haben mich mit allem geschlagen, was gerade greifbar war.“

„Mein armer Liebling“, flüsterte Alissa entsetzt. „Das ist ja schrecklich.“

Schrecklich. Sein Mund verzog sich. Das beschrieb nicht einmal annähernd seine Kindheit. Dirk erkannte an Alissas mütterlich besorgtem Ausdruck, dass sie noch immer nicht das ganze Ausmaß seines Schmerzes und der Erniedrigung, die er hatte erleiden müssen, verstand.

Er war unendlich froh über ihre Unwissenheit bei diesem besonderen Thema, und er nahm sich vor, Alissa vor den scheußlichen Einzelheiten zu bewahren. Aber es war trotzdem wichtig, dass sie wusste, welchen Schaden diese Erlebnisse bei ihm angerichtet hatten.

„Wann immer ich ihnen missfiel, und das tat ich allein schon, weil ich lebte, bestraften sie mich, indem sie mich mit glühenden Zigaretten verbrannten … oder sie dachten sich eben etwas anderes aus. Ich will es dir lieber nicht im Detail erzählen."

Alissa presste die Faust gegen den Mund. „Oh, Dirk, d…diese Narben auf deinem Rücken und den Armen und Beinen", flüsterte sie, „… die hast du also nicht von Unfällen in deiner Kindheit?"

„Nein", antwortete Dirk emotionslos. „Es sind Andenken an meine liebenden Eltern."

Es war ihm nicht möglich, Alissa in die Augen zu sehen, die voller Mitleid und Betroffenheit auf ihn gerichtet waren. Also neigte er den Kopf und starrte auf den Orientteppich unter seinen Füßen.

„Als ich dreizehn war, war ich groß genug, um mich zu wehren. Aber es hat mir natürlich nichts eingebracht. Mein Vater war ein Untier, und es machte ihn nur noch wütender. Als ich vierzehn wurde, brach meine Mutter mir den Arm mit einem Schürhaken. Und das hat mir den Rest gegeben. Sobald ich konnte, verschwand ich und trampte nach Houston. Ich habe jeden Job angenommen. Zum Schluss habe ich in einem Holzhandel gearbeitet und mir genug Geld zusammengespart, um mich durchs College zu bringen."

„Hast … hast du deine Eltern jemals wiedergesehen?", fragte Alissa mit erstickter Stimme.

„Nein."

„Wie hast du erfahren, dass sie gestorben sind?"

„Das hab ich gar nicht erfahren. Sie leben vielleicht noch genau da, wo sie vorher gelebt haben."

„Aber du hast mir gesagt, dass du keine Familie hast. Ich habe geglaubt, dass sie tot wären."

„Für mich sind sie das auch."

Sie schwiegen eine lange Zeit. Dann sagte Alissa weich: „Dirk … es tut mir so unendlich leid, dass du eine so schreckliche Kindheit hattest. Das muss ich dir nicht groß versichern, das weißt du. Aber, Liebling, nur weil deine Kindheit ein Albtraum war, ist es kein Grund, selbst keine Familie zu gründen."

„Da irrst du dich. Das ist der beste Grund, den es gibt. Ich habe mich in den letzten Jahren mit dem Thema der Kindesmisshandlung befasst. Das Verhaltensmuster der Eltern prägt die Psyche des Opfers. Um es klar auszudrücken: Eltern, die als Kind misshandelt worden sind, misshandeln ihre eigenen Kinder. Es ist ein Teufelskreis, der sich Generation für Generation wiederholt. Mein ganzes Leben lang habe ich mir geschworen, niemals einem unschuldigen Kind Schmerz und Leid zuzufügen. Der einzig sichere Weg, um den Teufelskreis zu durchbrechen, ist, selbst keine Kinder zu haben. Und darum will ich kein Kind dem Risiko ausliefern, von mir großgezogen zu werden, sosehr ich mich auch nach einer eigenen Familie sehne."

Diese Worte taten Alissa so weh, dass sie von der Couch aufsprang und zu ihm eilte. „Dirk, sag doch so etwas nicht!", rief sie. Er umarmte sie und drückte sie an sich ... ganz fest.

Alissa streichelte seinen Kopf, hielt ihn, wie sie ein verletztes Kind gehalten hätte. Und Tränen rannen ihr über die Wangen.

„Sag doch so etwas nicht. Bitte, sag es nicht", bat sie. „Du musst kein solches Opfer bringen. Der Teufelskreis kann durchbrochen werden. Es gibt entsprechende Einrichtungen, in denen Erwachsene mit schlimmen Kindheitserlebnissen auf elterliche Pflichten vorbereitet werden. Du könntest auch therapeutisch behandelt werden, um das zu verarbeiten, was du durchgemacht hast."

„Nein. Ich kann das Risiko nicht eingehen. Es gibt keine Garantie dafür, dass mir geholfen werden kann."

Alissa hielt sein Gesicht zwischen ihren Händen und blickte ihm fest in die Augen. „Es gibt gar keine Garantien im Leben", flüsterte sie zärtlich. „Du weißt das. Aber wäre es nicht einen Versuch wert, wenn es bedeutet, dass wir zusammenbleiben können? Dass wir unser Kind zusammen großziehen können?" Sie strich ihm über die grauen Schläfen, rieb mit dem Daumen über seine Augenbraue, während sie ihn bittend ansah. „Ich kenne dich, Dirk Matheson. Keinen einzigen Moment glaube ich, dass du einem Kind etwas antun könntest. Aber wenn du dir deswegen Sorgen machst, dann komme ich gern mit dir zu den Therapiesitzungen."

Dirk starrte sie unschlüssig an. Alissa konnte sehen, wie er mit sich rang, sah die Hoffnung und die Sehnsucht. „Bitte, Dirk. Willst du es nicht versuchen? Unseretwegen?", drängte sie sanft.

„Und wenn nichts dabei herauskommt?"

„Und wenn doch etwas dabei herauskommt?", entgegnete sie. „Vorbeugung ist immer das beste Heilmittel. Wenn es ein Problem gibt, werden wir es gleich abwenden ... noch bevor unser Baby geboren ist."

Dirk sah ihr forschend ins Gesicht. „Du gehst wirklich das Risiko mit mir ein?", fragte er verwundert. „Nach all dem, was ich dir erzählt habe?"

„Natürlich. Ich liebe dich“, antwortete Alissa einfach. „Und ich liebe das Baby. Du wirst es auch lieben, das wirst du sehen. Bitte, Dirk, versprich mir, dass du bei mir bleibst. Ich brauche dich.“ Sie nahm seine Hand und legte sie auf ihren flachen Bauch. „Unser Kind braucht dich. Was immer getan werden muss, wir tun es zusammen, Liebling.“

Dirk schloss die Augen und schluckte schwer. Ein Schauer ergriff ihn. Endlich öffnete er die Augen. Dann nickte er. „Gut. Ich kann nichts versprechen, das wirst du verstehen. Aber ... ich will es versuchen.“

Alissa strich ihm über das Haar, den Nacken, die Schultern. Dirks warmer Atem liebkoste ihre Haut unter der Bluse und dem Spitzen-BH. Sie atmete seinen Duft ein, der ihr so wunderbar vertraut war.

„Ich dachte, dich würde meine Geschichte so sehr anekeln, dass du so weit wie möglich von mir weg wolltest“, murmelte Dirk und blickte sie nachdenklich an.

„Oh, wirklich?“ Ein sanftes Lächeln erhellte ihr Gesicht, und ihre Augen bekamen einen warmen Glanz. Sie trat zurück, ließ die Finger langsam seine Arme hinuntergleiten, bis sie seine Hände ergriff. Dann zog sie Dirk aus dem Sessel. „Komm.“

„Wohin willst du?“, fragte er verwirrt.

„Ins Bett. Ich möchte dir gern zeigen, wie nah ich bei dir sein will.“

Dieser sonnige Nachmittag bewirkte eine große Wandlung ... nicht allein in ihrer Beziehung zueinander, sondern vor allem in Dirk. Als er allmählich die Möglichkeit akzeptierte, dass er seine Dämonen besiegen und ein guter Vater sein konnte, fing er an, sich zu lockern, und legte seine erhabene Pose des geheimnisvollen und unnahbaren Mannes ab.

Noch am selben Tag, an dem Dirk die Entscheidung traf, sich als zukünftiger Vater eine Chance zu geben, fand Alissa einen Psychologen mit dem Namen Edward Houghton, der sich auf Fälle der Kindesmisshandlung spezialisiert hatte und darin einen ausgezeichneten Ruf besaß.

12. KAPITEL

Es schneite in Houston nur alle zehn Jahre einmal und fast niemals im März. Aber wie das Glück es nun einmal so wollte, setzten bei Alissa die Wehen ein, als gerade der schlimmste Frühjahrsschneesturm tobte, den die Stadt jemals gesehen hatte.

Während der letzten zwei Monate ihrer Schwangerschaft war Dirk in ihrer Nähe geblieben. Er hatte seine Geschäftsreisen eingeschränkt, hatte andere an seiner Stelle geschickt, und er hatte das Büro abends früh verlassen. Gewöhnlich war er um vier Uhr nachmittags bereits zu Hause.

Wegen des Schneesturms hatte Alissa Mrs Appelton, ihre Haushilfe, gleich nach dem Mittagessen gehen lassen. Knapp eine halbe Stunde später bekam sie die erste Wehe. Da es nur eine kleine war und sie Dirk innerhalb einer Stunde erwartete, war sie nicht allzu besorgt.

Um fünf Uhr kamen die Wehen alle zehn Minuten, und Dirk war noch immer nicht in Sicht. Mittlerweile war es Alissa egal, wie beschäftigt er war oder welch wichtigen Geschäftsabschluss sie da unterbrechen mochte. Sie wählte seine Nummer.

Die Konferenz der Geschäftsleiter von Tex-Con lief bereits seit zwei Stunden, als der Anruf in den Sitzungsraum durchgestellt wurde.

„Es ist Alissa“, sagte Henry, und Dirk stockte das Herz vor Schreck, als er den Anruf entgegennahm. Im nächsten Moment landete der Hörer mit einem lauten Knall auf dem Tisch, und Dirk lief in offensichtlicher Panik aus dem Raum.

Minuten später, als er im Apartment ankam, war er zu Tode erschrocken, seine Frau zusammengekrümmt auf dem Wohnzimmersofa in den Geburtswehen zu finden. Er nahm sie in die Arme und rief nach Mrs Appleton, damit sie die seit Längerem vorbereitete Bereitschaftstasche holte.

„Sie … sie ist nicht h…hier“, keuchte Alissa.

„Nicht hier! Wo zum Teufel ist sie?“

„Ich hab sie nach H…hause geschickt wegen des Schn…schneesturms.“

Dirk legte Alissa zurück auf das Sofa und rannte ins Schlafzimmer. Sekunden später war er mit der Tasche zurück und half Alissa auf die Füße.

Dirk kämpfte gegen den Stoßverkehr an, gegen eisglatte Straßen, gegen Stauungen, die von Idioten verursacht wurden, die nicht wussten, wie man bei Schnee fuhr, und auf deren Konto Dutzende von Blechschäden gingen. Eine gute Stunde brauchte Dirk, um das Krankenhaus zu erreichen. Bis dahin war das Fruchtwasser geplatzt, und die Wehen kamen in immer schnellerer Folge. Sie hatten geplant, dass Dirk bei der Entbindung dabei sein würde, aber es blieb keine Zeit für die Vorbereitungen. Es blieb kaum Zeit, Alissa rechtzeitig in den Entbindungsraum zu schaffen.

In großer Angst wollte Dirk ihr folgen, aber ein stämmiger Pfleger stellte sich ihm im Eingang in den Weg. Das Krankenhauspersonal versuchte, ihn zu überreden, sich doch in den Warteraum zu begeben. Aber Dirk blieb vor den Schwingtüren zum Kreißsaal und marschierte die ganze Zeit über auf und ab. Es kam ihm so vor, als hätte er schon Stunden damit verbracht, in Wirklichkeit waren es aber nur knapp zehn Minuten später, als eine lächelnde Krankenschwester herauskam.

Bevor sie auch nur den Mund auftun konnte, packte Dirk sie bei den Schultern. „Meine Frau. Ist alles in Ordnung?"

„Entspannen Sie sich, Mr Matheson. Ihrer Frau geht es gut. Und auch ihrer Tochter."

Dirk schluckte hart. „Tochter?"

„Ja. Sie sind der Vater einer gesunden, acht Pfund schweren Tochter."

Als Dirk das erste Mal seine Tochter hielt, war er überwältigt von seinen Gefühlen.

Es war mehr als eine Stunde nach ihrer Geburt, ehe der Feldwebel von einer Oberschwester ihm schließlich erlaubte, seine Frau zu sehen. Als er den Raum betrat, lag Alissa gegen einen ganzen Haufen Kissen gelehnt mit ihrem Baby an der Brust. Dirk blieb in der offenen Tür stehen und sah zu den beiden herüber.

Alissa sah mit einem zärtlichen Lächeln auf das Neugeborene herunter. Eine unglaubliche Freude erhellte ihr Gesicht. Alissa war, wie Dirk erkannte, der Inbegriff von Weiblichkeit … zärtlich, liebend, behütend und pflegend.

Das Baby saugte gierig. Die winzige Hand lag auf der Brust und knetete sie mit den Fingerchen alle paar Sekunden.

Wie eine Madonna mit Kind, dachte Dirk fasziniert.

Alissa blickte hoch und sah ihn in der Türöffnung stehen. Ihre Augen leuchteten auf, und sie lächelte selig. „Grüß dich“, sagte sie leise.

„Grüß dich“, erwiderte er im gleichen gefühlvollen Tonfall. „Wie geht es dir?“

„Wunderbar. Wirklich gut.“ Sie hielt ihm die freie Hand entgegen. „Komm und lerne deine Tochter kennen.“

Dirk ging auf das Bett zu. Seine Aufmerksamkeit war ganz auf Alissa gerichtet, und er nahm ihre Hand. Er fühlte sich wie befreit, jetzt, wo er Alissa wieder berührte. Sein ganzes Leben lang hatte er nicht so eine große Angst verspürt wie auf der Fahrt zum Krankenhaus. Jedes Mal, wenn die Wehen erneut einsetzten und Alissa vor Schmerz aufschrie, hörte sein Herz fast auf zu schlagen. Als sie dann Alissa von ihm weggebracht hatten, überkam ihn ein schreckliches Gefühl, dass er sie nie wiedersehen würde.

Plötzlich zitterte er am ganzen Körper, und er musste sich auf den Stuhl neben dem Bett setzen. Er lehnte sich vor und küsste Alissa voller Ehrfurcht und Scheu. Seine Lippen fuhren federleicht über ihren Mund. „Ich liebe dich“, flüsterte er und sah ihr in die strahlenden Augen.

„Ich liebe dich auch. Und ich bin ja so glücklich.“ Sie brachte die Worte nur mühsam hervor, während ihre Augen sich mit Tränen füllten. „Wir haben eine Tochter. Es ist wie ein Wunder.“

Ihre Freude übertrug sich auf Dirk. Er hatte ein Gefühl der Hochstimmung, wie er es zuvor noch nie erfahren hatte … das Gefühl, dass er ihr ein Kind gegeben hatte. Nun konnte er gar nicht mehr glauben, dass er sich jemals dieses Glück hatte versagen wollen.

Er lächelte schief. „Ja. Da hast du wohl recht.“

„Sieh mal, ist sie nicht wunderhübsch?“

Dirk schaute vorsichtig auf das Neugeborene herunter. Sein Herz pochte. Seine Tochter war so winzig! Er hatte noch nie so kleine Finger gesehen. Ihre Haut war ganz zart. Er räusperte sich. „Ja“, stimmte er mit rauer, leiser Stimme zu. „Das ist sie … wunderhübsch.“

Dann blickte er seine Frau an. „Genauso wie du.“

„Oh, Dirk.“ Alissa schmiegte ihre Hand an seine Wange und blickte ihn zärtlich an. Ihre Augen verrieten, wie sehr sie ihn liebte. Sie war zu überwältigt, um mehr sagen zu können.

Erneut küsste er sie, und als er sich wieder zurückzog, lächelte er sie belustigt an. „Ich habe eben deine Familie angerufen. Die waren ganz aus dem Häuschen. Die Freudenschreie deiner Schwester waren ganz sicher bis in den nächsten Ort zu hören."

„Darauf gehe ich jede Wette ein." Alissa lachte in sich hinein.

„In ein paar Stunden sind sie alle hier, das soll ich dir bestellen."

„Gut. Ich kann es kaum erwarten, ihnen unser Baby vorzuführen."

„Hast du dich schon für einen Namen entschieden?" Sie hatten darüber ausführlich gesprochen. Wenn es ein Junge gewesen wäre, dann hätten sie sich auf Samuel David geeinigt. Aber keiner der Namen, auf die sie gekommen waren, schien Alissa für ein Mädchen der richtige zu sein.

„Ja, ich glaube, ich habe mich entschieden. Ich möchte, dass sie Faith heißt."

„Faith?"

„Ja. Der Name scheint mir passend zu sein. Glaube, Vertrauen, Treue, das alles steckt in diesem Namen. Und unsere Tochter hat uns den Glauben und die Zuversicht gegeben, dass wir die Vergangenheit bewältigen können."

Dirk hoffte von ganzem Herzen, dass Alissa damit recht hatte.

Alissa blickte auf ihr Baby herunter, das eingeschlafen war. Ihr Mündchen sieht aus wie eine Rosenknospe, dachte Dirk und schluckte. Lächelnd schloss Alissa ihr Nachthemd über der Brust und strich mit der Fingerspitze über die Wange des Mädchens. Sofort zog sie den kleinen Mund wie zum Saugen zusammen, und ihre Eltern lachten.

„Gieriges kleines Ding", bemerkte Dirk. „Und das, obwohl sie so winzig ist."

„So winzig ist sie gar nicht", erwiderte Alissa mit gespielter Empörung. „Acht Pfund sind für ein Neugeborenes guter Durchschnitt."

„Wirklich?"

Alissa beobachtete seinen faszinierten Gesichtsausdruck. „Möchtest du sie mal halten?"

„Wer, ich? Ich … äh … ich glaube nicht, dass das gut wäre. Ich … ich weiß nichts von Babys. Ich könnte ihr wehtun."

„Sei nicht albern. Sie ist nicht zerbrechlich. Hier."

Noch ehe Dirk sich entfernen konnte, legte Alissa das schlafende Neugeborene in seine Hände.

Dirk starrte auf seine Tochter herunter. Sein Herz schlug ihm bis zum Hals. Sie war so leicht wie eine Feder, und zu seiner Verwunderung erkannte er, dass sie ihm ähnlich war. Ein zarter Flaum von Alissas honigblondem Haar bedeckte ihr Köpfchen. Aber Faiths Mund und die Augen hatte sie ganz offenbar von ihm.

In diesem Moment öffnete das Baby die Augen. Obwohl Dirk gelesen hatte, dass Neugeborene ihren Blick noch gar nicht fest auf etwas einstellen konnten, hätte er schwören können, dass Faith ihn geradewegs ansah. Ganz vorsichtig schob er sie in seine Armbeuge und berührte mit dem Zeigefinger ihre Wange. Sie war so samtweich, dass er ganz ergriffen war. Die winzigen Ärmchen wedelten in der Luft. Und als eins der Händchen seinen Finger traf, packte es zu und hielt ihn erstaunlich fest umgriffen.

Dirk starrte auf die winzige Hand, die so vertrauensvoll seinen Finger umklammerte. Er liebte seine Tochter ganz einfach über alles.

Völlig überwältigt beugte er den Kopf und küsste sie auf die zarte Stirn. Er atmete ihren himmlischen Babyduft ein und schloss die Augen. Der bloße Gedanke daran, dass jemand diesem winzigen Wesen ein Leid antun könnte, war wie ein Stich mitten in sein Herz.

13. KAPITEL

Fünf Wochen waren nach Faiths Geburt vergangen. Es waren nicht nur Wochen des reinen Glücks, sondern auch der Prüfung für Alissa und Dirk gewesen.

In Dirk stieg wieder die alte Angst auf, er könnte die Erwartungen enttäuschen, die Alissa in ihn gesetzt hatte. Er war zwischen Zuversicht und Niedergeschlagenheit hin- und hergerissen. Und aller Zuspruch von Alissa half nichts. Er hatte die Therapie bei Dr. Houghton unterbrechen müssen, weil in der Firma Hochbetrieb war und weil er wieder des Öfteren nach San Francisco fliegen musste, um geschäftliche Engpässe zu überwinden.

Alissa wurde immer mutloser, weil sie den Verdacht hatte, dass Dirk die Arbeit auch als Flucht benutzte.

Sie ließ niemanden wissen, wie bange es ihr ums Herz war. Doch als ihre Schwester Callie sie mit ihrem Mann eines Tages besuchte, gestand sie ihr, in welchem Konflikt sie sich befand.

„Das ist zweifellos die frustrierendste Situation, der ich in meinem Leben begegnet bin", sagte Callie wütend. „Ich wusste bis jetzt nicht, dass man auf einen Menschen so zornig sein und zugleich so viel Mitleid für ihn empfinden kann."

„Ja, ich weiß genau, was du meinst", stimmte Roger, ihr Mann, aufgebracht zu. „Ich möchte beides zugleich … ihm mit der Faust einen ordentlichen Denkzettel verpassen und ihn für den Zwiespalt, in dem er steckt, trösten. Natürlich macht er sich unnötige Sorgen. Wir kennen ihn ja mittlerweile. Jeder weiß, dass es einen zärtlicheren Vater als ihn gar nicht geben kann."

„Ja, das weiß jeder … nur er selbst nicht", murmelte Alissa traurig.

Es wurden zwei einsame Wochen für Alissa, als Dirk wieder einmal beruflich an der Westküste war. Das Apartment war so leer ohne seine dynamische Anwesenheit. Alissa hatte genug mit ihrer kleinen Tochter zu tun, aber sie vermisste ihren Mann, auch wenn er täglich mit ihr telefonierte. Vor allem nachts fühlte sie sich alleine, allein in dem großen Bett, das sie sonst miteinander teilten.

„Hier geht gerade eine Virusgrippe um", teilte Dirk ihr am Telefon von San Francisco aus mit. „Sie ist so ansteckend wie selten was. Die Hälfte der Belegschaft ist schon krank. Ich glaube, ich bleibe lieber noch ein paar Tage hier, um dich und Faith nicht anzustecken."

Als Alissa den Hörer zurückgelegt hatte, fragte sie sich, ob Dirk das einfach nur als Entschuldigung gebrauchte, um seine Heimkehr hinauszuzögern.

Der Grippevirus breitete sich über Kaliforniens Grenzen hinaus aus und erreichte sogar Texas. Mrs Appleton wurde an dem Tag krank, als Faith genau sechs Wochen alt war. Alissa hatte sich mittlerweile von der Geburt völlig erholt, und sie versicherte ihrer Haushilfe, dass sie schon allein zurechtkäme.

Drei Tage später wachte Alissa mit einem Kratzen im Hals auf.

Sie gurgelte mit Salzwasser und sagte sich selbst, dass es nichts sei, aber um die Mittagszeit fühlte ihr Kopf sich dumpf an, und ihre Temperatur stieg auf achtunddreißig Grad. Der Hals tat ihr weh, und ihre Glieder schmerzten.

Sie rief Callie an und hoffte, dass ihre Schwester ihr einige Tage lang aushelfen könnte. Doch sie musste erfahren, dass alle drei Kinder ihrer Schwester mit der Grippe im Bett lagen. Alissa versuchte, eine Krankenschwester von einem privaten Bereitschaftsdienst anzuheuern. Aber der Virus hatte die Stadt hart getroffen, und keine war verfügbar. Zu allem Unglück hatte Dirk von San Francisco aus quer durch die USA nach Boston fliegen müssen, um dort zu einem wichtigen Geschäftsabschluss zu kommen, und Alissa konnte ihn nicht erreichen. Sie wollte es auch gar nicht.

Sie band sich eine Maske vor die untere Hälfte ihres Gesichtes und taumelte ins Kinderzimmer, um dem Baby die Windeln zu wechseln.

Die folgenden vierundzwanzig Stunden waren ein Albtraum. Sie vergingen wie unter einem fiebrigen Dunstschleier mit Schmerzen und Übelkeit und schmutzigen Windeln. Um das Maß vollzumachen, schrie Faith, die sonst ein ungewöhnlich liebes und ruhiges Baby war, ständig.

Alissa konnte dem Kind wegen ihres steigenden Fiebers nicht mehr die Brust geben, und sie war gezwungen, Faith mit der Flasche zu füttern. Das Kind schrie durchdringend, sobald Alissa ihr den Sauger in den Mund steckte. Und das Wenige, was sie ihrer Tochter mit viel Geduld einflößen konnte, hatte Koliken zur Folge.

Als Alissas Schwester unerwartet am nächsten Morgen doch noch ankam, hatte sie knapp zwei Stunden Schlaf gehabt und war vor Erschöpfung und Fieber so krank, dass sie sich kaum auf den Beinen halten konnte.

Callie sah sie nur einmal kurz an und scheuchte sie sofort ins Bett.

Nachdem sie es Alissa so angenehm wie möglich gemacht hatte, ging sie ins Wohnzimmer und setzte Himmel und Hölle in Bewegung, um Dirk noch in der gleichen Minute ans Telefon zu bekommen.

Er hatte den Hörer noch nicht ganz in der Hand, als sie ihn anfuhr: „Dirk Matheson, du machst, dass du nach Hause kommst, und zwar auf der Stelle, hast du mich gehört?"

Einen Herzschlag lang war Schweigen am anderen Ende der Leitung. „Callie? Bist du das?"

„Ja, ich bin's. Und wenn du nicht innerhalb von fünf Stunden hier bist, dann bekommst du's mit der ganzen Familie zu tun. Was ist überhaupt los mit dir? Nimmst du dir nicht einmal die Zeit, deine Frau anzurufen, um zu erfahren, wie es ihr und dem Kind geht?"

Diesmal schwieg Dirk ganze drei Sekunden. Dann fuhr er Callie in dem gleichen Tonfall an, den sie vorher ihm gegenüber benutzt hatte: „Was redest du denn da? Ist was passiert?"

„Alissa hat die Grippe, das ist passiert. Sie hat mich gestern Morgen angerufen, aber mir versichert, dass sie es alleine schafft. Ich habe mir aber Sorgen gemacht, also habe ich meine kranken Kinder bei Roger zurückgelassen und bin hierhergekommen, um nach dem Rechten zu sehen. Und es war gut, dass ich es getan habe. Alissa war ganz allein mit Faith und so krank, dass sie sich kaum aufrecht halten konnte. Sie hat starkes Fieber, und das Apartment sieht aus, als ob eine Bombe eingeschlagen hätte. Und falls es dich interessiert, das Kreischen im Hintergrund ist deine Tochter. Meine Kinder brauchen mich, sonst würde ich bleiben. Mach dich also auf die Socken, und sieh zu, dass du dich um deine Familie kümmerst."

„Ja, natürlich. Ich nehme ein Privatflugzeug und bin so schnell wie möglich da."

Als Alissa aufwachte, saß Dirk neben ihrem Bett. „Was tust du hier?", fragte sie griesgrämig. „Existieren wir überhaupt noch für dich?"

„Callie hat mich angerufen. Das hättest du gestern eigentlich tun sollen, gleich als du anfingst, dich krank zu fühlen. Ich bin schließlich dein Mann, erinnerst du dich noch daran?"

Sie gab einen verächtlichen Laut von sich. „Bist du das? Ich hab's schon vergessen."

Dirk zuckte zurück, als ob sie ihn geschlagen hätte.

Diese schneidende Bemerkung war Alissa eigentlich sehr unähnlich, aber sie fühlte sich viel zu scheußlich, um darauf zu achten, wie grantig und eklig sie Dirk gegenüber war. Ihr Rücken schmerzte. Stöhnend drehte sie sich im Bett, um eine bequemere Lage zu finden. „Wo ist Callie?", fragte sie.

„Sie ist zurück nach Brenham gefahren, um sich um ihre eigene Familie zu kümmern."

Alissa riss erschrocken die Augen auf. „Das Baby!" Sie versuchte, sich aufzusetzen, aber Dirk drückte sie in die Kissen zurück.

„Ganz ruhig. Ich passe schon auf dich und Faith auf."

„Du?" Alissa gab einen krächzenden Laut von sich, der ein Lachen sein sollte. „Wie willst du denn mit Windeln und Babyflaschen und Bäuerchen fertig werden?"

„Mach dir darum keine Sorgen. Irgendwie schaffe ich es schon."

„Ich musste Faith auf Babymilch umstellen. Im Kühlschrank stehen die Flaschen und ..."

„Ich weiß. Callie hat mir alles gezeigt."

„Faith mag das Zeug nicht", murmelte Alissa teilnahmslos. Sie konnte kaum die Augen offen halten. „Hat Bauchschmerzen. Schreit die ganze Zeit."

„Ich weiß. Callie hat mir auch das erklärt. Wenn ich Schwierigkeiten habe, rufe ich sie an oder den Kinderarzt."

Alissa stöhnte und drehte sich um. Dirk stand vom Stuhl auf, ging zur anderen Seite des Bettes und fing an, Alissa den Rücken zu reiben.

„Du steckst dich an", protestierte Alissa halbherzig.

„Ich stecke mich niemals an", behauptete er zerstreut, während er fortfuhr, ihren Rücken zu massieren.

„Das tut gut", murmelte Alissa und war kurze Zeit später eingeschlafen.

Sie schlief den Rest des Tages durch. Ihre Temperatur schwankte, und jedes Mal, wenn sie wieder anstieg, fühlte sie sich dem Delirium nahe. Doch Dirk ließ sich nicht unterkriegen. Nach dem Rat ihres Hausarztes zog er Alissa aus und badete sie im kalten Wasser, bis das Fieber sank und sie wieder in einen ruhigen Schlaf fallen konnte.

Am Rande ihrer Wahrnehmung bekam Alissa das, was um sie herum vor sich ging, mit. Ihr war irgendwie bewusst, dass Dirk sie versorgte und sich um ihr Kind kümmerte.

Wie aus der Entfernung hörte sie Faiths Schreien, wenn ihr nach jeder Flasche der Bauch wehtat, und sie versuchte dann, das Bett zu verlassen, um sich um ihr Baby zu kümmern. Aber sie hatte einfach nicht die Kraft dazu.

In den frühen Morgenstunden, wenn Dirk es endlich geschafft hatte, dass das Baby ruhig in seinem Bettchen lag, legte er sich neben Alissa, damit er es nicht verschlief, wenn sie ihn brauchte.

Am Nachmittag des dritten Tages war Alissas Fieber endlich gebrochen, und sie sank in einen tiefen Schlaf, in dem ihr erschöpfter Körper Heilung suchte.

Irgendwann nach Mitternacht wachte sie plötzlich auf. Mehrere Minuten lang lag sie da und versuchte herauszufinden, was sie geweckt hatte. Etwas war anders als sonst, etwas, was sie auf Anhieb nicht herausfinden konnte.

Dann wurde ihr schlagartig klar, was es war. Es war so still. Zu still.

Sie setzte sich im Bett auf. In ihrem Unterbewusstsein hatte sie sich so sehr an Faiths nächtliches durchdringendes Schreien gewöhnt, dass die Stille ihr jetzt geradezu unheimlich war.

Ein schwacher Schein sickerte durch die offene Tür in das Schlafzimmer. Das Licht kam aus dem Kinderzimmer, das am anderen Ende des Ganges lag. Die Leuchtziffern auf dem Wecker zeigten 2:20 an. Alissa blickte neben sich auf das Bett. Dirk war nicht da, und das Kissen war unberührt.

Irgendetwas stimmte nicht.

Sie kletterte aus dem Bett und zog den Morgenmantel über. Die Beine knickten unter ihr ein, und Alissa musste sich eine Minute lang am Bettpfosten festhalten. Dann bewegte sie sich langsam aus dem Raum und den Gang hinunter, während sie sich auf dem Weg zum Kinderzimmer mit den Händen an der Wand abstützte. In der weit offenen Tür blieb sie stehen.

Der Anblick, der sich ihr bot, erwärmte ihr das Herz. Tränen stiegen ihr in die Augen, sie lehnte sich gegen den Türrahmen und schaute mit großer Zärtlichkeit auf ihren Mann und ihre kleine Tochter.

Mitten im Zimmer saß Dirk im Schaukelstuhl weit zurückgelehnt, offensichtlich vom Schlaf übermannt. Sein Hemd war vorne offen, und auf seiner nackten Brust, die winzigen Fingerchen in das Brusthaar gekrallt, lag schlummernd Faith auf dem Bäuchlein, ihr Köpfchen an sein Herz geschmiegt.

Alissas Kinn zitterte, und sie presste die Hand auf den Mund. Sie war so tief gerührt, dass sie kaum atmen konnte.

Noch immer schwach und unsicher auf den Beinen, ging sie zum Schaukelstuhl hinüber. Einen ganzen Moment blickte sie einfach nur auf Vater und Kind herunter, konnte nur noch daran denken, wie sehr sie die beiden liebte. Dirks Kopf war zur Seite gelehnt. Sein Haar war zerzaust, und den Bartstoppeln nach zu urteilen, hatte er sich seit drei Tagen nicht rasiert. Erschöpfung hatte sein Gesicht gezeichnet. Unter den Augen lagen Schatten, und zwei tiefe Falten führten von der Nase zu den Mundwinkeln.

Mit einem zärtlichen Lächeln strich Alissa ihm das Haar aus der Stirn, beugte sich herunter und küsste ihn auf die Wange.

Dirk rührte sich. Er blinzelte, dann öffnete er die Augen, die ganz groß wurden, als ihm klar wurde, dass Alissa vor ihm stand. „Was tust du …?“ Sein Blick fiel auf das schlafende Baby, und er senkte die Stimme. „Was tust du denn hier? Du solltest im Bett sein.“

„Gleich nachdem ich wach wurde, habe ich nach dir gesucht“, antwortete Alissa leise. Sie schaute auf ihre Tochter. „Es sieht ganz so aus, als hättest du Zauberkraft.“

Dirks Lächeln wirkte befangen. „Callie sagte, dass man ihr Bäuchlein warm halten solle, wenn sie eine Kolik hat. Dass sich das am besten auswirkt.“

„Ach, Liebling.“ Alissa sank neben dem Schaukelstuhl auf die Knie. Sie nahm seine Hand, brachte sie zu ihrem Gesicht und rieb ihre Wange an seinem Handrücken. Dabei sah sie mit leuchtenden Augen zu ihm auf. „Ich hoffe, dir ist klar geworden, dass du jetzt den Beweis hast, den du haben wolltest.“

„Was meinst du damit?“

„Kannst du es nicht erkennen? Nichts kann die Geduld eines Menschen auf eine härtere Probe stellen als ein schreiendes Kind. Und doch hast du drei Tage lang unser anspruchsvolles Baby und mich dazu versorgt, und du hast es mit Liebe und Zartgefühl getan.“

Dirk dachte kurz darüber nach. „So hab ich es noch gar nicht gesehen“, erwiderte er schließlich.

„Sag mal, Dirk, hast du ein einziges Mal die Geduld verloren oder bist wütend auf Faith geworden?“

Er schüttelte den Kopf. „Nein. Ich hab mich nur um sie gesorgt.“

„Warst du versucht, deine Frustration gewaltsam an ihr auszulassen?“

„Natürlich nicht!“, fuhr Dirk entrüstet auf. Bei seinem ärgerlichen

Tonfall regte sich Faith, und er tätschelte ihr den Rücken. „Es war nicht ihre Schuld. Sie hatte Schmerzen."

„Da haben wir's. Es scheint, dass all deine Sorgen umsonst gewesen sind."

„Meinst du das wirklich?" Dirk sah Alissa so hoffnungsvoll an, dass ihr ganz warm ums Herz wurde.

„Ich meine es nicht nur, ich bin mir da ganz sicher." Alissa drehte seine Hand um und drückte einen Kuss auf die Innenfläche. Ihre Blicke begegneten sich. „Es ist an der Zeit, dass du deine Ängste ablegst, dass du bei mir und deinem Kind ein Heim findest, in dem du Geborgenheit schenkst und Geborgenheit erfährst. Wir können die Therapie bei Dr. Houghton fortsetzen, wenn es dich beruhigt, aber ich habe keinen Zweifel daran, dass sich alles gut entwickeln wird. Du hast den Teufelskreis durchbrochen, der dich dein ganzes erwachsenes Leben lang verfolgt hatte, mein Liebling. Ab jetzt werden wir drei zusammen ihn durch unendliche Liebe ersetzen."

Dirk blickte zuerst auf seine schlafende kleine Tochter herunter, dann auf seine Frau. Er griff nach Alissas Hand und beugte sich zu ihr, bis seine Lippen ihre fanden. Der Kuss war lang und liebevoll, wie ein zärtliches Versprechen. Und als er endete, legte Dirk die Stirn gegen Alissas und flüsterte: „Ich danke dir."

„Wofür?", flüsterte sie zurück und strich ihm über die Wange.

„Dafür, dass du mich liebst. Dass du meine Frau bist." Sein Blick war voller Liebe und Zuneigung. „Und dafür, dass du ein Wunder bei mir bewirkt hast."

– ENDE –

Band-Nr. 20044
9,99 € (D)
ISBN: 978-3-86278-831-6
304 Seiten

Sandra Brown
Wer die Sehnsucht spürt

Heiße Küsse für den Playboy: Seit Kirsten den Schauspieler Rylan Nolan kennengelernt hat, spürt sie Schmetterlinge in ihrem Bauch. Er scheint tatsächlich der Richtige, um in einem Film ihren verstorbenen Mann darzustellen – ist er doch kühn, verwegen und draufgängerisch. Aber ist sie schon bereit für eine neue Liebe?

Ich verführ dich heute Nacht: Sunny Chandler ist empört: Ty Beaumont hat tatsächlich eine Wette darauf abgeschlossen, sie ins Bett zu bekommen! Und das erzählt er ihr auch noch ganz unverblümt! Mit einem derart unverschämten Macho will sie nichts zu tun haben und lässt ihn eiskalt abblitzen. Allerdings ist das gar nicht so einfach …

Linda Howard u.a.
Im Sog der Lügen

Lass mich deine Küsse spüren: Der Unternehmensberater Bruce ist der Beste seines Fachs. Arbeit und Privates trennt er strikt. Bis er Tessa trifft und seine eiserne Regel bricht …

Mach meine erotischen Träume wahr: Angie schwebt im siebten Himmel. Aber dann erhält sie einen anonymen Anruf, der alles verändert! Hat Gordon sie etwa nur aus geschäftlichen Gründen geheiratet?

Band-Nr. 20043
9,99 € € (D)
ISBN: 978-3-86278-757-9
544 Seiten

Traumfrau mit Geheimnis: Unwiderstehlich fühlt sich Reva von Dean angezogen. Trotz ihrer Angst, er könne hinter das Geheimnis ihrer Vergangenheit kommen …

Verliebt in den besten Freund: Seit Jahren ist Beth in Zach Ashton verliebt. Gerade als sie sich näherkommen, erfährt Beth von dem Familiengeheimnis der Ashtons …

Band-Nr. 20042
9,99 € (D)
ISBN: 978-3-86278-739-5
464 Seiten

Nora Roberts u.a.
Dich schickt das Glück

Liebesglück auf der Blumeninsel: Dillon ist außer sich. Dass diese Laine es wagt, nach Hawaii zu kommen! Sie ist doch nichts weiter als eine verwöhnte Göre, denkt er – bis er ihr zum ersten Mal begegnet …

Ein Paradies der Sinne: Auf seiner Insel vor Australien nimmt Amy glücklich Harrys Antrag an. Aber aus diesem Paradies zurück, kommen Amy Zweifel und sie kann ihre Eifersucht kaum noch verbergen. Wild flirtet Harry mit anderen Frauen.

Süßer Sommer der Versuchung: Nur ein paar schöne Tage wollte Holly in Italien verbringen. Doch dann führt das Schicksal sie direkt in die Arme von Matteo Fallucci – und in dessen Villa ...

Sag, dass es für immer ist: In einem Bauernhaus in Frankreich möchte Livvy ausspannen. Doch wie soll das gehen, wenn der rücksichtslose Richard ebenfalls dort wohnt? Und warum spürt sie in seiner Nähe bloß dieses Prickeln?